民国

武侠小说
典藏文库

平江不肖生卷

民国

武侠小说
典藏文库

平江不肖生卷

江湖奇侠传

第二部

平江不肖生

著

中国文史出版社

目　　录

第 一 回　做新郎洞房受孤寂
　　　　　抢软帽鱼水得和谐 ……………………………… 1

第 二 回　出虎穴仗雄鸡脱险
　　　　　附骥尾乘大鸟凌空 ……………………………… 9

第 三 回　钱锡九纳宠受恓惶
　　　　　蒋育文主谋招怨毒 ……………………………… 17

第 四 回　熏香放火毒妇报冤仇
　　　　　拔刀救人奇侠收双女 ………………………… 25

第 五 回　杨赞廷劫财报宿怨
　　　　　万清和救难释前嫌 …………………………… 36

第 六 回　靠码头欣逢戚友
　　　　　入苗峒误陷机关 ……………………………… 44

第 七 回　布机关猛虎上钓
　　　　　合群力猴子称雄 ……………………………… 55

第 八 回　谢援手瓦屋拜奇人
　　　　　设神坛瓷缸装恶鬼 …………………………… 68

第 九 回　蓝辛石月下钉妖精
　　　　　宋乐林山中识神虎 …………………………… 79

第 十 回　除孽障几膏虎吻
　　　　　防盗劫偏觅镖师 ……………………………… 91

第十一回　卢家堡奇侠抢门生
　　　　　提督衙群雄争队长 ………………………… 102

第十二回　开谛僧峨眉斋野兽
　　　　　方绍德嵩岳斗神鹰 ………………………… 115

第 十 三 回　伏猵狲道法惊苗峒

　　　　　捉蛤蟆口腹累真传 ……………………… 124

第 十 四 回　抢徒弟镖师挨唾沫

　　　　　犯戒律岳麓自焚身 ……………………… 136

第 十 五 回　论戒律金罗汉传道

　　　　　治虚弱陆神童拜师 ……………………… 143

第 十 六 回　思往事借宿入丛林

　　　　　度中秋赏月逢冤鬼 ……………………… 151

第 十 七 回　窥密室逼小豪杰出家

　　　　　遇救星冲破屋瓦逃命 …………………… 161

第 十 八 回　坐渡船妖僧治恶病

　　　　　下毒药逆子受天刑 ……………………… 171

第 十 九 回　搭天桥小百姓遭劫

　　　　　射毒蟒赵抚台祭神 ……………………… 182

第 二 十 回　常德庆中途修宿怨

　　　　　陈继志总角逞英雄 ……………………… 194

第二十一回　游郊野中途逢贼秃

　　　　　入佛寺半夜会淫魔 ……………………… 203

第二十二回　杨状元倾家结豪杰

　　　　　张义士访友变姓名 ……………………… 214

第二十三回　求放心杨从化削发

　　　　　失守地马心仪遭擒 ……………………… 226

第二十四回　郑秀才听笛识佳人

　　　　　张义士挥拳战群寇 ……………………… 236

第二十五回　摆官格施星标娶婢

　　　　　营淫窟马心仪诱奸 ……………………… 248

第二十六回　马心仪白昼宣淫

　　　　　张汶祥长街遇侠 ……………………… 263

第二十七回　打恶狗赵公子逞奇能

　　　　　造文书马巡抚施毒计 …………………… 272

第二十八回　赠盘缠居心施毒计
　　　　　　追包袱无意脱樊笼 …………………………………… 284

第二十九回　峨眉山孙癫子学道
　　　　　　浏阳县邓法官逞能 …………………………………… 297

第 三 十 回　斗妖术黑狗抢人头
　　　　　　访高僧毒蛇围颈项 …………………………………… 311

第三十一回　邓法官死后诛妖
　　　　　　孙癫子山居修道 ……………………………………… 321

第三十二回　红莲寺和尚述情由
　　　　　　浏阳县妖人说实话 …………………………………… 334

第三十三回　诛妖人邑宰受奇辱
　　　　　　打衙役白昼显阴魂 …………………………………… 344

第三十四回　救徒弟无垢僧托友
　　　　　　遇强盗孙癫子搭船 …………………………………… 354

第三十五回　救客商装梦捉强徒
　　　　　　受友托隐形探淫窟 …………………………………… 364

第三十六回　报兄仇深宵惊鬼影
　　　　　　奉师命彻夜护淫魔 …………………………………… 377

第三十七回　张义士刺马报冤仇
　　　　　　郑青天借宿拒奔女 …………………………………… 387

第一回

做新郎洞房受孤寂
抢软帽鱼水得和谐

话说杨继新正和新娘说着，众丫鬟笑嘻嘻地推门进房，争着向新郎新娘道喜。杨继新也笑向众丫鬟说道："你们今日且慢道喜，留待明早再来吧。"新娘瞟了杨继新一眼，杨继新立刻自悔失言。幸亏来的都是些小丫鬟，听得和不曾听得一样，胡乱敷衍了一会儿，众丫鬟都退去了。新娘从此对杨继新的情形，似乎亲密了许多，不像昨夜那般羞涩了。一日三餐，都是极丰美的酒席，开到新房里来，由新娘陪着同吃。

这日早起，杨继新原要新娘带他去给老头请安。新娘说："用不着，父亲已于清晨出门去了，一时不得回来。"杨继新见如此说，乐得终日在房中，与新娘厮守。杨继新无论说笑什么，新娘都陪着说笑，俨然是一对新结婚的恩爱夫妻。只杨继新一动邪念，或紧相偎傍，或伸手去抚摸，新娘便立时站起来，或闪过一边，或正色说不可轻薄。杨继新恐怕又和昨夜一样，弄成对面不相逢的局面，只得竭力地收勒住意马心猿。心想等她上了床，我把灯火吹灭了，从暗中摸索，她没有害羞的心思，便可以为所欲为了。

这日杨继新盼望天黑的心，急切万分。好容易盼到天已昏黑了，便催促新娘上床。这新娘的性质很奇特，在白天里和杨继新有说有笑，姿态横生，一点儿羞涩的神气没有。一到了夜间，房中高烧了两支儿臂粗的红烛，在烛光之下，看新娘的神气，就渐渐地改变了，好像有祸事将临头，急须设法避免的样子。杨继新见天光一黑，就精神陡长，兴致勃然，七扯八拉的，寻些使新娘听了开心的话来说。新娘听了，都似不甚在意，并显出时时刻刻防备杨继新，去动手轻薄她的神气。

杨继新以为少女初经人手，羞怯自是常情，寻出许多"男女居室，人

1

之大伦"的腐话来譬慰，想借这些道理，壮一壮新娘的胆气。谁知新娘听了，又好像全不懂得有这么一回事似的。杨继新催促新娘上床，新娘半晌不说话，只坐着不动。杨继新催了两遍，新娘才说道："你先上床吧。"杨继新既不敢接二连三地催，更不敢伸手去拉，只得遵命，先自解衣上床。心里计算，等新娘上了床，再起来将烛光吹灭，重新上床搂抱，便不愁不如愿以偿了。叵耐这新娘教杨继新上床，自己却坐在床缘上，低着头仿佛思量什么，约莫坐了一个更次，还不表示睡意。

　　杨继新独自睡在那软温香腻的被中，就没有这个玉天仙坐在旁边，也不免要存些遐想。何况与这个玉天仙已厮混一昼夜，到这时候，如何再能忍耐得住呢？但是仍不敢过于鲁莽，只在被中说道："我遵老丈人之命，与小姐成为夫妇，非是我无端地敢对小姐存邪念。昨夜小姐因怪我鲁莽，以致我咫尺天涯，无由得亲芳泽。今夜我实在未尝鲁莽，而小姐却只坐在床缘不动，神气之间，似乎是厌弃我的一般。究竟小姐是如何存心呢？如果是厌弃我，不妨明说出来，我不是承老丈人恩遇，没有今日。既不蒙小姐见爱，我何敢勉强咧？若不是厌弃我，此刻已不早了，满屋的人都久已熟睡得寂静无声，小姐还不上床，更待何时呢？"

　　新娘初听时，似不理会，及杨继新说了，新娘忽然掉下泪来，忙用手帕揩拭。杨继新一见新娘流泪，吓得翻身坐起来，用极恳切的态度问道："小姐有什么委屈的心事，请直说出来，我断无不见谅的道理。"杨继新其所以说这般几句话，是以为新娘不肯上床同睡，被催急了就哭，是因自己已非红花闺女，曾和人有过私情，怕被丈夫识破出来的缘故。这几句才说出口，新娘已换了副笑脸，站起身来说道："睡吧，睡吧！你劝我睡，怎么自己反坐了起来呢？"杨继新笑道："小姐忽然哭起来，叫我怎么睡着。索性下来吹灭烛光，好使小姐安心睡觉。"新娘也不作声。

　　杨继新跳下床，把烛光吹灭了，回身一把抱住新娘，连推带抱地上了床。新娘惊得气呼气喘地说道："你又是这么强暴吗？"杨继新此时情急到极点，也不顾新娘说什么。以为紧紧抱住不放，不怕再有昨夜那种现象。尽管新娘撑拒，只顾紧压在新娘身上，腾出一只手来，替新娘解衣松带。谁知才放松一只手，就被新娘用双手在胸前一推，杨继新一只手当然搂抱不住，被推得离开了新娘的身体。杨继新想已经行了强，不能由她推开我，便是这么罢休了。不如索性再强迫她一下，估料新娘没起来这般快。

随将身体又压了下去，想不到竟扑了个空，新娘已不知闪躲到什么地方去了。因房中漆黑，什么东西也看不见，只得一面恳求："小姐恕我。"一面张开两手，向床上摸索。

但是说尽了恳求的话，不见新娘答应，满床都摸索遍了，除被褥帐幔之外，空无一物。床上摸索不着，就张开两手，在房中一来一去，和小孩们玩捉瞎子把戏的一般。满房也都摸索了好几遍，不仅没新娘触手，连躲闪的脚步声，和鼻口呼吸的声，也没听得一点。杨继新急得无可奈何了说道："小姐既是厌弃我，不愿意和我做夫妇，何不在未成婚的时候说出来，使我好游历别处去呢？我与小姐往日无怨，近日无仇，何苦是这般作弄我？"杨继新虽则向空这么说，然心里已疑惑是与昨夜一般的情形，昨夜房中有照彻如白昼的烛光，尚且一霎眼就见不着影子了，今夜房中漆黑，必更没有希望了。

真是作怪！杨继新说毕，以为是没有答复的。却听得新娘柔脆的声音，近在耳边说道："恐怕不能怨我作弄你，我已说了上床睡觉，你为什么把烛吹灭，向我行强呢？你枉做了个读书人，举动比武人还粗野可怕。我今夜断不敢和你同睡，你一个人且再睡一夜。"杨继新听声音靠近右耳根，冷不防对准发声之处，一把抱过去。只听得"噼啪"一声响，额头正碰在一张衣橱上，只碰得眼中金花四迸，痛不可当。两手腕撞在橱角上，也撞得臂膊酸麻了，并不曾挨着新娘的衣服。这一碰，碰得杨继新忍不住生气了，连说："可恶，可恶！"接着又听得新娘在房外笑个不止，就和看见杨继新碰痛了额头，她在旁边看了开心的一般。

杨继新正待责备新娘太忍，新娘已在窗外停了笑，说道："谁教你把烛吹灭，还是这么强暴呢？你越是这么强暴，我越不敢近你，不使你孤苦两夜，你的强暴举动，大概也改变不了。"杨继新赶紧说道："我从此若对小姐，再有半点像今昨两夜的强暴举动，就天诛地灭，立刻化身体为灰尘。我于今已对小姐发过了誓，小姐可以回房了么？小姐若嫌这誓发得还轻了，不问什么重誓愿，我都可以发得。"说罢，静听新娘的回答。

好一回寂然没有声息，想把吹灭了的烛点燃，又苦寻不着火镰，缓缓地摸到床缘上坐了。思量这两夜的情形，很觉得蹊跷，自己盘问自己道："这地方的风俗，虽说离奇，一般人都重武轻文，因此有女想嫁个文人，甚不容易。但是这河南居中国之中区，四通八达之地，即算这纵横数十里

3

以内的地方文人稀少，数十里以外，哪里就会少了文人呢？有这么大的家财，又有这么娇丽的女子，竟因这一隅之地，没有文人，便养在家中，胡乱遇见路上一个读书人，就于立谈之间可以招做女婿。这种情形，也很不近情理了。我一时色令智昏，不暇细想，居然答应他拜堂成礼，至今还没有向他家的姓氏。这不怪我太荒唐了吗？新娘这般娇弱的身体，我是一个少年男子，竟搂抱她不住。她只把手一推，我就不因不由地离开了她的身体，这一点已很奇了。而我仅低头作一个揖的工夫，伸起腰来看新娘便已不知去向，遍寻没有，这不是奇而又奇吗？

"姑退一步说，这地方的风俗，是轻文重武，新娘住在这里，也练会了一身武艺，能来去得极快，使我看不见。然据她今日早晨对我说，她并不曾走开，亲眼看见我如何如何地举动，我却连影子也不见她，这又是什么道理呢？十七八岁的闺女，无论在如何守礼谨严的家中，断没有完全不懂人事的。并且看这新娘的神情言语，也不是不懂人事的模样，何以这样害怕呢？我虽是过于急色了点儿，但在将睡的时候，搂抱搂抱，也不能说是鲁莽，分明是借词归罪于我罢了。照这种种情形看起来，简直是凶多吉少，我应如何才能逃得出这是非之场咧？"

杨继新是这般思量了一遍，随又转了一个念头道："我是一个光身的游客，既没有金银珠宝，又没有结怨于这家的人，谋害我有何用意？即令有谋害我的心，要谋害一个文弱书生，岂不易如反掌，为什么要费这些周折，闹这些玩意呢？古今笔记小说诸书上面，谋害过路行人的很多，然从来不见有毫无用意，又费这许多周折，以谋害人的。并且我昨日从饭店里出来，在路上遇见这新娘之后，随即有那个老头出来，分明指引我这条道路，说包我可得一个老婆。那老头满面慈善之气，又有那么高的年纪，何至无缘无故地陷害我呢？照这方面的情形想来，又可以断定没有凶险。各人有各人的性情不同，举动也就跟着有分别。新娘胆怯，怕我太鲁莽了难堪，不敢与我交接，也在情理之中。我刚才吹灭烛光，用强将她搂抱，按在床上解衣的举动，本来也太显得强暴了。昨夜只抱了她一下，就吓得她不敢同睡，今夜就应该凡事顺着她才是。比昨夜更变本加厉，怎能怪她闪躲呢？横竖我已做了这里的赘婿，一个光身人，也不怕损失我什么。今夜已经无望了，明夜我只百依百随，诚惶诚恐地伺候着她，她不开口叫我睡，我就坐到天明也不睡。睡了她不表示可以亲昵，我就连睡十夜八夜，也只当她不在床上。是这么顺从她多少时候，静待她的春情发动，料没有妻子永远畏避丈夫的。"杨继新自以为得计，心安神逸地上床睡觉。

睡到次早醒来，看房中仍没有新娘，时光像已不早了，只得起来，丫鬟送水来盥洗。杨继新拖住丫鬟，问道："二小姐现在哪里，你知道么？"丫鬟笑道："姑少爷还问二小姐呢？"杨继新听了这语气很奇特，紧跟着问道："二小姐怎么，我为何问不得？"丫鬟抿着笑道："我家二小姐，不是昨夜被姑少爷吓坏了吗？于今正发寒热，睡在大小姐床上，不能起来哩。"杨继新急得跺脚道："我真荒谬糊涂！她是个胆小娇养惯了的人，房中有那么大的烛光，她尚且怕了我，我怎么糊涂到这一步，反把烛光吹灭了，去对她动手动脚呢？我昨夜将她按倒在床上的时候，听得她气呼气喘的，就像是惊骇到了极点的样子。我不怜惜她，已是荒谬糊涂了。倒趁她惊骇得心胆俱碎之际，腾出手来解她的衣裳。幸喜她力能把我推开，若再迟延一时半刻，怕不把她吓得连命都送掉吗？"杨继新对着丫鬟，是这么自怨自艾，丫鬟只是望着杨继新笑。

杨继新要丫鬟带他去大小姐房里探病，丫鬟摇头笑道："姊姊的房，姑少爷也好进去的么？"杨继新正色道："凡事有经有权，若在平常，无端跑进姊姊的房，果然非礼。但此时不能一概而论。"丫鬟只管摇头道："姑少爷再说得有道理些，我也不敢带姑少爷去。"杨继新道："你为什么不敢带我去呢？"丫鬟道："姑少爷不知道我家大小姐的脾气，全不和二小姐一样容易说话。有时不高兴起来，连老太爷都让她几分。就是老太爷要带姑少爷到她房里去，也得先问过她，她答应了，才能带姑少爷去。不先得她答应，谁也不敢冒昧。"

杨继新见这丫鬟说话，伶牙俐齿，想将所思量种种可疑的情形，在这丫鬟口中盘问一番，还不曾说出口，已有个丫鬟在外面叫唤，这丫鬟慌忙挣脱手出去了。杨继新好纳闷，直到下午，还不见新娘进房来，独自坐在房中，觉得太寂寞不堪，便走出房来，观察前后房屋的形势。

他曾在后山上，看过这所房子的结构，知道新房离花园不远，也不叫丫鬟带领，反操着两手，慢慢向后花园踱去。一路踱进花园，不曾遇见一个人。这时的红日已将西下，照映得园中花木分外生色，只是杨继新的形式上虽是游园，然实际哪里有心情赏玩景物。走到前日从门缝里窥见众丫鬟灌花的所在，只见那些花枝花叶上面，都水淋淋的，地下也是湿漉漉的，像个才浇灌了不久。杨继新暗悔来迟了一步，大姨姊已浇花进去了，不得饱餐秀色。即蹲下身来，望着枝叶上的水点，一滴一滴地滴落而下。心里就思量前日所见的情形，是觉得这个大姨姊的神情，比新娘冷峻，像是一个胸有城府，不容易被人看破的样子。心中正在这么想象，忽听得近处有枝叶挨擦的响声，像是有人从花丛中走过的。立起身朝响处一看，原来就是他心中正在想象的大姨姊，仍是淡雅的装束，手中提着一把灌花的水壶，独自分花拂柳地向园外走去，低着头并不回望一眼。

杨继新越看越觉可爱可敬，蹑足潜踪地跟在后面偷看，并想趁这机会问问新娘昨夜吓病了的情形。才追了十来步，相离只在五步以内了，他大姨姊好像已知道他在后面跟踪偷看，蓦地停步，回头说道："你为轻薄的缘故，死在临头了，还敢来轻薄我吗，追着偷看些什么？"

杨继新一听这话，不由得大惊，只急得双膝望地下一跪，说道："姊姊救我，我实在非敢在姊姊跟前轻薄。我追踪上来，是想向姊姊打听令妹的病状。我经过这两夜的情形，已觉得在这里是凶多吉少，只因我是个没见识没阅历的人，想不到有什么凶险。不蒙姊姊矜怜，便得不着姊姊这话。姊姊救了我，此后有生之年，誓不敢忘记姊姊恩德。"说罢，叩头流泪不止。大姨姊回头向园外望了一望，略踌躇了一下，问道："你真能不忘记我么？"杨继新连忙指天誓日。

大姨姊走近了两步，教杨继新立起身来，说道："你用不着求我救你，你只求你的夫人就行了。"杨继新紧接着说道："她不是被我吓病了，睡在姊姊房里，不能起床了吗？"大姨姊笑若点头问道："你这两夜和她睡了，她对你曾说了些什么呢？"杨继新急急地分辩道："她何尝和我同睡过一时半刻呢，两夜都是一霎眼，就不见她的踪影了。"大姨姊道："你等她今夜进房之后，冷不防将她头上的帽子，抢下来掼到窗外去，再上前搂抱她，她便不能走了。你和她成了夫妇以后，她自然会救你。不过你那时不可忘记了我。"杨继新听了，莫名其妙，正想问个仔细。大姨姊仿佛听得什么声响，怕有人来发觉似的，朝四处望了一望，急匆匆地出园去了。杨继新也思量不出是什么道理，但是相信大姨姊说的，决有妙用，不至无故作弄他，回到房中，坐待新娘进来。

天色已到黄昏时候，新娘才莲步姗姗地来到屋里。杨继新看新娘的神色，确是有病的样子，大不是前昨两日那般说也有、笑也有的姿态了。进房一声不作，直上床缘坐下。杨继新上前赔罪，说道："我问丫鬟，知道小姐为我病了。我听了这话，心里不知如何的难过，当下要丫鬟带我，去大小姐房里看小姐。无奈丫鬟说大小姐的脾气不同，不敢冒昧带我去。我只得独坐在这里着急。昨夜小姐去后，我已对虚空过往神祇，发过了大誓愿，此后我若再敢在小姐跟前，有前昨两夜一般的鲁莽无礼举动时，便天诛地灭，此身立刻化为尘埃。只求小姐莫拿我当虎狼蛇蝎般看待，我生生世世，感激无涯。"新娘微露笑容，说道："我自有我的病与你不相干。不过我这病久已不发，这两夜因害怕你行强暴的缘故，将病引发了。我待你有什么好处，你何必对我这般痴情呢？"

杨继新两眼又流出许多眼泪来，说道："小姐许我伺候妆台，这恩典已是天高地厚了。"新娘瞟了杨继新一眼，随即掉头望着别处。半晌，才悠悠地叹了一声，也不说什么。杨继新问道："小姐心中有什么不如意的事，如何长叹呢？"新娘摇头笑道："我没有什么不如意的事，偶然抽一口气罢了。"杨继新便不再问了。

晚膳过后，杨继新乘新娘对窗户坐着的时候，一面寻些闲话，逗着新娘说笑，一面在新娘背后蹀来蹀去。蹀到切近，猛然一伸手，便将新娘头上的软帽抢下来，随手向窗外一摆。新娘惊起来抢夺时，已被杨继新拦腰抱住了，不由分说地拥到床上，脱衣解带，新娘并不和前昨两夜那般撑拒，只口里说道："冤孽，冤孽！必是大丫鬟向你说的。但是我虽长到一十八岁，并不曾经过这羞人的事，望你怜惜我一点儿。"杨继新到此，才真个销魂了。春风已度玉门关之后，新娘整衣理鬓起来，杨继新拉住道："不睡却坐起来做什么，你难道又想走了吗？"新娘回头笑道："你真不知道死活。我如今既弄假成真的与你成了夫妇，怎能望着你把性命断送？快起来，不赶紧逃走，诚恐逃不了性命。"

杨继新虽在花园中，曾听过他大姨姊死在临头的话。然少年人一为色欲所迷，无论如何切身的利害，都不暇虑了。以晋文公那么精明能干的人，尚且为贪恋一个女色，把复国的大事，置之脑后不管。何况精明能干，远不及晋文公的书呆子杨继新呢？既与新娘遂了于飞之愿，也早把大姨姊死在临头的话，连同新娘的软帽，丢到窗户外面去了。及听得新娘重提这话，才现出惊慌样子，拖住新娘问究竟是怎么一回事，是谁要害他的性命？新娘说道："此时万来不及诉说情由，你且坐在这里不要动，我去取点儿东西来。"杨继新叮嘱道:"你不可同昨晚一样,一去不回。"新娘也懒得回答,摔开杨继新的手,急走出房去了。杨继新呆呆地坐着。

不等到一刻工夫,只见新娘右手提了一只大雄鸡,左手挽了一段红绸,走进房来。杨继新认得那段红绸,就是他做新贵人的时候,挂在颈上,两个小丫鬟,每人手握一端的。也猜不透拿来这两样东西,有什么用处?新娘将红绸和雄鸡都放地下,端了一张小凳子,安在床头,垫脚立了上去,抽出一根悬挂帐幔的竹竿来,跳下地将雄鸡捉在手中,用红绸捆缚了,绑住竹竿颠上。杨继新看新娘的举动态度,异常矫捷,全不是前次温柔旖旎、弱不胜衣的样子,又看了这种种奇特不可思议的行径,正在非常诧异。

新娘绑好雄鸡,交给杨继新道:"你将这竹竿挑在肩上,即时从后花园逃出去,径向西方快跑。不问跑得如何疲乏,万不能在路上休息。约莫跑了三十里,才能略略地走慢些,然仍是不能坐下来。在这慢走的时候,若忽然觉得背后有风声响亮,其声又来得十分尖锐,你切记不可回头反顾,只反顾一眼,就没了性命。尽管不住地往前走,等到听得这挑在肩上的竹竿,'喳喇'响了一声,你就把竹竿向背后一丢,空手再快跑。跑到路旁有一棵大槐树的所在,方可在树下坐下来休息,性命便可无忧了。"

杨继新道:"这些做作,究竟是什么意思呢,你何妨说给我听?"新娘着急道:"此刻若有工夫向你说明,何待你来问我?于今救性命要紧,你依我的话快去吧,实在不够耽搁了。"杨继新看了新娘慌急的神色,料知必是极凶险的事,只得把雄鸡挑在肩上,问道:"你怎么样呢,就让我一个人逃去吗?"新娘道:"嫁鸡随鸡,嫁狗随狗,你去了,我岂能留在这里?你在槐树下等着,我随后就到了,断不使你坐在那里着急。"杨继新道:"然则何不就在此刻,和我一同逃走呢?"

新娘只急得跺脚道:"我能和你一同逃走,还待你说吗?你且快走!我到槐树下,自然会将详细情由,说给你听。"杨继新不敢怠慢,急匆匆出房。幸亏白天到过后花园,路径熟悉,花园的后门,因初到的时候,在那里蹲了许久,也不待寻觅,直走了出去,依照新娘的言语,向西狂奔。

不知如何逃出了性命,且俟下回再说。

第二回

出虎穴仗雄鸡脱险
附骥尾乘大鸟凌空

话说杨继新向西奔逃，因有新娘叮嘱的话在心，疲乏了也不敢休息。可怜他一个文弱书生，近年来在各省游历，虽也时常步行二三十里，但是那种步行，是赏玩清幽的山水，随兴所至，缓缓行来。所谓"安步可当车"，心中只有快乐，没有忧惧，常有已行了二三十里，自己还不觉得有多远的。

杨继新此时真是急急如丧家之狗，茫茫如漏网之鱼，又在黑夜之中，不辨地势，高一脚、低一脚，不顾命地往前奔逃。两只脚底板，一着地，就痛得如有千万口绣花针，在内戳刺，仍是咬紧牙关，忍痛前跑。也不知已跑过了若干里路，心里因记挂着新娘所吩咐有风声追来的话，边走边留神听背后有没有风声。只觉得有电光在天空闪了一闪，接着就有一种声音，比箭镞离弦的破空声，还尖锐几倍，一扬一抑，仿佛是一起一落而来，电光也随着闪个不住。杨继新知道是新娘的那句话应了，却不明白这尖锐的声音，究竟是什么东西，追来有什么用处？只牢记着新娘的话，不敢回头看顾。自发觉那响声，行不到两步，就觉得握竹竿的掌心，微震了一下，同时听得竹竿颠上，发出极细微的"嗏喇"之声。记得新娘吩咐的话，到了这时分，须将竹竿向背后掼去了。不假思索地将竹竿向背后一掼，随即回头看竹竿上的鸡，已被劈作两半边，鲜血流了一地，不禁打了个寒噤又跑。

跑到东方将近发白了，才远远地看见前面道旁，有一棵大槐树。一到槐树下，就倒地不能动了，两腿肿得和吊桶相似，脚底走破了皮，血流不止。休说教他再走，就教他爬行一步，也做不到了，仰面躺在树下，哼声不绝。看看天光已亮了，仍不见新娘赶来。

9

杨继新痛定思痛，回想这番遭际的情形，简直如坠五里雾中，再心思量不出究竟是怎么一回事。只依情理推测，逆料故设这美人局谋害他的，必是那个在粉墙外面遇见的老头。但是那老头和新娘是父女，父亲要谋害的人，给女儿放走了，这女儿又如何能脱离干系呢？并且几十里路程，即算能从家里逃出来，也不容易走到这里。她对我说随后赶来的话，只怕是当时有意拿这话安我的心，使我好从速逃走的。我在心慌意乱的时候，也不知道问她一个弱不胜衣的女子，怎么能跟着我逃五十多里路？我当下若想到这一层，无论如何祸到临头，也得拉着她同走。杨继新想到这一层，甚是失望，更着急自己两腿，肿痛到如此地步，此后不能步行，身边没有银钱，又不能雇车马代步。

　　正在前思后想，着急非常的时候，忽听得远远有马蹄之声很是急骤。杨继新恐怕是追赶他的来了，勉强挣扎得移过头来，向来路上望去，只见一匹黑马，飞奔而来，马上坐的好像是一个女子，头脸被手帕蒙了。才一转眼，马已奔到了跟前，马上的女子，即翻身下马，去了蒙头面的帕子一看，原来就是杨继新所着虑，不能跟着逃五十多里路的弱不胜衣女子。杨继新此时心中的欢喜，自是无可形容。

　　这新娘揭下蒙面帕，笑向杨继新道："到了这棵树下面，你我的性命才可说是已逃出鬼门关了。"杨继新问道："从此已没有凶险了吗？"新娘点头笑道："若再有凶险，你能逃几十里么？"杨继新忙用双手扬着说道："我情愿延颈就戮，决不能再逃一步。毕竟是什么人，为着什么事，要谋害我的性命？你说到了这里，便可将情由说给我听，此刻可以说了么？"

　　新娘挨着杨继新坐下来说道："你们少年男子，真容易入人圈套。你这番能保住性命，可算是万分侥幸了。你知道我父亲姓什么，叫什么名字么？"杨继新道："我自从在路上遇见了你之后，我的一颗心，上下四方，都被你的影子包裹了。除你的影子而外，什么事也没搁在我心上。我与你父亲相遇，正在我偷看你姊姊的时候，突然被你父亲发觉，正容厉色的斥责我一番，我那时惭愧得无地自容。随后你父亲虽改换了面孔，对我和平了，然我终觉面子上有些难为情。及至你父亲提出招赘我做女婿的话来，我心里又欢喜得不知应如何才好。你父亲说过那话，紧接着就换装成礼，我一则心里没想到还不曾问出姓氏；二则也没有给我问姓氏的时候。直到昨日才想起这事来，却已来不及了。"

新娘笑道："即此可见你们男子，只知道好色，连性命都可以不顾。还不知道姓名，便做这人家的女婿，除你而外，恐怕世间也找不出和你一样的第二个人来。"杨继新笑道："你这话说得不差，我自认疏忽之罪，不过世间固然找不出我这样的第二个人。就是像你家这样，父亲拿着女儿的身体，似这般做美人计害人的，又何尝能找得出第二个呢？如果有第二个你父亲这样的人，必免不了也有第二个我这样的人。"

新娘道："我和那老头，岂真是父女么，他姓刘名鸿采，是个无恶不作的恶人。他的本领大得了不得，仅有三分畏惧他自己的师傅，除他师傅而外，他时常向我们夸口，世间没人是他的敌手。他师傅的名声极大，就是江湖上无人不知道的金罗汉吕宣良，他是大徒弟。他师傅痛恨他的行为不正，屡次训斥他不听，已在十年前将他驱逐了。我姊妹也不是同胞姊妹，都是在三四岁的时候，被他拐到这里来。我们因为离家太早，久已把原来的姓名、籍贯，以及家中情形忘了。不但我是拐来的，他家此刻二三十个大小丫鬟，没一个不是拐来的。只因我两人生得比这些丫鬟齐整，才认我两人做女儿。

"他被他师傅驱逐之后，赌气去江宁拜红云老祖的门，专练最恶毒的法术。红云老祖传他一种练百魂幡的法，是旁门左道中最厉害的东西。要练这百魂幡，须谋取一百个读书人的灵魂。据说练成了功，用处大得不可思议。他学了这法，才特地搬到遂平县乡下住着，因为那地方历来是重武轻文的风俗，本地没有读书人，地方上也不把读书人当人，从别处骗来读书人害了性命，方不至被人发觉。几年以来，是这般用美人计害死的读书人，已有八九十个了。

"这也是合当你命不该绝，那已死八九十个读书人当中，年纪也有比你轻的，容貌也有比你好的，然在我姊妹眼睛里看了，都只觉得行尸走肉，不值一看。这次一见你的面，心里便不和从前一样了，两夜都不忍下手勾你的魂，所以你一行强，我就把身体隐了。若两夜勾去你二魂，昨日你已昏沉沉的不能起坐了。我两夜不勾你的魂，原是存心要救你出来。但是我一个人，胆小不敢干这险事，踌躇了好久，只得和姊姊商量。姊姊素来是不肯多言的脾气，也不答应我，也不阻拦我。我见姊姊那般冷淡样子，摸不透她的心事，不知她愿不愿意担这干系，救你我二人出火坑。我心里一着急，就病倒在姊姊房里。姊姊也不睬理，夜间只催促我回新房。

直到你从我背后，冷不防抢了我的软帽往窗外掼，我心里才恍然是姊姊教你的举动。她既教你抢我的软帽，就可以知道她是存心帮助你了。我放你走后，去向姊姊道谢，她仍不开口说什么。

　　"我计算你已走了三十来里路，才装出慌张的样子，去报知刘鸿采。说这个姓杨的读书人，大约很有些来历，两夜没将他的灵魂勾着。刚才进房去看时，不知道已在什么时候逃了。"刘鸿采听报，大吃一惊，连忙掐指轮算了一番道：'不打紧，逃不了的。他向西方逃，此刻不过逃了二三十里路，我的马快，一刻工夫便追上了。刘鸿采说毕，将亲自骑马追赶。我心里只急得无可奈何，因为他的马，能日行八百里，两头见日，他说的方向又不错，你如何能逃得了呢？这时就亏了我姊姊出来了，故意问为什么事，我也故意依报知刘鸿采的话，再说了一遍。姊姊笑道："这如何用得着父亲自己出马，我去追拿回来便了。若只怕他逃出去，误父亲的事，唯有飞剑去取他的首级。'刘鸿采迟疑了一会儿道：'也罢，宰了他灭口便得哪。'当下就用飞剑来追你。你在路上听得背后有很尖锐的风声，便是飞剑追来了。他想不到我早已用代替法，将雄鸡代了你的性命，飞剑把雄鸡劈了便回，他见剑上有了血迹，也没细看，以为是已将你杀却无疑了。我回房对姊姊说出要跟你走的意思，姊姊点头没说什么，只教我问你，还记得跪在地下，当天发的誓么？"

　　杨继新道："就在昨日的事，我如何会忘记呢？并且我的性命，虽说是由于你见怜，然若不是承她指点，你一个人未必敢担当这么大的干系，放我逃走。这样救命之恩，我终身也不至忘掉。不过忘掉不忘掉的话，只在我心里，姊姊是个有本领的人，看她种种言语举动，更是机智异常。我一个文弱书生，便拼着不要性命，也没有报答她的时候。"杨继新正说到这里，只见新娘忽然惊慌失措地说道："不好了，不好了！我以为已在五十里以外，不妨事了，怠慢了一点儿，不料竟有追赶的来了。"杨继新一听，也慌了手脚，说道："你怎么知道有追赶的来了，不能趁早再逃吗？"新娘仰面望着天空，说道："此时已来不及逃了。还好，追来的是姊姊，不是刘鸿采自己，你我可以向她求情的。"

　　话还未了，只见一个女子，骑着一只大黑鸟，从天空飘然而下。杨继新看那女子，正是两次在后花园里看见的大姨姊。大姨姊脚才点地，那只大黑鸟已展翅凌空而去。杨继新不觉失声说道："这黑鸟不是我那日遇见那老头之后，眼见这般的两只黑鸟，从树林中飞起的吗?"杨继新说时，见新娘已朝着大姨姊跪下，便也想挣扎起来跪下。大姨姊摇手笑道："我不是来追赶你们的，是来跟着你们同逃的，妹妹请起来好说话。"新娘这才变换了惊慌的神色，起来问道："刚才送姊姊来的，不是吕祖师爷的神鹰吗，姊姊如何能骑着的呢?"

大姨姊笑道："妹妹问我，连我自己也不明白。好几年来，我们都不曾见过吕祖师爷的面。明知道他老人家，是痛恨那无恶不作的徒弟，既经驱逐门墙之外，所以不愿见面。我们因终年跟着那恶贼刘鸿采的缘故，心中也渐渐把他老人家忘了。今早自妹妹偷身走后，我一个人更无聊赖，正坐在房中纳闷，那恶贼忽打发人来叫我去。我心里便再愤怒十倍，也不敢违拗他，只得忍气到恶贼跟前。这时恶贼还没发觉你走了的事，同时也打发了人去叫你。我到没一会儿，叫你的人回报说，满屋和花园都寻遍了，不见二小姐。厩里那匹日行八百里的马，也连鞍辔不知去向。那恶贼闻报，即大叫了一声，跳起来说道:'贱丫头，好大的胆量，这还了得!'旋骂旋掏指轮算了一会儿。猛然向案上拍了一巴掌，说道:'咦，这其中有主使的么?'随又自言自语道:'若其中没主使的人，贱丫头哪有这么大的狗胆。'

"我一听恶贼说出这话，惊骇得了不得，唯恐恶贼算出主使的是我来。我方在心里着慌的时候，恶贼恰巧望我一眼，只望得我几乎把胆都吓碎了。恶贼原是叫我们去有话吩咐的，这一来，什么话也不说了，面上的怒容，霎时间改变了忧愁着急的模样。大约是虑着你走后，宣泄他的作恶行径。我立在旁边不敢退，他好像已看出我心不自安的样子，即换了一副笑容，向我说道:'你是好静的脾气，还是回房静养吧，那贱丫头此时虽然逃了，但是听凭她逃到九洲外国，哪有我拿她不回的? 我此刻有紧要的勾当，没工夫去拿她，明日我将她拿回，处治给你看看，你暂时回房去吧。'

"我听了退出来，心里仍是害怕得很，因在房中闷得难过，独自到后园里闲行，心里也知道是这么过下去不了，然而丝毫没有主意。越是羡慕你能得所，便越是伤感自身不知如何归宿。就在我心中正十分难过的时候，偶然抬头，便见吕祖师爷笑容可掬地立在面前。我不由得不吃了一惊，只得慌忙跪下叩头。祖师爷道:'不必多礼，我特地来这里救你，不可迟延，赶紧追上你妹妹去吧!'我见祖师爷这么说，又是欢喜，又是为难。欢喜的，是难得祖师爷肯拿我当一个人，亲自前来救我；为难的，是因这匹日行八百里的马，已被你骑走了，我如何能追得上你呢？并且追上了你，又将怎么办呢？你也是和我一样，初从火坑中逃出来的人。

"亏得祖师爷的神通广大，我的念头一转，他老人家早已知道。即对我说道：'事不宜迟，老夫送你一程吧。你追上你妹妹的时候，我自有摆布。'随说随向园中一棵大桂花树上招手。枝叶一响动，即飘然飞下一只神鹰来，落在祖师爷肩上。祖师爷一面用手抚摸着，一面凑近鹰头说了几句话。那鹰真是神物，一敛翅就到了我面前地下，我还不知道是什么用意，望着神鹰发怔，祖师爷指着鹰背，向我说道：'你只骑在它背上，不可害怕，也不用你驾驶它，它自然能将你送到你妹妹所在的地方，万无一失的。'我早闻名他老人家的神鹰，有骇人的本领，驮我一个年轻女子，自是用不着我害怕。我即跳上鹰背坐了，双翅一招展，我就跟着身凌太虚，只一霎眼之间，便到了这里。那恶贼能剪纸为鸢，骑着飞行千里之内，你我都曾骑过的，哪里及得这神鹰的安稳迅速？"

新娘点点说道："我刚才就因见天空有一只大鸟，鸟背上仿佛有人，向这里比箭还快地飞来，疑心是那恶贼，骑着那纸剪的东西追来了。正和他说，失悔不该怠慢，在此地停留。再看鸟背上不像男子，就知道是姊姊了。想不到吕祖师爷，有差神鹰送姊姊来的这回事，但不知道他老人家说，见了我自有摆布的话，是怎生一个摆布。"杨继新听了这些话，心里一快活，两眼登时觉得舒畅多了，挣扎起来，向大姨姊道谢救命之恩。

大姨姊这时的态度，不似在花园里那般冷淡了，开口笑问杨继新道："你跪在花园里当天发的誓，就这么空口道谢一声，便算了事么？"杨继新红了脸答道："我是一点儿能为没有的人，只要姊姊有用得着我的事，我无不鞠躬尽瘁，至死不悔。"大姨姊待说什么又停住，一会儿脸也红了。

杨继新倒不觉着，回过头向新娘问道："我至今还不明白，昨夜为什么抢下你的头上软帽掼了，你就服服帖帖地不把我推开了呢？"新娘见问这话，顿时想起昨夜成就百年佳偶时的情形，不禁红呈双颊，回答不出来，杨继新见新娘红脸不说，益发连声追问是什么道理。

大姨姊忍不住笑道："你讨了便宜，她吃了亏的事，还只管问些什么呢？你若真不明白，那方法是我教给你的，我就说给你听吧。妹妹头上戴的软帽里面，贴了一道遁甲符、一道替身符，那两张符，是刘鸿采给她勾读书人的灵魂时用的。平常引诱了读书人进门之后，不必我姊妹两个出面，随便拣一个整齐些儿的丫鬟都使得。就仗着有这两道符，用种种邪荡的手段，引逗得读书人动火。等读书人上前拥抱，即仗着两道符的力量，将自己的身遁开，随手指一样东西，做自己的替身。在被引诱的读书人看了，只觉得意中人已抱在怀中，并看不见有遁形代替的举动。读书人抱着替身，无所不至，所谓销魂地狱。就在这时候，被引诱的人，勾去一魂了。一连三夜，勾去三魂。试问没有魂的人，如何能活？我妹妹因存心爱你，不忍指东西代替。然她自己又不愿冒昧失身于你，恐怕一个人力量太弱，救不了你，反害了自己。所以宁肯使你守两夜空房，昨夜因见有我替你出主意，她的胆量才大了，知道有我从中帮助，便不怕不能救你脱险了。"

杨继新听到这里，正待问刚才乘坐的神鹰，是如何的来历，陡听得背后有人大笑。忙回头看时，正是那日从饭店里出来遇见的须眉如雪的老头。心中一感激，不由得就立起身来，向那老头作揖道谢，把腿上的痛苦完全忘了。老头指着新娘对杨新继笑道："何如呢？娶这么一个如花似玉的老婆，不是易如反掌吗？"杨继新还不曾回答。只见新娘和大姨姊都跪下来，叩头道："承祖师爷救命之恩，粉身难报。不过我等此刻，虽已逃到了这里，一时仍没有安身之处，不知以投奔何方为好，还得祖师爷明示。"

杨继新见二人称老头为祖师爷，才知道就是刘鸿采的师傅吕宣良。那日在树林中看见的两只大黑鸟，就是大姨姊乘坐飞来的神鹰。心想怪道他能包管我易如反掌的，娶这么一个绝世美人。得有他这样大本领的人，从中作合，我也不知几生修到这种缘分。杨继新心中说不尽的高兴，至于有没有安身之处的问题，在他这到处为家的人，并不在意。随着就听得吕宣良说道："安身之处，何愁没有。"说时，望着杨继新道："你一家骨肉团聚之期，就在目前，岂可另谋安身之处？"杨继新道："祖师爷是教我就此回思恩府去么？"

吕宣良摇头道："不是，我这里有一封书信，你们三人一同送到长沙隐居山下柳大成家，交给柳大成，自有区处。"随从袖中取出一封信，并两个包裹，递给杨继新道："这两个包裹里面，是刘鸿采半生作恶积蓄得来的珍宝。他刚才已被红云老祖拘去，责其改悔，十年之内，红云必不许他离开左右。我将他的家财，分给众丫鬟，已打发各归原籍。只她们姊妹，终身都已有了着落，并早已无家可归，所以留了这两包东西带来。这里面的东西，虽我是取之刘鸿采，但刘鸿采在十几年前，也曾取之于你两人家中。此中因果，不爽分毫。"

杨继新双手接过来，觉得十分沉重，当即转交新娘和大姨姊两个。三人一同向吕宣良叩谢。吕宣良本是萍踪无定的人，此事既经办了，仍带着一对神鹰，不知往何处去了。

杨继新带了新娘大姨姊投奔长沙，在途中问起姊妹两个的身世，才知道二人本是姑表姊妹，都是浙江新城县的巨室。两家其所以都弄得家败人亡，一家仅留了一个弱女儿，尚且得受尽千般磨折，这其中也有显然的因果可言。非是在下迷信因果报应的话头，只因生成了这种惨酷不近情理的事实，自然使人看了，觉得处处是报应昭彰。二人既是本传中两个女侠，便不能将身世忽略不写。

不知二人的身世当中，有何惨酷不近情理的事实，且俟下回再写。

第三回

钱锡九纳宠受恓惶
蒋育文主谋招怨毒

话说浙江新城县辖柳树桥地方，有一个姓钱的富室，原是由祖宗做官发了财，在柳树桥置了许多房屋田产，给子孙享受。这时钱家的主人叫钱锡九，年纪才得三十来岁，生性欢喜结交江湖上三教九流的人，如走马卖解、阴阳风水等人，钱锡九时常留在家中款待。有时有江洋大盗犯了案，被追捕得紧急，无处藏身躲影，跑到钱家来，说出实在情形，求钱锡九保护。钱锡九也不顾案情轻重，自己是否担当得起，多是一口答应，窝藏在家。钱锡九也略会得些武艺，曾中了一名武举人，有一个胞妹，嫁给同乡十多里蒋家，蒋家也是新城的巨富。妹婿蒋育文，挂名读书，花钱买了一名秀才，为人机巧变诈，刁恶百端，郎舅之间，却甚相得。

这日，有夫妻两个，带着一个女儿，到柳树桥地方卖解。凡是来这地方卖解的人，无有不闻钱锡九的名，先来钱家打招呼的，这三人也照例先到钱家来。钱锡九一见这女儿年方十五六岁，生得玲珑娇小，秀丽无伦，心中已非常爱慕。及见这女儿使出来的技艺，都不是寻常一班卖解女郎所能比拟，更倾倒得了不得，将三人留在家中，攀谈家世。知道这女儿叫韩采霞，已十六岁了，是夫妻两个的亲生女儿，没有儿子，打算将韩采霞招一个有些儿能为的女婿，好供给夫妻两个残年的衣食。钱锡九既爱上了韩采霞，又听得还不曾许人，便喜不自胜的，差心腹人向韩采霞的父母说合，情愿多送些银钱，定要纳韩采霞做姨太太。

韩采霞止如初卉的一朵鲜花，她自己的志愿很大，便是嫁人做结发夫妇，也得由她自己看中了人物，依得她自己的种种条件，才算如愿相偿。于今钱锡九的年龄，比她大了一倍，人品又生得粗蛮凶恶，更加上是做姨太太，她怎么得愿意呢？她本人既明说不愿意，她父母是爱怜她的，是将依赖她下半世生活的，当然不忍勉强她，很委婉地向说合人回绝。

说合人存心要讨钱锡九的好，生拉活扯的，要把这事做成，威逼利诱，不知费了多少唇舌，用了多少心思，居然诱逼得韩采霞父母答应了。钱锡九出一千两银子的聘金，交给韩采霞父母，硬逼着写了一张卖身字给钱锡九。夫妻两个搂抱着韩采霞痛哭了一场，才泪眼婆娑，一步三回头地忍泣去了。

韩采霞见自己父母，因贪图一千两银子的聘金，竟忍心写卖身字，将她卖给这样粗蛮凶恶的钱锡九做妾，心里又是伤感，又是痛恨。伤感的，是为骨肉至亲，都敌不过钱神的势力，钱神一到，便教人骨肉分离；痛恨的，是为钱锡九本有老婆，不应倚仗钱多势大，欺骗贫人，为图遂自己的淫欲，硬逼着将人家的至亲骨肉拆开。韩采霞心里虽则如此痛恨，然父母既收受了人家的银两，卖身字且已到了人家手里，还有什么方法，能避免那个不愿意干的勾当呢？

钱锡九见已达到了目的，直喜得心花怒发。地方邻居，得了这消息，存心巴结钱家的都来庆贺。钱锡九办了些酒席款待，悬灯结彩，俨然办喜事的模样，并引着许多贺客，来赏鉴韩采霞的姿色，以表示他的眼力不差，艳福极大。

众贺客看了，休说韩采霞本来生得秀丽无伦，不由人不诚心赞赏，便是姿首平常，贺客既存心巴结钱锡九，又有谁敢说半个不赞美的字呢？异口同声地当着韩采霞，恭维得钱锡九周身十万八千个毛孔，孔孔钻出一个快活来。浑身十万八千个快活，把个钱锡九包围了，其得意的神情，便说不出，写不出，画不出。钱锡九越是得意得说不出，写不出，画不出，韩采霞痛恨的心思，也越跟着说不出，写不出，画不出。越是痛恨得厉害，当然越是不愿意和钱锡九好合。

这夜，钱锡九因贺客恭维得快活，多喝了几杯喜酒，乘兴到韩采霞房里来，准备尽情享受他生平未曾享受过的温柔艳福。一见韩采霞的面，就想上前搂抱。韩采霞连忙避开，说道："你是个有钱有势的人，拿银钱引诱我父母，拿势力压迫我父母，使我父母不敢不答应你的话，忍痛将我卖给你做妾。于今银子已拿去了，卖身字也到了你手里，无论如何，我也翻悔不了，唯有忍气吞声地跟你做妾。不过你的势力，只能压迫我那忠厚诚实的父母，我是不怕你压迫的。你的银钱，只能向我父母买我的身体。我这身体，原是我父母的遗体，父母要拿来卖钱，只由得父母，我不能作主。但我这颗心，从娘胎里出来的时候，是无知无识的，可见得知识不是父母的遗体。父母只能卖我的身，不能卖我的心。你不想买我的心便罢，若想买我的心，就没有这般容易的事。"

钱锡九万想不到韩采霞临时有这些话说出来，不觉怔了一怔，望着韩采霞那种如雪似霜的神气，不由得把初进房时一团极热烈的欲火，冷了一个七八成，酒兴也被冷退了，只得勉强扮出笑脸来，说道："怎么叫作买你的心，我不懂得？人人个个的心，都在身体里面，我花一千两银子，买你的身体，自然连你的心一并在内。难道你一个人不和旁人一样，心是另外放着的吗？"

韩采霞点头道："你要装糊涂，也只得由你。我的心，确是不和旁人一样，是另外放着的，不跟着身体在一块。"钱锡九大笑道："这话倒说得有趣，我倒要问你的心，此刻放在什么地方。"韩采霞正色道："你要问我的心么，我的心从来是放在我父母身上，不曾移动过一时半刻。"钱锡九道："然则你这里是没有心的了？"韩采霞道："我若有半点儿心在这里，也不和你说这些话了。我简直没有心在这里，你就勉强逼迫我，有什么趣味呢？"钱锡九道："我不爱你，就不妨逼迫你，既是爱你，却如何忍心逼迫你呢？无论怎么，也得把你的心买转来。不过你的心，要如何才能买得转来呢？这是要你自己说的。"

韩采霞道："你要买我的心，也不是一件难事，我的身体虽瘦弱，气力虽很微小，只是几年来就存心要嫁一个身体伟大、气力强壮的丈夫。像你这般的身体，也可算是伟大的了，但不知道气力怎么样。"钱锡九不待韩采霞说完，即抢着笑道："你要我旁的东西，我不见得能遂你的意。讲到气力这件东西，敢夸一句大口，是我身卜出产的东西，如何强壮得骇人的话，我也不必说，只看你要多大有多大便了。"

韩采霞听了，微露出欣喜的神色，说道："我也不要如何骇人的强壮，我只直挺挺地仰面睡着，你能用两手，将我并作一块儿的那两条腿，分开来到一尺五六寸宽，我就如愿已足了。"钱锡儿打量了韩采霞几眼，笑道："这真是哄小孩子的笑话。像你这般大小的身体，我只须用两个指头，便可将你全身提起来。就是你两腿这般粗细的两条铁棍，我也能要它弯就弯，要它直就直，何况常人一般的皮肉、一般的筋骨呢？你大概还不知道我是什么人。老实说给你听吧，我是新城县大大有名的武举人，两把十六个力的硬弓，我能并做一块儿，要向左边开，便向左边开；要向右边开，便向右边开，一点儿不费事。头号大刀，我能一只手握住刀把的颠儿，伸直手膀，做一百下太公钓鱼，你看我两膀的气力有多大。全新城县找不出第二个像我这般大气力的人来。你若疑心我夸口，今夜是已来不及了，明早我便可以显点儿真材实力给你瞧瞧。"

韩采霞道："你是新城县的武举人，我不曾到你家之前，就听得我父母说过。你既有这么大的气力，何必要等到明早才显出来呢？难道你的气力，也和我的心一样，是另外放着的吗？"钱锡九道："我不是定要等到明早才显出来，只因见你这般孱弱的身体，不是我试力的东西。你既执意要我是这么试，我有何不可？你就躺下来，看你能有多大的气力，尽管使出来便了。"韩采霞道："试便试，但是你得依我的话。"钱锡九道："你有什么话，不妨都说出来，我依得的决无不依。"韩采霞道："你分开了我两条腿，到一尺五六寸宽，我从此一心一意，跟你做妾，誓无异言；若是分不开，或分开不到一尺五六寸宽，当怎么办？"

钱锡九绝不在意地答道："不是生铁铸成的，哪有分不开的道理？"韩采霞道："分得开，是你的造化；但是万一分不开，当怎么办呢？"钱锡九道："看依你说当怎么办，便怎么办。"韩采霞道："你今夜喝多了酒，气力或者不能如平常一般大。我限你三夜，你在三夜之中，能分开我两腿，我心甘情愿地从你；分不开，便不能怪我。要强逼着我跟没气力的人做妾，我宁死不甘愿。"钱锡九随口应道："好！我若真个分你两条腿不开，也没颜面做你的丈夫了。一千两银子算不了什么，一分一厘也不要你父母退回，并把你的卖身字还给你拿去。"

韩采霞问道："这话能作数么？"钱锡九拍着胸脯道："大丈夫说的话，哪有不能作数之理？不过你说的话，也要能作数才好，不要分开了你的腿，又生出什么难题目，来给我做。"韩采霞道："我虽是个女子，说话也是一句成单，两句成双，断不改移。"说完，仰面横躺在床上，将两腿直挺挺地伸出床外，两膝两踵紧紧地靠着。

钱锡九仔细端详那两只瘦削如笋的脚，能并在一个手掌中握住。那时一般男子的心理，都爱看小脚，越是小得可怕，在那时男子眼光中看了，便越是觉得可爱。看了瘦小不盈一握的脚，没有个不勃然动心的，钱锡九当然也是这一般的心理。望着韩采霞两只脚，越看越爱，握在手中，轻轻捏了两下，柔若无骨，尤觉摇神荡魄。暗想这样两只勾魂的莲瓣，能有什么气力？就是平常握在掌中，还得仔细，捏重了些儿，受了伤不是当耍的事。拿这东西来，和我这个有力如虎的武举人斗气力，岂不是笑话？

韩采霞见钱锡九，只顾握着两脚端详抚弄，一点儿没有使气力分开的神气，不禁气愤起来说道："你再不使气力分开，我已不耐烦等你了。"旋说旋将两脚一缩，脱出了钱锡九的掌心，待翻身坐起。钱锡九忙止住道："我不是不使力，是不忍使力。也罢！你若觉得有些儿痛，就得快说，免得捏伤了，使我心里难过。"韩采霞也懒得回话，只仍将两脚伸直。

钱锡九一手握住一只脚，拉弓也似的，渐次增加气力，向两边分开。却是作怪！两膀的气力，看看使尽了，两腿竟比生铁铸成的还要强硬，莫说向两边分不开来，连上下移动分毫，也做不到。只累得一身大汗，羞得满面通红，握着也不好，放手也不好。韩采霞连声催促道："怎的还不使力呢？"钱锡九被催促得恨无地缝可入，只得借着韩采霞的话解嘲道："今夜只怕是应了你的话，喝多了几杯酒，气力大不似平常。使力过于凶猛了，又觉心中不忍，且依你的，明夜再来吧。我连你两条腿都分不开来，更有何颜面做你的丈夫。你独自睡吧，若三夜不曾分开，你去跟你的父母，我也无面目再住这新城县了。"

钱锡九明知不曾将韩采霞的两腿分开，勉强要和韩采霞同睡，是得不着甜头的。并且他先夸下了大口，此时面子上，也实在有些难为情。不如索性不在韩采霞跟前，倒可减轻多少惭愧。韩采霞也不说什么，等钱锡九一出房，就关上房门睡觉。

钱锡九也不好意思拿这夜的情形，对家里人说。次早天未明就起来，赶考期工夫似的，认真攀弓搬石，自觉气力并不比考武举时减少。足足练习了一整日气力，试用两根檀木棍，拿麻绳捆缚在一块，再用凉水蘸在麻绳上，使麻绳缩紧，将全身气力，运到两条膀臂上，一手握住一根木棍，只一声断喝，喳喇喇分作两开，看麻绳已断做了若干段。试验后，望着麻绳不住地点头道："她的两腿，不过硬得和檀木一样，并拢来的力量，不过和麻绳捆缚的一样。今夜若再分不开来，就只好认命了。"

这夜，钱锡九饱餐了夜饭，一口酒都不敢喝，进房欣然对韩采霞道："昨夜一则因喝多了酒，二则不忍用力过猛，今夜你得当心一点儿，拗痛了筋骨，是不能怪我的。"韩采霞道："能拗痛我筋骨，是你的本领，来吧！"说时，仍照昨夜的情形躺下。

钱锡九今夜便不似昨夜那般轻怜重惜的了，和握檀木棍一般地将两脚牢牢地握住，运足了气力，也是一声断喝，猛然往两边一撕，只因用力过猛，竟将韩采霞的身体，直挺挺地横擎在手中，唯有两腿依旧并做一块，不曾分开一寸半寸。

钱锡九不知不觉地长叹了一声，放下韩采霞，回身往外便走。独自思量了一夜，简直想不到韩采霞是用什么方法，将两腿合并得这么强硬，更想不出破这方法的方法来。思量三夜的期限，已过了两夜，若明夜再分不开，一千两银子的事小，面子如何下得来呢？想到这一层，更是急得如热锅上蚂蚁，走投无路。一夜容易过去，天光一亮，便是最后五分钟的第三日了，仍是和昨日一样，尽力地攀弓搬石。

午饭后，蒋育文来了，见钱锡九一个人，在练武的房里，累得汗流遍体，便笑着问道："新讨了姨嫂子，今日才三朝，怎么舍得不在房中结实亲热亲热，却独自在这里，讨这种苦吃呢？大概是姨嫂子嫌你的弓马生疏，怕将来夺不着武状元，逼着你吃这种苦头。"钱锡九被说得红了脸，半晌不好回答。

蒋育文很觉得诧异，接着问道："我真不懂得你是什么用意，我见你自中过武举之后，不曾有一次到这房里来，理会这些东西。今日一则是纳宠后第三天，不应有闲情余力来弄这些玩意；二则你中举之后，已心得意足，并不打算再从这上面做功夫。你累出这一身臭汗，毕竟为着什么呢？"

钱锡九素来和蒋育文的感情很好，又逆料这事终久不能瞒他，便将蒋育文拉到僻静处，说道："不瞒你说，我真倒霉极了。前日你不是还在这里喝了喜酒，黄昏时候才回去的吗？你回去之后，我乘着酒兴到新讨的人房里，以为可以遂我这几日来的欲望。谁知如此这般地闹了两夜，若今夜再不成功，你替我想想，弄个人财两空，还在其次，你看我此后拿什么面目见人？我怎能不着急，怎能不拼命地练气力？"蒋育文听罢，哈哈大笑道："原来有这么一回事。我昨夜还向你令妹说笑话，不知你得了这么一个宝贝也似的人儿，这两夜是如何盘肠大战的情形。令妹说，必是通宵达旦，人不离鞍，马不停蹄。做梦也想不到你专在她一对脚上，玩了两夜的把戏。这却如何是好呢？据我想，你这练气力，是白练了的。姑无论练一日两日，练不出多少气力来，即算能练得增加些气力，你要知道，她教你分开到一尺五六寸宽，你这两夜，用尽平生气力，尚不能分开一寸半寸，所差的气力，不用说不在少数，略略增加一点儿，有什么用处呢？并且照情理推测，你能将用麻绳捆缚的檀木棍分作两开，麻绳断做若干段，而不能将姨嫂子的腿，移动分毫，这就不关于力大力小了。这其中必有别的缘故，知道了其中窍妙，大约不用多少气力，便可以分开。若一味行蛮，哪怕你的气力再加几倍，也是枉然。"钱锡九点头道："我何尝不也是如此着想，无奈想不出是什么窍妙来。除了行蛮，更没有旁的方法。"

蒋育文不作声，低着头，闭着眼，好像思索什么的样子。过了一会儿，忽然抬起头，向钱锡九笑道："我已替你想出一个方法来了，你不妨去试用一遭。好在你原来是束手无策的，我想的方法便不灵，也不至误你的好事。"钱锡九连忙问道："什么方法，快说出来，不灵决不怪你。"蒋育文道："你今夜带一块小小的铁片或铁锤在身上，但不可贴肉将铁锤怀热了。照昨夜的样，两手把姨嫂子的身体擎得悬空，以你的力量，一只手必能将她擎起。腾出一只手来，拿出铁锤或铁片，只轻轻向她腰眼里一点，赶紧放下铁锤，一手握住一脚，往左右一分，便不怕分不开了。"钱锡九问是什么道理，蒋育文道："且试用了灵验再说，此时我还没有把握。"

钱锡九虽不相信这方法有效，然在一筹莫展的时候，得有这效否不可知的方法，毕竟聊胜于无。遂依蒋育文的话，如法炮制。果然铁锤一着韩采霞的腰眼，绝不费力地就将两腿分开了。韩采霞两腿既被钱锡九分开，有言在先，无可抵赖，只得含着两泡眼泪，听凭钱锡九为所欲为。

好事成后，韩采霞问道："你怎么知道用铁锤点我的腰眼？"钱锡九笑道："不想出这方法，如何能使你心甘情愿呢？"韩采霞道："你从什么地方想出来的呢？我倒很佩服你的心思细密。你把如何想出来的道理，说给我听听看。"钱锡九哪里知道其中的道理，只得说道："你的腿已被我分开了，如了你的心愿，便算完事，何必追问什么道理？"韩采霞道："你说不出其中道理，可知道这方法，不是由你想出来的。我于今做你姨太太，生米也煮成了熟饭，难道还有翻悔？你把想这方法的人说给我听，使我也知道这人的能耐，有什么要紧。"钱锡九被逼得没法，只好将蒋育文说出来，韩采霞便不作声了。

又过了几日蒋育文来钱家闲坐，到了韩采霞房里。韩采霞用闲谈的态度笑道："姑老爷是精明能干的人，做事要处处存心积德才好，这回不应帮着你舅老爷，出这坏心术的主意。做这种坏事，将来是免不了要受报应的。"蒋育文大笑道："怎么谓之坏事？姨嫂子应该感激我才是。不是我出那个主意，姨嫂子至今还尝不着那夜分开两腿以后的滋味哩！"彼此是这么笑谑了一会儿，蒋育文便走出来了。

岂知这日在钱家吃了午饭回家，肚中就泻个不住，一夜数十次，没有收煞的时候。一连三四日如此，把个蒋育文泻得头昏目眩，腿软腰酸，知道是韩采霞用报复手段。蒋育文妻子回来求情，韩采霞送了一包药服下，才将泻止住了，从此两家就有了嫌隙。钱锡九宠爱韩采霞，言无不信，计无不从，遇事与蒋育文作对；蒋育文仗着自己一点儿小聪明，也遇事不肯退让。两家的怨越积越深，倾陷的手段，也越使越辣。四五年之后，毕竟因这一点小愤，两家都弄得家破人亡。

不知因何弄得家破人亡，且俟下回再写。

第四回

熏香放火毒妇报冤仇
拔刀救人奇侠收双女

话说韩采霞到钱家才一年，就生了一个女儿，取名素玉。素玉不到周岁，蒋育文也生了个女儿，取名琼姑，这时两家骨子里虽有嫌隙，表面仍相往来。蒋琼姑从小就生得玲珑可爱，最能窥伺长辈的意思。韩采霞虽因蒋育文代钱锡九出主意，怀恨刺骨，然见了蒋琼姑，却忍不住不欢喜痛爱，凡事之不可理解的，不谓之天缘，便谓之天数。大概蒋琼姑命里合当和钱素玉有同时落难的天数，又有同时适人的天缘，所以不由得韩采霞不欢喜。若不然，钱蒋两家当日已成冰炭，蒋育文全家男女老少一十五口，竟有一十四口屈死在韩采霞一怒之中，而蒋琼姑独能因得韩采霞欢喜的缘故，得保性命，岂是偶然的事？

两家毕竟为什么如此惨酷的陷害呢？说起原因来，实在是一件小而又小的事。休说至亲骨肉，不应因这点小事即相仇杀；便是一面不相识的强暴之徒，也罕有生性偏狭，居心狠毒到这一步的。

事因钱锡九有一座祖坟，在蒋育文的田庄附近。那座祖坟，据研究阴阳风水的人说，钱家做官发财，添丁进口，就全仗那座祖坟保佑。那祖坟的龙脉如何好，朝岸如何好，沙水如何好，只要后人能小心谨慎的，将那祖坟保护得没有伤损，钱家的富贵，便能永远维持，不至中落。钱锡九是个迷信风水的人，一班以阴阳风水之术，在江湖上糊口的人，终年不断地有三五个在钱家住着。钱家的产业多，房屋大，江湖上九流三教的人，一到他家，他不问有不有一点儿真实本领，但是能奉承得法，恭维恰当的，一体留作上宾款待。到钱家来的地理先生，无不深知钱锡九的性情，和钱家所自信的发家。钱锡九也自以为那座祖坟，是将来公侯将相发源之地。每新来一个地理先生，钱锡九必亲自带着到那座坟上赏鉴赏鉴。走江湖的人，哪有蠢笨的呢？奉承恭维的话，都是如出一口。

久而久之，远近的人，既不研究地理，及与钱家素不相识的人，也都知道那座坟，是钱武举家的发坟。附近牧牛羊的，都相诫不许牛羊践踏那坟周围数十丈之地。因为钱锡九听了地理先生的话，尽力地保护那坟，不使受丝毫损伤，专派两个壮健汉子，常川住在墓庐里，看守坟墓。遇有牛羊在墓旁数十丈以内践踏，不是将牧童饱打一顿，便将牛羊牵去不放。必须牛羊的主人，到坟前叩头赔礼，并大受钱锡九一番叱责，才得牛羊回来。

蒋育文有一所田产，在那坟的对面，当亲戚和谐的时候，蒋家对于那坟，也尽相当的力量保护，及已有了嫌隙，便不过问那坟的事了。嗣后仇怨愈结愈深，不但不过问，反时刻想损害那坟墓，使钱家的家运受些影响，也招引些地理先生来家，研究破坏那坟的方法。有的说："须在那坟的来龙上，掘一个吊井，使龙脉泄了气，坟就不灵了。"蒋育文说："这事办不到，因为那坟的来龙，是钱家的土地，我蒋家不能去掘井。破坏得太显明了，若钱家告状，打起官司来，我亏理打他不过。"就有第二个地理先生献计道："断他的来龙，不如截他的朝岸。只要在那坟的对面，建一所楼房，使坟里的人，看不见岸山，以后生出子孙来，一个个都是瞎子。"蒋育文喜道："这方法好极了，又容易办到。我有一所田产，正在那坟的对面，我拼着花几千两银子，到那田庄上，建造一所楼房。钱家就明知我是有意破坏，我在我的土地内，建造我自己住的房屋，他也没方法来阻拦，打官司也不怕他。"看定了地基方向，就动手开工。

地理先生巴不得有这种事发生，好从中沾刮些油水，即时跟着蒋育文，到那田庄上，择定了地基。有钱的人，无事不可以唑嗟立办，加以有心陷害仇家，尤以越快越好，比寻常建筑房屋多几倍的工人，昼夜兼营，好像这所楼房一旦造成，钱家人立时就都变了瞎子似的。等到钱锡九得着墓庐里人的报告时，蒋家房屋的墙基，已砌成几尺高了。

钱锡九随即带领几个地理先生，匆匆同到坟上视察。地理先生的见解，大抵差不多。一看都大惊失色道："那房屋万不能使他造成。造成了，钱家有无穷的祸害。"钱锡九听了，这一气非同小可。当时打发门下的清客，去蒋家质问，多少地方好建造房屋，为什么偏要在钱家发家的对面建造，使发家看不见岸山？蒋育文既是故意这么办，怎肯因质问便中止进行呢？对清客大骂了一顿，说我建造住宅，在我自己的土地内，用我自己的钱，纯不与钱家相关，休得前来放屁！清客挨了这一顿骂，跑回来对钱锡九添枝带叶的，说得钱锡九恨不得抓住蒋育文，活吃下肚里去。当下就要冲到建筑场去，凭着他自己身上的武艺，将蒋育文和一班工人，打一个落花流水，把砌成的几尺墙基，推为平地。

只是同来的几个地理先生，心中虽一般地唯恐天下不乱，然他们这一类人，只能凭着一张嘴，在背后挑拨怂恿，好从中得些利益。至于挺身出头，与人动手相打的事，恐怕吃了眼前亏，还得不着多少好处，是不愿意干的。因此大家把钱锡九劝住，归家从长计议。

钱锡九气愤愤地回到家中，召集众门客商量对付的方法。人多口杂，主张自不齐一，有主张多办酒席，将附近数十里的绅耆请来，向蒋育文评论道理的；有主张以惊动祖墓的罪名，去县里控告蒋育文的。钱锡九都觉不甚妥当，不能必操胜算，而自己却又思量不出对付的方法来。

韩采霞知道了这消息，忙打发丫鬟将钱锡九请了进来说道："蒋家这番陷害我家的举动，毒辣到了极处。他料定我家明知道他是存心陷害，只是奈何他不得，请地方绅耆来，向他评论道理吧，他在他自己所有的田庄内建造房屋，只要不侵占钱家的土地，钱家没有出头阻拦的道理；至于有不有妨碍风水的话，是没有凭据的。莫说道理说不过他，即算能说得他无理可答，他恃强不理会，仍照常加工建筑，也就无可奈何他了。道理说他不过，打官司也不见得能胜过他。你恃仗着身上武艺，冲过去打服他吧，不但打他不服，他还巴不得你有这无理的举动，好到县里告你。依我的主意，暂时万不可与他计较，一面对外人说实在没有方法，能使蒋家停止建造；一面托人向蒋家说情，愿赔偿他多少银钱，求他将房基移左或移右二三丈。"

钱锡九不悦道："要我去向他低头他便依了我的，移开二三丈，我也犯不着在他跟前示这个弱，何况逆料他决不肯依呢！于事无益，徒留一个笑柄给人，这事干不得。"韩采霞笑道："我何尝不知道他决不肯依，我出这个主意，自有我的道理。"钱锡九喜道："有什么道理，且说给我斟酌斟酌，如果可行，我就依你的办。"

韩采霞将房中丫鬟挥了出去，关上房门，低声对钱锡九说道："蒋育文惯用恶毒的手段害人，我不图报复就罢了，要报复，也就得用极恶毒的手段，使他全家俱灭，还得不着一点儿是被我害了的凭据，做鬼也教他做个糊涂鬼。我有一种熏香，是我父亲在江湖上，费了多少的时日、多少的心思，才得到手的，厉害无比。我父亲传给我，我在你家，这东西没用处。于今蒋育文既有这般恶毒，说不得我要拿出这东西用一回。"

钱锡九道："这东西我虽没见过，但是我曾听得人说，熏香是强盗用的，用处在使人嗅着气味，立时昏迷不醒。于今我又不打算劫取蒋家的银钱，徒使他全家昏迷一阵子，有什么益处呢？"韩采霞凑近耳根，说道："我的话还不曾说明，你就来不及似的问，自然不知道有什么益处。你要知道，此刻是太平世界，无端要使蒋家的人，都死在我手里，旁边人得不着一点儿凭据，除了用这东西，是做不到的。我这东西的力量，能使人昏迷一昼夜不醒，拣没有月光的这夜，我独自一个人，带了这东西前去，人不知鬼不觉地将他一家人迷翻，加上一把火，连房屋带人烧他一个干干净净，有谁能拿得出是我家放火的凭据来。你这一口无穷的怨气，不是已得着了出路吗？"

钱锡九喜得跳了起来，说道："他在我发家的岸山上建造房屋，用意正是要害死我全家。我不能把他全家害死，我这口怨气，也是得不着出路。打官司和请绅耆评理的方法，我就因为太和缓了，不是对付蒋育文这种恶毒人的手段。你这办法，才正合了我的心愿。"韩采霞连忙摇手止住道："低声些，这不是当耍的勾当。除了你我二人之外，断不能使第三个人知道一点儿风声。我其所以要你一面对外人说，实在没有方法，能使蒋家停止建造，一面打发向蒋家求情，就是有意做出软弱的样子来，好教人不疑心有极恶毒的方法在后。你我于今既经议定了，分途照办便了。谨慎，谨慎！万不可对家里人，露出一点口风。"钱锡九点头称是，心中很欢喜韩采霞足智多谋，能替他出气。

谁知钱韩二人尽管秘密，毕竟事还没做，便已被人知道了。知道的是谁呢？原来就是那个无恶不作的刘鸿采。这时刘鸿采尚不曾被吕宣良驱逐，到处游行，原也抱着一点儿行侠仗义的宗旨。无奈刘鸿采生性不是公平正直的人，吕宣良因他的天资极高，凤根极深，急欲成就一个好徒弟，不曾端详审慎。既列门墙，就不免有些感情用事，非到万不得已，没有肯将已经作育成功的徒弟轻易驱除的。误收匪人做徒弟，自己因之受了拖连的，在修道的人当中，极多极多，不是吕宣良一个。不过这时的刘鸿采，行为虽不甚合理，然尚不是有心作恶。即如这回钱韩二人，在密室商议害蒋育文全家性命的事，刘鸿采凑巧不先不后地到了钱家屋上。因听得夫妻密议的声音，心中动了一动，即用隐身法到了钱锡九身边，什么言语都听了入耳。

　　若是旁的剑侠，听了这种恶毒的消息，必然设法阻拦，使这恶毒的计划不能实现。无如刘鸿采的思想，和人不同，他也是个相信风水的人，觉得蒋家在钱家发家岸山上，建造房屋，于钱家固是有祸害；而蒋家对着人家阴宅，建造阳宅，且存着不利于阴宅的心，论天理地理人理，也都应有极大的祸害。两家的厉气，都已聚得非常浓厚，结果应该两败俱伤。我只择其中有缘的人，能救的救一两个。刘鸿采既是这么一种奇特思想，就存了一个隔岸观火的心思，不肯偏袒哪一方面。

　　次日，刘鸿采假装一个乞丐，到蒋家乞食，恰好遇着蒋琼姑，跟着几个兄弟，在庭院中玩耍。刘鸿采见面便吃了一惊，暗想这般秀外慧中、玲珑娇小的女孩，我平生未曾多见，天生这样的丽质，必有用处，决不应该死在这劫数之中。我何不救她出来，暂时做我的义女，传她些道术，或者将来能做我修炼的帮手。其余的这些人，一个个印堂发暗，准头带青，都已透出了死气，是无可挽救的了。刘鸿采既存心想救出蒋琼姑，也不动声色。等到韩采霞实行毒计的这夜，悄悄地躲在蒋家房上偷看。

　　这夜是月尽夜，天上只微微地有点儿星光。二更时分，隐约看见一条黑影，很急地向蒋家奔来，认得出就是韩采霞。刘鸿采用棉花塞了鼻孔，借隐身法跟在韩采霞背后，好看她如何举动。只见她身手好快，一垫脚就上了房子，穿房越脊，飘风也似的没有声响。经过几间房屋，到一处院中，飘身而下，揭起外衣，从腰间取下一条拇指粗的纸卷来，敲火镰点着，从门斗隙中塞进房去，好像烧着了硫黄，发出一种咝咝的细响。

　　韩采霞立了片刻，回身又到这边房门口，也取了一条同样的纸卷贴着，如前塞了进去，又立了片刻，才将房门撬开。刘鸿采跟着进房，见韩采霞把几上的银灯剔大，看房中陈设，整齐华丽，一望就知道是富贵人家的卧室。床上帐门垂着，床前踏板上，并排放着一男一女的两双鞋子。韩采霞一手高擎银灯，一手撩开帐门，望着床上睡得和死人一般的男子，点了点头，恨声说道："你今夜可不能怪我，我的身体，因你一句话断送；我的父母，因你一句话分离。我就剥你的皮，吃你的肉，也难消我胸中之恨！我若愿意给姓钱的做妾，何待你出主意？我不愿意，何用你造这大孽？你今夜若死得不甘，尽管去阎王跟前告我，我随后便来。你须知我此刻来杀你全家，并不是为钱家坟墓的事。"说罢，仍将帐门放了，将灯也搁在原处，出房去到这边房里。

刘鸿采看这房丁字式安放两个床，帐门都垂下，房中陈设的寻常家具。韩采霞也将桌上的油灯，剔亮了些，端起来照床上，每床上有一个形似乳妈的人，带两个小孩睡了，蒋琼姑也在其内。韩采霞用灯在蒋琼姑脸上照了照，肌理莹彻，眉目如画，那种美睡酣甜的样子，便是具蛇蝎虎狼之心的人见了，也得油然发生爱惜的念头。刘鸿采原打算等韩采霞转身，即将蒋琼姑抱在怀中，再跟着看韩采霞的举动。只是韩采霞望着蒋琼姑，好像现出迟疑不决的神气，好一会儿，才自言自语地说道："我原来十分爱你的，此时见了你的面，究竟不忍心使你葬身火窟，且替蒋家留了你这一点骨血吧。"旋说旋一手将蒋琼姑提起来，夹在胁下。

受了熏香的人，和死了的只多一口气，就是用油煎火灼，至死也不会醒来。蒋琼姑被夹在韩采霞胁下，头垂脚弹，软洋洋的毫无知觉。韩采霞夹了蒋琼姑出来，复用熏香，把蒋家的底下人都熏翻了。在蒋育文房中，搜索了一大包细软，做一包袱，连同蒋琼姑系在背上，然后搬柴运草，放起火来。

乡村之中，房屋稀少，不似市镇都会，一家失火，邻居容易发觉，前来扑灭的人又多。乡村中失了火，若不赖自己惊觉得快，起来救熄，邻居是非待次日早起，不能发觉的。韩采霞特地前来放火，引火之物，当然都搬运在紧要的地方，一烧着就冒穿屋顶，风增火势，火助风威，可怜蒋育文全家男女老少，主仆共一十五口人，除蒋琼姑而外，十四口都在迷梦中被烧得伸手舒脚，休说图逃，连醒转来再死的都没有。

韩采霞见几间睡了人的房屋，都烧得表里通红，火焰冲天，逆料是早已死了，才转身飞奔钱家。刘鸿采紧紧地跟在后面，只见韩采霞奔到离钱家，约有半里路的一座山上，寻着一处山岩，将背上的蒋琼姑和包袱解了下来，纳入山岩里面，再回身向钱家奔去。刘鸿采跟在她背后思量道："这举动很奇怪，怎么纳在这山岩里面呢？难道夜里不好安顿这蒋琼姑，须待明日白天再来么？"韩采霞的脚下很快，半里多路，霎眼工夫就到了，也是一垫脚上了房檐，到她自己卧室外面天井中落下，蹑脚潜踪的唯恐有响声，被房中人听得的样子。也从腰间摸出一条纸卷，敲火点着，照蒋家的样送入房中。房中原有鼾声的，纸卷进房不多时，鼾声顿时寂然了。

韩采霞推开门进去，绝不露出踌躇的意味，从左肘上取下一把尺多长的尖刀来，寒光闪灼，可知是锋利极了。左手撩开帐门，右手握刀指着钱锡九的脸，低低的声音，却很斩截地说道："你倚财仗势，强娶我做妾，几年来被你奸污，时时刻刻恨不得吃你的肉。替你出主意的蒋育文，我也取了他一家十四口的性命，我对他的怨恨，已可消除了，此时轮到了你头上。我若不将你杀掉，也对不起蒋家一十四口的冤魂。"

"魂"字才说出口，利刃已刺入钱锡九胸窝，一抽刀，血便跟着直喷出来，有二三尺多高，溅在帐顶上，喳喳地响。刺死后，看也不看一眼，在被褥上揩去刀上血迹，即走到床头，提出一个捆好了的包袱，急急走进后房，将钱素玉抱起，也和受了熏香的一样。就从后房窗眼里，耸身上房，头也不回地向那座山上飞奔。

韩采霞这番举动，倒把个刘鸿采怔住了，暗想这女子，也可算是毒辣到极处的了。和钱锡九做了这几年夫妻，女儿都有这么大了，居然忍心下这样的毒手。倚财仗势逼迫人家做妾的，看了这种榜样，也就应该有点儿戒心了。我倒要始终跟着她，看她将这一对女儿，怎生处置。没一会儿跟到了山岩里，将钱素玉放下，打开包袱，取出衣服来，把身上溅了些血迹的衣服更换了。

天光渐亮，钱、蒋两女儿因睡在地下，比睡在床上的容易清醒。蒋琼姑先醒转来，睁眼看了看四周的情形，便"哇"的一声哭了，口里不住地叫妈妈。韩采霞好像怕被人听得哭声，前来识破她行踪似的，忙伸手将蒋琼姑的小口掩住，一面就耳根说道："我救了你的性命到这里，你还哭么？若再敢哭，就连你这条小命也不留。多死你这么一个才出世的小东西，和多踏死一只蚂蚁差不多，你不可不识好。"

韩采霞这派话，若对已经成年有知识的人说，自可将哭声吓住。无奈蒋琼姑才得五六岁，知道什么东西是性命，和死有什么可怕？越是见韩采霞说话的声音严厉，越是吓得大哭不止。将琼姑的哭声，止高得震人耳鼓，钱素玉已醒转来，张眼看了一看，也紧跟着大哭起来。韩采霞只急得无可奈何，举手将蒋琼玉脸上，啪、啪、啪打了几个嘴巴，恶狠狠地喝道："要讨死就哭！"

蒋琼姑长到五六岁，父母钟爱得如掌上明珠，几曾挨过一下巴掌，更几曾听人骂过讨死的话？不曾挨过打的小孩，并不知道打她的用意，脸上受了痛苦，怎么倒能把哭声停住呢？不待说是益发号啕得厉害了。刘鸿采隐身在旁边，看得分明，见韩采霞两眼忽然露出凶光，射在蒋琼姑身上，咬了一咬牙关，恨恨地说道："你这贱丫头，本合该与你父母，同死在一个火窟里。我逆天行事，将你救出来，毕竟是白用了一片好心。我若为救你把性命丢了，就太不值得。罢，罢，罢！送你和你父母一道儿去吧。"说着，已拔出那把刺钱锡九的刀来，对准蒋琼姑的头顶心，顺手刺下。

刘鸿采到了这时，再也忍耐不住了。说时迟、那时快，来不及现出本来面目，一手就将那刀夺了过来。韩采霞不提防有人隐身跟在左右，不见人影，忽觉手中刀被人夺了，不由得不大吃一惊。刘鸿采夺刀在手，才收了隐身法，即用那刀指着韩采霞骂道："我没见过你这么毒的妇人，实在容你不得。这刀是你刺死亲夫的刀，不教你死在这把刀下，也不见得天理循环、报应不爽的道理。"一面说，一面转刀尖向韩采霞胸窝刺去。

韩采霞的武艺，本很高强，虽不能与剑客相抗，然刘鸿采用短刀去刺她，论她的武艺若在平时，使出腾挪躲闪的功夫来，也不是容易可以刺着的。此时因刀无形被夺的时候，吃了一惊，接着突然在眼前，显出一个凶神恶煞一般的汉子来，更把她惊得呆了。加以是才犯了大案，心中正在虚怯的时候，连退步都来不及，刀尖已刺进了胸窝，立不住仰后便倒。刘鸿采看已是死了，才掼了短刀，提起两个包袱，在钱、蒋二女孩头上，各人拍了一下，二孩即时迷失了本性，不知道哭泣了。

这便是钱素玉、蒋琼姑到刘鸿采手下的来历。嫁给杨继新的，就是蒋琼姑。蒋育文在日，曾替钱锡九主谋，破了韩采霞的身体。所以钱素玉也替杨继新主谋，破了蒋琼姑的身体。韩采霞破身，在嫁钱锡九的第三夜；而蒋琼姑破身，也在嫁杨继新的第三夜。钱锡九两夫妻商议去烧杀蒋育文全家，而他夫妻自身也都在这几个时辰以内，双双饱刀而死，因此在下说，照这件事实看来，使人觉得处处都是因果报应。

只是钱、蒋二人的来历已经述明了，闲言少说，再说杨继新收了金罗汉的书信，带着蒋琼姑、钱素玉，从遂平一路向长沙进发。在途中问出了二人的略历，才知道世间有这些奇人怪事。一路上饥餐渴饮，晓行夜宿，不止一日。这日到了湖北，杨继新雇了一条很大的民船，打算一帆风顺，几日便可达到长沙。

杨继新是个富有才华的人，气宇自与常人不同，加以年轻飘逸，服饰鲜明，又配上一个丰姿绝世的蒋琼姑，兼有骨秀神清，如寒梅一品的钱素玉同行，三人所到之处，无不认作官家眷属。杨继新雅人深致，独自出门的时候，尚且到处流连山水，诗酒自娱。于今日对天人，胸无俗虑，并无须急急地苦赶途程，遇着风色不顺，就拣稍可流连的地方停泊。

这日还停泊在湖北境内，因连刮了几日的逆风，才转风色。船户正准备开行，忽见两个行装打扮、背驮包袱的大汉，忽匆匆向船跟前走来。在前面的年约四十来岁，跟在背后走的年纪略小些儿，离船还有十来丈远近，在前面的汉子就高声问道："请问这船是开到长沙去的么?"船户看二人的步履很矫捷，气魄又十分雄壮，恐怕不是正路上的人，不敢答白。杨继新听说岸上有人问话，即推开舱门向岸上看去，两个大汉已到了船旁，同赔笑对杨继新拱手道："我兄弟是多年在各省大码头做买卖的人，这回因要到长沙去，在湖北等候了多时，若没有相安的顺便船只，只得从旱路步行。我兄弟这回是初次去长沙，不知道去长沙的旱路，比水路还难行走。难得遇见公子这船，福气极大，千万恳求公子，分船头一尺之地，给我兄弟，顺便搭到长沙。沿途饮食，我兄弟自有糇粮，不须破费公子。"

杨继新见二人的言动，虽彬彬有礼，只是那种赳赳雄武的气概，使杨继新也疑心不是正道人物，随即摇头说道："船上多搭一两个人，原没妨碍。不过我这船是特地包了载家眷的，为的就是怕有外人同船，起居不便。这河里往来的船多，请两位另搭他船吧。"二人听杨继新推却不肯，即时现出神色沮丧的样子，同时跪下朝杨继新叩了一个头道："这河里若有第二条船可搭，我兄弟也不来恳求公子了。我兄弟确是规规矩矩在各大码头做买卖的人，求公子不要认作匪类。公子鸿福齐天，决没有大胆的匪类，敢转公子的念头，我兄弟就是来求庇护的。"

杨继新益发疑惑说道："现在清平世界，到处行旅平安，这条路上，更是道不拾遗、夜不闭户，无端用得着什么庇护? 我这船上，其所以不搭外客，并非怕误搭匪类，更非认两位不是规规矩矩的买卖人。并且我看两位身壮力强，不是孤单软弱的行商可比，在行旅平安的路上，无缘无故，要存这害怕的念头干什么呢?"二人听杨继新说完，年长的抬头打量了杨继新两眼，回头向年轻些儿的说道："这不像是老于江湖的人口吻，难道我们找错了么?"年轻的且不回答,只顾用两只闪电也似的眼睛,向船舱内窥探。

这时钱素玉正与蒋琼姑下围棋,杨继新和岸上二人对答的话,都听得明白,至此,才忍不住起身向岸上看了一眼,即对杨继新说道:"这是两个好人,妹丈可教他们上船,顺便带他们到长沙,也免得他们在路上受惊恐。"杨继新见自己大姨姊这么说,也猜不透是什么意思。然逆料钱素玉是个极有见识极有能为的人,她主张的必无谬误,遂对两人说道:"既是二位定要搭我的船去长沙,我也是出门的人,得行方便,且行方便,就请上船来吧。"两人如得了恩诏,谢了又谢,才一跃上船。

船户看了这情形,以为杨继新是读书公子,不知道世路崎岖,这类凶相外露、素昧平生的人,也居然许可他们搭船。在半途中出了乱子,船家多少担些干系,不能袖手旁观,不先事交代一番,以卸自己的责任。船户有了这种心理,便到杨继新跟前说道:"这船是杨公子出钱包了的,公子要许可谁上船,小人不敢顾问。不过小人在这河里行了几十年,深知道这条路,只表面上安静,实在是一步一关,难行极了,素不相识的人来搭船,公子若图免麻烦,小人的愚见,仍以不答应为好。小人既知道这河里难走的情形,不敢不禀明公子,并非故意说这话,使公子受惊。"杨继新点了点头道:"知道了,我自有道理。"船户诺诺连声,退了出去。

杨继新口里虽说"知道了,自有道理"的话,其实他心里何尝有什么道理?等船户一退去,就问钱素玉道:"姊姊何以知道两个汉子是好人,许他们上船来坐呢?"钱素玉只顾低头想棋不答,蒋琼姑也行所无事。杨继新接着将船户进来禀明的话,述了一遍道:"姊姊不可大意,我虽不是老走江湖的人,然人情鬼蜮,世路崎岖,是知道到处皆然的。"钱素玉边拈着棋子沉吟,边随口说道:"知道了,我自有道理。"杨继新便不再问了。

船已开行,几十里就入了湖南省境。这夜停泊在前书常德庆被劫饷银的罗山底下。杨继新照例在船停泊的时候,不问晴雨,必立在船头上,向两岸观望山形水势。此时杨继新走上船头,只见那两个要求搭船的汉子,各枕着各的包袱,一颠一倒地在船头上躺着,一个面向东,一个面向西。杨继新留神看那两个包袱,都有二尺多长,像很有些分量,隐约看见有一把单刀的形式,因包袱捆缚得紧,刀是挺硬的东西,所以从包袱里面露出一点模型来。再仔细看时，连刀柄都露出一二分在外。

杨继新一见这杀人的器具，就不觉心里有些着慌。暗想大姨姊说他们是好人，世上岂有规规矩矩做买卖的好人，肯随身带杀人凶器的道理？这回大姨姊只怕是看走了眼。我既发觉了，不能不赶紧说给她姊妹听，使她们好早些防范。哪里还有心思观望山水呢？连忙转身进舱，神色惊慌地将所见情形，对钱素玉说了道："姊姊打算怎么办？我看还是趁早勒令他们下船去的好。"钱素玉道："我并没打算怎么办，看你说怎么办好就怎么办。"杨继新急道："姊姊不是说自有道理吗？怎么此时倒说看我怎么办好，就怎么办呢？"钱素玉笑道："自有道理的话，是我说的吗？我因听你对船户说，知道了，我自有道理，所以我也照着你的话说，以为你真是自有道理，我倒安心和妹妹下棋呢。"杨继新跺脚道："这才冤枉！我不仗着有姊姊能担当，怎敢对船户那么说？"

钱素玉见杨继新真个很着急的样子，才止住了嬉笑的态度，说道："妹丈请放宽心，出门做买卖的人，谁不带防身的兵器？何况这所在，是历来有名的盗窟，我们这船经过此地，原可望平安无事的。但是今夜因有这两个人同船，或者免不了有些风吹草动。只是有我姊妹在船上，妹丈不用多操心。这两人自己救死不暇，托庇到这船上来，妹丈倒防范他们做什么。"杨继新问道："姊姊今日也是初次看他两人，怎么便知道是他们自己救死不暇，托庇到我们船上来呢？"

不知钱素玉如何回答，且俟下回再写。

第五回

杨赞廷劫财报宿怨
万清和救难释前嫌

话说杨继新问钱素玉怎么知道要求搭船的两人，是他们自己救死不暇，托庇到这船上来的？钱素玉笑道："这一点儿眼力都没有，走什么江湖呢？这两人是不是同胞兄弟，虽不得而知，然为诚实老于江湖的行商，是可一望而知的。你和船户都因见他两人突如其来，体魄又异常强壮，疑心非正道人物，恐怕是来船上卧底，做里应外合的。江湖中这类事情尽有，你和船户所虑的，并非无见。不过你们其所以如此疑虑，是因看不出他两人背上的包袱里面，是什么东西；若能看得出来，也就不会有这种疑心了。"杨继新道："用布层层裹扎的包袱，不打开来，如何能看出里面是什么东西呢？"

钱素玉道："你自不知道看法，与用布层层裹扎有什么相干。休说是布包的容易看出，就是用皮箱、篾篓严密封锁的，也能一望而知。这两人遍身的珠光宝气，必是经营珠宝生意的行商，每人身上所值的，至少也是十多万。这两人的本领，虽不见得如何高强，只是敢在江湖上经营这大的生意，便可知不是无能之辈。若不是走这罗山经过，旁处水旱两路的强人，能奈何他两人的只怕很少。"杨继新问道："这两人身上，既是每人有值十多万的珠宝，这项生意也就不小了。却为什么不多带几个会武艺的伙计，和我们一般地包雇一条民船，安安稳稳地向长沙去呢？"

钱素玉笑道："你这话更显得全不懂江湖情形。你不知道各处水旱的强人，最踌躇不敢轻易动手的，只有三种人。第一是方外人，如尼姑和尚之类；第二读书人，譬如一个文士装束的人，单独押运多少财物；第三就是这类单身珠宝行商。因这三种人的本领，平日在江湖上都少有声名，不容易知道强弱。虽有绝大的本领，从表面上看去，也与毫无本领的无甚差

36

别。鲁莽些儿的，因轻视这三种人，吃亏上当，甚至送了性命的，极多极多。为此绿林中人，相诫遇着这三种人，不轻易动手，务必慎重从事。在江湖上够得说会艺，很不是一件容易的事。真会武艺的人，更谈何容易请来当伙计？愿意跟人当伙计的，本领便不问可知了。就请三五百个那种伙计同行，反不啻高挂怕人抢劫的幌子，本来不敢动手的强人见了这种幌子，也就知道是可以动手的了。你不相信两人身上，每人有值十多万的珠宝。这很容易，不多一会儿，自有水落石出，使你相信的时候。"

谈论时，天色已渐就昏黑了。钱素玉教杨继新吩咐船户，将船舱四面的板门取下，明早开船时再关上去。杨继新不知道用意，问为什么夜间反把四面的板门取下来，一点儿没有遮拦，在岸上的人看船舱里，不是可以一望无余吗？钱素玉笑道："你难道怕岸上人看了去吗？我姊妹两个，今夜非打开门，给人看个饱不可。并不能使你出头露面，你最好躲在这舱底板下面，免得碍人的眼。"

杨继新一听这话，心中很不自在，正色问道："这船是我们一家人雇的，怎么我坐在舱里，倒碍了别人的眼呢？并且光明正大的家眷，为什么非给人看个饱不可呢？"钱素玉将脸扬过一边，不作理会。蒋琼姑才低声说道："江湖上的勾当，你既是一点儿不懂得，凡事由姊姊作主，是不会有差错的。姊姊教你如何，你便如何，事前用不着过问，事后自然会知道的。"杨继新这才放宽了心，叫船户将四面的舱板取下。

这罗山也是一个小小的泊船埠头，这夜靠着杨继新这船停泊的还有几条货船，二三副大小木排。入夜，各船头排尾，祭江神的锣声鞭爆之声，同时并作，响得震耳欲聋。正在这时候，两个搭船的行商，各提着各自的包袱，同走进船舱来，对着钱素玉、蒋琼姑叩了个头，起来说道："我兄弟今夜得两位小姐庇护，保得住资财性命，终身感激不尽。这两个包袱搁在船头，动手时有许多不便。恳求小姐不嫌烦琐，使我等寄存一夜何如？"钱素玉、蒋琼姑都起身避开二人的大礼。钱素玉听罢，微微地点头说道："同是出门的人，可以帮助的地方，自无不尽力帮助之理，但不知两位尊姓大名，何以知道到我们这船上来的？"

那个年纪大些儿的说道："我兄弟其所以知道到这船上来求庇护，原因说来很是奇怪。我姓胡，名成雄，这是我同胞兄弟，名成保，广东潮州人。从小就跟着家父，终年往来各大通商口岸，做珠宝买卖，家中也略有些积蓄。只因在十多年前，我胞妹舜华，随侍家母到外祖母家，在潮州城隍庙里迷失了，遍寻无着。家母为不见了胞妹舜华，日夜忧煎，已成了一种瘫废的病，辗转床褥好几年了。我兄弟借着做买卖，到处寻访胞妹舜华的踪迹，十多年没访着一些儿消息，以为胞妹必是已经死去不在人世了。

"想不到前几日，因做买卖到了湖北襄阳，在饭店里遇着一个和我同行的人，找我兄弟攀谈。我问他姓名，他说叫张万泰。我不合向他打听我胞妹舜华的事，他当时含糊答应不知道。谁知第二夜，我兄弟借宿在乡村一个农家的楼上，那张万泰便存了不良之心，深夜前来劫夺我兄弟的珠宝。那厮的本领，竟比我兄弟高强十倍以上，哪里是他的敌手？两个包袱都已被他劫夺去了。只是我兄弟这点儿东西，关连着性命，一口气尚在，如何舍得由他劫去，不思量夺回来呢？并且同行劫同行，江湖上也万万不容开这恶例，因此我兄弟拼命跟在张万泰后面追赶，虽明知不是他的对手，然总得跟出他的下落来，以后才有找寻他的所在。

"幸亏我兄弟跟踪在后，刚追了一里多路，在星月光辉之下，眼见张万泰在前，相离不过一箭之地。忽见从斜里飞出两条黑影，立在大路当中，拦住张万泰的去路，向张万泰大喝一声：'站住！'张万泰毫不在意的样子，一面仍旧前跑，一面也厉声喝道：'讨死的囚囊，休得多管闲事！'说罢，只见一道金光，闪闪地朝两条黑影刺去。就听得那黑影打了个哈哈，同时飞出长虹似的两道白光来盘旋上下，将金光逼得一步一步往后退。又听得那黑影笑道：'原来四海龙王的本领，也不过如此，领教了。还不将劫夺的东西退还出来么？'张万泰这时才知道敌不过那两条黑影了，收了金光，问道：'请两位留下尊姓大名，好日后相见。'那黑影答道：'你我日后相见的时候多着呢，你记着吧！我叫欧阳后成，这是我夫人杨宜男。此番奉黄叶祖师之命，前来堵截你这个强盗。'

"我兄弟此时真是喜出望外，连忙赶上前去，张万泰已将劫夺到手的两个包袱，交给欧阳后成道：'我何至做强盗行劫？只因他兄弟向我打听胡舜华，我知道胡舜华是了因的徒弟。了因在日，曾欺负我徒弟庞福基，帮着张炳武、萧挺玉一干人，夺过山龙。我原想去五华山找了因说话，后来听得了因死了，此恨怀在胸中，多年不曾出得。他兄弟既是胡舜华的胞兄，我劫了他的东西，也可因此出一点儿胸中恶气。于今既是黄叶道人出头干预，我暂时只得饶了他们，将来大家自有算总账的时候。'说完，掉臂不顾地去了。

"欧阳后成便将包袱还了我兄弟说道：'这厮是江湖上有名的'四海龙王'杨赞廷。论本领，我等都不是他的对手，只因遇了我夫妻的雌雄剑，才占了他的上风。不过今夜的事情虽了，日后的纠葛更多。黄叶祖师命我夫妻来告你知道，你胞妹胡舜华，现在万载县境内住着。你兄弟可就此动身去湖南。但是此去湖南，水、旱两路都不好走，加以与杨赞廷结下了这番嫌隙，沿途更免不了有与你为难的人。凑巧吕宣良祖师，前日曾来玄妙观说作成了两对好姻缘，一对已成了亲，一对还须到湖南后，才得成就。于今正包雇了一艘民船，从湖北动身往湖南去了。黄叶祖师用慧眼一看，说机缘甚是巧妙。你兄弟要沿途能庇护的人，固是非追上那艘民船，恳求顺便载到长沙不可，就是想兄妹重逢，线索也只在那船上的三人身上。'

"我兄弟欣然问明了船上是何等的三人，即拜谢了欧阳后成夫妇，动身追赶前来。一路探看了多少民船，都是些平常客商，一望就可知道不是能庇护我兄弟的人物，连问也无须过问。直到追着了这船，看见公子探身舱外，风神潇洒，气宇温文，才料定是不错的了。及至向公子恳求，至于下拜，尚不蒙公子首肯。看公子神气之间，似乎有些疑虑我兄弟别有用意。我暗想若是本领能庇护我兄弟的人，岂有眼力如此不济？因此我又以为还不是这船。正在踌躇，公子却已首肯了，探看舱中，原来是小姐格外施恩，特地要公子命我兄弟上船的。于今既承小姐的恩典，许我兄弟上船，这一路平安达到长沙，是无须我兄弟过虑的了。不过据欧阳后成述黄叶祖师的谕旨，胞妹胡舜华，现在万载县境内。我欲兄妹团圆，应该直到万载县去才是。为什么又令我兄弟，附搭小姐这船去长沙呢？小姐的本领高深，不知可否将此中缘故，指教我兄弟，舍妹舜华的居处，小姐想必也是知道的。"

钱素玉听了这一大段情由，才知道胡成雄兄弟求搭这船的原因，虽是由黄叶祖师差人指点，然也是由吕宣良祖师，存心到玄妙观露出话头的。当下即教杨继新收了包袱说道："此中缘故，此时毋须根究。黄叶祖师指示的，自有道理，且等到了长沙，自然有水落石出的时候。令妹胡舜华，我只闻名，是和朱恶紫一同学道的，前几年听说也在江湖上游历了一番，干了些行侠仗义的勾当。只是有一次曾被红云祖师的徒弟，将她二人监禁了些时，亏得智远禅师有信保了去。欧阳后成的名字，仿佛曾听得说，也

39

是红云祖师的徒弟，却不知道何以又到了昆仑派黄叶老祖的门下。他若还在红云祖师那边，便决不至与杨赞廷动手。总之，究竟是如何的原因，非到可以知道的时候，推测也是无用。两位今夜睡在船头上，无论水中岸上，有如何的响动，不可鲁莽起来动手。来的若是寻常无能之辈，固用不着两位动手；如真有能为的来了，两位动手也没用处，徒然白饶了两条性命。果是来劫银钱珠宝的强盗，我知道两位的手段，足可对付。无奈这里面夹着昆仑、崆峒两派的宿嫌积怨，不可视为等闲。"

胡成雄兄弟诺诺连声，自退到船头睡下。杨继新至此，才相信钱素玉有先见之明。读书人毕竟胆量小些，知道这夜必不得安静，心中实不免有些虚怯怯的，却又不愿意独自示弱，躲在舱底板下面，只好以被蒙头而卧。

钱素玉和蒋琼姑对坐舱中，高烧两支大银蜡，在烛光之下下围棋。船舱四面的板门都已取下，江面风吹波响，浪激沙鸣，一一听得清晰。约莫二更过后，猛听得靠左边停泊的一艘很大的船上，有人厉声喝了一句道："来得好！已静候你多时了。"此语才毕，就听得"扑通"一声，好像哎呀不曾叫出，便被打下河去了。钱素玉、蒋琼姑原准备有强人到自己船上来的，真个有强人杀到，是意料中之事，并不至于吃惊。今听得强人向邻船上杀去，而听邻船上厉声喝骂的口气，竟也似准备有强人杀来，早已为之防范的。被打下水去的，不用看已可知道是强人无疑了。倒不由得都吃了一惊，一人一口气，将两支大蜡烛吹灭，从取板门之处，朝左边邻船上一看。

只见月光之下，照见一个道士装束的人，披发仗剑立在船头，好像正在念咒作法的模样。随听得岸上远近的有人大声呼道："焦大哥快来呀，彭四哥被妖道一剑劈下水去了呢。"即又听得一个很苍老的声音回喝道："大惊小怪些什么！"说声未了，紧接着一道金光，裂帛也似的一声响，从数十丈以外直向道士射来。只是那金光绕着道士的身体打了一个盘旋，又是一声响，射了回去。道士举手中剑向空一指，口喝一声"敕"，陡然狂风大作，眼见一阵旋风着地，卷起岸上的小沙大石，落冰降雹一般的，一齐朝金光发射之处打去。惊喊叫痛以及争先奔避的声音，同时并起。而在这纷乱的当儿，忽听一声霹雳，破空而来，好几道金光夭矫，如长虹东驰西突。

钱素玉看那道士有些惊慌失措的样子，不由得也吃惊，向蒋琼姑道："这剑光来得蹊跷，必有崆峒派的名人来了。你我的本领哪够得上抵敌，这便如何是了。"蒋琼姑道："是找那道士对敌的，或者不与我们相干。"钱素玉来不及回答，头顶上已"喳喇"一声巨响，船身摇荡了两下，船桅被两道金光拦腰一揽，登时劈作两段，折落水中去了。那金光跟随而下，钱素玉、蒋琼姑虽明知不能敌，也只得放出剑光将金光抵住。然哪里抵抗得下，眼见得那两道金光，要杀到身上来了。只急得钱、蒋二人，几乎哭了出来，除束手待死而外，一些儿没有救急的方法。再看那道士，已不见踪影了，只有一团极浓密的黑气，圆桶也似的立在那船头上，四五道长长短短的金光，萦绕着那一团黑气，时而闪开，时而合拢，料知那黑气必是道士护身之物。

　　钱素玉猛然想起，刘鸿采所传"纸鸢凌空"的法术来，思量虽只能逃得自己姊妹两个，然到了这种时候，不逃也是同归于尽。杨继新是个手无缚鸡之力的文人，他本人又从来和崆峒派人没有嫌隙，崆峒派人虽狠，不见得下手杀他。至于胡成雄兄弟，我们尽了力，便是尽了心，我们无力救他们，也只好各安天命。旋思量旋从袋中摸出两个剪好了的纸鸢，刚待伸手拉蒋琼姑的手，同乘纸鸢逃走。蒋琼姑的手还不曾拉着，忽觉得眼前一黑，耳里听得蒋琼姑叫了句"哎呀"，自己也不因不由地哎呀一声，立脚之处，摇动起来，身体也摇摇如凌虚空，两眼和瞎了一般，虽睁开来仔细定睛，也毫无所见。耳里又听得蒋琼姑的声音，就在身旁唤姊姊，却是不见形影。

　　钱素玉应了一声道："妹妹看见了什么没有？"蒋琼姑道："不好了，我两眼没有光了，什么也不看见。姊姊看见他在哪里么？我们为什么立脚的地方这样飘飘不定呢？"钱素玉道："我才从袋中摸出纸鸢来，正待拉妹妹的手同乘鸢逃走，尚不曾念咒，身体就是这般飘飘不定了。"蒋琼姑发出悲哀的声音，说道："姊姊也太忍心了，只图我两人能逃，教他一个全没有道法的读书人留在船上，被人杀了，做鬼还不明白是如何死的呢。"

　　钱素玉听了这些埋怨的话，不服气道："幸亏我的纸鸢才摸出来，尚不曾念咒，也没拉你同乘。你不要埋怨我，我看你的本领，便是不忍心逃走，也不过多饶上一条性命，不见得有能耐将姓杨的救出来。姓杨的就有你陪着被人杀了，做鬼也不见能明白是如何死的。就有你这个明白鬼在旁边，将如何死的缘由说给他听，于他更不见得有什么用处。"

蒋琼姑听了，知道钱素玉的性情从来很仄狭，脾气也从来很古怪，自悔说话太鲁莽，打算用言语来解释，免得钱素玉因此生心。便听得杨继新带着笑意的声音说道："我只道又是和在遂平一样，只我的眼睛看不见你，原来你们也看不见我么？我睡在被里一动也没动呢！你和姊姊说话，我一句也听到了耳里，就只眼前漆黑，不但不看见你和姊姊在哪里，一切的景物都看不见了。这船走得多快啊，我耳贴舱底，听得下面的水声，哗啦啦比箭还急呢。"

蒋琼姑一听自己丈夫安然无恙地说话，心里又是惊喜，又是惭愧。惊喜的自是因不曾把杨继新，单独留在凶险之处；惭愧的是惭愧自己不该脱口而出，埋怨钱素玉。然做女人的，临急难的时候，但求自己心爱的丈夫无恙，旁的事便教她受些委屈，也心甘情愿。当下用极诚挚的声口，向钱素玉谢罪赔不是。钱素玉见杨继新也仍在身旁说话，心中也自然安了。从小共患难的姑表姊妹，当然犯不着因情急口不择言的时候，略失检点，认真生起嫌隙来。便也带笑说道："在此刻乌鸦与喜鹊同鸣，吉凶全然未卜的时候，谁真个怪妹妹说错了话呢？我们现在究竟是怎一回事，是我们自家这边的人如此搭救我等呢，还是有敌人如此捉弄我等呢？胡成雄兄弟睡在船头上的，此刻又是怎样的情形呢？"

钱素玉说时，杨继新截住话头，喊道："啊呀，这船已停了么？"钱素玉果觉得立脚之处，已不似方才摇荡了。两眼渐渐能隐约看见自己身上衣服了，仿佛如立在浓雾当中，浓雾逐渐稀薄，眼光也逐渐能远视。不一会儿，在舱里的三人，彼此都能辨认了。船舱中景物，如吹灭了的残蜡、没下完的残棋，都历历在目。再看船头，胡成雄兄弟，横刀挺立在那里，等待斯杀的模样，原来此时的天色，东方已经发亮了。

钱素玉和蒋琼姑来到船头，打算问胡成雄兄弟在船头所见的情形，即见昨夜靠在左边的那船，仍然靠在左边。昨夜的道士，已结束了顶上头发，从容走过船来，向钱、蒋二人稽首道："贫道万清和，是茅山末底祖师的弟子。昨日奉祖师之命，前来搭救胡舜华的胞兄。只因胡舜华在未成年的时候，曾经受过贫道的磨折，结下一点儿冤仇。祖师恐怕冤仇不解，必将越结越深，知道胡成雄兄弟，去长沙寻找胡舜华，免不了罗山一厄，特地差贫道来，聊尽一番心力，使胡舜华知道，将受贫道磨折的事忘怀。

胡舜华的丈夫朱复，也和舜华同时受贫道磨折，将来遇有机缘，再图解免。不过贫道的法力，终属有限，昨夜甘瘤子父子、杨赞廷兄弟，和董禄堂都到了，贫道的法力，已不能抵敌。只得练起一团浓雾，保护贫道一身，这船上如何便顾不得了。但不知是谁，有这么高的道法，也练起一团浓雾，将这船遮护，并送了一帆风，连贫道的船，推到了这里。这里已是湘阴县境，离罗山二百多里了。"胡成雄兄弟听了，连忙过来拜谢万清和，钱素玉踌躇道："这又奇了，是谁在暗中救了我等，却不使我等知道呢？"

话才说出，就见一个身体很瘦小的白须老头，短衣赤脚，其貌不扬，从船尾钻了出来笑道："怎会不使你们知道呢，你们有认识老朽的么？"钱素玉、万清和等人，都怔了一怔。看那老头，都不认识。老头指着万清和笑道："他们年纪太轻，又不是老在江湖上行走的人，不认识老朽也罢了。你也说不认识吗？"万清和很惶恐地说道："贫道有眼无珠，该死，该死！"老头笑道："你回去问你祖师，就可认识老朽了，老朽是现在的排教头儿。昨夜的事，是偶然相遇，一则有末底祖师的情分，替你和胡舜华解冤仇；二则看金罗汉的情分，不能坐视他作合的姻缘不得成就，所以出头露面，得罪崆峒一干人。老朽这话既经说明，没工夫在此多耽搁了，得追上木排去照料。"说罢，只见他蛤蟆也似的，一头蹿入水中，连波浪都没有，便不看见了。钱素玉等都异常惊愕。

万清和跺脚道："贫道真该死，现在的排教头是李金鳌，和我祖师极相投，每年必有一二次来看我祖师。不过他每次来时，我都不在祖师跟前，只耳里听得说罢了。昨夜我船靠罗山的时候，分明见他独自立在一副很大的排尾上祭江神。木排上的规矩，只有排教头儿祭奠江神，是独自一个人立在排尾的，除了头儿之外，都得率领好几个水手，分两排在排头祭奠。我一时因心中有事，看了并不在意，所以他见我也说不认识，觉得很诧异。这无怪他老人家诧异了。"万清和很懊丧地说毕告辞，钱素玉等都道谢了，各自分头开船。从湘阴到长沙，不过百多里水程，一路平安地到了长沙，船才靠码头，就听得码头上一片喊杀的声音，如千军万马，在码头上开仗似的。

不知为着什么事，且俟下回再写。

第六回

靠码头欣逢戚友
入苗峒误陷机关

话说钱素玉的船，才靠近长沙码头，就听得码头上有一片喊杀的声音，仿佛千军万马，在码头上开仗的一般。胡成雄等都不知道为着什么事，大家朝码头上看时，只见黑压压的一大堆人，一个个都踮起脚，伸长脖子，好像争着看什么热闹似的。喊杀的声音，就从那一大堆人中发出来。一片喊杀之声过后，接着就有一片吆喝之声。

杨继新虽是生在长沙，当离长沙的时候，还在襁褓之中，连他自己都不知道是长沙人。以为此时是到了异乡，又眼见了这种奇异的现象，急急地想上码头去瞧瞧热闹。胡成雄兄弟也同具一种心理，三人遂先上码头，走近一堆人跟前，只见千数百人，重重叠叠，围了一个大圈子。只因围观的太多，看不见圈子里面是什么。亏得胡成雄、胡成保二人力大，慢慢地分开众人，杨继新跟在后面，一步一步挨进去。

只见两个少年男子，年龄都不过二十多岁，一个身体十分壮健的，用青绢包头，上身的衣服脱了，堆在旁边地下，露出半身羊脂玉也似的白肉来。前后立了七八个身穿号衣的兵士，各人手中执着一条白蜡木矛竿，矛头磨得雪亮，使人一望便知道是很锋利的。矛头都对准那袒衣少年的前胸、后背，齐喊声杀，同时猛力向少年胸背刺去。杨继新看了，不觉惊得喊了一声"哎呀"，以为必是前后刺七八个透明窟窿。可是作怪，杨继新这声哎呀，喊得并不甚大，可被刺的少年倒像听入了耳，随即望了杨继新一眼，杨继新更不由得打了个寒噤。再看那少年行若无事的样子，矛头刺到那白肉上，比刺在钢板上还要坚硬，连刺处的痕迹也没一点。围着看的人，接声就打一个吆喝。

只听得那被刺的少年，笑嘻嘻地对前后兵士道："你们刺了这么多下，已刺够了么？你们要知道，我这不算稀奇，我这个伙计的本领很大呢。你们不可因他的身体瘦弱，便瞧不起他。"即有一个兵士问道："你这伙计有什么本领？"少年正色道："他的本领就会喝水。"这句话说出来，说得大家都哄笑起来。那兵士也笑道："水有谁不会喝，算得了什么本领？"少年道："谁会喝水，谁和我这伙计同喝着试看？"兵士道："怎生一个喝法？"少年道："这码头下面，有的是水。你们用水桶挑来，看毕竟是谁会喝？"兵士听了，向四围一看，见有好几个原是挑了水桶，到河下来挑水的，因有这热闹可看，便放下水桶看个不走。兵士就指挥了几个挑水的，每人赶紧挑一担河水来。这些挑水的，都存心想看把戏，无不兴高采烈的，各自跑到河边，挑一担水来圈子里面，顷刻之间，挑来八担河水。

只见那瘦弱的少年，做出埋怨壮健少年的样子说道："你见我得着了片刻安闲，便不服气，无端要生出这些事来，累我一下子。这一十六桶河水，看谁有这么大的肚皮，可以装得下，请谁去喝，我这一点儿大的肚皮，是喝不了。"壮健少年做出赔笑恳求的样子说道："好哥哥，我已当众将你说出来了，顾全我这点儿面子，喝了这一次吧。并且是你我两人同闹出来的乱子，我已送给他们刺了那么久，你就喝点儿水，也不算吃了大亏。"瘦弱少年才转了笑容，向那几个兵士道："你们谁会喝的先喝，明人不做暗事。你少爷喝过水，就要少陪了呢。"众兵士道："原是挑来给你喝的，你且喝了再说。"

瘦弱少年这才举眼向四围望了一望，一眼望到胡成雄兄弟身上，略略地打量了两下。即走近水桶，弯腰用双手捧起来，张口对着桶边，咕噜咕噜一会儿，就喝干了一桶；又捧第二桶，又是咕噜一阵喝干了，把四围看热闹的人，都惊得目瞪口呆。

胡成雄悄悄地向胡成保道："我看这两人必有些来历。这个青绢包头的少年，说话带些我家乡的口音，这喝水的又单独打量我们两个。我想等他们走的时候，跟上去探探他们的来历，或者能在这两人身上，探出妹妹的踪迹，也说不定。"胡成保道："结识这样的两个朋友，也是好的。"二人说话时，那少年已喝了十桶水下去，也伸起腰来，两手拍着鼓也似的肚皮，对大家说道："我本待把这六桶水，做一阵喝下去。无奈我这小肚皮不答应，已经喝下去的十桶，此刻都不许它立脚，要把它排挤出来。我正在竭力地向肚皮说好话，还不知道肚皮依与不依？依了便没事，这六桶水

45

一并喝下去了事，若是肚皮不听说，就只得仍把十桶水退出来。"说着，接连哎呀了几声，双手紧紧按住肚皮，蹙着眉、苦着脸道："这便怎么了，肚皮竟搭起架子来了，一刻也不许那十桶水停留。哎呀，不好了，挤出来了。"只见他两眼往上一翻，脖子一伸，即有一匹白练也似的水，夺口喷将出来，向天射去，足有十多丈高下，才散开来，如雨点般落下。落到一班看热闹的身上，衣服登时透湿，一个个争先躲避。杨继新头颈上着了几点，觉得痛不可当，见大众都四散奔逃，也回身向船上逃走。

胡成雄兄弟毕竟是老走江湖，又会武艺的人，不肯逃跑。只见这少年把头一低，那股水便向几个兵士身上射去，只射得那几个兵士跌跌滚滚地逃跑。再回过身来，那股水竟射到胡成雄兄弟身上来了，渐渐地好似暴雨一般。胡成雄兄弟且不回船，只向人少的地方闪躲，谁知那股水直跟在背后赶来。胡成雄忽然心中一动，暗想这水来得蹊跷，其中必有缘故。黄叶老祖既命我兄弟来长沙，而到码头就遇着这两个异人，我心里正想结识他们，他们也只追赶我两个，何不且跑到僻静处所，看他们追来，怎生说法。

主意想定，即示意胡成保，同向荒野的地方跑去。听得两少年果在后面赶来，四人的脚步都快，约莫一口气跑了五六里路，那水早已没有了。只听得少年在后面喊道："两位不用跑了，我二人已在码头上迎候多时了。"胡成雄听了，甚是惊诧，忙停步回身，抱拳向二少年说道："请问二位尊姓？何以知道我兄弟会来，预先在码头上等候？"说时，二少年已来到切近。瘦弱些儿的说道："二位可是广东潮州人姓胡的么？"胡成雄连连点头道是。少年笑道："那么，一定是因寻找令妹而来的了。"胡成雄又点头道是。少年即指着那壮健些儿的笑道："我这伙计是二位的同乡，曾会过面么？"

胡成雄看这少年生得浓眉大眼，气概非常，上身脱了的衣服已经穿好，和这瘦弱的一般长途旅行的装束，摇摇头说道："我兄弟眼拙，或者在哪儿会过面，因日子太久，已经忘了。请问尊姓？"瘦弱少年哈哈大笑道："二位确是不曾和我这伙计会过面。倒是令妹，和我这伙计会面的日子多呢。"

胡成雄见这少年说话，处处带些滑稽意味，正不好如何回答，这壮健少年已拱手向胡成雄说道："大哥不用疑虑，我这师兄说话，素来喜开玩笑。我姓朱，单名一个复字，令妹舜华，是和我在小时候同时落难的，今已承我师傅及黄叶祖师的训示，与令妹返俗成婚了。这位师兄姓向，名乐山，他因有杀兄之仇，不曾报得，求师傅指示仇人的所在。他的仇人是个当船户出身的，姓林，名桂馥，此时已成为广西武鸣的土豪了。师傅派我与他同去，我与他前日才从广西报了仇回来，到长沙就遇见解清扬师弟，传师傅的谕，说两位寻找令妹来了，不可错过。我二人因此就在长沙守候。

"今日也是事有凑巧，我二人因无事在码头上闲逛，偶然遇见有两个身穿号衣的兵士，在码头上调戏洗衣的妇人。我这师兄看了不服，上前正言厉色地说了几句，谁知那兵士恼羞成怒，伸手就打他。我上前拦阻，也举起手来要打我。我一时气涌上来，将那两个恶贼痛打了一顿。谁知那两恶贼跑回营去，纠合了七八个凶暴之徒，各拿矛竿追来，想打个报复。我思量这些东西虽说可恶，然究竟是些血肉之躯，如何够得上与我们动手。不如索性开个玩笑，脱去上衣，听凭他们拿矛头饱戳一顿。正在给他们戳的时候，我忽听得有一个仿佛外省的口音，在人丛中说话，并喊了声哎呀。我看时，原来是两位和一个文士打扮的人，站在一块儿。我看了两位的神情面貌，同胞兄妹，毕竟有些仿佛，所以看了能辨认得出。但是仍没有十成把握，不敢直前相认，因此才对那些恶贼，说出师兄会喝水的话来，用意就是要借水力，将围困我们的人喷开，我们好会面谈话。两位真机警，知道向荒僻所在逃走，正合了我二人的心愿。"胡成雄兄弟听了大喜，从此兄妹相逢，各叙别离后情状。这些事毋须在下浪费笔墨，且搁下不去说它。

于今却要叙述看官们心里，时时刻刻记着的八月十五了。在第一集第四回书中，金罗汉吕宣良到柳大成家，传授柳迟一部《周易》的时候，不是当面约了柳迟，于明年八月十五日子时，到岳麓山顶上云麓宫大门口，坐着等候他的吗？此时书已写到第五十五回了，一个字也不曾提到那八月十五日子时的事上面去。并不是在下把那一回事忘了，实在自第四回以下的书，从向乐山、解清扬在玄妙观看见朱复起，都是补写以前的事，并不曾写到吕宣良所约八月十五日的时期上来，直到此刻，才是时候了。

闲话少说，且说柳迟自从得了吕宣良赐的那部《周易》，日夕不辍地口诵心维。初读的时候，多不能了解，看了吕宣良的注释，也是茫然。但他抱定一个熟能生巧的主意，不问自己能理会与不能理会，尽管周而复始，一遍一遍地读下去，精诚所至，金石为开。何况柳迟是个生有慧根的人，自然渐久渐能领悟，穷研几个月之后，心境不知不觉地一日开朗一日，凭着所心得的理解，占测天气阴晴风雨，在三日之内，异常准确。

柳大成夫妇中年才得这一个儿子，家中产业，虽不能说是豪富，但已是小康之家了。他夫妇所希望于柳迟的，不在能赚钱谋衣食，只想他能认真读书，图个上进之路。谁知柳迟生小就与寻常小孩不同，种种举动，以普通的眼光看来，都得骂他一句毫无出息的孩子。自柳迟从清虚观由杨天池护送回家后，接着有清虚道人来探视，吕宣良来赐《易经》。柳大成听了两奇侠的言语，看了两奇侠的举动，才觉得自己儿子，不是寻常没出息的。不过大成夫妇的心里，对于柳迟有两种希望。一种是方才说了的，希望柳迟能图个上进，飞黄腾达，光复门庭；二种就是希望从速替柳迟娶个媳妇，他夫妇好早日抱孙。今见柳迟举动奇异，所结交的是清虚道人、吕宣良这类怪人，希望他读书发达的念头，是不能不自行减退的了。只是不发达还可以，不娶妻生子，是关系柳家宗祀的，断不能马虎听柳迟自便。

这日，柳迟的母亲问柳迟道："你知道人生的第一件不孝的事，就是没有儿子么？"柳迟连忙答应知道。他母又问道："你要如何才有儿子呢？"柳迟道："要讨老婆才会养儿子。"他母亲笑着点头道："是呀，好孩子，知道这道理就得哪！你父亲现在已快要替你讨老婆了。"柳迟道："不行，父亲替我讨的，不是我的老婆。我老婆得我自己讨。"他母亲听了，诧异问道："你这是什么话，从来儿子讨媳妇，是由父母作主的。你于今小小的年纪，知道些什么，如何能由你自己讨？并且你何以知道你父亲替你讨的，不是你的老婆？"

柳迟道："我自然能知道，决不敢欺骗你老人家。"他母亲因他平日预言气候阴晴寒暑，及一切人事变迁，十九奇验，遂又问道："你自己讨老婆，在什么时候？"柳迟摇头道："早呢。"他母亲道："是得早些讨进来才好，我和你父亲望孙子的心思很急切，巴不得你早一年讨媳妇，好早一年得孙子。"柳迟道："我说早，不是讨得早，是说讨来的时候还早。我推定我的媳妇，今日还不曾离娘胎，不是差讨来的时候还早吗？"

他母亲道："胡说！今日还不曾离娘胎，那不是等到我和你父亲死了，葬在土里，脚杆骨可翻出来打鼓的时候，你还不能讨老婆吗？自从那个顶

48

上没有毛的老头，无端跑来，送了那本劳什子书给你之后，你就终日躲在书房里，失魂丧魄似的，一阵一阵发呆，于今越弄越说出些鬼话来了。旁的事不妨由你，这替你讨媳妇的事，不是当耍的，不能由你自己胡闹。此刻在你父亲跟前替你作合的，已有好几个人，我就要你父亲拣相当的定下来。"

柳迟道："便是父亲定下来，也不中用，徒费心机而已。"他母亲不悦道："替儿子娶媳妇，是凡有儿子的都免不了的事，怎么说是徒费心机？我和你父亲，就只你这一个儿子，若依你的性子胡闹下去，怕不绝了我柳家的香火吗？"柳迟见自己母亲生气，便叹了一声说道："孽障，孽障！"叹罢，即退了出来。他母亲也不理会，自去和柳大成商量定媳妇的事。

湖南的风俗极鄙陋，凡是略有资产的人家，不论如何不成材的儿子，从三五岁起，总是不断地有人来做媒。若是男孩子生得聪明，又有了十多岁，百数十里远近有女儿的人家，更是争着托了情面的人出来做媒。每有为父母的，因为来替儿子做媒的人太多了，难得应酬招待，就模模糊糊地替儿子定下来，好歹听之天命，只图可以避免麻烦。柳大成只有一个儿子，虽没有这种图免麻烦的心理，只因见柳迟从小行为特异，平日待人接物的礼节，以及家庭琐屑的事，好像全不懂得的样子，以为若能替他娶一个贤德的媳妇，慢慢地劝导，必能将柳迟引上为人的道路。因此夫妻同一心理，急想将柳迟的亲事办妥。不过一时得不着相当的，只得留心物色而已。

柳迟的姨母，嫁在新宁县巨族刘家，有个女儿名细姑，年龄比柳迟小两岁，德言工貌都好。柳迟的母亲，早有意定作自己儿媳。只因刘家世代做官，声势甚大，柳大成虽也是个读书人，但不曾发迹，家业又非豪富，恐怕刘家嫌是小户，不愿结亲。刘细姑的父母，倒没有这种势利之见，只为细姑的年龄尚幼，许人还早，而柳迟自从八九岁的时候，曾跟着他母亲到过新宁一次之后，为路远不曾去过二次，细姑父母也没到柳家来。在一般世俗人的眼光看柳迟，没有不骂他是一个没出息的孩子的，细姑的父母没听得有人称赞柳迟，也就想不到结亲的事上去。

柳迟的母亲既有意想定细姑做儿媳，除了细姑而外，又实在找不着相当的女子，便顾不得怕刘家有不愿意的表示，只得托人微向刘家示意。刘家并不表示可否，只打发人来迎接柳迟母子到新宁去。柳大成夫妇料知刘家迎接的意思,是在相攸,遂不推辞,即带着柳迟动身到新宁去。柳迟明知此去的作用,很不情愿,只以在清虚观听过欧阳净明那番教训之后,从不敢过拂他父母的意思,勉强随行。

到新宁后,见新宁的山水明秀,远胜长沙,随处游览,都可快意,心里倒十分高兴。也不在刘家与姨母、表妹亲近,终日只在丛山深谷里面盘桓,入夜才回刘家睡一觉。这时柳迟的姨父,很注意地看柳迟的行动。柳迟的母亲也再三叮嘱,言语举动都得谨慎些,不可给姨父看了,笑是不成材的孩子。柳迟只是口里答应理会得,每日用过早点,仍是放开两条腿,独自往各处山里游行了。

一日,柳迟游到一处丛山之中,那山千峰竞秀,树绿如烟,独立在一个山峰之上,四望群峰万壑,穷竭目力,不见人烟,也不见田畴屋宇。正在浏览四山景物之际,忽从远处一个山谷当中,发现一个很大的石岩,岩口仿佛有身体很小的人走动,只是因相隔太远了,看不分明。柳迟心中暗想道:"此处四望没有人烟,怎的却有小孩在那石岩外面走动呢?我既到了这山中,不妨去那石岩跟前看个明白。"柳迟从在清虚观得了清虚道人的指教,每日按时修炼,不曾间断,上黑茅峰遇吕宣良的时候,即已能轻身健步了。此时不待说更有进境,一日之间,信步游行六七百里路远近,能随意往还。两眼能望得见的所在,不须一会儿工夫就走到了。

柳迟因四望皆山,恐怕迷了方向,只得从高处直向那石岩奔去。已跑到近石岩不过一箭之地了,猛觉得脚底下一软,来不及腾身上跳,已全身掉下了陷坑。上面的泥沙石子,纷纷落下,将两眼迷得睁不开来。刚待举手揉眼,不知不觉地,手脚都已被绳索捆缚了。心想这真奇怪,在这无人烟的万山丛中,如何会有这种陷坑?难道这深山里面,有落草的强盗吗?边想边动弹了几下。谁知不动弹还好,一动便觉得绳索更捆缚得结实了,不但手脚被捆,连身体头颈,都像有罗网包围了。两脚不因不由地站立不住,就如被人牵动捆脚的绳索一般。两脚原来被捆在一块,一有人牵动,登时倒正坑里。随即听得陷坑外面,有脚步走近和谈话的声音,只是谈的什么,一个字也听不懂,还夹杂着欢笑的声音在内,渐渐到了陷坑上头。

柳迟忍痛睁眼朝上看时,只见有七八个衣服装束和寻常人不同的大汉,围陷坑站着。有手拿钢叉的,有一手握弓,一手持箭的,相貌都带着几分凶恶的模样。但是都对着坑里狞笑,并用很严厉的语调,说了几句话，仍听不懂说的什么，以神情度之，似乎是问柳迟的来历。柳迟回说了自己是来游览的，失脚踏下了陷坑的话，那几个大汉却像明白了。坑边有好几根绳索，垂入坑中，即有四五个弯腰握住坑边的绳索，同时往上一提，已提上坑来。柳迟以为，必替他解开捆缚的绳索罗网，谁知那几个汉子都不理会他，只顾大家谈笑。好一会儿，才有个人把柳迟提开坑边，由他直挺挺地躺在草地下。几个汉子七手八脚的，一半爬上树折树枝，一半用手中刀叉掘土。折树枝的，将树枝横架在陷坑上；掘土的就捧了土铺在树枝上。一会儿，已掩盖得随意望去，看不出陷坑的痕迹了，便各操各的兵器，昂头掉臂地一路走去了，并没有一个人回头看柳迟一眼。柳迟见他们就这样不顾而去，倒不由得有些慌急起来，向那几人背后大声叫唤了一阵，哪里叫唤得转来呢？用尽浑身气力，想将绳索挣断，无奈那绳索是牛筋做的，又细又坚牢，更是打的活结头，越用力越捆得紧，越捆紧越皮肉生痛。周身的罗网，又包裹得没些儿缝隙，料知决挣扎不脱，也就懒得白费气力，将手脚的皮肉挣破。只好听天由命地躺着，静待有路过此地的人来解救。

　　幸亏柳迟在家做服气的功夫，已有了几分火候，能数日不吃东西，不觉得腹中饥饿。整整是那么躺了两昼夜，直到第三日东方还不曾发白的时候，才听得远远地有脚步声响。因这时天黑如墨，不看见是何等人，向哪方面行走。心里疑惑在这时分出外行走的，十九不是正经人，又恐怕言语不通，过路的人不肯解救，忍耐着不敢叫唤。这边的脚声刚听入耳，接着又听得那边也有脚声响了，伏耳静听时，两边的脚声，都越响越近，转眼之间，都响到身边不远了。就听得一个声音很清锐，好像十几岁的童子，先"哎呀"了一声，问道："来的不是大师兄吗，这时候上哪里去？"这一个声音滞涩地答道："原来是四弟啊，我有极紧要的事，须去托一个朋友，所以出来得这么早。四弟怎的这时候跑到此地来呢，难道是师尊特地教你来的吗？"那童子答道："怎么不是？大师兄有什么要紧的事，打算去托哪个朋友？"这人叹了口气说道："师傅既是特地教你来，我的事也瞒你不了，不妨说给你听。一则可使你今日看了我的榜样，不再上我这般的大当；二则我原也有事想托你，不能不把情由告知你。你记得师傅的戒律，第一条的什么？"

　　童子仿佛带着笑声说道，"这如何会不记得呢？第一条是不许干预国家政事。"这人又问道，"是了，第二条呢？"童子答道："第二条是不许淫人妻女。大师兄忽盘问我这些东西干什么？"这人道："哪里是盘问你呢？老实对你讲吧，我于今犯了第二条大戒了。"童子又失声叫唤哎呀道："什么话！大师兄怎的如此糊涂，居然会犯第二条大戒呢？这却怎么了。大师兄平日做事，又精明、又老练，究竟怎样生得美丽的一个女子，能把大师兄引诱得犯戒咧？"

这人道："这种事连我自己也不明白，只好归之前生冤孽。若果是怎样生得美丽的一个女子，我就拼着性命为她犯戒，也还说得过去，死后不过受人唾骂而已。无如这番使我犯戒的女子，不但生得不美丽，并是一个凶而且丑的东西。若不是前生冤孽，注定了我今生的性命，须断送在她手中，何至一时便糊涂到这一步。前几日我因惦记你二师兄，不知那条被虎爪伤了的左膀，完全医治好了没有，特地骑了匹马进峒里来，在蓝家盘桓了一日。见你二师兄的左膀，虽然抓伤的皮肉不大，但是抓断了筋络，伤口完全医好了，就是不能使劲，一使劲便牵得筋痛异常，再也不能干那与张三斗法的玩意了。你二师兄因废了那条胳膊的缘故，心里很不快乐。我在他家看了他那不快活的神情，也很替他难过，遂不愿意多住。次日，即作辞出了蓝家。原打算到师傅那里去的，谁知行到一座石山脚下，忽然从半山中飞下一块石片来，那石片不前不后地恰好从马眼前擦过，将马惊得跳起来，无论我如何勒也勒不住。正在无法可施的时候，又是一块石片飞来，挨马屁股擦下，那马经了这一下，倒不乱跳了，扬起头，竖起尾，追风逐电也似的向前飞跑。

"我回头看半山里，一个人影也没有，估量必是躲在石头背后；若没有人，石片决不能自行飞下山来，更不能打得这么巧。一时气愤不过，存心要上山找那打石片的人算账。叵耐那匹马不争气，平日我骑着它长行，极驯良无比，独这日自受惊乱跳之后，简直如疯癫了的一般，只是放开四蹄，围着那座石山打转。勒它上山不听，勒它向大路上走也不听，足打了四五个轮回，才慢慢地收了劣性。向大路走了一会儿，我因放那打石片的东西不过，骑在马上，旋走旋回头望那山上。偶然大意了一下，在两条路分岔的地方，本应向左边走的，误向右边的路上走了。走过好几里，看了山形不对，才发觉错了路，然不愿意回头，拼着多绕几里白路。

"可是作怪极了，右边这条路，竟越走越小，不似一条通行的大路。

初走错的时候，在路上遇了好几个行人，我负气不肯问这路通什么所在。及至越走越不成路了，想找个人打听打听，却走过几十里，不曾见有一个人。天色又看看要黑了，马因乱跳乱跑的时间太久，又走了几十里不曾休息，已疲惫得低下头，一步懒似一步地颠着走。我在马上，更是又乏又饿。那时心里思量，只要有人家肯容我歇宿一宵，饱餐一顿，我真一生感激那人的大德，不问要我如何报答都情愿。心里虽是这么思量，不过哪里寻得出这样一个人家呢？可怜我那时真是苦得不堪了，休说寻不着人家，便想寻一棵大树，在秾枝茂叶之下打一夜盹，也无处寻觅。

"正自悔恨不该无端负气，才错走了几里路的时候，不肯回头，以致错到这一步，还不知得跑多少冤枉路。那时马也不能骑了，牵在背后，缓缓地行走。猛然见前面有灯光射出来，我心里这一喜，就如出门多年的人，一旦回了故乡，看见了自家门闾的一般。身体原已疲乏不堪的，灯光一落眼，登时显得精神陡长，急急地牵着马向灯光处走去，一点儿不觉得辛苦了。及走近灯光，就见一所土筑的房屋，约有十多间，一望便知道是苗族中很有势力的人家，灯光从门缝里射出来。

"我上前敲门，听得里面有女子的声音说道：'这时候来敲门的，多不是好人，不开的好。'又有个女子的声音答道：'若不是有紧急的事，怎得这时候来敲门？不开使不得。'接着，门便开了。我趁灯光见房中有两个苗女，年龄大些儿的，约二十来岁，小些儿的约十七八岁。在不甚光明的灯光下看了，都生得艳丽似天仙，加以举止比汉人来得大方，我不由得心里略动了一动，然随即将心神按定了。拱手对那大些儿的说道：'我系走错了道路的人，没地方歇宿，不得不恳求两位慈悲，许我在房檐之下，歇息到天明便走，不敢在宝庄上打扰。'那女子听了，且不回答我，笑盈盈地向那小些儿的说道：'何如呢？我原料定不是有紧急的事，不至这时候来敲门。走错了路的人很苦，你瞧这人不是疲惫了的样子吗？'小些儿的向我瞟了一眼，也笑盈盈地点头。二人又咬着耳根说了几句，将我的马系在门外，引我到另一间房里。

"我这时心里虽有些摇摇不定的意思，然而明白师傅的戒律第二条，不是当耍的事，竭力地把持着心猿意马。须臾，二人送了酒菜进来，好像是预备了专等我去吃的。我腹中正饥饿得没奈何了，怎么忍得住不吃喝？谁知那酒菜吃喝下肚，一颗心就糊涂起来了。我相从师傅学道十多年，不

53

曾有一次动过欲火，这时候大动起来了，再也压抑不下，连身体都不知道疲乏了。那小些儿的女子，乘我欲火大动，不能把持的时候，悄悄地前来相就。前生的冤孽，到了这一步，哪里还逃避得了？何须片刻工夫，已犯过第二条大戒了。

"等到天明看那孽障的姿容时，简直吓我一大跳。满脸横肉，一口黄牙，凶恶丑陋，都到极处，和夜间所见的，截然是两个人。我心里明知是凤孽，还有什么话说，唯有赶紧准备后事，拼着一死便了。我的兄弟，我的侄儿，我死后都已付托有人，用不着再托你。我所欲托你的，就是我这个孽报之躯，若不托你替我掩埋，必至因我又害得许多人得秋瘟病。你能答应我么？"

童子似是沉吟了一会儿的样子说道："大师兄遇了这种可伤痛的事，只要是我力量所能做得到的事，哪有不能答应的道埋。不过以我的愚见，人死了不能复生，圣贤无不许人悔过，就是师傅的戒律，虽说犯了，大师兄果能真心悔悟，师傅也没有不容改过的。即算师傅的戒律严，悔恨无用，也还有三条大路可走，何必就此轻生呢。"这人发出带悲哀的声音说道："我若愿意走那儒、释、道三条大路，早已不从师傅学道了。现在的儒，我心里久已不觉得可贵，并且科名不容易到手。不得科名，在我们这一教，是不能算他为儒的。释家的戒律更难遵守。至于此刻的道家，比儒家更不足贵，都不过偷生人世而已。我未曾遇着师傅的时候，尚且不愿意走上那三条路去，何况受师傅熏陶了十多年呢，我的志愿已决，好老弟不用多费唇舌，只请快点儿回答我一句话。我急须去会朋友，不可再耽搁。"童子道："既是大师兄的志向已决，我答应替大师兄经营丧葬便了。"这人道："多谢老弟的好意。我死的时候还早，死的地方，也还不曾定妥，等到时日地址都选择停当了，自有消息给老弟。我去了。"一语才毕，柳迟就听得一阵其快如风的脚声，渐响渐远，渐不听得了。

柳迟打算不叫唤的，只因分明听得跑去的脚声，仅有一个，还行这童子不曾走开。遂朝着童子立着谈话的方向说道："见死不能救，还学什么道呢？"这童子听了，并不惊讶，倒走近了两步，说道："不能救人的死，只要能救你的死，也就罢了。"

不知柳迟怎生回答，且俟下回再说。

第七回

布机关猛虎上钓
合群力猴子称雄

话说柳迟听这童子回出来的话，竟像是已知道他被困在此似的，不由得心中纳罕。此时天色已将发亮了，朦胧晓色，看得出这童子就立在跟前，即忙说道："你能救我，真感激不尽。我已被困两昼夜不能动弹了。"这童子即蹲下来，替柳迟解脱了身上的绳网。

柳迟因为被捆太久，浑身都麻木得没有知觉了，绳网虽已解开，然四肢仍是不能动弹伸缩。正想运用功夫，使周身血液流畅。这童子已动手在柳迟身上按摩揉擦，柳迟觉得童子手到之处，和熨斗擦过一般，一股热气，直透骨髓。一霎时间，就遍体融和，异常舒畅了。并不须童子帮扶，即坐了起来，拱手向童子称谢道："我初到此间，情形不熟，误落陷阱之中，被几个土人捆缚起来，掼在这里。若不是足下前来相救，在这旷野无人之处，怕不就此丧了性命。我心里实存感激足下救命的大德，请问足下尊姓大名，我不揣冒昧，想与足下结为兄弟，往后慢慢地报答足下恩惠。"

童子也拱手说道："我是奉师傅的命，特地到这里来救你的，你不要感谢我，只应感谢我的师傅。我姓周，名季容，我师傅就在离此地不远，派我来救你的时候，教我请你同到他老人家那里去，就去么？"柳迟道："承尊师救了我的性命，就是他老人家不教我去，我也应当前去叩谢。但不知尊师法讳，怎么称呼？刚才听足下和那一位朋友谈话，方知道这里是苗峒，尊师是我们汉人么？"

周季容道："我师傅姓方，讳绍德，因为收我二师兄做徒弟，才到达苗峒里来。二师兄叫作蓝辛石，是苗族里面的读书人，进了一个学，苗人本来都称他为苗秀才。自从拜在我师傅门下后，因欢喜显些本领给苗人看，苗人都改口称他为蓝法师。师傅和刚才在这里谈话的大师兄，都是宝

55

庆人。大师兄犯了色戒，不久便要自杀，托我将来替他收尸。我想我大师兄的本领，高到绝顶，平日又恪守戒律，这回虽偶然欠了把持功夫，师傅谅不至十分责罚他，何必就要自杀呢？我猜想大师兄生性是个极要强的人，大约是因自己犯了色戒，知道师傅的戒律最严，犯了是决无轻恕的，恐怕师傅重罚他，无面目见人，又不敢到师傅跟前求情，所以故意对我那么说。知道我现在日夜伺候师傅左右，看我能代替他，向师傅求一求情么。殊不知这种事，我怎敢向师傅开口？即算我冒昧去说，师傅不但不见得听，说不定还要骂我呢！"

柳迟道："只要是一句话能救得一人性命，便是不相识的人也应尽力量去救，何况是同门师兄咧。不过这求情的话，出之足下之口，确不甚妥当。因为尊师传戒，务令受戒的敬谨遵守，毫不通融。足下年事尚轻，若见犯色戒的且可容情，或将以戒律为不足轻重，足下适才所虑的，实有见地。我承尊师救了性命，此去叩谢的时候，若能相机进言，必为足下大师兄尽力。"周季容听了，即作揖道谢。

此时红日已经上升，周季容在前，柳迟在后，面日向东方走去。才走过了两个山峰，柳迟忽听得一种很凶猛怕人的吼声，觉得发声的所在并不甚远。心里猜想是猛兽相斗，斗输了负痛哀号的声音。柳迟虽是在乡村中长大的人，然长沙乡下，人烟稠密，猛兽极少，这类吼声，并不曾听过。停步问周季容道："听得么，这是什么东西叫？"

周季容伸手向前面一指，说道："咦！那山洼里不是吊着一只上钩的老虫吗？那孽畜不小，只怕足有二三百斤呢。"柳迟卒听这话，还不懂得是怎么一回事，跟着他手指的方向一看，因阳光照眼看不分明。手搭凉棚看去，才见对面一个山洼之中，仿佛一根绝大的钓鱼竿，竖在地下，一只水牛般壮的斑斓猛虎，一条后腿被绳索缚住，鱼上钩也似的，倒悬在钓竿之上。钓竿太软，猛虎太重，只悬得钓竿弯垂下来，和引满待发的弓一样。那虎在半空中乱弹乱吼，绳索钓竿都被弹得来回晃动。柳迟看了诧异道："这是什么人，能将一只这么大的猛虎，生拿活捉这样的悬在竹竿上呢？"

周季容笑道："哪里是人捉拿了悬起来的啊。这一带山岭，平日少有人迹，山中种种野兽都有，时常跑到平阳之处伤人。苗人都好武，欢喜骑马射猎，箭镞上都敷有极厉害的毒药。只是猛虎、金钱豹那一类的凶恶野兽，不容易猎得，因藏匿在深山的时候居多，而出来伤人的，又多是这种恶兽。所以就仿效我汉人的法子，在猛兽必经之地，掘成陷阱。阱中并有钩绳捆网，阱上盖些浮土，猛兽身躯沉重，踏在浮土上，登时塌陷下去，阱底有许多钩绳，陷下阱去的猛兽，不动不至被捆缚。只一动，便触着钩绳，即刻被捆缚了四脚。猛兽落下了陷阱，安有不动的呢？但是只捆缚了四脚，一则恐怕捆不结实，二则恐怕齿牙厉害的，能将钩绳咬断逃走。更有一种捆网，悬在陷阱的两旁，和钩绳相连的，不用人力，只要牵动了钩绳，捆网自然能向猛兽包围拢来。猛兽越在阱中打滚，那网便越网得牢实。"

柳迟听到此处笑道："哈哈，不用说了，那是我亲身经历过的。我还只道是有人将我的手脚捆住呢，原来是触动了钩绳，怪道我初掉落下去的时候，手脚并没有被捆，因上面的浮土，纷纷撒下，把我两只眼睛迷得不能睁了。我举手打算揉擦几下，想不到就在这一举手的当儿，好像挠钩钩住了胳膊似的，一霎眼间，手脚就捆得不能活动了。那网也就跟着包裹上来，简直是苍蝇落在蜘蛛网里面，蒙头蒙脑地将我捆得连气也不能吐。若是那几个大汉不来，我这两昼夜，必就在那里受罪。"

周季容也笑道："在里面受罪倒不甚要紧，就只怕有虎豹跟着掉下来，你被钩绳捆网缚住了不能动，恰巧给它饱吃一顿。你这两昼夜，幸亏是躺在那陷阱不远的所在，若在别处，怕不已成了虎豹口中的粮食吗？"柳迟道："陷阱原是掘了等虎豹来堕落的，怎么倒幸亏躺在离陷阱不远的所在，才没被虎狼吃掉呢？"周季容道："这道理很容易明白，这山里掘了个陷阱，只要曾陷过一只野兽，至少也有一个月，野兽都不敢跑到这陷阱周围数十步以内来。相隔的时候久了，禽兽毕竟不及人能长久记忆着，积久就忘怀了。你掉卜去的那陷阱，大约在一月之内，曾陷过一只猛虎，所以那附近两昼夜没有野兽经过。因为陷阱在一年之内，最多不过能陷十来只野兽。而一山之中，多掘也没有用处，于是就有这竖钓竿的法子。这法子是苗峒里猎户想出来的，也和陷阱一样，无论如何凶猛的异兽，都能活捉生擒。"

二人旋说旋走，说至此，已走到了钓虎的山洼。周季容便指给柳迟看道："你瞧这钓猛虎的法子，想得巧妙么？"柳迟抬头看那只斑斓猛虎，吼也不吼了，动也不动了，只一对眼睛圆鼓鼓地突了出来，愤怒异常的神气瞪着二人。两边口角里的涎，直滚下来，地下淌一大块白沫，两前爪搲开来，和十只钢钩相仿，像是用力想抓扒什么，一条五六尺长短，赛过竹节钢鞭的尾巴，不住地右绕到左，左袅到右，也像是要钩搭什么。无奈四面虚空，有时偶然钩着了上面系后脚的绳索，却因绳索太细，又有无数五六寸长一个的竹筒，接连套在绳索外面，圆转不定，再也钩搭不牢。周季容指着绳索，说道："这老虫是后脚在上，倒悬起来，这绳索外面的竹筒，便似乎没多大的用处。若是前脚误踏在铁钳里面，钓起来头朝上时，这竹筒的用处就大极了。如没有这些竹筒，这孽畜的爪齿，何等锋利，不问多牢实的绳索，也经不起几抓几咬。有了这又圆转又光滑的竹筒，那锋利的爪牙，就无所施了。"

柳迟看那虎的后脚弯上，原来有一把很粗壮的虎口钳钳住，绳索就系在铁钳这端的一个环上。另外还有七八个同样的铁钳，都张开口悬在旁边，每一个钳上的绳索竹筒也同样。那竖着做钓竿的竹子，下半截足有饭桶粗细。周季容走近竹竿跟前，伸两手将竹竿围着说道："你在旁处曾见过这么粗壮的竹子没有？"柳迟摇头，答道："一半这么粗细的也不曾见过。这竹你两手抱不过来，若不是我亲眼看见，有人对我说有合抱不住的竹子，我真不相信呢。"

周季容点头道："没有这么粗壮的竹子，无论什么树木，都不能做这种钓竿。你看上面那些绳索和铁钳，就是钓鱼的钩。放钓的时候，须有七八个壮健汉子，先择定猛兽必经之处，掘一个四五尺深浅的窟窿，将钓竿竖起来，插进窟窿里面，用砖石将周围筑紧。钓竿尖上，那些绳索铁钳，在不曾竖起之前，都已扎缚妥当。竖起后，就得用七八个壮健汉子，牵住竹尖的另外一根长绳索，尽力向下拉。竹性最柔，任凭怎么拉，是不会拉断的。拉到竹尖离地不远了，才用木桩将长绳拴住，打一个活结。那些虎口铁钳，分布在青草里面。野兽走这地方经过，只要有一个脚爪，误踏在铁钳口里，那铁钳很灵巧，必登时合拢来，紧紧地钳住，不能摆脱。野兽的脚，忽然被铁钳钳住了，自免不了猛力向前，想将铁钳挣脱。哪知道拴在木桩上的长绳，是打的活结，一拉扯便解发了。你想，用七八个壮健汉子，才拉弯下来的竹竿，全靠这点长绳系住，长绳的结头一解，竹竿势必往上一弹，竹竿越粗，上弹的力量也越大，三四百斤重的野兽，都能弹得飞起来。这只老虫，也就不算小了，你瞧悬在半空中，不是和悬灯笼一样，一点儿不费事吗？任凭如何凶猛的野兽，一上了钓，就如上了死路，吼也是白吼，动也是白动。装钓的人家听了，连睬也不睬，只看是什么野兽，便知道须吊多少时日，才能吊得它精疲力竭，放下来才不伤人。到了可以放下的时候，妇人和小孩子都能制它的死命。我们汉人中的猎户，不能仿效这方法，就因找不出这么粗壮的竹子做钓竿；若各地一般地出产这种大竹，那么野兽就遭殃了。"

柳迟听了这话，陡然想起自己未落陷阱以前，所望见那石岩口边，仿佛有小孩走动的情形来。回思那时自己所立的地位朝向，觉得正在这竖钓竿的方面，只为是迎着日光走来，那石岩不曾触眼，心里便没想起来。当下即问周季容道："这附近一带的山里，全无人居住吗？"周季容点头道："这一带都是石山，不能播种，谁住在这里面干什么？"柳迟道："装这钓的人，也不住在这山里吗？便有野兽上了钓，相隔得很远，又如何能知道呢？"

周季容道："这种钓可以装在几十里路以外，专以畋猎为业的苗人，一家有装设百数十竿的，每日分班轮流到装设的地方，探着几回，哪有野兽上了钓，还不知道的道理？"柳迟听了，自沉吟道："这就奇了，我分明望见那石岩口边，有几个身体矮小的人走动，好像是住在那石岩里的一般。我因想上前看个明白，抬起头只顾向前走，以致掉下陷阱中去了。既是这一带全没人居住，那几个人必就是到这山里来，探看陷阱和这钓，有没有猎着野兽的了。"

周季容问了问当日所望见的情形笑道："哦，我知道了，你那时所望见的，只仿佛是人，确实不是人，是一种野猴子。这一带山中，野猴子最多。大的立起来，足有三尺多高，三五成群，常住在最深的石岩里面。在我师傅未到苗峒，收我二师兄做徒弟以前，这种野猴子，简直凶顽得无人不怕。靠山近些儿的所在，无论播种的什么粮食，若不日夜有人监守着，等到嫩芽出土，十九得被野猴子挖去吃了。守到出了芽，方可听其生长开花结实。然在结实将成熟的时候，又得有人日夜把守，不然，就有无数的野猴子前来搬运。这种猴子，比一切野兽都生得灵巧，只略略地畏惧虎豹，除虎豹之外，什么野兽也不能奈何它。就是虎豹，也不过仗着声威，使它们不敢尝试，虎豹走这山里经过的时候，稍为敛迹些。有一时半刻的工夫，在树上的不敢下来，在岩里的不敢出来。虎豹一走过山头，即时就

59

回复原状了，从来也不见虎豹咬死了猴子，倒是猴子在无意中，卒然遇了虎豹，没有树可上，没有岩可钻，被虎豹逼得发急的时候，有将虎豹的肾囊抓破，虎豹立刻丧命的。

"苗峒里的猎户，照例不打猴子，并不是不打，是为打不着，反惹出许多麻烦来。这家猎户，只要在打猎的时候，偶不留神，误向猴子发了一毒箭，不问射中与否，都可说是撞了祸。这种猴子出来行走，单独一只的时候绝少，至少也有一雌一雄。打猎的毒箭射去，十九被它将箭接去，从此告知它的同类，专一与猎户为难。即算这猎户的射法高妙，一箭能射死一只猴子，然这一只同行的，必驮起死猴逃跑。猎户在这当儿，若不赶紧逃出深山，只一刻儿，就有大群报仇的猴子来了，猎户每每因此送了性命。"

柳迟听了这些话，觉得是闻所未闻的，甚是有趣，连忙笑着问道："猴子如何能专一和猎户为难呢？它能成群结党，难道猎户还不能成群结党吗？猎户有种种方法、种种器械，不信倒弄这些猴子不过。"

周季容笑道："你不曾在这苗峒里盘桓过，哪里知道这类猴子的厉害！猎户打猎的种种方法和器械，不但在这些猴子跟前施用不着，不得罪这些猴子还好，种种器械虽猎不着猴子，然尚可以猎旁的野兽；若得罪了它们时，永远不再在这山里打猎就罢了，如仍须在这山里打猎，便不能不进贡些粮食水果，向这些猴子求和。在调和不曾妥协以前，像这样钓竿就不敢装设，装起来不待半日，竿尖上的绳索铁钳，包管一条也不见了，光剩下一根竹竿，朝天竖着。你前日掉下去的那样陷阱，里面的钩绳捆网，甚是值钱的东西，多少只猴子，拉断一副钩绳，撕破一副捆网，一点不费气力，猎户就吃了好几两银子的亏。

"猴子在山中镇日没甚事做，又是生性最喜把一切东西弄坏的，你说猎户靠打猎谋生的人，如何敢和它们做对头。猎户尚且不敢得罪猴子，寻常的苗人更可想了。猴子时常把人家存积的粮食，搬运作践，一般人只敢邀集许多壮丁，虚张声势地将猴子吓跑，没人敢真个动手打它。这么一来，猴子的胆量越弄越大，苗人害怕的程度，也越弄越高。还幸亏猴子不和虎豹一般地吃人，不然，苗人早已被猴子灭了种了。

"自从我师傅为收我二师兄做徒弟，到苗峒里来住着，眼见这些猴子，猖獗得不成话，帮着打猎的杀了十多只，都是趁猴子在撕捆网拉钓绳的时候，下手杀的。原来猴子的胆量，比一切野兽都小，人纵容它，它便敢无恶不作，只一用严厉的手段对付，杀几个榜样给它们同类的看，它们就吓得战战兢兢，动也不敢多动了。你前日所望见的，便是这种猴子。以前是满山乱跑乱跳，毫无忌惮，于今被我师傅杀得吓破了胆，都躲在很深的石岩里住着，轻易不大跑出来。这一带的山，没一山没有，只我师傅能驱使它们，片刻之间，能把岩洞中所有猴子，一只不留地都呼唤到跟前来。"

柳迟喜道："驱神役鬼的道法，我曾见过，倒是像尊师这般能驱使猴子的，不仅不曾见过，连听也没听人说过。我这番得瞻礼尊师，正是因祸得福，可谓是三生有幸了。我们在这里已经耽搁很久了，尊师必然盼望，请引我快点儿走吧。"周季容笑道："我因贪着说话，几乎把引你去见师傅的事忘了。"于是二人离了钓虎的所在，又越过了几个山头。

周季容在前面走着，忽伸手向左边山上一指，口里"哎呀"了一声，说道："你瞧，那不是我二师兄来了吗？只怕是师傅久等我两人不去，放心不下，特地打发他迎上来探看的。"

柳迟顺着周季容手指之处望去，只见一个身高七尺有零的黑皮大汉，大踏步从那山上走下来。那一种雄浑的气概，直能使萎靡的人看了，顿时精神抖擞；懦弱的人看了，顿时豪气干霄。只是虽有这么高大的身躯，这么乌黑的皮色，却没有粗犷的样子，神情举止之间，都透着一种很文雅的意味，绝不像是不懂文物礼教的苗人，身上的衣服，和读书的汉人一样。柳迟问道："那就是你师兄蓝辛石吗，不是汉人吗？"周季容点了点头答道："这苗峒里面，就只我这二师兄是个读书人，并进了一个学，所以和我们文人一般装束。"

说话时，蓝辛石已走过这山来。周季容迎上去问道："二师兄，是师傅教你来催我回去的么？我因遇见大师兄，谈了许久的话，刚才走到半路上，又看见一只极大的斑斓猛虎，上了钓竿，所以耽搁了些时。我们一同见师傅去吧。"蓝辛石点头问道："你见什么地方有一只极大的斑斓猛虎，上了钓竿呢？是不是吊睛白额，你看仔细么？"

周季容道："那虎被吊住了后腿，尾冲上，头冲下，我看得很仔细，不是吊睛白额。二师兄问吊睛白额虎，是什么用意？"蓝辛石道："不是就罢了，没有什么用意。"说毕，望着柳迟笑道："你是金罗汉的徒弟，怎的误落陷坑，便不得出来呢？"柳迟听了，面上很觉惭愧，勉强答道："只因初入师门，并无毫末道行，所以也和山中的野兽一样，一落陷坑，便不能脱。但不知足下何以知道敝老师是金罗汉？"

蓝辛石一面回身引二人走着，一面闲闲地说道："倒不要看轻了山中的野兽，也居然有陷坑陷不着，上了钓还能逃走的。"柳迟见蓝辛石的神气很怠慢，所答非所问，好像竭力表示出瞧不起人的样子，遂也不愿意多说。

周季容却忍不住问道："二师兄在什么地方，看见有陷坑陷不着，上了钓还能逃去的野兽？"蓝辛石道："这不稀罕，就在离我家不远，有一家专以打猎为生的人，前几日追赶一只吊睛白额虎，十多人追了半日，忽然追得不知去向了。第二日到山中检点陷坑里的钓绳捆网，好像被人撕破了的一般，捆网已到了坑外，细看坑里坑边，踏了无数的虎爪印。打猎的人正觉得奇怪，有一个砍柴的人过来说道：'我在这山里砍柴，只见一只很大的吊睛白额虎，仿佛被人追得慌了，逃进山来，吓得我连忙爬上树枝。看那虎跑不了几步，就喳的一声掉下陷坑去了。我心里好欢喜，以为这一下去，休想再有活命逃出来。我慢慢地缘到树梢，看它掉在坑里是什么情形，只见它已被捆网缠绕得在坑中打滚。但是滚得奇特，不像寻常落了捆网的野兽，滚过来滚过去的滚法，只专向一边滚过去，滚一个不停歇。约滚了十多转，竟将捆网生根的所在，滚离了坑边，网的网绳都被挣断了。网绳一断，网便不能得力了。四爪不住地挣扎，只挣得那网一片一片地裂开。前两爪才露出网点来，只一蹿就连网蹿出了陷阱，立在坑边筛糠也似的，浑身抖了几下，那捆网便纷纷脱落下来。那虎还回头向坑里望了一望，才摇着长尾巴走了。'"

蓝辛石述到这里，回头笑向柳迟道："听得么，这虎不比人还精明吗？"柳迟觉得这苗人说话太无礼貌，不愿意回答，只当没听得的一样。周季容问道："上了钓又逃去的，是怎么一回事呢，难道能将绳索咬断吗？"

蓝辛石笑道："钓上的绳索，哪有能咬得断的？就是能咬得断，也没有给它咬着的道理。并且若是咬断绳索逃走，也算不得什么了。据我想，从钓上逃去的那虎，就是从陷坑里蹿上来的这虎。这个装钓猎户，也离我家不远，昨日才天明的时候，这猎户在睡梦中被虎嗥醒了，料知是有虎上了钓，即起来到山上装钓的地方去看。果见有一只极大的吊睛白额虎，被吊着了前脚，正在半空中乱动乱吼。装钓的钓着了野兽的时候，照例不去动它，任凭它在空中叫唤两三日，到差不多要死了，才去放下绳索来。这猎户自然依照老例，当下只望了一望，便不再做理会了。在家里的人，听得那虎嗥一阵，歇一阵，经过了大半日，有好大一会儿不听得叫唤了。又跑出来看时，哪里还见那虎的踪影呢，仅剩下一只约有六七寸长的虎前爪，仍被铁钳钳着，悬在钓竿的上面。原来那虎自己咬断前腿，脱身逃了。所以我刚才听得你说，有一只极大的斑斓猛虎上了钓，便问你那虎是不是吊睛白额。一座山里，不能容两只吊睛白额虎，并且白额虎最少，因此我推测上钓的，必就是落陷坑的。”

周季容道：“那虎真有些神通，不知二师兄若遇了它，能将它制伏么？”蓝辛石笑道：“没有我不能制伏的虎！不过像这种通灵的虎，料它不敢在我眼前出现。”二人说着话向前走，已将柳迟引到一处，忽停步不走了。

柳迟看此处是个山坡，坡中有一个黑色的圆东西，有七八尺高，上小下大，望去仿佛一座很高大的坟茔，只是那黑色光润，和涂了漆的一般，看不出是什么。刚待向周季容打听，周季容指着那东西说道：“已经到了，我师傅就住在这里面。”柳迟听了，好生诧异，走到切近一看，原来是一口极大的瓦缸，覆在地下，这缸足有一丈二三尺的口径，八九尺高下，向西方开了一个小门，仅能容一人出进。从门口透进些阳光，照见里面如一间室，室中陈设了许多居家应用的器具，如锅、灶、桌、椅、卧榻之类都有，不过具体而微罢了。有一个瘦如枯蜡的老头，年纪约有六七十岁了，容貌异常清古，衣服也很朴质，和寻常种田人家的老年人一样，只精神充足，两眼灼灼有光芒，不是寻常老年人所能有的。柳迟能知道清虚道人和吕宣良为异人，拜师求道，自然能看得出这老年人，必就是蓝、周二人的师傅方绍德。

这时方绍德正在自炊早饭，独坐灶前扇火，见三人立在外面，回过头来。蓝辛石才当先钻进缸里去，柳迟跟着二人进缸，见缸里虽陈设了这许多家具，容四个人并不拥挤。周季容上前简单陈说了在路上耽搁的原因，方绍德点头挥手，教蓝、周二人立在一旁。柳迟就这当儿，向方绍德叩头说道：“蒙老丈解救之恩，特地前来叩谢。晚辈生性好道，只苦没有心得，还得拜求老丈指教。”

方绍德连忙抬身笑道："用不着这么客气，你要知道，我并不是为救你的性命，将你弄到这里来，是为要借你一张口，替我带句话给你师傅吕宣良。你不久就有与你师傅会面的时候，你只对他说道：'我在新宁遇着金眼鹭鸶方绍德，他教我对师傅说，我们这种能耐，传徒弟不是一件当要的事。徒弟犯了戒律，是不应该装聋作哑、曲徇私情的。若戒律可以犯得，我们却要这东西干什么呢？犯杀戒、犯淫戒的，应得教徒弟本人自己值价。万一遇了形同反叛的徒弟，便说不得，只好做师傅的亲自动手惩戒了。你有三个徒弟，我也有三个徒弟，请你瞧瞧我犯戒的徒弟，是怎生结果？再回头瞧瞧你自己在河南的徒弟，看凭良心应当怎生处置？'"

方绍德说到此处，略停了一停，问柳迟道："你听明白了么？你照我这些话，向你师傅说一遍便得哪，你不可害怕说不出。你要知道，纵容徒弟犯戒，师傅的罪孽，比犯戒徒弟加重十倍。你敬爱你师傅，就是万不能不说。"柳迟只得诺诺连声地应是，在山中答应周季容，替他大师兄求情的话，哪里还敢说出口来呢？只听得方绍德继续说道："你来这里一趟，很不容易，我知道你现在所住的刘家，有五鬼为殃。你此时尚没有力量，能驱灭五鬼。我可派二徒弟蓝辛石送你回去，顺便驱除五鬼。"

柳迟连忙拜谢道："晚辈初到新宁时，正觉得舍亲家中的阴气过重，却苦没道法看出所以然来。承你老人家关怀，不但晚辈感激，便是舍亲一家也应感激。不过敝姨父是个读书人，对于神鬼的事，恐怕认为荒诞。"方绍德不俟柳迟说下去，即摇手笑道："你离他家，已有三日三夜了。在这三日以前，你姨父自是不相信有神鬼的，此时已不然了。你回去时自会知道，不用我多说。"柳迟便不再说。拜辞了方绍德，与周季容握手作别了，才和蓝辛石一同退出瓦缸，取道向刘家来。

蓝辛石在路上对柳迟道："我且在你亲戚家门外等着，你先进去，到用得着我的时候，只须向空唤三声'蓝法师'，我自能随声而至。"柳迟答应理会得，然心里仍不免有些怀疑。暗想这三日中，难道刘家有什么变故吗？若没有显明的变故，使我姨父相信确有五鬼为殃，我却怎生好平白无故地说，有法师同来驱鬼呢？为此踌躇着，不觉已走近了刘家。蓝辛石找一棵很大的枣树下立住了脚说道："我就在这树上，听候你的呼唤，你去吧。"

柳迟看这树离刘家还有半里多路，不由得现出怀疑的神气，说道：

"舍亲家的房屋很大，离此又太远了些，恐怕听不着我呼唤的声音，反为不便。不如索性过了那一座桥，在那边树下等候。"蓝辛石笑道："这有多远，十里之内，我听苍蝇的哼声，与雷鸣相似。"柳迟这才知道蓝辛石是修天耳通的，便独自回到刘家。

刚跨进门，就隐隐听得里面有哭泣的声音，走进里面，只见自己的母亲和姨母，两人对坐着相向而哭。柳迟还不曾动问缘由，他母亲已看见他了，连忙起身一把将柳迟搂住哭道："我的心肝儿子，你还有命回来么？可怜我和你姨母，已整整哭泣一昼夜了。"柳迟道："孩儿该死，错走到苗峒里去了，失足掉下陷野兽的深坑，几乎送了性命。今早才遇救得脱，所以回得迟了。只是孩儿在家中的时候，也时常出门多少时日不回，你老人家是见惯了的，怎么这回才三日，你老人家和姨母就哭泣了一昼夜呢？"

他母亲拭干了眼泪，说道："你哪里知道这几日家里的情形啊，昨日逼得没有法子，已打发人追赶你姨父去了。你姨父有要紧事去长沙，若不是因家里闹得太不成话，何至打发人去追赶他回来呢？大前日自你出门之后，你表妹就说觉得头昏目眩，心里冲悸得难过。我和你姨母也不在意，以为是受了些凉，睡睡就好了。谁知才到黄昏时候，你表妹本来是睡着的，忽然坐了起来，翻起一双白眼，望着我大声喝道：'你不要糊涂！跑到这里来想替你儿子定媳妇，你知道你打算定的媳妇，是我什么人呢？'

"我当时一听你表妹说出这些话来，很觉得诧异。但是说话的声音变了，是一个男子的口音，并不是本地方人，就知道是有鬼物凭附在你表妹身上。只得对你表妹说道：'我并没有这种心思，我到这里来，完全是因至戚，平日本有来往，不为想定媳妇而来。'我这么一说，你表妹只是摇头说道：'这话瞒不了我，我与刘小姐前生是夫妻，缘还没有尽。她因一点儿小事，就寻短见死了。我应趁这时候，来了未尽之缘，你不要妄想。'说到这里，忽然现出慌张的样子，向房门外面望了望，双手抱头。说道：'不好了，对头来了，只好暂时躲避躲避。'说罢，即寂然无声了。

"我和你姨母都以为房外有什么人来了，同时回头向房门口看，并不见有人进来。你表妹又改变了一个口音说道：'我只来迟了一步，就险些儿被别人把我的老婆占去了。'说了这两句，又和起初一般地翻起两眼，望着我笑道：'你看好笑不好笑，这刘小姐果然不是你儿子的媳妇，难道又是他那东西的媳妇？幸亏我还来得凑巧，若再迟一时半刻，不是糟透了

65

吗?'边说边做出得意的样子来。你姨母看了这情形,只急得掩面哭泣。你表妹居然涎皮涎脸地呼着丈母笑道:'见了女婿的面,应该欢喜,应该笑一个不闭口,才是做丈母的本色。所以有一句老俗话:丈母见了郎(湘俗呼女婿曰郎),屁股不沾床。几见过你这个丈母的,反望着我愁眉泪眼。我做你的女婿,哪里就辱没了你吗? 老实讲,比你那柳家的孩子强多了。'你姨母听了,更气得哭起来。我只得在旁问道:'你究竟是什么人,与刘小姐有什么冤仇? 幽明异路,刘小姐如何能做你的老婆?'你表妹摇头晃脑地说道:'我的姓名,不能说给你听,我与刘小姐没有冤仇,她本来是许了给我做老婆的。你说幽明异路的话错了,我又不是死了的人,怎得谓之幽明异路? 只因这两天的日子不好,不能成亲。须略迟几日,我便能在此地袒腹东床了。'说毕,又装模作样地闹了一会儿,陡然做出吃了一惊的样子,举右手在额上搭凉棚,向墙壁上寻觅什么似的,仔细看了几眼,即时露出惊慌的神色,对我说道:'前面好像是你的儿子来了,我并不是怕他,只因不屑和他计较,暂时让他一让吧。'

"这话说了,你表妹仰后便倒,躺在床上。我只道是你出外回来了。你姨母走到床前,抱着你表妹呼唤,和睡着了一样,再也唤不醒。半晌不见你进房,打发丫头到外面去问。丫头还不曾回报,你表妹又翻身坐起来,一手把你姨母推开说道:'你是什么人,要你搂住我夫人叫唤些什么? 我就是柳迟柳大少爷,承姨母的好意,许将表妹配我做夫人,我特来成礼。刚才有两只大胆的孽畜,居然敢来想霸占我的夫人,逃得快是他们的造化,见了面我真不饶他。'你姨母就问道:'你是柳迟柳大少爷吗?'他答道'怎么不是! 谁哄你么?'你姨母又问道:'你既是柳大少爷,知道这个老太太是谁么?'你姨母说时,伸手指了指我。他跟着睁眼望着我,说道:'怎么不认识,这是柳老太太,就是柳迟的母亲。'你姨母道:'是柳迟的母亲,是你的什么人,你不是说你就是柳迟吗?'他才连"哦"了几声道:'不错,不错! 我该打,连母亲都忘记了。'随即向我叫了两声妈妈道:'恕孩儿无状。'

"我指着骂道:'你放屁! 你是什么柳迟,我哪有你这种不孝的孩儿。你要假冒我的儿子,得变成我儿子的声音。你是识时务的,趁早滚开! 我儿子立刻就要回来了,看他可能饶恕你。'我骂了这几句话之后,你表妹低头坐着,一言不发,红了脸好像有些惭愧,又好像思索什么似的。一会儿，忽然抬头说道：'柳迟也只有那么大的威风，我假冒他干什么！老实说给你听，你以为你儿子会回来么？你做梦啊。你儿子的性命，早已丧在我手里了。我不把他的性命弄掉，就敢到这里来做他的替身么？'我听了不相信，仍开口骂道：'你是什么东西！配把我儿子的性命弄掉。你想拿这话来吓我，哪里吓得着。'他仰天打着哈哈说道：'不相信由你。我们五兄弟，合伙要把你儿子的性命弄掉，今日才好容易将你儿子迷了双眼，引进苗峒，我那四个兄弟，故意在你儿子前面的石岩之下，跑进跑出，使你儿子分了神，走近陷坑。我在后面只这么一推，就跌倒到陷坑里面去了，这陷坑跌下去，是必死无疑的。你不相信，且瞧着吧，看有你儿子回来没有！'

"我当时一听这些话，不由得不有些相信，正待求他。但我尚不曾说出口来，他却立起身向空中作揖道：'我就走，我不过趁你没来的时候，到这里玩玩。你既来了，我怎敢留恋不去呢？'说罢，又跪下去，叩了两个头起来，仍向床缘上一坐，说话的声音又改变了。只听得长叹了一声，说道：'什么兄弟，比外人都不如，明知是我的夫人，竟敢乘我还没到的时候，接二连三地来开我的玩笑，真要把我气死了。'说完，又长叹了一声。忽起身向你姨母拜下去，说道：'愚子婿叩见丈母，给丈母请安。'你姨母只气得大骂。可是作怪，那东西倒像怕骂，一骂就没有声息了。不过你表妹昏迷不醒，沉沉地睡一会儿，那东西又来附着乱说一会儿，直到此刻三昼夜，不曾清醒，而你又果然一去不回，教我和你姨母，怎得不哭？"

不知柳迟怎生说法，且俟下回再写。

第八回

谢援手瓦屋拜奇人
设神坛瓷缸装恶鬼

话说柳迟听他母亲述完那些怪话，即忙安慰道："妈妈，姨母，都不用着急。我在苗峒里就已知道这里闹鬼，已带了个法师回来，可以驱除鬼蜮。据那鬼所说，迷了我的眼，引入苗峒，将我推卜陷坑的话，事后回想起来，确有几分相近之处。这些鬼既无端害了我，又来向我表妹无礼，实在可恶已极。"说至此，只见一个丫头进来说道："小姐很安然地睡着，不知怎的，忽然伏在枕上哭起来，叫也叫不应，推也推不醒，此刻正哭得十分悲伤。"柳迟的姨母紧蹙着双眉，一面向自己女儿房中走去，一面呼着柳迟道："你也同来瞧瞧，男子的阳气，比女子足些，或者能把那些鬼吓退。"柳迟母子遂跟着走进那房。

刘小姐已坐在床上，两眼虽已哭得通红，只是眼泪已经揩干了，做出盛怒不可犯的样子。两手握着两个拳头，手膀直挺挺地据在两膝上。真是柳眉倒竖，杏眼圆睁，俨然等待着要和人厮打的神气。刘夫人一踏进门，那鬼就"呸"了一口，说道："我做你的女婿，有哪一桩哪一件不相称，辱没了你？你以为你们是世家大族，我不配高攀么？哼！你错了念头啊，你若不是式微之家，我们连门都不敢进。此刻的气焰，已吓不倒我们了。你为什么请法师来，想驱除我们，我若是害怕的，也不敢到这里来做女婿了。"

刘夫人道："我家请了什么法师，法师现在哪里？"那鬼道："眼前的事我都不知道，算得什么神通呢？你家请的法师，此刻躲在桥那边枣树上。他有什么本领，配来驱除我们？他因为心里害怕，不敢进这里来，所以躲在那树上。我老实对你讲吧，你就把这法师请进来，不但驱我们不去，弄发了我的脾气，我一定取他的性命，那时你家反遭了人命官司。我

68

已做了你的女婿，毕竟还有点儿情分，好说话。就是我那四个兄弟，脾气都古怪得厉害，动不动就杀人放火。他们不是你家的女婿，有什么忌惮？那时你家就后悔也来不及了。我是为你家好，大家和和气气的，不愿意破面子，才把这话对你说，你不要自讨苦吃。你姨侄是个小孩子，他的话听信不得。"

柳迟已走过来笑道："你把我推下陷坑，害了我性命没有？你既有神通，不怕那法师，又何妨和那法师见见面，斗一斗法力呢？"那鬼道："你小孩子知道什么？我们和法师斗法不打紧，你姨母家里吃亏，我不是外人，是你姨母的女婿，女婿有半子之谊，我不能不替丈母家着想。并且这法师不是我丈母请来的，我夫人和我丈母都待我很好，所以我不忍连累她家。你这小孩子不懂事，替她把法师请来，她家的人一个也不知道，我不能怪她家，因此才说这些话。若是她家里人去请来的，我怕什么呢？你真心想帮助你姨母，就得听我话赶紧去把法师退了。我和你此后是至亲，我照顾你很容易，劝你不要多管闲事吧。"柳迟叱道："胡说，青天白日之下，岂容你们如此横行。"说完，向空连呼了三声"蓝法师"。

就见蓝辛石从房门口应声而入，把柳夫人、刘夫人都惊得呆了。便是柳迟因不曾经过这种神奇的事，也不觉有些纳罕。蓝辛石走进房来，刘小姐仰面向床上便倒，口中吐出许多白沫，额头上的汗珠儿，一颗一颗迸出来，比豆子还大。刘夫人看了，好不伤感。蓝辛石望着柳迟道："那鬼见我来，已经藏躲了，须在正厅上设起坛来，还得准备几件应用的东西，方能施展法力，将他们收服。"

刘夫人抱住刘小姐，向柳迟道："你表妹已有三昼夜水米不沾牙了。此刻承这位法师到来，鬼虽驱走了，然你表妹还是这种情形。不知这位法师，有方法能将她救醒来么？"蓝辛石接着答道："救醒来很容易，现在病人口吐白沫，额头出汗，是因为身体亏损过甚，鬼不难驱除，病却不容易调治得回复原来的形状。"当下蓝辛石要了一杯清水，用指头向水里画了一阵，喝了一口，立在远远地对床上喷去。叱一声"起"。作怪，刘小姐如被人牵拉一般地随声坐了起来，握住刘夫人痛哭道："我被五个人汉子拘禁，直到这时候才逃了出来。"刘夫人、柳夫人也都觉得凄惨，流泪问刘小姐昏迷中情形，蓝辛石和柳迟退出房来，回到正厅上。

这时柳迟的姨父，被追赶得回来了，也陪着蓝辛石，问须准备几件什么东西。蓝辛石道："这五鬼也颇有点儿神通，必来与我斗法。须准备五只小瓷缸，一大盆白炭火，一条酒杯粗细的大铁链，长五尺以外，一副新犁头，九口青砖，一只大雄鸡，此外香烛、朱墨、纸笔之类，都是容易办的。坛用四张方桌，在这厅檐下搭起来，准备的各物，除香烛、朱墨、纸笔之外，都搁在坛下。"有钱的人家，凡事皆能咄嗟立办。柳迟的姨父照样一声吩咐下去，不须一刻工夫，就办齐备了。蓝辛石又要了一大碗清水，双手捧着，吩咐柳迟："不许人向他问话。"从容移步到神龛前面（湘俗每家正厅上必设神龛，或供天、地、君、亲、师，谓之五祀；或供财神；或供魁星以及其他神像），背向神龛，盘膝往地下拜垫上一坐，双手捧水齐眉，两眼合着，好像默祷什么似的，嘴唇微微地开合。

如此好一会儿，才张眼立起身，径走到搭的坛上，当中放下那大碗清水，掳起长袍，从腰间解下一个褡裢袋来（用青布或蓝布缝制，两端有袋，袋口居中，店家多用之以收账，以便搭肩上行走，故名褡裢袋。湖南之法师道士，行教时多用此种袋），袋里似乎装了许多物件，鼓起来很大。而蓝辛石系在腰间，从表面看去，并不觉得衣内有这么大的东西藏着。

当下蓝辛石将褡裢袋提在手中，从袋口取出一把有连环的师刀来，放在坛上。随手提着褡裢袋，向空中一挂，好像空中有钩子悬着一般，竟不掉下来。刘家多少当差的看了，无不惊奇道怪。

蓝辛石很诚敬的神气，右手拿起师刀，左手托着那碗清水，用师刀在水中画符一道。画毕，就将师刀竖在水中，也和有人扶着一样，不歪不倒，仍将清水供放原处，回身招柳迟上坛，帮着烧香点烛。蓝辛石提朱笔在黄纸上画了五道符，就烛上烧了第一道，左手捏着诀，右手又向袋中取了一条戒尺，口中念念有词。陡听得檐瓦上一声响亮，一大叠瓦片对准蓝辛石劈将下来。蓝辛石只作没看见，倒将头顶迎上去，"喳喇"一声，就如劈在顽岩上，瓦片被劈得粉碎，纷纷落下。蓝辛石毫不理会，就碗边喝了一口清水，仰面朝檐上一喷，跟着一戒尺就坛上拍下，只见烛光几闪，一团黑影由上而下，直落到蓝辛石面前。蓝辛石拿起一只瓷坛，对黑影一声叱喝，仿佛坛中有吸引的力量，一霎眼间，黑影就射入坛口中去了。

蓝辛石用师刀在坛口画了几画，拿起来递给柳迟道："你们大家都凑近耳边听听，看他在里面有什么动静没有。"柳迟双手接过来，真个凑近耳根一听，只听得里面好像有人哭泣，不过声音很是低微，似乎相隔甚

70

远，越听越觉显明。哭了一会儿，截然停止了，接着就听得叹气的声音。叹罢，接续说道："我不过一同到了这里，还是他们四个硬拉我同来的。在这里只我毫无举动，为什么把我关起来呢？你蓝法师既有这种神通，就应该知道这事与我无干，分个皂白。这蓝法师若肯饶恕我这一遭，我从此永远不到这里来了。"柳迟听了这些鬼话，心里好笑，举眼看蓝法师时，只见正烧了第二道符，又提起戒尺作法了。刘家上下的人，都要听坛中鬼说话，柳迟便递给家人去听，叮嘱小心，不可跌破了。

这第二道符才烧毕，情形就不似烧第一道符时安静了，也是从檐边响了一声，跟着一阵旋风陡起，只吹得飞石扬沙，房屋都摇摇震摆。坛下所立刘家上下人等，一个个被吹得毛骨竦然，双手紧掩着面目，不敢张眼。幸亏瓷坛在柳迟的姨父手里，连忙送到坛上。坛上的蜡烛，几番险些儿被风吹灭。蓝辛石两眼不转睛地望着烛光，将要熄灭了，只对烛光喝一声，火焰登时又伸了起来。接连三五次，烛的火焰直伸长到一尺多高，竖在风中，动也不动，那风才渐渐地息了。蓝辛石从坛下提起那只大雄鸡来，走到礓柱跟前，要了一口五寸多长的钢钉，在雄鸡眼上钉进礓柱，那鸡的两翅两脚都往下垂直了，和钉死了的一样。对着鸡又念了一会儿咒，回到坛上，将第二个瓷坛取出，又喝了一口清水，如前一般地喷去，戒尺刚拍下，柳迟的眼快，便看见一团黑影，由檐边直射进瓷坛。也用戒尺画了符，又提向柳迟说道："你们再听这里面，有何声息？"

柳迟很高兴地听里面也有哭声，不过是旋哭旋骂，没有哀求苦告的声口了。骂的什么言语，初时听不什么清晰，听了一会儿，才听出是骂刘小姐没有天良，不念几夜夫妻之情，不出头阻拦请法师的事。柳迟又是好气，又是好笑，懒得久听。

再看蓝辛石，把第三道符烧了，离坛一丈远的前面，隐约现出一个人影来，身体足有七八尺高下，上身能看得出形象，只自大腿以下，就模糊不能辨认，不知是赤脚还是着了鞋袜的。头上留着满发，好像绾着牛心髻，装束也不是清朝的服制。在空中朝着蓝辛石指手画脚，嘴唇也动个不住，却不听见说些什么。蓝辛石念咒喷水，那影都似不怕。

蓝辛石将戒尺放下，几乎就把头发拆散，披在肩上，跳下坛来，从礓柱上拔起钢钉，提了那雄鸡的头，直上直下地在石阶基上，掼了好几下。众人看了，都以为这几下，必掼得骨断筋折了。谁知将手一放，那雄鸡直跳了起来，展了几展双翅，伸长脖子啼了一声。鸡声一起，那影就现出了畏缩的神气，向后退了几步，退一步影便淡一点儿，几步后，仅能依稀仿佛，非仔细定睛看不出。蓝辛石飞身上坛，一手托着瓷坛，一手向那影只一招，就觉有一阵风吹到，都没看见有黑影到坛里去。蓝辛石已拿戒尺在坛口画符封锁了。

柳迟凑近耳去，不觉吃了一惊，原来里面正呼着柳迟的姓名说道："我和你往日无怨，近日无仇，你为什么把蓝法师请来，和我们兄弟作对？你表妹本来与你没有夫妻的缘分，就嫁给我们兄弟，一不辱没她，二不是夺了你的，于你有什么损害？我这回吃了你的苦，暂时报不了仇，将来终有我们出头之日。那时我们兄弟，若不将你碎尸万段，你也不知道我们的厉害。"柳迟答应了一声道："很好，很好！我等着你们出头便了。"

此时蓝辛石已把第四道符烧着，念了一会儿咒词，丝毫没有动静。蓝辛石刚提起戒尺，还不曾向坛上拍下，猛听得里面人声喧扰，夹杂着许多哎呀不得了的声音。立在坛下的刘家仆役，一听里面这么惊闹起来，都不知道为着什么事，一窝蜂也似的奔里面去打听。柳迟立在坛上，心里也不免有些着惊，疑心里面的丫头、老妈子不谨慎，引火烧着了什么，忙回头跟着众仆役奔去的方向看去。只见那些仆役才奔到中门口，大家一声吆喝，又潮也似的纷纷退下来，各自分头乱窜，好像怕人追打的一般。柳迟已看见自己表妹，蓬松着一脑头发，双手擎着一条臂膊粗细的门杠，俨然临敌的武士模样，没一点儿闺房小姐羞怯之态，大踏步打将出来。仆役奔避不及的，一触着门杠，就得跌倒在几尺以外，半晌爬不起来。使门杠的身法步法，也使人一望便能知道是个会武艺的好汉。一路打出中门，直向坛上扑来。

柳迟的姨父是个读书人，见自己女儿如此发狂，自觉面子上很难为情。料知众仆役不便上前动手阻拦，丫头、老妈子胆小害怕，只得自己上前去，打算拦腰一把将女儿拖住。一看自己夫人和柳夫人，都跟在后面追出来，胆量更壮了些儿。一面大声向女儿喝骂，一面奋不顾身地迎将上去。哪知道他女儿这时候的身体，并不由他女儿自己作主，一切举动都是因有鬼凭附了，就是那鬼的举动，那鬼如何认他做父亲呢？举门杠迎头劈下，读书人又有了几岁年纪，哪里知道躲闪，这一门杠劈下来，眼见得要劈一个脑浆迸裂。却是作怪，蓝辛石在坛上只用戒尺向那举得高高的门杠一指，大喝一声："木雷安在？"就在正厅上轰了一个大霹雳，只震得屋宇荡摇，灰尘乱落。柳迟再看自己表妹，如睡魔刚醒一般，弃了手中门杠，惊慌失措地神气向左右乱望。柳夫人、刘夫人都吓得不敢上前，只远远地叫唤女儿的名字。刘小姐跑过去抱了自己的娘，号啕痛哭，柳迟已跳下坛来，问如何闹到这样。

柳迟的母亲说道："你表妹因有三昼夜不曾进饮食了，人一清醒，便觉得腹中饥饿，炖了半罐粥给她喝。我和你姨母都在旁边。只因听得丫头进来报说，法师把鬼装入瓷坛，拿耳朵贴到瓷坛上去听，鬼在里面哭泣哀求，都听得十分明白，要我们也出来听听。我们觉得这事太稀奇了，不妨听听也广一广见识。我们为你表妹已经清醒了，并且有法师正在收鬼，用不着顾虑，所以只吩咐了一个小丫头，陪伴你表妹在房中，我和你姨母就走到中门口站着，教老妈子捧瓷坛来听。想不到才听了两个瓷坛，第三个还不曾捧上来，那个陪伴你表妹的小丫头，就被打得哭哭啼啼地跑出来了。我们正要动问为什么，你表妹已手舞门杠，恶狠狠地冲将出来，几个老妈子上前夺门杠，都被打得东倒西歪，并举起门杠要向我和你姨母打下。方才若不是凭空打下那一个炸雷来，你姨父的头颅，怕不被门杠打破吗？"

柳迟听到这里，听得有铁链铿锵的声音，回头看时只见蓝辛石已将披散的头发绾起，卸去了身上长袍，露出筋肉坚壮的赤膊来，正拿火钳在炭火里拨那烧红了的铁链。这里刘夫人、柳夫人，自带着丫头、老妈子，拥护病人回房。柳迟仍到坛跟前，看蓝辛石将铁链拨出一端来，红得通明透彻，随意伸手握住，拖蛇尾巴也似的，拖出火盆来，火星四迸，立在数尺以外的人，头脸都被火逼得痛不可当。蓝辛石绝不在意地提起那红铁链，往他自己肩部上一绕，铁链着处，只听得喳喳地响，身上皮肉被烧得浓烟突起，在旁边看的，没一个不吓得心胆俱寒，就是柳迟也不禁吐舌摇头。

蓝辛石把铁链在身上盘绕了两三匝，腾出两手来，仍是一手提戒尺，一手托瓷坛，口里喝道："再不降服，更待何时？"随即就见火盆里起了一道黑烟，在空中袅了几袅，才射进这坛里去。

蓝辛石用戒尺在坛口画了符，柳迟又凑耳去听，这鬼的声口，更凶狠异常了，竟是破口大骂道："你蓝辛石是个苗人，我们都是汉人，两不相干，要你替刘家出死力，和我们作对做什么？我们将来不报这仇恨，也算不了好汉。"柳迟听了，又禁不住笑道："你们本来要算几个好汉，蓝法师也只好等着你们将来报仇雪恨了。"

说时，看蓝辛石才把第五道符烧化，脸上就露出惊怪的神气，口中默念不到几句，即连连跺脚说道："不好，不好！已被他逃跑了。这东西真有点儿神通，于今要去追他，倒是一件很麻烦的事，这却怎么办呢？"柳迟也惊问道："怎么会让他逃了的呢？"蓝辛石道："我在枣树上等候你呼唤的时候，已经把网张好了，逆料他们没能耐逃出去。不过我的网张了十里，他此刻是不是已逃出了罗网，或者还在罗网内藏匿，一时尚不可知。"旋说旋踌躇了一会儿，忽然笑道："不要紧，我有对付他的法子了。"柳迟忙问有什么法子。蓝辛石道："方圆十里的地方，可以暂时藏匿的所在，自是不少。我所虑就是我一离开此地，他立刻就回来骚扰，他不回头来则已，回头必比前次更闹得凶狠。这四个瓷坛，不能在此地久留，务必送到和宝庆交界的十字路上，掘土埋藏，方可保他们不为后患。我此刻动身去，至快也得明日下午才得回来。在我未回来以前，就恐怕那在逃的东西，又乘隙前来作祟。我于今想了个主意，再用法术将这所房子团团围了，不但我去宝庆的这当儿不怕他来为难，便是他这番已逃出了罗网，只要在六十年以内，无论什么时候，休说这种作恶多端的厉鬼，不能进这所房屋来。就是已成了鬼仙的，也不容易踏进我的罗网一步。"柳迟此时还不懂得这类神通，只有连声应好。

蓝辛石直到这时才解了盘绕在身上的铁链，用手蘸了碗里的清水，在身上被铁链烙伤了的地方摸擦一过，比什么灵丹妙药都来得神效，清水一着上去，立时肿退红消，和不曾被烙的皮肤一样。将披散了的头发，也绾结起来，仍是赤膊，从碗里拔出那把有连环的师刀，吩咐刘家当差的，准备灯笼火把应用，又上坛念起咒来。不一会儿，当差的已安排了几个灯笼火把，每人拿了一个，在坛下候着。蓝辛石念完了咒词，忽然在坛上翻身一个筋斗，打下坛来，对一个提灯笼的当差说道："你提灯笼在前面，旋走旋照着我，走出大门外，朝西围着这房屋缓缓地走，绕到东边，仍从大门进来。这些灯笼火把，都跟随在我后面。"众当差的答应理会了，蓝辛石便随着那灯笼，一路筋斗打出来。

刘家的房屋宽大，绕周围打一遍筋斗，足打了八百多个，才从东边打到了大门。这一遍筋斗打过，天已半夜了。蓝辛石趁着天色未亮，提起四

74

坛恶鬼，带了一把铁锹，动身向宝庆交界的路上走去，片刻也不敢耽搁。直走到次日早点以后，才到了可以埋藏的所在，深深地将四坛恶鬼埋了。

据当时在旁边看见蓝辛石埋藏的人传说，蓝辛石用铁锹拣适宜的所在，掘好了一个大窟窿，原打算四坛做一处幽囚的。刚提起瓷坛要放下去，只听得四个坛里，同时大叫着蓝法师说道："我们不曾到你家扰害过，与你有什么仇恨，值得用这么狠毒的手段对付我？并且法师是苗人，平日和刘家绝无来往，又岂值得这么替他出死力。我们于今向法师求情，法师如肯开一条方便之路，只松松地将浮土掩上，我们将来重见天日的时候，决不寻法师为难。若一定要做恶人做到底，我们此刻虽是奈何你不得，你须知我们终有出头的时候，到那时你自讨麻烦，便怨不得我们了。我们五兄弟，你仅收服了我们四个，你知道不曾收服的那个，就是将报复你的祸根么？"

蓝辛石毫不迟疑地笑答道："倒亏你们提醒了我，是这么做一个窟窿埋了，果然不妥。万一那个在逃的东西，前来相救，岂不很容易地就被他教了去？报复我，向我寻麻烦，都是废话，不但我不怕，谅你们也不敢。我倒有些怕你们出来得快，汉人当中少有能收服你们的，将来受你们害的人家必多。我不能贪懒，将你们埋作一个窟窿，须分作四处掩埋才妥当。"坛里恶鬼听了蓝辛石的话，登时都鼓噪起来。蓝辛石也不作理会，拿铁锹又掘了三个窟窿，一个一个埋下去。此时坛里的恶鬼，有哭的，有恨声不绝的，有抱怨不该向蓝法师求情，反增加痛苦的。在旁边看的人，都一一听到了耳里。

蓝辛石掩埋停当了，便向旁边的人说道："本来应该在半夜三更的时候，到这里来掩埋，无奈我没有时候等待。你们今日适逢其会看见了，就得借你们的囗，传出几句话去。这地底埋的是四个恶鬼，以后有谁触动了这上面的土，谁就得被这恶鬼缠扰，轻则送了自己个人性命，重则闹得妻离子散，家破人亡，确不是一件当耍的事。"那些人听了这话，都不由得毛骨竦然。蓝法师的声名，从这番以后，不多时就传遍了周围数百里地面。

湖南人本极迷信，凡是蓝法师吩咐的话，谁也不敢故意违犯。至今蓝法师在新宁、宝庆一带的奇情怪事甚多，如一棵树、一块石头，只要故老相传，蓝法师曾吩咐不许人动，即父诫其子，兄勉其弟，永远没人敢动。

间有冒失鬼或不知道忌讳的人，偶然在蓝法师吩咐不许动的东西上面，动了一下，无不当面见效。或即时倒地不省人事，或归家便头痛发热，并有鬼物凭附在病人身上，胡说乱道。但是这都是后话，趁这时表过不提。

且说蓝辛石当下吩咐了看的人，仍提了铁锹回刘家来，到刘家已是黄昏向后了。柳迟的姨父母感念蓝辛石出力救了自家女儿性命，特地办盛筵款待。蓝辛石在席上向柳迟的姨父说道："这回你家小姐的病，虽经我治好了，然除了这种病，不久那种病又要来纠缠的。若但求治标，不仅不胜其烦，且恐怕有治不了的时候。"柳迟的姨父问道："治标固是不好，但是治本须怎生治法呢？"蓝辛石笑道："说起来很奇怪，或者你府上的人听了也不相信。你小姐近来不是正在商议许配人么？"

柳迟的姨父听了，随望了柳迟一眼，点头说道："我和内人虽有替小女议亲的意思，然现在还只商议商议，并不曾说妥当。"蓝辛石也点头答道："我也知道还只商议。就因为还在商议，才有可救药，若已经说妥当了，只怕你小姐的病，尚不止此呢！我劝你快把这一段婚姻的念头打消，另择高门，便是治本的方法。"说时，用手指着柳迟说道："我曾听得我师傅说，他的凤根极深，然凤孽也跟着极重。这番在府上骚扰的五鬼，便是他的孽障，暂时决躲避不了的。"

柳迟的姨父虽不十分相信这些凤根凤孽的话，只是既听说自己女儿的奇病，是由于许配柳迟发生的，当然把这种念头打消。柳迟在未动身来新宁的时候，就占了一卦，知道自己婚姻不在此地，且相差成亲的年数还远，因此听了并不在意。

蓝辛石这夜在席上，被主人敬了多少杯酒，已喝得有八九成醉意了。天色也已过了二更，此时正是四月间初夏天气，夜间的月光甚好，刘家原挽留蓝辛石休息一夜，次日才回苗峒去的。蓝辛石不肯在汉人家歇宿，定要乘着酒兴，踏月回家，刘家的主人只得谢了他，和柳迟同送出来。柳迟有些依依不舍地说道："我们在这时别后，不知又须什么时候，才得见面。"蓝辛石回身笑道："这有何难，我们不久便又有见面的时候。"

柳迟心里想究在何时，应在何处？只是还没问出来，偶然一眼向前面桥上望去，忽见一个黑影，伏在桥那边石柱之下。柳迟生成的一双明察秋毫的眼，没有能在他眼前逃得过去的形影。当时既发现桥柱下的黑影，便停了那话不问，悄悄地指着那桥柱，对蓝辛石把所见的情形说了，蓝辛石胡乱向桥上看了看，摇头说道："月光底下看不分明，有我在这里，有什么东西敢来这桥上伏着。我就得经这桥上走过去，你们在此等着，看有什么没有？"说罢，一路趔趔趄趄地走向桥上去了。直走过桥那边，回头大笑道："可瞧着了什么吗？"见刘柳二人都转身进去了，才径向归家的这条路上，高一步，低一步，一偏一倒地走。

这时虽是初夏的天气，然深宵半夜，又在山野之间，一阵阵冷风吹来，仍不免吹得肌肤起栗。蓝辛石初从刘家出来的时候，因酒喝得多了，有些发热，将胸前的衣服解开，袒出胸膛来。走了一会儿，被几阵冷风，吹得觉得有些寒侵肌肉，只得仍将胸前的衣服理好，酒意也被吹醒了几成。他是醉后的人，又在这种清凉的深夜，独自行走丛山旷野之中，心境自不期然而然地觉着凄楚，无端地要生发许多感喟。

蓝辛石身抱奇能绝艺，并擅文才，这种能为的人，在汉人当中，尚千万人难得一个，何况是在苗族里面呢？然蓝辛石尽管有这般奇能绝艺，终日只在苗峒中，仗着一己能为，替同族人除害，如毒蛇猛兽、野魅山魈等类伤人的恶物，不遇在他手里则已，一落到他手里，便休想能脱逃出去。和他同族的苗人，都能享受他的利益，而他却丝毫没有腾达得意的机会。

他的神力是得之于天的，并不是由练习得来。他在十零岁还未成年的时分，最喜在山涧里面寻觅鱼虾，弄回家下饭，每日总得去山涧中盘桓好一会儿。附近他家的一条山涧，某处有岩，某处有穴，他都探寻得异常熟悉。这日他正去涧中捕鱼，忽见一条碗口粗细的大蛇，约有二三丈长，遍体赤鳞，在涧水里面翻来滚去，好像洗澡的样子，搅得涧水四面溅泼，涧边的沙石都飞扬起来。

这种骇人的情形，若在寻常未成年的小孩看了，能不吓得两腿酸软，连跑也跑不动么？但蓝辛石生成是这些恶物的对头，见面不但毫不害怕，并且立时怒从心上起，恶向胆边生，恨不得一下将这赤蛇打死。只是他向来捕捉鱼虾，就是凭一双空手，不曾携带一尺长的器具来。这蛇如此长大，又在涧水之中，赤手空拳，如何能打得死呢？心里一着急，就四处寻觅可以当兵器的东西。涧边岩穴里面，他平日都摸熟了，记得有一个穴内，时常有一件圆而且硬的长东西触手，仿佛是钉下去保护涧边的木桩。平日因无可用之处，就触手也不在意，于今既用得着打蛇的兵器，不由得想起来了。连忙跑到那穴旁，伸手往穴内一摸，果然还在里面。触手即握住一摇，似手钉得很牢，随手不能摇动，遂伸进两手去，竭力往穴外一拖。想不到用力过猛，几乎仰后跌了一跤，那东西居然被拖了出来，甚是沉重。看时，不禁吃了一惊，哪里是什么木桩呢？原来是好好的一把大砍刀，连柄有四尺多长，五寸多宽，刀背有二寸来厚，刀口虽不甚锋利，然逆料用斩这蛇，是断没有斩不死的。全体是纯钢造就，形式虽古，却没生一点儿锈。是谁将这刀搁在这穴里，是什么时候搁的，都无从知道。蓝辛石此时也不暇思量许多，双手将那刀擎起来，直向那条蛇奔去。

蓝辛石在水里的日子多，水性原来很熟，赶到此蛇切近，一刀劈将下去。那蛇也合该死在他手，躲闪都来不及，就被劈作一刀两段。蓝辛石既劈了赤蛇，得意非常，提刀玩弄了一会儿回家。他家中人看了这刀，都惊讶问从哪里得来的。蓝辛石将缘由说了。家里人想接过去看，哪里能拿得起？掉落在地下，直陷下地半寸来深。四个人上前扛抬，才能勉强扛动，尚不能提步，提步便闪伤了腰肢。蓝辛石的神力，因此才显了出来。从得刀以后，猛兽被杀死在这刀下的，不计其数。后来他长大了，觉得这刀虽好，苦于太笨重，一则周转不灵，二则刀口不甚锋利。于是又造了一把重六十斤的钢叉，杀豺狼虎豹之类的猛兽，便用这钢叉。自遇方绍德收他做徒弟之后，又得了许多道法。

他既怀抱这些本领，少年人飞黄腾达的念头，自然很重，只是仅进了一个学，便没了上进的机会。酒后触动了愁怀，对着那般凄清的景物，不觉边走边悠悠然叹了一声。长叹的声音才歇，就听得有一种哭泣的声音，被风吹荡得侵入耳鼓。蓝辛石正在感叹的时候，一闻这哭声，也不暇细听，更觉得凄然不乐。低着头慢慢地向前行走，很不愿意听那哭声。叵耐那哭声越听越清晰，蓝辛石原是存心不做理会的，至此虽欲不听，已不能把两耳塞住，只得将自己的心事丢开。听那哭声中还带着诉苦，一听便能分出是个女子。那声音约发在一里之外，寻常人虽在万籁俱寂的深夜，相隔这么远的哭声，也决不能听得。蓝辛石是个修天耳通的，所以听得清晰。

不知听得诉些什么，且待下回再写。

第九回

蓝辛石月下钉妖精
宋乐林山中识神虎

　　话说蓝辛石听那哭声中诉道："我实在不愿意活了，这种苦日月，活着还有什么趣味？倒不如拼着一死的干净多了。"蓝辛石细听那哭声的方向，正在自己归家应经过的道路上。心里不愉快的人，听了这类的悲哭的声音，更是难过，遂懒得着意去听，只放紧了些脚步向前走。走不到一里多路，遇了一座大石桥，那哭声不在别处，正是从这桥上发出来的。

　　此时天上的月光，已偏在西边，将近钻入地下去了，因此桥上已没有月光。蓝辛石听哭得益发凄惨，即立在桥头上高声问道："是哪里来的娘子？为什么三更半夜的，独自在这里哭泣？"这话问出去，不见有人答应，只是哭声已停了。蓝辛石接着说道："娘子不要害怕，我不是无赖的人。若娘子有为难的事，不妨照实说给我听，凡我所能帮助的，无不竭力。"这几句话一说出去，便听得很娇怯很脆嫩的口音答道："虽承先生的好意，愿竭力帮助我，但我是个生成薄命的人，就得先生帮助，也只能帮助一时，长久下去，仍是不了。先生是过路的人，可以不必怜惜我，左思右想，还是拼着一死的干净，免得在世界上终日受人欺负。"

　　蓝辛石一听这女子说话，伶牙俐齿，娇啼婉转，使人荡魄销魂，心想这样年轻的女子，有什么委屈，这时分在这个人烟稀少的地方悲哭？听她说话的情形，不像是小户人家的女子。小户人家女子，见了面生男人，说话决没有这么大方。大户人家女子，又岂有半夜三更独跑到这地方来的？若为寻死而来，何地不可以寻死，必要到这里来呢？这东西的来历，只怕有此蹊跷。我何不盘问她一番，看她怎生答应？蓝辛石想毕尚没开口，那女子已接续哀啼着说道："我若不因为怀中已有了四个月的身孕，寻死也用不着踌躇了。我这样苦的命，死了不算什么，怀中的冤孽没有罪过，不

79

应该跟着把一条小性命断送。"说罢，又嘤嘤饮泣起来。蓝辛石说道："娘子徒然悲伤，也没有用处。请问娘子贵姓，家住在哪里，究竟为的什么事，如此伤感?"边说边走近前去。

那女子背靠桥柱坐着，此时月光虽已偏西，远望不得分明。就近借着满天星斗之光，还能看得出女子的身材窈窕，态度风流，头上青丝，蓬松覆额，虽看不清容貌怎样，然仅就所见的，已足使人动心了。

女子见蓝辛石走近面前，即抬起头来答道："三更半夜，抛头露面地出来，连我祖宗三代的脸，都被我丢尽了，我还好意思把娘家的姓氏，说给先生听吗? 翁姑、丈夫都凌虐我，不将我当人看待，我原不妨将婆家的姓氏，说给先生听。然说给先生听了，也没有用处，不如存一点厚道。我的命已苦到如此地步，并且已是快要死的人了，犯不着扬人之恶，加重我自己的罪过，来生更受苦报。至于先生问我究竟为什么事，如此伤感，我不能不将大概情形说出来。不然，也太辜负先生的一番盛意了。

"我今年一十九岁了，我父亲、哥子，都是读书有功名的人，我婆家也是诗礼之家。只丈夫不争气，因生长富厚之家，不知银钱艰难，不识人情刁狡，从去年我到他家起，初时一二个月内还好，白天不大出外，就是出外，一到黄昏向晚就得回来。两个月以后，不知如何结识了地方上几个不成材的人，终日吃喝嫖赌，无所不来，越闹越糊涂，时常半夜还不回家。翁姑怪我不会伺候丈夫，不能得丈夫的欢喜。我何尝不会伺候呢? 无奈那没良心的人，成心不欢喜我，我除了哭劝、哀求而外，又有什么法子咧? 谁知那没良心的人，见我越是向他哭劝，他越是嫌讨厌似的，更整日整夜地在外嫖赌，一连三五日不见他的踪影了。翁姑大发雷霆，说她的儿子原是极老成极规矩，从来不在外面胡行乱走的。只因讨了我这个不贤良的媳妇，将她儿子逼得不能在家安身，只得去外面借着嫖赌解闷。

"请先生替我想想，我就是容貌丑陋、性情恶劣，何至便逼得丈夫不能在家安身? 并且丈夫去外面嫖赌，在翁姑手里拿不着银钱，将我所有陪嫁过去的私蓄，一股脑儿用尽了。还嫌不够，把我陪嫁的金珠首饰，拣好的拿去变卖，连问也不问我一句。我为怕他生气，想借这些事换转他的心来，件件依遵他，看他要多少银钱，我无不尽力设法给他，原不过想图他一个高兴，对我回心转意，不忍再去外面胡闹了。谁知不讲情理的翁姑，反怪我别有用意，成心要丈夫去外面胡闹，原来只骂我的，至此更动手打起我来了。

"翁姑打媳妇，做媳妇的自然只能顺受，哪敢违抗呢？翁姑见我跪着不动给他们打，不说我懂礼节有孝心，也就罢了，倒骂我不动是和他们拼死，更打得厉害些。我见跪着不动有罪，就起来走开，却又骂我目无尊长。我处这种境遇，也只好自怨命苦，不能怨翁姑、丈夫不好。想不到那没良心的人，无论给他多少银钱，不须几日工夫，就嫖赌得没有了，不到手中没了钱，也不回来。我赔嫁的银钱、首饰是有限的，怎经得起他这样泥沙不如地使用呢？我手边有的时候，他一开口，就如数拿给他；手边一没有了，教我去娘家设法，何能每次都能如愿？我给得少了，或给得迟了，他也由不高兴而责骂，由责骂而动手打起来。

"可怜我一个终身不出闺房门的女子，身体又素来孱弱，不但没有反抗他的力量，连躲闪也躲闪不来。近来知道我有了身孕，若是寻常人家见媳妇怀了孕，举家都应该欢喜，教媳妇好生调养的；唯有我的翁姑、丈夫不然，硬说我怀中的身孕，不是她儿子的骨血，将我吊起来拷打，问我曾和什么人通奸。唉！这真是黑天的冤枉，我是何等人家的小姐、何等人家的媳妇？翁姑、丈夫现在正不欢喜，我岂肯自寻苦恼，再干这种辱没家声的事呢？我也不知道我翁姑、丈夫，前生和我有什么冤孽，有多大的仇恨？任凭我如何表白，如何发誓愿，只是咬紧牙关，说不是他家的。我要她儿子自己凭良心说，那东西确是没有良心的人，板着面孔不作声，也不说是，也不说不是。翁姑见她儿子这样的情形，更坐实我曾和人通奸。每日朝骂暮打，吃没饱的给我吃，穿没好的给我穿。我忍气吞声过到今日，连那没良心的人，今日都说出我怀中的孕，不是他骨血的话来了。我实在不能再忍了，问他不是你的骨血，是谁的骨血？我半年之内不曾回娘家，也不曾离你家的大门，有什么人能飞进来和我通奸？你虽说在外面嫖娼的日子多，然手边没了钱的时候，归家向我要钱，哪一次不在家中歇宿，如何能说怀中身孕不是你的？凡人既不要天良，便没有不能做的事，没有不能说的话。他是我的丈夫，他要咬紧牙关这么说，我就有一百张口，也分辩不了。

"做人做到了我这种地步，活在世上，除了受罪而外，还有什么可享受的呢？万不得已，只得趁他家人都睡了的时候，悄悄地到厕所里，打算悬梁自尽，拼一死了却前生冤孽。哪知道苦命的人，孽报不曾受了，连寻死都不能如愿。他家当差的，早不上厕屋，迟不上厕屋，偏巧在我正套好绳索，刚将脑袋伸进圈里去的时候，那当差的擎着一支蜡烛，走进来了。一见我已上了吊，就一面大声叫唤，一面把我解救下来。翁姑从梦中惊醒，到厕屋里一看，登时怒火冲天，大骂我有意害她家遭人命官司，一人拿了一条鞭子，将我按在厕屋地上痛打。两个人都打得精疲力竭了，就逼着我立刻回娘家，不许在她家停留。要寻死也得去外面寻死，死了不干她家的事。我说我娘家虽是我生长之地，然我在娘家一十八年，一次也不曾在外面走过，出大门就不认识路径。便是嫁来这里一年，也不知道大门外是什么情形，这时分教我回娘家，不派人送我，我如何认识路径呢？翁姑齐说认识路径也好，不认识路径也好，他们不管。只要出了她家的大门，哪怕走不到三步，就寻了短见，也不与她家相干。

"只怪我自己命短，他们既对我这么恶毒，我如何能再停留？只好横了心，打算真个出大门就寻死，因此才走了出来。但是我走到门外一想，此时就这么死了不妥。翁姑、丈夫既说我怀中身孕，是和人通奸来的，若就这么死了，不仅这冤诬没有伸雪的时候，他们还要骂我是因奸情败露了，含羞自尽的。我一个人蒙了这不白之冤，还不要紧，我怀中的孕，既确是我丈夫的亲骨肉，尚不曾出世，也就跟着我蒙了这不白之冤而死，未免太可怜了。并且我娘家是书香世族，若因我这不争气的女儿，把世代清白的家声玷污了，我就到九泉之下，有何面目能见祖先？因有此一转念，觉得短见暂时是不能寻的。既不能死，又既被翁姑驱逐出来，除了回娘家，实在无路可走。但是我娘家的地名虽知道，路有多少里，应该朝着哪方面走，都茫然不知。黑夜又无人可问，只得勉强挣扎着，随着脚步走去。走到这桥上，两脚委实痛得走不动了，不得不坐下来歇息些时。当此凄凉的月夜，回想起种种伤心的事来，不由我不痛哭。想不到惊动了先生，承情关切，感激之至。"

蓝辛石呆呆地立着，听女子说完了这一篇的话，心中也未始不有些感动。但是总觉得这女子的态度太风流，言语太伶俐，既不像是大家的闺秀，更不像是穷家的女儿，始终疑心来历不正当。自念从方绍德学道以来，所治服的山魈野魅、木怪花妖，实在太多了，恐怕这女子就是那一类的余孽，乘黑夜酒醉之后，前来图报复的。只是他凭着所学的本领，和从来驱除丑类的志愿，即令这女子果是那一类东西的余孽，也不觉得可怕。

心想此时天色昏暗，究竟是不是妖怪鬼魅，纵有本领，也无从辨别确实。若这女子所言的，果然真实不虚，也可称得一个很贤孝、很可怜的女子。便是古时候的烈女贞姑，行为品格，也不过如此。我生性仰慕古来豪侠之士，这种贤德女子，在如此遭际之中遇了我，我若因疑心她是妖怪鬼魅，不竭力救她，岂不是徒慕豪侠之名，没有豪侠之实吗？我凭一点慈悲之心，便是认错了，中了妖魔的圈套，也可以无悔。并且就是妖魔，也不见得能奈何我，我只存着一点防范的心思罢了。想罢，自觉如此做去不错，遂向这女子叹道："原来娘子有这般凄凄的遭际，真是可怜可敬。以我替娘子着想，暂时也只有且回娘家的一条路可走。娘子的娘家叫什么地名，何不说给我听？我可以立刻送娘子回去。"女子似乎有点为难的意思，踌躇着不肯就说。

蓝辛石道："娘子是不是因恐怕有伤娘家的声望，所以不愿意说给我听呢？娘子不可生气，这念头实在错了。休说这种事是世间极寻常的事，即算可丑，也是婆家没道理，与娘家不仅不伤声望，像娘子所说这般贤淑的性情、孝顺的行径，娘家并很有光彩，为什么反怕人知道呢？"

女子至此才发出带些欢喜的声音答道："先生的高见自是不错，只是先生不知道家父的性情脾气最是古怪，他老人家若听我说是被翁姑、丈夫驱逐回家的，必不问情由，即时大怒，也将我驱逐出大门之外。因为我未出嫁以前，家父时常拿《烈女传》、女四书一类的书教我，对于三贞九烈之道，解说得很仔细。并曾说过，若女儿嫁到婆家，不能孝敬翁姑，顺从丈夫，得翁姑、丈夫的欢心，以致被退回娘家来了，这女儿简直可以置之死地，毫不足惜。如念骨肉之情，不忍下毒手，就唯有也和婆家一样，驱逐出去。这女儿既是娘、婆二家都不要了，逼得没有路走，看她不自去寻死，有何法生活。家父的性格，素来是能说能行的，平时已有这种话，今日轮到他自己家里来了，请先生说，他老人家如何肯容留我？我刚才被翁姑逼得出门的时候，虽只好打算回娘家，然心里计议是万不能向家父说实话的。于今承先生的美意，送我回家，我正是要回家不认识路的人，自然感激万分，岂有恐怕有损家声，不敢将地名说出之理？并且一个地名，与舍下声望也绝不相关，我其所以踌躇的缘故，完全不在这上面。先生不要误会了。"

蓝辛石问道："然则娘子不肯说，是为的什么呢？"女子道："这其中有两个缘故，我都觉得甚是为难。我就把地名对先生说了，先生也不能立刻送我回去，说与不说无异，所以不得不踌躇。"蓝辛石道："只要有地名，哪怕在天涯海角，我既说了送你回去，不问如何为难，我都不怕。请娘子且把第一个缘故是什么说出来，看我觉得为难不为难，不为难，就再说第二个。"

女子带些笑声说道："我婆家离我娘家，平日听得人说有三十里路。我今夜走了许久，不知方向错也没错，若是错了，此地离我家，就应该还不止三十里。这么远的道路，如何好烦先生相送呢？况且我所知道的是小地名，只近处的人知道，此地若相离太远，就说给先生听，先生平时没听说过那地名，岂不也和我一样不知道东西南北吗？"

蓝辛石也笑着截住说道："这便是第一个为难的缘故吗？不用说三十里不算远，就是三百里，也不过两三日的程途。地名虽小，只在几十里路以内，我就不知道，也好向人打听出来的。你且把地名说出，看我知道不知道。"女子道："既是如此，舍下的地名叫作雄鸡岭，先生知道么？"

蓝辛石哈哈大笑道："雄鸡岭吗？岂但知道，并且是我归家所必经之地，我每个月至少也得走那山上经过一两趟，此处还不上十里路。你这第一个为难的缘故，可说是毫不为难了，第二个呢？"女子很高兴地问道："原来此去雄鸡岭，已不到十里路了吗？我倒不明白何以信步乱走，居然没走错方向，而且走得这么快？从来不曾走过稍远些儿的路，今夜居然不觉着就走了二十来里，这是什么道理呢？我只怕地名叫作雄鸡岭的，不仅这里一处，舍下那边也叫作雄鸡岭。听说两地同名的很多，先生可知道旁处还有地名叫作雄鸡岭的么？"

蓝辛石摇头道："这雄鸡岭并不是小地名，周围百数十里左右的人，除妇人小孩子而外，不知道这地名的很少。这样大地名，在几十里以内，怎么会有相同的呢？我所知道的决不会错，娘子不用疑虑。至于素来不曾走过远路，今夜不觉着就走了二十来里，这并不稀奇，道理很容易明白。二十来里路本不算远，娘子被那不仁的翁姑逼出门之后，心里又悲伤，又愤恨，自是巴不得从速远离那受辱之地，急匆匆地向前走，也无心计算路程。直走到两脚痛不可当，精力疲惫极了，才忍不住坐下来休息。娘子平日虽不曾走过远路，然年轻的人，走路而至于两脚走不动了，若没有二三十里路，又何至如此呢？这尤是显而易见的道理，闲话少说，请把第二个缘故说出来吧。"

女子笑道："第二个缘故么，你已知道了，无须乎我再说。"蓝辛石现出诧异的神气，问道："这话怎么讲？你没说出来，我从哪里得知道，这话说得我不明白。"女子道："先生确已知道了，也是我早已说了出来的，请先生猜一猜，看究竟是什么缘故？"

女子说这几句话的时候，很透着挑逗蓝辛石的神气，软语温存，就使铁石心肠的人听了，也难保不心旌摇荡，不能把持。蓝辛石一时竟忘了形，也答以极温和的声口说道："你刚才向我说的话很多，我不能一句一句都记在心上，此时教我如何能猜得着？你还是自己说吧。"女子更吃吃地笑道："我说的话，你自然不把它放在心上，你方才不是说，没有二十来里路，不至于把两脚走痛的吗？"

蓝辛石道："因你对我说走到这桥上，两脚委实痛得走不动了，我才是这么说，并不是由我说出来的。"女子道："是吗？我原说是我早已说了出来的，很容易猜的一句话，先生却猜不出，这便是第二个缘故。"蓝辛石问道："这脚痛怎么说是第二个缘故？你虽说出来了，我还是不明白。"女子又吃吃地笑道："你是大丈夫，如何这话也不明白？我不是说有两个缘故，都觉得很为难吗？此去雄鸡岭虽不远，然毕竟还有十多里路。这十来里路，在你这样金刚一般的人物，自然看得很近，一提脚就到了。像我这么软弱不中用的女子，加以两脚因跑了二十多里，正在痛彻心肝，几番想立起身来，向你道谢关切我的好意，稍一移动，且痛得如千百口花针，向脚踵里乱戳，只得不动。请你说还有这十来里路，教我如何能走？不走在这里坐着，又如何是了，这不是很为难的缘故吗？"

蓝辛石听了，也踌躇起来说道："这果然有点儿为难，却是怎样好呢？"女子从容说道："我看你的言谈举止，很像个读书人，果是读了书的么？"蓝辛石道："够不上称为读书人，不过略能认识几个寻常的字罢了。"女子笑道："是读书人就好办了，我立不起来，走不动，只要你用一只手的力量，搀扶我一下，我就不难勉强挣扎了。"蓝辛石道："这怎么使得？越是读了书的人，越应该知道男女授受不亲，何以反说是读书人就好办？"

女子笑出声来说道："你读的是死书吗？男女若限死了授受不亲，何以又说'嫂溺援之以手'的话呢？叔嫂是极应避嫌的，然到了要紧的关头，也只能援之以手。若那时再拿着男女授受不亲的礼节来说，不肯援手，便是豺狼了。我于今和你并非叔嫂，这番承你的好意相救，也和救溺差不多，搀扶我行走，正是读书明理人应做的事。我去年以前，在家做女儿的时候，常听得家父说，柳下惠能坐怀不乱，可见得男女之间，礼节只能使一般没学问、没操守的人，好借此防范自己有非礼的举动；若是有学问、有操守的，莫说援手不算一回事，就是绝色女子坐在怀中，也全不要紧。几千年来，何尝有人疵议柳下惠，不应该不遵守男女授受不亲的礼节，将女子搂在怀中坐着呢？"

蓝辛石见这女子竟说出这些话来，不由得有些惊讶，暗想道理果是不差，但这类言语，诗礼之家的闺秀，在深夜无人之处，对着面生男人，决说不出口。小家女子，便能认识些字，也说不出这种话来。就从这一点儿上看去，已可看得出不是个人了。据她自己所述在婆家的行动，简直是个贤德无比的女子，岂有平日那么贤德的女子，此时肯如此挑逗我的？我倒不可不谨慎些，大师兄就因犯了色戒，不敢见师傅的面，只等料理了他身后的事，便得择一个地方自杀。我岂可重蹈覆辙，自取灭亡？不过这东西太可恶了，与我有何仇恨，想乘我喝醉了酒的时候，这么来引诱我？我这番若饶了她，不仅将来还是我的后患，并不知道要害死多少年轻没把持的人。我何不将计就计，和她开个玩笑？随即做出涎皮涎脸的样子说道："你以为我真有这么呆吗？在这种旷野无人的地方，我搀扶你也好，你搀扶我也好，有谁能看见，只要你我自己不拿着去向人说。说一句你不嫌轻薄的话，哪怕就同在这桥上睡一觉，也只要你我高兴，都算不了一回事。来，来！我就搀扶着你走吧。"边说边凑近一步，伸右手挽住女子软玉温香的臂膊，轻轻地往上一提，左手跟着捏了一个诀。这个诀能防范妖魔鬼怪遁形，最是厉害。

这女子果然不出蓝辛石所料，蓝辛石才将诀一捏，她就知道自己的行藏败露了，即时打了个寒噤。但想逃被这诀禁住了，逃不脱蓝辛石的手，连忙将身子一晃，霎眼就变成了一只大雄鸡。

蓝辛石既是早已有了防备的人，当然不能由她逃脱，一举手之劳，便将这雄鸡捞在手里。一手忙从腰间褡裢袋里，抽那把师刀来，指点着雄鸡笑道："原来就是你么？你的胆量可也不小，才从刘家逃了出来，就想在这里图报复。于今也一般地落到了我手里，看你还有什么方法能逃脱？你以为能逃出我的罗网，就有报复的能么？我此刻倒不防显点儿能为给你看。你那四个伙计，我都不敢轻视他们，破了我一昼夜的工夫，将他们埋在宝庆界上。于今对你，反不用那么麻烦，只要你有能为可以逃脱，尽管逃去不要紧。你自己若没有能为逃脱，安分守在此地，六十年后，你那四个伙计有见天日的机会，你自然也有人来解救；但是非我蓝法师的徒子徒孙，谁也解救你们不了。你打算报复我蓝法师的念头，是永远不中用的，老实说给你听吧。"蓝辛石说罢这几句话，将师刀尖向雄鸡胸脯当中，戳了个透明窟窿，跳到桥底下，在沙滩上钉进去，口中默念了一会儿。

说也奇怪，无论什么人，若不曾在那道桥下，亲眼看见这雄鸡的，也决不会相信有这种荒诞无稽的事实。不肖生有个朋友，就是这新宁刘家的，蓝法师当日在他家设坛收怪的时候，他还没有出世，于今这朋友已有三十多岁了。据说那只雄鸡，至今还是被一把师刀，穿胸钉在那桥底下沙滩之上，也不能动弹，也不能吃喝，也不像死的，也不像是活的。一般妇孺小孩，都知道是蓝法师收服在这里的妖怪，谁也不敢上前去动一动。偶然有不知道的小孩或过路的人，不明白就里，想上前动手的，走到雄鸡跟前一丈以内，必就头痛不可当，甚至登时昏倒在地。湖南人本来最迷信神怪的，因此几十年来，从没人敢去动那雄鸡。时间原不曾有六十年，蓝辛石此刻也还没有收得有缘的徒弟，并且在新宁、宝庆一带，蓝辛石所干这类奇怪不可思议的事迹，也不仅这桥下一处。

宝庆有一座山，名叫五老峰的，山顶有一只穿了底的破石臼，底朝上，口朝下覆着，穿底的窟窿内，插了一株杨柳。据说也是蓝辛石将这破石臼，镇压了妖魔在下。有人去动那杨柳树，立时就听得隐隐的雷声。平常杨柳树多是栽在水边的，因为这种植物的性质，非近水不能生活。偏是五老峰顶的杨柳树，枝叶密茂，并能四时不凋不谢。年老的人传说，石臼内镇压的，是一条毒蟒，在未经蓝辛石镇压时，曾伤害人畜无数。究竟是与不是，不肖生出世太迟，不曾目睹，只好姑妄听之，姑妄述之。

蓝辛石这夜钉了那雄鸡之后，回到家中已是天明了。他平日在家的生活，和一般苗人不同，他从小供奉了一个五寸多长的木偶，那木偶的来历，他从来没对人说过。不过看那木偶满身沾了泥土，雕刻得也很古朴，好像是从土中掘出来的，形象与普通木偶完全不同。普通木偶，或是坐着，或是站着，或是睡着，或是蹲着、跪着，从不见有倒竖着的。唯他所供奉的这木偶，两手据地，两脚叉开朝天，和器械体操中拿顶的姿势一般。蓝辛石供奉这木偶，异常虔诚，每早起来，焚香叩拜，提起两片竹卦问卜。旁人也不知道他问的是些什么，未遇方绍德以前就是如此，和他亲

87

近的人推测，这木偶必是猎神。因为有时跪在木偶面前问卜之后，连忙更换衣服，赤脚科头，左手提起那六十斤的钢叉，右手握一块很长大的罗布手巾，急匆匆上山打猎去了。有人跟着他去看，他也不拒绝。

他上山不须费多少寻觅的工夫，必有猛虎或极大的金钱豹蹿出来。平常虎豹见了人，多是一瞬眼就扑过来的，只一见了蓝辛石，便没有寻常那般威猛了。蓝辛石也不待虎豹近前，即对着大声喝道："张三，可来和我比一比武。"奇怪极了，虎豹原是不能人言的兽类，蓝辛石对着这么说，却像是懂得的一般，将一股野蛮粗暴之气，完全变化了。假装斯文的样子，从容不迫地走来。蓝辛石也行若无事地立出一个姿势，左手执叉向前，叉柄竖在左脚尖相近的地上，叉尖高出头顶尺多，身体在钢叉背后，右手握着罗巾等候。

虎豹从容赶到钢叉跟前，突然怒吼一声。这一声必吼得山谷震动，树叶脱落，林木中所有飞鸟，纷纷插翅飞往他山。近一二里内狐狸、獾、兔之类的小野兽，同时都惊得乱窜。有许多野兽，就因这一吼吓软了，瘫在地下不能走动的。胆小些儿的人听了，也得魂飞魄散，顿失知觉。这一声吼罢，将身躯一扭，翻身扑了转来，两前爪就踏在两个叉尖上，向蓝辛石怒目而视，蓝辛石也仰面对望着。猛然一口白沫，朝准蓝辛石脸上喷来，蓝辛石眼也不霎一下，等那涎沫流滴了一会儿，才用右手的罗巾，在脸上揩拭一遍。揩干之后，将罗巾往腰间一纳，右手抢住叉柄，只向旁边一拖，顺势便把那虎掀翻在地。那钢叉有三个叉尖，中间一尖最长，虎的两前爪踏在两短叉尖上，中间叉尖正对着虎的咽喉。掀翻以后，随手刺将过去，很容易地便刺死了。有一次掀不翻，刺不死的，如前一般的又比第二次；二次刺不了，又比三次；到了第三次，就决没有刺不死的。蓝辛石自从用钢叉是这么刺虎，外人只知道他刺死的极多，究不知他已经刺过了多少只。

这次从刘家回来，有好些日子不曾出外，有人邀他同去什么地方玩耍，或看朋友，他都推辞不去。每日只焚香向木偶叩几个头，连照例要问的卜也不问了。平时每日必到那瓦缸里向他师傅请安的，这些日子也不去了。他家中问他是什么缘故，他只摇头不肯说。每日到了夜间，就将大小两把钢叉拿出来，在石上磨砺得锋利无比，斧头、大砍刀也都磨得透亮，如是过了一个月。

这日清晨，蓝辛石才起来，正在木偶前焚香跪拜，忽来了十几个衣服齐整、年龄都在三十以上的人，在门外对蓝家人说，有要紧的事特地来求蓝法师的。蓝法师听了，只好出来迎接。见面时，蓝辛石认得几个是新宁县的大绅士，接进来宾主坐定。就中一个与蓝辛石认识最久的绅士开口说道："我们平日疏忽，不到辛翁府上来奉候，今日有事相求，便成群结队地来吵扰辛翁，我等心里实在抱愧之至，只求辛翁原宥。"蓝辛石随口谦让了几句。

那人接着说道："我等此来，实是出于无可奈何，非来拜求辛翁慈悲，不能救许多人畜的性命，不能代许多已经送命的人畜报仇。无论如何，得求辛翁劳动一次。这一个月以来，我们那边乡下，简直被一只三条腿的白额虎，闹得不成话了。那孽畜也不知是从哪里来的，前腿断了一条，吊睛白额，其大无比。论理那孽畜既断了一条前腿，应该比四腿完全的虎，来得柔弱些。谁知竟是不然，在二十多日前，我们那边乡下人家喂养的猪狗牛羊，每日总有几头不见了，去各山中寻找，见了吃不完的皮毛蹄爪，才知道是来了猛虎。不见了的猪狗牛羊，是被猛虎衔去了。当时就有几家猎户，争着想打这孽畜。谁知猎户不转这孽畜的念头倒罢，它只衔家畜，不曾伤人。猎户一上山，发现了这孽畜的形象，我那乡下的祸事，就从此开端了。

"第一次发现这孽畜的猎户，共有八个人，都是我那边有名的健汉。其中有三个，都曾独立杀过虎豹的，以为这缺了一条腿的虎，不愁打它不翻。哪晓得这孽畜三条腿跑起路来，比四条腿的还快，竟是飞得起的一般。行走转折既快，又灵警非常，猎户才一举枪，来不及拨火机，它即已扑过来了。寻常猛虎咬着了人，不即时松口的，在旁边的人，便可乘这机会开枪打它。这孽畜似乎早已知道了这一着，扑倒了猎户，只拣要害的地方咬一口，不停留地又飞奔过一边去了。是这么连伤了三人，偏巧那三人都是曾经独力杀过虎的。八个人伤了三个，并且伤势都极重，如何敢再将这孽畜围住不放呢？那三个抬到家，顷刻便都死了。

"第二次发现的，也重伤了两个有名的猎户。自这两班猎户死伤以后，其余的猎户，多不敢冒昧到山里去了。只遍山满岭地安设窝弓弩箭，想孽畜自行射杀。那孽畜何等机灵，哪里肯上这种当，二十多日不曾发出一支弩箭。那孽畜大约是囚山里的毒弩太多，不好停留行走，终日在平原旷野之地徘徊，有时睡在田禾之中。无意中走到它跟前去的人，被它跳起来抓伤了，咬死了的，已不计其数了。我们简直吓得连门都不敢出，只得去县衙里呈报。县太爷爱民如子，当即请了一营兵下乡，到处围猎，抬枪、鸟枪一排一摊地轰去，俨然临阵一般。那孽畜出现一次，总得死伤几名兵士。枪炮也不知对准那孽畜身上，轰去了多少，就和不觉着一样。轰得它兴发了，蹿进兵士队里连咬带抓的，死伤几个兵，兴尽又一蹿而去了。三日共死伤了二十多名兵士，营官料知无能为力，徒然使兵士吃亏，不肯再打，竟自带兵回县里去了。我们见是这种情形，若不从速将这孽畜驱除，未免太不成话。

"当初我们原没有出头大家设法的，至此不能不大家出来，商议驱除的方法了。于是就议定凑集五百串钱，悬赏只要有人能杀死这三脚白额虎的，就拿这五百串钱做花红。唉！这赏不悬倒也罢了，悬出这赏之后，徒然又送了两个最勇敢少年的性命，而孽畜的凶横，益发厉害了。我们也愤恨到了极处，又大家凑成了一千两银子，招请各府、县有名的猎户。来应招的也很不少，只是都不肯上山，在我们大家的家里住着。我们问他们既来应招，何以来了却不肯上山？他们说还有两个人没到，只等那两个人到了，就可上山动手。不动手则已，动手没有不立时成功的。

"等了两日，果然有一老一少两个人来了。老的年约五十岁，短小身材，并不显得精干的样子；年少的约二十多岁，身体却甚是魁伟。老的自言姓宋名乐林，少年是他的儿子，父子两人，专以打虎为业，据说已不知杀过多少虎了。到了次日，宋乐林只提了一把一尺多长的小斧，他儿子提了一把钢叉，就只二人上山去了。不一会儿，便回来对这些猎户说道：'这孽障不但你们不能打，连我父子也奈何它不了，不要自讨苦吃吧！这虎久已通神，只因孽缘未尽，本性忽然沉迷了，唯有去苗峒里拜求蓝辛石法师，他必能替这孽畜了账。'这些猎户听了宋乐林的话，同时作辞去了。

"我原是早与辛翁熟识的人，只因平日是文字的交情，尚不知道辛翁有这种降龙伏虎的本领。宋乐林去后，我一打听，才知道辛翁的神通广大，不仅是我们文人中的杰出之士。所以邀集了一县的绅士，专诚前来奉恳，务求辛翁体上天好生之德，慨然出来驱除这一大害。"这人说罢，立起身来对蓝辛石一揖到地。这十多个绅士，也同时起身对蓝辛石作揖。

不知蓝辛石回出什么话来，且待下回再写。

第十回

除孽障几膏虎吻
防盗劫偏觅镖师

话说蓝辛石见这绅士说完这一大篇话，大家都起身向他作揖，他只得回礼答道："兄弟十多年以来，无一年不杀死几只猛虎，除害原是兄弟的素志，本算不了什么。若在平时，不待这孽畜闹得如此无法无天，兄弟早已动手杀它了。无奈这孽障出世略迟了些，正在我已满限的时候，我不敢冒昧，恐怕不能收服它，反伤了兄弟自己的身体。所以我近来匿迹家中，不肯出外，就是不愿意与那孽障狭路相逢。今日虽承老友及诸位先生降临，旁的事都可以效劳，唯有这事，兄弟万不能遵命。并不是有意推诿，实在是因兄弟杀虎的限已满，勉强为之，必有天殃。"

众绅士听了，都面面相觑，各人都显出失望的神气，这众绅士问道："杀虎有什么限满？这限是谁限的，限到何时为满呢？"蓝辛石正色道："这种事相沿已久，并非兄弟故甚其词。从来猎人杀虎，每人至多不能满一百。兄弟十多年来，所杀的虎，已有九十九只了，自后就遇了虎，也不能动手。宋乐林父子，是河南有名的猎师，他父子平生所杀的虎豹，也不在少数了。他们只知道我没有杀不了的虎，却不知道我已杀到了限，不能再杀了。至于这孽障通神与否，在兄弟并不措意。它尽管通神，若在兄弟未曾到限的时候，也只当它平常的虎一般杀，倒也不愁它能逃出我的掌握。"

这绅士和众人商议了一会儿，向蓝辛石说道："原来先生有这种为难的情形。先生既已剖述明白了，论理我等本不应该相强，不过我等今日到先生这里来恳求，是已将所有除害的方法都使尽了。新宁数十万生灵的性命，唯一之生路，就只望先生出头。于今先生又因限满，无可通融，新宁一县数十万生灵，不是从此永无安身之日吗？先生既抱除暴安良的素志，这番无论如何，不能不恳求大发慈悲，为全县数十万生灵请命。若先生委实不能亲自出马，就得请先生代筹一个除这大害的方法，使我等有所遵从。"

蓝辛石道："除了我亲自出马，若还有驱除之法，也不待诸位前来请求了。我将实话说给诸位听吧，我的师傅现在离此间不远，他老人家是修道已经多年的人，未来一年的事，都能了如观火。日前曾叮嘱我，这一个月以内，务须凡事小心谨慎，不可多出外，不可多管闲事，免招无妄之灾。我师傅的言语，从来没有不应验的，我不敢不听信。这孽障第一次从陷坑中逃出，我就听得说了。隔不两日，又听说已上了钓，又被它自行咬断前脚逃跑了。我那时原打算上山，寻它斗一斗法力的，奈向我这祖师问卦，祖师不答应。"说时，伸手向堂上安设的神龛一指。

众绅士看那神龛上，供着一尊倒竖的偶像，这绅士便继续问道："先生何以知道祖师不答应呢？祖师不会说话，或者是先生不曾问明白，也未可知。"蓝辛石摇头道："我每次出猎，是得先向祖师请过示，答应了才去的。讲到这次请示，更不比寻常，寻常问卦不准，我存心不敢违拗就是了。这次我问卦之后，当夜就得了一梦，梦见祖师亲自降临，苦着脸向我说道：'九十九不可忘记。'我在梦中听了这话不懂，正待上前请示如何解说，谁知一转眼，已不见他老人家的踪影了。我惊醒转来一想，才恍然悟出曾经杀过虎的数目来，正是九十九只。因此觉得我师傅吩咐我，一月内不可多出外，不可多管闲事，就是为这孽障。这孽障不先不后，正在我杀虎九十九只的时候出世，已断了一脚，尚如此凶横，即此可以见得它在这时出世，不是偶然的事。我既亲经师傅、祖师两次警戒，自然不敢玩忽。"

众绅士见蓝辛石说得这般慎重，不敢再说恳求的话，只是大家一想起蓝辛石不肯出头，这三脚猛虎的大害，便再没人能驱除了。以后新宁县的人畜，将如何安生呢？不由得大家都急得流泪起来。蓝辛石生成的侠义性情，平日没人请求，尚且以驱除害物为事，于今见了众绅士这种焦急情形，又听得恶兽伤害生灵到如此地步，心里着实不忍坐视。低头踌躇了一会儿，忽抬头向众绅士道："诸位不用着急，且等我再向祖师求情，只要祖师答应了，我哪怕因此送了性命，为地方多少人除害，也说不得顾虑了。"众绅士同时立起来，说道："好极了！我等感恩之至。不但先生向祖师求情，我等更应同向祖师求情，务必求到答应了才罢。"

蓝辛石吩咐家里人焚香点烛，自己将顶上发结抖散，分披在两边肩膊上，从神龛内取下两片竹苑制成的卦来，跪在神龛下面，伏地祷祝。众绅士也都整理衣冠，排班跪在蓝辛石身后。

蓝辛石祷祝了一会儿，提起竹卦卜下去，众绅士偷看两卦，落地都仰，又卜下去，仍和第一次一样，两片都仰着落地，连下了七八次，全没改变卦样。众绅士心里都怀着疑虑，不知道这卦是如何的意思，究竟是答应，还是不答应？只见蓝辛石叩了一个头起来，悠然叹道："祖师硬不答应，奈何，奈何！这卦两片都仰落为阳卦，都俯落为阴卦，一仰一俯为胜卦。从来问卦，得胜卦最好，阴卦次之，阳卦最下。得阴卦而勉强出猎，虽不得兽，可无灾祸及身。得阳卦则万不可动，勉强必灾祸立至。本来杀虎不能满百，满百必有天殃，便是祖师慈悲，也不能逆天而动。因为有害于己，无益于人，我能拼着性命，将大害除灭，我死可以无恨，所虑就是害不能除，徒招祸患。"

蓝辛石刚说到这里，陡听得对门山岗之上，震山动谷的一声虎啸。众绅士登时都惊得变了颜色，有吓得浑身乱抖的。看蓝辛石时，只见他两道浓眉倒竖，两眼圆睁得几乎要垯了出来，凶光四射。古人说"怒发冲冠"，不过是一句形容怒极了的话，一般人的心理，无不以为头发是软而无可用力的东西，无论怒到如何地步，断没有上指冲冠的可能。谁知竟不是古人过甚的形容词，蓝辛石这时分披在两边肩膊上的散发，就果然随着两道倒竖的浓眉，一根根挺硬分张起来，仿佛如被狂风砍成这种模样似的。连两只耳朵都和兽类的两耳一样，张着风听那虎啸。那种威严的神态，直使众绅士看了，比陡然听得虎啸还觉得胆寒。

那虎一声啸了，紧接着便发出一种哼声来。那哼声作怪，连众绅士立脚的地面，也像被哼得战栗不安。蓝家养的两头猎犬，原在门外的，虎啸之声一作，立时吓得弹着尾巴，低头戢耳地朝家里逃命，八条腿都像是吓软了的，不能直立起来行走，只蹲着身体，匍匐如蛇行。一头伸着懒腰，睡在堂屋方桌底下的花猫，原是垂眉合眼，众人在堂屋中吵扰都不作理会的，一听着那虎的啸声，一蹶劣爬起来就待溜跑，还没跑到一尺远近，四腿也好像一软，便就地跌了一跤，跌下去又勉强挣起来，跑两步又软得跌下去了。众绅士本已吓得发抖了，加以看了这猫、狗害怕的情形，更不由得胆都破了，也恨不得和猫、狗一样，寻个安全的地方逃避才好。但是已在蓝辛石的家里，还有什么安全的地方，给他们逃避呢？

正在各自竭力镇摄，想掩饰惊慌失措的神情。只见蓝辛石一翻身向着神龛拜倒在地，并不祷祝什么，急匆匆地连叩了几个头，跳起身从龛中将偶像取下，解开胸前的衣钮，把偶像贴胸放着，仍将衣服钮好。慨然对众绅士说道："这孽障欺我太甚！不由我不出头，与它较量较量。我已发了誓愿，除了这孽障之后，我永远不上山猎一野兽。祖师答应与否，我都不能顾了。请诸位在旁边看的，替我呐一声喊，助一助威风。"

绅士问道："对面山上虽是虎啸，然毕竟是不是那只三条腿的吊睛白额虎，没人到外面去看，还不得而知，先生何妨且到门口瞧瞧再说呢？"蓝辛石摇头道："用不着去瞧，不是三脚虎，怎敢到我对面山上来。"说着，折身到里面房间去了。

没一会儿，就更换了一种装束，短衣扎裤，脚套草鞋，胸前高凸，估量是因有偶像在内。头发尚是披着，左手提着一把雪亮的钢叉，连柄有五尺多长，右手握一条很长大的罗巾，大踏步走了出来，凛凛如天神下降。后面还有两个苗人跟着，一个用肩扛着一把比蓝辛石手中略短小些儿的钢叉，一个肩着一把大砍刀，两件兵器，也都摩擦得雪亮。众绅士心想这两个苗人，扛着这么重的兵器，行走都像很吃力的样子，到山上与虎斗起来，如何能挥舞得动呢？

蓝辛石直向门外走去，众绅士也跟着两个苗人出来。才走到大门外，向对面山上一看，果见一只吊睛白额虎，蹲在山巅上，面朝蓝家望着。前腿仅有左边的一条，右腿自胫以下没有了。山巅与蓝家大门，相距不过一百步远近，众绅士仅听得虎啸，尚且吓得无可奈何了，此时都亲眼看见那虎，其视耽耽地蹲在面前，如何能禁得住心头的恐怖呢？更如何敢跟随蓝辛石径上山巅去呢？出门走不到三五步，就趑趄不敢向前了。蓝辛石似乎已明白了众绅士害怕的心理，即回身教两个苗人立着不动，独自一个上山去了。

众绅士昂头看蓝辛石上山，却不直向那虎走去。原来这山巅并不是尖锐的峰头，一条山脊甚长，蓝辛石向左倾走上，走到离虎约有十来步远的所在。那虎一扭身躯，就立了起来，伸直了那蛇矛也似的尾巴，往左右袅动了几下，前腿往下一屈伏，就显出要对准蓝辛石猛扑过去的神气。只见蓝辛石将叉柄在山脊上一顿，接着厉声喝道："张三，不得无礼，快前来与我比武!"旋说旋将身体缓缓地蹲下,左膀伸直,叉尖对着那虎。

那虎甚是作怪,一闻蓝辛石的喝声,应声就把那要猛扑过去的姿势改变了,那条蛇矛也似的尾巴,也随着弹了下来,抬头注视叉尖,好像思索什么的样子。好一会儿工夫,突然仰面一声大吼,这吼声一出,凭空从山脊起了一阵狂风,只刮得山中的沙石飞扬,村上的枝叶纷纷飘坠。狂风正刮得起劲,眼都不能睁的时候,那虎已扑将过来。蓝辛石不慌不忙地把叉尖一抖,那虎不曾扑过叉尖,后脚落地,前脚就据在旁边的一个叉尖上,张开血盆大口,露出银馋一般的獠牙,一口就要将蓝辛石生吞下去的样子。但是隔着钢叉,模样便再来得凶些,也咬蓝辛石不着,只圆睁两眼,向蓝辛石的面孔望着。蓝辛石目不转睛地仰面望着虎头。

两下与斗鸡相似的对望了一阵,那虎才忽然一合口,就朝蓝辛石两眼喷出唾沫来。蓝辛石这时瞪起两眼,昂头仰面,任凭那唾沫着在两眼之中,和面孔之上,比铁沙子还厉害,只是咬紧牙关,眼睛也不瞬,面孔也不动,俨然睢阳城上的雷万春。据知道其中情形的人说,蓝辛石若在这时候,或被虎一声大吼惊得分了神,或因受不起那口唾沫,动了面孔霎了眼,都要算是蓝辛石斗输了,性命就断送在虎口里了。这一吼、一扑、一喷,便是那虎和蓝辛石所斗的法,这三件法宝吓不倒蓝辛石,此后就轮到蓝辛石使法了。

蓝辛石当下受过了那一口唾沫,慢条斯理地拿右手的罗巾,在脸上一揩,往腰间纳好了罗巾,腾出右手来。这时候就快极了,只一伸手便抢住了叉柄,再将两手上下一翻,若是寻常四条腿的虎,前两脚踏在叉尖上,经这么一翻,虎的身躯十九被翻倒在地。虎的身躯既被翻倒,叉的中尖正对着虎的咽喉,自没有不登时了账的道理。唯是这只吊睛白额虎,前腿只有一条,翻过去不甚得力,叉还不曾翻转,这条腿便已踏不住,落在地下去了。原只有一条腿,这腿一落地,叉尖与虎即脱离了关系。哪怕蓝辛石的气力再大些,手法更快些,是这么翻过去不得力,也是枉然。这一下没将那虎翻倒,照例仍得和第一次一般地再斗。

蓝辛石见一下不曾翻倒,只得仍把钢叉竖起来,如前又斗了一遍,就因那虎只一条前腿,反占得多少随宜,叉柄一起,那爪便自然而然地掉落下来。第二次又不曾将虎翻倒,蓝辛石已满头是汗,情形好像有些慌急。正待又将钢叉竖起来,作第三次的决斗,只见那虎不待钢叉竖好,一口咬住叉柄，只将虎头一扬，那六十斤重的钢叉，已被抛去数丈开外，跌落在山脚之下，蓝辛石只落得赤手空拳。众绅士看了都着急异常，唯恐那虎趁蓝辛石手中空虚没有兵器的时候，张牙舞爪扑过去。但是事也奇怪，那虎虽夺了钢叉，并不乘虚袭击，就是蓝辛石也不因手中钢叉被夺，便露出惊慌失措的样子，反比较手中有钢叉的时候，神气来得安逸，两下都似乎休息的模样。

只见扛小钢叉的苗人，扛着小钢叉向山上跑去。众绅士以为必是上去帮助蓝辛石，与虎决斗，都替这苗人捏着一把汗。因见他用肩扛着那把小叉，精神都像十分吃力，蓝辛石用大一倍的钢叉，尚且斗不过那虎，何况这苗人的小钢叉？只是见这苗人奔上山巅，并不与那虎打照面，那虎也不理会有人上山来了。蓝辛石回身迎着苗人，伸手就把那小叉提了过去，苗人仍跑下了山。众绅士才知道，蓝辛石早已逆料自己手中的大钢叉，要被那虎夺去，原来特准备小钢叉等候补充的。

蓝辛石的钢叉到手，那虎便登时变换了那休息的态度，那铁枪也似的尾巴，不住地向左右摆动，浑身的斑毛，同时直竖起来，显得身躯越发粗壮了。又仰面朝天发一声大吼。古人说"风从虎，云从龙"，确是一些儿不虚假的话。本来一点儿风声没有的，只那么一吼过去，也不知风从何来，但见满山树木，摇摆相擦的响声，如大海中的波涛汹涌。胆量小的人，遇了这种陡然而起的狂风，风中并带着些腥膻的气味，没有不惶恐万分的。众绅士作壁上观，虽相隔得很远，然那虎一吼之威，也都吓得战栗不已，一个个面无人色。蓝辛石却乘着那狂风陡起之际，神威抖擞，舞动手中钢叉，又向虎头刺去。那虎一腾一扑，俨然浑身都有解数。蓝辛石的钢叉，始终刺不到那虎身上，那虎也扑不着蓝辛石。

一人一虎来回斗了数十合，蓝辛石一叉刺中了那虎的颈项，那虎顺过头来，一口又将钢叉咬住了，这一抛比那叉更抛落得远了。钢叉一落，人与虎又都变了休息的态度。这个扛大砍刀的苗人，又和送小钢叉的一样，送大砍刀上山。蓝辛石接过大砍刀，又与那虎开始战斗起来。斗到结果，大砍刀被虎衔着抛落山下去了。

众绅士看了这情形，一则替蓝辛石着急，二则为地方担忧，都皇皇然不知要怎样才好，恨不得大家一拥上山，将那虎围住打死，只是如何能有这种勇气呢？正打算招蓝辛石下山，暂时不与那虎斗了，从容商议驱除之策。只见蓝辛石在山巅上禹步作法，一会儿双手据地，两脚朝天倒竖起来。说也奇怪，蓝辛石手舞数十斤的钢叉、大砍刀，与那虎奋斗的时候，那虎一些不畏惧，卒将叉刀都夺了去；而此时蓝辛石一倒竖在地，那虎反现出畏葸退缩的样子，决斗时威武的神气，一点也没有了。几次回身现出要逃跑的模样，不知因甚缘故，回身才走几步，就仿佛有什么东西在暗中堵截了的一般，又俯首贴耳地走了回来。这方面走不去，又向那方面走，也只走得几步，就退了回来。四方都走遍了，那虎就如冬天在冰雪之中，耐不住那寒威的一样，抖瑟瑟地立了一会儿，三条腿渐渐软了下去，伏在地下不动了。蓝辛石才一个筋斗翻了过来，在那虎身上，从头至尾仔细端详了一会儿。走到一棵松树下，伸手摘了一根二尺长的松枝，在虎背上打了两下，和赶牛羊一般地赶得立起来，一颠一耸地走下山。

那虎在未经蓝辛石用法力降服以前，虽是三条腿走路，反比寻常四条腿的虎，还要走得快些，并一些儿看不出是断了一条腿的。此时一经蓝辛石法力的压服，那腿就仿佛才断不久，负痛不能行走的，一瘸一跛。众绅士看了，好不高兴，两个苗人也欢欣鼓舞地迎上去。蓝辛石将虎赶到山脚下，交给两个苗人说道："趁它此刻正被我的法力制住了，从速将它的皮剥下来，过了时，又得费事了。"两个苗人听了，一齐动手，也和屠夫捉猪的一样，一个揪住虎的两耳，一个扭住虎的尾巴，将虎掀翻在地，就从腰间拔出解腕尖刀来，从虎口的下颌起，一刀劈到肛门，把虎肚皮劈了一条裂缝，实施剥皮的手段。

蓝辛石因通身衣裤都汗透了，祖师的偶像还在胸前，急忙回家安放了祖师的像，更换了一套衣服。因许多绅士尚在门外，不曾作别回去，不能不出外应酬，又惦记那虎的皮，不知已剥下来了没有，遂回身走了出来。众绅士这才一齐上前，向蓝辛石道贺道谢，蓝辛石说道："这回的事，全仗祖师的威力，与诸位先生的鸿福，方能将这孽障克服下来。祖师原不许我去的，就是我自己，也委实不愿意满额。无奈这孽障竟是有意与我为难，居然敢到我对面山上来长啸大吼。我若再不出去，说不定这孽障就要找上我的门来。我一时愤不可遏，不暇问祖师许与不许，唯有一面请祖师同行，一面心中发下誓愿，但能仗祖师的威力，除了这孽障，从此永远不再杀虎，虽在狭路相逢，亦只有避让；如起丝毫杀虎的念，即死于虎口。只是我虽发了这个誓愿，上山与这孽障比并起来，祖师仍不肯附体，所以三次都被这孽障将刀叉夺过去了。我在这时候，已危急到了万分。心想祖师附我的体已十多年了，为什么忽然在这紧要的时候，使我为难呢？大约是不相信我的誓愿，真能此后与虎狭路相逢，不起杀念。因为我生性不能与毒蛇猛兽相见，见面便如仇雠，不歼灭不痛快。十多年来的习惯，又是遇害必除，一时未必果能变易旧性。只得重新默祷祖师，但能仗祖师威力，除了这孽障，我情愿从此成为废人，永远不能杀虎。发了这个大愿，祖师才肯附我的体了。我其所以披发倒竖起来，便是祖师的法身出现，任凭这孽障的神通再大些，见了祖师的法身，也不由它不贴伏了。"

蓝辛石在说这些话的时候，所立的地位，离虎不远。那两个苗人已将虎皮剥下了一半，因听蓝辛石说话听出了神，忘记用力将虎按住，以为皮且剥了一半，也用不着再提防逃跑了。谁知那虎乘两个苗人不在意的当儿，　蹶劣跳了起来，对准蓝辛石狠命一扑。蓝辛石正在说话，也没提防有此一着，猛然见一团黑影，从侧面朝自己扑来，哪里来得及避让呢？只连忙振左臂一挥，也对准黑影迎上去，失口一声"哎呀"没叫出，那虎已被蓝辛石一臂膀，挥扑一丈开外，跌下来又死了。不过蓝辛石这条臂膊，也同时如受了刀劈，弹下来血流不止，连同衣袖被虎爪抓破了一道尺来长的裂口，已伤了筋络，从此使不动钢叉了。好在蓝辛石业已发愿成废人，并不懊丧，送众绅士去后，即收拾起刀叉，不再入山打猎，一心跟着他师傅方绍德修炼。

这日正是八月十四，蓝辛石正自在家研练法术，忽听得有人在门外高声喊道："二师弟在家么？"蓝辛石知道是大师兄卢瑞来了。这卢瑞是个什么人呢？就是柳迟被困在荒山之中，听得与周季容谈话的那个壮士。看官们大约也还记得，那时卢瑞与周季容所谈的，是关于卢瑞本人犯了色戒，决心伏罪自杀的事。卢瑞犯戒的端末，已在卢瑞口中述了一个大概，至于卢瑞的出身履历，因与本书有些关系，只得趁这时候纪述一番。

卢瑞是江西吉安府人，卢家世代经商，到卢瑞生长十一二岁的时候，他父亲的年纪，已有五十多岁了。因历代经商的贮积，已将近百万的产业，在各省开设的商行字号，虽仍继续营业，不曾收歇。然他父亲以年老不欲过于操劳，各处的店务，都完全委托伙友，自己就住在吉安府家中，安享清闲日月。卢家住的地方，地名就叫作卢家堡，因是居住年久的缘故，卢家的人口又多，房屋又大，所以地方人都顺口叫为卢家堡。

卢瑞的父亲名敦甫，是一个胆量极小、心计极工的人，自五十岁以后，虽然终年闲住在家中安享，然对于各处所开设商行字号的盈亏消长，以及各伙友的贤奸勤惰，皆能了然于心，丝毫不能在他跟前掉枪花，使手段；因此卢家的家业，月不同月、年不同年地继长增高。各处商行字号每年盈余下来的金银，都归总在卢家堡一处。卢敦甫恐怕金银存积得太多，容易惹得盗贼的眼睛发红。

　　吉安一府的富商最多，寻常富商收藏银两的方法，普通都是在家里深奥的房中，掏掘一个土坑，将所有的银子，用大锅炉熔化成汁，倾入土坑之内，使成一个大块。下次熔了，仍向坑里加上去。加到不能加了，就在旁边又掘一坑。那时是承平之世，为人一生到老不见有刀兵之祸，银两是这么藏着，水也推不去，火也烧不去，窃贼不待说奈何不得，便是有明火执仗的强盗，明知银坑的所在，像这般山丘也似的银块，仓促之间，又有何方法能移到别处去呢？因此一般大富商，皆以此为藏银最妥当的方法。卢敦甫存积的银两一多，也就仿效这种方法，收藏起来。但是像这般收藏最妥当的，仅有银两，银两以外的贵重东西，便不能照这种办法。卢敦甫为防范盗贼起见，在住宅周围，挑了一道护庄河，就将挑河的泥沙，筑成一座土城，出入均由一道木桥。桥头有铁栅门，栅门旁有一所小房屋，用了两个壮健汉子看守。房屋的墙壁，也建造得十分坚固，决不是一般窃贼所能挖掘得通的。是这么防闲设备，卢敦甫还嫌不稳固。寻常富商之家，照例都请了会武艺的人，常川住在家中保镖的。卢家历世豪富，这种保镖的武士，也历世豢养了不少。传到卢敦甫手里，专一注重防范盗贼的方法，就觉得家中历来豢养的武士，多没有惊人的本领，想再聘请一个武艺最高强的，使远近盗贼闻风胆怯，不敢来卢家堡尝试。

　　大凡豪富之家，越是注意防范盗贼，盗贼越是争先恐后地转他的念头。卢家堡在未经卢敦甫有这种设备以前，每年总有几次盗贼来光顾的事。保镖的武士，因有一次将贼捉住了一个，送到县衙里办了。在逃的贼，便衔恨那个动手捉拿的武士，不到两个月，竟想方设计，把那个武士谋害死了，替那被捉的贼伙报仇。有此一来，其余的武士，自后遇了盗贼前来光顾，多是有意装聋作哑，等贼人略得了些东西到手，才大呼小叫地把贼人吓跑，不敢认真和盗贼为难作对了。卢敦甫就为这些情形气愤不过，而家业又更加富足了，所以不能不如此认真防闲。

那时江西有一个唱大花脸的戏子姓胡，因身材生得异常高大，认识他的人，都称他为"胡大个子"。这胡大个子从小练得一身惊人出众的武艺，年纪才十八岁，便随着戏班到湖南唱戏。那戏班里面抚州人居多，抚州人的口音，有几个字从来咬不像京音。唱起戏来，遇了那几个咬不像的字，仍是用抚州的口音说出，在台下看戏的听了，总是齐声喝倒彩。江西戏班在湖南受这种倒彩，也实在受得太多了，然没有方法对付，只得忍气吞声。胡大个子这戏班到湖南来，也受了几次这种倒彩，胡大个子年轻气性大，又仗着会些武艺，哪里忍耐得住？凑巧那个戏班里的角色，会武艺的共有十多个，其余的虽不会武艺，然是唱戏出身的人，手脚究竟比寻常人便捷些。胡大个子一人被倒彩喝得忍耐不住，就用言语激动全班的人，主张将所有看戏的人毒打一顿，以泄胸中积愤。有了十多个会武艺的在一块，有什么祸撞不出呢？

　　那次唱戏的地点，在湘潭城隍庙，全班戏子都暗中准备停当了，出台故意唱出抚州口音来。看戏的如何想得到戏子已安排报复的手段，照例一声倒彩喝出来。这一声倒彩才出口，台上的锣顿时停了，装戏的各人掣出兵器在下，也是齐发一声吼，一个个从台上跳下来，各舞手中兵器，向人丛中杀去。看戏的一则没有防备，二则老弱小孩居多，少壮的也多不会武艺，哪里是这班戏子的对手？真是斩瓜截菜一般的，只杀得满庙的人，抱头乱窜，庙门早被班里的人关闭下锁了，逃也逃不出去。不须片刻工夫，死的死，伤的伤，所剩不过十之三四了。幸亏戏子停锣动手的时候，有立在庙门口的人，见机得早，抽身逃出了几个，往四处大喊救命。闹得湘潭一县的人，都和发了狂的一般，奔到城隍庙来救人。

　　城隍庙的庙门，有四寸多厚，用铁皮包裹了的，坚固非常，里面的门闩更粗壮，加上了锁，外面的人想冲破进来，委实不是一件容易办的事。并且闻风奔到城隍庙来的人，手中没带兵器的居大半，就是带了兵器，也不过是单刀、铁尺之类，怎能冲破这城门也似的庙门呢？因此奔来救人的人虽多，只是都拥在庙门外，望着庙门着急。分明听得庙里杀得鬼哭神号，无法进庙援救。有些年轻力壮的，扛起街石来，对准庙门乱撞，无奈那门太厚太牢了，撞了好大一会儿撞不破。亏得惊动了一个姓邓的好汉，奋勇跑到城隍庙来，大声叫众人让开，将庙门两旁安设的两个大石狮子，一手挽住一个，立在庙门中间，左一下，右一下，朝庙门碰去。不过三五下，就把门斗碰破了，庙外的人，就此一拥冲进去了。看了庙里众人死伤狼藉的情形，没一个不双眼发红，拼命与那些戏子厮杀。这一来激动了公愤，满城的湘潭人，抓着江西人便杀，清朝二百六十多年第一件械斗最烈，而又最没来由的，便是这件案。为这件案，也不知参革了多少有关系的官员。这案倡首酿成的人，就是这胡大个子。胡大个子这次杀人极多，自己居然一点儿没受损伤，乘着纷乱的时候，逃离了险地。他那一班的戏子，安然逃出来的，只有他一人。

他逃回江西后，仍以唱戏为业，武艺也更练得高强了。江湖上会把式的人，多有闻名拜访他的，知趣的多不敢与他较量，不知趣的动手无不被他打得大败。唱戏唱到四十岁，不知何故，忽然哑了嗓子，不能上台了。有一个吉安的富商，仰慕他的威名，就礼聘到他家里保镖。有了他那么大的声名，果然吓得一班盗贼不敢妄动欲念。卢敦甫的家财，渐渐要成为吉安一府的首富了，久闻胡大个子的名，便托人暗地向胡大个子说，愿意加倍出钱，请胡大个子到卢家来。胡大个子眼睛只认的是钱，有什么不可？遂托故辞了老东家，变成卢家堡的镖师了。

那时卢瑞的年纪，正是十二岁，延了先生在家里读书。卢瑞读书聪悟绝顶，然极不喜用功，成日成夜地只欢喜和一班保家的武士，在一块儿使枪弄棒。自胡大个子进门后，便一心要跟着胡大个子练武艺。卢敦甫爱子情切，并且富家子弟，能学会些武艺，自然很好，遂教卢瑞上半日读书，下半日从胡大个子学武，夜间也和胡大个子做一间房睡觉，以便早晚练习。

这日正是八月十四夜间，胡大个子教卢瑞练了一会儿拳脚，很疲乏地睡了。约莫睡到三更时候，蒙眬中忽觉有人揭动帐门。替富商保镖的人，自是随时随地都很警觉，提防有人暗算。胡大个子才觉得帐门一动，立刻一翻身坐起来，顺势一腿就往帐门外扫去，并没扫着什么，却听得房中有冷笑的声音。胡大个子一听到这冷笑之声，哪敢怠慢，他夜间从来拥着一把单刀同睡的，这时已绰刀在手，一手将帐门撩起，待蹿下床来。

不知房中究是何人冷笑，且待下回再写。

第十一回

卢家堡奇侠抢门生
提督衙群雄争队长

话说胡大个子正待蹿下床来，忽听得冷笑的那人说道："久仰大名，原来是好一个大饭桶！请从容下来，不要吓坏了你的小徒弟。"胡大个子听了，不觉怔了一怔，暗想这东西半夜到我房间里来，被我觉察了，还能是这么从容说笑，可见他的胆量不小。他若没有可恃的本领，决无如此大胆。我这房间里，岂是半夜三更，外人好随意进来的？被我一刀砍死了，冤也无处申诉。这东西来得如此从容，我倒不可轻视他。五十年的威名，不要一日坏在他手里才好。胡大个子心里这般着想，两眼就撩开的帐缝，向房中一看。清秋明月射进窗来，照耀得房中透亮，只见房中立着一个遍身穿白的人，身材不大，是一个瘦而长的体格，头上戴的也是一顶白色头巾，虽看不清面貌美恶，然就神情气概看去，可以看得出是个中年以上的人物。双手空空，好像没操着兵器，装束也不是夜行人模样。

胡大个子见不是绿林中夜行人打扮，不由得自己宽慰自己，心里略安了一点儿，便不存心畏惧了。一面蹿身下床，随即立了个等待厮杀的架势，一面朝着那白衣人喝道："你是什么人？半夜三更闯进我房间里来，有什么事故？快说，快说！言语支吾，就休怪我鲁莽。"说时，将手中刀紧了一紧，只等白衣人回答，一言不合，就要杀将过去的模样。

那白衣人并不回答，只斜着两眼望着胡大个子冷笑，瞧不起胡大个子的情神，完全在这冷笑上面表现出来了。胡大个子无端遭人这样白眼，恨不得立时动手，一刀将这厮劈死。只是胡大个子的年纪，已有五十多岁了，对于江湖上绿林中情形，很有些儿阅历。知道世间有能耐的人很多，稍不谨慎，胡乱和人动手，说不定顷刻之间，就弄得身败名裂。暗忖这卢家堡不比寻常庄院，四围护庄河有两三丈宽，一丈多深，河这边又有一丈

102

多高的土城包围了，非有大本领的人，休想在半夜偷进里面来。并且夜行人照例是穿黑衣，为的黑色在夜间，使人不容易看见。这厮却浑身着白，不是有意给人好辨认吗？若没有惊人的本领，怎敢是这么行径？

胡大个子如此一着想，不知不觉地气就馁了许多，见白衣人只冷笑不作声，便接着说道："你再不回答，我就要对不起你了。你可知道，我在这里是干什么事的？不是我欢喜得罪江湖朋友，与江湖朋友作对，古人说得好'食人之禄，忠人之事'，我胡大个子于今既吃了卢家堡这碗护院的饭，一概由不得我自己作主。"胡大个子说这话的用意，是恐怕来人不知道他是久享盛名的胡大个子，于今已改受了卢家堡的聘，所以特地表白出来。

只见白衣人缓缓地将头点了两下说道："你不这么表白倒也罢了，你一提起'胡大个子'这四个字，我就不由得有些冒火。不过我和你也没有私仇，此时哪有工夫与你计较！明人不说暗话，我此来是为向你借盘缠的，并不要多，赶紧拿出一千两银子来。我还有要紧的事去，不可耽搁了我的时刻。"胡大个子听了不由得有些冒火的话，简直摸不着头脑。接着听得硬说要借一千两银子，一时更不知要怎生回答才好，又暗自寻思道："这东西的本领，我十九敌他不过。不给他银子，自免不了与他动手，动手被他打输，银子还是得拿给他，我五十年的威名，又从此丧尽了。不动手就拿银子给他吧，我自己不但拿不出这多的银子，就是拿得出，也没有当镖师的暗中赔银的道理。待向东家那里去取吧，我是得薪俸在这里替他家保镖的，这种话如何好说出我的口来。"

胡大个子正在如此踌躇不决，白衣人已连声催促道："快拿，快拿！这有什么迟疑，我不能顾你愿意不愿意。你愿意，爽利些如数拿出来，免我劳神费力，果然是好；你就不愿意，我也非从你身上拿一千两银子，决不离开这卢家堡。"

胡大个子听了这般声口，益发不敢用硬功夫对付了。只得把单刀放下来，双手向白衣人抱拳说道："我虽没有眼力，然看了你老哥的气概行为，也知道你老哥是个够朋友的好汉。一千两银子算不了什么事，请坐卜来谈一谈吧。"旋说旋端一张椅子让坐。

白衣人一面就坐，一面说道："一千两银子自然算不了什么事，就去拿来给我好走路。"胡大个子侧着身子坐下来，赔笑说道："我很愿意拿一

103

千两银子，结交老哥这么一个朋友。请问老哥尊姓大名，贵处是哪一省？"白衣人听了，现出不耐烦的神气说道："我一不和你攀亲，二不与你结义，要你请教我的姓名住处干什么？你愿意拿一千两银子，快拿出来就完事，少啰嗦为妙。"

胡大个子好不着急，只得仍赔着笑脸说道："我愿意是极愿意，无奈我在这里的薪俸，只有三十两银子一月。一年多积下来的，总共不过四百来两银子。可否求老哥通融一点，将就些拿去使用么？"白衣人哼了一声道，"谁和你做买卖争论价目似的，要多还少，一千两少一钱一厘也不行。你替人看家，一年才积下这一点儿银两，就孝敬我使用了，也不痛快。你去向你东家说罢，少了是不行的。"

胡大个子只急得搔耳挠腮，半晌又对白衣人作了个揖道："望老哥体谅我，既吃了东家这碗护院的饭，每月受东家的薪俸，这种话，委实有些不好意思向东家开口。"白衣人不待胡大个子说了，即将两眉一竖，厉声说道："废话少说些！不教你去向东家开口，吉安一府少了富家，取不出一千两银子吗？我为什么巴巴地跑到这里来，你是识时务的，便不要啰嗦惹我生气。"胡大个子至此已知道软求是绝望了，只得垂头丧气地起身，到里面敲卢敦甫的门。

此时卢敦甫已深入睡乡了，被胡大个子叫了起来，问什么事。胡大个子吞吐了一会儿，才说道："今夜落了强人的圈套了，我一则为保全东家的财产，二则为保全小东家的性命，不能不忍气吞声，来找东家商量。此刻来了一个江洋大盗，本领大概比我差不了好多，刚才乘我正睡着的时候，悄悄偷进我的房间，先将小东家挟在胁下，待要把我刺杀。亏我机警，帐门一动，我就醒了转来。本当使出些手段来，给点儿厉害他看，一看小东家在他胁下，投鼠忌器，吓得我不敢动手。只好暂时用软功夫对他说道：'朋友，若是一时短少了路费，不妨向兄弟明说。兄弟是个欢喜结交的人，银钱最不吝惜。何必把我的徒弟挟在胁下，使他小孩子受惊吓呢？放下来好好地商量吧。'巨耐那厮知道论本领敌不过我，原是有意挟着小东家在胁下，使我不敢动手杀他。我一动手，他必先下手将小东家置于死地，如何肯容易放下来呢？他说：'要我把你的徒弟放下来使得，我是短少了一千两银子的盘缠，你只如数拿出来，我便将你的徒弟还你。你若使强，有本领只管使出来。不过徒弟在我胁下，我不和你动手没要紧，一动起手来，我不能使劲，使劲把你的徒弟挟死了，你却不可怨我。'这时小东家已被挟得在那厮胁下叫痛，我一想不好，那厮是个江洋大盗，杀死个把人不算事。等到小东家有了差错，我便将那厮砍成肉酱，也不能抵偿小东家的命。并且这种江洋大盗，不来则已，来便不止一人。为一千两银子，认真得罪他们，使东家永远提心吊胆的防备。就令他不将小东家挟在胁下，我也不想过于认真，给东家惹祸。所以忍着气来找东家商量，看东家的意思怎么样，好在一千两银子不是大数目。"

卢敦甫听说自己儿子被江洋大盗挟在胁下，自不免心中慌急起来，连忙说道："银子事小，只要他不损伤我的儿子。请你快去和他说，我就带人搬一千两银子出来给他。"胡大个子道："东家万不可去见他的面，银子我自己拿去给他便了。我只等他把小东家放下来，仍得跟他见个高下。"卢敦甫连连摇手道："使不得，使不得！一千两银子既经给他了，还见什么高下。"胡大个子说要见个高下，原不过是一句要面子的话。卢敦甫这么一说，反觉得面上更难为情了。卢敦甫打开银柜，搬出一千两银子来，胡大个子将银子做一包捆了，打起来往外便走。

卢敦甫虽经胡大个子叮嘱，万不可与那强盗见面，然听说自己儿子被挟在强盗胁下，怎么忍得住不去看个究竟呢？胡大个子扛着银子在前面走，卢敦甫便悄悄地跟在背后。胡大个子一时心里又愤怒又惭愧，也不觉得有卢敦甫在背后跟着。走到自己房里一看，那个穿白衣的人已不见了。清明如水的月色，仍从窗口射入房中，照映得与白昼无异。胡大个子不由得诧异起来，扛着银子立在房中间，四周望了一会儿，不见一些儿踪影，一些儿动静。只得且把银包放下来，撩开帐门向床上一看，不禁大吃一惊！原来睡在床上的小东家，也跟着那白衣人不知去向了。当时心中慌急起来，连忙弯腰在床底下寻觅，见床底下也是空空的。这才自言自语地说道："难道那狗强盗，真个把我的徒弟偷去了吗？"

胡大个子这句话才说出口，猛听得背后一声"哎哟！不得了，我的儿子呀"地哭起来。胡大个子没想到卢敦甫在背后，哭声突如其来，又受了一惊非同小可。吃惊后，知道是卢敦甫了，心中更着急。在卢敦甫跟前掩饰捣鬼的话，被刚才无意中露出的言语证明虚假了。然心里着急，尽管着急，表面仍得竭力镇定着，只得安慰卢敦甫道："东家不要悲哀，大约是因我到里面取银子，耽搁的时间略久了些儿，那狗强盗起了疑心，以为我

105

是安排捉拿他，不敢停留，所以挟住小东家就走。不要紧，那狗强盗既下这种毒手，给我过不去，我也顾不得与江湖上人伤和气了，我立刻去追赶那狗强盗，拼着我一条老命，也得把小东家夺回。夺不回时，我也无颜面在这吉安做人了。"说罢，紧了紧裤带，脚上套了一双行走轻便的草鞋，用青绢裹了头。

卢敦甫见胡大个子说追赶，又不急追赶出去，痛子心切，只急得跺脚催促道："还不趁他跑得不远，赶紧追上去夺回来。万一我的儿子被强盗挟死了，我只问你要命。"这话说得胡大个子满面羞惭。半晌恼羞成怒，提起单刀来说道："东家不要这么说，我为什么要替你儿子偿命？你是请我来保家的，不是请我来看守你儿子的。强盗来你家抢劫银钱去了，你要我赔偿，情理倒还说得过去。于今你家的银钱，分文不曾被强盗抢去，单抢去了你的儿子。你只能求我帮忙去追，追得回更好，万一追不回，也是你儿命该如此，不与我相干。"

卢敦甫见胡大个子发怒，自悔出言鲁莽，心想有胡大个子追上去，儿子倒有回来的希望。若和胡大个子弄翻了脸，真个不竭力去追，不是眼见得自己儿子，永远落到强盗手里，没有见面的日子了吗？只得勉强按捺住性子，向胡大个子作揖赔话道："师傅不可见怪，我是一时痛子心切，口不择言，千万求师傅原恕。师傅能替我出力，将我儿子追回来，我感激师傅，无以为报，就拿这一千两银子送给师傅，作为酬劳的意思。"

胡大个子还没回话，即听得房檐上有人说道："卢敦甫不要着急，我不是强盗，是特来收你儿子去做徒弟，教他练习能为的。练成了便送他回来，使你父子团圆。胡大个子这种草包镖师，花钱聘在家里太冤枉，请他滚蛋吧！"胡大个子一听这话，真是怒从心上起，恶向胆边生。也不回答什么，舞动手中单刀，直奔窗口，耸身一跃，待蹿上房檐。双脚才离地，便听得房檐上咳了一声嗽，咳出一口痰来，仿佛是朝着胡大个子一唾。胡大个子正蹿出窗口，身到半空，跟着唾痰的声音，一句"哎呀"没完全叫出，就一个倒栽葱跌下来。"铛啷啷"单刀抛到一丈多远的阶石上，胡大个子跌倒在窗外院落里，还是"哎呀""哎呀"地叫痛，屋檐上一路哈哈笑着去了。

卢敦甫虽十二分的惊慌害怕，然因自己是一家之主，责无旁贷。又为心痛儿子，反把自己的危险看得轻了，连忙赶出院落来看，只见胡大个子在地下打滚。走近前看时，胡大个子口中淌出许多鲜血，果见一口凝痰，正着在胡大个子的脸上。胡大个子一开口，就吐出几颗牙齿来，连连地摇头说道："好厉害，好厉害！世间有这种凶恶的强盗，我的本领也委实够不上当镖师，用不着他教你请我滚蛋。"

卢敦甫见胡大个子着唾沫的这边脸上，看看肿得和瓜瓢一样，勉强挣扎起来，用双手将肿脸捧着，心里倒有觉得不忍，忙用好言安慰道："师傅不要这么说，这人刚才在房檐上说不是强盗，话虽是由他自己说的，然照情形看起来，也实在不像是强盗的举动。若真是强盗，舍间有的是金珠宝物，凭他的能为，什么东西取不去？我儿子值得多少钱，他巴巴地来劫去，有何用处？如果是强盗有这种本领，将师傅打伤，劫了我的金珠宝物去了，师傅便可以说不够当镖师的话。如今打伤师傅的，既不是强盗，古话说得好：'强中更有强中手'，世间没有个真能打尽天下无敌手的人，便没有个能夸大话当镖师不被人打伤的人。舍间聘师傅是为保护银钱，只要银钱没被强人劫去，师傅就算尽了镖师的职务了。"

卢敦甫的这类话，原是于无可安慰之中，寻出这些话来安慰。然在胡大个子听了，忽然想起刚才回答卢敦甫要他偿命的话来。这话一句句针锋相对，简直是拿他的拳头，打他的嘴，心中更是觉得难受了，哪里还有颜面在卢家堡当护院镖师呢？一时半刻都停留不下，当下也不再说什么，捧着肿脸回房，连夜拾夺了行李，不待天明就去向卢敦甫辞职。

卢敦甫虽亲耳听得那白衣人说，并不是强盗，是特来收他儿子去做徒弟的，将来本领练成了功，便可使他父子团圆。但是自己亲生的儿子，如何舍得给一个不知姓名籍贯的人，抢去做徒弟呢？并且有产业的人，对于承袭产业的儿子，特别看得比寻常人家不同。寻常人家多希望儿子成立，巴不得练成很好的本领，好创家立业，耀祖光宗。豪富人家便没有这种思想，只要是一个儿子，尽管文不能提笔，武不能提刀，凡百技艺，一无所长，是绝不要紧的。卢敦甫教儿子从胡大个子学习武艺，夜间陪胡大个子同睡，并不是存心要儿子练成如何高强的本领。不过恐怕儿子的体格不强，不得永年，练习些武艺，一则可以强壮身体，二则外面传出些会武艺的声名，可以使盗贼存些儿畏惧的心思，不敢轻易转卢家堡的念头。谁知因陪胡大个子同睡，倒弄出这种祸事来，回房后越想越难过。

正在悲伤的时候，胡大个子进来辞职，见卢敦甫满面的泪痕，只得说道："今夜的事，自是我对不起东家，我也知道东家心里，必是很难过的。但是我心里的难过，也和东家一样。我受东家的薪俸，充当护院的镖师，就在我睡的家里，闹出这种乱子来，无面目见人还在其次；承东家不弃，将小东家托我教练武艺，我教得好好的徒弟，竟被人当我面夺了去，我不能要回来，这未免太使我过不去了。据那厮说，不是强盗，是特来收小东家去做徒弟的。我想那厮有本领要传徒弟，岂愁没有徒弟可收？就算他欢喜小东家资质好，这样好资质的徒弟，不容易得着，他也应该知道，东家不是不肯教小东家练习武艺的人，我更不是定要霸占小东家做徒弟的人，何妨在白天里，堂堂皇皇地来见东家，要小东家拜他做师傅呢？是这么黑夜乘人不备，强抢徒弟的事，也实在太稀罕了！我镖师可以不当，徒弟也可以不教，唯有这口气却不能不出。我于今辞别东家出去，就从今日中秋节起，出门访查小东家的下落，看那厮劫到什么地方，传授些什么本领？不查一个确实的下落，便死在异乡异地，也不回吉安府来。"

卢敦甫听得这般说，即对胡大个子作了一个揖道："师傅肯这么替我出力，能使我父子团圆，我自愿将那一千两银子，送给师傅，作为酬劳。"胡大个子因受了白衣人这种奇辱，自料此项消息不久必传遍吉安，本人为体面计，自后万不能在吉安混下去。好在胡大个子在吉安并无产业，已打算从此离开吉安，所以见卢敦甫悲伤流泪，就顺口说出这番诚恳的话来，以为卢敦甫见他替自己去寻回儿子，必送他些盘缠旅费。谁知卢敦甫要等到他父子团圆后，才肯拿那一千两银子作酬劳，盘缠旅费的话，一个字也不提起，只落得一个不值钱的揖。胡大个子也知道卢敦甫平日鄙吝得厉害，只得自挑行李，退出卢家堡。

胡大个子虽是从此离开了吉安，然因十四夜受了白衣人的创，自后见了凡是穿白衣的人，就不由得心惊胆怯，哪里有这勇气，敢去找白衣人，探访小东家的下落呢？只是他这小东家，究竟被什么人劫去了呢？白衣人究竟是谁，为什么收徒弟是这样的收法？这样说起来，来源极长。看官们不待在下交代，大约也知道他这小东家被劫的事，不但关系吕宣良与柳迟，明年八月十五日子时，在岳麓山云麓宫门外之约，并是这部《奇侠传》的前后一个开合大关键，必不厌在下麻烦，许可在下从头叙述。要从头叙述这桩事，就得从清代中兴名将鲍春庭的一员部将写起。

鲍春庭有八个最勇敢善战的部将，第一个姓孙名开华，就是民国元年做过福建都督孙道仁的父亲。这孙开华当年轻的时候，原是一个赌博无赖的青皮，亲兄弟三个，都是一般的无赖性格。地方上的远近邻居，没有一个不望着他兄弟的背影，就害怕得奔逃躲避的。孙开华的父亲死得早，母亲虽甚贤德，却因家计贫寒，不能教三个儿子读书，也不能送三个儿子学一项手艺。为的是三个儿子都生成难驯的野性，乡下做手艺人，谁也不肯收他们做徒弟。只得勒令他兄弟三人，每日打多少柴，捞多少鱼，作为家中生计。

孙开华水性独好，能在水上行走，只腰以下浸在水中，腰以上完全露在水面，能头顶一大袋米，走过一两里路的河面，水不浸过胸膛，米袋上不沾半点水痕。他有这般好的水性，所以他母亲教他每日出外捞鱼。捞鱼变卖了钱，十有九送到赌博里面去了，只有一成回家养娘。他不但水性独好，气力更是极大，也没从教师练过武艺，寻常二三十个蛮汉，在他恼怒的时候，没人敢近他的身。讲到他的性情举止，竟和《水浒传》上的李铁牛一样，本领却比李铁牛还多一桩会水。

他二十几岁的时候，他母亲死了，家中一文余蓄没有。三兄弟商量，二人推他去舅父家报丧，并告借些银两，好安葬母亲。他不能推诿，只好跑到舅父家中，对他舅父叩头号哭，报告如此长短。他舅父自然顾念兄妹之情，当即拿了十两银子给他，教他先归家准备葬事，自己随后就来。他拿了那十两银子，一路回来，无意中遇了几个平日同赌钱的赌友，不知如何知道他身上有十两银子，生拉活扯地拖他去赌。他一时赌兴发作，便转念一想，这十两银子办我母亲的葬事，也太不够了。莫不是我母亲有灵，教我在赌博场多赢个几十两银子，好回家热热闹闹地办一番丧事，替我母亲风光风光？这样念头一转，即时只觉得有利，不觉得有害。一面心中默祷他母亲在天之灵，保佑他多赢些银两，一面跟着那几个赌友，同进赌场。但是他默祷尽管默祷，灵验却一点没有，反比平时输得痛快些，一注也不曾赢过。十两银子已输得干干净净，毫厘不剩。孙开华到这时才着急起来，向同赌的借钱，想再赌几下捞本。同赌的都素来知他是有借无还的，谁肯借给他呢？他气极了打算行强，将输去银两抢回来，又自觉得理亏，没这勇气。

赌博场中的规矩，输了钱不能再赌的人，连看都不许看的。因为要赌的人多，不赌的把地位占了，要赌的便没地方下注，照例由开设赌场的人，在场上照料，谁的手上赌空了，就请谁下场。孙开华既借不着钱捞本，便没有在赌场中留恋的资格了，垂头丧气地走回家，不能隐瞒哥哥弟弟。他哥哥弟弟也都是好赌如命的人，不能责备他埋怨他，只得三人商量："舅父快要来了，没有钱买办衣衾、棺木，这事怎么了？"

亏得孙开华有主意，主张趁舅父还不曾来的时候，赶紧将母亲的尸首，用芦席包裹了，胡乱拣一块地方，掘一个窟窿埋了，急忙做起坟茔来。舅父来时，见已经埋了，必不追究棺木、衣衾的事，就可以模糊过去了。他哥哥弟弟也都以为然，依照他的主张，三人慌急慌忙地将母亲埋了。果然，掩埋停当后，他舅父才来，见屋中并没停放灵柩，动问方知道已经葬了。

他舅父懂得些堪舆之术，带了个罗盘来，教三人引他到坟上去看。三人都诚惶诚恐的，生怕舅父盘问装殓时的情形。他舅父到坟上一看，孙开华那时靠近他舅父站着，他舅父猛不防朝着他就是两个嘴巴，打得孙开华更加慌了，以为用芦席包葬的事，必然被舅父看出来了，吓得跪在地下叩头。正待认罪说该死的话，他舅父已跺脚说道："你这东西，不是不知道我懂地理，你母亲葬坟，为什么不等我来看过再葬！你知道这地方，是一个大富大贵的好所么？于今可惜都被你们这三个不孝的东西弄坏了，已走泄了地气，不中用了。这种地名叫'猪婆地'，不能用棺木衣衾装殓好了去葬的，只能用草包了，还不能深葬，只能入土一尺五寸，就得掩埋。我悔不该拿十两银子给你，使你们好买衣衾、棺木。"

孙开华听到这里，就截住问道："不用草包，用芦席包了葬的，使不得么？"他舅父见这话问得奇怪，连忙反问道："是用芦席包了葬的吗？"孙开华便将归途遇赌博朋友，以及种种情形说了道："我兄弟因恐怕你老人家跑来看见，不敢掘深了耽搁时间，果只掘了一尺五寸深，就匆匆拨土掩埋了。"他舅父听了，心中明白是有神助，他兄弟必然发达。

那时正是洪杨之乱才发动不久，湖南各地招兵，孙开华兄弟就去投军。孙开华投在鲍春庭部下，仗着生性勇敢，武力绝伦，每次临阵，必勇冠三军，斩将搴旗，所向无敌。论功行赏，每打一次仗，升一次官，不到几年，已做到提督军门，赏穿黄马褂。只是孙开华的官虽做到提督军门，性情、举动却还和未曾做官一样。打仗的时候，果然是与士卒一般装束，一般地起居饮食；就是不打仗了，也丝毫没有官派，时常提着大壶的酒、大钵的肉，到营盘里找着一般会武艺的兵官，大家痛饮畅谈。他军队驻扎的地方，必打听有没有会武艺的人。只要有会些儿武艺的，孙开华必延纳到营盘里来，谈论拳棒。真有能为的，就留在营中，好好地安插位置，到处如是。后来这情形越传越开了，有许多身抱绝技的人，知道有这条出身的道路，从多远的赶到孙开华驻军的地方来。

这时孙开华已做了厦门提督，衙门里会武艺有能为的人，一时没有相当地位安插的，还有百数十人，只得另设一个护卫的名目，将这许多有能耐的人，都充当护卫之士。但是这种护卫队，应该有一个最有能为的人当队长。然而百数十人，个个都是身怀绝技，自以为了不得的人，谁肯佩服谁，谁肯居谁之下呢？在势又不能各显本领，大家较量一番。

孙开华想来想去，想出了一个试验本领强弱的方法来，对这一百数十个卫队说道："看你们各有什么绝技，一个一个显出来，由我来评判高下，不许争论。经我评判之后，认为可以当队长的，再看你们服也不服。有谁不服，就请谁出头较量一下。"一百数十人都说这方法很好。于是有一个人出头说道："我的本领，须用十石大豆方能显出来。"孙开华即教人备办十石大豆，问他怎生显法。这人将十石大豆，都倾在一个大厅上，平铺了三四寸厚，脱出一双赤脚来，在大豆上走了一路过去。看他赤脚所踏之处，大豆都被踏得粉碎了，回身走一路过，也是如此。连走了数十百遍，十石大豆中所存留的整粒，不到十分之一了。卫队中许多人看了，都同声赞好。孙开华也说这个汉子的本领了得，忙问姓名、籍贯，原来这人是山东蓬莱人，姓曹名金亮。

孙开华正待说曹金亮这种本领，可以当这队长了，只是话还不曾说出口，队中又走出一个人来说道："这种本领算不了什么，我有十石面粉，便能显出我的能为来。"孙开华大笑道："好的，好的！一个十石大豆，一个十石面粉，这一队人的本领显过之后，我倒可以开设一个很大的粮食行了。"说得左右的人都笑起来。

孙开华继续道："也罢！既是要十石面粉，才能显出能为，就办十石来吧。"不一刻，照数办来了。这人也是倾在一处地下铺得平平的，却不打赤脚，反着一双有铁钉的皮鞋，从容在面粉上走了一路过去。脚落处，不但没有脚印，连钉子的印也没有。来回不停步地走了无数次，始终没一脚踏下一点儿痕迹来。

孙开华看了赞不绝口，问曹金亮："心服不心服？"曹金亮承认这人的本领比自己高，心服了，愿意让队长给他当。这人很得意地说出姓名籍贯来，是福建长乐人王允中。孙开华恐怕更有本领高强的，不敢就说出委王允中当队长的话，只望着队中问道："有本领更比王允中高强的，可快出来试一试。"

　　话未说了，果然又从队中出来一人，对王允中笑道："老哥轻身的本领高是很高，不过还没有到绝顶。老帅养了两只大猴子，求老帅打发人牵出来，试试我的能耐。"孙开华那时在提督衙门里，不仅养了二只大猴子，并喂养了许多的飞禽走兽。两只猴子的身体，立起来都有三尺多高，平日用铁链锁着，还关在铁笼里面。此时牵了出来，问这人怎么试法。

　　这人要了十串长短不一的鞭爆，从一百响到一千响。先取了一串一百响的，用线缚在猴背上，解了锁链，对孙开华说道："这猴子的背上鞭爆一点着，放开手来，它必吓得飞跑。我能不等到一百响鞭爆响了，就将它擒回来。擒回来又缚上二百响，点着仍放它逃走，我也能恰在鞭爆响了时，又将它擒捉到手。一连十擒十纵，鞭爆响歇后才擒住，不算是能为；擒到手后，鞭爆还响着没了，也不算能为。"孙开华心想："这猴子从来没解放过，背上就不缚鞭爆，都不是一个人的力量，所能擒捉得住的，何况点上一串鞭爆呢？"心里如此思量时，这人已点着了鞭爆，将猴子放开了。

　　这猴子被鞭爆一吓，脱手就蹿上了一株大树，在树枝上乱梭乱跳。这人的身体，就像是一张纸剪的人儿，用线系在猴尾巴上一样，紧紧地跟定那猴。猴梭到这个树枝，人也跟到这个树枝；猴跳到那个树枝，人也跟到那个树枝。凑巧鞭爆的响声一停，猴子便被擒住在这人手里了，在下面抬头看的人，听得孙开华叫一声好，大家不由己地都齐声叫好。"好"字的声音未歇，这人已擒着猴子下树来了。

　　正要再缚第二串鞭爆，队中忽发出一种冷笑的声音说道："这样的轻身，算得了什么？不用再献丑也罢了。"这人即停了手，说道："就看你的吧！"孙开华也觉得诧异，很注意地看队中，只见一个年约三十开外的汉子，边走边笑着说道："要看我的吗？像这样轻身的本领，就算已到了绝顶么？猴子虽是个身体最灵巧的东西，然究竟飞不起。并且这猴子的身体不轻，它能上去的树枝，人有什么不能上去？我要请老帅放出一只会飞的鸟来，离我一百步远近飞起，我能和你捉猴子一样捉住；由自己放出去

112

的，还不算真本领。"

孙开华听了，大笑道："我手下有这么多的能人，终日和我在一块儿厮混，我竟不知道。若不是今日选队长，只怕再过些时，也不会显出这些能为来给我看。我有一头金沙眼的雕，飞得最好，气力也大。我平日带出去打猎，不问什么会飞的鸟雀，都不能落它的眼，一落眼便休想逃得了，你能将它擒住么？"这汉子道："且请老帅放出来试试，金眼雕虽不同常鸟，然它的翅膀，到空中有一种声响，落耳便能辨别，与常鸟不同。或者能托老帅的福，将它擒住，也未可知。"孙开华即回顾身后的人，去后园里将金眼雕取来。那人领命去了。

去不多时，只见这汉子忽然吃惊似的问孙开华道："老帅有几只金眼雕？"孙开华笑道："好容易有几只？这一只还不知费了多少的力，从甘肃弄来的。休说我衙门里只有这一只，通福建也只有我这一只。"这汉子听了，失声叫道："不好了，要被它逃回甘肃去了。"这汉子说完这话，就转眼不见了。孙开华并左右的人正在惊愕，忽见那个去取雕的人，慌里慌张地跑出来，双膝向孙开华面前一跪说道："小的该死，被那雕在手上啄了一下，手不由放松了些，它便牵着金链条飞了。"孙开华看这人已吓得面无人色，忙安慰道："你起来，不妨事的，已有那汉子追去了。"

大家静候了一会儿，孙开华忽向众人问道："你们听得我那雕的叫声么？"众人齐道："没听得。"孙开华喜形于色地说道："那汉子一定将雕擒住了。"话才说毕，就见那汉子飘然从半空落下了来，左手握住金链条，右手捉住那只硕大无朋的金眼雕。只是已累得气大气喘，满头满额的汗珠，比黄豆还大，紧捉住那雕，唯恐被它逃去的模样。孙开华不觉立起身来，迎着那汉子说道："真是好汉子，有能为！"那汉子双手呈上那雕说道："虽托老帅的福，未被它逃掉，但是已累得我苦了，直追赶了八十多里的程途，还幸亏有这样长的金链条，系在它脚上，一则能使它飞行得稍缓，二则因有这金链条抛在后面，我才能将它擒住。若不然，就更费事了。这东西在空中力大无穷，好几次险些儿被它牵着我走，我只好将它抱住，不让它双翅得力，它才没可奈何了，唯有张开口乱叫。"孙开华接了那雕，笑道："叫声我倒听得了。像你这样的能为，莫说在我这衙门里当卫队长，就当御林军的队长也够得上，决没有更高似你的人了。"

孙开华很高兴地说这话，待要这汉子报上姓名、籍贯，忽从队中又走出一个浑身着白的人，身材并不雄壮，走近孙开华跟前从容说道："这位的本领确是不差，只是在我的眼里看来，一点儿也不稀罕，我有比他再高出十倍的本领，不知老帅许我显出来么？"孙开华现出吃惊的神气问道："你还有比他高出十倍的本领？是什么本领，如何显法？"

不知这着白衣的人，究竟有什么本领，且俟下回再写。

第十二回

开谛僧峨眉斋野兽
方绍德嵩岳斗神鹰

话说上回写到孙开华选拔卫队长，奇才异能之士层出不穷。那汉子身凌虚空，追拿金眼雕，顷刻之间，来回八十多里。这种能为，不但孙开华看了纳罕，就是一般参与选拔的奇才异能之士，也都摇头咋舌，恭维那汉子是天人，足有充当卫队长的本领。孙开华接过金眼雕，正待问那汉子的姓名、籍贯，队中忽又闪出一个人来，带着讪笑的意味说道："费了这么大的气力，才将这一只老母鸡也似的东西抓住，算得了什么稀奇本领？"

孙开华听了，不禁吃了一惊，急抬头看时，只见这人年约三十多岁，身体瘦削而长，毫没有魁硕武勇的气概。全身穿着白色衣服，也不是通常武士的装束，气宇更安闲自在，不像是要和人争夺什么的。孙开华现出不甚高兴的脸色问道："这样飞得起的本领，还算不了稀奇，难道你更有稀奇的本领吗？"这人笑道："没有比他好的，也不出头说话了。"孙开华道："你有什么本领，要如何才显得出来呢？"这人道："我无所不能，看老帅要显什么，我有什么，不拘哪一项。"

孙开华略想了一想，说道："你说他追这金眼雕，费了这么大的气力，不算稀奇；你能不费气力，从天空将金眼雕抓回来吗？"这人仰天笑道："这有何不能？"能字才说出口，孙开华已将两手一松，厉声向这人说道："就看你的吧！"

金眼雕脱离了羁绊，两只翅膀只一扑，从这人头顶上掠过，但闻"飕"的一声，早已冲霄高举了。这人只当没看见的，应声说道："请瞧我的吧！"随说随举手向空中一招，煞是作怪，那金眼雕飞到空中，经不起这一招，就仿佛被这人用绳索缚住的一般，并且来不及敛翅回身，竟是一翻一仰，不由自主地扑落下来，正正地落到这人手上。这人一不捏住链条，二不抓住脚爪，自然服服帖帖地伏着，没有飞逃的意思。

这人双手托住金眼雕说道："这不过是一点儿小玩意，也算不得什么本领，真本领是显不出来的。"孙开华看了这情形，心里疑惑这人会妖法，不是真实本领，口里正待说出来，那个身凌虚空，追赶八十多里的汉子，已走到这人跟前，很诚恳地作了个揖说道："听得江湖上的人称道，当今之世，只有方绍德有这种本领，老哥莫不就是方绍德么？"这人点了点头道："见笑之至，这算不了什么！"许多参与选拔的武士，都同声赞叹方绍德的本领，愿推为队长。孙开华当时以众武士同声推许的缘故，只得任方绍德为护卫队长。然心里仍以为手招飞鸟，是妖法，不是武功。

一日孙开华清早起来，独自走到花园里闲步，花园里有一口吊井，井水极深，特凿了这井为灌花用的。孙开华反操着手，缓缓地在花丛中走着，耳里忽听得"咚""咚"的声音，仔细听去，好像是吊桶在井里打得水响。心想："这时候有谁在这井里打水？"心里一面疑惑着，两脚一面向井边走去。

才走到离井边一丈来远，就见一个浑身穿白衣服的人，面朝井口盘膝坐着，右手张开五指，向井中抓上来，放下去，井底的水，就跟着咚咚作响。孙开华虽只看见这人的背影，然就身材的模样，及衣服的颜色，一望已知道是方绍德，只猜不透他无端向井抓些什么。看他空着手，并没牵扯什么，何以抓得井底的水，咚咚作响？绝不踌躇地走到切近，方绍德回头见是孙开华，连忙停了手，立起身来请安。

孙开华忙摇手止住道："我正要看你在这里干什么玩意，怎么把井里的水，弄得这么咚咚地响？再做给我看看。"方绍德笑道："这没有什么道理，闹着玩玩罢了。"孙开华道："照样玩几下给我看。"方绍德推却不过，随意伸手向井中一放，井中就如落下一块很重的石头，"咚"的一声，水珠四溅。接着将手往上一提，井水随手向上涌起二三尺高。一放一提地接连几次，井水便越涌越高，不到十次，与磁石引针相似，水已引到掌心了。孙开华看了诧异，问是什么法术，方绍德摇头道："连我自己也不知道是什么法术。"说罢，即走开了。方绍德回房向同伙的说道："孙开华名虽好武，实在不懂功夫，我不愿意在这里了。"同伙的也不在意，方绍德即日不辞而去，孙开华也并不觉得去了可惜。

只是这方绍德毕竟是怎样一个人物呢？说起他的来历，却真有些奇

116

怪。相传他原是四川一个富贵人家小姐的私生子，一出娘胎就被接生的捏死了，用破衣服包裹着，教人乘黑夜提到山上去掩埋。谁知那人一到山上，就听得许多猢狲在树林中唧唧地叫。那人胆小，不敢在山里久停，便将这婴孩的包裹搁在草地上，打算等到次日天明了，再来掩埋，当下即转身回家。次日再来那草地上看时，那包裹已不知去向了。那人以为是被野兽拖去吃了，谁还破工夫去山里寻这私生子的死尸呢？隔了四五年，那地方上的人，时常从远处望见那山顶上，有一个赤身露体的小孩，跟着一大群猢狲，上树打跟头玩耍。身上也好像有寸来深的毛，不过不及猢狲那般浓厚罢了。从远处望见的人，一赶到那山上寻觅，便看不见了。

那时峨眉山伏虎寺里，有一个老方丈和尚，法名开谛，是个极有道行的长老。也不知从哪一年开始，每年二八两月两次斋期，专供养种种飞禽走兽。到期在伏虎寺正殿屋脊上，竖起一幅长幡，幡上悬了无数的小铃，迎风发响，清音远闻数里。开谛长老在寺内独自升坐讲经，接连七日，种种的飞禽走兽，群集座下，鸟都敛翼，兽皆俯首，各自为伍，丝毫没有相侵害的意思。长老讲经完毕，搬出斋供来，一一散发。众兽之中，唯有猢狲成群结队，最大的在前，越是在后的越小，结队向伏虎寺走来，没有一个乱跑乱跳的。走到将近伏虎寺一百步远的所在，最大的首先跪下来膝行，跟在背后的，也都照样匍匐，不敢抬头。长老散斋的时候，每一只猢狲给蜀黍一合，小猢狲的喉囊太小，装不下一合，剩下来的给大猢狲吃，从来没有争夺的事。峨眉山附近的居民，因钦敬开谛长老，多受了长老感化的缘故，知道这些听经的禽兽，都有来历，也皆不敢存侵害的心思。每年到了这两次斋期，远近来看的人极多。凡是见过那种听经领斋情形的，无不感叹开谛长老的德行。

这年二月的斋期当中，来了一大群猢狲，就夹了一个年约五六岁的小孩在内，跟着一只绝大的老母猴，跪在山门之外，不肯走近长老讲经的法座下。比较小些的猢狲，也就依次跪着，没有进山门以内的。开谛长老在坛上看了，连称："阿弥陀佛，善哉，善哉。"随即停了讲，走下座来，伸手抚摸着小孩的头顶说道："小子不要迷了来路，暂且随老僧过度些时，再给你一个安身之所。"

小孩仿佛懂得长老的言语，不住地望着长老点头。老母猴听了这几句话，也似乎懂得的，回身搂住小孩，现出依依不舍的样子。当时立在山门

117

外看热闹的人，又觉得奇怪，又觉得凄惨。虽无人知道这小孩的底蕴，然看了这两相依恋的情形，都不能不为之感动。开谛长老等老母猴放了手，才将小孩引进伏虎寺，做衣服给他穿着，渐次教他言语。

一年以后，因吃的是烟火食，又经衣服的摩擦，身上原有寸多深的黑毛，都脱落干净了，只是瘦削仍与猢狲相似。年龄虽仅六七岁，然因是在山野中长大的，力大无穷，矫捷赛过飞鸟。无论如何陡峻的石岩峭壁，他总是和走大路一般的，绝不吃力就上去了。在树木茂密的山上，他能在树梢上奔走数十里，由这株树梢，跨到那株树梢，枝叶都不颤动一下。开谛长老见他有这么好的根底，便传授他的道行，他的资质异常颖悟，练到一十二岁，已有绝大的神通了。

一日，长老清早起来，教他把山门外面的道路打扫干净，就在山下等候。等到有一个骑黑驴的老人，向上山的这条道路走来了，即上前行礼，迎接到寺里来。他依着长老的话，在山下等了些时，果见一个年约五十多岁的老者，须眉半白，穿得遍身绫锦，满面慈善之气，骑在一匹很肥大、鞍辔鲜明的黑驴背上，缓缓地向上山的这条道路走来。他料知必是长老教自己迎接的人到了，连忙上前行礼说道："奉师傅的命，专诚在此地迎候你老人家。"老者在驴背上拱手答礼，两眼不转睛地向他浑身打量，面上很现出惊疑的样子。

他将老者引到山上，开谛长老已立在山门外，合掌向老者笑道："居士别来无恙？六年之约，不差时刻，真信人也！"老者跳下驴背，拱手答道："岂敢失约！"

原来这老者姓方，名维岳，是四川石泉县的第一个富绅，少时读书，未成年就中了举人。因性好黄老之学，不喜仕进，家业百多万，为一县的首富，也用不着做官谋利，就在家乡盖造了极精雅富丽的庭园，招纳各处方士，专一研究长生修养之法。只是从来方士都是挟术以骗人钱财的，哪里有什么长生修养的法术。方维岳从方士的指导，修炼了若干年，不但没得着一些儿进益，反因服食的丹药不得法，服成一种不能人道的毛病。四五十岁了，还没有儿子。当少壮的时候，因一心想成道，将一切身外之物都看得不值一顾，妻室儿女也已置之度外了。后来因游峨眉山，遇着开谛长老，才知道以前若干年，完全是盲修瞎炼，去道还不知几千万里。归家后，便谢绝一般方士，摔破丹炉药鼎，不信那些邪教了。但是，这种成道的心思一退，世俗想儿子承宗接嗣的心思，又不由得发生了。因正宗夫人已有了四十多岁，不能望生育了，买了两个身体强壮的姨太太，日夕望他生儿子。无奈少壮时所服啬精的丹药太多，本人已绝了生育之望。

开谛长老知道方维岳想得儿子的心事，收养这私生子的时候，就打算给方维岳做儿子。只因那时这私生子初从山野中收来，一则还不通人言，二则野性不易驯服，有开谛长老那般道行，才能将他收服。若在平常人，便用铁链也收锁他不住，因此开谛长老不肯当时送给方维岳去。凑巧那年方维岳重游峨眉，到了伏虎寺，开谛长老遂乘便向他说道："居士不须着急没有儿子，现正有一个根基最好、资性最高、无父无母的孩子，由老僧收养在此。于今他的年龄才得六岁，须经老僧教养六年，他有十二岁了，便可送给居士做儿子。"方维岳问："是哪里来的这么好的孩子，父母是不是都已死了？"开谛长老不肯说出来由，只说道："居士但牢记在心，六年后的今日再到这里来，包管居士带一个称心如意的儿子回家去。倘不是与居士有父子因缘的，老僧也不这么多事了。"

方维岳自遇着开谛长老之后，心中极钦敬长老的德行，知道长老所主张的，决无差错。没有儿子的人，在想望儿子情切的时候，忽听说有这么一个儿子，当在六年之后的今日见面，怎得不把日期牢牢地记住呢？所以这日如期到伏虎寺来了。在山下见这私生子前来迎接，并恭恭敬敬地说那几句话，心里便已猜着是这孩子了，所以目不转睛地向这孩子浑身打量。此时这孩子年龄虽只十二岁，然已具绝大神通，得乎中者形乎外，那种雍容温雅的气宇，已能使人看了油然生敬爱之心。方维岳想不到有这般气概的人物，所以脸上不免现出惊疑的样子。

开谛长老亲自在山门外将方维岳接进寺内，未曾让座，即招下教这孩子过来说道："你可知道我教你打扫山路，专诚迎候的这位老居士，是你的什么人么？"孩子听了，翻起两眼望着方维岳，不知如何答复才好的神气。长老哈哈大笑道："老僧出家人，可没有父母亲族。你不是出家人，岂可不认识父母？快过来叩头，这位便是你的父亲。"孩子以为师傅说的必无虚假，诚惶诚恐地叩了好几个头，爬起来很亲切地叫了一声父亲，叫得方维岳笑起来了。开谛长老也笑道："这孩子不但不曾见过自己的父亲，并不曾见人叫唤过父亲，连一声'爹'都不知道叫唤。"孩子忙改口唤了一声"爹"。

开谛长老问道："你父亲也见过了，爹也叫过了，但是你爹的姓名、籍贯，还没有知道。老僧因你在这里六年，没有说身世给你听的机缘，直到如今，才是机缘到了。你父亲姓方名维岳，是石泉县的首富，少年科第，二十多岁就中了举人，原可以青云直上，作一个金马玉堂的人物，只因性喜黄老清净无为之学，又误于江湖方士，至今不愿仕进。你命里合该出母胎即遭魔难，应受猢狲抚育，并非猴能生人，此刻你的能为，已足够将来应用而有余了，此地不是你长久安身之所，从此就跟着你父亲回石泉县去吧。老僧给你一个名字，叫作绍德，你的后福无量，好自为之，不可迷了来路。"

方绍德听罢，不禁双膝向长老跪下，泪如泉涌地哭起来说道："师傅的吩咐，弟子本不敢违，只是弟子若无师傅，将永远不得齿于人类。于今承师傅收养，并赐教训，正要永侍师傅法座，徐图报称于万一。今忽教弟子远离，虽说父母是应该侍奉的，但是弟子受师傅的恩多，报师傅的恩少。父亲年非老耄，尽有侍奉的时候，望师傅格外开恩，许弟子侍奉到师傅西归之日，再回家尽人子之道。"

开谛长老拈着胡须微笑点头道："好可是好，但何苦又自寻这一番烦恼啊！"说时，随掉头对方维岳说道："既是如此着念，居士且在这里多留两日。"方维岳见开谛长老的举动，料知方绍德对于他自己的身世，全不明瞭，所以开谛长老能这般说法，心里异常高兴。及见方绍德不肯同回家，开谛长老并不解劝，神气之间，好像已许可方绍德的要求，心里又不觉有些着急起来了。暗想开谛长老的年纪虽已很高了，然精神充足，步履康强，且是一个有大神通的高僧。就现在的情形看，休说三年五载不会死，便是再过十年八年，也还能过得去。真个再过十年八载，方绍德的年龄越发大了，世故也越发深了，即算是亲生骨血，不从小带在跟前抚养，长大成人了，尚难得亲切；何况并非亲骨血，没有天性的关系，等到二十多岁才见父母，能望他将来孝养吗？并且他既不肯就此同我回石泉县去，我便在此多留几日，也没有用处。只是方维岳心里虽如此着想，然开谛长老是这么吩咐，也只得在伏虎寺暂时住下。想不到方绍德对他，倒很亲热，能恪尽人子之礼。

好容易过了两日，第三日开谛长老忽然召集寺中僧侣，一一话别，说就在今日正午，当往生西方极乐世界。方维岳看长老的精神态度，一些儿没有改变，心想此时已离正午不远了，哪里有这样急症病死呢？正在这么疑惑，只见长老——话别完了，有话叮嘱的也叮嘱完了。满寺的僧侣，平日都是极敬信长老的，到这时候，面上也不知不觉地露出狐疑的神气。长老盘膝合掌，闭目诵佛，声音朗彻，与平时一样。念诵到那时候，满寺的僧侣，都忽然听得空中有音乐之声。大家正相顾错愕，再听长老的念佛声音停止了，仍是那么坐着不动，脸上也没改变颜色。众僧侣还侍立着等候，以为长老尚有法音传出，只方绍德因年轻性急，凑近长老面前细看了一看说道："师傅不是已经圆寂了么？"一句话提醒了众僧侣，大家争着细看抚摸时，可不是已死去好一会儿了。方绍德伏在地下痛哭，众僧侣才披法衣做佛事，忙着了结开谛长老的遗骸。方维岳至此，方知道长老教他多留两日的用意。

开谛长老既已圆寂，方绍德侍奉终天的志愿已达，自不能再在伏虎寺停留。开谛长老的葬事一了，便跟随方维岳回石泉县。方家的人，见无根无据的，突然来了一个这么大的小主人，自免不了群相疑讶！不过方维岳夫妇承认方绍德是儿子，方绍德也承认他夫妇是父母。旁人疑讶，只是一时的现象。方绍德因是在山野中由猢狲抚养大的，天赋的武功已非小可，便不再练习武艺，高来高去的能为，谁也赶他不上。何况加以开谛长老六年的训练，还愁不登峰造极吗？方绍德到方家当大少爷，袭丰履厚，原用不着这么高深的能耐。但他从婴孩时代，就在山野中与群猴生活，过惯了清苦日月。六岁后虽经开谛长老收养，然伏虎寺的起居饮食，也很清苦，像方家那种锦衣玉食，连见也没有见过。初到方家，反觉得衣冠礼节，束缚得很不自由，情愿穿着破旧衣服，终日在外面游行。偶然见有不平的事，多挺身出头干预。后来人世的情形愈熟，所见不平的事愈多，经他出头救助的人，也日见其多了。

古语说得好"人的名儿，树的影儿"，有多高的树，就有多高的影。以方绍德这种能为，终日出头行侠做义，他的声名，自不期然而然地大了，交游也自然宽了。在方家做不到十年儿子，方维岳夫妇都死了。方维岳死的时候，他不待说是做孝子，寝苦枕块，尽人子之道。方家族人，觊觎方家丰富的产业，合谋想趁方维岳初死，排挤方绍德出外，说方绍德不是方家的骨血。方绍德听了，宣言道："你们眼看的，不过是这点遗产，你们便不转这点遗产的念头，我也早已打算只待父母去世，即行分散给一干穷苦的亲族戚友，我自己一文不要。于今你们想排挤我，正中我的心愿。不过你们几个强梁的，想将遗产朋分，是做不到的。"

族人都知道方绍德有绝大的本领，不能不存些畏惧之心。一般处境穷苦的亲族戚友，听了方绍德这般言语，当然称颂不置。方绍德将方维岳的丧事办妥，便实行俵分遗产。戚族原有家业的，及平日为人刁狡强梁的，一文也分不着。俵分妥当了，将余剩的钱，替方维岳夫妇建了一所家祠，留了几亩香火田，委托族中正直的人，经管春秋祭祀。一切应办的事都办理完结了，单身脱离了四川，就凭着一副侠义的心肝、一身过人的本领，闯荡江湖，结交天下奇才异能之士。

一日行到河南，心想嵩山居五岳之中，必有了不得的人物，在山上隐居修炼，我何不去那山里游历一番？也说不定能会见一两个雄奇魁杰的人物，使我增进些学问。主意已定，即向嵩山进发。胸无俗累的人，到处流连山水，也不觉得道途遥远。他从小野宿山行惯了，入夜并不投宿旅店，走到什么地方，天黑了，人疲了，就在什么地方，捡一处略可避免风雨的所在，放下身躯安睡。腹中饥了，也不必投饭店吃饭，山中木实，在平常人不能入口的，他都可以取来充饥。遇着毒蛇猛兽多的所在，他睡着了恐怕受其侵害，就在树枝上，也可以打盹一宵。有时那地方没有大树，他能于顷刻之间，搬土运石，砌成一处毒蛇猛兽不能侵入的堡垒。所以他游山玩水，比古来喜游历的人，都来得方便，一不用带盘缠，二不用带行李。这日，他已到了嵩山，在山里盘桓了几昼夜，并不见一个雄奇魁杰的人物。山岩石洞之中，都已游历了一转，也不见有隐居修炼之士，打算再游一日，将一座嵩岳游遍了，即下山往别处游览。

这夜他睡在一个岩石之下，一觉醒来，天光才发亮，迷蒙晓色，尚看不清山中景物。方绍德刚待起来，忽有一块斗大的圆石，从半空中跌落下来，恰好落在方绍德的头顶旁边，着在一块极大的顽石上，只碰得火星四溅，石屑横飞。突如其来，倒把方绍德吓了一跳，心想这是什么人，这般恶作剧？随即抬头向空中一看，只见一只绝大无比的黑鹰，正张开两片门扇也似的翅膀，在空中盘绕，偏着头向方绍德望着，好像留神窥察方绍德如何行动的一般。

方绍德怒道："你这东西，也敢来戏弄我吗？我本待取你的性命，姑

122

念你长到这么大，不是容易，下来吧，惩处是不能免的。"说毕，伸手向空中一招。方绍德这一招，足有千斤的吸引力，那鹰身不由自主地在空中打了个翻身，从斜刺里翻下山去了。方绍德更大吃了一惊，不觉跳起身来说道："这东西的本领不小，居然能逃出我的掌心，倒要追下去看看。"

不知方绍德追去看了什么情形，且俟下回再写。

第十三回

伏猢狲道法惊苗峒
捉蛤蟆口腹累真传

话说方绍德跳起身来往山下追去，才追了十来步，忽见从半山岩里，比箭还急地飞出两只一般儿大的黑鹰来，四片翅膀搏空的声音，隐隐如走雷霆。树林的枝叶，顿时激荡得与波涛汹涌一般。半山岩里的沙石，被刮得在空中冰雹也似的纷纷打下。四只圆溜溜金黄色的眼睛，向四山瞬了几瞬，仿佛寻觅獐兔的样子。眼光一射到方绍德身上，即发出一种极尖锐的叫声，好像表示得意的神气。

方绍德看了，不由得心下诧异道："这样大的鹰，我平生不但没有见过，并不曾听得人说过。我在这嵩山，也游览过几日了，又何尝见过有这么大的鹰呢？如果嵩山本来出产大鹰，见过的人必不少，我来这里也应该听得人说。并且这鹰的翻骨，强健异常，估计它两翅膀的力量，就没有一千斤，至少也有八百斤。这种神鹰，实不容易遇着。我若用飞剑伤了它，未免可惜，何不将它收服下来，好生调养得驯熟了，岂不是我一对好帮手？"方绍德心里这般计算，只见那两鹰一面一递一声地叫着，一面在头顶上翻飞回绕，显出欲下不敢、欲去不舍的模样。方绍德仰空笑道："怕什么，也知道不敢下来吗？你们这一对孽障，在深山大泽之中，修炼得有今日，也非容易。我和你们并无仇怨，不值得将你们伤害，你们若是能领会我的言语，明白我的好意，我不嫌你们是异类，愿意收你们做徒弟。"

话才说到这里，忽听得远近的一声长啸，其声幽扬清脆，山谷生风。方绍德一听这啸声，心里便猜度必是高人隐士所发。正待向四处张望，在头顶上回绕的两鹰，已各将双翅一展，流星般快地飞进山坳中一片树林里面去了。方绍德喜道："原来这两只鹰是有主儿的。这人能驯伏这般两只神鹰，不待说本领是高强到绝顶的了，我不可失之交臂。"

此时一轮红日，刚涌出地面，方绍德远望两鹰飞进去的那片树林，受初出的阳光照着，云笼雾罩，与初揭盖的一甑热饭相似，无论如何的眼力，在外面也看不出里面是怎样的情形。只是那一片树木，并不十分浓密，若不是被云雾笼罩，在树林中发声长啸的人，是何模样，及两鹰飞进去后，是何情景，以方绍德的眼力，必能一目了然。再看别处的树林上面，都清清朗朗，一点儿云雾没有。方绍德心想："这人昨夜必是在那片树林中歇宿，恐怕有山妖野魅前来侵扰，所以喷起一团雾来，隐藏他的身体。不过这人既经驯伏了这般两只神鹰，正是山行野宿的好伴侣。飞禽中眼力最厉害的就是鹰，和走兽中的狗一样，人眼所不能看见的鬼物，鹰狗都能看见，何用再喷起这一团雾干什么？"

方绍德心里如此思想，脚不停步地朝那山坳走去。眼看那山坳，实不甚远，至多也不过一里来山路。但是朝着那方向不停步地走了好一会儿，看那山坳仍在跟前，树林上面的云雾，也还没有消退，更腾腾的如冒热气。初出地面的日轮，在人的眼光看去，升腾的速度，似觉比在中天的时候，来得快些。方绍德听得啸声的时分，红日刚涌出地平线，此时已离地平线有数尺高下，日光的色彩，也由深红色渐变深黄色了。心中猛然一动，即停步暗忖道："这事太蹊跷了，我脚下虽不算快，然以我的能耐，像这么不停步地走去，日行千里，却非难事。这一眼望得见的山坳，至多不到两里路，何以走了这一回，望去还是那么远近的光景呢？然则我方才不停步所走的路，走到哪里去了呢？"

旋作念旋回头向来路上一看，山岳的形势大都仿佛相似，没有特殊的标识，也看不出动身的所在是何处，行走时曾经过了些什么地点。随即又向四周的形势，打量了一会儿，也看不出毕竟曾走了多远。这么一来，倒把一个具绝大神通的方绍德，弄糊涂了，只得就地坐下来，定了定神志，仍旧立起身，向那树林望去。浓云密雾，早已没有了，也是清清朗朗的树林，全不是未坐下以前所见的景象。树林不密，可以一望无余，不但不见有什么高人隐士在内，连亲眼看见飞进去的那两只大鹰，也不知去向了。方绍德不相信眼前景物，会变幻得这般快，大踏步走入树林之中，四处张望了一会儿，确是除树林青草之外，一无所有。细看这山坳树林的形势，与在远处望见的，又确是一点儿不错。

正在心中疑惑，忽低头见阳光射在青草上，有一个黑影闪了过去，连忙抬头看天空，只见那两只大鹰，一前一后地飞到嵩山顶上去了。方绍德独自作念道："我在这嵩山游览了五六日，虽负着中岳盛名，实在毫无可取。原打算今日再盘桓一日，明日便往别处去的，不料遇见了这两只东西，倒使我不舍得就这么走开了。这两只鹰，若不是经高人调教出来的，决没有这般本领。我自从离开四川，足迹遍南七省，没遇见一个有惊人道法的人，倒是这两只背脊朝天的扁毛畜类，能耐实在不小。若能会见调教这鹰的人，我必能得些进益。"

方绍德出了那树林，又向那两鹰飞上的山峰走去，到山峰上举目四望，仍不见一些儿踪影。暗想这才奇了，分明看见它们一前一后地飞上了这山峰，这山峰上并无处可以隐藏，何以跟踪追上去，就不看见了呢？独自在山顶徘徊了一会儿，不见有什么动静，只得心灰意懒地打算下山。

但是还不曾举步，就猛觉得头顶上发生一种可怪的声音，十分细微，若非方绍德那般有能耐有机警的人，断难察觉。方绍德既听得那种声息，即抬头仰看天空，只见那两点黑星，在云中徐徐移动，仔细定睛半晌，才看出就是那两只大鹰，渐飞渐下。约莫离山顶还有数十丈高下，方绍德忽然转念道："这两只东西的情形太可恶，简直是有意作弄我，我也不管它们有没有主儿，主儿是何等人物！既敢有意作弄我，我不能不给点儿厉害它们瞧瞧，且把它们捉到手里来，它们果有主儿，就不愁它们主儿不出头和我见面。说得好时，我立刻可以把两鹰还他；如出言不逊，我便硬夺人家两只鹰，也算不了强梁霸道。"主意打定，即使出生平本领来，双手向两鹰一招，口呼一声："下！"即见半空中一翻一覆地掉下两只黑东西来。

方绍德张开两掌，两只黑东西直向掌心落下，方绍德心里好生欢喜，逗口而出地笑道："看你还能逃得了么？"这话才说了，觉得两掌所捉住的不是飞禽。捞过来看时，哪里是两只鹰呢，原来左手握住的，是一只金钱花的豹子；右手握住一只梅花点的小鹿，都是刚死了不久的，肢体还温软。方绍德不禁愤怒起来，将死豹、死鹿往山下一掼，两手仍向空一指，从食指尖上发出两道剑光来。只是剑光在空中缭绕，并不见两鹰所在，无可击刺。方绍德满腔愤怒，无处发泄，两手忽东忽西地乱指了几下，那两道剑光，便如游龙绕空，横扫过来，竖扫过去，将山顶上所有树木，都拦腰斩断了，才将剑光收敛。也懒得寻觅两鹰的去向，愤然移步下山。

正没精打采地走着，只见迎面走上来一个须发如银的老叟，笑容满面地点了点头问道："请问老兄是从山顶下来么？"方绍德口中应是，两眼打量这老叟仙风道貌，神威逼人，不是寻常老年人的模样。心里逆料必是一个有些来历的老头，正待请问姓名，这老叟已接着问道："老兄既是从山顶上来，请问看见我的两个小徒么？"方绍德听了，暗自好笑道："这老头只怕是老糊涂了，我和你初次在这里会面，彼此连姓名都还没有请教，我知道你两个小徒是谁呢？"只是方绍德心里虽这么暗笑，口里却不好意思这么直说，只摇摇头说道："不曾看见两位令徒。"

老叟脸上露出疑讶的神气说道："这事却有些古怪，我两个小徒今早回来对我说，有一个大本领的人，愿意收它们做徒弟。它们听了欢喜，就要辞别我，跟那个有大本领的人去，并将我家里养的一只金钱豹、一只梅花鹿拿去做拜师的赞敬。我不答应它们，追了出来，谁知它们已跑得无影无踪了。只好亲自上这山里来寻找，我倒要看看是怎样一个有大本领的人，为什么要抢夺我的徒弟去做徒弟？"

方绍德一听这话，知道是有意挖苦自己的，忍不住说道："老丈不要当面瞧不起人，我并不知道那两只背脊朝天的扁毛畜类，是老丈的高足。因见它们还生得好，果曾说过愿收做徒弟的话，谁也没有抢夺的意思。不过那两只扁毛畜类，既是老丈的高足，老丈就得好生管教管教，以后不得平白无故地拿石头打人。我以为是山野之中没人管束的东西，所以犯不着拿人和畜牲较量。若早知是老丈的高足，我也不放它们过去了。"

老头笑嘻嘻地对方绍德拱手道："好极了，好极了！我两个小徒生性顽皮，我多了几岁年纪，简直没精力能管教它们。我在家不知道小徒要跟谁做徒弟，不大放心，于今既知道是老哥了，我还有什么不放心？从此就交给老哥去管教吧。"说毕，用手捏住下嘴唇，吹哨也似的叫了一声，音高而锐，不像是从人口中发出来的。临风扬抑，十里以内的人，必能闻得着这叫声。

老头的叫声才歇，只看那两只大鹰已从左右很茂密的树林中飞出。老头将两手向腰里一叉，两鹰便集在两边肩膀上，老头仍是开玩笑的神气说道："请问老哥，打算怎样不放它们过去？我这两个小徒，仗着八十年前在峨眉山伏虎寺听过经，与开谛和尚是同门弟子，就心雄胆大，不把一般后辈看在眼里。老哥高兴管教他们很好，但是得留意些，须不错了班辈才好。"方绍德听这话，不由得吃了一惊，暗想我才离开四川不久，认识的人物有限，天下尽多比我行辈高、神通大的，亏得我不曾冒昧。这两鹰既与我师傅同班辈，这老头的班辈，不待说比我师傅更高了。我若冒昧和他们动手脚，无论胜负如何，天下人总得骂我目无尊长，我何必跟他们在这里纠缠些什么呢？不如一走完事，免得在此地受他们的奚落。

方绍德五遁都精，当下主意打定，也不说什么，身体一晃，就借土遁走了。后来结交的人一多，才知道那老头子是绰号"金罗汉"的吕宣良，那两鹰在八十年前听经伏虎寺的话，一点儿不虚假。江湖上老前辈曾听人传述两鹰事迹的很多，方绍德虽知道了吕宣良和两鹰的历史与能耐，然对于吕宣良那种当面瞧不起他的神情，及两鹰戏弄他的举动，当时一点儿不曾报复得，心中很不能甘。不过一则自顾力量不见得能胜过吕宣良与两鹰；二则自己的班辈太小，对前辈无礼，胜得过倒也罢了，万一不能讨胜，当时受辱受窘，远在其次，事后更得遭人唾骂。因此心中尽管不甘，不能对吕宣良有什么举动。

这次从嵩山借土遁走后，又在各省游览了几年。有本领的人，所至之处，自容易显出声名，并且方绍德有些本领，是寻常剑侠之士所没有的。因为开谛和尚的神通，是佛家的神通，与道家修炼的不同。方绍德仗着这么一身本领，行为又甚正当，江湖上自然称道他的人很多。他见剑侠之士，在夜间行动，多是青黑两色的服装，觉得不甚光明正大，还存了些怕人看见的意思，他就改用全身着白，使人在远远的一望便知。他原想依附一个有地位有大志的人，使出平生本领来，做一番名垂久远的大事业。听得孙开华在厦门招贤纳士，海内有能为负时望的人，去投奔的不少。他心想厦门的地势很好，孙开华是一个身经百战的骁将，于今在那里有这种举功，必是蓄有大志，因此也特地去厦门看看情形。

他到厦门的时候，正遇着孙开华甄选卫队长，所以他出头夺得锦标。后来细看看孙开华的举动，并用言语试探，才知道是一个平庸的人物，不但没有大志，而且并不识人。其所以招纳许多有能耐的人来做卫队，不过壮壮他自己的声威，搭高他自己的架子，丝毫没有识拔英雄的真意。逆料依附他决无出息，所以毅然决然地走了。

方绍德从厦门走出来，一路游览到新宁县附近的苗峒。因贪恋着苗峒中山水清幽，风俗纯朴，与他山野之性极为相合，在那丛山之中，流连了许多时日。那时，苗峒里的风俗习惯，素来不许汉人到里面窥探游览的。

若汉人无端跑进苗峒，被苗人打死了，绝不算一回事。不仅有冤无处申诉，往往连尸都无法取出来。方绍德知道这种习惯，虽仗着一身本领，不怕苗人与他为难。然方绍德心想在苗峒里长久居住，若不能与本峒苗人融洽，时时得提防苗人暗害，何能安居呢？那时蓝辛石因生成异人的禀赋，文武全才，是苗峒中首屈一指的人物。一峒苗人，无有不钦敬蓝辛石的，蓝辛石替苗族谋利益，也无不尽力。

在前几回书中说过的，苗峒里有伤人的毒蛇猛兽，蓝辛石仗着天生的大力，与从山涧中得的那把大刀，驱除了不少；唯有深山岩穴里的猴子，蓝辛石没力量能驱除。因为那些猴子，比一切野兽都精明机警，又能合群，多则十数只，数十只不等，至少也有三四只，高大的比成人差不多。猎户装设的毒弩、陷坑，别的野兽中之机警的，不过自己不上当，不到装设的那一方走动。有时偶然忘记了，或装置得巧妙，表面上看不出的，就是机警的野兽，也免不了丧生；猴子则不然，无论猎户装置得如何巧妙，没有看不出来的。即算偶然也有上当的时候，然因能合群的缘故，一只二只上了当，其余的连忙上前救护，必将毒弩、捆网破坏得一干二净，并能侦查得出装置这类器具的猎户，施种种报复的手段。

猴子的知识，有时比人还高。猴子是不会泅水的，遇了水深又阔的山涧，跳也跳不过、浮也浮不过的时候，居然能从它们本身上想方法过去。那种方法，确是好看又好笑。它们遇了那种所在，知道山涧那边多有可吃的东西，非过去不可，就邀集附近所有的猴子，立在一块。由其中最大的，爬上涧边一棵大树，两脚和尾巴用力勾住树枝，两手倒悬下来，抓住第二只猴子的双脚。第二只猴子的尾巴，紧紧缠住第一只猴子的腰，两手也向下悬着。第三只照第二只的样，是这般一只一只地联络起来，看山涧有若干宽，便联络若干长。联络好了，即由多余下来的猴子，推的推，挽的挽，将这一串猴绳，和打秋千相似的摆动起来，越摆越高，摆到与对面涧边的树枝相接了，联络在尾上的那只猴子，就一把将树枝捞住，死也不放，两头牵起成了一道桥梁。多余下来的猴子，就由这条桥梁上爬去。等到都过去完了，第一只将抓住在树枝的脚和尾巴一松，又如前打秋千一般地摆到了对岸。这种猴子过河的事，在苗峒时常能见着，一点儿不稀罕。

蓝辛石因那些猴子害得苗族耕种不安，发愿要把所有猴子驱除干净，知照满峒的苗人，每遇猴子过河的时候，就一面吹角传集众苗人，一面送信给他。大家携带打猎的器具，赶到群猴齐集的所在去，将群猴围住厮杀。无奈人类爬山越岭、攀藤扪葛的本领，究竟赶不上猴子。苗峒中除弓箭而外，又没有更厉害的武器。大猴子十九会接箭，小猴子目标小，不容易射中。并且每次不待苗人围过去，群猴即已知道大祸将临了，急忙爬到极高的树顶，向四下里一了望，看哪一方面没有人，或来人稀少，就相率向那一方逃去，一只也杀不死。那些猴子竟像是通了灵性的一般，农夫猎户都受过猴子的报复与侵害，只有蓝辛石住宅的前后左右山里，没有猴子的足迹。

蓝辛石原存了个杀尽山中猴子的念头，只因见那些猴子都不敢来侵犯他，转念一想："它们既知道畏惧我，我也不可做得太毒了，但使它们能不侵害人，我就不妨留它们一条生路。只是猴子不通人言，人类又不懂猴语，如何才能使所有的猴子，不侵害人类呢？"寻思了许久，实在没有方法摆布。

这日蓝辛石早起，正在大门外闲步，忽有一个瘦长身体的汉人，穿着一身白衣服，缓步从容地走了过来，向蓝辛石突然问道："我听说蓝辛石住在这里，特地前来访他，请问他此时在家么？"蓝辛石一听这话来得很突兀，一时猜不透是什么用意，便不肯自认就是蓝辛石。先打量这人枯瘦如柴，肉如黄蜡，手如鸡爪，两目神光如电，使人见了害怕。问话的神气，也似不怀好意的样子，很注意地提防着，才答道："你是哪里来的，访蓝辛石有什么事？"这人傲然说道："我是四川的方绍德，因为听说蓝辛石有降龙伏虎的能为，所以特来访他，顺便领教领教。"蓝辛石平日异常自负，此时说不出推诿的话，只得点头道："原来如此，请去寒舍坐谈吧，我便是蓝辛石。"

方绍德跟进蓝家，分宾主坐定后，即开口问道："老哥既有降龙伏虎的能为，何以峒里的猕猴如此猖獗，老哥却不使出些本领来降伏它们呢？难道只要那些猴子不侵犯到老哥跟前来，老哥便可以不过问吗？"蓝辛石不觉红了脸说道："阁下初到我这里来，何以知道我不过问？"方绍德笑道："原来老哥已过问了，那么是降伏不下吗？我想幺魔小丑的猕猴，有何能耐，岂有能降龙伏虎的老哥，尚降伏不下的道理？我一路走来，见凡是种有杂粮的地方，都有猴子侵害；有许多农夫上前驱赶，那些猴子都不畏惧。敝省是有名出产猴子的地方，也不曾听人说过有这般猖蹶的情形。

我因此不能不上老哥这里来问问。"

蓝辛石虽是个苗人，但生性诚实，不肯说假话。当下便直说道："这些猴子虽没有了不得的能耐，然要驱除干净，管不是一件容易的事。阁下如有本领能把这些猴子降伏，我情愿拜阁下为师，终身侍奉。"方绍德道："你打算要我怎生降伏？"蓝辛石道："能使一般猴子都藏在深山之中，不敢出头，就算是降伏了。"方绍德点头道："山中有果实足供它们的粮食，不许出头害人，也不为过。但是这事情要做到果不容易，你要我降伏它们，这本领倒是有的，只是你得依遵我三件事，我方能为你们地方除害。"蓝辛石喜道："什么三件事？三十件事都可依遵，请你说出来吧！"

方绍德道："第一件，要搭一座台，在这一带最高的山峰上，准备十石蜀黍，安放在台下，我有用处；第二件，你同族的男妇老幼，只要能到那高山下看我降伏猴子的，都得前来，我临时有话吩咐，不得违拗；第三件，我降伏众猴子之后，要在这地方长久居住，但不须你们供应一切，我连房屋都有。"

蓝辛石立起身来说道："就是这三件事么？这算得什么，都是极容易办到的事，只看搭台要不要选择时日？"方绍德摇头道："用不着选择，你们若来得及，今日就很好。"蓝辛石见有这种人来替他地方除害，自是非常高兴，连忙吩咐家中的壮丁，分头去办第一、第二件事。峒里的苗人，听了蓝家壮丁传达的话，一因除害心切，二因好奇心冲动，顷刻之间，台也搭好了，蜀黍也准备好了。所有听得说的苗人，更不必有蓝辛石的吩咐，有谁不想瞻仰方绍德这种异人，与见识降伏猴子这种异事呢？不一刻，壮丁回报事已办妥，人已来齐。蓝辛石即引导方绍德到那最高的山上去。

才走到离那山还有七八里远近，就望见满山满谷的苗人，将那一座高山团团围住。蓝辛石在前面走着，众苗人都知道跟在蓝辛石后面的，便是有降伏众猴本领的方绍德。平日苗人见了汉人，面上总免不了要露出些仇恨的样子；这回见方绍德却不然了，凡看得见方绍德的，没一个不表示一种欢迎亲热的态度，纷纷如潮涌 般地向左右让出一条道路。蓝、方二人直走上山峰，方绍德在台上向蓝辛石道："你去吩咐大众，东、西、南、北四方，都得像刚才你我上山的样，向左右让出一条道路来，再挑选十个壮健的人，上来挑着这十石蜀黍，随我往各处布置。"蓝辛石一声答应，即下山对大众说了，带了十个蛮汉上山，挑着蜀黍，跟随方绍德走到一处山上。

方绍德教蓝辛石帮着用手抓蜀黍撒向山谷之间，撒完一石，又换一处山头，又照样撒一石。接连撒了十处，那座高山的四围八方都撒遍了，才回到高山上来。方绍德盘膝坐在台上，合掌闭目，好像默念咒语的样子。蓝辛石立在旁边，大家都寂静不敢声张。

约莫过了一刻工夫，蓝辛石立处的地位高，偶然向对山望去，啊呀！只见成千累万的猴子，与出洞的蚂蚁相似，从远远的朝这座高山跑来。大的在前，小的在后，也看不出牵连若干里路。峒里的猴子虽素能合群，然从来也没见过有合到这么样多的。在前面走的大猴子，边向前走，边回头向后望，唯恐背后的猴子，不跟着上来的样子。蓝辛石忙掉头看左、右、背后三方，也和前方一样，不知有多少，都朝这高山跑来了。正在觉得诧异，忽听得山下的苗人都哗噪起来。原来四只走在前面的大猴子，已走进人丛中让开的那条道路来了。众苗人都不曾见过猴子有这么大的胆量，敢直挺挺撞进人丛的，突然遇了这种情状，所以禁不住都哗噪起来。只是尽管大众哗噪，那些猴子都像有恃无恐的样子，一些儿不露出畏葸退缩的神气。

众苗人也都明白，这些猴子，是方绍德用法术招得来的，只初见的时候哗噪一阵，并没一个敢动手打猴子的。四队猴子同时走上山来，四只最大的一拥上台，倒把蓝辛石吓了一跳。以为来势这般凶猛，对方绍德必非好意。正打算动手帮助方绍德将四只大猴子赶走，谁知那四只猴子拥上台后，并不敢扑到方绍德身上，就在台角各自朝方绍德跪下来，与人一般地叩头礼拜。再看方绍德，这时两目张开了，口里不知说了几句什么话，声音并不嘹亮。四只猴子都听得了似的，蛇行匍匐，慢慢挨到方绍德跟前，都做出十分亲热的样子。或用鼻嗅方绍德的脚，或用舌舔方绍德的手。台下四大队猴子，也都挨次序跪下，抬头望着台上，平时跳踉浮躁的气概，至此完全消灭了。方绍德对这四只大猴子，也像是多年不曾见面的朋友，一旦相逢，心里高兴得说不出话的模样。人与猴纠缠在一块好一会儿工夫，方绍德才立起身，挥手教四只猴子下台去。四只猴子片刻也不迟延，翻身向台下便跳。牵连跪了若干里远的四大队猴子，同时都站起身，后队变作前队，台上跳下来的大猴子，俨然是四个督队官，押着众小猴，头也不回地去了。众猴走到撒了蜀黍的地方，全体散开了，争着拾蜀黍往嘴里塞，猴多黍少，顷刻便拾得一干二净。便不再成行结队了，三五一群，各自分头散去。

众苗人看了这情形，无不叹服方绍德是天神下降，即时就山下跪拜的，一望不计其数。蓝辛石也对方绍德跪下叩头说道："弟子在家里的时候，已经说过了，师傅果能降伏这些猴，便拜在师傅门下，侍奉终身，此刻得求师傅允许了。"方绍德伸手拉了起来，笑道："好，好！我欢喜这地方的山水好，打算在此久住，就收你做徒弟也使得。"说罢，一同下台回到蓝辛石家。从此，方绍德便在苗峒中隐居不出了。

他因从小在石岩中住惯了，仍喜在石岩中居住，只是苗峒中没有像四川那么深邃不畏风雨的石岩，又非人力所能建造。蓝辛石体贴方绍德的意思，特地到缸窑里定烧一口绝大的瓦缸，留一个缺口做门，覆在地下，远看一座坟茔，里面与深邃的石岩仿佛，方绍德住在里面很舒服。

苗峒中的猴子，经过方绍德那番举动后，果然都绝迹不到种粮食的地方骚扰农民了。不过猎户所装置的毒弩、陷阱，猴子不遇着则已，遇着仍不免拿来破坏，只不存心与猎户为难便了。蓝辛石想传方绍德的道法，方绍德道："我并非不愿将我所有的道法全传给你，免得吾道失传。无奈要传我的道法，非童男之身不可，你已破了身，无复纯阳之体，仅能传你一些儿法术，大成是无望了。"

蓝辛石着急辩道："弟子固不曾娶妻，平生也未尝与妇人交接过，师傅怎么说弟子已破了身，无复纯阳之体呢?"方绍德现出诧异的神色问道："你平生未尝与妇人交接过吗? 这话就奇了，你自己心里明白的事，应该知道瞒不过我。"蓝辛石只急得跪在地下哭道："弟子实在未尝近过妇人，怎敢欺瞒师傅，求师傅明察，开恩传弟子道法。"

方绍德越发惊讶起来问道："你果是一次也不曾与妇人交接过?"蓝辛石又叩了一个头答道："不但不曾交接过，平生实未尝动过这种念头，如敢说欺瞒师傅的话，应遭天雷击顶之报。"方绍德一面挥手教蓝辛石起来，一面低头沉吟了半晌，忽然在人腿上拍了一巴掌，叫道："哎呀，了不得！你的元阳一定是被妖精吸去了。"蓝辛石一听这话，即时惊得呆了。

方绍德道："你成年之后，必在极僻静的地方，遇见过极妖艳的妇人，那妇人并曾送东西给你吃了。你想想，是不是曾有过这么一回事?"蓝辛石想了一回，摇头说道："生得妖艳的妇人，确曾在僻静地方遇见过一次。只是弟子生性不喜妇人，且少读诗书，颇知礼义，非礼的事，素不敢做。就是有妇人送东西给弟子，弟子是决不敢受，何况吃呢？"

方绍德只管沉吟着说道："你再仔细想想，我说的必无差错。"蓝辛石又偏着头寻思了一回，也忽然失声叫着"哎呀"说道："弟子想起来了，果曾有过这么一回事。那妖精确是生得极美，又确是在极僻静的地方遇着的。它送东西给弟子吃，还不止送一次，接连送了三次，不过弟子直到第三次才知道罢了。"方绍德问道："毕竟是怎么一回事，可详细说给我听？"

蓝辛石想到自己元阳被妖精吸去，不能传授道法，不由得急得哭起来，叩头如捣蒜地求方绍德慈悲解救。方绍德道："我只能替你报仇，将妖精除了。至于被吸去的元阳，须你自己有了这种能耐，才能再吸回来。然童身已破，纵能再吸回来，也不复如前圆满了。因你禀赋异人，妖精才生心前来采补。但是你非糊涂人，何至直到第三次才知道呢？这事也就太奇了。"

蓝辛石揩着眼泪说道："总之，是弟子贪口腹，该死！在此去三年前，弟子因喜吃蛤蟆，一到了秋夜，就每夜去山涧里寻蛤蟆，捉了回来剥吃。这夜天气很热，山涧里蛤蟆极多，竟用不着寻觅，随手就抓满了一布袋，从来也没见过有那么多蛤蟆的，次日吃了一个饱。次夜又去，也是越捉越多，顷刻又捉满了一袋。那时弟子心里虽觉得奇怪，然因贪吃的念头太重，不暇仔细寻思是何道理。第三夜更换了一个大些儿的布袋，仍到山涧里去，这夜的蛤蟆，又多又大，也不知随手捉了多少，塞进了布袋。只是捉了许久，还只捉了半袋，贪念一起，便想将布袋装满了才回去。一路随捉随往布袋里装，直到了山涧尽头之处，才觉得奇怪。心想怎么装了这么多，这布袋还不曾装满呢？提高布袋看时，原来袋底下穿了一个窟窿，恰好能容一只蛤蟆漏出，袋里存留的，不过十来只，其余所捉的都漏跑了。一时气愤得什么似的，打算将窟窿缀好，回头再捉。正将手中照蛤蟆的火把，往涧边上一搁，只见一个妖艳惊人的少妇，立在涧边上，望着弟子含笑点头问道：'你吃了我这么多的蛤蟆，可以不向我道谢吗？'

"弟子看那妇人说话的神情，实在是美妙极了，心旌摇摇不定，竟不知应该怎生回答。那妇人见弟子望着她不回答，即向弟子跟前走来，相离还有几尺远近，忽觉有一种腥膻之气，冲入鼻孔。弟子心里顿时明白了，知道这时分哪有人家女子到这山涧边来？这来的必是妖精鬼魅。随即厉声喝道：'你是哪里来的？我捉蛤蟆，为什么要向你道谢？这山涧里的蛤蟆，怎么是你的？'

"那时弟子腰间带了一把大刀，即拔刀在手，看那妖精怎生举动。谁知那妖精反做出千娇百媚的样子，笑盈盈地说道：'你每夜来这涧里捉蛤蟆，曾捉过前、昨两夜那么多的吗？你要知道那些蛤蟆，都是我平日蓄养在家，前昨两夜特地放出来，送给你吃的，你吃了我的蛤蟆，如何不应该谢我呢？'"

方绍德听到这里，已长叹了一声，说道："冤孽，冤孽！"

不知方绍德说出什么冤孽来，且俟下回再说。

第十四回

抢徒弟镖师挨唾沫
犯戒律岳麓自焚身

话说蓝辛石听得他师傅说是冤孽，连忙辩道："那妖精虽是做出千娇百媚的样子，然弟子当时并未被她迷惑。"方绍德点头道："我知道你至今还自谓没有被她迷惑，你哪里知道，你在和她见面的时候，早已被她迷惑了。你的元气，就在你心旌摇摇不定的时分，被她摄取去了。她不摄取你的元气，你怎能嗅得着她腥膻之气？这妖精我不难替你除掉，但除掉了妖精，于你并无益处。你伤生的罪孽太重，所以妖魅敢于近前，你从此果能洗心涤虑，力戒伤生，将来的结果，尚不至十分恶劣。遇了可以传授你道法的机缘，我必传授给你。"蓝辛石悔恨不该贪图口腹，从此再也不敢无故伤生了。

方绍德一日向蓝辛石说道："我自从到这地方隐居，原不打算再去外面游览了。只因苗族里面的人，除你以外，找不出第二个能做我徒弟的人来。我恩师开谛长老传给我的道法，不能不急觅传人。我昨夜虔占一课，收徒弟的机缘已熟，课中虽不十分美满，然也顾不了许多，我只得再出外游历一遭。你好好在家修炼，我遇了可收的徒弟，便带了同来。"蓝辛石问归期约在何日，方绍德道："至多当不出三载。"方绍德离开苗峒，在湖南各府、县游行物色了多时，没遇着相宜的人物，遂由湖南入江西。

这日游到万载，正在一座高山顶上徘徊眺览，忽听得东南方半空中有破空的响声，仿佛如响箭劈空而过，心里不知不觉地吃了一惊，暗想这类响声，我平生只在嵩山顶上听过一次。那是金罗汉吕宣良的神鹰，在空中飞过的缘故。于今这响声相似，难道又是那东西来寻我的开心么？旋想旋抬头努目向东南方望去，只见一条白东西，比箭还急，直朝这山顶射来。方绍德眼快，已看出那白东西不是禽鸟，是一个炼气的人。逆料是偶然在

136

此遇合，并非有意寻仇而来，便也不存敌抗的心思。立着见那人渐近渐低，已在相离数丈远的一个山头落下了。那人双脚才着落山头，身上的白布便纷纷掉下，抖了几抖，已露出一个儒冠儒眼，年约五十来岁的人来。那人面上很透着些斯文之气，花白胡须，于思于思的下颔都满了。一眼看见了方绍德，似乎被人识破了他的行藏，很吃惊的样子，不住地用两眼向方绍德打量。

方绍德暗想这人的本领不凡，难得在此地无意中遇着，我正苦独自一个游览，寂寞无聊，何妨上前与他攀谈一回？或者也能使我增加些儿见识。方绍德刚这么着想，那人已走过来，带笑拱手说道："幸会，幸会！老哥不是四川的方绍德吗？"方绍德连忙回揖答道："请问阁下贵姓大名，缘何知道鄙人姓字？"那人笑道："天下何人不识君？我便是河南的刘鸿采，偶然到这山里休息休息，想不到与老哥相遇。因见老哥的容貌清奇，浑身着白，若是平常人，突然见我从半空中落下，必露出惊慌的样子来。今见老哥看了我若无其事，料知非有大本领大胸襟的人，不能镇静到这样。所以不揣冒昧，试问一声，谁知果然是了。"

方绍德心里并不知道河南刘鸿采是什么人，也不便追向，只得口头谦虚了几句。刘鸿采问道："听说老哥近年来隐居在苗峒之中，何以来这山里游览呢？"方绍德见刘鸿采是同道中人，对于自己的情形很熟悉，以为必是个关切他的人，遂把特地出来物色徒弟的话说了。

刘鸿采听了，低头寻思了片刻说道："老哥想物色好徒弟，我心里倒想起一个好的来了。就在这江西吉安府属下，有一个大富绅卢敦甫，他这个儿子，单名一个瑞字，真是天生聪俊，不同等闲。可惜生长在富厚之家，没有真实本领的人去传授他的能耐。现在虽延聘了一个会把式的人，在家教卢瑞的武艺，无奈那个会武艺的叫胡大个子，原是一个唱戏的人，并没了不得的本领。那年湖南湘潭城隍庙里，戏子与市民打大架的时候，这胡大个子便是其中的要犯，事后只他一个人变装逃脱了。回到吉安，专替富人家当镖师。卢敦甫还费了许多手脚，才将他延聘来家，卢瑞拜在他手下做徒弟，日夕不离左右。老哥想得好徒弟，不妨去吉安打听打听，能中选也未可知。"

方绍德听了刘鸿采的话，很欢喜地说道："阁下所见的必然不差。我已到了江西，当顺便去吉安府走一遭。"刘鸿采复拱手作别，下山而去。

方绍德远远地望着他走进一座很壮丽的庙中去了，也懒得独在山顶流连，照着刘鸿采所走的方向下山。看那庙宇的大门牌楼上面，悬挂一块金字大匾，题着"清虚观"三个大字。不由得点了点头，暗自寻思道："我几年在江湖上常听得人说，万载清虚观是昆仑派中人聚会之所，刘鸿采到这观里去了，可知他也是昆仑派的人。曾听说昆仑派仗着人多势大，每有欺侮崆峒派的举动，两下结了深仇，时常借着一点小事儿，就彼此争斗起来。幸亏我恩师在峨眉不肯传徒，另开派别，不然，数十百年之后，只怕峨眉一派，也要和这两派互相争斗了。"边想边走离了清虚观，径向吉安府走来。

在路上不止一日，这日到了吉安府，卢敦甫是个大富豪，倒容易打听得着。在卢家附近调查了几日，本地方人都推崇胡大个子的本领了得，说胡大个子在吉安府各富绅家，保了若干年的镖，一次跟斗也没栽过。于今虽有了几岁年纪，气劲胆力，少年人都还赶不上他。方绍德到吉安正是八月十五，就在这夜进了卢家。

若论方绍德的本领，不问什么时候，都可以将卢瑞偷出来，使胡大个子连风声都得不着。只因方绍德见那地方的人，把胡大个子推崇到三十三天去了，不知道胡大个子的本领，究竟怎样？存心想试验他的气劲胆力，到底如何？卢家的房屋，在卢敦甫自以为建造得如金城汤池，纵有大本领的强盗，也不能飞渡几丈阔的护庄河，谁知方绍德如走平地一样。胡大个子替各富豪保了若干年的镖，威名远震，从没有大胆的强盗敢来尝试。因此推崇的越多，胡大个子的气焰越盛，眼眶越大，以为这碗把式饭，可以吃到老。每逢三节生期，东家照例办酒席款待。这日中秋节，胡大个子正吃喝得酒醉饭饱，放翻身躯睡了，做梦也没想到方绍德存心要试验他的能耐。胡大个子若没有那种虚名，方绍德的那一口凝唾沫，决不至吐到他脸上，栽那么一个跟斗，把牙齿都打落。这些事在前几回书中已说过了，不用重述。

于今且说方绍德将卢瑞挟在胁下，几起几落地就出了卢家。卢瑞早已清醒过来，只因被挟着动弹不得，以为是被掳到了强盗手里。知道叫唤无用，动也是白费气，初时还希望胡大个子来救，后来见方绍德一口唾沫，便将胡大个子吐翻了，心里自不免越发害怕起来。及听了方绍德对他父亲说的那几句话，心里才略安了些，仍是不言不动。

方绍德出了卢家，瞬息就跑了四五十里路，在一片很密的树林之中，慢慢地把卢瑞放下来，他自己也待坐下来休息。谁知道卢瑞的脚才着地，一抹头就向树林外逃跑。方绍德看了也不追赶，只对着卢瑞的脊梁招了招手，笑道："回来，回来！打算跑到哪里去？"卢瑞正在往林外飞奔，经方绍德这一招手，煞是奇怪，就和被绳索牵扯住了的一般，不但不能再往前奔逃一步，并立时身不由己地倒了回来，比向前奔逃时还快。直退到方绍德跟前，两脚才能立住。

　　方绍德牵了卢瑞的手，笑问道："你打算跑到哪里去？"卢瑞不慌不忙地答道："打算跑回家去。"方绍德点头道："为什么要跑回家去？"卢瑞道："不回家去，在这里干什么？我又不认识你，我睡在家里好好的，你为什么把我抱到这里来？"方绍德见卢瑞说话口齿伶俐，虽在这种非常时候，而态度安闲，神志清澈，休说寻常未成年的人做不到，就是平日自负有些学养的人，遇了这种时候，也难得如此镇静。不由得欣然说道："好孩子，不枉我辛苦了这一遭。你且坐下来，听我说出将你抱到这里来的缘故。你要知道我一不是强盗，二不是拐带，只因你与我合该有师生的缘分，我是特来收你去做徒弟，传授你道法的。你将来学成之后，不仅随时可以回家，数千里远近的所在，可以于顷刻之间任意来去。你有这种缘分，我才不远千里前来找你；你若没有这种缘分，就跋涉数千里来找我也找不着，你明白了么？"

　　卢瑞似领会似不领会地问道："什么叫作道法，怎生传授？"方绍德笑道："道是道，法是法。此时费千言万语，你不能了解的；将来不用片言只字，你自然能领悟。即如刚才我叫你来，你不能不来；你想去，我不叫你去，你便不能去，这就是我有道法、你没有道法的缘故。又如在你家保镖的胡大个了，他自以为本领了得，地方上人也恭维他本领了得，而我只一口唾沫，就吐得他跌了一个倒栽葱，这也是我有道法、他没有道法的缘故。你明白了么？"

　　卢瑞好像登时领悟了似的，随即爬在地下叩了几个头道："愿意拜你老人家为师，求你老人家传授我的道法。"方绍德喜道："我既特地来收你做徒弟，自然会传授你的道法。不过在未学道法之先，须牢记我的戒律。我如今虽已收了一个比你年纪大、本领高的徒弟，但因他在数年前于不知不觉中，被妖精吸去了元阳，非复童身，不能直传我的道法。不能直传我

139

的道法，便不能做我的大徒弟。因为大徒弟是将要执掌戒律的，不能得道法的真传，焉能执掌戒律，使同门诸徒心服？你此刻年纪虽轻，凤根甚好，所以收你做我的大徒弟。我的戒律，只三条最关紧要，你须牢记在心，谨慎遵守！"

卢瑞真是天生才智，一听方绍德的话，就欢天喜地地说道："我只要能传师傅这样的道法，自愿遵守戒律，请师傅说出是哪三条来？"方绍德道："你仔细听着吧！第一条，不许干预国家政事。我这道法，传自佛家，佛家是不许干预国家政事的，哪怕昏君临朝，奸臣当国，我门下的弟子，永远不许有出来干预的事。你能遵守么？"卢瑞拜了一拜说道："能遵守。请问第二条？"方绍德道："万恶淫为首，第二条就是戒淫。凡在我门下的，须终身保持童阳身体，不许娶妻纳妾，不许奸淫他人妇女。你能遵守么？"卢瑞心想："这条太难了，我虽不怕绝了卢家宗嗣，然要终身保持童男之身，是不是一件容易做到的事，我此刻还不得而知。只是要传师傅的道法，有这条戒律，便不能不答应遵守。"想毕，遂随口应道："愿遵守。请问第三条？"方绍德见卢瑞踌躇了一会儿，才答出愿遵守的话来，不觉望着卢瑞晞了一声道："第三条戒偷盗。无论穷困到什么地步，宁饥寒交迫以死，不许仗着所学的能为，去偷盗人家的财物。你能遵守么？"

卢瑞想了一想，问道："假使有为富不仁的，置数十百万金银于无用之地，使无数贫民无处得钱为活，我乃取有余以补不足，而无自利之心，这也在偷盗之例么？"方绍德摇头道："安得无自利之心，即不自利，也犯刑章。这三条戒律，须遵守到底，丝毫不能假借。"卢瑞连连答应："能遵守，能遵守！"方绍德道："在我门下，必须恪守这三条戒律。如犯了其中一条，便得承受处罚，毫不通融。"卢瑞问道："犯戒的当怎样处罚呢？"方绍德道："稍知自爱的，犯戒后，应图自尽以掩耻。不能自尽的，唯有驱而逐之门墙之外。"

卢瑞道："这人既得了师傅的传授，在师傅门下，有管束的人，尚敢犯戒；被驱逐后，没有能管束的人了，不越发肆无忌惮了吗？"方绍德笑道："既要驱逐他，何能使他再得我的传授？我自有方法，使他回复未入我门下以前的原样。不但如此，要出离我的门墙，只有三条大路可走，就是儒、释、道三教。要从儒教，还得取科名，列仕版，方能上算。不入这三教，是不能出我门墙的，因为入了三教，便不愁没有管束的人了。我门下的戒律，是有这么谨严的，宁肯使吾道失传，不能移易以误后世。"

卢瑞连声应是道："我此后一定恪遵戒律，如有过犯，甘愿自尽，誓不跳出师傅的门，再走那三条大路。取科名、列仕版的愿望，不是中途改业的人所能做得到的。至于此刻的和尚道士，我宁死不愿做他们的徒弟。"方绍德称赞道："你果能犯戒后自尽，便能拼死遵守戒律，同是一死，与其犯戒而死，毋宁以死殉戒。"

谁知论情理虽则如此，事实却又不然。卢瑞从这八月十五夜拜在方绍德门下，猛勇精进，不到五年，已得了方绍德十分之七的真传，其能耐已远在蓝辛石之上了。在第三年的时候，已独自归家一次，身后本领越高，来去越容易。卢敦甫见卢瑞已长大成人，几番要给他娶妻，他都以师傅的戒律太严，不许娶妻纳妾为词推脱了。在方绍德门下十多年，经过了多少事故，从来一步不苟，这次破戒行淫的缘由，便是方绍德也只好委之前生冤孽。若论卢瑞平日为人，断没有这般容易破戒的道理，既经破戒之后，悔恨也来不及了。

他在拜师的时候，曾说过如犯戒即图自尽的话，而他又是生性要强的人，不愿苟且偷活，因此决心以一死偿还孽债。所以在柳迟被困的这一夜，他遇着他四师弟周季容，有那一番谈话。这日来到蓝辛石家，也无非是为托付后事。

且说当日卢瑞与蓝辛石见面后，将糊里糊涂就破了淫戒的情形，照着说给周季容听的话述了一遍道："我枉做了师傅的大徒弟，这一点儿操守也没有，真是辱没师门，更有何颜偷生人世？你我同门十多年，情逾骨肉，明知道你听了我为破戒将要自尽的话，心里必然悲伤难过，我要死就死，原可以不必前来见你，使你悲伤的。无奈有两种原因，不由我不当面向你说说。第一因师傅定这极严的戒律，是为见现在最盛的昆仑、崆峒两派，只为戒律不严，两派的门徒都仗着有些能耐，横行无忌，奸盗邪淫的事，全由他们做了出来。曾听师傅说过，以吕宣良那么高强的本领，那么清高的品行，他徒弟刘鸿采在河南，也是无恶不作，他竟不管教。若照这样长此下去，什么国法也用不着了。师傅是峨眉一派的开派祖，所定的戒律，若在他老人家还活着的时候，就不去实践，将来流传数代之后，还知道什么叫作戒律呢？我侍奉师傅左右十多年，深知师傅垂戒的苦心。若不幸是你和三、四两弟犯了戒，我也断不敢以姑息爱人，使戒律归于无用。

于今鬼使神差，竟是我执法的犯法，我如果就是这么悄悄地寻个自尽，不但天下后世，无人知道我峨眉派戒律之严，毫不假借；便是我同门的兄弟，也不知道前车覆辙，后车当戒，因此我不能不亲来说个明白。

"第二因我既存心以死殉戒，便得选择一个好地方自尽，使同道中人容易知道。于今地方已选择妥当了，在长沙省会对面的岳麓山。我是十五年前八月十五日拜在师傅门下的，到今年八月十五日，整整一十五年。所以我自尽的日期，也定了八月十五日子时。身后的事，此刻都已办妥了，就只我这个自尽后的擘报之躯，虽已托四师弟替我收拾，因怕他年轻，独自经营不了，三师弟又不在跟前，只得累你也陪我去岳麓山走一遭。"一说罢，向蓝辛石拱手道："拜托！"他们师兄弟虽是情同手足，然这种违戒的事，非同小可，谁也没力量能使卢瑞不死。除了流泪叹息之外，没有旁的话说。

到了八月十四的这日，卢瑞拜辞了方绍德，同着蓝、周两个师弟到岳麓山来。行到岳麓山，已是二更时分。卢瑞跳上云麓宫前面的飞来石，盘膝坐了下来，运用他的内功，不一会儿，就张口喷出一股烈焰，仿佛左右前后都有东西挡住了似的，火焰只围绕着卢瑞的身体焚烧。直烧到皮焦骨烂，那火焰才停熄了。蓝辛石、周季容看了，都忍不住向尸痛哭，才拿出带来的皮袋，将烧化的灰骨装好，忽听得有人在黑暗中问道："前面不是周季容兄么？"

周季容听那声音好熟，只是不见面，又在悲痛时候，想不起来，正待回问，那人已走近前来说道："我便是前承老兄解救的柳迟。因敝老师命我八月十五日子时，在这云麓宫大门外等候他老人家，才到不久，想不到就看见了令师兄这种难能可贵的举动。若从此我等学道的人，皆能以令师兄为鉴戒，正是可喜可贺的事，何用如此悲伤？我那夜被困的时候，听得令兄这么说，心里就只是疑惑，现放着三条生路不走，却存心走上死路，恐怕易说不易行，谁知此刻竟得亲眼看见了。"柳迟刚说到这里，猛听得山上很大的声音喊道："柳迟，你曾亲眼看见了么？"

不知喊的是什么人，柳迟怎生答应，且俟下回再写。

142

第十五回

论戒律金罗汉传道
治虚弱陆神童拜师

话说正在和周季容说话，猛听得山上是那么大喊了一声。那声音一到柳迟耳里，便听得出是他师傅吕宣良的腔调，当即随口应道："是弟子亲眼看见的。"蓝辛石、周季容都愕然问道："谁呢？"柳迟还不曾回答，吕宣良已在飞来石上笑道："不是别人，是你师傅的老朋友。承你师傅的盛情，上次救了小徒弟的难，并承他教小徒弟带信给我。小徒虽到此刻才会见我，然他说的那些话，我早已知道了。我也托你两位回去拜上你的师傅，以开谛和尚那么高的道行，尚且不敢以开派祖自居，须知不是本领够不上。当开派祖的，得享千秋万世的香火，没有那么大福分的人，尽管神通广大，法力无边，也当不了开派祖，这便是我对他的忠告。至于我那个不守戒律的徒弟，只等到他自己的恶贯满盈，我自会去收拾他，决不姑息。"在这说话的时候，天光已经亮了。周季容知道这老头是吕宣良，连声应是，不敢回答什么话。

蓝辛石半生在苗峒里受人推崇敬服惯了，养成一种目空一切的脾气。除了他师傅方绍德而外，无论什么人，他都不看在眼里。此时见吕宣良说出来的话，隐含着讥讽他师傅的意味，哪里按捺得住火性，即瞪了吕宣良一眼说道："你既与我师傅是老朋友，我师傅没有当开派祖的福分，何不去当面直说，却要托我们呢？"吕宣良绝不惊疑地打着哈哈笑道："这个不当面去直说，却要托你们转说的道理，你是个被妖精吸去了元阳，不能得你师傅真传的人，如何能知道？只可惜你没福分做我的徒弟，我不便教给你，你还是回峒里去向你师傅请教吧！你不妨当着你师傅骂我不懂理，不应该拿着骂师傅的话，托徒弟去说。"

蓝辛石听了吕宣良这话，心想我师傅不是也曾拿着责备吕宣良的话，托柳迟去说吗？吕宣良这番话，分明就是骂我师傅不懂道理。这老东西说话真可恶，偏巧我今日不曾带得大砍刀来，若带了那刀在身边，从这老东西背后冷不防劈他一下，怕不劈得这葫芦头脑浆迸裂。蓝辛石心里才这般一想，吕宣良似乎已明白了他的心事，目不转睛地望着他笑道："你那把大砍刀，可惜那夜被妖精劈成一个大缺口，于今只能称为大缺刀，不能称为大砍刀了。"蓝辛石听了，不由得大惊失色，暗想那夜劈妖精，将刀劈成大缺口的事，除我自己而外，什么人也不知道。并且事已相隔二十来年了，他竟如亲眼看见的一样，神通果是不小。

原来蓝辛石在未遇见方绍德以前，因贪捉蛤蟆遇见那个女妖的事，对方绍德只述了一半情形，方绍德即已知道他的元阳，就是被那妖精吸去了。蓝辛石心里一着急，便没将结局的情形述出来。实在那夜见那妖精之后，蓝辛石虽明知不是人家女子，然因为生得太娇艳了，一时心猿意马，委实有些把持不住。那女子又柔情软语地与蓝辛石纠缠，蓝辛石一则仗着自己的胆力，不知道畏惧；二则也不舍得决然撇了那女子就跑。那女子见蓝辛石虽拔出刀来厉声叱喝，然眼光并没露凶杀之气，知道已动怜惜之念，当即立住脚不再追前，只用极风骚的态度，瞟了蓝辛石一眼笑道："何必使出这么凶恶的嘴脸来做什么呢？你欢喜吃蛤蟆，我将家里养的蛤蟆送给你吃，难道还对你不起吗？我向你讨酬谢，论情理是应该的。你便不讲情理，不酬谢我也就罢了，为什么还要对我这么凶恶呢？"

蓝辛石道："这山洞里的蛤蟆，近三天果是比平日多些，但是从没听人说过有家里养蛤蟆的。并且我与你素不相识，即算你家里养蛤蟆，为什么无端送给我吃，这事也太不近情理了。"那女子笑道："我为的就是要得你的酬谢，你不相信，不妨同去我家里瞧瞧，看是不是养了许多的蛤蟆？"那时蓝辛石的年纪轻，胆气壮，好奇的心更切。经这些软语一说，早把那拔刀叱喝的勇气收歇了，改换了客气些儿的声调问道："你家住在哪里，离此地有多远的路？"

那女子伸手向一座高山说道："没有多远，就在那山腰里面。你若果是名不虚传的好汉，要走就走，不用迟疑。"蓝辛石果然不肯示弱，左手拾起火把，右手握着大砍刀，教女子在前引导，自己步步留神地跟在后面走。

一会儿，走到了山底下，看那山很陡峻，并没有上山的道路，攀藤拊葛地爬上去。才爬了几步，布袋就被树枝挂落了，再爬了几步，火把也熄了。刚爬到一片略为平坦些儿的地方，见女子在前面不动，仿佛爬得疲乏了，立住歇息歇息的样子。蓝辛石忽然心里一动，觉得今夜凶多吉少，火把又熄了，天上仅有一点儿星光，十步之外，便看不清人物。万一这女子不怀好意，我的性命不怕断送在她手里吗？古语说得好："先下手为强，后下手遭殃"，这女子只怕是合该要死在我的大砍刀之下。此时她偏背着我立住不动，我再不动手，更待何时。蓝辛石杀心一动，随手就举起大砍刀，对准那女子的后脑，用尽平生之力劈将下去。只听得"哗喳"一声响，眼前火星乱迸，大砍刀飞了起来，把虎口都震开了，哪里还握得住刀柄呢？险些儿被飞回来的刀背，倒劈开了自己的额头。不禁大叫了声"哎呀"，大砍刀已脱手从头顶上飞落到山下去了。

蓝辛石掉转身便跑，却忘记了自己爬上了极陡峻的山，只一失脚，即骨碌碌滚下山来。幸亏他的皮粗肉糙，又还爬得不高，不曾滚伤身体，从山底下没命地逃回家，次日白天才敢出来，仍到那山下寻刀找布袋，寻着那刀看时，已砍了一个半寸多深、二寸来长的大缺口。心想这妖精真厉害，怎的有这么硬的后脑？回想昨夜上山的情形，再依样爬到平坦的所在一看，只见一块五尺来高的大石碑，竖在那里，碑顶被劈去了一角，正是刀缺口那般大小。

蓝辛石因这是自己失面子的事，从来不肯向人漏出半个字，就是在无可掩饰的时候，对方绍德说起来，也还不愿意尽情吐露。他自以为除了他自己，是再无人知道的，今忽然听吕宣良若不经意地就道了出来，更在他正转念头，想拿大砍刀照样劈吕宣良后脑的时候，安得而不大惊失色呢？蓝辛石生性虽蛮，然遇了这种时候，也就不敢再倔强了，只是要他伏低就下，反向吕宣良说赔礼的话却又不愿，心想大师兄托我收拾尸骨的事，既已办了，何不趁早回去，要站在这里受他的形容挖苦。当即拉了周季容一下，掉转身往山下便跑。

周季容不知为着什么，也只得跟着就跑，吕宣良也不呼唤，也不追赶，望着二人跑得远了，才回头向柳迟说道："你这一年来的进境很好，你生成只有修道的缘分，妻财子禄都与你无缘。你这回为娶妻的事去新宁，你表妹才被鬼缠，你自己才落陷阱。落陷阱之后，接着就听得犯淫戒、谋自尽的话，这都是可以使你醒悟的地方，而你却糊里糊涂地经过了，当时心里并未加以思索，直到今早亲眼看见了犯淫的结果，你心中才有些感觉。若不使你有这回的经历，将来一犯淫戒，便难免不堕落，这是修道人最大的关头，所以必须你自己彻悟。我约你到这里来，为的就是这事，你于今已明白了，我再传你修炼的诀窍。"当下柳迟就在飞来石下拜受指教。修炼只在得诀，诀窍只在名师指点，三言两语，一经道破，豁然贯通。

吕宣良传授了诀窍说道："方绍德想做峨眉派的开派祖，他定的戒律，第一条是不许干预国家大事。这条就没有道理，我们修道的人有什么国，有什么家？只问这事应干预不应干预，不能说谁的事就可以干预，谁的事不可以干预。即如现在就有一桩事，若依照方绍德定的戒律，是不能干预的，而我却不能不管。不过这事我暂时不能露面，就是清虚门下诸弟子，也有不便之处。你初列我门下，不曾出外交游，外面认识你的人少，唯有差你去较为妥当。你附耳过来，我教你几句话。"柳迟忙凑近身去，吕宣良低声叮嘱了一番，柳迟连称遵命。师徒二人即此分别，柳迟自遵着吕宣良附耳叮咛的话，干那方绍德所定戒律不许干预的事去了。毕竟那事是什么事呢？后文自有交代。

于今且说那个与诸位看官们久违了的陆凤阳。他自从在浏阳人帮里当队长，为争赵家坪被平江人打伤之后，幸遇常德庆替他治好了伤，并留药替一班受了伤的浏阳人都治好了。陆凤阳和众浏阳人，都日夜思量如何报仇雪恨。只是平浏两县人为赵家坪争斗的事，一年照例一次。这一年争斗输了，只得吞声忍气，以待来年。这一年中，在平、浏两县参加战团的人，原没有什么准备，就只忙煞了常德庆。常德庆当日对陆凤阳说是江西抚州人，并说我本来不合多管这些不关己的事，那都是临时随口说出来掩饰他自己行藏的话，其实他崆峒派与昆仑派久成水火。常德庆这回来替浏阳帮治伤，原是已知道此次的争斗，有昆仑派人出头，帮平江人助阵，正有意借此在暗中帮助浏阳人，使昆仑派人栽一个跟斗，消消积怨。不料就因留药治伤的事，一时传遍远近，杨天池当时就得了这个消息。知道崆峒派的人久已存心报怨，这种替浏阳人治伤的举动，不是偶然的。

杨天池此时虽也有些失悔不该鲁莽助阵，无端替平江人结下这一场仇怨，更惹出崆峒派的人来。然一时失检，已弄成了这么一个局面，在势万不能就此罢休。并且两派人，因彼此都不服这一口气，谁也不肯退让半点。从来不问所争执的事由大小，都不过只借这点儿事做引子，究其实，平、浏两县争赵家坪，与两派有何关系？为的只要借这争赵家坪做引子，所以，两方都尽力准备。

以前两派的人虽常有争斗，然多半是狭路相逢，少数人决斗几下而已，这回却不是平常了。崆峒派因势力较小，被昆仑派压抑的次数太多了，要借这回的事，大举与昆仑派拼个强存弱亡。无奈本派的势力既小，明知就拼着不要性命，也决斗不过昆仑派的人多势大，只得求助于昆仑以外修道的人。崆峒派为首的，是杨赞化兄弟；昆仑派为首的，是笑道人。笑道人探明了杨赞化兄弟的举动，曾邀集同道，准备与崆峒派人较量。柳迟初次在清虚观所见的情形，便是昆仑派人将要出发与崆峒派人厮杀了。

杨天池送柳迟走后，两派人已决斗了一次，毕竟仍是崆峒派斗输了。只是笑道人因为忽略了一点儿，被杨赞廷一剑掠去了头巾，几乎连头顶皮都削了，所以吕宣良在柳迟家与笑道人相遇，说出那几句不伦不类的话。杨赞化兄弟求助外人，一时没有愿意无端与昆仑派人为仇的。崆峒派人只得大家勉强暂将一腔无穷的怨气按捺住，等待报复的机缘。不过他们两派虽恪于形势，不能真个大举出头露面，一边帮平江人相杀，一边帮浏阳人相打。然平、浏两县的人，并不因两派不出来相帮，便停止每年在赵家坪的例斗。只是那种蛮争独斗的胜负，既无两派人夹杂其中，便不与义侠传相干了。唯有陆凤阳的儿子陆小青，与本书中好几个义侠生了关系，要写杨天池骨肉团圆，胡舜华兄妹见面，都不能不先从他下手写起来。

陆小青在八岁的时候，因在鸦片烟馆里对对子，一般人都称他为神童，后来读书越发肯猛勇精进了。只是当孩童的时候，知识开得太早，又加以刻苦读书，陆凤阳是个一句书不曾读过的农人，只知道想望儿子多读书早发迹，替家族争光，哪里知道孩童身体发育未完全，脑力用得过度，呆坐不运动的时间过久，于身体大有妨碍的道理。因此，陆小青读到十二岁的这一年，书是读得不少，文字也都能得地方上有名的文人学士推许，但是身体就瘦弱得不成个模样了。年龄才十二岁，背也弯了，眼也花了，步行两三里路，就走得气吁气喘，满身是汗，还一阵阵地头眼发昏。寻常孩童嬉笑跳跶的举动，从来不曾有过一次。陆凤阳夫妇这才着急起来，不敢再教陆小青读书了，每日逼着他和左邻右舍年龄相等的孩童玩耍。只是无论什么玩耍的事，在寻常孩童觉得极有趣味、极可笑乐的勾当，总引不起陆小青的兴趣。陆凤阳以为邻舍家孩童不曾读书，没有知识，自己儿子瞧不起他们，不愿在一块儿玩耍。

因此他们以为有趣味可笑乐的事，引不起自己儿子的兴趣，仗着家中殷实，将地方上的读书人，平日与陆小青说得来的，卑词厚礼迎接到家里来住着，陪伴陆小青。殷勤拜托这些人，想方设计引陆小青快乐。以为陆小青心里一舒畅，再加以起居有时、饮食有节的调养，身体就可以望日渐强壮了。谁知身体已经衰弱的人，凡事振不起精神，如何能凭空使他的胸襟舒畅，谈笑的时间太多了，反伤了他的神。

陆凤阳将陆小青这个儿子，看得比什么宝贝还贵重，是这么一来，只急得陆凤阳夫妇求神拜佛，恨不能折减自己的寿数，使陆小青多活几年。无如家族的人都说，只有子女请折减寿数给父母的，没有父母折减寿数给子女的。若这么求神，必反使子女受折磨。陆凤阳夫妇无奈，只好遍求名医，给药陆小青吃。药只能治病，像陆小青这样的虚弱身体，服药也没有效验。陆凤阳急到无可奈何的时候，忽发一种奇想，教人写若干张招贴，张贴繁华市镇，招贴中写出陆小青的体格症候，以及致病的原因，招请能医治的人，如医治好了，敬谢白银一千两。这招贴出去，来想得这一千两银子的医生很多，但和陆小青谈论一番，就被陆小青拒绝诊治了。因说出来的治法，与以前所延请的名医治法，都仿佛相似，都说是童子痨的病症。不到几个月，远近的医生以及江湖上的术士，都来尝试过了，陆凤阳夫妇至此也已绝望了。

这日忽然来了一个年约五十多岁的人，身上行装打扮，背上驮一个不甚大的包袱，相貌很端正，却没有惊人出色之处，说话长沙口音。进门向陆家的人说："特来替陆小青治病的，要见陆凤阳。"陆家人打量这人的手脚极粗，不像个做医生的，心里已存了个瞧不起的念头。然东家既有招贴在外，不能不立时报给陆凤阳知道。陆凤阳在受了伤神志昏迷的时候，能看得出常德庆是个异人，总算是有些胸襟有些眼力的。听报走出来招待，看这人果不像是一个做医生的，然也不像是江湖上行术的，面目透些慈善之气，仿佛一个做小本生意的人。

陆家自发生那种招贴以来，无日不有专替阎王做勾魂使者的医生上门，陆凤阳初时忙着招待，以为重赏之下，必有能人。后来渐渐把那些应招医生的伎俩看穿了，招待也不愿意殷勤了。平日应招而来的医生，多是不骑马便坐轿，做出很有身价的样子来。陆家开发轿马费的钱，都不知用了多少，从没有像这人步行自驮包袱的，因此陆家的人，更瞧不起。陆凤阳只远远地立着，向来人抱拳说道："听说老哥是特来替小儿治病的，感激之至，请进来赐教。"来人却很谦和的答礼，到里面分宾主坐定。

来人先开口道："我姓罗，名春霖，住在长沙。从来并不懂得医道，不能替人治病。"陆凤阳听到这里，忍不住笑了一笑说道："老哥既不懂得医道，不能替人治病，又何必劳步，远道赐临呢？"罗春霖点头道："是！我本不能来应招的，不过我细看那招贴上写出来的得病原因，疑惑老先生的少爷不是害病。若不是害病，是因年轻用功过度，妨碍身体的发育，以致虚弱得奄奄一息，和害了重病的一样，我倒有方法能使他强壮。"陆凤阳听了，又不由得欢喜起来，忙立起身作揖道："小儿正是因用功过度，将身体累得虚弱了，一般医生都说是什么童子痨，用药却又毫不见效，老哥说不是害病，只怕果然不是害病，我就教小儿出来，请老哥瞧瞧。"罗春霖应是，陆凤阳随即起身将陆小青带了出来。

此时的陆小青，年纪虽只十三岁，颓唐萎弱的样子，比六七十岁的老翁还厉害。浑身上下，瘦刮不到四两肉。脸上如白纸一般，不但没有血色，并带些青黑之气。两眼陷落下去，望去就和土里挖出来的骷髅一般；嘴唇枯燥，和面庞同色。罗春霖起身握住陆小青的手，周身看了几眼笑道："我猜度不是害病，真个不出我所料。"陆凤阳喜问道："老哥何以看得不是害病呢，不是已显出许多病症出来了吗？"

罗春霖摇头道："身体有强有弱，身体弱的不见得都有病。他这显出来的症候，是身体虚弱的人应该有的，不是病症，可以从他身上三处地方看出来。第一他的两眼虽然陷落，眼光的神并没有散，这种昏花，与老年人的两眼昏花不同。老年人是由内亏损，他这是由外蒙蔽，容易治得好的；第二他的嘴唇虽枯燥没有血色，然人中不吊不欠，平时口不张开，若是童子痨，便免不了有那些败像；第三他的两只耳根丰润，像他这么瘦弱的人，若是真病到了这一步，两耳根早应干枯得不成个样子了，哪有这么丰润的？"

陆凤阳听了，仔细看所指出来的三处，只喜得开口笑得合不拢来，也不说什么，掉转身向着里面就跑。同着一个五十来岁的妇人出来，向罗春霖介绍道："这是敝内，可怜她望儿子病好的心，比我还急切，难得今日遇见老哥，确是我夫妇的救星。老哥这般高论，我夫妇从来没听过，我听了欢喜得什么似的，也使我内人欢喜欢喜，她也实在着急得够了。"

罗春霖对陆凤阳的妇人说道："令郎的身体，已虚弱到极处了，若从此永不服药，安分随缘地过下去，倒不要紧，不过不能望他强壮罢了。如群医杂进，百药纷投，无论所服的怎样，尽管都是极王道的药，至多也不能再延三年的寿命。"陆凤阳问道："不服药将怎生治法呢？"罗春霖道："我的治法很平常，也不是十天，半月可望有效。好在不服药，就收效稍迟，也毋庸疑虑。于今要说我的治法，须先把我的家世说出来。我先父在日，在长沙也颇有点声名。先父的名字，是'有'字底下一个'才'字。"

陆凤阳不待罗春霖说下去，即截住问道："是不是往年押解饷银的罗老英雄呢？"罗春霖起身应是，陆凤阳大笑道："他老人家真是威名远震的老英雄，我虽无缘会见他老人家。然我有一家亲戚，住在长沙凤凰台，我每年到长沙，必到舍亲家居住。那罗老英雄也住在离凤凰台不远。我所以时常听得舍亲说起他老人家的事，可惜他老人家已去世有好多年了。我记得他老人家告老的那年，饷银才到罗山，就闹出了乱子，押饷的兵士，还有些被强盗捉去了。可见得他老人家的本领，实在了得！"

罗春霖道："先父的武艺，固是少有人赶得上，然他老人家按摩推拿的手段，更是绝技，独得异人的传授。于今除传了我而外，可断言全国没有第二个知道的人。这种按摩推拿的法子，有起死回生的神效，令郎的身体就用我这独得的方法，包管一年之内，使他强壮。不过令郎须得拜我门下做徒弟，不是我好为人师，只因令郎的天分太高，非拜在我门下，我犯不着容易给他知道了我秘传的手法。"

不知陆凤阳夫妇怎生回答，且待下回再写。

第十六回

思往事借宿入丛林
度中秋赏月逢冤鬼

话说陆凤阳见罗春霖要收陆小青做徒弟，才肯替陆小青治病。心想我这儿子经过多少名医诊治，都没有效验，并且都说已成了不治之症。眼见得是离天上远，离地下近了，只要可以延长我儿子的寿命，莫说要拜他为师，便是要给他做义子都可以。陆凤阳心里正在这么打算，他妻子已开口向他说道："拜师是好事，也是很容易的事。不过我曾听说有徒弟要伺候师傅，无论师傅到什么地方去，徒弟都得跟着同走。不知道这位罗师傅收徒弟，是不是这般规矩？"

陆凤阳还没回答，罗春霖已笑着摇头道："我收徒弟没有这种规矩。我父亲一生没有第二个徒弟，所有艺业，仅传我一人。我今年五十岁，也还不曾收得一个徒弟。大凡一种绝艺传人，非得有缘的不可。每有从中年就到处物色有缘的徒弟，直到八九十岁临终才得着的，也有至死不遇有缘人的。令郎能传我的艺业，是令郎的缘分，于我并无好处。我在长沙若肯胡乱收徒弟，到此刻就没有一千，也有八百个了。我于今替令郎按摩推拿，一年半载之后，使他的身体与寻常年龄相等的人差不多了，才可渐渐传他的艺业。"

陆小青听了罗春霖的话，不待陆凤阳夫妇开口，就双膝向罗春霖跪下叩头，口称"师傅"说道："既蒙师傅救我的命，又传我的艺业，真是恩同再造。就教我伺候一生，也是应该的，无不情愿。"罗春霖欣然扶起陆小青来。

从此，罗春霖就在陆家住着，陆小青无论吃喝什么东西，都得由罗春霖察看仔细，限定分量，一些儿不许过多，也一些儿不许过少。初时，每日早晚替陆小青按摩两次。平日陆小青夜间苦睡不着，现在经罗春霖一按摩，每次不待摩遍全身，就呼呼地发出鼾声，极酣美地睡着了。每夜必俟陆小青按摩得睡着了，罗春霖才睡，恰好睡到天光一亮，罗春霖就起来替陆小青按摩。按摩的手段，仿佛魔术，分明精神抖擞，眼睁睁睡不着的人，经他一按摩，就自然睡着了。疲倦到了极点，昏昏欲睡的人，经他一按摩，顷刻之间，便见精神焕发，无纤微睡意。陆小青夜间被他按摩得睡着了，天明非待他按摩不醒来。

是这般调治了一个月，陆小青的食量也增加了，遇着有趣味的事，或听了有趣味的话，也觉着高兴了，罗春霖才传他几下拳脚功夫。这种治疗虚弱的方法真妙，只有一年多的时间，陆小青已变成一个极精干极活泼的青年了。陆凤阳夫妇感激罗春霖自不待说，只是陆小青虚弱的身体，经罗春霖一年工夫就调治得壮健了，而陆凤阳夫妇本来康健的身体，这一年来倒日甚一日地衰弱了。少年人的虚弱有治法，老年人的衰弱无法治，从得病不到半年，夫妇都相继去世了。

陆家世代务农，陆凤阳到中年以后，自己才不打赤脚下田做功夫了，请了十多个长工，由陆凤阳指挥耕种。若是陆小青不改业读书，陆凤阳夫妇虽死，农事也还能继续下去。既是从小就寝馈在读书里面，对于农事一点儿不知道，年纪又轻，又没有叔伯，这样大农家的门面，当然不是他所能撑持得住的。陆凤阳夫妇的丧葬一了，陆小青便将田土招佃户耕种，辞退了十多个长工，迎接罗春霖来家，专心一志的练武。这也是合该罗有才的本领，应得传人，陆小青刚得了罗春霖的真传，罗春霖就病死了。陆小青家中虽有些遗产，然因没有妻室，又没有其他骨肉亲人，便懒得在家撑持门面。他从小原是读书望科名发达的，只因身体虚弱之后，与他相关切的人，都力诫他不可再近诗书，罗春霖也不许他再用心思脑力。在书里面受了痛苦的人，又已改变了途径练武，对于诗书文字，自然不愿意再亲近了。科名发达的心思，因此也就没有了。他自有生迄今，终年困守在家，不曾到外面游览过。于今一户热烘烘的人家，转眼就只剩了他一个孤单的人，在家也太觉得寂寞寡欢。他心想我从恩师练了这一身武艺，若仍和往日一样，终年拘守家园，不但单身寂寞，生趣全无，并且也太没有出息。曾听恩师说过，欲求艺业精进，必须多与名人逸士交游。所以古时有本领的人，无有不出外求师访友的，我现在娘死爷不在，一身无挂碍。一无叔伯兄弟，二无妻室儿女，再不于此时出外求师访友，更待何时？主意既定，便将陆凤阳遗传的产业，托付一个公正族人经管，独自带了些盘缠，出门游览。

长沙省城他虽跟着陆凤阳到过几次，不过那时还是在小孩子时代，糊里糊涂的，只知道比浏阳乡下人多，热闹而已。至于省会五方杂处，交通便利的地方，实为奇才异能之士荟萃的场所的道理，是不懂得的。并且那时正是沉迷书，便懂得这道，也不知道去访求请益。这番特地为求师访友出来，所以从家里出门，就直向长沙进发。

自他家到长沙省城，只有二百多里路，若是平坦大道，至多不过三日的程途。只因那一带地方，曲折多山，山路极不易走，寻常人行走起来，总得走四五日。陆小青没有急切到省的心思，只缓缓地随着脚步走去。

正是八月间天气，白天还很热燥，行行歇歇，一日只走三四十里山路。遇着清爽些儿的饭店，就停歇不走了。是这般一连走了四日，这日是中秋节了，一面走着，一面心想："今夜是中秋佳节，须捡一家四周风景好的饭店歇下，夜间弄些酒菜赏月。虽在客中，也不可太辜负了良宵。"

陆小青虽有这般雅致，不过一路走来，没有一家风景稍好的饭店。乡下的饭店，必相隔十多里，才有三五家连在一处，有饭店的地方，便是一个小市镇。一错过了这市镇，又得多行十多里。陆小青在将近黄昏时候不曾落店，再走不到十里，天色便已快要黑了，打算加紧些脚步，赶到前面市镇上，不问四周风景如何，只得歇宿了。正急急地走过一座山岭，忽见山底下有一所很高大的庙宇，虽天色已经向晚，看不出房屋的新旧，然那雄壮的形势，是可以看得出来的。庙里钟声梵乐，热闹非常，使人一听就知道庙里正做功德。陆小青闻到这种声音，不知不觉地触动了他一桩心事。

是一种什么心事？他想起他父母去世的时候，请了红莲寺十几个和尚做道场。那夜用许多张桌子，搭起一座高台，方丈和尚上台放焰口，不知怎的那台搭得不牢实，方丈和尚正抓着馒头往台下扔的时候，突然"哗喳喳"一声响，高台倾倒下来，方丈和尚已有五六十岁了，那台一倒，大家都吓得大叫起来，以为老和尚倒栽葱跌下，必跌得头破血流，不死必得重伤。谁知在台下年轻的人，倒有好几个被台压伤了，老和尚却安然立在地下，连惊慌的神色都没有。

于是一般人都说，这是陆家的福气好，若把老和尚跌死了，红莲寺的和尚是断然不肯善罢甘休的。因为红莲寺是一个很大的丛林，寺产极丰富，寺里常住有百多个和尚。那方丈和尚法讳知圆，知识高妙，品行端方，在红莲寺住寺了二十年，寺里的清规，是再严没有的了。

知圆和尚最喜与人方便，寺里每年有三四千租谷的出息，谷价比一般富户便宜十之三四，只是不许买了他的谷，搬运到几百里之外去，也不许数十石、数百石地整买。知圆和尚说："这人能一次买数十石谷，不待说是有钱的人，有钱的人，不应该争买穷人喜买的便宜谷。至一次能买数百石的，自然是谷贩。我与其卖贱价给谷贩赚钱，穷人一般地得不着好处，这钱我何不留给自己赚呢？"

每年到青黄不接的时候，附近数十里小农家，都可以到红莲寺借谷。秋收后一石还一石，并不取息。要借钱做种田资本的，也是一文息钱不要。乡绅官府都因知圆和尚这般慈善，又有才学，无不欢喜与他往来，他倒轻易不到乡绅家去。至于县衙府衙，更是殷勤迎接，他也不肯走动的。他时常向人说："我们出家人，只一走动衙门，结交官府，便不愁不造出种种的罪孽来。既是名心不死，何必出家做什么呢？"

红莲寺的和尚，不问年龄老少、在寺里的名位大小，没有一个不循规蹈矩的。有时在路上行走，遇着妇女，和尚总是远远地就低下头来，拣宽阔的所在，立住等候，必让妇女走过了才走，从来没有敢多望一眼的。有妇女到寺里烧香，知圆派定寺里招待的和尚，年龄多在六十以外。俗人想出家的，往旁的庙里受戒都容易，唯有在红莲寺出家，真是比登天还难。不问这人在俗的时候，人品如何好，学问如何好，身家根底如何好，要想在红莲寺受戒，可不是一件容易办到的事。寺里的饮食，粗恶到了万分，便是当乞丐的也吃不来，这还在其次，最使人不容易遵守履行的，就是那戒律细如牛毛，一举一动，一言一笑，都有一定的规则。偶一失错，处罚极严。哪怕在俗时是个很有身份、很有名望的，或出家时的年纪已很大的，也和责罚小孩子的一般责罚。连受到三次责罚，就得被驱逐出来。因此出家人能在红莲寺受戒的，不但俗人都特别尊敬，便是游方到各地寺院里挂单，各寺院的当家师，都得拿他们当高僧迎迓。

知圆和尚平日是不出寺门，去拜访他的，也不肯轻易接见。唯有请他讲经，或死了人请他做道场，他说这是度人的大事，从来毫不推诿。因他有这么多难能可贵的地方，四周几县的人，异口同声地称他为"活菩萨"。

若这夜因在陆家放"焰口"跌死了，休说红莲寺的和尚不肯善罢甘休，就是远近的地方上人，也都要责备陆家不小心，非还出他们的活菩萨不可。当时既不曾跌伤，有的说是陆家福气好，合该不遭人命；有的说这不干陆家的事，像知圆和尚这样的活菩萨，本应该有百神呵护，逢凶化吉，遇难呈祥，岂有这般慈悲的好和尚，会得这种惨结果的道理？

陆小青当时也立在台下，看了只觉得太奇怪。知圆和尚是坐在一把太师椅上，仰天向后倒栽下来，照理应该头先落地，被太师椅压住；既不然，也应该随着桌椅倒下，躺在倒塌的桌子旁边，何以分明看见倒栽下来，落地却直挺挺地立在离倒塌的台很远呢？并且知圆和尚年纪已有五六十岁了，平时举动虽没有老态龙钟的样子，然地方上人都知道他是个文弱书生出家的。因他初到红莲寺当住持的时候，年纪才得三十零几，简直是一个斯文人。他自己说二十岁进了学才出家，可知不是个强壮矫健的人。陆小青为此不由不觉得奇怪。不过那时因父母去世，心里方在悲哀，只要老和尚不曾跌伤，便是万分侥幸。一时须忙着救护台下压伤的人，这种觉得奇怪的思想，仅能在脑海里面略转一转，立刻就消减了。几年来偶然想到这上面，仍觉得是一件不可解的事。

他也曾拿这事，与年老及自谓明白事理的人研究，年老及自谓明白事理的人，反大笑说道："你怎的忽然这么糊涂了，这是很容易了解的事。一因知圆和尚是个有道德的高僧，应有神灵保护，不使他跌伤；二因放焰口是赈济孤魂野鬼，那些来受赈济的孤魂野鬼，感知圆和尚的德，见知圆和尚有难，正好齐心合力的拥护，以图报答。有了这两个原因，台就搭得再高些，也不至于把他跌伤。还有你父母的英灵，更不能不竭力把他扶住，如果跌死在你家，你是逃不脱的一场人命官司。你父母念你年轻，没有帮手，如何能遭得起这种人命官司？所以只好在暗中将知圆和尚扶住，好好地脚先下地，不使跌倒。假使不将知圆和尚扶得离台远远地站住，仍恐怕被倒塌下来的桌椅碰伤了。你想若不是有这么多鬼神在暗中保护，五六十岁的老和尚，从一丈多高的台上倒下来，能有那么平安无事么？你要知道这些话，不是我们凭空捏造出来说的。当时我们围住知圆和尚问，何以好好地站住，一点儿不曾跌伤？知圆和尚就说想必是有鬼神护佑，若不然，骨肉都已跌碎了，哪里还留得下性命。"

陆小青听了这些议论，口里不能反驳，心里总觉得鬼神在暗中保护的话，太没有凭据，只是自己仍想不出有凭据的道理来。这事搁在心里几年了，此时听得寺里做功德的声音，所以不知不觉地把这桩心事触动了。

当下陆小青心里寻思道："我不曾到过红莲寺，只听说从我家到长沙去，须走红莲寺门口经过。我小时候虽走过这条路，然那时不关心，不知这庙是不是红莲寺？此时天色已经昏黑了，若是红莲寺，我何妨就在这里借住一宵。听说红莲寺的和尚，都肯与人方便，孤单客商错过了宿头，及穷苦文人在外游学，到了这地方，无钱到饭店歇宿的，去寺里借宿，无不容纳，并有很整齐清洁的被褥，次早还留吃一顿早餐。每年这笔接待俗客的费用，却不在少数。那十几个曾在我家做过佛事的和尚，或者还能认识我；即算不认识，说起来也应该记得。"陆小青旋寻思着旋向山下走。

不一会儿，陆小青绕到了山门前面，定睛细看山门上的匾额，幸依稀辨认得出，果是"红莲寺"三个大金字。上面两边角上，还有两个小些儿的，就形式猜去，大约是"勅建"二字。山门大开着不曾关闭，望见里面佛殿上灯烛辉煌，无数的和尚都身披袈裟，手执法器，念经的念经，拜佛的拜佛。那种又华丽又庄严的气象，使人在远远地望着，就油然生敬重三宝之心。不敢冒昧闯进去，扰乱他们的佛事，只得缓缓走进山门，拱立在佛殿下等候。虽隔几年没见知圆和尚了，然此时还认得出他正领率着众和尚拜佛。众和尚已有看见了陆小青的，但是都在一心拜佛，没一个肯作理会，只当不曾看见的一样。

约莫经过了一顿饭久的工夫，功德才做完了，知圆和尚自走进佛殿里面去了，其余的和尚也都各归各的寮房，没有一个开口说话的。陆小青暗想："这才真是整齐严肃，怪不得远近的人，同声称赞红莲寺的法规好。不过他们都各自散了，我若再不上殿去，随便拉住一个，说出借宿的话头，一会儿都走散了，教我去哪一间寮房里找谁呢？"—这么着想，便提步往佛殿上走。

就在这时候，只见一个五六十岁的老和尚，从众和尚中走出佛殿，迎面向陆小青合掌念了一声佛，现出极谦和的神气问道："居士从哪里来，有何贵干？"陆小青连忙打拱答道："请恕冒昧，我是打从此地过路的，因贪着多走几里路，错过宿头，天色已晚，前面山路不易行走，只好来宝刹借宿一夜，当随缘奉纳香金。"老和尚就佛殿上灯烛之光，略略打量了陆小青几眼说道："原来是错了宿头来借歇的。这很容易，只是没好款待。"

陆小青连声称谢。

知客老和尚即引陆小青走下佛殿，到东边一所连三间的房内。陆小青看这房中陈设的桌椅，虽很粗劣很破旧，然打扫得洁净无尘。房中悬了一盏玻璃灯，灯光仅能看清房中的陈设，左右两间的房门都开着。知客老和尚让陆小青坐下问道："居士既是错过了宿头，想必此时还不曾吃晚饭。敝寺的斋供，苦不适口，只能充充饥肠，不嫌粗恶么？"陆小青忙谢道："承赐地方歇宿，已觉心里不安，若再打扰，不太过分了么？"

知客老和尚谦逊了一句，转身出去了。不一会儿，托出一个木盘来，盘里一小桶饭，两样素菜，就桌上摆好碗筷，让陆小青吃。陆小青正觉腹中饥饿了，看饭菜果不精美，知道红莲寺的和尚，素来是饭食粗恶的，在势不能为招待俗客，另办精美的饮食。有两样素菜，还是款客的排场，寺中和尚每餐都只有一样素菜。陆小青腹中正在饥饿的时候，虽是这般粗恶的饭菜，也一顿狼吞虎咽地吃了。知客老和尚点了一支寸多长的小蜡烛，送他到左边房间里，四围靠壁都架了床，好像是特地预备给俗客睡的。知客老和尚道了安置，自将小蜡烛插在壁缝中去了。陆小青独自坐着太没有趣味，只得倒在床上睡起来。

睡了一会儿睡不着，烛光一灭，忽见房中有月光射进。不由得暗自好笑道："我这番出门，连走了五天路，前四天都落在饭店里，虽不及在家时的饮食起居方便，然大致也还过得去。今日因是中秋节，不愿意辜负了良宵，在上午就打算，今夜要拣一处风景好些的饭店落下，准备弄些酒菜赏月，也可借此以消客中寂寞。谁知在黄昏以前走过一处饭店，便直走到天黑，也再遇不着饭店了。幸亏有这红莲寺，素来喜与人方便，我才得了歇息之处。若不然，休说弄酒菜赏月，再走几里路，落店太迟了，各饭店都住满了旅客，还不见得能留一个安身的地方给我呢？即此可见得万事皆由前定，合该我今年应在这红莲寺里，过这种人世第一的寂寞中秋节，才会转那拣好饭店赏月的念头。若没有那样念头，前四日都是黄昏以前落店的，今日何独不然呢？"

陆小青自拜罗春霖为师后，几年来都是每到夜间睡觉，头一落枕，便万念俱寂，合眼就悠然睡着了。前四夜在饭店里歇宿，也是如此。独这夜看见从窗格里射进来的月光，无端地思潮起伏不定。辗转了几次，又忽然转念笑道："中秋的明月，难道定要在有风景的饭店里，弄得酒菜来吃喝着才能赏的吗？这也未免太俗了，这庙里清高绝俗，正能替中秋的月光生色不少，只看从窗格里射进房来的这一点儿月光，有多明亮，我既睡不着，何不起来去外面欣赏一回？"一想到这里，雅兴顿增，一翻身就坐了起来。

热天起睡，不须穿脱衣服，更觉便利。下床开了房门，步出这一座三开间的房屋，走廊庑下出来，就是大佛殿下面的一个大坪。坪地都用四方石块铺着，平坦坦的，受那极清明的月光照着，就和结了一层厚冰的水面一般。坪的两边，安放了两只高有一丈的铁香炉，此外别无一物。

陆小青反操着两手，仰面在月光中走了几转，觉得万物都静悄悄的，连风动林叶的声音都没有。心想这寺里住了一百多个和尚，此时还不过二更时分，便各处全听不出一些儿声息，仿佛是一座无人的空庙。这种清规，确是旁的庙宇中和尚所万万不能遵守的。认真说起来，出家人实在应该如此，方足使人钦敬。若出家人的起居饮食，及一切举动，都和在家的俗人一样，就只剃光了头发，穿上圆领大袖的衣，便算是和尚，受十方供养，那简直是天地间的罪人，懒惰无业的游民，都不妨借着做和尚骗衣食了。只是可惜清规守戒律的和尚，远处的寺院如何，我不知道，这方圆数百里以内，就仅有这红莲寺。怪不得这寺里的寺产丰富，原来寺里的和尚，待自己都极刻苦，待人却处处行方便，实行佛菩萨慈悲度人的志愿。有钱的人不想积功德则已，想积功德，不拿钱捐助在这种寺里，待捐助什么地方呢？我父亲给我的那些遗产，我一个人哪里用得着那么多，我凭着胸中学问、手上的能为，也不愁一生谋不着衣食，何不将遗产提一半出来，捐在这寺里，替我父母做些功德呢？陆小青想到这一层，心里异常高兴，觉得这功德非做不可。

此时的月光已渐偏西了，照得东边廊庑下，安放了一口五六尺高的大铜钟。随意走近前看那钟，是云白铜铸的，上面镂了制造的年月，计算已有百多年了。贡献的人，是一个做湖南按察使的。细看那钟并没有破坏，钟上打扫得干净，一点儿灰尘没有，好像是才安放在这里不久的样子。正待伸手摩挲，猛觉得佛殿上有一阵很怪异的风，吹得殿上悬挂的东西，都瑟瑟作响。陆小青不觉回头向佛殿上望去，那般庄严宏伟的佛殿上，只佛座前面，点了一盏悬挂的琉璃灯，以外别无灯火。琉璃灯的光线，四围都还明亮，只灯的底下，是照例有一块篮盘大小的黑暗圆圈。

陆小青朝佛殿上看时，那琉璃灯的寸长火焰，正在摇摇不定，因此灯底下的黑圆圈，也跟着忽然明暗。就在这当儿，只见那忽然明暗的圆圈里面，有好几个妇人，集聚在那一块地方，齐向佛像叩头礼拜。陆小青不禁吃了一惊，暗想这时分怎得有这么多妇人来拜佛呢？并且寺门关着，妇人从何处进来，不是奇了吗？一面心里这么想，一面再定睛看那灯下，却是一个也不见了，只依稀隐约地看见一群黑影，同时向佛座下藏躲的模样。

陆小青随即吐了一口唾沫，低声呸了几下，说道："这才是活见鬼了！我这两眼睛，自遇恩师之后，一日光明一日。近年来寻常人看不清晰的东西，我都能一望了然，昏花的毛病，一点儿没有了。若在五年前看了这情形，还可以疑是两眼昏花误认。于今我自信不至如此，不是活见鬼了吗？"当下举眼向殿上四周看去。

陆小青初进红莲寺的时候，一因寺内的和尚，都整齐严肃地在念经拜佛，不知不觉地发生了一种敬畏之心，不敢随便抬头乱看；二因此来目的是在借宿，在未得和尚许可以前，无心浏览景物。因此虽在佛殿下拱立了多时，然佛殿上的情形，并不曾看明在眼里，此时才看出这佛殿从殿基到屋脊，足有三丈多高。正中莲座上的一尊佛像，还是坐着的，头顶已直冲屋脊。那莲花座有一丈二三尺高，朱漆的莲花瓣，一片一片张开来。每片和门板一般大小。莲座前面的香案，也硕大无朋。佛像的两旁，排列着许多金漆辉煌的木龛，龛里约莫是五百尊罗汉的像。因离琉璃灯太远，只借着佛殿下明月反射的光，陆小青又立的地方太远，所以看不大明白。心里又转念道："我为什么只管站在这廊庑下，朝佛殿上呆看呢？这时又没有和尚在殿上做道场，索性上去瞻仰瞻仰不好么？"遂举步向佛殿上走去。

才走了几步，偶一抬头，又分明看见那琉璃灯底下，拥挤着一大堆的妇人，向佛像叩头礼拜。这次所见，比前次更多更清晰，前次大约只有十来个，这次就有二三十个了。陆小青既发现了这种怪异情形，只得立住不动，目不转睛地望着灯底下，仔细看怎生变化。

说起来奇怪极了，陆小青一仔细定睛，便看出那一大堆妇人，并不是陡然出现的，明明白白的一个个从莲座下走了出来，向灯底下一挤，就掉转身叩头礼拜起来。每出一个都是如此，好像只有那灯底下的黑圆圈里面，才可以容身似的。渐出渐多，约计已有七八十个了。猛听得"喳喇"一声，佛殿上的瓦，好像被猫儿踏碎了一片，这响声一出，灯底下的妇人，登时惊慌得往莲座下一闪，睁眼便一无所见了。

陆小青如痴似呆地望着，也被那响声惊得清醒转来了，连连说："怪事，怪事！"三步作二步走上佛殿。心里自寻思道："佛殿之上，是何等清净庄严的地方，如何会有这些女鬼，齐集在此呢？并且看这些女鬼拜佛的神情，好像是申诉冤苦，哀求佛祖超度的一般，这是什么道理？我两次都看得明明白白，向这莲座下一晃就没看见了。刚才更分明看得清楚，一个一个从莲座下走了出来，莫不是这莲座下有什么蹊跷？"

看香案上有点不完的蜡烛，便拔了一支，跳上香案，就琉璃灯火上点着，细细地照看莲座前面的莲花瓣。一片片都看了几眼，摇了几下，看不出一点儿可疑的痕迹，也摇撼不动。照到后面，毕竟被他看出一些破绽来了。

原来其中有一片莲瓣，边上有数寸远的所在，特别的光滑，可以看得出是时常在这地方捏手的。就那光滑的所在，用手捏住一摇，不摇这下没要紧，只这么一摇，摇得那莲瓣往旁边一歪，里面跟着一般阴冷之气冲出来，只冲得陆小青皮肤起栗。古人说得好"艺高人胆大"，虽则发现了这种可怕的情形，然陆小青仗着一身出色超群的本领，并不知道害怕。换左手捏住莲瓣，右手拿烛向冲出阴冷之气的所在一照，只见这莲瓣原是一扇洞门，莲瓣让开了，即时现出了一个洞口来。洞口里面，漆也似的黑暗，就有烛也照不见洞有若干洞，洞里有什么东西，只觉得一股臭气冲入鼻孔，比无论什么臭气都难当，使陆小青闻了，禁不住要呕，心里已猜着必是尸臭。

正要想方法进洞里探看一个究竟，陡听得有脚步的声音，吓得陆小青忙噗的一口将烛吹灭，随手仍将莲瓣扶正。跳下来，将烛插在原处，打算回房再作计较，免得被和尚出来看见了，知道识破了他寺里的机关，不是当耍的事。再听脚步声音倒没有了，然在佛殿上徘徊也没用处，仍由东边廊庑下，走进那三开间的房。脚才跨进睡房，就见那个知客老和尚坐在床上，笑容满面地立起身迎着说道："居士适从何来？"陆小青这时真是怀着鬼胎的人，忽看见老和尚坐房里，这一惊真是非同小可。

不知他怎生支吾应付，且俟下回再写。

第十七回

窥密室逼小豪杰出家
遇救星冲破屋瓦逃命

话说陆小青忽一眼看见知客老和尚坐在房里，真是一惊不小，见他问话，只得竭力装出行所无事的样子答道："因为今日是中秋佳节，我在白天行路的时候，便打算拣一处地方风景好的饭店落下，准备弄些酒菜赏月，免得虚度良宵。谁知所经过的饭店，我都觉得不好，原想多赶一程路，以求能满我这心愿的。无奈山路难行，刚近宝刹，天色已昏黑不能行走了，因此只得来宝刹借宿。方才正上床睡了，忽见从窗格里射进来的月光，清明如昼。偶然想起这样皎洁光明的月色，照着这样清净庄严的佛地，应该比一切的地方都好看。在饭店里赏月，怎赶得上在这地方赏月呢？我何幸于无意中遇了这种良宵美景，若就这么糊里糊涂地睡了，辜负了这样好时光，岂不太可惜。虽说一时间取办不出酒菜，然我以为在这种清净庄严的地方赏月，饮酒食肉，反觉太俗。于是就翻身起来，在外面廊庑下及石坪中，徘徊欣赏了好一会儿。我生平所历的境遇，实以刚才这一刹那为最高洁。"

陆小青有意是这么接连不断地说了一大篇，好掩饰他偷窥秘密的痕迹。知客老和尚也不打断他的话头，只管笑嘻嘻地望着他说。他见知客老和尚不像有恶意的样子，以为知客老和尚另有事故到这房里来，偶然凑巧在这时候，并不是为知道他有偷窥秘密的举动而来的。自己疑心生暗鬼，无端吃了那么一大惊。

说完了这一大套话，看知客老和尚卟住地点头笑道："居士真是雅人，才有这般清兴，贫僧钦佩之至！"陆小青这时心里已安定了，问道："老和尚怎的这时分还不去安睡，来此有何见教？"知客老和尚两眼只是不转睛地望着陆小青的脸笑道："并没有什么事，只因贫僧心里异常钦佩居士，想来这里与居士多谈一回。"陆小青道："我生平一无所能，怎敢当老和尚'钦佩'两个字。"陆小青口里这么说，心里却疑惑这和尚必是从什么地方，看出他是一个有本领的人来，所以回答说生平一无所能。

想不到知客老和尚听了，伸手竖起大拇指说道："居士的能为很多，贫僧久已知道。不过贫僧钦佩的，不是钦佩居士的能为，是钦佩居士独一无二的胆量。"陆小青觉这话很诧异，随口问道："老和尚和我初次相逢，何以知道我有独一无二的胆量？"知客老和尚大笑道："居士可明白贫僧的职务，是干什么事的，如何会不知道居士的胆量好呢？"

陆小青虽明知话里有因，然仍猜不透是什么用意，只好说道："我生性太愚笨了，老和尚的话带着禅机，我仍是不能领悟。请老和尚明白说出来吧！"知客老和尚道："居士故意装呆也罢了，教贫僧明说，贫僧也只得明说了。世间上的人，不论男女老少，没有一个不怕鬼的。虽也有些自负胆壮的人，青天白日说大话欺人，他不怕鬼，究其实，何尝不怕？明知青天白日是不会有鬼的，才敢说这种大话，若在深夜无人的时候，真个有鬼出来，给那些说大话的看见了，看他到底怕也不怕？我看谁也不能有居士那般大的胆量。居士说生平的境遇，以刚才一刹那为最高洁，贫僧很相信居士的话确不虚假，像刚才那一刹那的境界，人生原不容易遇着。但是贫僧要请教居士刚才所遇的，究竟是如何的情形？"

陆小青听了这番话，已经安定了的一颗心，不由得又冲跳起来了。暗想我若承诺是看见了许多女鬼，便不能不承诺偷窥了莲座上的黑洞。这寺里和尚，表面装做得个个是罗汉、个个是菩萨，暗中却造下弥天罪孽。如果被我识破了揭穿出来，这寺里百多个和尚，不待说都没有活命，就是这座堂皇壮丽的红莲寺，也必付之一炬。这样关系重大的秘密，被我识破了，可知他们决不肯与我甘休，我还是一口咬定不曾见鬼的好。

陆小青当时心里虽这么细细地思量，然面上并不敢露出一点儿踌躇的神气，听完知客老和尚的话，故意装出惊讶的样子说道："老和尚，这些话从哪里说起？我听了完全莫名其妙。我生平没见过鬼，并不相信世间上果有鬼，也没有很壮的胆量。老实对老和尚说，我刚才起来赏月，固然是因中秋月色好，然大半也因平日不曾独睡得惯。就是前昨几日在饭店里歇宿，也是四五个客商同歇一房，独自睡一间房的时候，从来没有过，免不了有些胆怯，不如索性起来，到月光下赏玩一会儿。老和尚倒来钦佩我的胆量，这简直是有心挖苦我的一般。"

知客老和尚至此，忽然改换了一副严厉的脸色，伸手在桌角上拍了一巴掌怒道："你这人太不识好，敢在真菩萨跟前烧假香！我的话已向你说明了，你还敢是这么瞎扯谈，你以为不承诺有这回事，便可以支吾过去么？你也不想想，我这红莲寺里一百多个和尚，不都是死的，你在佛殿上的行为，岂能瞒得过我们的耳目？我劝你自己知趣点儿吧。"

知客老和尚此时的神情声口，与初见面的时候，前后截然两人。初见面时春风满面，开口必合掌躬身，无论如何会巴结的小老爷，见上司也没有这般殷勤恭敬。此刻一翻转脸来，那种横眉竖目的凶恶样子，就是杀人不眨眼的强盗，也没有这般厉害。陆小青初次经历这样险境，又早已自觉心虚，此时见了知客老和尚这般凶像，更不由得胆怯起来。

那些无礼的话听到耳里虽不免有些冒火，然不敢发怒，恐怕闹得决裂了，单身一个人，纵有绝高的本领，身入虎穴，也断乎讨不着便宜。只得竭力按捺住火性，平心静气地说道："老和尚这些话实在来得太奇怪了！我来宝刹借宿，是老和尚允许了我的，我并没有偷进宝刹来。实心实意的与老和尚说话，为什么无端责骂我是瞎扯谈？我睡不着出房外赏月，本除赏月光而外，什么东西也没看见，老和尚却硬栽在我身上，说我看见鬼。我便退让一步，就算是我看见鬼了，也不干朝廷的国法，不犯宝刹的法规，老和尚何必这般恼怒？我不知道'知趣'两个字怎么讲？只是我乃过路的人，明早天光一亮，就要动身赶路的，因此我也毋庸请教是怎生解说。既承情许我借宿，于今时候也不早了，请老和尚进去安歇，让我安睡一觉，明日好趁早登程。"说罢，拱了拱手，做出准备送客的样子。

知客老和尚哪里作理会呢？虎也似的"哼"了一声，指点着陆小青的脸说道："真是天堂有路你不走，地狱无门闯进来！你借宿便借宿，谁教你多管闲事？你既没看见鬼，好好的佛座莲台，要你点着烛东寻西觅些什么？你要知道，嘴巴硬是不中用的。我因怜念你年纪轻，不知世事，在佛殿上那些举动，或者是出于无意，我才不辞烦琐，用好言来开导你。谁知你是狗咬吕洞宾，颠倒不识好人，反想在我跟前卖弄你的口才，以为说得近情理，便可以支吾过去。试问你此刻还能有话支吾么？"陆小青见点烛照莲台的事，已被老和尚看见了，知道再掩饰也不中用，越是胆怯害怕，越想不出对付的主意。

到了这种时候，明知就是哀求苦告，也不见得便能免祸，倒不如索性和他硬来，看他把我怎生办法？我若命中注定了要死在这寺里，任如何也逃不脱。恩师传授我的本领，不在这时候应用，有何用处？凡事只在一转念，陆小青赖有此一转念，胆气登时豪壮了，也陡然在桌上拍一巴掌叱道："你不要欺我太甚！我是从此地过路的人，第一次到这寺里来，谁知道你这寺里有不能见人的机关？佛座莲台安放在大殿上，原是给人礼拜的，我就拿烛照看一会儿，算得了什么？"

知客老和尚见陆小青生气，面色倒和缓了说道："在你自然算不了什么，然你知道我们也算不了什么吗？"陆小青道："我鬼是见了，莲台也是照了，你既怪我不应该看，只看你打算将我怎样？你有什么手段，尽管使用出来。"知客老和尚点头道："你既肯承认见了鬼，照了莲台，以下的话就好说了。你依得我的话，我并没有什么手段使用，我这寺里的机关，万不能给寺外的人看破，谁看破了，便取谁的性命，不问是有意无意、善人恶人。你今夜识破了寺里的机关，照例本没有闲工夫来和你说话，一炷闷香将你熏翻过去，随便派一个小沙弥来，可以了你的账。只因我们当家师说，你是个有些来历的人，不忍拿对待平常人的法子对待你，佛眼相看，开你一条生路。你只立刻皈依当家师，剃度出家，从此你也成了这寺里的和尚，不但不追究你偷窥的罪，凡是寺里一切秘而不宣的事，你都能预闻，比真个成佛成仙的，还要快乐多少倍，这是你的大造化。有几多大富大贵的人，勘破红尘，要求皈依我当家师的，当家师哪里把那些人看在眼里，多是连瞅也不瞅一眼。又有几多大丛林里的大和尚，要求在当家师跟前参学的，没一个不被当家师一口回绝。你是前生修积了，今生才有这样好机缘，你的意思以为怎样？"陆小青问道："你这话是教我出家做和尚么？"

知客老和尚道："不错！除了立刻出家做和尚，没有第二条生路给你走。"陆小青冷笑道："出家做和尚，我知道是再好没有的事。我父母都已去世，没有兄弟叔伯，没有妻室儿女，出家也正相宜。不过，我不能被你们逼迫出家，我到了愿意出家的时候，自会皈依三宝，此时不是我出家的时候。"

知客老和尚笑道："亏你说得好太平话，你在这里做梦啊！若由得你此时不出家，也不说没有第二条生路给你走了，你趁早打定主意吧。你存心要走死路，就是活佛临凡，也不能度你。"一面说，一面突然从衣底拔出一把雪亮的单刀来。只是看那单刀的形势，和寻常的单刀不同。刀背不过半分厚薄，刀长约二尺四五寸，宽才一寸五六分，刀把也比寻常单刀把短些，仅够握一手的地位，刀叶十分绵软，好像是卷起来系在腰间的。拔出来时，弯曲得与一条皮带相似，随手举向桌上一拍，登时挺直与寻常的单刀无异。知客老和尚即用刀尖指着陆小青道："你不立刻皈依三宝，就请试试我这缅刀的滋味！"

陆小青虽不曾见过这种又软又薄的单刀，然一听试试缅刀滋味的话，心里却想起他师傅罗春霖曾对他说过，缅刀是缅甸出产的，极锋利无比。缅甸的风俗尚武，无论何等人家生了男孩子，亲戚六眷送三朝周岁礼物的，都少不得要送些毛铁，至少也得送三五斤，多则数十斤百数十斤不等。这生男孩子的人家，将各处送来的铁集合起来，用炼钢的方法，终年不断地炼起来，直炼到行冠礼的这一日，才打成一把刀。这把刀就归这个男孩子终身使用。这种钢炼得纯熟到了绝顶，能和盘皮带一般地卷成一个圆圈，系在腰间，从表面一点儿看不出。这种刀虽是锋利无比，然使用也极不容易。因为刀叶太软，若使劲略偏斜了些儿，每每将刀口劈将翻转过来了。缅甸人从小操练，然能使用如意的，一百个之中，也还不过几个人。中国人少有用这种刀的，能用这种刀，必有惊人的本领。

罗春霖曾拿这些话向陆小青谈过，此时想起来，知道这老和尚必有些了不得的本领，但是陆小青是个好强的性质，又是年纪很轻的人，正想凭着一身本领做些事业，如何肯出家做和尚呢？当下也顾不得自己的本领，是不是知客老和尚的对手，他是练童子功的，周身能不避刀剑，所以虽明知道缅刀厉害，并不畏惧。反掉转脸望着旁边笑道："你这类东西，毋庸拿出来卟我。臭说我这时候宁死也不出家，就是要出家，也不得在你这万恶的红莲寺出家，你休得妄想。你有手段杀我，尽管杀来。"陆小青说完这话，以为知客老和尚必真个动下杀过来，倒很留神他的举动。

谁知他又自行转过脸来，从容说道："古人说的'蝼蚁尚且贪生'，岂有一个少年人，无端自愿走上死路的道理？你此刻这般桀骜，难道疑惑我不敢杀你么？你这个念头就错了。你代替我们想想，你既识破了我们的机关，又不皈依我当家师，我们敢留你一条性命，放你出去么？你自问能有多大的本领，自问能打出这红莲寺么？"

陆小青道："我既说了宁死也不在这时候出家，还有什么话说！"知客老和尚趁陆小青在昂头说话的时分，冷不防举刀扑杀过来，口中随着骂道："好不识抬举的东西！"其实陆小青早已处处提防着了，见一刀劈下，有意伸出左膀迎上去，一则存心卖弄他自己的功夫，二则想借这一下，试验这缅刀究竟怎样锋利。想不到老和尚一刀未曾劈下，忽然"哎呀"一声，自行将刀掣了回去。一低身窜出了房门，回头向陆小青说道："好，看你有本领，能插翅飞出红莲寺去！"说时，房门"噼啪"响了一下关了。这么一来，倒把陆小青怔住了，猜不透老和尚是一种什么举动，见房门已是关闭，连忙回身一脚踢去。

谁知这一脚用力过猛，门板动也不动，倒把脚尖震得麻了，不禁大惊失色，暗想这房门开着的时候，我进房就看见的，好像是一扇半寸多厚的木板门，和寻常的单片房门并没有不同之处。不知究竟是什么东西做的，竟有这么牢实？可恨房里的灯早已熄了，不能仔细照看，只得用手去摸，触手便能分别得出不是木板门，摇着不动丝毫，有极密的铁丁钉在上面，可知是用多厚的铁皮包裹的边。

边摸索边心里诧异道："这又奇了呢！我进房的时候，若看见是这般用铁皮包钉的一扇房门，岂有不留心看看的道理？并且知客老和尚道了安置，退出去之后，房门是我自己关闭的，只轻轻一拨就关了，也没有刚才这么大的响声，难道有两层房门吗？"随即摸到门框上，所猜的一点儿不错，果然这关闭的，又是一扇房门，这门是从墙壁里面推出来的，不关闭时一点也看不出。

陆小青将通身气力，都提到两只手上，自信没有一千斤，至少也有八百斤的实力，连推了几下，就和生了根的一般，料知是打不破推不开的。心里计算，这门既不能开，就只有看窗格怎样，即走近窗前。偏巧这时的月光，已不射在窗格上了，摸窗柱虽知道是木做的，然因窗孔太小，所有的窗柱，都是很粗大的杂木，没有刀锯，谁也不能用手捏断。再看看屋瓦，离地足有两丈多高。

陆小青到了这时候，一想到是自己的生死关头，便不由得不努力寻出路。一面默祝他师傅罗春霖英灵保佑，一面运用气功。运到了那时分，忽发一声吼，两脚朝下一蹬，身体直向瓦屋冲去。原打算用一头两手，将屋瓦冲破一个窟窿，身体就可以冲出屋顶去的。

论陆小青的能耐，休说这房屋只两丈多高，便再高一二丈，也能冲得出去。无奈这房的悬皮屋梁，都用铁皮包钉在靠瓦的那一面。从下面抬头看去，与平常人家房屋的悬皮屋梁一样，看不见有铁皮包钉的痕迹。陆小青这一头冲上去，只冲得"哗喳"一声响，屋瓦冲碎了一大块，纷纷往房里掉下，悬皮屋梁一条也不曾冲断。

悬皮屋梁即不曾冲断，身体便不能冲到屋顶上去，凌空没有立脚之处，也跟着碎瓦掉落房中，反冲得头顶生痛。只好揉擦着头皮叹道："做梦也想不到我一条性命，会断送在这红莲寺里。这红莲寺既是这般一个万恶的地方，而外面的声名，平江、浏阳、长沙数县几百里的人，莫不异口同声地称赞，二十多年来不曾败露过。不见得这二十多年中，直到今夜才被我看出了破绽。听那老贼秃刚才说对我是佛眼相看的话，可知平日对于识破寺里机关的人，也不知用闷香迷翻杀了多少。知圆和尚在我家放焰口，台塌没将他跌伤的时候，我就疑惑他不是个寻常的老和尚，无如那时称赞他是活菩萨的人太多，使我不敢疑心他来历不正。大家又都说他是读书人出家，我因此才没拿着当一回事。于今方知道这寺里和尚，其所以敢于作恶，毫无忌惮，就是仗着各有一身武艺。那老贼秃已经动手杀我，却无缘无故的，忽然叫了声'哎呀'，将劈下来的刀擎回去不杀了，并即时窜了出去把房门关闭。这种离奇的举动，虽猜不出是什么用意，然听他出门的时候所说的那几句话，可见他不是好意。不待说就要再来对付我的。那当家的知圆和尚，能不提防在几丈高的台上跌下来，面不失色。那种本领，便不是我赶得上的，若是他亲自来和我动手，我赤手空拳的，拿什么东西抵挡他呢？于今逃既无望，终不能坐以待毙，总得找一件可以拿在手中当兵器的东西，人多动起手来，方不至因短手上当。"

陆小青心里想着，两眼向房中搜索，虽没有灯光，看不大明白，但是窗外的月色光明，反射进些儿光亮来，可以看得见靠窗一张方桌，是很坚牢的木料做的，四条桌脚，更是粗壮。心里很欢喜，折两条桌脚下来，可以马马虎虎地当兵器使用。刚待扳翻桌子将脚卸下，只是还没动手，陡听得有许多脚步声，在外面石坪中走得响。因是十分寂静的深夜，万物都和沉沉地睡着了一样，什么声息也没有，所以虽相隔不近，响声都能听得进耳。那响声一步近似一步，且来得非常急骤，不待思索，就料定是知客老和尚叫来的帮手。哪里再敢怠慢？一手将桌子掀翻。"喳喇""喳喇"两声响亮，两条桌脚已在陆小青双手中握着了，打算当门立着等候，只要外面和尚一开铁门，就用"毒龙出洞"的身法，出其不意冲杀出去。

才一霎眼，便听得脚声已到了房外，好像有几个走进了中间吃饭的房里，有几个走到了窗户外边。两处都唧唧哝哝地说话，只不见推开铁门。陆小青异常着急，恐怕那些和尚从窗眼里放闷香进来。心想守在这房里，横竖免不了是一死，与其落到这些贼秃子里去死，不如拼命再向屋瓦上冲它一回。冲出去了是我的造化，冲不出去，就冲得脑浆迸裂而死，也强于死在贼秃手中。遂仰面朝屋瓦上一看，不看时几乎急煞，这一看却又几乎喜煞。

屋瓦上有什么可喜的事呢？原来刚才冲了一下，不曾冲成窟窿的所在，此时不知怎的，已成了一个很大的透明窟窿，悬皮屋梁都断了。已经在生机绝望的时候，忽然看见了这一条生路，教他如何能不喜煞呢？既有这现成的透明窟窿，要冲出去，便是很容易的事了。陆小青抖擞精神，双脚一垫，身体就从窟窿里蹿到了瓦面。

脚才立住，猛听得背后有人说道："不肯在这里出家，倒是一个好汉。"陆小青惊魂初定，听得背后有人，又是一惊不小。急回头看时，只见一个身材不高的人，神气很安闲地立在瓦上。此时月已衔山，这人又背月立着，猝然看不清面貌，但是顶上有发，知道不是和尚。然而陆小青自忖没有好武艺的朋友，前来相救，并且也没人知道他在红莲寺借宿的事，逆料这说话的，必是与寺里和尚一类的人。觉得先下手为强，后下手遭殃。当即折转身来，打算向这人一脚踢去。

这人从容避开一步笑道："我是救你的恩人，你反认做害你的仇人，怪道那老贼秃骂你'狗咬吕洞宾，颠倒不识好人'。你瞧吧，追赶你的来了！"说时，手向对面屋上一指，陆小青看时，果见三个大袖光头的人影，从对面屋上飞也似的向这边屋上扑来，手中都操着明晃晃的单刀。陆小青道："我们从这边走吧！"这人道："不行！你不见吗？这边屋上也有人来了。"

这人没说的时候，陆小青眼睛虽望着这边，只因这边是背月光的地方，甚是黑暗，并不曾看出有人上来。经这人一说破，即见四个光头，正冒上房檐，东张西望地寻觅，一眼看见在这屋上，便也扑奔过来。陆小青刚要朝有月光的地方跑，免得有人黑暗处杀出，难得提防。这人已伸手牵

168

住陆小青的衣袖道："那边也去不得，随我来吧！"陆小青不知不觉地被这人牵得倒向黑暗处飞跑，两脚似不曾点着屋瓦。耳里分明听得背后有人追赶上来，起初还觉得很近，后来越听越远，知道追赶的脚慢，已跑得落后了。这人还牵住衣袖，跑个不止，陆小青是练童子功的人，轻身的本领，自信也不弱示人，只是看这人的轻身本领，却又自愧不如。一口气约莫跑了三四十里路，哪怕是极陡峻的高山，就如走平地一样，一转眼便翻过山那边去了。

直跑到东方渐次发白，这人才停步松手，向陆小青说道："我们就在这里等候着吧！"说着，就路旁石上坐下来。陆小青这才对这人作揖称谢道："请问老兄尊姓大名？何以知道我被困在红莲寺，深夜前来相救？"这人道："我姓柳，名迟。并不是特地前来救你，是奉师傅之命，前来搭救一个很要紧的人。想不到一到红莲寺，就看见你从床上起来，走到石坪中赏月。我当时跟了你出来，就伏在东边廊庑的屋瓦上，看你正仰面对着冰轮也似的明月，好像有什么心事的样子，忽然佛殿上一阵阴风吹起，登时琉璃灯下，现出几个女鬼的阴魂来，朝着佛像礼拜。我只当你不曾看见，回头看你也正在望着殿上露出惊疑的样子，才知道你已看见了。等我再回头看殿上时，不知怎的阴魂都没有了。因你渐渐地走到东边廊庑下去，我在瓦上伏着，看不见你，只得到檐边伸出头来看。那时还在上半夜，月亮不曾偏西，我才一伸头，就见我自己的影子照在地下，恐怕被你看出，连忙缩转身伏着。看殿上的鬼影又出现了，正待仔细定睛，因见你已从廊下走出来。我疑心你是看见了照在地上的人影，出来向屋瓦上寻觅的，逆料你不抬头朝我看则已，若朝我一看，我必无处藏形。那时也顾不得再看殿上的鬼影了，慌忙从屋脊背后，飞上正殿。不留神一脚下重了些，踏碎了一片瓦，随即看你听了瓦声，有什么举动？只见你并不抬头，两眼呆呆地望着佛殿上，似乎看了可惊的事，怔住了的一般，随即就见你向殿上走去。

"我这时在佛殿的屋脊上，又不能看见你到殿上的举动，知道你毫不疑心屋上有我，正在见鬼的时候，只要我不再踏着瓦响，你是不会回头寻觅的，因大胆飞到佛殿对面的屋上。看你果然全不觉得屋上有人，一心一意地在殿上张望，料知你是寻觅那些阴魂的去向。你点烛照莲台的时候，我虽离那莲台很远，然那莲台是多少莲瓣合成的，我一望便知道，大小共一百零八瓣，这是我从小时候练就的这种眼力。你照到莲台后去了，我在对面又看不见，明知那莲台内必有机关，不亲眼察看一番，我是奉命特为这事来的，怎能放心得下？虽不认识你是何等人，然见你的胆量很大，处那种可怕的境遇，并不惊慌失措，反能从容点起烛来，从莲台上寻觅破绽，可知你也是一个有心人，我便存心想结识你。

"正在打算也到佛殿上来，忽一眼看到佛像顶上，仿佛有一个黑东西动了一动，接着就见那个老贼秃从佛殿正梁旁边，钻到了屋上。原来佛像极高，头顶抵着正梁，佛像里面大约是空的，老贼秃在里面，必已看见你用烛照看莲台。我伏的地方，因比佛殿低了许多，恐怕被老贼秃看见，唯有紧紧伏着不敢动。再看你已慌里慌张地将烛吹灭了，仍插在原处，径回睡的那房里去。老贼秃的身法很快，他在屋上，你在地下，同时向那房里走，他却先到，在你床缘上坐着。我也跟着在屋上细听，你两人所说的话，我句句都听明白的。只不知道你的能为毕竟怎样，及见他举刀劈你，你居然伸膀膊迎上去，正想因此看看你的能为，不知那老贼秃陡然想起了什么事，无端叫了声'哎呀'，掣缩刀便往外跑。我不敢耽误，紧跟着出来。只见他跑到佛殿的莲台前面，一霎眼就不知去向了。我也到莲台背后，揭开一片能摇得动的莲瓣，向里看了一看，只觉有一股尸臭味冲出来，里面黑漆也似的看不见什么。我奉命要救的人，终不知在什么地方，但是我又惦记着你，被困得不能出来，回到你睡房的屋上，你正冲那一下没有冲出来。

"我将悬皮屋梁弄断后，想向你打个招呼，因见老贼秃统率十来个和尚，气势汹汹地奔来，恐怕开口被他们听见，有碍我的大事。心想瓦上有那么大的一个窟窿，料你不至看不出，所以只在窟窿旁边静等。不一会儿，你就冲出来了。我的眼睛比你的明亮，他们从那边追来，我很远就看见了。若不向无人之处奔逃，被他们堵住了，也很危险。你手无寸铁，我也是赤手空拳。"陆小青听了这些话，才恍然大悟，正待问柳迟奉命来救的是谁，在这里等候哪个？猛听得有人说着话来了。柳迟即起身笑道："来了，来了！"

不知来了什么人，且俟下回再说。

第十八回

坐渡船妖僧治恶病
下毒药逆子受天刑

话说陆小青看见柳迟立起身说："来了，来了!"即抬头看前面，只见一行来了九个人。一个武官装束，年约四十多岁，生得浓眉巨眼，膀阔腰圆，面上很带着忧愁的样子。无论什么人一望，便可以看得出他有很重大的心事。同行的八个人，一色身穿得胜马褂，头戴卷边大草帽，背上斜插一把单刀，刀柄红绸飘拂，一种雄赳赳气昂昂的模样，好像就要去冲锋陷阵的一般。那武官装束的人在前面走着，并不注意柳、陆二人。渐渐走近跟前，将要走过了，柳迟才挡住去路问道："你们是从湖南巡抚部院来的么?"

那武官低头见柳、陆二人年纪又小，衣服又平常，说话更率直没有礼貌，官场中的势利眼睛，哪里瞧得起这么两个人物! 随将那副卷帘式的面孔往下一沉，两只富贵眼向上一翻说道："你管我们是哪里来的干什么?"八个带刀的兵士，以为柳、陆二人不是善类，当即一字儿排着包围上来，来势都很凶恶。

柳迟一看这情形，连忙拉着陆小青往旁边让开，说道："对不起，对不起! 是怪我不该多管闲事，请快去送死吧。明年今日，我准来扰你们的抓周酒!"湖南的风俗，小儿满周岁的这一日，照例用一个木盘，里面陈列士、农、工、商所用的小器具，以及吃的糖果，当着亲戚六眷，给这个周岁小儿伸手到盘里去抓。看抓着什么，便说这小儿将来必是这一途的人物。那时风俗重读书人，小儿抓着笔墨书本的最好。这种办法，谓之"抓周"。抓周的这日，是要办酒席款待亲戚六眷的，吃这种酒席，叫作吃"抓周酒"。柳迟一时气愤不过，对那武官说出这话来，只把那武官和八个兵士都气得顿时横眉竖目，怒气如雷。

那武官忽然指挥着八个兵士喝道："且把这两个混账王八蛋捆起来，回头送到长沙县衙里去，每一个的狗腿上，挖他两个大窟窿，这时候没有闲工夫和他们多说。"八个兵士真个如奉了将军令，一齐张手来捉。本来八个兵士，不是柳、陆二人的对手，加以八人欺柳、陆年轻，不看在眼里，以为荞麦田里捉乌龟——手到擒来，算不了一回事。谁知八人才一拥上前，连手都不曾沾着柳、陆二人的身，早被陆小青三拳两脚，将奋勇上前的几个打跌了。立在后面的几个，不由得吓得呆了，不敢再上前讨打。只圆睁着眼看陆小青，倒安闲自在的，不像曾与人厮打的样子。

柳迟笑嘻嘻地说道："你偏有这些精神和他们纠缠，他们今日起得太早，敢莫是遇见鬼了。不过一会儿工夫，好歹都是要去送死的，这时把他们打倒干什么呢？"陆小青也笑道："谁值得去打倒他们，他们自己和喝醉了酒的一样，一个个立脚不住，只怕真是起得太早了，想在这地下睡一睡。"

那武官看了柳陆二人的言语举动，心里甚是纳罕。不过做官的人，只惯受人奉承，不惯受人凌辱，今见手下的兵，被这两个不足轻重的青年打跌了几个，哪里按捺得住心头火起？一迭连声地催促这几个不曾跌倒的兵士动手捕捉。这几个兵士不敢违抗，都从背上拔下单刀来。这几个跌倒在地的，因身上没有受伤，倒地一个翻身，又跳起来了，也将单刀拔下，齐吼一声"杀"，刀光如闪电一般地飞舞过来。

陆小青忽想起刚才听得柳迟说，在红莲寺将要与知客老和尚动手的时候，正想看他的本领如何，叵耐那老和尚一刀不曾劈下，就"哎呀"了一声，无端将刀掣回去跑了的话，有心想在这时候，显点儿能为给柳迟看。喜得是八月间天气，身上穿的是单衣，乘那些兵士正在拔刀的时候，故意将上身的衣脱下来，露出一身枯蜡也似的瘦骨，两条胳膊就和两根枯柴梗一般，连骨朵缝里都寻不出一点儿肉。肋条骨一道一道地排列着，仿佛是纱厂的铁丝灯笼。柳迟虽也是瘦弱身体，然看了陆小青这般鸡骨撑持的样子，反觉得自己是很肥壮的了。

那些兵士一见陆小青消瘦得如此可怜，倒吓了一跳。原是各人舞动手中单刀，待没头没脑劈杀下去的，及见是这么一个骨朵架子，都不知不觉地手软起来。有一个兵士用刀指着陆小青，先开口说道："你自己也不去撒一泡尿照照，看你这种的样子，是不是从土里挖出来的枯骨，真是豆腐进厨房，不是用刀的菜。"陆小青听了，忍不住生气说道："我本来不曾惹你们，你们要不自量来和我动手，此时自知斗不过我，却又做出假惺惺的样了。我瘦虽瘦，结实倒很结实，你们有气力尽管砍过来，避让一下的，也不算是好汉。来吧！"说罢，将两条柴梗般的胳膊向左右张开来，挺着胸膛等他们砍杀。

那些兵士平日虽是狗仗人势，凶恶非常，只是对于无冤无仇的人，是这般脱了衣服，等待他们砍杀，倒真有些不敢下手。一个个擎着刀，望着陆小青发怔。陆小青愤不过，只将身体一缩，便溜到了一个兵士身边，如从兵器架上取兵器似的，毫不费力就夺了一把单刀在手，随即旋舞了几个，逼得那些兵士纷纷退后。陆小青忽然挺身立着说道："你们不用害怕倒躲。我若有意杀你们，你们便插翅也飞不了。你们因见我的身体瘦弱，以为禁不起一刀，我就借这把刀，劈给你们看看。"旋说旋举起刀来，刀口对准他自己的额头，猛力一刀劈下去，同时将额头往上一迎，只听得"哧"的一声响，和砍在棉花包上相似，砍着的所在，一些儿痕迹没有。

接连又砍了几刀，才换过手来，在周身都砍了一遍。将刀向那兵士跟前一掷道："这刀是一块死铁造的，太不中用了，你拾去瞧吧。"那兵士连忙弯腰拾起来看时，只见刀口全卷过来了，都惊得吐舌摇头，同声说好厉害。柳迟笑道："你们这种刀，真是截豆腐都嫌太钝了，带在身边做什么，不是丢你祖宗十八代的人吗？"

那武官看了陆小青的举动，听了柳迟的言语，那种不屑和小百姓说话的傲慢态度，不因不由地取消了。那一双翻起来朝天的势利眼，也不因不由地低下来活动了。他们这种在官场中混惯了的人，转脸比什么都快，那武官只念头一转，脸上便登时换过了一副神气，对八个正在吐舌摇头的兵士喝道："还不快给我滚开些，你们跟我在外面混了这么多年，怎么还一点儿世情不懂得？冤枉生了两只眼睛，在你们的脸上，全不认识英雄。这两位都是有大本领的英雄，你们居然敢当面无礼。幸亏今日有我一同出来，若不然，你们不到吃了大苦头，哪里会知道两位的能耐！"

八个兵士好像领会了那武官说这派话的用意，一片声应是，都忙着将刀插入鞘内，诚惶诚恐地垂手站着。那武官拿出神气十足的样子，望了兵士几眼，好像竭力表示他不满意兵士刚才的举动，尚有余怒未息的模样。这几眼只望得八个兵士，都似乎在那里打寒噤。那武官这才觉得显出他自

173

己的威仪了，回过头来，赶紧又换过一副堆笑的面孔，打算向柳、陆二人说话。谁知柳迟已拉着陆小青的手，说道："我们走吧，弄得不好，说不定又要把我们捆送到长沙县里去。我们的腿子要紧，若真个打成两个大窟窿，还能跑路吗？"

二人才走了几步，那武官已抢到面前赔笑拱手说道："两位不要生气，只怪我肉眼凡夫，错认两位是青皮光棍一类的人，所以对两位说了些无礼的话，并且还有一个原因，得请两位原谅。我此刻正是有极重大的事在心里，很不耐烦，偏巧两位挡住去路，问出来的话，又恰好触动了我的心事，使我登时更不耐烦起来。若在平日，就是两位问我什么话，我也决不至无端出恶言恶语来回答。我于今得请教两位贵姓台甫，从哪里来，怎么知道我们是从湖南巡抚部院来的？"

柳迟指着陆小青说道："这位老兄，我也是昨夜才会着，因见面仓促，至今还不曾请教他的姓名。不过能在无意中遇着这样一个人物，确是天假其缘，大非易事。"陆小青趁此便将自己的姓名履历简单说了几句。柳迟也将姓名说了道："我昨日奉了我师傅的命，教我到红莲寺救一个贵人，说那贵人已在红莲寺被困三日夜了。若我一个人的力量不能救，只须回头向长沙这条路上行五十里等候，自有湖南巡抚部院的人来，可以与他们商量救法。至于在红莲寺被困三日夜的，究竟是什么人，我师傅不肯说，只说是五十多岁的一个贵人，被困在红莲寺的事，是不能给外人知道的而已。"

那武官听了，很现出惊慌失措的样子问道："贵老师尊姓大名？我确是从巡抚部院到这里来，只是昨夜三更过后才动身，临行除了院里几个重要的人，没外人知道。贵老师怎么能在我未动身之前，就教足下到这里来等候呢？"柳迟笑道："我师傅的大名，在南七省我敢说无人不知、无人不晓，就是江湖上人都称他老人家为'金罗汉'的吕爷爷。他老人家道法高深，千里以外的事，都能明如观火，何况就在眼前的事？"

那武官更现出惊讶的样子，问道："是金罗汉吕宣良吗？"柳迟道："怎么不是，你也认识么？"那武官"哎呀"了一声道："这就奇了，这就奇到极处了！"柳迟看了那武官十二分惊诧的神气，也不由得惊诧起来问道："这话怎么说，有什么奇到极处？"那武官自言自语地说道："只怕这个金罗汉，不就是那个金罗汉。"柳迟不悦道："普天之下，只有我师傅吕爷爷配称金罗汉，没有第二个人配称金罗汉，也没第二个人敢称金罗汉。你何以见得不就是那个金罗汉？你所知道的那个金罗汉，究竟是什么样子呢？"

那武官道："那个金罗汉，我只知道姓吕，名宣良。什么样子，我却不曾见过，不得而知。但知道那金罗汉有两只极大的神鹰做徒弟，片刻也不离身。"柳迟笑道："原来你所知道的，也不过如此。我师傅金罗汉，正是养了两只极大的神鹰，也是片刻不离左右，不知你何以会疑心恐怕不就是那个？"

那武官又赔着笑说道："足下不要因我的话说得不好生气，且待我将原因说出来，足下自然不怪我疑心不就是那个金罗汉了。我姓赵，名振武，是巡抚部院里的中军官。我在十来岁的时候，就听得家里的人说，我高祖赵星桥在湖南做巡抚的时节，有一个年约七八十岁的老和尚，生得体魄魁梧，态度潇洒，头戴昆卢冠，身披大红袈裟，左手托一个石臼也似的紫色钵盂；右手握一柄三尺来长的铁如意，估计那铁如意足有百多斤轻重，那和尚握在手中，行若无事的样子。从岳麓山那边坐一只渡船过来，到城里化缘。一不要钱，二不要米，不论贫富人家，都只化一碗白米饭，便高声念一句'阿弥陀佛'，用铁如意在钵盂边上轻敲一下。一到黄昏时候，仍坐渡船过河到岳麓山那边去了，每日是这般来城里募化。有人问他，是哪个寺里的和尚，法名什么？他说：'老僧素来山行野宿，随遇而安，没有一定的寺院。一心在深山修炼，不与世人往来，因此名字多年不用，早已忘记叫什么了。'有人问他：'从什么地方，在什么时候到岳麓山来的？'他说：'全世界都任意游行，只知道从某世界游到某世界，在这一个婆娑世界之中，却不能记忆小地名。此地在婆娑世界中，叫什么地名，老僧并不知道。'

"那时长沙城里的人，听了老和尚这种奇怪的语言，又见了那些奇怪的举动，不到几日，已哄动满城的人，都争着化白米饭给老和尚吃。老和尚的食量大得骇人，每家化一大碗，随化随吃。从早到晚，至少也得化一百多家，便能化一百多碗饭，吃到肚里，还不觉得很饱的样子。因此城里的人，都知道他是一个有道行的和尚，有当面称他圣僧的，有拿着前程休咎的事去问他的，他摇头不肯说。

"那时有个做泥水匠的人，姓王行二，大家就叫他王二，家住在岳麓山下水麓洲。家中有一个六十多岁的老母，一个妻子，三个女儿，两个儿子，一家连自己八口人，就靠着王二一个人，凭着做泥水匠的手艺生活。这日王二在人家做手艺回来，忽觉得胸脯上，有一块碗大的地方胀痛，初起不红不肿。他这种做手艺的粗人，身上虽有些痛苦，也不拿着当一回事，次日仍忍痛去人家做工。下午回家，便觉胀痛得比昨日厉害了，用手去摸那胀痛的所在，皮肤里简直比铁还硬，呼吸都很吃力，好像饱闷得很的样子。第三日就红肿得和大馒头一般，不但不能去人家做工，连在家中走动都极不方便，只得坐在家里，也无钱请外科医生诊视。四五日后，只痛得王二呼娘叫爷地哭。做手艺的人，家中毫没有积蓄，八口人坐吃得几天，哪里还有东西吃呢？可怜王二的老婆，只得带着儿女出来行乞。王二胸前的疮，更溃烂得有碗口大小。久而久之，知道王二害疮的人多了，虽也有愿意做好事的外科医生，不要王二的钱，送药替王二诊治，无奈这疮的工程太大，不是寻常敷疮的药所能见效。

"一日，王二的老婆带着儿女过河，到城里行乞，顺便打听会医毒疮的外科医生，居然被她找着一个在长沙很有名的外科医生了。王二的老婆带着五个儿女，向那医生叩了不计数的头，才求得那医生许可了。不要医药费，替王二诊治，不过须将王二抬到医生家里来上药，医生不肯亲到水麓洲去。王二老婆已是喜出望外了，连忙要求王二的同行，用竹床将王二抬到城里来，请那医生诊治。但是那外科医生的声名虽大，身价虽高，医病的手段却甚平常。他自以为是莫大的恩典，不要钱替王二医疮，实在他那药不敷上去倒也罢了，不过是溃烂，不过是疼痛；敷了三四次药之后，不仅毫未见效，反红肿得比不敷药的时候更厉害了，从胸脯肿到颈项，连话都说不出来。那医生至此才知道自己的手段不济，恐怕王二死在他家里不吉利，只好说这种疮是没有治法的，教王二的几个同行，将王二抬回水麓洲安排后事。

"王二老婆不能把王二赖在外科医生家，只得哭哭啼啼地跟着几个同行的抬起王二，走到河边，恰好有一只渡船停泊在码头下，一行人便走上那渡船。王二睡的竹床，就安放在船头上，奄奄一息地哼个不了，王二老婆坐在旁边哭泣。

"长沙河里的渡船，照例须等载满了一船的人才开船的。他们上船等了好一会儿，刚等足了人数，快要开船了，忽见那个老和尚走到码头上来。架渡船的艄公，知道老和尚是要过河的，遂向码头上招手喊道：'老师傅要过河么？请快上来，就要开船了。'老和尚一面举步上船，一面低头望着睡在竹床上的王二，只管把头摇着，现出看了不耐烦的样子。同船的人都觉得老和尚这种情形很奇怪，出家人不应如是的。当下就有一个年轻口快的泥水匠同行，对老和尚说道：'出家人多是以慈悲为本，方便为门。老师傅每日到长沙化缘，长沙人无不知道老师傅是个有道行的高僧。这睡在竹床上的王二，是个孝子，一家大小七口人，全靠他做泥水匠养活。于今他胸脯上忽然害这么大的一个毒疮，经许多外科医生治不好，眼见得是没有命了。他不死便罢，只要一口气不来，他将近七十岁的老母，不待说是得饿死冻死、气死急死，就是他这个嫂子，和这五个不曾长大成人的儿女，恐怕也难活命。老师傅是出家人，见了他这样可怜的人，不怜悯他也罢了，为什么反望着他做出讨厌他的嘴脸来呢？'

"老和尚听了，益发做出爱理不理的样子，将脸向旁边一扬，冷笑了两声说道：'你这些话向谁说的？只能拿着向两三岁的小孩说，或者可以瞒得过他，使他相信。拿着对老僧说，你就认错人了！'这同行的少年，一听老和尚说出这些不伦不类的话，不由得气往上冲，逼近老和尚跟前问道：'我哪一句话说得不对，怎么只可以瞒两三岁小孩？我一不想骗你的钱，二不想骗你的米，为什么向你说假话？你倒得说个明白，看我刚才说的话，哪一句是假的，不能相信？'

"老和尚仍是鼻孔里'哼'了一声说道：'这真是好笑！老僧出家，管你哪一句真，哪一句假。你说他于今胸脯上，忽然害这么大的一个毒疮，经许多医生治不好，这话就显见得是假的，你还说不是想骗我吗？一个好好的壮健汉子，无端是这般装出害重病的样子来，教老僧看了如何不讨厌呢？'这同行的少年又是好气，又是好笑，拖住老和尚的袈裟说道：'你若说我旁的话是假的，我一时拿不出证据来，不能和你争论。至于说他胸脯上害毒疮的话是假的，他这样子是装出来的，我却不能由你说。于今人在这里，这船上坐了这么多人，可以请大家做见证，我去揭开他胸前的衣，请大家来看。若真是胸脯上不曾害毒疮，算我们是骗人，听凭你们怎生惩治，我们都情愿领罪，没有话说；若果是害了毒疮，看你怎么说？'

"当时同船的人，有一大半认识王二的，知道王二确是害了毒疮。就是驾渡船的艄公，因王二用竹床抬着，来回坐过好几次渡船，也曾看见王二的毒疮。这时忽听得老和尚说王二假装害疮骗人，不由得都替王二和这同行少年不平，齐声向老和尚说道：'这话很公道，若揭开衣看没有毒疮，随便老师傅骂他们一顿也可以，打他们一顿也可以。万一王二不是假装病，他们骂老师傅，老师傅就不能生气。'老和尚气愤愤地伸手向王二一指道：'你们去看吧，看有什么毒疮在哪里？'

"这少年也是气愤愤地两步跑到船头，将王二胸前盖的衣一揭。不揭看没要紧，经这下揭开一看，只把这少年惊得呆了。原来王二胸脯上，果然是好好的，不但不见有什么毒疮，连痱子也没有一颗。王二的老婆在旁边看了，也仿佛做梦的一般。半晌才轻轻推着王二，问道：'你胸脯上的疮还痛么？'王二原是闭着眼睡的，此时张开眼来，不答他老婆的话，且用手在胸脯上缓缓地摸了几摸说道：'我难道在这里做梦么，我的疮到哪里去了呢？'王二的老婆答道：'我也只道是在这里做梦呢！'老和尚仍是怒气不息地问道：'疮在哪里，你们能瞒得过我么？'说话的时候，船已到水麓洲，老和尚跳上岸，大踏步不顾而去。

"王二摸胸脯不见了毒疮，一时连痛楚也不觉得了，颈项原肿得不能说话的，此时也畅快了。同行的几个人见渡船靠了岸，正待大家仍旧抬起他上岸，他不知不觉地已坐起身说道：'我若不是在这里做梦，害了半个多月的毒疮，怎的忽然好得这般快？'

"同船的人都觉得这事奇怪，有年老有些儿见识的说道：'依我看王二的疮，就是那老和尚治好的。那老和尚是个有道行的圣僧，必是他老人家看见王二病得可怜，用法术将疮治好。'满船的人见这人如此说，也都附和说是老和尚显神通。只有那个和王二同行的少年，因受了老和尚的叱骂，心恨不过，不承认老和尚有神通，说老和尚若真有这样大的神通，何不当众说明替王二治疮，也好扬扬名呢。同船的人道：'老和尚又不是做外科医生的，完全是出于一片慈悲之心，要人扬什么名？我看他老人家就是怕知道的人多了，传扬出去，以后求他老人家治病的太多，推也推托不了，难得麻烦。因此故意说王二装假，好使人不疑心是他老人家治好的。'

"经过这回事以后，不到两三日，长沙满城的人都知道老和尚有法术，能替人治不治的病。等老和尚一到长沙化缘，就有许多人抬着病人，或搀扶着病人，跪求老和尚诊治。老和尚一口咬定不会治病，王二本不害疮，不干他的事。然曾当面跪求老和尚诊治的，老和尚虽睬也不睬，但是病人回家，多有登时就好了的。

"一日清晨，南门的城门才开，就进来个六七十岁的老婆婆，左手牵一条大黄牛，右手握一根树枝，走进城来，就立在城门洞口不动。经过城门洞的人一看这黄牛，都大惊叫怪。原来这黄牛，全体与平常的黄牛无异，只有一颗头是人头，头上也有两只角，并看得出这人头的年纪，大约已有四十来岁了，是一个做工人的面貌。城门口陡然来了这么一条怪牛，凡是经过这地方的人，谁不立住脚问这怪牛的来历呢？老婆婆初时只流眼泪不说话，后来围着的人越来越多了，老婆婆才连哭带诉地说出来。原来南门城外十多里，有一个姓张的木匠，因手艺平常，没有多少人家雇他做木器。张木匠只有一个老母，已有六七十岁了，没有妻室儿女。张木匠平日对他老母，虽不能尽孝，然左右邻居都还不见他有忤逆的举动。

"这年因田里收成不好，雇木匠做功夫的人家更少了，张木匠渐渐不能养活他母亲。不知怎的，张木匠忽然起了狠毒的心，心想我若不是为有这个老母，独自一个人，天南地北都能去，怕什么没有饭吃！何不买点儿砒霜来，将老母毒死了，独自出门去呢？张木匠一起了这念头，就跑到药店里，推说要毒耗子，买了一包砒霜。又跑到熟人家借了两升米，提回家交给他老母道：'这里有米，你老人家自己煮饭吃吧。我还有要事出去，须到夜间才能回家。这里还有一包好东西，煮好了饭，就把这包东西拌在饭里，那饭便非常好吃，一点儿菜不用，吃下去并能几日不吃不饿。'他母亲信以为实，欢天喜地地收了。张木匠随即走了出去。

"他老母刚待洗米烧饭，忽听得外面有人高声念了一句'阿弥陀佛'。张母走出看时，只见一个老和尚，身体高大，头戴昆卢冠，身披大红袈裟，左手托紫色钵盂，右手握铁如意，右膀上挂一件灰色面的皮袍，立在大门口向张母说道：'老僧是特来府上化缘的，只是我并不白化，能化给我十串钱，我这件皮袍就留在这里。'张母道：'可怜，可怜！我家连饭都没得吃，哪来的十串钱？请到别家化去吧。'老和尚道：'便没有十串钱，少化些也使得。'张母道：'我家一个钱也没有，拿什么化给老师傅呢？'老和尚道：'实在没有钱，米也是用得着的。'张母道：'我家仅有两升米，还是我儿子刚才提回来的。'老和尚道：'就是两升米也罢，这件皮袍我出家人用不着，留在这里，给你儿子穿吧！'张母见两升米能换一件皮袍，自是很欢喜的，将张木匠提回的两升米，都给了老和尚。老和尚接了米，留下皮袍，自敲着钵盂去了。张母因没了米，不能烧饭吃，只是忍饿等候儿子回来。

"张木匠直到夜间才回，自以为老母是已经吃下砒霜死了的，打算回家收尸。谁知进门见老母还坐着不曾死，不由得心里就冲了一下，连忙问道：'我白天拿回来的那包好东西，不曾拌在饭里面吃吗？'张母还喜滋滋地说道：'快不要提那包好东西了。我从你走后，直挨饿到此刻，一颗饭也没得入口。'随即就将和尚来化缘的情形述了一遍道：'皮袍现在床上，你拿起看看，明日拿到城里去卖，必能多卖些钱。'

"张木匠听说两升米换了一件皮袍，心里也禁不住欢喜。拿起皮袍看了几看道：'我活到四十岁，还不曾穿过皮袍，且穿上身试试看。'说着，将皮袍向背上一披。想不到皮袍刚一着身，张木匠便立不住脚，身体不由自主地倒在地下，口里连珠般地叫痛。顷刻之间，全身都已变成一条黄牛了，只有面孔不曾变换，口里仍能说话。这一来，把张母吓得痛哭起来，张木匠亲口向张母，供出买砒霜毒母亲的心事来，道：'这是上天降罚，将借我这个忤逆子，以警戒世间之为人子不孝的。娘只有我一个儿子，于今我既变了牛，没人养活了，娘可牵我到城里去讨钱，看的人若问我的来历，娘只用树枝在我背上打几下，我自然会供给众人听，若不忍打我，便说不出来。'张母心里是不忍把儿子变成的牛，牵出去讨钱，然肚中饥饿难挨，张木匠又哭着求张母牵出去，好慢慢地减轻些罪孽。

"张母只得牵进城来，在城门洞口见聚集的人多了，大家盘问来历，张母举起树枝，在牛背上打了几下，张木匠真个口吐人言，一五一十地照实说了。听的人不待张母开口，都争着给钱，一会儿就有十多串钱了。大家因听得送皮袍的和尚，就是那个替王二治疮的老和尚，更是异口同声称赞那老和尚是活佛临凡，不仅称为圣僧了。从此老和尚到人家化缘，有许多人家用香花供养的，老和尚说出来的话，大家都看得比圣旨纶音还重。

"这年正月十三日，老和尚忽对许多妇孺说道：'今年玉帝有旨，从明日起，在长沙大西门城外，搭天桥一座，接引有缘的人上天。十四、十五、十六连搭三夜，这是登天堂的捷径，千载难逢的，不可错过。'当时就有人问道：'从天桥就可以走上天堂里去吗？'老和尚点头道：'走不上天堂，怎好谓之天桥呢？你们见了天桥，不可害怕，尽管大着胆量走上去。'又有人问道：'天桥是在夜间搭下来吗？'老和尚道是，这些人又问

180

道：'夜间没有灯火，桥上如何能看见行走呢?'老和尚道：'夜间没有灯火便不看见行走，还能算是玉帝搭的天桥吗？那时天门开了，自有两盏天灯，高悬在天门两旁。上桥的人一到桥上，自然看得明了，一步也不会走错。有尘缘未了，暂时不能就登天堂的，到天堂里面游观一番，仍可回家，并非一去不回的。'

"老和尚自说了这番旷古未有的奇谈，城里城外的人，十个之中，竟有八个相信活佛的话，是不会有假的。其余的两成人，也还不敢断定说是假的，不过因为从来不曾听人说过有这种怪事，略有点儿疑虑罢了。十四日天色才到黄昏时候，大西门城外河岸一带地方，已是人山人海。大家都抬头望着天上，等待开天门，搭天桥下来，直等到三更过后，还不见有一些儿动静。老弱妇孺不耐久等的，有些灰心回去了。体格强壮的，都相信老和尚的话，决不至于骗人，誓必等到天明没有才回去。看看等到敲过了五更，相差不过半个时辰，就要天亮了。将近天亮的时候，照例天色必有一阵漆黑，此时更忽然起了一天的雾，真是伸手不见五指。到了这时分，便是十二分相信的人，也实在等得有些意懒心灰了。颈也胀了，腿也酸了，精神更提不上来。大家正在商议不再等了，打算各自归家。陡听得天空中如响雷一般地发出一种很洪大的声音，只吓得众人一个个抬头仰望，即见有两道电也似的亮光，在天空闪灼了好几下。随即就有人喊道：'好了，好了! 天桥搭下来了。'"

柳迟听赵振武说到这里，忍不住截断话头，问道："难道真个有什么天桥搭下来了吗?"

不知赵振武如何回答，且俟下回再写。

第十九回

搭天桥小百姓遭劫
射毒蟒赵抚台祭神

话说赵振武对柳迟、陆小青二人，述那老和尚搭天桥的事，述到众人中有人大呼天桥搭下来了的时候，柳迟截断话头问了那么一句。赵振武不慌不忙地笑道："自然是真个有天桥搭下来了，只是众人看那天桥，不过有两尺来宽。因为起了极浓厚的雾，看不了多远，但是确见有两盏天灯。灯光能照透重雾，眼力足的少年，能隐约看得见两盏天灯之中，有一个仿佛似门的黑洞，大家都断定那黑洞便是天门。再仔细定睛一瞧，这座天桥，就是从那天门里搭出来的。想看天桥的人虽多，敢上天桥的却少。

"立处与天桥相近的几个人，趑趄不敢上去。立在远处有的想上去的，又被人多拥挤住了，一时走不到桥前，只急得大喊道：'前面的人想登天堂的就得快走，没有这种福分的，就得赶紧滚开些，让我们好上去！这样千载难逢的机会，岂可错过？有多少修道的人，勤修苦练一辈子，还不能上天堂。我们若不是蒙活佛临凡指引，谁知道玉帝有这道意旨，连搭三夜天桥来接引凡夫呢？'在前面的人，听得后面的人这么说，登时都鼓起一腔勇气，同声应道：'不错，不错！我们记得活佛曾说过的，我等若是尘缘未尽，暂时不能脱离尘世的，到天堂游观一会儿，仍可由天桥上走回尘世来。活佛吩咐的话，决没有虚假！我们即算没有登天堂的福分，到天堂上去开一开眼界也是好的。'这些人说着，真个举步向天桥上走去。

"凡事难于创始，没有人奋勇上前，大家都存心观望。一见有人走第一，以下走第二、第三的，就接着争先恐后了。当时也没人在旁计数，大约已走上去二三十个人了，忽然两盏天灯同时熄灭，天桥跟着往上一收，天门也随即关闭了。已走上天桥的人，一个也不曾掉下，只在天桥刚收上去的时候，隐约听得半空中'喀喳'响了一声，于是来不及上去的人，同声喊道：'天桥收了，天桥收了！'有许多跺脚叹息，归咎各自的福命薄，不能走这条捷径上天堂的；有归咎天桥太收快了的；有怪立在天桥跟前的人，既自己无福上去，就应该赶紧走开，让一条路给旁人上去的。总之，无一个不以未得走上天桥为可惜。那二三十个已经走上天桥去了的，各人家中都有亲戚六眷，及地方邻居前去道喜。都说这样上天堂，就和修道的白日飞升一样，一人得道，鸡犬同升，将来各家都是要得好处的。相信最笃的人，以为不得上去，是由于心不坚诚，多有在元宵节这一日，斋戒沐浴，焚香祷祝虚空过往神，保佑他得上天堂的。满城人如发了狂的一般，简直没人敢说半句轻慢侮辱的话。

"这夜到大西门外去看的，比昨夜更多了。昨夜有些等不及回去了的，都后悔不迭，这夜誓必等到天明。这夜的天桥，比昨夜却搭得早些了，才到三更对分，便和昨夜一样，陡起一天浓雾，浓雾一起，天灯即悬挂出来，天桥也就接着搭下来了。昨夜悔恨不曾上去的人，今夜一见天桥，一个个争先向天桥跑。约莫已跑上去了五六十个，地下的人，正接连要往上跑，天桥忽然收了，天灯也熄了，天门也关了。须臾之间，一阵怪风突起，吹得云消雾散，一轮寒月当空，天上除几点寒星而外，什么东西也没有。地下想上去不曾来得及的人，都捶胸顿足地哭起来，长沙是这般一连闹了两夜。如此奇怪消息，传播得比什么还快，四乡的人，二三里远近的，都赶到省城来看。

"那时是我高祖赵星桥做湖南巡抚，听了这消息，明知没有真个搭天桥的事，不过究竟是怎么一回事，他老人家也猜度不出。逆料两夜上天桥的人，必无生还之理。心里着急长是这么闹下去，一则妖言惑众，煽乱人心；二则一般无知无识的愚民，相率是这般平白无端地枉送了性命，也太觉可怜可悯。待出示禁止妖言，不许众人在大西门外集聚吧，只因天桥天灯，确有那件东西，经数千百人的眼睛看见的。要出示禁止一般愚民上去，告示上面须说出一个不足信的所以然来。自己既不知道究竟，几句空空洞洞的官样文章，如何能禁得住那一般愚民呢？他老人家着急得无可奈何，只得瞒着满衙门的人，独自改装一个平常人出来，打听外面的议论，并查访两夜上天桥的实在情形。

"在大西门外搭天桥的地方，勘验了好一会儿，看不出一点儿可疑的痕迹。当下找了一个接连看过两夜搭天桥的船户问道：'你记得那两盏天灯，悬挂在什么地方么？'船户答道：'我当时看得最清楚，两次的天灯，都悬挂在一处地方，没有移动。天灯的光亮，仿佛看见是淡绿色的，若不是有那么厚的雾，我连远近都能看得出来。'他老人家一听船户这么说，就觉得这里有可疑之处，连忙问道：'天灯悬挂在天上，你怎么能看得出远近呢？'船户伸手向那方一指说道：'确实就在那地方，虽是在雾里看见，但我驾了半生的船，在河江里遇雾，是极寻常的事。我两只眼睛，看雾也看惯了，不过前昨两夜的雾，比平日浓厚几倍，所以我只看得出在那地方。毕竟离地下有多远，不敢乱估。'他老人家就船户所指的方向看去，好像就在岳麓山顶上，他老人家连问了几遍，船户断定是在那地方。船户走开后，他老人家独自远望着岳麓山顶出神。

"那时天气晴明，从大西门河岸到岳麓山顶，照弓丈量起来，虽也有好几里路，然山顶的树木房屋，尚能历历看得分明。忽见那山顶上有两只黑鸟，一上一下的翱翔飞舞，有时冲天高举，健翮凌云；有时敛翼卑飞，疾如星火。我高祖心想：'相隔这么远，平日山顶上有人，立在这里尚看不清楚，如何能看见飞起来的鸟雀呢？这必是我的眼睛发花，不是真个有这么两只鸟在那里飞舞。'一时心里虽这般疑惑，然放不下就此不看个仔细。用衣袖将两眼揉了几下，自觉很光明了，再定睛看那山顶，实在是有两只黑鸟，飞起来的时候，并能看得出两鸟的肚皮上，都有一块白毛。我高祖看得仔细了，不禁大吃一惊！暗想这是从哪里来的这样两只怪鸟，若不是比寻常鸟雀高大到数百倍，相离这么远，绝看不见。方才船户说天灯悬挂的地方，就是岳麓山顶上，而此时又凑巧看见这般两只怪鸟，我何不趁现在天色尚早，亲到山顶上察看一番？若因此看得出一些儿形迹来，能设法将前昨两夜的事弄明白，岂非地方人民之福？

"我高祖生性极强毅，胆量又极大，主意一定，便雇了一只划船，顷刻就渡河到了岳麓山下。抬头看两只黑鸟，已不知飞到哪里去了，只是既到了山下，不能因看不见两鸟，便不上山。振作起精神，一口气走上山巅。举眼向四处一望，飞来飞去的小鸟很多，再也寻不见那大鸟的影子，其他可疑的形迹，更是一点也看不出。在山顶上立了些时，觉得上山很吃力，身体异常疲乏，口里也渴得厉害，只得走进云麓宫去。

"刚跨进山门，只见一个童颜鹤发的道人，迎面走了出来，显出很诚谨的样子，向我高祖行礼说道：'贫道早知今日有贵人降临，只因不便远

184

迎，尚希原谅。'那道人说这话的时候，声音很低，好像怕旁边有人听去的样子。我高祖那时虽已在湖南做了一年多的巡抚，然不曾到过岳麓山，这道人是谁，更没有见过。这回微服私访，连衙门里左右的人都不知道，这道人怎么说早已知道今日有贵人降临呢，这不是很奇怪吗？并且道人既是知道我高祖是贵人，这日会到云麓宫来，何妨大大方方地出来迎接。说这几句客气话，又要是这么低声，怕人听见做什么呢？我高祖当时着实吃了一惊，欲待不承认自己是贵人，因料想这道人必有些来历，决难赖过去，只得答礼谦逊。那道人不再开口说话，即邀我高祖到里面一间楼上。那楼上陈设得非常清雅，毫无尘俗之气，已有一个白须毛头、笑容可掬地立在楼上，好像知道有客来，特地起身迎迓的样子。看那老头的头顶光溜溜的一根头发没有，颌下那部雪白的胡须，倒十分茂密，飘飘过腹；面目慈祥，风神潇洒，和这道人一样的仙风道骨，不是寻常年老人的气概，使我高祖看了肃然起敬。

"道人指着老头介绍道：'这位是贫道老友吕宣良，江湖上人称他为金罗汉的便是。因知道大人今日想为民除害，必亲身来这山里探看，我愿助大人一臂之力，所以在此恭候。'我高祖一听这话，又是惊讶，又是欢喜，连忙向吕宣良拱手道：'幸会，幸会！难得老先生如此古道热肠，但不知前、昨两夜那种奇离的景象，究竟是何妖魅，竟敢如此横行？两位想必知道详细。'吕宣良笑道：'老朽是山野之夫，举动言语，素来放诞惯了，不知道礼节，望不见怪。这楼上是我这位道友静修的地方，四围窗壁，都贴了符篆，不问什么妖魔鬼怪，都不敢到这楼上来。我们无论如何纵谈，都不要紧，若出这楼门一步，我便不敢回答了。'我高祖才想起进山门时道人低声说话的情形来，原来果是怕有妖物在旁听得。

"吕宣良又接着说道：'我们这位道友，因生性喜种梅花，又喜画梅花，就自称梅花道人，在这楼上已七十多年了。前、昨两夜那种景象，非妖非魅，乃是一条数千年的大蟒。相传禹王治水的时候，这大蟒就在洞庭湖里兴妖作祟。禹王用法术将它拿住，锁在岳麓山飞云洞里，因恐年深锁坏，又逃出来害人，当时并刻画一道符篆在一块大石碑上，就用这石碑堵住洞口，把飞云洞封了，这碑便是现在大家都知道的禹王碑。也是合该长沙的人民要遭劫！几千年来，不曾有人敢将禹王碑污秽，偏几个月以前，忽有一只母狗，在禹王碑旁边深草里面，产了一窝小狗，糊了许多狗血在禹王碑上，将碑灵污秽了。这大蟒身上的锁链，久已锈断，只因有这一块碑封住洞口，不能冲出来。既污秽得不灵了，哪里还禁得它住呢？就在产小狗的这夜，冲出洞来，出洞便化一个老和尚，来云麓宫求见梅花道人。道人知道这东西阴毒异常，接见必受其害，不敢出面。云麓宫大门上，有这人的符篆，它也不敢冒昧进宫里来。

　　"这几个月内，它每日到城里化斋，我这道友就知道它是存心欺骗愚民，好落它的圈套。它的本身，能大能小。小的时候，和平常的水蛇无异；大时十数丈、数十丈不等。发威的时候，充其量能长至百多里，昂头与衡岳齐高。它因为显出本身来，虽在黑夜，也容易被人看出，所以前、昨两夜，特地先喷了一天浓雾，然后显形。它的心思，原想欺骗得一般愚民都信仰它到了极点，以为真是上天堂捷径的天桥，源源不断地走上去。那天桥到底是什么呢？就是它本身上的一条舌头。大人请想，它头在这岳麓山顶上，舌头能伸过河去，使一般愚民认做天桥。可想见它的身体，有多么长，有多么大！'我高祖听了这些骇人的话，在正月那么寒冷的天气，都惊得遍体流汗，即截住问道：'那么长大的身体，当时却在何处呢？'

　　"吕宣良笑道：'地下哪有好安放它的所在，当时仅有头搁在这山顶上，身体还悬在半空中。依它几个月的处心积虑，本顶算只须三次，便能轻轻巧巧，吃尽一省城的人民。亏了我这位道友在这山上，不容它如此作恶，特地找我来做个帮手。然我和道人，都没有收伏这东西的力量，仅能使它略略受创，不得安心吃人。两夜都乘它刚将舌头伸过河去的时候，同时各赏了它一剑，所以两夜都只走上几十个人，它就负痛不能不将舌头收回。若不是这么对付，只怕省城里的人民，此时已存留不到一半了。道人算定这东西，非有大人这般福分与刚正之气的人，断不能伤损它。预知大人今日必亲临此地，已为大人准备了软胎弓、雕翎箭，箭镞上并敷好了见血封喉的毒药。凭大人的威福，虽未必能取它的性命，使它终身残废，也可减退它不少的恶焰，料它以后不敢再来肆毒了。'

　　"我高祖见说前、昨两夜，因有吕宣良和梅花道人两个，在暗中各刺了大蟒一剑，舌头才收得那么快，使满城的愚民，免遭大劫。一时心里感激真是不可言喻，立起身来，恭恭敬敬地向两人作了两个揖道：'我枉受朝廷重寄，作一省封疆大员，坐视人民被毒蟒吞噬，不能解救，真教我愧怍欲死。苟非两位道长仁爱为怀，救人民于毒蟒之口，这样亘古未有的奇祸，出在长沙，我便万死也不足以蔽辜了。只是虽承两位道长的仁爱，已替我准备了弓箭，无奈这恶物在伸舌头吃人的时候，身体悬在天空，又在夜深雾厚之际，寻常弓箭如何能射伤它呢？并且说起来愧煞，我的射法平常，更久疏弓马，没得倒打草惊蛇，恶物不曾受伤，反惹发了它的毒性，益发肆无忌惮，那却怎么好咧？'梅花道人大笑道：'这不过凭仗大人的威福，假手大人射它而已。若专凭本领去射它，休说大人射它不着，就是养由基来，也奈何它不得！'

"梅花道人的话才说到这里，忽见一个小道童走进楼来，直到梅花道人身边，凑近耳朵低声说了几句话。只见梅花道人脸上登时露出惊疑的样子。我高祖以为，必是那毒蟒在外面又有了什么举动，道童前来报信，所以道人现出惊疑的脸色。我高祖心里也不由得有些惊慌不定，呆呆望着梅花道人，看道人有什么言语举动。只见突然伸手向吕宣良一指笑道：'哦！是了，一定是你两位高足干的玩意，不能胡乱怪火工道人！'吕宣良也现出吃惊的样子，问道：'什么事是我小徒干的？'梅花道人笑道：'去年有一个猎户，送两条腊鹿腿给我。我一向因没有嘉宾，不舍得弄来吃。今日难得有贵人光降，早就吩咐火工道人取一条好生烹治出来，饷宴贵客。此刻小徒来报说两条腊鹿腿，素来是挂在厨房里的，昨夜还看见挂在原处，方才打算取下来，不知怎的两条腿都已没有了。小徒说曾屡次听得火工道人说，这么肥的鹿腿，好生用文武火炖出来，想必好吃得很，可惜师傅不教炖了吃，我们也就没有这样口福。火工道人本来嘴馋，又曾说过这些想吃的话，因此疑心是他偷吃了。我想火工道人虽说嘴馋，究没有这么大的胆量，岂有他偷吃了，我推算不出来的道理？并且即算他忍不住馋，竟敢偷吃，至多也不过偷吃一条。我此刻虽不曾推算，然估料偷我这两条腊腿的，必是你两位高足无疑。'"

话说柳迟听赵振武说到这事，又忍不住插嘴笑道："哦！你于今说起这事，我也想起一件事来了。我师傅吕爷爷初次到我家来的时候，我记得曾提过这回事。那两个高足，就是那两只大鹰，还不仅偷吃了两条鹿腿，并偷吃了腊麂子和腊猪肚肠。"赵振武点头道："那些东西也被偷吃了，我却不知道。我只知道当时吕宣良听说，面上很觉有些难为情的神气，随即撮口长啸了一声。梅花道人忙起身摇手道：'这算不了一回事，你将它们叫来干什么呢？何况我并不曾推算，不敢断定是它们吃了？即算确是它们

吃了，吃也吃到了肚里，难道还叫它们来责打一顿么？也未免显得我这东道主人太寒酸了。'

"梅花道人虽是这般说，吕宣良的啸声已发将出去，不能收回来。两鹰刚躲在树林里，各将一条鹿腿吃完，听了它们师傅的啸声，不敢不到，只得飞到楼上窗口边站着。我高祖一见，不禁大吃一惊，然而心里却明白在大西门河岸边看见的，就是这两只大鹰。吕宣良指两鹰大骂了一顿，只骂得两鹰低头缩颈，浑身战栗不止。梅花道人代替求情，吕宣良才渐渐地平了气，大喝一声：'滚开些！'两鹰如得赦旨，真个就身一滚，转眼便冲上半天去了，好像不敢扑翅膀，惊动了楼上的贵客一般。

"不一刻，小道童开上饭来，留我高祖吃了饭。梅花道人从橱里取出一副弓箭，送给我高祖道：'大人不要轻看了这副弓箭，这弓虽是软胎，寻常最强的硬弓，十把也赶不上这一把，大人用时自然知道。这箭有贫道的符篆在上，凭仗大人的威福，虽在百里之外，不愁射不着妖魔。烦大人亲手带回衙去，今夜不到二更，那毒蟒必照前昨两夜的样出来。大人可在初更以后，二更以前，将督抚印信带在腰间，并带了这副弓箭，尽管乘坐大轿开锣喝道，多带护卫之人，使一般愚民知道是宪驾到了。预先在河边陈设香案，大人一到，就对天焚香礼拜，默祷虚空过往神祇暗中保佑。等到河面有热气上腾时，便是将要起雾了，大人即可拈弓搭箭等候。天灯就是那恶物的两眼，虽在浓雾里看不分明，然只管对准那发光之处射去，自有妙用。那恶物受了这一箭，免不了有一番发作，有贫道和吕兄在此，恶物既经受伤，大约还不难制止。大人射过这箭之后，回衙即须暗中派人传谕城内外各药店，如果见有瞎了一眼的和尚来买眼药，务必拿极厉害的烂药给他，纵不能把那恶物烂死，然能将他的眼烂瞎了，永远不能看见，也可少造些孽。'我高祖受了那弓箭，即刻作辞回衙。

"这夜遵着梅花道人的话，在河边等到云蒸雾涌的时候，两盏天灯闪灼而出。我高祖也不管相离有多远，弓力能射到与否，只对准那方一箭放去。真是作怪，那箭一离开弓弦，箭镞上发出一种响声，就和响了一个晴天霹雳相似。响声还不曾停止，那对天灯已同时熄灭了，只见两道金蛇一般的白光，在天灯附近之处，来回缭绕了几次，便也熄灭得一无所见了。转眼之间，仍是云消雾散，一轮冰盘也似的明月，随即涌了出来。

"次日九芝堂药店才开张，果然那个披红袈裟、执铁如意的老和尚来买眼药，左眼闭着，流血不止。九芝堂的膏丹丸散，素来是很有名的，因我高祖派人吩咐了给烂药，当时就包了些极厉害的烂药给和尚。从此以后，便没人再见过那和尚的面。我高祖也不久离了湖南，没遇着金罗汉和梅花道人，不知道那毒蟒究竟怎样了？"

柳迟笑道："我做小孩子的时候，也曾听人说过赵抚台射蟒的事。只因不知道有我师傅和梅花道人在内，不相信有这种事，以为如果有那么大的毒蟒，也决不是一个文官用箭所能射伤的。既有我师傅在内，这事就无疑义了。"

赵振武忽然向柳迟恭恭敬敬地作了一个揖道："既是尊师吕爷爷教老兄来红莲寺搭救一个贵人，并教老兄在此地等候巡抚部院的人来，虽不曾说明贵人是谁，但是他老人家既说等候巡抚部院的人，可知教老兄搭救的贵人，必不是别个。我于今就是为一个贵人，自前日出门私访，至今不曾回衙。我昨天寻访了一日，没有着落，只因这事关系重大，不能给外人知道，寻访起来，更是为难。老兄是奉吕爷的命，特地前来搭救那贵人的，这事便不妨向老兄明说。不曾遇着老兄的时候，我已疑心到红莲寺了，此去就是打算到红莲寺探寻。不过没有想到红莲寺的和尚，竟敢做出那些无法无天的事来。只因我们大帅素来信佛，自到湖南巡抚任上，就听得红莲寺是湖南全省最清净最庄严的丛林，方丈和尚的学问人品更了不得，所以我们大帅到任不久，便亲自去红莲寺拈香，与方丈和尚谈得十分投机。从那次以后，曾三次派人接那方丈来院里讲经。可恶那方丈摆架子，仅来了一次，坐谈片刻就告辞走了，两次都推病不来。我们大帅平日最欢喜游山玩水，虽是官居一品，然时常青衣小帽，装出寻常人模样，一个随从的人也不带，独自走出来；或在城里三街六巷游览，或到城外山野田亩之中，拉着种田的砍柴的，谈论些人情风俗。

"各处守城的都认识他老人家就是卜巡抚，每次见他老人家独自步行出城去了，便立刻到院里来报。我们带了人去迎接，十九得换一顿骂。这回他老人家早几日就对左右的人说，今年的中秋节，要找一处很清净、很雅洁的地方赏月才好。左右的人回说，上林寺、开福寺、妙高峰几处，都很清净很高雅，他老人家没置可否。到十四日下午，我们见北门守城的来院里报告，才知道我们大帅又独自出北门城去了。我们因屡次带了人夫轿马去接，都得挨一顿骂，虽听了守城的报告，仍不敢就去北门外迎接。直到黄昏时候，还不见大帅回来，我们只得去城外找寻。谁知寻到初更过后，尚没有寻着他老人家的踪影，满院的人都吓慌了，又不敢张扬出去，恐怕一时惊传不见了巡抚，因而闹出旁的乱子来。遵太太的吩咐，不许向外人提出半字，对一切上院来拜节的官员，都说大帅有病，不能起床，暗中却派了好几班人，出四城寻访。

"昨日整整地寻访了一昼夜，毫无消息。我思量我们大帅，既和红莲寺的方丈和尚说得来，几番迎接那秃驴不到，莫不是我们大帅偶然高兴，步行往红莲寺找那秃驴谈禅去了。因此我才带了这八个人走到这条路上来，想不到在此地遇见老兄。"柳迟道："我常听得人说，现在这个卜抚台，是一个极清廉刚正的好官。他有难，怪不得我师傅打发我前来搭救。不过据我看红莲寺那些贼秃，其所以敢是这么无法无天地作恶，一则因仗着佛寺的左右前后都没外人居住，无论什么事，只要自家人不去外面漏出消息，外面决无由知道；二则因各贼秃的出身来历，大概都不是正派安分的人，各自都仗着会些武艺，越做越胆大。我料想他们掳掠妇女、抢劫银钱的事，断不在近处地方下手，至少也得出湖南境界，手脚做得干净，出事的地方，就有著名的捕快，只因窝藏的所在太远，事后从哪里去破获呢？

"此番若不是这位陆小青兄于无意中看出多少鬼魂，聚集在琉璃灯下拜佛，也无从看出寺里的破绽。这也是众贼秃的恶贯满盈，该当破露，才鬼使神差地教陆小青兄来这寺里借宿。若不如此，我就奉了师傅之命来寺里搭救贵人，然既不知道贵人是谁，又不知道贵人如何在寺里被困，寺中寂静静得看不出那些贼秃一点儿为恶的证据。这时便遇着你们，我因不知道红莲寺，究竟是何等样的地方，也就没有把握帮你们去搭救贵人。只是于今虽已看破了那寺里贼秃的行径，但要去搭救你们大帅，就只我们这十来个人去，恐怕救不出大帅来，倒把事情弄糟了。此刻你们大帅被困在红莲寺内，毕竟是怎样的情形，虽不得而知。然那些贼秃既敢下手将一个堂堂的巡抚困住，弥天大罪已经闯下来了，一不做，二不休，必已有了准备。我们这里统共只有十一个人，就是都有惊人出众的本领，也不容易从那种龙潭虎穴里面，将你大帅安然救出，何况你带来的这八位伙计，只能凑凑人数，不能靠他们做事的呢？"

赵振武听了着急道："然则我们将怎么办咧？难道因人少了，便不去救吗？"柳迟道："红莲寺这种害人的巢穴，就是不将卜大帅困住，也得斩草除根，不许他们再能害人。然要不许那些贼秃漏网，唯有你赶紧回省城去，火速调一标人马，前去将红莲寺团团围住，方能不使一个得逃脱。不过此刻既有卜大帅被困在内，投鼠忌器，不能就这么领兵去围。我和陆小青兄先回到红莲寺去，见机行事。我料卜大帅为一员封疆大臣，应有百神呵护，不至为贼秃所算。若叨天之幸，我两人能不动声色地将他先行救出，你们的兵方来围剿，固是再好没有的事。即算我两人的力量弱，不能做得那么干净，也务必在里面尽力保护他，使不至为贼秃所害。"

赵振武连忙对柳、陆两人一躬到地说道："能得两位先去寺内暗中保护大帅，这件功劳真了不得，兄弟就将这千斤重担，付托两位老兄了。"柳、陆二人也连忙还揖。赵振武率着八个巡抚部的亲兵，匆匆回头去了。

柳迟向陆小青说道："我从小就是个慕道法喜修真的人。不问多大的功名富贵，于我都没有缘分，我也不把富贵看在眼里。这回卜抚台被困在红莲寺里，非你我不能将他救出。将他救出之后，这件功劳确实不小。你在青年就练得这么一身好武艺，将来的前程不可限量，而这回的事，说不定就是你进身的机会，所以有这般凑巧。"

陆小青道："我承老哥救了我的性命，老哥教我怎么办，我便怎么办。至于做官赚钱的两桩事，老哥是修道清高的人，果然不看在眼里，就是我也从来不曾将这两桩事放在心上。做官，我没有学问，朝廷名器，不是我这种草茅下士所可滥竽的。银钱这样东西，先父母弃养的时候，遗传给我的还不少，足够我一生的衣食。并且这回搭救卜抚台，全仗老哥一人之力。我在红莲寺被困的时候，自己尚不能脱险，若不得老哥援手，此时早已死在那些淫僧手里了。我纵年轻不知廉耻，何至贪老哥的功劳，做自己进身的机会呢！"

柳迟哈哈笑道："你把我这话的意思弄错了，你以为我是和你谦让么？我虽是今日才初次与你见面，然你的性情举动，与我十分投契，我很有心与你结交。你我既一见如故，说话就用不着客气。你要知道世间人，各有各的路数不同，不是富贵这条路上的人，便疑心妄想地去求富贵，富贵终轮不到他头上来。反转来说是应该富贵的人，便视做官为畏途，见银钱如仇敌，竭力地想躲避，也躲避不了。我自知于富贵无缘，并不是故意这么说。"

陆小青道："话虽如此，但是现在卜抚台还不知是怎样地被困在红莲寺，我们既打算竭力去搭救，就应该赶紧前去，看如何方能救得出来。这些救出来以后论功行赏的话，似乎可以不必早计，就是我也未见得便与富贵有缘。"

柳迟摇着头笑道："我何尝不知道论功行赏，是救出来以后的话，用不着在此刻计议。并且救出来以后论功行赏的权，也在卜抚台，不能由你我私相授受。你知道我在这时候，特地说这话是为什么呢？因为我这回奉师傅的命来救卜抚台，其中另有一种缘故，我本人不宜露面。我师傅自己的能为，早已登峰造极，是不待说，他老人家没有干不了的事。若得他老人家亲自救卜抚台，真是不费吹灰之力，何以他老人家不亲自来呢？即算是他老人家懒得亲自烦神费事，在他老人家门下的大徒弟，以及同道的晚辈，比我能为高出数倍的，不知有若干人，何以不打发他们来救，却偏要我这个初出茅庐的小徒弟来呢？就是因为红莲寺的贼秃，行为虽与吃人不吐骨子的妖魔相似，来历倒很是不错。犯下了这种弥天大罪，由官府用国法来惩治他，哪怕惩治得极惨酷，罚浮于罪，也不要紧。他们同党的只能叹息委之气数，不能怪人，只一听得有昆仑派的人出头帮助官府，那么他们同党的一股怨气，便不问情由地都结到我们昆仑派头上来了。我师傅明知这回救人，救得好便没事；救得不好，就是替昆仑派结下一个大大的冤仇。待坐视不救吧？一则违反了他老人家平日行侠做义的素志；二则恐怕因红莲寺贼秃之无法无天，将来国法若有伸张的一日，必拖累到昆仑派身上。再三审慎，因我是个不曾走过江湖的人，外人少有知道我名字的，出头来干这件事，或能瞒得过去。

"我仔细思量，既不可替昆仑派结怨，我于今虽说在江湖上没有声名，认识我面貌的人更少，然能保将来永远不到江湖上行走么？这般重大的一桩事，是谁干出来的，便是没声名也有声名了。如果昨夜不遇着你，我奉命而来，说不得也只好出头露脸地做去。天假其便，有你在这里，我何不让你一个人出头，我始终在暗中帮助呢？你没有派别，论根源更可说是官府这边的人。我在暗中不出头，也不居功，也不任咎，免得替昆仑派结下无穷的仇怨，你的意思以为何如呢？"

陆小青笑道："既是老哥有这种不宜露面的原因，此去不露面便了。莫说老哥还跟我同去，许我在暗中帮助，就是老哥不去，教我一个人去做，我只要力量做得到，拼着性命也得去干一干，不要耽搁了，我们就此去吧。"二人说毕，仍回身扑奔红莲寺来。

不知二人如何搭救卜巡抚，且俟下回再写。

第二十回

常德庆中途修宿怨
陈继志总角逞英雄

话说柳迟和陆小青回身扑奔红莲寺，才走了二十多里，忽见前面一个跛脚叫化，蓬头散发，满面泥垢，身上衣服破烂不堪，肩下搭着七个布袋。手中撑着一根拐杖，甚是粗壮，弯弯曲曲的，左一个节，右一个包。虽看不出是什么树木，只是一望便能知道这拐杖的分量不轻，一颠一跛地迎面走来。拐杖所点之地，一个一个的窟窿，和牛蹄踏在烂泥里的形迹一般。柳迟曾在叫化队里混过几年，分得出叫化的资格等第。当下看了这叫化，便只声向陆小青道："你瞧前面来的那叫化，是一个寻常的大叫化么？"陆小青望着笑道："看他那根讨米棍，倒是不小。叫化手里的棍是准备打狗的，什么恶狗能受得起这么一棍。只怕是一个有些儿来历的人，不是寻常的叫化。"

二人说话时，那叫化已拐到了跟前，原是低着头只顾走的，至此因二人立在旁边让路，那叫化忽然抬头向二人望了一望。柳迟一看那叫化的两只眼睛，真是神目如电，威势逼人，不由得心里一惊。暗想这人哪里是叫化，分明是有大能为的人假装的，但不知是什么人，为什么要假装叫化？正踌躇着想向这人打招呼，忽见他对陆小青笑道："陆少爷久违了！"陆小青望这人打量了一眼，不觉"哎呀"了一声，问道："你老人家不是那年替先父治伤的常师傅吗？近年来我时常想慕师傅，只恨不知道师傅的住处，无从拜访。想不到今日在这里遇着了，师傅此刻打算去什么地方？"

看官们看到这里，大约不待在下表白，也都知道这个常师傅，就是第一集书中，因押解三十万两饷银，在罗山遇盗伤足的常德庆。常德庆当下见问笑道："我是个乞食糊口的人，哪里有一定的去向，你打算去哪里呢？"陆小青道："我原是要到长沙省城里去的，不料在半路上出了差头，

194

险些儿把性命都送掉了，于今要到红莲寺去。"柳迟见陆小青对常德庆说实话，心里甚是着急，当面又不好阻止的，只好轻轻在陆小青的衣角上扯了一下。但陆小青的话已说出，一时提不回来，虽不继续再说下去，然常德庆听了那几句话，已似乎很注意地问道："在半路上出了什么差头，于今到红莲寺去干什么呢？"

陆小青因柳迟在他衣角上扯了那么一下，又听了赵振武说这事不能声张出去，心里很后悔自己说话太鲁莽，不该露出半路出差头和去红莲寺的话来。不过话已说出，常德庆又很注意地盘问，一时哪有可以遮掩的话呢？只急得红了脸望着柳迟。柳迟知道陆小青这时心里是很窘的，便挽着陆小青的手，对常德庆道："改日再会吧，此时实在有点儿很要紧的事去，不能在此地多耽搁。"说毕，二人提脚便走。只听得常德庆哈哈大笑道："泥菩萨过江，自身难保，还打算保人家么？"柳迟一听这话，心里不由得动了一下，不知不觉地停步回头问道："这话怎么讲？"常德庆不作理会，支着拐杖只顾一颠一跛地往前走。

陆小青低声对柳迟道："这常师傅是个异人，先父在日，是极钦佩他的。我记得先父时常说常德庆的能耐，大得不可思议。那时我浏阳人正为争赵家坪的事，和平江人相打，我浏阳打输了，先父受了重伤，命在呼吸，多亏了常德庆师傅前来医治。据常师傅说，先父受了平江人的暗器，那暗器名叫梅花针，非练剑和修道的人不能使用。我先父痛恨切齿，誓必报这仇恨，当面哀求常师傅帮助。常师傅当时虽不曾明白应允，然看他那时的神气，对于那个使用梅花针伤人的人，确也非常愤恨。不过从那回医治先父的伤以后，便不曾再见他到我家来了。第二年平、浏两县的人，又在赵家坪相打。使用梅花针的也不见再来，常师傅也不曾到场，我浏阳人却打胜了。后来我先父仿佛听得人说，常师傅就为争赵家坪那回事，曾邀集多少能人，和使用梅花针的本人及其师傅、师兄弟等，大大较量了一次，好像两边的本领都了不得，没分出谁胜谁负来。

"我彼时因年事太轻，又专在读书用功的时候，听了也不在意，不曾追问个究竟怎样，总而言之，这常师傅是个有绝高本领的。他刚才说'泥菩萨过江，自身难保'的话，其中必有道理。我想红莲寺既是那么一个万恶的所在，里面能人不少，并且我昨夜窥破了他寺里的底细，那知客僧将铁板门关上，原是要置我于死地的，想不到有你在屋上帮助我逃了出来，我料他们此刻必已有了准备。我二人就有登天的本领，也敌不住他们数百个凶恶的和尚，不如回头去追上常师傅，求他帮助，同去除了那个万恶的害人坑，搭救卜巡抚。”

柳迟踌躇道："这事只怕向他说不得，我师傅既叮嘱我不许露面，我想露面尚且不可，怎好拿这事去向人说，胡乱求人帮助呢？你不知道我师傅的神通，是通天彻地的。若是我干不了的事，决不至差我来干。你如果害怕不敢前去，尽管请便。我师傅原是差我一个人到红莲寺搭救贵人的，想不到却先救了你。我明知红莲寺的僧人恶毒厉害，论本领你我都不是他们的对手。不过一则因师命不可违，二则我也略知数理，算定这回心事虽是险恶，只是好在帮助我成功的人很多，并且无须我去求助，所以我敢大胆前去。”

陆小青道："安知这常师傅不就是帮助你我成功的人呢？我的性命，若不蒙你搭救，昨夜早已断送在红莲寺了，死里逃生的人，还有什么害怕？我想不先不后的，偏巧在这时候遇见常师傅，也可见得是你的数验了。常师傅既是不约而来，自然无须你去求他帮助，但是总得向他说一番。你还是可以不露面，我去追上他向他说，好么？"柳迟听了，不好再说不肯，只得微微地点头。陆小青即回身向常德庆走的那条路追赶上去。

追过一个山嘴，就见常德庆撑着那根拐杖，在前面一颠一跛地走着。陆小青一面跑，一面喊道："常师傅请停步，我有话说。"常德庆随即掉过头来问道："什么事？"陆小青已跑到了跟前说道："你老人家听了我说去红莲寺的话，便说什么泥菩萨过江，自身难保。我仔细思量你老人家这句话，我此去红莲寺，必是凶多吉少。我不在这里遇着你老人家便罢，既有缘遇着了，就得求你老人家助我一臂之力。红莲寺那种万恶的地方，你老人家必早已知道，他们如今竟敢将一省的督抚软困在里面，不放出来，这还了得！"

常德庆听了，且不回答，只探头朝陆小青后面望了几眼问道："和你同行的那小子呢？他不是暗中扯你的衣角，不许你和我说话的吗？怎的你独自追来，对我说出这些没头没脑的话？"陆小青红了脸说道："我那朋友并不是不许我和你老人家说话。实在因心里着急，恐怕在路上多耽搁了误事，所以挽着我走。求你老人家大度包容，不要见怪。"

常德庆笑道："不干我的事，我怪些什么！你不追回来找我，我就懒

196

得说。你听了我泥菩萨过江的话，便知道此去凶多吉少，也难得你有这般机警。我看在你亡故的父亲面上，老实对你说一句，你既不为官作宰，又不当差供职，管什么督抚被困的事，休说你此刻只有罗春霖传授的这点儿能为，够不上管这些闲事；便是有再大些的本领，事不干己，也以不过问为好。你想去长沙，就和我一同到长沙去吧。"

陆小青摇头道："这却使不得，不是我敢不听你老人家的吩咐，也不是我仗着这点儿能耐，爱多管闲事。只因男子汉大丈夫，受了人家的好处，不能不尽力图个报答。"常德庆很诧异地问道："你几时受过那督抚的好处吗？"陆小青道："不是，督抚与我分隔云泥，哪有好处给我？我于今安心要求你老人家帮助，不能不向你老人家说实话。我昨夜因是中秋节，想找一个地方好的饭店歇宿，倒把宿头错过了，只得在红莲寺借宿。半夜在月下徘徊，无意中看见了许多女鬼在佛前礼拜，忽然屋上一声瓦响，那些女鬼登时都钻进那莲花台下去了。我赶到莲花座跟前看时，原来座下是一个地洞。我想佛殿乃清净庄严之地，如何会有鬼魂出没，如何会有地道呢？心里正在疑惑，谁知回到睡处，那知客和尚已坐在我床缘上，说我已窥破了他寺里的暧昧，勒逼我非立时剃度出家不可！我不依从，他就抽刀要杀我。我正待举手迎上去，却不知道那秃驴为什么忽然将刀抽回去不砍下来，并来不及地往门外跑去。那秃驴刚跨出房门，'啪'的一声就将一扇铁板门关上了，我被禁在房里，想冲破屋瓦逃走，谁知那房子的悬皮屋梁都是铁的，只冲得头皮生痛，不曾冲得出来。那秃驴出去，耳听得带了许多人向那房子里奔来。你老人家替我设想，在那时急也不急？就亏了刚才和我同行的那位朋友，他因为到红莲寺想搭救卜巡抚，正在我被禁的屋上躲着，将悬皮屋瓦打了一个窟窿，才把我救了出来。于今卜巡抚还不曾救出，我自然应该帮同他去救，才是谊理。"

常德庆点头道："原来是这么一回事，救你的那人姓什么，他为何要去搭救卜巡抚？"陆小青低头想了一想说道："我那朋友原是不肯露面的，不过我既来求你老人家帮助，便不能不说实话。他与那卜巡抚并不相干，他是奉了他师傅的命而来的，他姓柳名迟。据他说，他师傅姓吕，名宣良，绰号'金罗汉'，好像在江湖上很有些声名，大约你老人家也认识。"

常德庆睁开两眼望着陆小青说到这里，仿佛忍耐不住了的样子，摇着手说道："不用往下说了！我不但认识他，并且时时刻刻想会他，只苦会他不着。今天难得有你对我说实话，有他的徒弟来了，没当面错过。我愿意出力替你们帮忙，就此一同到红莲寺去吧。"陆小青不知道昆仑派与崆峒派积有仇怨，也听不出常德庆的话来，以为真个肯出力帮忙，当下喜不自胜地引常德庆走回来。

走到与柳迟分手之处，却不见柳迟的踪影了。一听路旁的山里树林中，有妇人、小孩的说笑声音。陆小青道："那柳迟本是站在这里等候的，此刻不知跑到哪里去了。这山里有人说笑，莫不是上山看去了？你老人家同到山里去瞧瞧，好么？"常德庆现出不耐烦的神气说道："既约了在此地等候，为什么不等到你回来，就独自跑到山里去呢？我懒得上山，你自去叫他下来便了。"

陆小青便不勉强，只得独自跑进树林里面寻找。但是这山里的树木非常茂盛，几步外就树木遮断了望眼，看不见人物，而听那说笑的声音，却很明晰，并听得出有柳迟的声音在内。依着发声的所在寻去，甚是作怪。寻到东边，一听说笑声，又仿佛在西边发出来；寻到西边，再听得笑声又仿佛到了南边。寻来寻去，只是见不着。寻得陆小青心里焦躁起来了，叫了几声柳大哥，也不见柳迟答应。心想这不是青天白日遇见鬼了吗？怎么这么一块巴掌大的地方，听得说话的声，见不着说话的人呢？

柳迟并不曾对我说有同来的女伴，我上山的时候，分明听得有年轻女子的声音在内。我曾听得人说，常有少年人被狐狸精迷了的事。柳迟年纪很轻，人物又生得漂亮，莫不是真个有狐狸精来采取他的元阳，使神通将他迷在树林中？我肉眼凡胎，所以看不见他们。常师傅的本领大，请他上山来，必能把狐狸精的法术破了。柳迟昨夜救了我的性命，我何能坐视不救他？想罢，即向山下奔来。

才跑出树林，就见常德庆已撑着拐杖，正一颠一跛地朝山上走。一见陆小青，便带气说道："怎么只管教我在路上等着，连回信也不给我一个呢？那小子十九是逃跑了。你还是同我去长沙吧，不要多管闲事！"陆小青道："他是奉了他师傅的命，特地前来救人的，无端的怎肯逃跑？不过这事很是蹊跷，我分明听得是他的声音，和一个年轻女子的声音，在树林里说话，并有一个男小孩子的声音，夹在里面说笑。估计那发声的所在，至多不过十来丈远近，不知是什么缘故，再也见不着他们的面。"

常德庆偏着头听了一听点头道："不差，那说笑的声音，我耳里也分明听得。"随即举眼向树林中望了一望笑问道:"你以为是什么道理?"陆小青道:"我知道他是一个人到红莲寺来的,并没有女人、小孩子同行。若是偶然遇着的,好人家女子,决没有和面生男子是那么说笑的道理。听说有种狐狸精,最会迷惑少年男子,采取元阳,我料柳迟必也是遇着那一类妖精了。你老人家的本领大,千万救他一救!"

常德庆哈哈大笑道:"什么狐狸精,有这大的胆量,敢在青天白日里迷人?你哪里知道,这是那小子有意在我跟前卖弄神通的。嗄,嗄!我不知道你是吕宣良的徒弟便罢,既知道你是那老贼的徒弟了,今日狭路相逢,只怕由不得我做人情,放你过去!"说罢,举左手向树林中一照,随手起了一个霹雳,只震得山摇地动,树林跟着一起一伏,如被狂风摧折。把个陆小青惊得浑身发抖起来,心里才明白常德庆是和柳迟的师傅有仇,怪不得柳迟不肯露面,不许说实话,不由得十分懊悔自己不该鲁莽。

常德庆本已走过去了的,自己不合不听柳迟的言语,将常德庆追回来,又把实情对常德庆说了,以致好意弄成了恶意。若常德庆真个把柳迟打死了,自己不是恩将仇报吗?陆小青心里一着急,就不知不觉地双膝朝常德庆跪下来,身体筛糠也似的抖着说道:"柳迟是我的救命恩人,他和你老人家没有仇怨,何以是这么跟他过不去呢?"

常德庆满面的怒容,还不曾回答,只见一个年约十二三岁的小孩子,从树林中走了出来。那孩子生得眉目如画,齿白唇红,头上二三寸长的短发,用红丝绳结成五个角儿,身上穿着花团锦簇,俨然一个富家公子的气概。常德庆觉得这孩子生得可爱,正很注意地看着。不提防那孩子的身法真快,还相隔两三丈远近,只见他头一低,双脚一垫,已比箭还急地对准常德庆怀中撞将过来。常德庆知道不妙,想躲闪哪来得及,"哎呀"都不曾叫出,已被那孩子一头撞中胸膛,就是一个仰天倒栽葱,骨碌碌滚到了山下。

常德庆曾练过多年内功的身体,平日刀剑都砍刺不入,想不到那小孩头上的五只角儿,竟比五只钢锥还来得锋利,胸膛上险些儿被撞成了五个窟窿。常德庆身体才着地,就待跳来和那小孩拼命。无奈栽下来是背脊着地地躺着,他原是断了一条腿的人,终不能像有两条腿的一般便捷,仰面朝天躺着的时候,更不大好使力,必须翻一个身才能爬起来。刚翻过身来挣扎,想不到那孩子真刁狡,不先不后地正在常德庆背脊朝天的时候,饿鹰扑兔也似的扑将过来，只用脚尖在常德庆背脊上一点，正点在穴道上。

常德庆禁不住身体一软，鼻尖擦地，伏在地下动也不能动了。不但全身的本领施展不出，就是一肚皮的法术，和多年的苦功练成的飞剑，也因被那小孩在无意中点着了穴道，浑身登时失了知觉，一点儿不能使用了。只耳里明明听得那小孩在背上笑道："你这个臭叫化，真不自量！从哪里学会了一手掌心雷，就随处拿来献丑。我们坐在树林里说话，与你这臭叫化有什么相干，平白无故的用得着下这种毒手。我若不取你的狗命，你也不知道你小爷爷的厉害。"当即觉得头顶上的乱发被小孩抓住了，背脊上如失了千斤重负，身不由己地被小孩提了起来。

就在这时候，忽听得山腰里有妖滴滴的女子声音喊道："弟弟放手吧，这叫化不是外人，原是我们家里的小伙计。且放下来问他，为什么无端下毒手打人？"常德庆听声音，想不起是谁。等那小孩放了手才抬头看时，不由得两眼冒火，七窍生烟。原来他认识山腰里的女子，不是别人，正是背父母跟丈夫私逃的甘联珠小姐。登时想起甘二娭馳的老命，虽是断送在吕宣良的神鹰爪下，然当日若不为甘联珠背父图逃，吕宣良帮助桂武，又何至有那种惨事闹出来？就是今日用掌心雷去劈柳迟，也无非为那回的事，寻报吕宣良仇不得，杀了他的徒弟，也可以消消胸中的恶气，谁知这贱丫头偏巧也到这里来。我知道这贱丫头除了练就了一身惊人的武艺而外，并没有别的本领。也是我今日合该倒霉，略不小心，倒被这小鬼头欺负了。这里面必然还有能人，若不然，我一掌心雷也就把他们打昏倒了。只是我受了这小鬼头这般凌辱，自后也没有面目见人了。不管他里面还有什么能人，我情愿把这条命拼了。

常德庆将心一横；即仰面向甘联珠骂道："我想不到你这贱丫头还有脸来见我！我不把你杀死，你祖母也死不瞑目！"说罢，一拍后脑，只见一道金光射出，直向甘联珠头上飞去。说时迟那时快，那小孩笑嘻嘻地叫了一声："好宝贝！"也从脑后射出一道白光来，对准那金光横截过去。常德庆一见白光射出，好像知道敌不过的样子，忙伸手将金光招了回来，改变了一副很和悦的面孔，对那小孩作揖说道："好本领，使我钦佩之至！请问你的尊姓大名。"

小孩也伸手招回了白光笑道："你是打算问了我的姓名，好日后报仇雪恨么？我也不怕你，我姓陈，名继志，红姑就是我的母亲。我母亲的神

200

数，知道你这臭叫化为甘家报仇，要害金罗汉徒弟的性命，特差我和表嫂来救的，你知道么？"常德庆叹了一口气道："昆仑派有这么多的能人，哪得不强盛！"旋说旋弯腰拾起拐杖，一颠一颠地走了。

且说甘联珠见常德庆走后，向树林中招了柳迟出来说道："你此时用不着先到红莲寺去。我料常德庆受了这番凌辱，知道有能人在此，他们是与红莲寺贼秃通气的，必然去红莲寺通信。那些贼秃原没有逃避之心，有常德庆去通消息，便不怕他们不急急逃避了。你可在此等候那中军官带了官兵前来，再一同到红莲寺去。免得和那些贼秃见面厮杀起来，又结下无穷的仇怨。我奉了姑母的命，和表弟到这里来，就是要借常德庆的口，去说些厉害给红莲寺的贼秃听，所以是这般做作。"柳迟问道："现在卜巡抚还被困在红莲寺里，不怕那些贼秃杀了他泄愤么？"甘联珠笑道："那些贼秃若能把卜巡抚杀死，还等到此刻吗？"

柳迟不懂这话怎么讲，正待发问，只见陆小青从树林中探头探脑地走了过来。陈继志一见面，就指着对甘联珠笑道："昨夜见鬼的那人来了！"边说边掉过脸望着陆小青说道："我是你的救命恩人，你知道么？"陆小青听了，摸不着头脑，也望着陈继志发怔。陈继志道："我昨夜用梅花针救了你的性命，你还不知道吗？"陆小青只得赔笑说道："只怪我的本领太低微，实在不知道在什么时候，承情救了我的性命！"

陈继志道："昨夜那贼秃举刀要劈你，你可知道那刀是什么刀？"陆小青道："我认得是缅甸刀。"陈继志道："你既认得是缅甸刀，就应该知道缅刀的厉害，是能削铁如泥的，怎么倒举着胳膊迎上去呢？那刀若真个劈下来，不但你这条胳膊登时两断，说不定连头带肩劈成两半个。那时我和表嫂戴了我母亲给的遁甲符在头上，能隐形使人不看见，已在红莲寺守了三昼夜了。寺里贼秃几次想害卜巡抚，都是我在暗中用梅花针打在贼秃的光头上，有发根遮掩住了，使他们看不出来。直到昨夜，那贼秃举刀来劈你，我想打他的头来不及，只得向他的脉腕打去。你的命虽然救下，只是我这把戏却玩穿了。贼秃中也有好几个是练剑的，齐出来和我两人作对。我因家母不许我两人露面，恐怕被贼秃破了遁甲符隐不了形，给他们知道了是家母的主使，只好退出红莲寺来。"

柳迟笑道："到底还是非露面不可！"甘联珠道："在常德庆跟前是这么露面，是不妨事的。常德庆为甘家的事向你寻仇，我自不能坐视不救，

201

这另是一桩事。崆峒派的人便不讲道理，也不能因此结怨。"陈继志对甘联珠道："我们的事情已了，好回去消差了吧。"陆小青连忙恭恭敬敬地作了两个揖道："承两位救我的命，只好铭感在心，徐图报答。"陈继志笑道："我是向你说笑话的，哪里算得了一回事！"

甘联珠率着陈继志已走了几步，忽回身叫了声"啊哟"说道："还有一句要紧的话，忘记向你们说。"柳迟忙问什么话。

不知甘联珠说出什么要紧的话来，且俟下回再写。

第二十一回

游郊野中途逢贼秃
入佛寺半夜会淫魔

话说甘联珠回身说道："你们知道那些贼秃将卜巡抚藏在什么地方么？"柳迟道："我正着急不知藏在什么地方。偌大一个红莲寺，又有地洞和机关暗室，寻找起来很不容易。"甘联珠笑道："知道了便极容易，一不在地洞里，二不在机关暗室里，就在那左侧廊檐底下的铜钟里面。"陆小青听了笑道："原来就在那里面罩着吗？我昨夜还在钟的左右徘徊了许久，因见殿上有鬼魂出现才走开的呢。"甘联珠说明了这话，自带着陈继志走了。

且说柳迟同陆小青遵着甘联珠的话，在路旁等不多时，便见赵振武统率一大队兵马，风驰电掣一般地来了。一同杀奔红莲寺看时，果然满寺的僧人，早走得不见一个踪影了。扛起那口铜钟救出卜巡抚来，已被闷得奄奄一息了，灌救了一会儿才醒来，说已三日不沾水米。

原来八月十三这日，卜巡抚又私地走出衙门，在街上闲行访问民间疾苦。这种举动，在平常为官作宰的人，不必做到督抚，只要是一个上了流品的官儿，便不肯单独步行，恐怕失了体统。唯有这卜巡抚，在湖南巡抚任上，每月至少也有二三次青衣小帽的，闲步出来游览。在巡抚部院里听差供职的人，习久也都见惯了，不以为异。八月间郊外田禾正熟，一望如黄金世界，卜巡抚久想去城外看看秋收丰歉。走出南门城，不觉信步向田亩中走去，遇着年老的农夫，便立刻闲谈片刻。是这般且行且止的，不知不觉就离城五六里了，口中有些发渴，见前面大路旁边，有一所小小的茶铺。茅棚中安放了许多坐椅，原是给行路人息肩解渴的，已有几个小贩模样的人，很疲乏地坐在棚里休息。

卜巡抚遂也缓步进去，就一处当风的所在坐下来。茶铺主人见卜巡抚的服装，比寻常小贩齐整，气概也与寻常小贩不同，料知茶钱是可望多得几文的，很殷勤地招待。卜巡抚坐了一会儿，喝了一杯茶。他是在四乡游行惯了的，每次总得带些零钱在身边，准备做渡钱、茶钱。这时取出些零钱来，给了茶铺主人，正待起身走回衙去。

只见有两个少年男子，从省城里这条路上走来，都是身穿长衫，脚着缎鞋白袜，很像个文人的装束。只是二人头上，各戴一顶青布缘边的草帽，步履很慢地走入茶棚。在前的就近拖一把椅子坐下，从袖中取出一块洁白的手帕，揩脸上的汗珠。在后的刚待取椅就座，好像突然想起了什么事的样子，回身对那已坐下的说道："时候不早了，快点儿走吧！"

茶铺主人正在满面春风地托了两杯茶出来，这两人已举步朝棚外走了。卜巡抚回头望着两少年的背影，见走出棚外有数十步了，那在前的忽回头朝棚里探望一眼，随即掉头走去。那人不回头探望倒没事，这一回头，却使卜巡抚生出疑心来了。因为卜巡抚看得清晰，见在后的才和在前面的交头接耳说了几句话，在前的便回头来探望。而在后的神气之间，又似乎在那里禁止他不许回头探望，所以一回头就急忙掉过去了。

卜巡抚不由得暗自思量道："这两个东西的举动很蹊跷，这种青布缘边的白细草帽，虽是有钱人戴的，然十九是因骑马不便撑伞，才戴这种草帽遮阴。上流人步行，何妨打伞？并且这么炎热的天气，草帽戴在头上不透风，岂不更热？即算这两个东西嫌两手难擎，不愿意打伞，只是已进了茶棚，何以还将草帽戴在头上，不取下来凉凉呢？我看那个在前面的，气概不像是男子，步履又迟缓不似少年男子的活泼。已经坐下来又走，更显得其中有情弊。天色尚早，我何不跟上去探个究竟？若是伤风败俗的行径，也是我应该整顿的。"想罢，便不迟疑，立起身就跟踪前去。

眼见两人仍在前面缓缓地行走，但是恐怕跟得太紧，两人生疑，一分头逃跑，便不容易查出他们的根底了。因自己有地位与力量的关系，即看出了破绽，也不便就这么动手逮捕人，只能查出一个下落来，回衙着落府县官去究办。幸喜跟在背后行走，两人全不觉得。这时路上的行人稀少，在后的少年，用右手挽住在前的左手，仿佛扶持着行走的模样。那种腰肢软弱、体态轻盈的形象，更完全透露出来了。两条辫子垂在背后，都是又小又短，并不光泽。那时少年男子的辫发，一般的甚是讲究，从来不见有像这两人的。

卜巡抚仔细留神，越看越能断定，在前的必是小尼姑改装的，在后的必是小和尚改装。勤政爱民的好官府，见了这种行径的人，自忍不住心头气愤。当下卜巡抚旋走旋猜度这一对狗男女，住处必不遥远，所以一同步行。只要知道了他们的巢穴所在，就不愁他能逃出法网了。一时为一般刚正之气所鼓动，丝毫不觉得可怕，也不觉得离城太远了，不容易回去。

约莫跟了三四里，那两人忽转向一条小路上走，卜巡抚心里欢喜道："转上小路，必是离住处不远了。"看那小路前头，多是山岭，卜巡抚恐怕在山岭树林中容易走失，不敢相离远，和两人相差不到两丈远近。山中寂静，听得在前的说道："我两脚实在走不动了，好哥哥让我在这树林里歇歇吧。你自己疑心生暗鬼，害得我一身都走痛了。"在后的答道："你也太不行了，这一点儿路都走不动，定要歇歇，就歇歇吧！"两人说着，同时就一块草地坐下来。

卜巡抚听在前的说话声音，娇脆非常，无论什么人听了，都能辨出是个女子。两人才坐下，那在前的又说道："你瞧我额上的汗，和水一般地淌下，这山林里没人来，取下这劳什子凉凉好么？"一面娇滴滴地说，一面已伸手将草帽取下，露出一个又光又白的秃顶，不是小尼姑是什么呢？卜巡抚看得分明，心想这一对狗男女，此时虽是都脸朝那边，不曾见有我在这里跟着。然万一他们回过头来望望，我一时不是无处躲藏吗？低头一看，就在身边有一块大粗石，有两尺多高，石后足够藏身。

刚要移步向石后蹲下，但是已来不及了，小尼姑说要取下草帽凉凉的时候，这小和尚也脱下草帽现出秃顶来。先朝左右看了一看，随即回转头，一眼便看见了卜巡抚。卜巡抚不禁吓了一跳，以为两个狗男女忽见看有人来了，也必大惊失色。谁知小和尚倒显得毫不在意的样子，对着卜巡抚点了点头笑道："既跟上来了，又藏躲做什么呢？请过来谈谈吧。"

卜巡抚见已为人识破，当然不能再向石后躲，只得大摇大摆地走过去笑道："我光明正大的行路，又不犯法，无端的要躲藏做什么？你们两位是佛门弟子呢，还是在俗的呢？"小和尚也笑道："那却随便，要说我是僧，便是僧；要说我在俗，便在俗。这么大热的天气，你也跟着走得太辛苦了，请坐下来歇息歇息，再跟我们走吧！"卜巡抚装出行所无事的样子说道："你们也是行路，我也是行路，怎么是跟你？难道这条路，只许你两人行走吗？"小和尚刚要回答，小尼姑伸手拉了小和尚一把说道："他行路也好，跟我们也好，管他做什么？"小和尚做出十分亲昵的神气，说道："哎哟！小妹妹，你哪里知道啊！你以为他是寻常行路的人吗？他贵人多忘事，只怕不认识我，我倒还认识他呢！此刻在湖南一省当中，要算他一个人最大，他跟我们走到这地方来，简直不怀好意。"

卜巡抚听了这几句话，险些儿惊得呆了。暗想这贼秃，既认识我是此刻湖南一省最大的人，居然还敢拿这般傲慢的神气待我，可见他已是目无王法了，倒得留神一点对付他才好，不要吃了他的眼前亏。心里是这么想着，口里便说道："你说的是什么话？我到贵省来探亲访友，今日才是第三天，你在什么地方曾认识我？你真不要疑心生暗鬼，以为我是跟着你们走，不怀好意。其实我是外省人，什么事也不与我相干，我就不怀好意，于我又有何好处？我改换一条路走吧，不要害得你们疑疑惑惑的不自在。"说罢，回身提步想走出树林，早离开这是非之场。

无奈这小和尚自知行藏已为人瞧破，不是一件当耍的事，仰天打了个哈哈，托地跳起身来喝道："待跑到哪里去？"这"去"字才脱口，卜巡抚已觉得胳膊被人捉住了，挣了几下，哪里挣得脱，仿佛被夹在铁钳里面，越挣扎越钳夹得紧，只觉得钳处痛彻心肝。转脸看时，原来小和尚用两个指头捏住胳膊，轻轻地摇动几下笑道："你好好地在督抚衙门里安享，何等自在，何等快乐？偏是生成的贱相，这么炎热的天气，要独自跑出来讨苦吃。或是在衙门里闷得慌，要独自一个人出来走走，瞧瞧风景也就罢了；偏要多管闲事，死死地盯住我们不放。若真个被你盯上了，那还了得！你开口就说你没有犯法，用不着藏躲。不错，我是犯了你的法，落在你手里，是断不肯轻轻放过的。只是你不盯我，你不犯法，既是盯我到了这里，便犯了我的法了。于今落到了我手里，我也断不肯轻轻放你过去，随我来吧。"和牵小孩子一般地将卜巡抚牵到树林深处。

卜巡抚痛得忍耐不住，口里"哎哟""哎哟"地喊叫起来，小和尚顺手往地下一带，卜巡抚便立脚不住，扑地就倒了。小和尚用一脚踏住，招手叫小尼姑过来，取了那条揩额汗的洁白手帕，先把卜巡抚的口缚了，使他喊叫不出。小尼姑又从长衫里面解下一条很长的绸巾来，小和尚接着将卜巡抚的两眼并两手缚了。卜巡抚既无力反抗，只好紧闭双目，听其所为。手眼都失了作用，又是背脊朝天地倒在地下，小和尚的脚虽已不踏在背上了，然因双手是反缚着，更牵连着后脑，扑在地下一点儿不好着力。

处了这种境遇，唯有听天由命，连哼也不哼一声。

随听得小尼姑的声音呼着哥哥说道："就是这么缚着掼在此地吗？我想这山里来往的人很稀少，就有人走这山里经过，也不会无端跑进这树林里来。他一不能动弹，二不能叫唤，有谁来救他呢？至多不过两三日工夫，便不饿死也得闷死。我们不管他，走吧。"小和尚发出踌躇的声口说道："这是使不得的，此地并不是深山穷谷，哪能保得没人行走？只要有一个砍柴的走进这山里来，就能将他救去。他一旦得回衙门，便是放虎归山，终久要出来伤人的。我戴了草帽的时候，他自然认不出我是谁。只是我已把草帽脱下，他不见得还不认识我。他原是对我们不怀好意才跟上来，若使他留得性命回去，那还了得！"

小尼姑道："然则就用绸巾将他勒死，掼到山石里去好么？"小和尚仍是沉吟不决似的，半晌方答道："这也使不得，你不知道我师傅的规矩很严。在周围百里之内，休说不能私自伤害人的性命，就是对于畜类草木，也不许有一些儿伤损。并不许在一百里之内，与俗人口角斗殴，便被俗人打了骂了，都不许计较的。"小尼姑发出带笑的声音说道："咦，咦，咦！罢了，罢了！不要信口乱说了吧，我都知道。"小和尚辩道："你这话怎么讲？难道还怀疑我这些话是假的吗，我无缘无故哄骗你做什么？"小尼姑笑道："谁说你是哄骗我？你是忘记前几天向我说的话了。你们寺里尚且不禁止伤害人，出来倒有这么些规矩了。"

小和尚接着哈哈大笑道："原来你是这般着想，怪道你以为我是随口乱说的。你是个聪明人，却怎么不懂得这道理？你可知道我们寺里的清规戒律，远近百多里无人不赞叹，是什么道理？就是这个道理。寺里都是自己人，那些清规戒律，有什么用处？"小尼姑道："这也使不得，那也使不得，到底打算怎么办咧？"小和尚道："不用着急，好在天色已快要黑了，把他扛回寺里去，听凭师傅发落，死活我们可以不管了。"

卜巡抚听了二人谈论的话，心想我自到任以来，时常单独步行出外，认识我的自是不少。不过他说他寺里的清规戒律，百里远近的人无不赞叹。我所闻清规戒律最严的，莫过于红莲寺，红莲寺的知圆长老，我曾迎接到衙里讲过经。我记得他来的时候，带了法随侍六人，其中有两个的年纪很轻。只因我当时不曾留意，相貌记不清晰了，或者这贼秃便是其中的一个。卜巡抚虽如此猜度，然始终不相信知圆长老是个恶僧，以为到寺里见了贼秃的师傅，是不是知圆，落眼便能认识。若是知圆，除了他蓄志谋叛便罢。不然，绝没有这大的胆量，敢公然害我的性命。并且我待他那么殷勤，见面总应该有点儿情分，所虑就怕不是红莲寺，落到强盗窝里去了，便更难望生还了。

想到这个生死的关头，委实有些慌乱。也不知在地下躺了若干时刻，忽觉身体被人提起来，仿佛是在肩上扛着，一高一低地行走得很快。耳听得背后还有一个人跟着走，逆料扛自己的就是小和尚，跟着走的是小尼姑，不过二人在路上都不开口说话。两眼虽被绸巾缚了，不看见所经过的地方是何情景，但是就身体起落的情势推测，所经过的多是山路。并且一路之上，都是静悄悄的，不仅不闻人声，连鸡鸣犬吠之声，也不听得。只觉有一阵一阵的风吹到身上，是很凉爽的，不似白昼的热风，料知此时至早也已在黄昏过后了。

不知经过了多少里道路，忽隐隐闻得钟声，隔半晌才撞响一下。思量已听得着钟声了，离寺大约不远了。果然没一刻工夫，陡觉身体往上一抛，凌空与腾云相似，唯恐这一跌落下来，势必粉身碎骨。谁知却是不然，并不是单独将他的身体抛起。原来是小和尚扛着他往上一纵，大约是纵上了一道高墙，或是屋顶，听得脚底下有细微的瓦碎声，行走比在地下时还快了数倍，也没有高低起落。

约莫是到了高墙尽头之处，陡觉得身体又往下一沉，不一会儿就卸了下来，仍和在山里的时候一样，背脊朝天地扑着，即听得一路脚声走出来了。不到一盏茶时候，那脚声又响了回来。有人将缚手的绸巾一扯，两手就敢松了，再在后脑上扯了一下，两眼也能睁开看物了，只见眼前有不甚明了的灯光。正待抬头向四面瞧瞧，已听得小和尚的声音，立在身旁说道："解了你的缚，还不自己挣扎起来，难道想人扶你吗？"

卜巡抚想用两手在地下挣扎，无奈反缚得太久了，臂膊已痹麻不仁，休说不能在地下挣扎，想运动一下都如失了知觉，不由自主只得伏着不动。小和尚似乎不耐烦了说道："怎的做官的人这么不济，起来吧，你的老朋友在方丈等你！"说时，伸一只手握着肩胛只一提，就提得站起来。小和尚又把缚口的手帕解下，凑近鼻端嗅了一嗅说道："原是一条香帕，一用着缚你的臭口，就变成臭帕了。若不是我心上人的东西，我真不要了呢？随我来吧。"旋说旋揣了手帕，牵着卜巡抚的衣袖就往房外走。

穿门过户，走到一处，灯烛辉煌，陈设精雅富丽。卜巡抚一眼看见靠墙根安放着的一张花梨木禅榻，顿时想起这房间就是知圆和尚的方丈。卜巡抚曾到红莲寺烧香，知圆和尚便是迎接在这方丈里款待。方丈中陈设的器具，仍与从前所见的无异，不过昼夜的光景不同罢了。此时禅榻上并不见知圆和尚，也没有旁的僧人，心里又不由得诧异道："这小贼秃说我的老朋友在方丈里等我，所谓老朋友，不待说必是知圆了，何以方丈中又没有他呢？"

正在如此疑惑，小和尚牵着衣袖直到禅榻跟前，一脚跨上去。只见他伸手在墙上不知如何推按了几下，才一霎眼工夫，禅榻自然向后移动了一二尺，墙根上闪出一个洞门来。小和尚指着洞门说道："走进这里面去吧！你来晏了一时半刻，你的老朋友已进宫取乐去了，懒得出来，教我引你进宫去见。尽管放胆走，若是存心要取你的性命，随便怎么下手你都逃不了，这不是为要害你才哄着你进去。"

卜巡抚落圈套已到了这一步，是早拼着一死了。然一瞧洞门里面，漆也似的乌黑，房中的灯烛光，却被禅榻遮掩了，一点儿看不出洞门以内是何模样。毕竟读书人的胆力不壮，不敢跨进脚去，小和尚现出轻视的神气说道："怕死的人也终免不了一死，我引你进去吧！"回身握了卜巡抚的手，弯腰向洞门里走去。

卜巡抚跟着一进洞门，只觉得凉气袭人，脚下一步低似一步，好像是很平坦的石级，二三十步外才是平地。更行数步，即见有自里面射出来的灯光了，在未见灯光的时候，两耳如在瓮中，仿佛有数十百种声音，同时在远处发作，但觉满耳嗡嗡的，辨别不出一种声音来。及一见灯光，种种庞杂的声音，立时都入耳分明了。原来有丝竹管弦的声音，有歌喉婉转高唱入云的声音，有笑语喧哗的声音，有喝好鼓掌的声音。

卜巡抚暗自寻思道："谁也想不到万人称赞、清净高尚的红莲寺地下，会有这种所在。这寺里贼秃平日之无法无天，概可想见了。我的命若不该丧在此地，脱险后又不能为民间除了这一大害，从此誓不再做官了！"才思量到这里，小和尚一手握着他，一手撩起一条门帘，将握手的手向门帘里一带说道："你老朋友在内，你自去见面吧。"随将手一松，卜巡抚险些儿栽了个跟斗，立稳脚一看，竟把个官居极品的卜巡抚看得呆了。

这间房子，分明是一间地下室。然寻常地室，都是湫隘卑湿，仅能容几人起卧而已，哪里有这样堂皇高大的？这房仿佛极宽大的厅堂，横直穿心都有三四丈，四围上下，装饰得耀睛夺目，巨烛高灯，照彻通明，与白昼无异。上首安放了一个形似禅榻，而大倍寻常的东西，一个脱得精光的老和尚，颓然高卧在上面。两个妙龄的女子，也是一丝不挂地坐在旁边，替老和尚捶腿捏胳膊。榻前原有帐幔的，此时向两边悬得高高的并没放下。幔前约有十来个粉白黛绿的女子，也有古装的，也有时装的，也有赤条条毫无遮掩的，在一团舞的舞、唱的唱。奏乐的坐在四角，也有十多个，尽是青年和尚，不用说衣服，连带也不见有一条在身上。一个个涎皮涎脸的，眯缝着两眼望了歌舞的女子。那些歌舞的女子，也故意卖弄风骚，做出种种淫荡不堪的神态，撩拨得那些青年和尚，简直如雪狮子向火，浑身骨头节都融了。却又各自距离得远远的，不敢挨近身去。

老和尚看得高兴，就高声喊起好来，也看不出老和尚是什么用意。卜巡抚虽与知圆和尚见过几次面，然这个老和尚因脱得一身精光了，又是睡在榻上，相隔有二丈远近，竟看不明白不知是不是知圆和尚，也不敢冒昧走上前去瞧个仔细。

卜巡抚见了这种邪淫的现象，心里虽不由得愤恨到了极处，但转念一想："这些贼秃，居然敢如此无法无天，哪里还知道什么忌惮？我不去触怒他们，犹恐他们不放我出去；惹恼了他们，就更不要望活命了。于今只要能委曲求全性命，便是千万之幸了。"卜巡抚一这么着想，即做出老实可怜的样子，低头站着不动。

歌舞的女子一会儿停止歌舞了，奏乐的青年和尚也都停止吹弹了。老和尚忽从榻上抬起头来问道："还不曾来吗？"歌舞的女子见问，同时十几双清妙的眼光，齐射到卜巡抚身上，都伸手指了一指，向老和尚回道："喏！早已在这里站着。幸亏是男子汉大脚，若是教我们一动也不动地站这么久，只怕两条腿早已痛断了。"

老和尚轰雷也似的喝一声道："贵人在这里，你们也敢胡说乱道，这还了得，都听我赶紧滚到帐幔后头去。"十来个女子都吃吃地笑着，躲藏到帐幔后面去了。坐在榻上的两个女子，也待下榻跑去，老和尚摇手止住道："你们不要走，只顾好好地替我捏着捶着吧。"边说边抬起半边身子来，对卜巡抚招了招手，笑道："请过这里来。"卜巡抚假装老实人害怕的样子，缩缩瑟瑟地挨近禅榻，仍低头立着。老和尚在卜巡抚浑身上下端详了几眼笑道："果然是贵人到了，有失迎候，罪过，罪过！别来不久，贵人更见发福了。老衲真说起来惭愧，一日衰似一日，于今已是颓唐得不堪了。"

卜巡抚这时已看出老和尚是知圆了，却仍做出发怔的模样，两眼一翻一翻地望着知圆说道："老师傅莫不是认错了人么？我姓张，名伯和。从河南来贵省探亲，才到了三日。不知为着什么事，少师傅在路上遇着我，就不由分说地将我捆起扛到这里来。我曾在什么地方看见过老师傅，已想不起来了，望老师傅慈悲，放我出去，免得舍亲盼望。"

知圆和尚已坐起身来大笑道："这一派话用不着说了，若是闻名不曾见面的人，便不难用花言巧语瞒混过去。我和你是老相识，烧成灰我还认识你，由你假装不认识就行了么？我这地方，不但外边俗人不能来，就是同寺的僧人，非经我呼唤，也不敢跨进一只脚来。你虽是官居极品，然是对于俗人才有高低上下，我们出家人佛法平等，人世的官阶，与我们释家无涉。不过你既到我这秘密地方来了，不得不谓之与我有缘，你我就此畅饮一场吧。"说时，举眼向房角上的青年和尚说道："传语出去，从速开一席酒菜上来。"便见青年和尚走到门口，撩起门帘，照知圆和尚吩咐的话说了一遍。大约门外有人伺候着，青年和尚说了自还原位。

顷刻之间，酒菜就送进来了。就在大禅榻上安放一张坑几模样的矮脚方桌，金杯牙箸，海错山珍，罗列一桌。知圆让卜巡抚在对面坐下，亲自执壶斟了一杯酒笑道："我这里的酒，是不容易饮着的，虽赶不上天宫里的玉液琼浆，可以延年益寿，也实在能忘忧解闷，奉劝你多饮几杯吧。"

卜巡抚此时哪里还有闲心饮酒，只急得不知要如何才好，也不愿意与知圆和尚虚谦假让，接过酒杯就搁下，也不敢饮。知圆好像已看出他不敢饮的意思，先举杯一口饮干了，将杯照着说道："我要害你性命，岂用得着毒酒？你且干了这杯，我有话说。我为你设想，既到了这一步，就忧愁烦闷到死，也不过是白送了性命，有什么用处呢？你要知道人生寿命有限，苦多乐少。我们活在世上，若不自己寻些快乐，简直从出娘胎以至老死，没一时一刻不是苦恼。我明白你此时的心事，总以为我难免不伤害你的性命，所以急得要想逃生的方法。老实对你说一句，你若是一个平常与我不相识的人，到了我这地方，窥破了我的行径，便插翅也休想能逃得出去。因为我不将他杀死，不能灭他的口，使他不能去向外人乱说。你的官阶大小，虽与我佛门无涉，但是你曾殷勤迎接我到衙门里讲经，又曾来这寺里拈过香，毕竟比较寻常人多一些儿情分，我决不取你的性命就是了。"

卜巡抚料知不能再瞒混过去了，只得放开了胆量说道："老和尚的话，固是不差。我也知道人生苦多乐少，为人须及时行乐。不过像老和尚是出家人，不受王法拘束，没有国家责任，可以一心寻乐。我是薄福的人，为何能与老和尚同日而语？"知圆紧接着说道："你想学我的样，不是极平常极容易的事吗？有一句俗语道'和尚是人做成的'，谁生成是和尚？我立刻给你剃度，你便立刻做成和尚了。你心里不要搁不下一个湖南巡抚的虚名，须知终归是要搁下的。我这寺里虽有一百多位法侣，只是还不曾有可传我衣钵的人。你剃度后，便可传我衣钵，你居了我的地位，不用说一个巡抚赶不上我的尊荣快乐，就是贵为天子，富有四海，也不及我的自在舒徐。"

卜巡抚道："我此时的俗务纠纷，尘心未退，还不是出家的机缘。望老和尚宽假些时，等我回去将一切俗务了脱，一定皈依座下，也不敢望传老和尚衣钵，就做一个火工道人，也是心甘情愿的。"

知圆笑道："你这个想回去的念头快点儿打消吧！非是我少了徒弟，要勉强你出家，只怪你无端要多管闲事，存心窥破人的阴私。小徒在路上行走，实不曾有干犯你的地方，你偏要紧紧跟随不放。你那时若不是动了杀念，小徒又何至将你扛到此地来。如果到此地过来的俗人，居然能带着性命回去，我这所在不早已变成瓦砾之场了吗？我自从住持这红莲寺，对于窥破了我底蕴的人，早限定了只有两条路给他走，从来没有丝毫通融改变。"

卜巡抚问道："请问是哪两条路？"知圆道："我佛以慈悲度人为本，所以第一条路就是立刻剃度。若这人不识抬举，不愿剃度，就只得即时给他一布袋石灰，送他到西方极乐世界去。想留着活口去外面胡说乱道，无论是谁也休做这梦想。"卜巡抚道："剃度后是应遵守怎样的清规戒律？"知圆道："清规戒律倒不难遵守，不过我这寺里此类剃度，与其他佛寺里的剃度不同，终年只能在地室中逍遥快乐，不许任意行动。"

卜巡抚心想："这种剃度，何异活埋在这地窖里！衙中人见我独自出来不曾回去，势必四处探寻，若侥幸得救出去，顶上的短发已经剃了，此后岂但不能为官，并不能为人了。宁死也不能受这大辱。"主意已定，即正色对知圆说道："我受朝廷封疆重寄，岂可偷生忍辱？你若尚有丝毫畏法之心，趁早送我回衙，我倒可通融，不认真追究。如你执迷不肯放我，任凭你处治便了。"

知圆点了点头道："两条路我也任凭你走，你既以为剃度是受辱，也罢，就由你走第二条路吧。"随即向房角上的和尚道："取弥勒来，送他到西天去。"便有两个青年和尚应声而去。

只一转眼的时间，忽见一个青年和尚面如土色地奔回来说道："不知是什么缘故，长兄才一伸手去取弥勒，就一跤跌倒了。弟子只道他提不起，用力过猛闪了腰肢，弯腰去扶他，谁知他和死了一样，鼻息都没有了。"知圆吃惊似的跳下禅榻来道："这是怎么一回事？"

不知究竟是怎么一回事，且俟下回再写。

第二十二回

杨状元倾家结豪杰
张义士访友变姓名

话说知圆听了青年和尚那种奇异的报告，即起身走到那倒地的青年和尚跟前一看。灯烛之光照得分明，不是死了是什么呢？知圆不由得踌躇起来，暗想卜巡抚官居极品，大概他所到之处，必有百神呵护。这弥勒布袋取去，便是他生死的关头，所以百神要保护他的性命，就得是这般显点灵应出来，使我好消灭杀他的念头。不过我今日不杀他，来日他必杀我。像红莲寺这么好的基业，一旦败露了便不能再在此地立脚，却教我们到何处更创一个这般稳固的所在呢？他既不肯剃度，难道因取弥勒布袋的人死了，便饶了他放他出去不成！生死原有一定，安知不是这小子应该得急症病死，适逢其会在这时死了？我倒不相信真有神灵如此保护这狗官，我命里若也注定了要死在这时候，就躲也躲不了，我何不亲自动手将布袋提过去。

知圆这么一想，立时似乎下了一个决心。才向布袋跟前移了两步，正待弯腰伸手，猛觉得呼的一阵旋风，房中的灯烛，登时齐被吹熄了。有几盏灯竟被风刮倒在地，只吹得知圆毛骨悚然，连忙伸起腰来，左手捏诀，口中念动禁压妖魔鬼怪的真言。这是知圆和尚的看家本领，无论山魈野魅、鬼怪妖精，哪怕在百里以外，知圆将这种真言念动，立刻都不能行动，唯有俯首帖耳地听知圆的指挥令。

知圆何以有这般本领，毕竟他是如何的来历？前几回连篇累幅地写红莲寺，却没工夫把红莲寺的历史叙述出来，大概看官们心里总不免有些纳闷，以为光天化日之下，逼近省会之地，怎的会忽然钻出一个这般鬼鬼祟祟的万恶红莲寺来？一定是不肖生活见鬼，青天白日在这里说梦话。看官们不要性急，这是千真万确的一桩故事。诸位不信，不妨找一个湖南唱汉调的老戏子，看是不是有一出火烧红莲寺的戏。这戏在距今三十年前，演得最多，只是没有在白天演的，因为满台火景，必在夜间演来才好看。不过演这出戏，仅演卜巡抚落难，陆小青见鬼，甘联珠、陈继志暗护卜巡抚，与卜巡抚脱难后火烧红莲寺而已。至于知圆和尚的来历，戏中不曾演出。并且当时看戏的，都只知道知圆的诨名"铁头和尚"，少有知道他法号叫"知圆"的。在下却破工夫打听了知圆的一生来历，正好趁这时分写出来。

知圆的俗家姓杨，原籍河南人，他父亲单名一个"幻"字，二十五岁上就点了武状元，专好结纳海内豪杰之士。论到杨幻的武艺，能大魁天下，自然是了不得的高强。不过他点状元的本领，是他极不得意的功夫。他得意的功夫，为一般会武艺的行家所推崇佩服的，在会试场中都用不着。他最会纵跳和使放暗器。身体魁梧奇伟，无论什么有眼力的人一眼看去，无不以为他这么高大的身材，必然笨滞不堪；谁知他上起高来，竟比猢狲还加倍轻捷。浑身筋骨，要硬便硬如钢铁，要软便软如丝绵。身材矮小人钻不过去的缝隙，杨幻钻过去倒像绰有余裕，一点儿也不觉得那缝隙仄狭了。寻常会武艺的人，使放暗器，尽有准头极好百发百中的，然普通只能近放，不能远放；就是有力量能放远的，也只能在那毫无遮拦阻隔的地方打人。若在树林当中，及有窗格阻挡的所在，暗器便发放出去，也不能远，效力是更差了。唯有杨幻的暗器，不拘在什么地方，只要有一线之路，能看得见心里想打的人，不问上下左右有多少层障碍，他的暗器能照着那一线之路，直射过去。

他正练习暗器的时候，每在墙壁上掏一个茶杯大小的窟窿，点一支线香在墙那边，他立在墙这边，暗器从窟窿中打过去，将香头打灭。后来练习的日子长了，能在黑夜之中，暗器穿过两层墙洞，将点在第三间房里的香头打灭。凡是有人使用的暗器，他无有不会，无有不精。

他祖传的产业，原极豪富，自奉却非常俭约，银钱专用在交游上面。只要是有点儿能耐和声名的人走他家经过，或是专程去拜访他的，他总得奉送些程仪。若有缓急去求他帮助，看需要多少，开出口来，没有不如数奉送的。受他殷勤款待与银钱帮助的人越多，"杨幻"两个字的声名也越大。那时在江湖上一提起杨状元，不问认识不认识，都得称赞一声"仗义疏财的好汉"。后来杨幻的家产，被杨幻没有限制的赠送得精光了，在原籍不能居住。一则因为远处闻名的人，不知道杨幻的处境不如从前，以为永远是一个可扰之东，源源不断地来杨家拜访。杨幻慷慨惯了，一旦没力量帮助人，面上觉得很惭愧。二则因家境既不宽舒，便不能款待朋友。他是生性好友的人，没有朋友在一块儿盘桓，更觉得索居无味。有这两个原因，只得离开原籍出门访友。这时杨幻的年纪已有了五十多岁，只有一个儿子名从化，年已十六岁了。杨从化得他父亲传授的武艺，虽赶不上他父亲那般高妙，然不但和他一般年龄的人没有能敌得过他的，就是从来在江湖上称好汉的老手，看了他的功夫，也都得说一句后生可畏，不敢存与他尝试的心。杨从化才到十岁，他母亲便死了。杨幻也没续弦，也没纳妾。杨幻一带着杨从化出门，原籍地方就没有杨幻的家了，杨幻父子到处游行访友。

这日在陕西境内，坐船经过一处很大的码头，天色已将近黄昏了。船靠码头的时候，杨幻坐在舱里，推开窗门向码头上看热闹。只见离船约一箭远近的岸边，有一个大石岩伸在水里，石岩上巍然矗立着一个和尚，右手撑着一条臂膊粗的禅杖，左手握拳抵在腰间，挺胸昂头，竖起两道浓黑如漆的扫帚眉，睁起两只光如闪电的巨眼，不转眼朝船上看着。

杨幻一见面，就不由得吃了一惊。暗想我自己的身材已是很魁梧的了，这和尚只怕比我还要高大一倍。这和尚的年纪虽也不小，然像这样金刚一般的气概，出门怎用得着撑拐杖？并且看这拐杖的形式，十九是用纯钢打就的，怕不有一百来斤重。看他两眼露出凶光，下死劲钉住在我这船上，难道曾和我有甚仇怨，知道我今日到这里来，特地先在此地等候我吗？只是我平生并不曾见过这样的和尚，也不曾有开罪和尚的事。我于今也不管他是不是有意来与我为难的，今夜只小心一点儿睡觉便了。杨幻心里这么思想着，两眼懒得与那和尚对望了，移向码头上闲看了一会儿，再向石岩上看和尚时，已不知在何时走到何处去了。这夜杨幻父子都不敢安然就睡，准备那和尚前来有什么举动。但是提心吊胆了一夜，直到天明，丝毫动静也没有。

杨幻不由得暗自好笑道："我真是疑心生暗鬼，白担了一夜的心思，不敢安睡，谁知是偶然遇着。只是这和尚虽不知道我，我既遇见他，倒得上峰去访访他，看他的本领毕竟怎样。这和尚在此地的声名必不小，逆料没有访不着的。"杨幻父子所坐的船，是单独雇的，行止可以自由。因为他父子的目的在访友，沿途遇着名人好汉，随处都得流连。这日杨幻吃了早饭，即带着杨从化上岸，专访本地的丛林古寺，却不见有那般模样的和尚。找着地方年老诚实的人打听，也没人知道有这么一个和尚。整整地访了三日，不曾访着，只得罢了。

第四日仍开船向前进发，行了几十里，天色向晚，又到了一个埠头停泊。每次泊船的时候，杨幻照例凭窗向岸上眺望。想不到一举眼，又见那个和尚，仍是与前日一般地眼睁睁向这船上望着，右手还是撑着那支臂膊粗的黑色禅杖。杨幻心里想道："难道这番也是偶然地遇着吗？我看这秃驴的神情，逆料他对我必不怀好意。我平生虽不曾有事得罪过和尚，只是和尚是凡人做成的，说不定这秃驴在未出家以前，曾与我有什么事过不去。我当时不留意，相隔的年数多了，他又出了家，改变了装束模样，我见面不认识他，他是存心图报复的，自然能认识我。有一句古话说得好'先下手为强，后下手遭殃'，他若不是为寻仇报复的，便不应该是这般跟着我，现出这样神气来。我乘他不防备的时候，赏他一袖箭，我宁可错杀了他，不能因姑息之念反为他所算。"

主意既定，再看那和尚，正掉头望着后面。杨幻不由得暗喜道："这真是绝好的机会。"一点儿不踌躇，右手一起，一支箭早已如掣电一般地直向和尚的后脑射去。杨幻自以为一箭射在没蓄发的光头上，至少也得射进去两寸多深，将脑髓射出来。哪知道事实完全与理想不对！那箭不偏不倚地射在和尚后脑上，只听得"喳"的一声，就和碰在钢板上一样，不但没射进去一分、半分，反碰得那箭射回来，足有一两丈远近，落到水里去了。

和尚仿佛吃了一惊似的，一面用左手在袖箭射着的地方搔着，好像表示射着的地方，如被虱了咬着一般的痒；一面掉转脸来，望着杨幻含笑点头。这一来，倒把一个见多识广武艺高强的杨幻，弄得不知待怎么才好。此时船已靠好了码头，那和尚便拖着禅杖，一步一步地向船跟前走来，现出满面的笑容，不似以前那般横眉鼓眼、凶不可当的模样了。杨幻这时心里虽甚后悔不该鲁莽动手，然事已到了这一步，吉凶祸福，已来不及计虑了。唯有连忙吩咐杨从化在隔舱蹲着，端整兵器在手，准备和尚一动手，就冷不防地钻出来，帮着厮杀。自己也将应手的兵器，安放在便于携取的地方，装出安闲的样子，走出舱来。

只见和尚已到船头立着，将禅杖倚在身边，双手合十，迎着杨幻笑道："来者果是杨状元么？贫僧迎候了好几日，只因不知究竟是也不是，不敢冒昧进见。幸蒙赏赐了这一袖箭，贫僧方能断定，若不是杨状元，他人决不能打得贫僧的头皮这么发痒，真是幸会之至。"这几句话，只说得杨幻的脸红一阵、白一阵。只是看和尚说话的神气，甚是诚恳，并没带着讥讽的意味，也不像是前来寻仇报复的，只得也赔着笑脸抱拳说道："不知大和尚法讳怎么称呼，宝刹在哪里？何以知道不才会来此地？"旋说旋让和尚进舱里，分宾主坐定。

和尚接着答道："贫僧法号无垢，这番因云游到陕西，在西安报恩寺雪门师叔那里，听说杨大居士已动身来陕西访友。贫僧久慕大居士的声名，本打算亲到河南拜访，无奈一晌都不得方便。近来正喜有机缘可以成行了，偏巧小徒从河南回来，据说曾到了大居士府上，适逢大居士已离开原籍，出门访友，并无一定的行踪。贫僧听了，唯有自叹缘悭，却想不到一来西安，无意中倒得着了大居士的踪迹，所以特地来河边等候。"

杨幻见无垢和尚说得这般恳切，料知决无恶意，忙起身拱手道："承大和尚如此厚意殷勤，不才真是又感激又惭愧。大和尚刚才说西安报恩寺的雪门师叔，不知是不是和江南周发廷老爹同门的雪门师傅？"无垢连连点头笑道："正是他老人家，居士原来和江南周老爹相熟么？那是贫僧的师伯。"杨幻笑道："江南周老爹谁不知道，更是不才平生最服膺的老辈。听说周老爹同门兄弟，并雪门师傅只有三人，还有一位田老师，多年隐居不出，外人知道的很少。想必大和尚的尊师，就是他老人家了？"无垢和尚微笑点头道："贫僧俗姓田，字义周。居士所说的，便是贫僧的俗父，已于五年前去世了。"杨幻喜道："怪道大和尚有这等惊人的本领，原来是大名家之后。我真是肉眼凡胎，唐突了大和尚，罪该万死。"

无垢和尚摆手说道："居士不用客气。贫僧虽是出了家，然贫僧的功夫，不是在出家后练的，你我都是同道的人。贫僧因听得小徒说，居士有一位公子，功夫甚是了得，居士带着一路出门，何不请出来给贫僧见见？"杨幻谦逊道："小孩子顽劣不堪，怎够得上说功夫。"旋说旋向隔舱叫道："我儿快出来向大和尚请安。"

前舱说话，杨从化在后舱听得分明，连忙放下手中兵器，理了理身上衣服，应声出来，恭恭敬敬地向无垢和尚行礼。无垢慌忙双手拉了起来，两眼在杨从化浑身打量了一遍，不住地点头笑道："好气宇，好骨骼！怪不得小徒再三称赞。"杨幻问道："令徒是哪位，曾见过小子么？"无垢道："自然是见过的。"说着，拉了杨从化的手问道："你今年有十六岁了么？"杨从化应是。无垢又问道："从几岁起练功夫？"杨从化道："五岁。"无垢叫着"哎呀"道："练过十一年了，难得，难得！你也读过书，认识字么？"

杨从化道："书也略读了些，字也略认识一些。"无垢道："书是从几岁读起的？"杨从化道："也是五岁。"无垢听了，欢喜得哈哈大笑道："书也不间断地读了十一年。像这般文武全才的童子，除了你恐怕没有第二个。"杨从化不作声，杨幻在旁谦谢道："大和尚太夸奖他了，小子今日能遇见大和尚，实可谓之三生有幸，得恳求大和尚玉成他才好。"说罢，起身对无垢一躬到地。

无垢欣然答道："令郎合该与贫僧有缘。贫僧在十年前虽收了一个徒弟，只是他有他自己的事业，不能随侍左右，多久就存心要物色一个，无如称我心愿的实不容易找着。就是我那小徒，也随处替我留意，因此见了令郎，对贫僧称道不置。"杨从化生性聪明，听得自己父亲求无垢玉成他，无垢已应允了，不待他父亲开口，即双膝往舱板上一跪，捣蒜一般地叩了四个头。

无垢很高兴地坐受了，对杨幻说道："贫僧近年募化十方，已在湖南长沙、浏阳交界之处，买了些田地。那地方原有一所古寺叫红莲寺，规模不大，地形却甚好。贫僧已从四川、陕西两省，雇了二三十名很工巧的泥木匠，到湖南重新盖造起来，此刻已造成一所大寺院了。那地方最好修炼，令郎既拜给贫僧做徒弟，就得跟随贫僧到红莲寺去。不过出家不出家，倒可听凭尊便，那是不能勉强的。"

杨幻笑道："师傅知道我父子此刻虽不曾出家，却已没有家了么？十年前，我父子在河南原籍不但有家，并是轰轰烈烈、热热闹闹的大家。自己家里的眷属奴仆不在内，就只每日在我家盘桓的亲戚朋友，至少也有四五十人，这还不是热热闹闹的大家吗？谁知敝内去世后，家政经理无人，家业便一年不如一年地凋零下来，渐渐供给不起亲友，亲友也渐渐地疏远不大上门了；更渐渐蓄不起奴仆，奴仆也就一个一个地换上主人了。所有相依不去的，只有这个小子。为人到了这一步，还有看不透的世情吗？这小子若没有安顿的所在，我也不舍得就此不顾他。于今既遇着师傅了，正是他的福报。他果能即时皈依三宝，求师傅剃度，我心里不但没有舍不得的念头，并且深庆他能得所。"无垢合十，口念阿弥陀佛道："这就更难得了。"无垢和尚这夜就在船上歇宿。

杨幻陪着谈论了多少时事，评骘了多少人物，忽然想起无垢所说的徒弟来，忍不住问道："师傅在十年前收的那位高足，毕竟姓甚名谁？既到寒舍见过小子，一定也见过我的，我只是想不起何时来过会武艺的出家人来。"无垢略沉吟了一下笑道："我那小徒原不曾出家，居士如何想得起来呢。居士不是外人，贫僧不妨直说。小徒到尊府去的时候，贫僧虽不知道他假托什么姓名，然可料定他决不肯将真姓名说出。因为他身上的案件很多，在河南地方说出真姓名来，多有不便，并且怕拖累居士。居士广结纳天下豪杰之士，张汶祥这个人，居士曾听人谈起过吗？"

杨幻道："不是四川的枭匪头目张汶祥么？"无垢和尚笑道："除了那个张汶祥，哪里还有第二个张汶祥，够得上称天下豪杰之士呢？"杨幻也点头笑道："那是时常听得有人谈起他，说他武艺高强，性情豪侠，实在是一个数一数二的好汉。不过谈论他的人，没一个不叹息他，说他可惜走错了道路。以那么好的天资能耐，不走向正路上去，建功立业，将来封妻荫子，却专一结交川中无赖，成群结队的贩私盐。听说几次与官兵对垒，都是张汶祥打胜了。官厅几番想招安他，他不但不理，并杀戮了好几名官员，弄得官府没有法子，只好悬重赏捉拿他。我听了张汶祥这种行为，也委实有些替他可惜。大师傅的高足，就是张汶祥么？"

无垢也叹了一口气说道："凡事不是身历其境的，不容易明白。以张汶祥的聪明智识，何尝分辨不出邪正。譬如骑在老虎背上的人，岂不自知危险，急想跳下虎背来。但是不跳下，不得近虎口；跳下来反不能免了。如果有方法能跳下虎背，又可免遭虎口，张汶祥早已改邪归正了。"

杨从化偏着头思索了一会儿，忽向无垢问道："张师兄是不是三十来岁年纪，长条身体，紫色脸膛，两道长眉入鬓，说话略带些口吃的呢？"无垢笑道："你何以见得这般模样的是他呢？"杨从化望着杨幻说道："爹爹不记得那个姓赵的吗，他说姓赵，行一，就叫赵一，没有名字。他去后，爹爹不是很觉得奇怪吗？说像他这般本领高强的人，应该早有很大的声名了，怎么就叫作赵一？而'赵一'这两个字，却从来没听人谈过呢？

220

我当时听得爹爹这般说，也疑心必是有名的人，或者因恐怕敌不过爹爹，坏了自己的声名，所以不说真姓名。依师傅的话推想起来，那赵一不是张师兄，还有谁呢？"杨幻沉吟着没开口。

无垢已笑道："倒是你推想的不差，你且说那赵一是何时到你家去的，在你家是怎样的情形？"杨从化道："那赵一在三年前到我家，只歇宿一夜，就推说事忙走了。初时谈论拳脚武艺，不肯和我爹爹较量，言动很是恭敬，很是客气。问我练了些什么功夫，似乎十分仔细。后来定要和我交手，我推辞不掉，只得和他走了两趟。他却只是招架，绝不回手。我见他身体矫捷得非常，只顾向后闪退，打算将他逼到没有退路的地方，看他怎样。只见他背贴墙壁，墙壁就洞穿了一个和他身体一般大的窟窿，用斧头钢凿成，也没有这般迅速这般齐整。我记得他次日临走的时候，笑嘻嘻地向我连说了几句后会有期。"杨幻说道："怪不得那人有如此高强的本领，原来是老师傅的高足，我真粗心，当时也不知道根究他一个来由。"无垢道："居士当时不根究他的来由也好，小徒生性甚是多疑，他去府上原是好意，没得因无意地根究他来由，倒使他好意变成了恶意。"杨幻父子这夜又和无垢谈论了一会儿，就彼此安歇了。

次日带着杨从化要走，杨幻心里总不免有些依恋，对杨从化说道："你的缘法好，能得着这样的高明师傅，更有那么了得的师兄。只要你能不辜负你师傅的栽培，将来的造就，实不可限量。我现在已年将花甲，此后得一日清闲，便是享受一日的福报。没有重创家业的心，自然没有再行住家的事，游到哪里是哪里，在何处死了，便在何处掩埋。你此去但一心伺候师傅，不可想念我。我若有缘游到湖南，必来红莲寺瞧你。你会着你师兄张汶祥的时候，说我问候他，他的境遇，我因与他只有一面之缘，不得而知。不过我十分佩服他是好汉，也十分爱惜他这个好汉。师傅说他骑虎不能下背，自是实在情形。但是我有一句话奉送他，就是劝他得好休时便好休，绿林只是好汉暂时存身之地，不是终生立足之区。他既得高师，出家岂非跳下虎背的第一妙法？"

杨从化流泪说道："爹爹的话，孩儿牢记在心，遇见师兄便说。"杨幻又拜托了无垢一番，无垢才带着杨从化做辞去了。杨幻从此单独一个人，游踪无定。不知游了多少年，何时死于何地，正应了那句"不知所终"的老话了。

于今且说杨从化跟着无垢和尚，一路并不耽搁地回到红莲寺。这时红莲寺里，已有十来个和尚，都是无垢和尚的徒弟。寺里虽一般地供奉了佛像，只是并不开放给俗人烧香礼拜。无垢和尚在寺里的时候，每日由他率领着众和尚做几次照例的功课。一到夜间关闭了山门，无垢便督率着众和尚练习武艺。杨从化聪明出众，武艺本来在众和尚之上，无垢更特别地喜爱他，尽自己的能耐传给他。杨从化一因没有六亲眷属，心无挂碍；二因年轻没有损友引诱他入邪途，除学做佛堂功课以外，能专心一志地练习武艺。无垢在众徒弟中，独喜爱杨从化，也只最信用杨从化。寺中有许多内容，众和尚所不知道的，杨从化无不知道。

原来这红莲寺，表面虽是无垢募化十方得来的银钱，盖造这一所寺院做净修之所的。实在就是张汶祥拿出钱来，由无垢经手盖造这寺院，为他自己将来下台地步的。所以泥木匠都从四川雇来，暗室机关造得异常巧妙，非深知内幕情形，不但在房里房外都寻不出一点儿可疑的破绽来。尽管动手将这一座寺院拆毁，夷为平地，也不会显出可疑的地方。是这般建造红莲寺的主意，果然不是无垢和尚想出来的，也不是他徒弟张汶祥想出来的，这其中还有一个才高八斗、足智多谋的人物在内。

这人是张汶祥的把兄，姓郑，单名一个时字。讲到张汶祥的事，因为有刺杀马心仪那桩惊天动地的大案，前人笔记上很有不少的记载，并有编为小说的，更有编为戏剧的。不过那案在当时，因有许多忌讳，不但做笔记、编小说、戏剧的得不着实情，就得着了实情，也不敢照实做出来、编出来。便是当时奉旨同审理张汶祥的人，除了刑部尚书郑敦谨而外，所知道的供词情节，也都是曾国藩一手遮天捏造出来的，与事实完全不对。在下因调查红莲寺的来由出处，找着郑敦谨的女婿，为当日在屏风后窃听张汶祥供词的人，才探得了一个究竟。这种情节不照实记出来，一则湮没了可惜，二则在下这部《奇侠传》，非有这一段情节加进去，荒唐诡怪的红莲寺，未免太没来由。因此尽管是妇孺皆知的张汶祥刺马故事，也得不惮词费，依据在下所探得的，从头至尾写出来，替屈死专制淫威下的英雄出一出气。

闲话少说，且说杨从化到红莲寺有了半年，与闻了无垢和尚与张汶祥的一切秘密。这夜已在二更过后了，杨从化在梦中被人推醒。张眼看时，还仿佛认得出是几年前，在河南原籍和自己交手的赵一。心里早已明白就是大师兄张汶祥，并非真个姓赵行一。连忙翻身坐起来，正待称呼他一声大师兄，张汶祥已笑着开口说道："杨公子久违了，还认识我赵一么？"杨从化已下地对张汶祥叩头行礼，口称"大师兄"道："自从来此半年，无一日不想念大师兄。"慌得张汶祥连忙赔礼笑道："杨公子为何称我赵一为大师兄？"杨从化正色道："还在这里杨公子、杨公子，我真不敢和大师兄说话了。那年自大师兄走后，我和家父都疑心赵一不是真姓名，不过凭空想不到是大师兄罢了。所以我和家父在陕西初遇师傅的时候，师傅一提到大师兄曾去我家的话，我便知道大师兄必就是那个假赵一。"

张汶祥道："我那时连对你说几句后会有期，你不觉着我是有意么？"杨从化道："那时虽不知道是什么用意，但已觉得说那话的语气和神情，都不像平常临别时照例说出来的套话。"张汶祥笑道："可见得凡事皆由前定，我若在那时向你和老伯直说，要引你到红莲寺来，拜我师傅做徒弟，十有九是办不到的。因为那时的机缘还不曾成熟，雪门祖师在三年前，早算就了杨老伯必有在家乡不能居住的一日，所以直待你随杨老伯游到了陕西，师傅才来相见。"杨从化想起自己父亲吩咐转述的话，即将那夜在船上杨幻与无垢和尚谈论张汶祥的话，及次日临行所吩咐的话，都很委婉地说了。

张汶祥听罢，就窗眼里向天空恭恭敬敬地作了三个揖道："杨老伯爱我的厚意，我应铭心刻骨的感激，我只要略有机缘，誓不辜负他老人家这番厚意。你是我自己亲兄弟一般的人，我的事不妨直告你知道。我此刻的境遇，若是出家可以了事，也不自寻苦恼了。我在四川，连我自己有三个把兄弟，大哥姓郑，名时，虽只进了一个学，然学问渊博，四川的老生宿儒，没一个不钦佩郑时的才情文采。并且他不仅文学高人一等，就是行军布阵，划谋定计，虽古时的名将，也不见得能超过他。数年来我辈在川中的事业声名，全仗他一人运筹帷幄。我和三弟施星标，只是供他的指挥驱使而已。不过每次与官兵对垒，总是我奋勇争先，所向披靡，因此我在四川的声名，倒在郑大哥之上。其实我辈若没有郑大哥运筹帷幄，早已不能在四川立脚了。郑大哥也知道绿林只可以暂时托足，不能作为终身的事业，无如手下数千同甘共苦好多年的兄弟，一个个都是积案如山的人。一旦散伙，他们都找不着安全立足之地。望着他们挨次断送在那些狗官手里，我们当好汉的人，于心何忍？"

杨从化截住问道："不是大家都说官府曾几次派人来招安，大师兄不但不肯，反把官府派来人杀戮的吗，这又是什么道理呢？"张汶祥笑道："'招安'两个字，谈何容易？在四川那些狗官，哪一个配有招安我们的气魄，配有驾驭我们的才能。既没有气魄，又没有才能的狗官，就不应提起'招安'两个字。'招安'这两字从他们口里说出来，不过想邀功得赏，打算用'招安'两字骗我们落他的圈套罢了。是这般居心，就应该杀戮，何况真敢派人来尝试？他既存心来要我们的命，我们自然不能饶恕他。如果真有一位有才干有气魄的好官，休说招抚我们之后还给官我们做，哪怕招抚我去替他当差，终日伺候他，我也是心甘情愿的。我和郑大哥都抱定一个主意，宁肯跟一个大英雄、大豪杰当奴仆，不愿在一个庸碌无能的上司手下当属员。"

杨从化点头道："这种主意，实在不错。不过英雄可以造时势，豪杰之士，虽无文王犹兴。以师兄与郑大哥这样的文武全才，只要有了这个改邪归正的念头，将来一有机缘，飞黄腾达自是意中事，本来也不能急在一时，更不必急在一时。不知那位施星标三哥，是怎样的一位人物？"

张汶祥道："施三弟么，论这人的本领，文不能提笔，武不能挥拳，只是为人诚实，外不欺人，内不欺心，现成的事教他去办，他是能谨守法度，不能将事情办好，也不至将事情弄糟。若教他去开始办理一桩事，那是不成功的。我和郑大哥就爱他为人诚实，不知道世间有狡猾害人的人，并不相信世间有狡猾害人的事。他跟着我兄弟两个，总不至有上人家当的时候，若离开我兄弟两个，他就不行了。"

杨从化问道："听说师兄在四川，也时常攻城夺地，将府县官拿住斩首，是不是确实有这种行为呢？"张汶祥道："这不算稀奇！攻城夺地，杀戮官府，也不但我们这一起人。凡是干我们这种行业的，总免不了有与官兵动手的时候。既动手就有胜负，负则逃散，胜则夺取城池。不过只我们这一起的力量大些，从来不曾打败过，所以外面的声名闹大了。"

杨从化道："那么师兄在四川占领的城池，应该不少了？"张汶祥笑道："谁去认真占领，和官兵打一个不歇休呢？我们若和官兵认真打起来，是无论如何讨不了便宜的。我们的人，一阵少似一阵，一时没有增加添补，官兵是可以有加无已的。唯有飘忽不定的一法，可以对付官兵。做官的人，谁也不愿意打仗，只要目前安靖了，就得粉饰太平，邀功讨赏。便明知我们藏匿在什么地方，他也不愿问，不是面子上太过不去了，决不至兴师动众地和我们相打。我们也只求生意上可以获利，又何苦无端去找官府为难，因此才能两下相安地过下去。"

杨从化道："此刻师兄到这里来了，于那边的事业，没有妨碍吗？"张汶祥道："久离是不妥的，有郑大哥在那里，大致还可以放心。这地方就是郑大哥出主意经营的，郑大哥也多久就料定做私盐，不是长远的局面，不能不趁这时候，积聚几文血汗钱在这里，做将来退步的打算。但是我们三兄弟的声名闹得太大，万不能由我三人出面购产业，而这种银钱上的事，又不容易托付得人。郑大哥想来想去，唯有托我师傅，因他老人家是个出家人，银钱可以由募化得来，不必定有出处；若在俗人，凭空拿出许多银两出来买田购地，旁人看了，没有不生疑的。旁人一生了疑心，就难免不查根问蒂，万一露了一点儿风声出去，我三人便枉费心机了。我三人将来的下场，十九得依遵杨老伯的话，以出家为上。"

杨从化道："我的母亲早已去世，父亲虽健在，然风烛残年，且萍踪无定，今生能否再见，尚不可知，是则有父也和无父一样，兄弟妻子更是无有。难得有这出家的门路，我一晌打算求师傅替我剃度，师兄的意思以为怎样？"

不知张汶祥怎生回答，且俟下回再写。

第二十三回

求放心杨从化削发
失守地马心仪遭擒

话说张汶祥听杨从化打算出家的话，很高兴地答道："贤弟能出家，是再好没有的了。不过出家容易，既出家之后，又想返俗，就太不成话了。贤弟此刻年轻，有几件出家人最难守持的戒律，还不曾经历过，不知道艰难。所虑的就怕将来守不住出家的戒，以出家人造在家人所不敢造的孽，那就不是当耍的事。贤弟若自问将来，能保住决不至有犯戒的事做出来，那么出家真是再好没有的了。"

杨从化问道："将来怎么样，我不曾经历，固是不知道。不过我得问师兄一句话，只看出家人最难守持的戒律，是由旁人逼着我使我不能守呢，还是由我自己忽然不能守？"张汶祥笑道："哪有由旁人逼迫犯戒的事。出家人犯戒，全是由于自己没有操持的力量，与旁人无涉。"杨从化道："如果是由旁人逼迫的，我倒有些害怕，因为我的能力有限，强似我的人多；若遇着一个能力强似我的人，要他逼迫我做犯戒的事，我拗他不过，又不肯拼命保守，那就难免不被他逼得犯戒。至于没有能力强似我的人来逼迫，我自己不肯做犯戒的事，却如何会犯戒呢？"

张汶祥微笑点头道："但愿老弟能口心如一，能始终如一，将来成佛成仙，也都从这不犯戒中得来。老弟能从此立定脚跟，我即刻便去向师傅说，求他老人家替你剃度。我也知道出家修行，是最好的事，无如我自知生成的尘心太重，和野马一般的性格，丝毫受不了羁勒。什么菩萨戒、罗汉戒、比邱戒，种种繁难的戒律，我果然是守不了。就是极简便的杀、盗、淫、妄、酒五居士戒，我除了妄语而外，这四戒都难保不犯。这是由于我的生性到了那时分，自己也制自己不了。我也知道不可杀生，不过遇了有一种恶毒的人，正在干恶毒的事，一落到我眼里，心里就不由得冒起

226

火，两手就也不由自主的，非杀了他不可。刀光过去，心里便顿时舒畅了。老弟生长名门，人心险恶，世路崎岖，都没有阅历，又得早遇名师。譬如一株树，出土就有人栽培执植，不经风雨摧残，冰霜侵蚀，所以能枝干条达，没有轮囷盘曲的奇形怪状。老弟此时的心地，光明活泼，渣滓全无，出家修道最相宜的。快把身上衣服整理，就一同到师傅那里去，我好将老弟要求剃度的心愿，当面禀明师傅。"杨从化欣然答应，立时端整了衣冠，随同张汶祥到无垢方丈里。

这时无垢还不曾安歇，正盘膝坐在禅床上做禅定的功夫。张汶祥轻轻地立在一旁，不敢惊动。好半晌，无垢才出定，张眼望着杨从化问道："你和他别了几年，见面还能认识么？"杨从化上前一步应道："像大师兄这般英伟的气概，便再过十年八载，见面也能认识。"无垢笑了一笑，又问道："你父亲吩咐你对他说的话，你已说过了么？"杨从化道："已向大师兄说过了。"

无垢即转脸望着张汶祥问道："你听了他父亲的话，心下如何打算？"张汶祥道："弟子明知杨老伯的话，句句都是金石良言。师傅是深知弟子的，暂时唯有尽人事以听天命，若撇下数百个几年来同甘共苦的兄弟，只因自己能安然脱身，他们的死活都不顾，这是弟子万万做不到的。不过弟子出家的事，虽遥遥无期，杨师弟却已动了出家之念，特地同来，要求师傅给他剃度。"

无垢听了，现出踌躇的神气，问杨从化道："你知道出家有什么难处么？"杨从化道："弟子不曾出家，不知道出家有什么难处。但是弟子曾读孔孟之书，孟子曾说'学问之道无他，求其放心而已'，弟子思量出家修行，也只在求放心上做功夫。这求放心的勾当，说难便难，说易也易，不知道是与不是？"

无垢原不是读书人出家，只因那次败在朱镇岳手里，朱镇岳逼着要见他，气量偏仄的人，一时羞愤得跳窗户出来。后虽自悔鲁莽，然打听得朱镇岳在山中守制，自觉不好意思转脸回山去，就此出家做了和尚。

剃度他的师傅，虽也是四川峨眉山伏虎寺方丈，开谛和尚的徒弟圆觉大师，也是个大有道行的好和尚。无如田义周不是个十分聪悟的人，又非由他本人看破了红尘出家的，迫得无家可归，才出家借寺院为栖身之所。因此在圆觉大师跟前，并没领会多少修行真谛。不过他从小在侠义之门，平日的熏陶濡染，已使他不敢有背义害理的举动。受戒后自能恪守清规，凡是普通出家人所应行的功课，他都能遵照实行罢了。至于禅机妙理，是没有多大心得的。在红莲寺的和尚，大半出身盐枭，通文理的更少。当下听了杨从化求放心的话，便欢喜称赞，以为是寺里许多和尚所不及的。次日就替杨从化剃度了，赐名"知圆"。知圆的天分果是极高，遇事能得无垢和尚的欢心。寺里众和尚也因知圆的年纪虽轻，文才武艺都高人一等，又是方丈和尚得意的徒弟，大家都争着巴结。知圆这时在红莲寺做和尚的事，暂且搁下。

再说那张汶祥，自听了杨从化转述杨幻劝他的那番言语，初时还觉得自己的处境，一时要改变途径，有些为难。在归途上一路左思右想，越想越觉得现在的处境危险，因此改邪归正的念头，不知不觉地就决定了。回到四川，将杨幻的话，又对郑时、施星标二人说了一遍道："同走我们这条道路的人，除了有几个因洗手得早，打起捆包远走高飞，不知去向的而外，简直没有听说一个能善始善终的。未必他们的力量都不如你我，可见得这条路是不能多走的。依我的意思，果是趁早设法抽身为好！"

施星标素来是个毫无主意的人，听了不开口，望着郑时。郑时笑向张、施二人道："这些兄弟怎么样，我都不管，我只问两位老弟，现在能出家做和尚么？"张汶祥道："我说要设法抽身，就是为现在不能去做和尚，所以说要设法。若愿意就做和尚，有现成的红莲寺在那里，去落发便了。"郑时道："好吗！既不能出家，你们可知道抽身就很不容易么？和我们同道的人，虽有打起捆包远走高飞不知去向的，只是我们不能照他们的样。他们多是偷偷摸摸的不敢撞祸，没闹出什么声名来，只要离了四川，尽管行不更名，坐不改姓，也没人知道他的履历。你我此刻是何等声势，就是出家尚且恐怕有人挑眼，何况不出家呢？"

张汶祥道："照大哥这样说来，不是简直不能下台吗？"郑时道："且看机会如何，暂时是没有妥当的法子。我们既存了这个得好休时便好休的心，料不久必有机会。不过我们万不可因动了这个念头，便自馁其气，遇事退缩不前，那就事不小，更不可露一点儿消息给众兄弟知道。如果大家在未下台之前，先自馁了锐气，便永远没有给我们好下台的机会了。"张汶祥点头道："这是至当不移的道理，我和三弟两人，横竖听从大哥的主张便了。"三个商议之后，并没有改变行动，仍是各人督率手下兄弟，做私盐交易。

又过了一些时，一次与官兵对打起来，官兵败退，盐枭照例攻夺城池。这次攻破了一座府城，将知府全家拿住了，这位城陷被擒的知府，便是马心仪。马心仪的品貌才情，当时四川全省的官场中，没有能及得他的，在四川早有能员的声望。这回因兵力不足，又疏于防范了一点儿，被张汶祥等攻进城来，一时逃走不及，全家被捉。马心仪早知张汶祥等这班盐枭，特别凶悍，官府落到这班盐枭手里，从来没有好好释放过。自己这番被捉，也只好安排一死，不存幸免的心思。

平时盐枭捉了官府，也和官府捉了匪徒一样，由匪首高坐堂皇，将官府提出审讯，并不捉着便杀。张汶祥等这部分盐枭，在四川所杀戮的官府，尽是平日官声恶劣的。若是爱民勤政的好官，为地方人民所称道的，他们不但不拿来杀戮，并不去攻打好官所守的城池。马心仪虽有能员之名，对于地方百姓，却没有恩德可感，没有使张汶祥等钦敬之处。所以城陷的时候，便将他全家拿住了。他们从来拿了官府，照例是由郑时坐堂审讯的。

这日郑时审讯过马心仪之后，退堂传集张汶祥、施星标二人，秘密会议。郑时先开口说道："前次二弟从红莲寺回来，因听了杨幻劝勉的话，动了改邪归正的念头。我一晌留心寻觅大家好下台的机会，即苦于寻觅不着。刚才我审讯这个知府马心仪，看他的谈吐相貌，很不寻常。我料他将来发达，不可限量，我等要下台，这机会倒不可错过，只不知两位老弟的意思怎样？"张汶祥道："这知府的谈吐相貌好，如何是我们下台的机会？我不懂得其中的道理。"

郑时道："我也知道老弟不懂，也只问老弟愿意不愿意趁此下台。愿意，我再说其中的道理。"张汶祥道："既是下台的好机会，安有不愿意的？"郑时点头道："我看马心仪的仪表非凡，逆料他将来必成大器。我打算好生款待他，和他结纳，求他以后设法招安我们，于我们有好处，于他自己也有好处。我料他为人精干，将来必能如我等的心愿。"张汶祥道："他若自以为是朝廷人员，瞧我们这些私盐贩不起，不愿意和我们结纳，大哥这番心机不是白用了吗？"

郑时摇头道："这一层倒可不虑，因为我们平日捉拿了官府，都是置之死地；于今我们不杀他，反殷勤款待他、与他结交，人谁不怕死，岂有不愿意的道理?"张汶祥道:"世人能心口如一的绝少。我们殷勤款待他,他这时为要保全他自己的性命,口里说得很好,尽可对天发誓,与我等结交,将来尽力设法招安我等;一离开了我们,就立时变卦,甚至还记我们擒捉他的仇恨,反力图报复。这片心机不仍是枉费了吗?"

郑时笑道:"我也想到了这层。不过我料他决不至有这种举动,我知道马心仪做官,十分热衷,我有方法能帮助他,使他升迁得快,不愁他不落我的圈套。我既有力量帮助他,使他升迁,就有力量陷害他,使他不安于位。他心里尽管不高兴与我们结交,一落了我们的圈套,便不能由他做主了。好处就在我们是贩私盐的,他为自己的地位、官声起见,断不敢开罪我们。"

张汶祥道:"大哥是心计素工的人,只要大哥觉得是这么办妥当,就这么办下去。俗话说'求官不着秀才在',我们结交了他,他能如我们的心愿,自是再好没有;就是他转脸不识人,我们也没有吃什么亏。"郑时见张、施二人没有异议,便独自到拘押马心仪的所在,亲手替马心仪解开绳索,引着与张、施二人相见。

马心仪不知郑时是何用意,盛气相向地说道:"你们这班逆贼,打算将本府怎生摆布?要杀只管就杀,休得啰唣!"张汶祥听了这几句话,又见了那种骄慢的神气,已忍不住待伸手抽刀。郑时连忙望着张汶祥使眼色,等马心仪上座了,才从容说道:"我等若有相害之心,也用不着这些啰唣了。你在四川做官的能名,我等早已听得,我等在四川的威望,你大约也有所闻。我三人虽是异姓兄弟,然情逾骨肉,三人一般的性格,生平痛恶贪官污吏、恶霸土豪,所以贪官污吏落到我们手中,简直和有深仇积恨的一样,顷刻不容缓地将他处死。你在四川没有贪污之名,我们兄弟原不存心和你作对,无奈你放我们不过,几次派兵向我们穷追痛剿,逼得我们没法,只好努力攻进城来,和你当面说个明白。我等其所以甘触刑章,拼死要做这私盐买卖,全是迫于生计,不能坐待着饿死,就只得铤而走险了。如果有贤明官府怜悯我等是出于无奈,设法安置我等,我等是情愿效死的。"

马心仪见郑时没有杀害他的心思,他也知道郑时是个豪杰之士,便改换了很和易的脸色说道:"你既说如有贤明官府,设法安置你们,你们便情愿效死,何以官府几次派人到山里招安,你们反把派去的人杀戮呢?"

郑时道："那几次招安，何尝有一次是真意，无非想用招安的名儿，骗我等人入牢笼罢了。我的耳目很多，官府的一举一动，都不能逃我的耳目。并且那几个想骗我们入牢笼的官府，就是我们兄弟所深恶痛绝的贪官污吏，正恨不能吃他的肉，刮他的皮，岂肯受他的招安？我粗知相人之术，看你的相，将来必位极人臣，因此不打算害你，并愿尽我的能力帮助你，使你宦途平坦，一路升迁上去。不过你得应允我一句话。"

马心仪问道："应允你什么话？且说出来，看能不能应允？"郑时道："你不能应允的，我也不至向你说。就是我先帮助你升迁，你升迁之后，再尽力援引我们。我们非不知自爱的人，到时决不会有使你为难，或拖累你的举动。"马心仪道："你有什么能力，能使我宦途平坦，一路升迁上去呢？"郑时笑道："这倒是一件易如反掌的事。你应允了我的话，我自然要做给你看的。若以后我的话不验，你也不妨将应允我的话勾销。"

马心仪暗想这话倒爽快，他既能先帮助我升迁，我升迁之后再援引他，于我有益无损的事，如何应允不得呢？当下便答道："我真能宦途平坦，一路升迁上去，将来一定尽力援引你们出头，决不食言！"郑时道："就是这么应允，大丈夫一言既出，驷马难追，虽也未尝不可。不过我与你地位悬殊，似乎非经过一种仪式，不足以昭慎重。常言'贵人多忘事'，你将来大贵的时候，因与我们有云泥之隔，若存心嫌我们微贱，我们也无可奈何。你是真心打算将来援引我们出头，此刻就应该不存贵贱高下的念头，与我们三兄弟结拜。我们绿林中人最重结拜，一经结拜，便可共生死，永远没有改悔的。你肯和我们结拜，方可显出你的真心。"

马心仪是个做知府的人，哪有真心和盐枭结拜为兄弟呢？不过在初被擒的时候，以为万无生理，已拼着一死，说话才能气壮。此时见有一条生路，便只求能脱身，不肯再向拼死的这条路上走了。明知若不应允郑时的话，使他兄弟恼羞成怒，翻过脸来，就不好说话了，遂不踌躇地答道："我也知道你们都是些豪杰之士，将来必能为国家建立功业，不是久困风尘的。结拜为兄弟，我很愿意，不过你我此时因地位不同的缘故，结拜的事，除了我们自己而外，无论谁人都不能给他知道。这风声传出去，于我果然不利，你们也讨不了好处。既讨不了好处，又何必多此一举呢？"

郑时道："敬遵台命，我所以亲自来解缚，不许有一个跟随的人在这里，也就是因这事不宜使外人知道。"当下双方说妥了，就点烛焚香，四人对天结拜为兄弟。并照着寻常结盟的例，都对天发了"有福同享、有祸同当"的誓。论年龄，马心仪最大，郑时、张汶祥次之，施星标最小。郑时原是做大哥的，此后的大哥，就得让马心仪做了，各人都降了一级称呼。

四人结拜过后，郑时早已安排了丰盛筵席，算是庆祝成功。马心仪在筵席上虽是强作欢笑，然时时露出愁眉不展的样子来。郑时看了不乐道："难道大哥心里有不甘愿的地方，碍难说出吗？这事虽由我等强迫做的，然我能断定于大哥有益无损。大哥是有胸襟有气魄的人，料不至因我等出身微贱，便存不屑之心。何以大家正在开怀畅饮之际，却时时露出愁苦的样子来呢？"

马心仪道："二弟说尽力量帮助我，必能使我宦途平坦，一路升迁上去，这话我也相信。因为素来闻二弟的名，知道是个足智多谋的人。不过那是以后的事，我所着虑的，就在目前的这个局面，教我不好摆布。我是有守城之责的官儿，于今城被攻破了，我全家被擒，如果我能以身殉城，身后还可以得些荣典。除了身殉以外，败兵失地的处分，总不能免，教我如何能不愁苦呢？"

郑时大笑道："这算得什么，我若没有对付的方法，也不敢说帮助大哥的话了。大哥目前有为难的事，我就不能帮助，以后帮助的话还靠得住吗？大哥只管开怀畅饮。我们今日虽结拜了成为异姓兄弟，然因地位不同的缘故，此后料不定要到何时，方能与大哥再是这么共桌饮食。大约第二次能与大哥共饮，便是我们三个老弟出头的时候了。"

马心仪立时现出了笑容问道："二弟有何方法，就说出来让我参详一番，能得周全，我总知道感激。"郑时道："感激的话，太显得生分了，请大哥以后不但不可再是这么说，并不可想这么存心，只求此后不忘记我们三个兄弟久困泥涂，就受赐已多了。这回的事，极容易对付，大哥不是在几个月以前，曾出了教四乡招募团练的告示吗？"马心仪笑道："就是为你们闹得太凶了，只好是那么办。"郑时道："有了那道告示就好办，大哥此刻赶紧办一道告急求援的公文，倒填今日黎明未破城的时刻，火速报到省城里去。"

马心仪道："那倒用不着临时办了，黎明时原有告急求援的公文去了。"郑时道："那就更简便了。大哥只须带了印信，单身混出城去，将四乡招募的团练，不问老幼强弱，数目能多越好，就由大哥率领了，趁明日绝早赶到城下来，虚张声势地将城围了，只留南门不围。我也率领众兄弟，到城上抵抗一阵，两边不妨打得热闹些，我们做出抵抗不住、不敢恋战的神气，率领众兄弟掳了大哥的官眷，从南门败逃下去。大哥一面进城安民，一面仍统率团练追赶，在路上又得虚打一阵，才把官眷夺回来。如此一番做作，照情形夸张一点儿呈报上去，大哥还得受处分吗？"

马心仪喜得立起来笑道："二弟真不愧'足智多谋'四字，能照这样做，必不至再受处分，不过委屈了三位老弟。"郑时道："大家都有妙用在内，也说不到委屈的话。"马心仪遂向三人拱了拱手道："事不宜迟，我就不再耽搁了。"郑时点头对施星标道："守城的不知端的，不见得肯容大哥混出城去。大哥快改了装束，四弟亲送到城外再回来吧。"马心仪连忙改装一个粗人，随身带了知府的印信，由施星标护送出城去了。

四乡的团练，原是招募现成的，有一个知府亲身去召集，还怕不容易凑成军吗？绝不费事地就聚集了一千多名高低不一、老幼参差的团兵。马心仪誓师出发，离府城原不过几十里路，半夜动身，不到天明就抵城下，将一座城三方面包围起来，抬枪鸟铳，一齐向城上开放，城上也噼噼啪啪地对打。只吓得这一城的百姓，一个个从睡梦中惊醒，儿啼女哭，夫叫妻号。

郑时等依照原定的计划，掳了马心仪的眷属，率众弃城从南门逃走。马心仪进城分了一半团练兵，留在城里假做搜捕余匪，其实哪里还有余匪留在城里，给团练兵来搜捕呢？不得不是这么做作掩人耳目罢了，亲自带了一半团练兵，追赶出城。追不到几里，就将眷属安全夺回了，真是齐打得胜鼓，高唱凯歌还。一府城的人民，无不称赞马知府的神勇，并没一人知道其中内幕。官场中照例最会铺陈战绩，已经被盐枭占领了的城池，居然能在一个对时之中，恢复转来，表面上并杀得盐枭大败亏输，狼狈逃遁。在不知道内幕情形的人，自不能不恭维马心仪有胆有略。马心仪有了这番的事功，更得上官信任，官运果然益发亨通了，屡次升擢，不到一年工夫，就升到了山东藩台。竭力提拔他的人，就是清室中兴的名人曾国藩。

曾国藩素知四川盐枭厉害，而他自己也是个得力于团练兵的人，见马心仪能统率团练兵恢复失地，杀败四川最以凶悍善战著称的盐枭，因此十分器重马心仪是个有用之才，存心要提拔他出来，好做自己一个帮手。那时曾国藩的权势，倾动朝野，凡是经他赏识的人，无不功名成就，要算是有清一代中第一个热心培植人材、奖掖后进的。马心仪的才干本来不弱，又有这样转祸为福的好机会，送给他利用，再加一个有大力的存心提拔，竭力保举，有时遇了关于盐枭为难的事，更有郑时在暗中为之划策，宜乎无往不利，一月三迁了。

只是马心仪自恢复失地后，不到一年就升到山东藩台。而郑时等一班盐枭，自从假败之后，却交上否运了。就在那日假败出城，等马心仪追来，将眷属交还后，率着七零八落的队伍，打算回山里休息。不提防走了二十多里，忽然迎面冲出来一支兵马，见面就杀将起来。郑时以为反中了马心仪的诡计，气得跺脚叹道："人心真难测，我这么帮助他成功，他倒存心算计我，预先在这里伏下一支兵马等候我们。"张汶祥也气得磨牙咧齿，奋勇当先与官兵对杀。往日张汶祥手下的兄弟，与官兵对垒，无不一以当十，所向无前。这回虽是假败，并没损耗军实，兄弟们也非疲乏不堪应战，无如队伍散乱，毫无应战的准备，临时由少数人振作不起来。

张汶祥独自带了些亲近的兄弟，当先杀了一阵，回头看四面都是官兵旗帜，自己不过一二百人，被困在中央，郑时、施星标都不知被冲到哪里去了。心里着慌二人被官兵擒捉了去，料知久战必难幸免，只得率了这一二百名兄弟，又奋勇杀出重围。看前面也有一大堆兵马，好像是围困了自家兄弟在内。张汶祥高声对手下一二百名兄弟说道："我大哥、三弟，量必被困围在那一团兵马之内，你们情愿帮我去救的，请随我来，我今日不要命了。"众兄弟听了，轰雷也似的应一声道："我也不要命了。"

亏了这一鼓勇气，如冲发了一二百只猛虎，齐发一声吼，大地震动，张汶祥左手挽藤牌，右手握单刀，只见就地一滚，赛过一团黑烟，马撞着马倒，人撞着人翻。众兄弟紧跟在后，转眼就杀进了重围。郑时正被困得无可奈何，张汶祥若再迟一刻儿赶到，他和施星标二人不落到官兵手里，便是自刎而死了。官兵见张汶祥这部分如此骁勇，不由得胆都寒了。张汶祥所到之处，纷纷后退，让开一条道路，给众人逃去，也不敢追赶。

张汶祥等事后调查，才知道这一支兵马，并不是马心仪预先埋伏的。原来是因省里接了马心仪告急求援的公文，星夜派兵来救援的。盐枭的旗帜装束，都与官兵不同，远远地一见便能认识。郑时等不提防有官兵来，官兵是来救援的，却料知近城处必有盐枭，所以见面便动手杀起来，好像是预先埋伏了的一样。

这次郑时三兄弟虽不曾受伤，然手下的兄弟死伤不少。他们自当盐枭以来，从没有是这么大败过。行军打仗，全赖一股锐气，这锐气一挫，就有善战的好主将，也不能带着没锐气的兵应战。郑时因在暗中帮助马心仪的缘故，对于别部分盐枭，平时可以援助的地方，总得量力援助；既和马心仪有了关系，就不便再助盐枭了。因此别部分盐枭，对郑时等多怀怨望，也都不肯出力来相助了。从来官兵剿匪，失败则悄悄无声，略得胜利，就雷厉风行地想斩尽杀绝。省城派来救援的官兵，无意中打了个大胜仗，官兵与郑时这部分盐枭相打，要算是第一次得胜，哪里舍得就这么轻放过去？接着又加派了一标人马，跟踪追剿。

任凭郑时足智多谋，张汶祥骁勇善战，盐枭都是乌合之众，从来胜则奋勇争先，败则如鸟兽散，"纪律"两个字是说不上的，没有纪律的兵打了败仗，哪里还能振作呢？接连又被官兵打败了两次，三兄弟每人手下所存留的，只二三十个人了，尚且被官兵追赶得无处立足。郑时只得率着败残的兄弟，逃进一座深山，向张、施二人提议道："我想不到假败弄成了真败，以致热烘烘的基业，没一年就亏败到这步田地，这虽是因我的计谋不得当，然也有天意。我们此刻想再恢复以前的基业，等马大哥招安，是办不到的事了。我想马大哥于今在山东，名位已是不小了，若有心照顾我们，并非难事。我打算教施四弟先去山东找马大哥，我再详细写一封信给他，看他对待施四弟的情形如何，我两人再作计较。不知两位老弟的意思怎样？"

不知二人怎生回答，且俟下回再写。

第二十四回

郑秀才听笛识佳人
张义士挥拳战群寇

话说张汶祥听了郑时的话，踌躇了一会儿说道："现在也只好如此，我与二哥的声名，闹得太大了。我总觉得马大哥是做官的人，不见得可靠。四弟为人诚实，没有多大的才能，不招人忌刻，他先去试探一番最好。四弟到山东见了马大哥之后，看对待的情形如何，写一封详细的信来。他肯拿四弟当自己人看待，我和二哥便不妨前去；若他搭起官架子来，竟不认四弟为把兄弟，或十分冷淡，我们就只好别寻门路了。"

郑时道："他如果竟不认四弟为把兄弟，我们自然用不着再去，就是四弟也以赶快离开山东为好。不过我们去投奔他，也得替他原谅原谅，他是个热衷做官的人，万一将和我们拜把的事，走漏了消息在外面，说不定立时就有杀身之祸。我们求他帮助，总以不至连累他为主。四弟到了那边，须先买通门房，将我的信递上去，看他如何吩咐下来。在官场不比在山里，任情率性的举动，一点也来不得，凡事总以忍耐谨慎为好。他就有十二分的心思想提拔我们，帮助我们，但限于地位，恪于形势，有许多不能在表面上露出来。不能因他外面十分冷淡，就赌气不在那边了。"

施星标道："我只要他肯认我是他的把兄弟，随便他如何对我不好，我朝着他是大哥的名分上看，决不至和他赌气。不过我们三兄弟，一晌在一块儿干这营生，我的声名，虽不及二哥、三哥那么大，然也多久就已悬了赏格捉拿的。我从这里动身到山东去，在路上就难保没有人点眼药。不过我动身时不给人知道，在路上不停留耽搁，并将姓名改变了，或者不至闹出意外的事情。唯有到了山东之后，将二哥的信投上去，倘马大哥竟抹杀天良，硬抓了我就地正法，我不是自投罗网，白送了性命吗？"

张汶祥道："这一层倒也是可虑的，二哥以为怎么样？"郑时偏着头想了一想道："我料他断不敢这么做，也不值得这么做。想得赏得功的，是差役和候补小老爷。他已做到了藩台，何至有这些举动？并且他在四川做了多年的府县官，早闻了我两人的声名，也应该知道不是好惹的。杀了四弟，于他自己丝毫没有益处，而留得我两人在世，他从此就休想高枕而卧。他是个精明能干的人，何至做这种于自己有害无益的事。四弟尽管放心前去，若他真个被糊涂油蒙了心，杀了四弟，我两人不出头替四弟报仇，剜了他的心祭四弟，我两人便不是人了。"施星标是极信仰郑时的，郑时教他去做什么事，哪怕赴汤蹈火，也不推辞。三人当时商议妥当，施星标拾掇了随身包裹，带了郑时写给马心仪的信，即日动身向山东前进。

在路上免不了旧小说书上所说"晓行夜宿""饥餐渴饮"的两句套话，一路不停留地安然到了山东。也不落客栈，驮着包袱，径跑进藩台衙门，找着门房里人说道："我是马大人家乡来的，这里有一封信，请你就替我送上去，我在这里等回信。"施星标那般粗莽的人，加以身上是行装打扮，藩台衙门里的门房，眼眶何等高大，哪里把施星标看在眼里？以为不过是讨了一封有点儿来头的信，到这里求差事的，连睬也懒得睬一眼。反抬起头，跷起腿，向旁边的人说话。施星标在四川当盐枭的时候，手下也是一呼百诺，哪里受过这样冷落，依得在山里时的性格，已要动手打人了。只是心里一想郑时吩咐凡事忍耐谨慎的话，火性就按捺下去了，勉强赔着笑脸，对门房说道："这封信请你替我送进去，我有要紧的事须等回信呢！"门房听了仍是不睬，只鼻孔里冷笑了一声，继续向旁边的人说道："也不知是哪里来的野瘟身，没名没姓的，究竟是向谁说话啊？"旁边的人睃了施星标一眼，登时满脸现出鄙视的神气，也是鼻孔里冷笑了一声，脸又掉了过去。

施星标着了这情形，忽然想起郑时吩咐买通门房的话来了，暗自思量道："原来官场的门房，都是要有钱给他，他才肯替人传报。我忘记了郑二哥吩咐的话，没拿钱给他，怪不得他使出这般嘴脸来给我看！这是我自己不好，不能怨他。"施星标心里这么想着，即从包袱里取出准备送给门房的一包散碎银子，约莫有二十来两，双手连那封给马心仪的书信，捧到这神气活现的人面前，赔笑说道："我是个乡下人，初次到衙门里来，不知道礼节，连一点儿小意思，都忘记拿出来，对不住，对不住！请你自己去喝一杯酒。"

门房听了这几句话，倒觉很中听，随即掉过脸来，先向施星标手中望了一望，似乎还有点儿嫌弃轻微的神气，不肯就放出笑脸来。及伸手接过去，在掌心中略掂了一掂，知道分量不轻，竟不像是乡下人的出手，不由得喜出望外，连忙立起身对施星标笑道："何必如此破费，请在这里坐一会儿。这信我立刻亲自送上去，有不有回信，等我下来就知道了。"

施星标暗喜亏得郑二哥有见识，若没有这点子准备，我这一趟简直是白辛苦。施星标在门房里坐等了一刻工夫，这送信进去的门房，已满面笑容地走了出来，对施星标招手道："大人传你上去，随我来吧！"施星标抖去了身上灰尘，一手提了包袱，跟着门房穿厅过厦，直走到上房内客厅里。门房招呼施星标坐了，自去通报。

不一会儿，马心仪就走了出来，施星标见面几乎不认识了。因为初次见马心仪的时候，马心仪正在缧绁之中，满脸憔悴忧煎之气。别后马心仪官运亨通，官途得意，居移气，养移体，此时的马心仪已养成一个大胖子了，气度也与从前迥然不同。施星标哪敢怠慢，忙起身趋前请安。

马心仪伸手拉起来笑道："老弟辛苦了，自家人不用多礼，坐下来好谈话。"施星标诺诺连声地斜签着半边屁股坐了。马心仪挨身坐下来说道："老二的信，我已见过了。那种局面，本来不是可以长久的，你于今打算在这里弄点儿差事干干呢，还是由我荐到别处去呢？"施星标道："情愿在这里伺候大哥，承大哥栽培，就教我去死，我也不含糊。"马心仪紧蹙着两道浓眉说道："依我的意思，还是由我写一封信，荐到别处去的好，包你得着一个好捞钱的差缺。"施星标道："我从四川动身，就存心是来伺候大哥的，郑二哥也吩咐我须小心伺候大哥。只要大哥肯拿眼角照顾我一下，我便终身感激不尽，并不曾动捞钱的念头。"

马心仪道："我知道你是个实心人，也未尝不想留你在眼前，做个贴身的人。不过其中有些不便之处，不说大家不好，说了又对不起你。"施星标道："大哥何必这么客气！我将要动身到这里来的时候，郑二哥已说过了，我到这里来，大哥必有许多为难的地方，教我忍耐谨慎。大哥有什么说，尽管吩咐，我决不敢违拗。"

马心仪笑道："倒是老二有些见识，他既经对你说过了，知道我有为难的地方，我为顾全你们，便不和你客气。你我虽是当天结拜的兄弟，但这一节事故，在当日已有约在先，只有我四人各自心里知道，无论对何人

238

不能透露，因此称呼上须大家留意。你的姓不能改，名字却不能再用'星标'两个字。你排行第四，我此后只能叫你'施四'。你须记着，万不可失口呼我大哥。暂时还没有相安的事给你干，且在衙门里住着，等到有机会就安插你。我的事情忙，恐怕没有工夫和你谈话，你得原谅我。"

施星标连声应是，从此就住在藩台衙里。没住到几个月，山东巡抚出缺，马心仪便迁了巡抚。教施星标当了一名巡捕，施星标也不懂得巡捕的官阶大小，以为巡抚是一品封疆大臣，巡捕的官衔，照字面上看，相差并不甚远，必不十分卑小，兴高采烈地当着巡捕。同事的人因施四不肯说出自己的出身、履历，并和马心仪的关系，都疑心他是马心仪的亲戚，说出来恐怕辱没了马心仪，所以不肯直说，却没人疑心有那种不能告人的事实在内。施星标几番想寄信给郑时和张汶祥两人，无如从山东到四川的道路太远，托人带信本不容易；而施星标自己不能写字，他们的秘密关系，又不能给外人知道，不敢请人代写。因有这两种原因，施星标到山东一年多了，还不曾有一个信给郑、张二人。

郑、张二人在四川的势力，一日薄弱似一日，盼望施星标在山东的消息，简直望眼欲穿。等了七八个月，还杳无音信。郑时只得主张将手下亲信的兄弟，每人给了些生活银两遣散。张汶祥并无家人妻室，郑时的发妻早已死了，因年来不得一时安居，便懒得续娶，二人都是孑然一身。手下的人既经遣散，就不能在四川逗留了。二人假装做生意的人，带了盘缠行李，打算在东南各省闲游几处名胜，顺便探听施星标在山东的情形。若还得意，就到山东去走一遭。在重庆包雇了一条船，一路顺流而下，遇着可以流连游览的所在，便将船停泊，游览些时又走。他两人在四川的声名，虽闹得很大，然一则因认识二人面孔的人还少；二则因他们当盐枭时的举动，从没有结怨于人民的，地方人民不存心与他们为难。官场缉捕的力量是有限的，并且二人既改了姓名，又不在一处地方停留多日，所以能平安无事地到了湖北。

他们到湖北的这日，正是七月初七。这夜天高月朗，微风不动，汉水波平，映着半轮缺月，光明如镜。船泊黄鹤楼下，楼影也倒映在镜光之中。郑时欣然对张汶祥说道："我等半生劳碌，未尝得一日清闲，像这般清幽的景致，哪里是劳碌人所能领略得到的！我们于今可算得天牖其衷，回头是岸，才有这种景物，给我们在安闲中享受。若糊涂错过了，实太可惜。我们何不趁这月色正好的时候，到黄鹤楼上去游览一番？"

张汶祥道："既是二哥有这般清兴，我陪二哥去便了。"郑时一团的高兴，与张汶祥携手上岸，抖擞精神，走到黄鹤楼上。凭栏俯首，只见江流如带，夹岸武汉三镇万家灯火，隐约如烟雾迷离中，几条秋叶一般的渔船，往来荡破一平如镜的水光，下网的声音，都仿佛送到耳边来了。二人不觉心旷神怡，相视而笑。

正在这尘襟涤尽、荣辱皆忘的时候，忽闻长笛之声，悠扬清远。张汶祥听了笑道："我记得小时候读过'黄鹤楼中吹玉笛，江城五月落梅花'的诗。难道这黄鹤楼中，真是时常有人吹笛子吗？"郑时笑道："哪有这回事，你听这笛子是在黄鹤楼中吹吗？远得很呢！说不定离这里还有几里路。"张汶祥侧耳听着说道："好像是两支笛子同吹。二哥也是会乐器的，听这笛子吹得怎么？"郑时一面用手在栏杆上拍板，一面答道："吹得很好，只是听这音调凄凉抑郁，估量必是两个有心事的女子在那里吹弄。"

张汶祥问道："听吹出来的音调，就分得出男女吗？"郑时道："这如何听不出，不但分得出男女，其人的老少美恶，以及性情行动，都能于所奏的音乐中求之。不仅这笛子可以听得出，在一切乐器的音调中皆能听出。"张汶祥笑道："然则二哥听这两个吹笛子的女子，其年龄容貌，以及性情行动如何呢？"郑时道："我既说是两个有心事的女子，可知年纪不大，至多不过二十多岁，容貌决不丑陋。并可知道她两人的乐器，是由高明的师傅传授的。"

张汶祥问道："不是娼妓在那里陪客侑酒么？"郑时摇头道："不是，不是！世间恐怕没有这么文雅的娼妓，就有也是由宦家小姐沦落入烟花的。"张汶祥道："细听这声音，好像是从江边发出来的，我们何不顺便去探寻一番，看二哥所料的究竟是也不是？"郑时点头道："也使得，我本来要回船去了。"二人仍携手走下黄鹤楼，听笛声觉得一步近似一步，直走到泊船的所在，用不着探寻，原来笛声就是邻船上发出来的。

二人回到自己船上，看邻船的窗门都已敞开，看见舱里堆积了许多箱箧，箱上都贴了封条，却看不出封条上写了些什么字。舱上首安放了一张床，床上枕席皆异常精洁。床前一张小几，一个年约二十岁的女郎，盘膝坐在几旁的一张湘妃竹榻上，一支笛子握在手中，已停口不吹了，侧转脸向坐在床缘上一个年龄稍大些儿的女郎说话。几上也有一支同样的笛子，是坐在床缘上的女郎放下来的。两女郎脸上都没脂粉的痕迹，而修眉美目，皓齿朱唇，天然绝丽。因两船紧靠着船舷停泊，郑、张二人所立之处，相离那床不过一丈远近，女郎说话的声音虽低，没有关闭窗门的缘故，也能听得分明。

只听得坐在床缘上的女郎悠然叹着气说道："去依靠人家的事，总是为难的，此去也只好听天由命吧。就是林家不能相容，也不见得便是不了之事，到那时再作计较。"即听得坐在湘妃榻上的女郎说道："我想姨母、姨父决不至存心歧视我们。我们此去，虽说是不得已，去依靠他两老人家，但是银钱上并不沾他家的光。父亲在绵州的时候，我的年纪虽小，还记得姨父、姨母带着海哥到那衙门里住了一年半，临行还向父亲借了三千两银子。那三千两银子借去以后，听说姨父很得了几个阔差事，却不曾听说归还那银子的话。无论那银子还了没有，姨父曾向我家借银子的事，总是确实有的。我们于今并不图沾他家的光，只图他两个年老的至亲，照应照应，若还不能相容，就未免太不念我父母的旧情了。"

床缘上的女郎正色说道："妹妹快不要将这些事搁在心里，到林家之后，万一不留神说到这些事上面去了，传到姨父姨母耳里，定要背地责备我们不懂事。父母手里做的事，我们不应该管。"女郎说到这里，偶然回过头来，好像已觉得邻船上有人偷看的神气，当即立起身来，顺手将这边的窗门推关了。窗门一经关上，说话的声音便听不明晰了。郑、张二人只得缩身进窗。

张汶祥道："二哥的本领真不差，估量得和目睹的一样。她说她姨父、姨母在衙门里住了一年半，又借去了三千两银子，可知她两人确是官家小姐。"郑时仿佛思索什么，似乎不曾听得张汶祥说话，坐下来半晌没有回答。张汶祥笑道："二哥便着了魔吗？"郑时摇头道："哪里的话，你可知道她两人是谁么？"

张汶祥道："我又不曾去打听，刚偷看了一面，如何得知道她们是谁？"郑时笑道："你自粗心不理会，她已说出来了，怎的还用得着去打听。老实对你讲吧，若认真说起来，我们还是她们的大仇人呢！你这下子可想得起来么？"张汶祥望着郑时出神道："从来没有见过面，仇从哪里来，我简直想不起了。"

郑时道："她说她父亲在绵州时候的话，你没留神听么？"张汶祥忙接口说道："我没听仔细，只道她说的是在绵竹的时候，然则二哥料她姊妹，就是那个做绵州知州的柳剥皮的女儿么？"郑时道："不就是他的女儿，是谁的女儿呢？"张汶祥道："何以见得便是的？"郑时道："我料的决无差错。因为我知道柳剥皮是南京人，和福建人林郁是同年，又同是福建藩台福保的女婿。两连襟都仗着福保的奥援，林郁在江苏也做了好几任的县官。她刚才所说的海哥，就是林郁在海门厅任上生的。林郁做官与柳剥皮一般的贪婪残酷，因官声太恶劣了，被上司参革，耗了多少昧心钱才得脱身。丢官后就带了妻子到绵州，在柳剥皮衙门里住了一年多的事，我早已知道；借三千两银子的话，外边人自不得而知。柳剥皮是一个极贪酷的小人，其所以一般百姓送他这个'剥皮'的绰号，就因他有三件剥皮的事。第一件是有一次拿着一个著名女赌痞，他坐堂问了几句，就向左右的衙役喝道：'把她的裤子剥下来打屁股。'从来没有抓着女人打屁股的事，衙役迟疑不敢动手。他更发怒喝道：'裤子不能剥吗？本县还要剥她的皮呢。'第二件是因他打人的小板，两面都有许多半寸长的小尖钉子，打在人身上血肉横飞，不到几十板，就得剥去一层皮肉。第三件，就为他专会剥地皮，他做金堂县的时候，有人就他的名字做成一副骂他的对联，乘黑夜贴在他县衙的大门上，他看了几乎气死。他名字叫作儒卿，那对联道：'本非正人，装作雷公模形，却少三分面目。惯开私卯，会打银子主意，绝无一点良心。'上联切儒字，下联切卿字。他自从看了那副对联之后，自知官声太坏，贪赃枉法的事，稍为敛迹了些。只是益发鄙吝了，看得一钱如命，不知他怎的肯拿出三千两银子来借给林郁的。柳儒卿为人虽贪鄙不堪，书却读得很好，并会种种乐器。文庙里习乐所的各种古乐，他都能教人练习，所以他这两个女儿的笛子吹得这么好。"

张汶祥笑道："既是柳儒卿的女儿，论起冤仇来，与二哥真是不共戴天的了。我记得那次打进绵州的时候，柳儒卿单身逃出衙门，劈面遇着二哥。因二哥认识他的面貌，才喝一声拿住，柳儒卿登时吓得跪下来。二哥骂他胆小无耻，就将他杀了。那时若遇着我或四弟，当面不认识他，必放他走了。"

郑时也笑道："也是他恶贯满盈，才遇着我，我没杀他全家，就是十分宽厚了。林郁此刻在什么地方，不得而知，因此她姊妹现在将去何处，也不得知道。我们的船，总以不和她们的船在一块儿走为好。她姊妹虽不认识你我，然她们乘坐的也是川帮里的船只，驾船的多是四川人，万一弄出意外的枝节来，失悔就来不及了。"张汶祥道："二哥所虑不错，我们总以小心谨慎为好。明早不待天明，无论风色怎样，吩咐船户开船便了。"这夜二人安歇了，次日东方才白，船就开离了黄鹤楼。

好色的这个关头，任是英雄，也难打破。郑时为人对于一切的事，都极精明能干，唯一遇美色的妇女，心里就爱慕得有些糊里糊涂了。他明知邻船那两个女郎，是与自己有不共戴天之仇的，但是开船以后，总觉得两女郎太娇美可爱，心心念念地放不下来，仿佛害相思的样子。张汶祥知道郑时从来是这般性格，故意打趣他道："想不到柳儒卿那般贪鄙无耻的人，倒有这样两个如花似玉的女儿，可惜二哥当时料不到有这回的遇合，若当时饶了柳儒卿的性命，今日岂不好设法将他的女儿，配给二哥做继室吗？"郑时听了，并不觉得张汶祥这话是有意打趣他的，一面沉吟着答道："我仔细思索了，似觉与绵州的事不相干。"张汶祥吃惊问道："怎么与绵州的事不相干，难道不是柳儒卿的女儿吗？"

郑时道："不是这般说，我所谓与绵州的事不相干，是因事已相隔七八年了，她姊妹那时年纪小，未必知道她自己父亲是死在何人手里。即算能知道，也不认识你我的面孔。我们只要把名字改了，女子们有多大的见识，怕不容易对付吗？"张汶祥笑道："然则我们用不着回避么？那么，仍旧把船开回黄鹤楼下去好不好？"郑时看了张汶祥说话的神气，才知道是有意打趣的，便不高兴回答。

船行到第三日下午，忽然刮起大风来，同行的船，已有一艘重载的被风打沉了，各船上的人看了都害怕起来，只得急抢到背风的汉港里停泊。汉港小了，停泊不了许多船只，后来的船，就只得靠近浅水沙滩，使船底搁住不能转动，以免被风刮到江心里去。郑、张二人所坐的这船，也是找不着汉港，就沙滩上抛了锚。所靠的这处沙滩上，一望无涯的，尽是七八尺深的芦茅，被狂风吹得一起一伏。七月初间天气的芦茅，尚不曾完全枯槁白头，青绿黄白相间，起伏不定的时候，就和大海中的波涛一样。

郑时与张汶祥同立在船头上看了笑道："这般景物，也是我们在四川所领略不到的。"张汶祥道："四川若有这种所在，我们的船敢停泊吗？只怕连船底板都要被人抢去呢。"郑时道："这也是现在的乱世才如此。在太平盛世，没有失业的人，尽管有这般好藏匿的所在，有谁愿意去干那些犯法的勾当？于今的四川，固是遍地荆棘，就是这长江一带，也未必真安靖，不过没有大帮口，略敛迹些儿罢了。论起地形来，四川就因山岭多，好藏匿，能容留大伙的人，才弄出到处荆棘的局面。像这种所在，不过好藏匿一时，使追捕的找不着途径罢了，哪里赶得上四川的层峦叠嶂？"

张汶祥道："怪道只有我们这一只船，靠在这芦茅边上，大概那些装运了货物的船，也是防这类地方不妥当，所以都挤到那边汉港里去了。"郑时笑道："那却不见得是这般用意，只要能挤进那边汉港里停泊，风浪确是小些。此时天色还早，上流头的船，就要找一处像我们这样的地方抛锚，也找不着。再过一会儿你瞧吧，一定还有船在我们这一带停泊的。"

二人在船头上谈论了一会儿，回到舱里没一刻工夫，忽听得江边有船篙落水的声音。郑时笑向张汶祥道："何如呢，不是有船来我们这一带停泊吗？"张汶祥随手推开窗门向外面看时，果见有两条一大一小的船，撑过滩边来停泊，即回头对郑时说道："这两条船吸水都很浅，可见得也是和我们的一样，没载多少货物，所以也敢停泊在这里。"郑时随口应了一句，也懒得起身探看。

行船的人，照例不待起更就安睡了。郑时这夜在睡梦中，猛被邻船上"哎哟"一声惊醒了，醒来便觉得船身有些儿荡动，接着又听得有人扑通落水的声音。郑时惊得翻身坐起来叫三弟，连叫了几声，不见张汶祥答应。忙伸手向张汶祥睡的地方一摸，已不知在何时起去了。再听邻船上似乎有人在那里格斗，心想难道真个有强盗前来打劫吗？郑时虽是一个文人，然在四川当盐枭时，常有亲率党徒与官兵对抗的事，寻常两三个蛮汉，也不是他的对手，胆力更是极大。这时听到外面的声息，料知必是张汶祥已与来打劫的强盗动手，当下并不害怕。因身边不曾准备兵器，立起身顺手摸了一条压舱板的木杠，看朝船头的舱门已经开了，即窜身出外。

此时的大风已息，天上星月之光，照见邻船上约有七八个汉子，各人都操着雪亮的单刀，围住一个人厮杀。这人正是张汶祥，赤手空拳地腾拿躲闪。一霎眼就见一个汉子被张汶祥踢下河去了。郑时逆料这些蛮汉，便再增加七八十个，也不是张汶祥的对手。只是眼见着七八个手操兵刃的，围攻自己赤手空拳的兄弟，不由得愤怒起来，手起杠落，劈在一个汉子后脑上。那汉子不提防背后有人暗算，也被打落下水。

正待赶过去打第二个，只听得张汶祥喊道："这里用不着二哥帮助，二哥快进舱里去救人吧。"郑时也是老在行的人，知道弯腰窜进不知虚实的船舱，容易受人暗算。听了张汶祥的话，先提脚将窗门踢破了两扇，就月光向舱里窥探时，只见两个赤条条的女子，仰面躺在一张床上，好像是被绳索捆缚了的，舱中箱箧器具，横七竖八地乱堆着。

郑时一看舱中情形，心里就忍不住一跳，暗想这不就是柳儒卿的小姐吗？登时勇气更鼓动起来了，将手中木杠一掼，就从窗门窜身进去，口向床上的女子喊道："不要害怕，我是邻船上来救你们的。"旋说旋上前动手解缚。见两女子都不开口，知道是口里塞了东西，先将两人口中的东西掏了出来，然后解开了身上的绳索。

郑时眼快，已看见床头有一堆衣服，即抓了撂在两人身边，只羞得两人恨无地缝可入。郑时也觉得在旁看了难为情，反身跳出来，打算帮着张汶祥将强盗打走，但是众强盗已一半打落了水，一半驾着靠在旁边的一只小船逃了。张汶祥道："饶了这伙毛贼吧。只要人没吃亏，东西没被抢去，便是万幸了。"郑时还没回答，两女郎都已穿好了衣服出舱来，低头向张、郑二人叩拜道："今夜若不蒙两位义士搭救，我姊妹身死不足，还得受这班狗强盗的污辱。两位义士实是我姐妹的救命恩人，不敢避嫌，请两位进舱里就座。"

郑、张二人不便伸手去扶掖，只得在船头答拜道："同是出门人，急难相救，只要力量做得到，是应该做的。快不要说什么救命恩人，承当不起！"郑时首先进舱，听得后舱里有人的哼声，刚待问是哪个，年大些儿的女郎已跟进舱说道："哦！我的丫鬟春喜和老妈子在后舱里睡着，只怕也被捆绑了。"郑时道："船户一个也不见出来，大概都被绑在后面。"这时郑、张所乘船的船户，因这边打闹得厉害，也惊醒起来，到这边船上帮着松了船户、水手的缚。

大家混乱了一阵，两女郎才请郑、张二人在舱中坐定，请问姓名去处。郑时将自己和张汶祥的名字都改了，因郑、张二姓极平常，用不着更改，也故意回问两女郎，才知道大些儿的叫柳无非，小些儿的叫柳无仪。因林郁住在南京，特地到南京去，想依附她姨父母居住。柳无非又说："这条强盗船在湖北就跟着开行，一路时前时后，开也同开，泊也同泊，并不断地有人向这边舱里窥探。我已疑心那船上不是正当人，特地叫船户进来吩咐，夜间须择妥当地方停泊。想不到今日忽然刮起大风来，我姊妹

245

害怕得什么似的，叫船户趁早停泊。无奈一路下来，简直找不着可以停泊的所在，直走到这里，船户见两位所坐的船在这里，就进舱来向我说：'这边已有一条四川的船，靠芦茅滩停泊了，我们的船只好停泊在一块，比单独抛锚的好多了。'我那时见天色已近黄昏了，若再不停泊，恐往下更找不着好地方，既是有同乡的船在这里，仿佛多有一个伴侣似的，遂叫船户开了过来。及至锚已抛了，才看见那小船也跟了过来，紧靠我们的船泊来。我姊妹虽是害怕极了，但也无法逃避，入夜便紧紧地关闭舱门安睡，连高声说话也不敢。及至从梦中惊觉时，身体已被强盗按住，一张口要喊，那堵口的东西已塞进来了，只得拼命挣扎，船身摇荡得几乎倾覆了，强盗刚将我姊妹捆绑了，待施无礼，陡听得舱口有人喝了一声：'狗强盗，快出来送死。'接着就好像有一个站在舱口边的强盗，被人抓了出去，扑通掼到一丈远近的江心里去了。舱里的强盗才一拥出外，在船头上厮杀起来。"

郑时听到这里，截住话头向张汶祥问道："三弟，同睡得好好的，怎么知道那船上闹劫案，也不招呼我一声，就悄悄地出来动手呢？"张汶祥笑道："那小船跟着抛锚的时候，我在窗门里看见，有四个彪形大汉在船面上撑篙，篙尖落水的声音，分外沉重。我在江河里混的时候多，知道老当篙师的人，篙尖落水没有声响，偶然有之，也只在水面上飘一下，不至有深沉的响声，即此可知那四个撑篙的人，都是外行。再看船舱里，还有两个汉子伸头向外边张望，并时时回头对舱里说话，可见得舱里还不止两个人。那船既吸水很浅，可知没装货物。若说是专装客的吧，搭船的客，不应都是三四十岁的壮健汉子，并且也没有搭客大家帮着撑篙的道理，这船就很可疑了。再看这条大船，是我们川河里的，虽是舱门紧闭着，看不见船里的情形，逆料必是有阔人在内。既是我川河里的船，又靠着我的船停泊，如果夜间有什么动静，我是不能袖手旁观的。我虽存心如此，不过我料的究竟对与不对，不敢决定。若拿出来和二哥商议，料得是便好，万一看走了眼色，二哥不要责备我遇事张皇吗？我外面和二哥同时安睡，实在因有这事搁在心中，哪里睡得着！当强盗跳过这船上来的时候，踏得这船身一歪，荡得我们的船身都动了，我就知道所料的验了。我船上的舱门，早准备了是虚掩着的，从容起来，结束好了，才轻轻地走过这船上来。强盗人多手快，已有几个扛着皮箱在肩上，待搬过他们自己船上去，

246

不提防我堵住舱门一喝，大约也猜不透外面有多少来拿他们的人，只惊得各人都将皮箱放下，想冲门而出。第一个冲出来，被我顺手揪住了胳膊只一拖，拖得他'哎哟'一声。我恐怕船上人多了，缠脚碍手的不好施展，就提起那强盗向江心抛去。"郑时道："我就亏了那一声'哎哟'把我惊醒了，若不然，只怕直到此刻还在酣睡呢。"

郑、张二人在舱里坐谈了一会儿，张汶祥起身作辞道："那些小毛贼受了这次大创，估量他们逃得了性命，也寒了胆不敢再来了。此后尽可安心，一帆风顺到南京，想不至再有意外。此时才到半夜，还可以安睡些时。"说罢，提步要走。

柳无非连忙起身说道："我想求两位再坐一坐，承两位救了我姊妹的性命财物，还要耽搁两位的安眠，我也自知原是不近情理的事，本来说不出口。不过我姊妹险些儿被强盗污辱身体，蒙两位救了，此恩不比寻常，我姊妹何敢以外人待两位。我们从重庆动身到此地，在船上已有两个多月了，虽是素来胆怯，然没有像此刻这么害怕的，千万求两位在此多坐一会儿，我还有话说。"张汶祥听了不作声，望着郑时。

不知郑时怎生摆布，且俟下回再写。

第二十五回

摆官格施星标娶婢
营淫窟马心仪诱奸

话说郑时见了柳无非说话时那种娇怯可怜的样子，不但心里软了，连带浑身的骨头骨节都软洋洋的了，当即对张汶祥说道："女子的胆量，本来多比男子小，何况是宦家平日不出闺门的小姐，又才经过这般大惊吓！就是平常的男子，也要吓得胆破魂飞，手足无措。能像柳小姐这样不慌不乱，便很不容易了。我等救人救彻，就多坐一会儿吧，行船不愁没有睡觉的时候。"张汶祥知道郑时平日对于女色之迷恋，此时心里虽觉得柳家姊妹万分迷恋不得，然口里不便违背郑时的意思，说出定要过去安睡的话来。只得依旧坐下，听郑时与柳无非互相谈论身家遭际。

柳无非道："我姊妹都是在四川生长的，先父在四川做了十几年州县官，两位居住四川的时候多，大约已闻先父的名。"郑时装作不知道地说道："我们是做生意的人，平日于官场中人不甚留意，不知尊大人上下是哪两个字？"柳无非瞟了郑时一眼，说道："先父讳灼，字儒卿，丙辰年在绵州殉难的。"

郑时故作惊异的样子说道："我们在外省的时候多，竟不知道家乡地方的绵州，曾闹过什么乱子？"说时，捏着指头，口里念着丙辰、丁巳地轮算了几下说道："怪道我不知道，我从甲寅年出四川，在新疆、甘肃一带盘桓，直到前年才回四川去。因我的行踪无定，家乡的消息，很不容易传到我跟前来，究竟丙辰年绵州曾出了什么乱子？"柳无非黯然说道："并不曾闹旁的大乱子，就是近年来在四川闹得最凶的枭匪，乘先父没有防备，陡然攻进了绵州城。先父逃已来不及，在衙门口遇着匪首，认识先父的面貌，先父遂被难。"

郑时问道："四川的枭匪大小有若干股，小姐可知道那时攻进绵州的是哪一股么，匪首的姓名还记得么？"柳无非点头道："匪首的姓名，自然记得，但是那枭匪是四川最凶悍有名的，谁也奈何他们不了。我又没有兄弟，这仇恨是永远没有报复的时候了。"郑时仍作不知道地问道："在四川最凶悍有名的枭匪，不是小辫子刘荣么？"柳无非摇头道："不是姓刘的，是姓张的，叫作张汶祥，于今还在四川。官兵闻他的名就害怕，多不敢与他对垒。"

张汶祥坐在旁边听了，心里止不住地怦怦跳动，看郑时行所无事的神气问道："尊大人就是张汶祥所害吗？"柳无非道："那倒不是。听说动手杀我先父的，是张汶祥手下一个小匪。先父殉难之后，先母因哀伤过度，不到三年也弃养了，丢下我姊妹两个。亲房叔伯人等虽有，只是不但得不着他们的照应，并欺负我姊妹年幼无知，用种种盘剥计算，侵占吞蚀，无所不至。幸亏当日随侍先父母在各州县任上的时候，我姊妹都曾略读书史，处理家政，不至茫无头绪，才能将先父母遗留的财物，略略保存些儿。不过自先母弃养后，我姊妹家居便没有相关切的家长，究竟诸事都嫌不便，我有姨父、姨母住在南京，我只得带了舍妹到南京去，打算相依姨父母度日。以为由水路直到金陵，是可望一帆风顺平安无事的，不料在半路上会有今夜这种险事发出来。若没有两位拔刀相救，我姊妹受祸真是不堪设想。"

郑时谦逊了两句，将自己和张汶祥的身家履历，随口编造了许多好听的说了。二人既更改了名字，郑、张又是寻常多有的姓氏，柳无非听了，当然不至疑心二人就是她自己不共戴天的大仇敌，只道郑时所说的身家履历，是真实不虚的。郑时说自己也是大家公子出身，因读书进学之后，无意科名，又生性喜欢游览，就借着经商，好游览天下名山大川。柳无非听了就笑道："这就对了，我刚才听先生说是做生意的人，平日于官场中人不甚留意的话，心里正在疑惑，怎么做生意的人，有先生这般气宇，这般吐属？原来是厌恶科名，借着经商好到处游览的。"

郑时的学问，本来很渊博，此时更有意夸示才华。柳无非姊妹都能略通文墨，两下接谈之后，不由得柳无非不五体投地的佩服。柳无非姊妹虽是生长宦官之家，知书识字，然因柳儒卿死得太早，失去了拘管的人，种种淫词艳曲的书，遇着便废寝忘餐地不肯释手。她母亲不识字，以为女儿能发奋读书，是不会有差错的。已成年的女孩儿家，装了一肚皮的淫词艳曲，安有不心心念念羡慕那些才子佳人的呢？加以她姊妹被强盗剥得一身精光的捆缚了，是由郑时亲手解开的，有这一层关系，柳无非心里对郑时就不知不觉地亲热了。男女之间，只要双方都有了爱慕的念头，便没有不发生肉体关系的。在郑时不过因柳无非生得可爱，素来好色的人，不能制止自己不转念头，只是还有些觉得自己的年纪，比柳无非大了一倍，不敢希望便成夫妇。不料柳无非因自己曾赤身露体与郑时接触，更钦佩郑时的学问好，并不嫌郑时年老，竟愿以终身许给郑时。郑时原是没有家室的人，自是再得意没有了，但是张汶祥心里极不以为然，却又明知郑时决不听劝，不便拦阻。郑时和柳无非都看出了张汶祥不愿意的神气，二人商量对付，就将柳无仪配给张汶祥。张汶祥这时除了与郑时绝交而外，没有方法可以拒绝。一个铁铮铮的汉子，遂也轻轻地被卷入这爱河的旋涡中了。两真姊妹既嫁给两盟兄弟之后，便大家计议，恐怕到南京不为林郁夫妇所欢迎，即决议不到林家去了。依郑时的计算，径到山东去找马心仪，看马心仪对待的情形，再定行止。柳无非姊妹既嫁了他二人，行止自由他二人做主。去向已定，便望山东进发。

柳无非姊妹陪嫁的资财，都是柳儒卿在四川搜刮的，也有十多万。郑时打算到山东后，借马心仪的门路，捐一个官衔，凭着自己的才干，也不愁没有出头之日。在路上经过了多少时间，这日到了山东，在一家招牌名鸿兴的大客栈里住下，先打发人去巡抚部院里将施星标找来。

施星标这时的气概，已大异乎从前了，因终日和官僚接近，眼见的是官模样，耳听的是官言语，而他又自以为做了巡捕大官，不能不有官架子、官习气。巡抚部院里的人，因不知道他的来历，见他初到的时候，马心仪立时传见，并很密切地和他谈了一会儿话，估量必是和马心仪有密切关系的。官场中人的眼睛最势利，不要说是和督抚有密切关系的人，全省的官员都得逢迎巴结；只要督抚在闲谈中提了这人的名字，或在上衙门的时候，督抚单独对这人点了点头，这人便得了无上的荣幸，一般同僚的官员，即时对这人就得另眼相看了。

施星标就因马心仪对他，与一般在部院里供职的人，略似亲切一点，便没有一个不在施星标跟前献殷勤表好意的。施星标原本是老实人，看了这些人对他的情形，不知道势利官场，照例如此，只道是自己的官阶比人高，应受一般人的敬礼。

这时他骑来一匹马，带了两名跟随，自觉很体面地到鸿兴栈来。他是个天真烂漫的人，倒还有一点儿念旧之心，见了郑、张二人，连忙行礼说道："二哥、三哥到这里来，怎的也不早给我一个信，使我好远些迎接？并且也用不着住客栈，直到院里去住，多少是好。"

郑时看施星标还是在四川时一般的亲热，便说道："自家兄弟何用客气，说什么远些儿迎接的话！老弟知道院里好住吗？"施星标笑道："怎么不好住呢，难道二哥、三哥是外人吗？"郑时也笑道："老弟还责备我不早给你信，你到山东来这么久了，曾有一个字给我们么？我和三弟因没得你的信，委实有些放心不下，只得亲来这里瞧瞧，如何好冒昧径去部院里去呢？"

施星标跺脚说道："二哥快不要提写信的话了，真是急得我要死。从前我们兄弟在一块儿的时候，凡是要提笔的事，有二哥做主，我倒不觉得不识字的不方便。我动身的时候，记得二哥曾叮嘱我写信，那时还没拿写信当一件难事。及到了山东一两个月，差事弄妥了，才想起要写信的事了。但是我既提不起笔，又没有知心的人可代我写，你想我不是急得要死！"

郑时点头道："我也想到了你有这层为难的情形，于今大家都见了面，这些话也不用谈了。你且将到山东后的情形，详细说给我听，我再告诉你别后的经历。"施星标即将马心仪待遇了他的言语、行为，和盘托出说了一遍。郑时踌躇道："既是这么一回事，你何以见得我两人好到院里去住呢？"施星标道："这还有什么可疑虑的地方！像我这样文不能文、武不能武的笨人，到这里没几日，也就弄到了这么一个前程；难道对二哥、三哥还不如我？放心，放心！于今是我们兄弟应当得志的时候到了。"

郑时见施星标自以为巡捕是大前程，不由得好笑，但也不便说穿，扫了他一团高兴，便说道："能如老弟所说的自是好事，你我都巴不得有一条出头之路。不过到院里去住的话，就是大哥吩咐我们搬去，我也觉得不大方便。老弟到这里坐谈了这一会儿，我还没引见你两个嫂子。"

施星标听了，望着郑、张二人发怔道："什么嫂子，两个哥哥都在我走后娶了亲吗？"郑时笑道："自然是娶了亲，否则哪里有嫂子给你引见？"施星标登时很着急似的说道："这却怎么办，我不知道二哥、三哥都已办了喜事，有嫂子同来了，一点儿见面礼也没准备，我面子上不太难为情吗？"说时，立起身伸手在怀中摸索，大约是打算摸些儿银两出来。

郑时忙拉着他的手在身边坐下说道："不要忙，我还有话向你说。我和三弟娶你这二个嫂子的原因，不能不先说给你听。但是这原因只能向你说，因你和我们赛过亲手足，在一块儿时候的事，不能瞒你，别后的事不忍瞒你。除我们自家兄弟而外，无论什么人都说不得。"

施星标道："那是自然，我到此地这么久了，从不曾向外人漏出半句以前的事。"郑时接着将七夕在黄鹤楼闻笛，及以后种种经过，详述了一遍道："这事可算是弄假成真的，三弟当时果然没有动丝毫不正的念头，就是我也不过生性惯寻这种开心，见了可爱的女子，不问成与不成，是要转转无聊的念头的。谁知竟是天缘凑巧，居然都成了夫妇，若给她姊妹知道了我和三弟的履历，日后恩爱深了就不要紧，暂时是难保不有些麻烦。"

施星标愕然说道："那回打进绵州，我不是也在内吗？"郑时笑道："谁说不是有你在内？我也想到了这事不免有些行险侥幸，但我却有把握，决不至给她姊妹知道。就是万一有泄露的时候，我等男子汉，身上长了一对腿，还怕跑不了么？"施星标道："怕什么！我们男子总占了便宜。好，就带我去拜见吧，见面礼日后补来便了。"

郑时因恐怕施星标来了，说话给柳无非姊妹听了去，特地另觅了一间相隔很远的房会面，这时才引施星标与无非、无仪见面。施星标见无非姊妹都生得这般艳丽，险些儿看痴了，原预备了几句吉利话，打算在见面时说的，竟说不出了。郑时看了他这样失魂丧魄的神情，见礼之后，便不让座，仍引到坐谈的房间里来。

施星标突然对郑时说道："二哥、三哥的福命真好，简直是一对玉天仙，凡人哪有这样美貌的？大哥于今共有六个姨太太，都是年轻好看的，在我的眼睛看了，以为生得好的都聚在他一家了；此刻看了两位嫂子，才觉得那六个姨太太，都是俗不可耐的女子了。"郑时含笑不作声，施星标继续说道："我们兄弟在川中的时候，都怕家室累人，现在既大家换了局面，我也要留心访求一个才好。"郑时笑道："老弟的事，我当代为物色，包管你得一个称心如意的人儿便了。"

施星标正色说道："二哥不要多心，我想你们也应该找一个相安的给我快活快活，才对得起我。"张汶祥忍不住笑问道："你这话怎么讲？凭什么定要我们找一个相安的给你快活，你自己不会去找的吗？"施星标涨红了脸说道："要我自己去找，要把兄弟做什么？"张汶祥大笑道："把兄弟是专为拉皮条的吗？你这话真露出你呆子的原形来了。"

施星标很要紧似的辩道："说媒，娶老婆，算得是拉皮条么？当日拜把的时候，不是摆了香案，一同跪下来发过誓的吗？那几句发誓的里头，是不是有'有福同享，有祸同当'的话？于今你们都有天仙也似的老婆享福，教我一个人睁开眼睛望着，你们凭良心对得起我吗？"

张汶祥听了，虽是笑不可抑，但也说不出驳他的话来。郑时哈哈笑道："呆子何用发急呢，我不是说了包管你得一个称心如意的人儿吗？"施星标忽转了笑容问道："二哥这话可是真的么？"郑时道："我何时曾向你说过假话？"施星标喜道："我知道我自己是一个老粗，人品赶不上二哥、三哥，学问也赶不上二哥、三哥，不敢望有二嫂、三嫂那么美的。不过我现在已有了这样的前程，若是我的官运好，将来的升迁是量不定的，总要像一个官家太太的样子，才可以配得上我。"张汶祥道："官太太的样子是什么样子？我没有见过官太太，倒有些分别不出。"

施星标道："说正经话，三哥不要开我的玩笑。一种人有一种人的样子，三哥这般精明的人还说分别不出，不是存心开我的玩笑吗？"郑时知道施星标是老实人，说话最容易认真，便接着说道："是否官太太的样子，我一望就分别得清楚，不配做官太太的，我断不至从中撮合，你只回去多准备些喜酒给我们喝。你是在官场中的人，娶亲须得有个场面，不能像我们一般的草率。"

施星标道："话虽如此说，只是二哥一时哪里有一个这么合适的人儿呢？我到山东来了这么久，不曾遇着有相安的人。不相信二哥刚到这里，便已看中了有可以配给我的人。"郑时笑道："你可以不问我这些话，我从来没有哄骗过你，这一层还不能使你相信吗？"施星标心里想着这话倒是可信，我在四川的时候，许多人都因我老实，每每说假话哄骗我。就是张汶祥也时常拿假话来寻我的开心，唯有他一次也没有骗过我，并且因我老实，连笑话都不大向我说。他的话是可以相信的。想罢，就说道："我不是不相信二哥，是恐怕一时找不着合适的人。"

张汶祥道："你只回去准备办喜事，二哥替你撮合的人，我也知道了，确是再合适没有，我也能包你称心如愿。"说得施星标如雪狮子向火，浑身都喜得融化了，当下辞别了郑、张二人，回到巡抚部院，即到上房里见马心仪。马心仪平日也是因施星标诚实可靠，出入必带在身边，所以能直接跑进上房去。

这时马心仪正在检阅重要公文，忽见施星标进来，脸上喜气洋洋的，不是平常的态度，料知必是有什么可喜的事，随将手中公文搁下。施星标见左右没有人，便近前说道："郑时二哥和张汶祥三哥都来了，二人说本应一到就进来禀安禀见的，因为不敢鲁莽，先打发人来叫我去。"马心仪不待施星标往下说，接口问道："带多少人来了？"施星标道："没带旁人，只各带了一房家眷。"马心仪道："他们不是都没有家眷的吗，怎么各带了一房家眷呢？"

施星标是素来不会说假话的人，随口就将郑、张娶柳氏姊妹的经过，及柳氏姊妹如何美丽的话说了。马心仪笑道："你的眼睛里看出来的美丽，只怕不见得是真美丽吧？"施星标急得竭力争辩。马心仪低头沉吟了一会儿道："他两人改了名字很好，不过鸿兴客栈里面住的人太杂，种种类类的人都有，在那里住久了，终恐遇见面熟的人，传扬开了不是当耍的事。你就去向他两人说，我原想去看他们，亲自接他们到院里来住的，只为有许多不便的所在，不能随意行动，望他们原谅。即日将家眷、行李都搬到这里来，且住下再看机会。只须将西花厅腾出，就够他两房家眷居住了。西花厅虽是离上房太近了一点儿，好在不是外人，没甚要紧。"施星标见马心仪这么说，心里说不出的高兴，一迭连声地代郑、张二人道谢。

次日一早，施星标就吩咐人收拾西花厅，准备给郑、张二人居住。马心仪取了一张名片，教施星标去鸿兴客栈迎接。施星标领命到鸿兴栈来，见郑、张二人，将马心仪的话传达了。郑时问道："你曾听大哥说过，将如何安插我们的话么？"施星标道："他只说且住下再看机会。我们既住在那里，他自然得安插我们。"

郑时低头不作声，好像思量什么似的。张汶祥道："我们既经来了，在客栈里住着，总不成个体统。我们又没有第二个可靠的朋友，二哥毋庸踌躇，不搬去，倒觉得对不起他似的。"郑时点头道："承马大哥的盛意，教四弟前来迎接，我们岂有不遵命的道理。不过我所踌躇的，是为从四川出来，因路途遥远，不曾携带一些儿土产来孝敬马大哥，见面是很难为情。打算就在此地办几色礼物带去，聊表我二人一点敬意。"

施星标道："这却可以不必，他哪里在乎这点儿礼物！"张汶祥道："他虽是富足，不在乎人家的礼物，我们不能不聊表敬意。二哥说应办些什么，我去照办便了。"郑时当即开了一单应办的礼物，张汶祥亲去办了。就在这日，施星标帮着将眷属、行李都搬进了巡抚部院。马心仪与郑、张二人相见时，只寒暄了几句，便有事走开了，好在有施星标督率着下人安置一切。

直到夜间，马心仪才安排了筵席，在上房款待郑、张及柳氏姊妹。马心仪的六个姨太太，都对待柳氏姊妹十分亲热。柳氏姊妹虽也是生长在官宦之家，然柳儒卿当日不过做了几任州县官，排场气概，如何及得巡抚部院里的阔绰？少年女子的虚荣心最重，当下看了马心仪六个姨太太的豪奢放纵情形，不知不觉地动了艳羡之念。而施星标在帮着搬行李的时候，看见春喜丫头了，也不知不觉地动了爱慕之心。暗想二哥只说替我撮合，教我准备喜酒，他何不就把这丫头配给我？虽说是个丫头，身份有些不对，但是这丫头的模样儿很好，举动比寻常人家的小姐还要来得大方。大哥身为督抚，尚且讨班子里的姑娘做姨太太。论人物，六个姨太太都赶不上这丫头，我讨了她，料想不至被人笑话。就只怕二哥是个有名的好色之徒，他要留着给他自己做姨太太，不肯让给我。我且先和三哥商量，求三哥帮忙我说，如果他硬不愿意让给我，我就向大哥叩几个响头，也说不得，总得求大哥说一句公道话，看我为什么要单身过一辈子。

想到这里，自觉有了把握，乘左右没有人的时候，悄悄地对张汶祥说道："男子汉到中年以后，还没有一房家室，好像凡事都没有个着落的样了。我自从来到山东，境遇一天好似一天，地位也一天高似一天，我就想在山东成立一个家业，免得终年和没庙宇的游神一般，没个归宿之处。无如我既不是本地方人，对本地官宦人家又少有来往，高不成低不就，很难得有合意的人。前日二哥说替我做媒，并说包管我称心如意，不知他打算替我撮合的，究竟是谁家的小姐？"

张汶祥因施星标的言语、举动，从来有些呆头呆脑似的，和他没多的正经话说，一开口便是开玩笑。这时见施星标说得如此慎重，并不似平日说话的没条理没次序，也就不便拿出开玩笑的神气，只得应道："此后既安排在官场中过活，家眷是少不得的。二哥打算替你撮合的，他不曾说给我听，不知道究竟是谁家的小姐。"

施星标道："不问是谁家的小姐，我都不愿意。大富贵人家的，好是自然很好，不过我做官不久，总怕匹配女家不上。我只要讨一个人，能像二嫂的春喜丫头那般一模一样的，就心满意足了。你可知道春喜已经许配了人家没有呢？"张汶祥大笑道："既是你自己说出来愿意讨春喜，那是再好没有的了。"施星标喜问道："难道二哥说替我撮合的，就是春喜吗？"张汶祥道："不就是她，还有谁呢？"

施星标道："怎么这两日不见二哥提起，你猜事情不至变卦么？"张汶祥道："二哥因你说要讨一位官太太，他恐怕春喜是个丫头出身，不配做官太太，所以说出来之后，就失悔不该说了。你于今既不嫌弃丫头，我去向二哥说便了。"施星标听了，来不及似的对着张汶祥一连作了好几个揖说道："这事就拜托三哥了。"张汶祥将施星标的话对郑时一说，这段姻缘便立时成就了。马心仪听说，即赏给施星标二百两银子作结婚费，郑、张二人也都有馈赠，于是施星标兴高采烈地和春喜结起婚来。

施星标是个有职务的人，结婚后仍照常供职，也没有另租房屋。春喜夜间陪他睡觉，白天不在柳氏姊妹房中闲坐清谈，便在上房陪马心仪的几个姨太太寻开心玩笑。春喜本来生性聪明，因从小伺候柳无非姊妹，也略解文字。施星标一心想马心仪栽培提拔，无时无地不求得马心仪的欢心，知道马心仪最宠爱的，是新讨来的六姨太。六姨太是北京极有名的红姑娘，艳名也就叫作"红姑娘"。但是容貌并非惊人之艳，就只应酬的本领高大，一张嘴伶牙俐齿，能遇一种人说一种话，使凡见过她的人，个个疑心她对自己有无限深情。心思更是细密玲珑，在她班子里走动的，不是王公贵人，即是富绅巨贾。每有为难的心事，或是在她跟前愁眉不展，或是背着她短叹长吁，她总得寻根觅蒂，问出情由来，只须她那两个水银也似的眼珠儿一转，不论什么为难的事，她都能立时代筹应付的方法。虽不见得处处妥当，但见解确能比人高。因此一般在她那里走动的王公贵人、富绅巨贾，见面多呼她为"红军师"。

马心仪为慕她的名，花了上万的银子讨来，果是名下无虚。马心仪宠幸她无所不至，大小家政，多半归六姨太掌握。满衙门的人，没有不畏惧六姨太的，没有不巴结六姨太的。施星标想马心仪栽培提拔，更是巴结得尽心尽力。春喜是当丫头出身的人，不待说最会承迎色笑，对于几个姨太太，虽是一体奉承，只是在六姨太房里周旋的时候为多。马心仪既是宠幸六姨太，当然除了办公事的时间以外，总在六姨太房中寻欢取乐。论年龄，春喜比六姨太轻；论姿色，也比六姨太美。马心仪是个纵欲无厌的人，六个姨太太还不能满足他的欲念，见春喜生得有几分动人之处，又镇日地在左右殷勤，便串通六姨太勾引春喜实行无礼。

在六姨太未尝没有醋意，因知道马心仪生成的如妇人之杨花水性，可以随处钟情，恐怕他再讨第七个姨太太进门，夺了自己的宠幸。春喜是有夫之妇，只能通奸相好，不能定名正位，停眠整宿，对于自己的宠幸，还可以保全。因此情愿顺承马心仪的意旨，用种种方法引诱春喜。在班子里当姑娘的人，引诱妇女的手段，自是高人一等，全不费事地便将春喜引诱成奸了。施星标是个粗人，又轻易不敢到上房里走动，哪有察觉的时候呢？

马心仪与春喜通奸了一两个月，厌故喜新的毛病，不觉又渐渐地发出来了。这时秘密对春喜说道："我今年差不多五十岁了，中国各省繁华之地，我多到过，生得美的妇女，在我两只眼里见的，也实在不少；只是从来没见过有美丽像你家那两个小姐的。我不知道郑老爷、张老爷怎么有这么好的艳福，不费什么气力，在半路上遇着，便成就好事，真是可羡可慕。从外面看，似乎我比他两人命好；其实我的命，如何及得他两人？我若能得一个像你家大小姐那般美女子的，陪伴终身，现在的高官厚禄，都情愿让给旁人去享受，我就以白丁终老也是快活的。"

春喜笑道："我家两位小姐岂但生得容貌美，诗词歌赋琴棋书画，没一件不会，没一件不精。这回嫁给郑姑老爷和张姑老爷，也要算是天缘凑巧。不然，也没有这么容易。我记得当日在四川，老爷太太还存在的时候，来替大小姐、二小姐做媒的，也不知经过了多少次，都是官宦人家的少爷。老爷太太说门弟人品都很相安，可以定下来，偏是两个小姐自己不肯，说那些官家少爷，多是酒囊饭袋，毫无学问的，一旦没了祖业，便无力谋生。我大小姐并不知道害羞，当面向太太说，不愿意嫁给那些文不文、武不武的少爷。有一次赵提台托人来做媒，想把我二小姐配给他家大少爷。那时赵家大少爷已经做到都司了，年纪还只二十五岁。据说赵大少爷能开两石重的硬弓，武功好得了不得。我家老爷、太太以为二小姐是没有不中意的了，谁知二小姐仍是不情愿。我那时心想两个小姐这也不愿，那也不愿，到底心里打算要什么样的人物才嫁呢？谁也想不到在船上遇见郑姑老爷，即时就倾心要嫁他。小姐原是要到南京林家去的，大约也是因为喜事办得太草率了，恐怕到林家说起来不体面，所以情愿不去林家，径随姑老爷到这里来。论两位姑老爷的人品，虽是很好，但从前做媒的那些少爷们，不见得都赶不上。"

马心仪问道："然则你那两个小姐，何以是那么来不及似的嫁他们呢？"春喜道："我在隔壁舱里仿佛听得大小姐劝二小姐道：'你我的年龄也不小了，终身大事，若依赖姨父、姨母，是靠不住的。我们赤身露体的，承他两人从强盗手里救了回来，因要解我们身上的绳索，遍体都抚摸到了，难得他两人没有娶妻，我们不趁此嫁他，好意思去嫁什么人呢？'"

马心仪笑道："遍身被人抚摸了，就得嫁给这人。我倒得设法在她姊妹身上抚摸一阵，看她又肯嫁给我么？"春喜想迎合马心仪的意思，便说道："这不是极容易的事吗，大小姐、二小姐都欢喜喝酒，而酒量又不大，两三杯酒下肚就醉了。不过这事也得商通六姨太，要六姨太出头，请她姊妹到上房里来。"马心仪不待春喜往下说，即连连摇头道："这事不能给六房知道。她姊妹既通文墨，我自有方法，使她姊妹心甘情愿地着我的道儿。只要你在中间做个穿针引线的人，事成后我自重重地赏你。"

春喜道："我自然应该尽力，不过两个小姐平日待我，虽与姊妹无异，我却从不敢在她跟前放肆。勾引她的话，我是不敢去说的。"马心仪问道："看她姊妹的性情举动，都像很随和的，很容易说话的，并且你此刻的身份、地位，已和她一般大了，有什么不敢在她跟前放肆呢？"

春喜道："两个小姐的性情举动，实在都很随和，就是我当日伺候她们的时候，一次也不曾受她们责骂过。只是要我向她们说无礼的话，她们究竟是小姐，有小姐的威严，我怎敢和她们比身份、比地位。"马心仪听了，两个眼珠儿登时向上转了几转，不住地点头笑道："有了，有了！我有计较了。你既畏惧她的威严，便勉强教你去说，也是说不动她的。大小姐为人更精明能干，一张嘴又能说会道，就是商通六房里去勾引她，也不见得不碰她的钉子，没得弄巧反拙，倒难为情。我于今思量出一个最妙的方法来了，不问她是怎样三贞九烈的女子，不愁她不上我的圈套。"春喜忙问是如何的方法，马心仪笑道："现在还不曾着手，不能说给你听，你瞧着便了。"春喜遂不敢再问。

过了几日，六姨太忽亲自到西花厅里来，柳无非姊妹迎接进房。这时张汶祥和郑时都到外面闲逛去了。六姨太坐下来笑道："两位妹妹都是极精明的人，可知道我此来是干什么事？"柳无非也笑道："姊姊不说，我们从哪里知道呢？"六姨太道："今日是我的贱辰，特来接两位妹妹上去喝一杯淡酒。"柳无非道："啊呀！我真疏忽得该打，劳动姊姊亲自来接，如何敢当！我早应该上去给姊姊叩头才是。"

六姨太连忙伸手来掩柳无非的口说道："快不要说这些客气话，我们都是年轻轻的人，岂是庆寿的时候？只因我今年二十七岁，正逢暗九。我那生长地方的风俗，每人生日，逢着明九暗九，都有禁忌。据老辈传说，若这人逢明九或暗九的生日，不依照老例热闹一番，这人必不顺利，并且多病多烦恼。"

柳无非道："我倒不懂得这种风俗，怎么谓之明九？怎么谓之暗九？因四川没有这风俗，不曾听人谈过。"六姨太道："风俗自是一处不同一处。如我今年二十七岁，三九二十七，所以谓之暗九；若再过两年二十九岁，便是明九了。遇着明九的生日，须在白天安排些酒菜，邀请若干至亲密友。男子生日邀男子，女子生日邀女子；已成亲的邀已成亲的，未成亲的邀未成亲的，大家围坐在一处，每人由生日的人敬九杯酒。酒杯可以选用极小的，酒也可以用极淡的，但是少一杯也不行，这就是托大家庇荫的意思。各人尽兴闹一整日，越闹得高兴越好。暗九就在夜间，一切都依照明九的样，也是越闹得凶越好，务必闹到天明才罢。平常生日做寿，至亲密友都得送寿礼，唯有逢着明九暗九，无论什么人，一文钱的礼也不能送。若是明九暗九有人送礼，简直比骂人咒人还厉害。过了六十岁的人，

259

便没有这种禁忌了。我今年是暗九，所以特来请两位妹妹去喝点儿淡酒。务望给我面子，早些光降，最好大家聚饮到天明。"

柳无非道："姊姊说得这么客气，真折煞我姊妹了，我们即刻就上来给姊姊叩头。"六姨太道："依照我生长地方的风俗，凡是至亲密友，都得邀请，越请来的人多越好。无奈在这地方和做官一样，至亲不待说没有，便是密友，除了两位妹妹之外，就只有我家里那五个姊姊。太太肯不肯赏光，此时还说不定，须看她临时高兴不高兴。"

柳无非道："我不知道姊姊贵地方的风俗，本应略备礼物，以表我姊妹一点儿庆祝之心。既是姊姊说送礼比骂人咒人还厉害，我姊妹就只好遵命来讨酒喝了。"六姨太道："原是为有这种风俗，才依照老例热闹一番；若送礼，便犯了禁忌了。"柳无非姊妹信以为实，丝毫没有疑虑。

六姨太去后，不一刻，郑、张二人都回来了。柳无非对郑时说了六姨太亲来邀请的话。郑时笑道："明九暗九的话，我也曾听人说过，只不知道有邀请至亲密友饮酒的风俗。你是欢喜喝酒的，酒量又不大，宴会中万不可多喝。喝多了一则身体吃亏，二则酒能乱性，恐怕错了规矩礼节，闹出笑话来，醒后就失悔也来不及了。"

柳无非笑道："同席的没有外人，都是些每日见面的，就多喝两杯，也未必就闹出什么笑话。好在六姨太说，酒杯可以选极小的，酒也可以喝极淡的，仅仅九小杯酒，哪里能喝醉人！不过六姨太说，照风俗须共饮到天明，你不是得独睡一夜吗？"郑时笑道："我独睡一夜倒没要紧，你每夜不到二更就睡，于今忽教你熬一通夜，你怎么受得了？"柳无非摇头道："熬夜算不了什么！你睡在床上等我，我只要可以抽身回来，就回来陪你睡。"夫妻很亲密地谈了一会儿，六姨太已打发丫鬟来催了。柳无非姊妹方一同走进上房里去。

此时天色已是上灯时分了，内花厅里已摆好了酒席，虽没设寿堂，也略有铺陈，是个有喜庆事的模样。马心仪的六个姨太太，都浓妆艳抹，出厅迎接。春喜也打扮得花团锦簇的，跟在六个姨太太当中。柳无非姊妹同向六姨太下礼，大家都争着搀扶，齐说不敢当。分宾主略坐了片刻，六姨太即起身邀请入席。各姨太都自有丫鬟在旁斟酒伺候，另派了三个丫鬟，伺候柳氏姊妹和春喜，每一个丫鬟手捧一把小银酒壶，各斟各的酒。柳无非看杯中酒色金黄，喝在口中，味极醇厚，但是略有点甜中带涩，仿佛有些药酒的余味，不觉用舌在唇边舐咂。

六姨太非常心细，已看见了柳无非的神情，连忙含笑说道："今日贱辰，承诸位姊姊妹妹赏光，和我喝酒。我知道诸位姊妹的酒量，都未必很大，恐怕外边的酒太厉害，喝不上几杯就有了醉意，因此特地派人办了几坛金波酒来。这金波酒的力量不大，大家都可以多喝几杯。"说时，两眼望着柳无非问道："妹妹曾喝过这种金波酒么？"柳无非道："不曾喝过。"柳无非满心想问怎么有药气味，因转念一想："这是庆寿的筵席，如何好随便说出药字来？"只心里猜度，以为金波酒本是这般的味道。喝了两杯之后，便不觉得有药味了。

六姨太殷勤劝敬，柳无非觉得九杯之数未曾喝足，不好意思推辞，勉强喝过了九杯，已实在不胜酒力了。六姨太即向她说道："妹妹今夜无论如何得热闹一整夜，我知道妹妹的身体不甚强健，此时可到我房里去休息片刻。"说着，起身走到无非跟前，就无非耳根低声说道："喝酒的人，每小解一次，又能多喝几杯。"柳无非此时正想小解，听了这话，便也起身对同席的说道："对不起，我立刻就来奉陪。"大家齐起身说请便。六姨太挽着柳无非的手，一同走进卧室，推开床后一张小门。

柳无非举眼看这房间，比六姨太的卧室略小些，房中灯光雪亮，陈设的床几、桌椅，比六姨太房里还加倍的精洁富丽。正待问这是谁的房间，六姨太已说道："这是我白天睡觉的房间。床头那个形象衣橱的，不是衣橱，拉开橱门，里面便是马桶。妹妹小解后，在床上略坐一会儿，我去教人弄点儿解酒的东西来给妹妹吃。我这房里谁也不敢进来，外边有什么声息，里面毫不听得。这里面也不论有多大的声响，只要关上房门，哪怕就站立在门外的人，也简直和聋了的一样。因为我白天睡午觉，最怕有声响，一有声响，就被惊醒得再也睡不着了。为此弄这么一间房子，连我自己的丫鬟，都不许进来。"

柳无非心中羡慕不已，六姨太回身退了出去，顺手将房门带关了。柳无非走到床头，轻轻将橱门一拉，看橱里果和一间小房子相似，并有一盏小玻璃灯，点在橱角上，照见橱里不但有一个金漆马桶，并有洗面的器具，玻璃灯侧还悬挂了一轴五彩画。

柳无非这时忽闻得一种极淫艳的香气，登时觉得浑身绵软，心旌摇摇不定，两腮发热。自知是因为多喝了几杯金波酒，连忙解衣坐上马桶，两眼不由得望着那轴五彩画。那画不望犹可，一落眼真教人难受，原来是一幅极淫荡的春画。柳无非初看时，吓得掉过脸不敢多望，只是两眼虽望在旁处，心里再也离不开那画，觉得房中没有人，我何妨多看看，这类东西是轻易看不见的。谁知越看越不舍得丢开，欲火也就跟着越发腾腾蒸上，不能遏抑，却又恐怕六姨太送解酒的东西进来，撞见了不好意思。只好硬着心思起身，决然走出来，关了橱门，整理了衣带。觉得这房里的香气，比橱里更甚，看壁上也挂了好几幅工笔画，以为这壁上的，断不是春画。

　　柳无非本是会画的人，尤喜工笔画，就近看时，不是春画是什么？并且每幅画上，都是一男数女，妖亵不堪。柳无非正在春兴方浓的时候，再加上看了这类东西，哪里还讲得上"操守"两个字，两脚竟软得支不住身体了，就到床上横躺着，一颗心不待说在那里胡思乱想。正在此时，忽见马心仪从床后转出，走近床前，笑嘻嘻地打了一躬。

　　不知马心仪将怎生举动，且俟下回再写。

第二十六回

马心仪白昼宣淫
张汶祥长街遇侠

话说柳无非眼望着马心仪笑嘻嘻地向她打了一躬，说道："好妹妹！你真想死我了。"柳无非吓得心里一跳，正待挣扎起来，无奈在醉了酒的时候，身体不由自主。马心仪来得真快，只一霎眼工夫，已被搂抱入怀。柳无非身体既不能动，唯有打算张口叫六姨太快来。不张口倒也罢了，口才张开，随即就被塞进一件又软又滑的东西来，只塞满了一口，不能出声。动不能动，喊不能喊，挣扎又无气力。此时的柳无非，除了听凭马心仪为所欲为外，简直是一筹莫展，因此柳无非遂被马心仪玷污了。

马心仪最会在妇人跟前做功夫，柳无非一落他的圈套，便觉得他是个多情多义的人。大凡妇人一被虚荣心冲动，"操守"两个字是不当一回事的，只有如何才能满足自己的欲望。倒是马心仪还存了几分畏惧郑时的心思，明知道郑时有杀柳儒卿的事，因恐怕对柳无非说出来，柳无非不能忍耐，在郑时跟前露出形迹来。郑时机智过人，必能看出其中毛病。万一因这奸情事，彼此弄决裂了，郑时不是好对付的。此时的马心仪心目中，只觉得郑时可怕，以为张汶祥不过一勇之夫，不足为虑的。幸亏马心仪不把张汶祥放在心上，方有以后惊天动地的事闹出来；若马心仪将张汶祥和郑时一般看待，那就难免冤沉海底了。这是题外之文，不去叙他。

且说马心仪既诱奸了柳无非，就每日教六姨太借故将柳无非接到上房里来，以满足双方的兽欲。郑时虽也是一个好色之徒，然尚顾体面，不似马心仪这般不择人、不择时、不择地，公然白昼行淫。郑时自进巡抚部院后，每日除了同张汶祥去外面闲逛些时外，总是独自坐在西花厅里看书。白天非有事故，并不和柳无非在一块儿厮混。也不是郑时对柳无非的爱情减少了，不愿意亲密。一则因已成了眷属，自以为夫妻是天长地久的，不必和露水夫妻一般的如胶似漆；二则因柳无仪与柳无非不曾离开过，姊妹的感情厚，欢喜时刻在一处笑谈。并且马心仪的六姨太太和春喜，也不断地到柳无非房中来，自觉坐在一块儿不方便。加以郑时喜读书，日常手不释卷，夫妻在一间房里坐着，总不免有些分心，不如独自在花厅里的清静些。因此六姨太每日来引诱柳无非到密室去行淫的事，郑时丝毫没有察觉。

马心仪的欲望若是容易满足的，便不至有了六个姨太太，又弄上了春喜，还要想方设法的诱奸柳无非。既是个逞欲无厌的人，初与柳无非成奸的时候，似乎很满足，及至每日欢会，经过若干度之后，趣味就渐渐地减少了，一缕情丝，又不知不觉地绕到柳无仪身上去了。寻常爱情专一的女子，醋心也非常浓重；和马心仪鬼混的这些妇女，既无所谓爱情，便也没有什么醋劲，并巴不得多拖几个人同下浑水，免得人家独为君子。

柳无仪从小就异常服从柳无非，有时她母亲叫她做什么事，反不如柳无非说的，一些儿不敢违背。就是在船上与张汶祥成亲的事，柳无仪因张汶祥的年龄比自己大过一倍，又是一个武人，没一些温柔文雅之气，原不甚情愿的。只为柳无非已与郑时发生了夫妻的情感，郑时恐怕张汶祥不高兴，也是竭力想把张汶祥拉下浑水，教柳无非劝柳无仪与张汶祥成亲。柳无仪服从惯了，不敢说出不情愿的话来。张汶祥一般地是服从郑时的人，遂由双方生拉活扯地成了眷属，然这般成亲的夫妻，自表面上看去，好像是经过一番患难的，可以称得是一段美满姻缘，其实夫妻各有各的不情愿。加之张汶祥是个铁铮铮的汉子，早晚必锻炼身体，终年无间，对于女色，虽不说视如毒蛇猛兽，但是存心要留着这有用的身体，好待将来做一番事业，是绝对不肯在妇人身上消磨豪气的。因此柳无仪空得了一个嫁人的名，夫妻之乐领略得极少。心里早就有些怨恨柳无非，不该拿她当送礼的人情。柳无非这回引诱她上马心仪的圈套，也和六姨太引诱她一般的做作。柳无仪一旦尝着了这滋味，对张汶祥更加冷淡了。

张汶祥哪里拿她的行为言语放在心上，尽管柳无仪冷淡，他只是不觉得。倒是郑时看出柳无仪不亲热张汶祥的神气来了，背地里劝张汶祥道："我知道三弟把功夫看得认真，不肯在女色上糟蹋了身体。不过少年夫妻，实在不宜过于疏淡。你要知道，你是练功夫的人，越是不近女色越好。三弟媳不是练功夫的，又在情欲正浓的时候，何能和你一样呢？"

张汶祥听了从容问道："二哥这话怎么说起来的，难道无仪对二嫂说了什么话，二嫂叫二哥来劝我的吗？"郑时连忙摇头笑道："岂有此理！不但你二嫂不敢对我说这类话，就是三弟媳又难道肯拿这类话，向你二嫂说么？"张汶祥紧接着问道："然则是二哥亲眼看出无仪什么情形来了么？"郑时道："你知道的，我生平的大毛病，就在好色。因为好色的缘故，和女人亲近的时候居多。因亲近得多，对于女人的性情举动，也揣摩得很透彻。我眼睛里三十年来所见的少年夫妻，其和好亲热如胶似漆的，必是男女的身体强弱相等，性情灵活也相等的。聪明强健的丈夫，没有亲爱愚蠢衰弱妇人的；反转来，妇人对丈夫也是一样。少年夫妻不和好，不是一边的身体太衰弱，便是一边的性情太古板。总而言之，十九是由于情欲上一方太过，一方不及。若两边能如愿，夫妻就没有不和好的了。你对三弟媳，自成亲之日起，到于今举动言语都无改变。只是我细心体察三弟媳对你的神情，就仿佛一日冷淡一日，不似成亲时那般亲切了。"

张汶祥笑道："我倒不曾在她身上留心，不觉得她冷淡，也不觉得她亲切。二哥既看出她对我冷淡的神情来了，却教我有什么法子又使她亲切呢？"郑时笑道："你我做丈夫的，也得代她们做女人的设想设想。她们终身所依赖的，在儿女未成立的时候，就只能依赖丈夫。若丈夫不和她亲近，她终身的快乐便保不住了，她心里安得不着急呢？只要你我做丈夫的肯体贴她、亲热她，除了生性下贱、不顾名节、不知廉耻的女子而外，绝没有不体贴丈夫、亲热丈夫的。"

张汶祥也摇头道："这只怪我的生性不好，从来拿女子当一件可怕的东西，不仅觉得亲近无味，并时刻存心提防着，不要把性命断送在女子手里。我未尝不知道这种心思，只可以对待娼妓，及勾引男子的卑贱妇人，不能用以对待自己的妻子。无奈生性如此，就要勉强敷衍，也敷衍不来。我这头亲事，原是由二哥、二嫂尽力从中做成的，我自己不曾有过成立家室的念头。二哥方才劝我体贴亲热的话，我也知道是要紧的。但我仔细想来，即算我依遵二哥的吩咐，从此对无仪，照二哥对二嫂一样，无仪心里自是快乐。不过我为图她快乐所受的委屈，就真是哑巴吃黄连，说不出的苦了。何况在我这个生性不会体贴、不会亲热的人，纵勉强做作，能不能得她快乐，还不可知呢？我想与其是这般两边不讨好的延长下去，不如仍由二哥二嫂做主，另物色一个好男子……"

郑时不等张汶祥再说，急伸手去掩着张汶祥的口说道："这不像话，快不要如此乱说，便是这般存心也使不得。休说无仪是你很好的内助，你不可胡乱存这骇人听闻的念头。就是无仪的德、容、工、貌都很平常，只要她没有失脚的事，你也不能这么乱说。你非不知道她姊妹都是诗礼之家的小姐，这话若传到她姊妹耳里去，你试代她们着想，寒心不寒心？"

张汶祥道："我并不是胡乱说的，二哥既以为不能这么做，我只好依二哥的话，此后凡事将就她一点儿就是了。"郑时喜道："好嘛！夫妻间很有一种乐趣，非做丈夫的凡事将就妻子，这种乐趣便不能领会。你依我的话，将来尝着了这种乐趣，还得向我道谢呢。"张汶祥不说什么，自闷闷不乐地走开了。

过了几日，张汶祥忽于无人处对郑时说道："我们山遥水远地来依靠大哥，到这里也住了几个月了。初到时还见过几次面，近来简直面都见不着了。他口里虽道竭力设法安插我们，心里不见得有这一回事。我想久住在这里也无味，我们原不是为官做宰的人，娶了个官家小姐做妻子，已经是不相匹配了。再加上久住在这种富贵地方，使她们终日和一般骄奢淫逸的姨太太住在一块儿厮混，把两个眼眶儿看得比篮盘还大，将来一定有不把我们这些穷小子看在眼里的时候。我想不如趁早离开山东，去另寻事业。不知二哥的意思以为如何？"

郑时笑道："三弟的性情，还是这么躁急。你不知道在官场中候差候缺的人，每日得上衙门钻营巴结，无所不至。常有候到几十年，还候不着一点儿差事的。我们在此地才停留了几个月，也并不曾去巴结人，向人求差事，怎样就着急要去另寻事业呢？我并不是贪恋这地方，且图一时的安乐，我们既是在几年前便动了这个想混进官场去的念头，好容易才得了这条门路，你不要把这条路看轻了。寻常做官的人，花多少万银子，还赶不上我们这种际遇呢。"

张汶祥见郑时这么说，没话回答，只低下头像思索什么。郑时道："我料着你说这番话的心事了。你必是因三弟媳近来终日和大哥的几个姨太太在一处厮混，你觉得对你益发冷淡了，由这一点原因就动了率眷离开此地的心思。我料的是与不是？"张汶祥面上透着不耐烦的神气说道："这倒用不着说了，我当日在四川的时候，看了那些督抚司道的排场，只觉得做官的快乐。于今来这里住了些时，才知道做到督抚司道的人，都已受过大半世钻营巴结的苦了。我生性不惯巴结人，将来有不有给我快乐说不定，此时的苦我便已不能受了。并且我自知是个粗鲁人，就有官给我做，也干不了。二哥不妨在此多住些时，我打算动身去湖南走一趟。我已有多少时候不见我师傅了，心里思念得很切。"

郑时问道："你去湖南，来回大约须多少时日？"张汶祥道："好在此刻不比当年了，此地没有少不了我的事，来回的时日不必计算。"郑时道："这使不得！三弟不能就此撇下我，自去另寻生活。我也不是贪图富贵的人，若此地实在不能混了，要走得大家同走。我劝三弟暂且安住些时，我明后日上去见大哥，问他一个实在，他有没有将你我放在心上，言语神气之间是可以看得出的，且待见后再作计较。"张汶祥点头道："我等候二哥便了。"

次日郑时照例坐在西花厅里看了一阵书，觉得心里有事看不下去。他的书籍原是安放在他自己卧室里的，就捧了这本书回房，安放在原处。一看柳无非不在房中，料知又是被几个姨太太邀到上房里闲谈去了。心里登时转念道："我何不趁这时候去上房里，找大哥谈论一回？三弟是个生成的急猴子性质，谈论了一个着落，免得他在这里等得焦急。"想罢，即反操着两手，一步一步踱进上房的院落。

平时这院子里照例有几个伺候上房的人坐着，听候呼唤传达，此时却静悄悄的，一个人影没有，一点儿声息也没有。郑时并不踌躇，仍是一步一步地踱上去。刚踱近上房的窗格跟前，耳里便隐约传进了一种气喘的声息，这声息不待审辨，就能听出是有人在房里白昼宣淫。

这声息若是传进了张汶祥的耳里，必立时退出去，连呼晦气。无奈郑时也是生性好淫的人，听了这声息，心中就猜度这行淫的不是别人，必是马心仪和最宠爱的六姨太。难得有机缘遇着，何不从窗格张望张望，毕竟是何情景？不张望倒没事，这一张望，却把一个足智多谋的郑时气得发昏。和马心仪行淫的，哪里是什么六姨太，原来就是他自己最宠爱的柳无非。当时看了柳无非的丑态，不由得气得举手打了自己一个耳光。知道若被马心仪看见了，必有性命之忧，不忍再看，也不敢再看，连忙三步作两步地退了出来。仍从卧室里取了一本书，坐在西花厅装作看书的样子，咬牙切齿地心里恨道："我真瞎了眼，人面兽心的马心仪，我不曾看出来；水性杨花的柳无非，我也看不出，拿她当一个义烈女子。怪道她近来每夜说身体疲倦，上床就睡着不言不动。我还心里着急，以为她身体虚弱，欲念淡薄，打算找一个名医来，替她诊治诊治，谁知是这么一回事！"

郑时独自越想越气，恨不得拖一把快刀，即时冲进上房去，将马心仪和柳无非都一刀杀死，再回刀自杀。但是立时又转念道："我与柳无非原不是明媒正娶的夫妇，在船上乘她之危，将她轻薄，因此勾得她上手。这样配合的夫妻，原来是靠不住的。她若是一个三贞九烈的女子，便不应胡乱在船上许我亲近。这事只能怪我自己不好，所谓'悖人者悖出'，我不值得因此气愤，为这种淫贱妇人送了我的性命，更是不值得了。就这回的情形看起来，不待说两姊妹都被这淫贼马心仪奸占了。我真被鬼迷了眼睛，前日还竭力劝三弟亲近那淫妇。为今之计，除了我和三弟偷逃，没有别法。不过我和三弟忽然弃眷潜逃，在别人不知为的什么，那淫贼心里是明白的。那淫贼既怀着鬼胎，又知道我和三弟的履历，未必不想到放我们逃了，不啻留下了两条祸根。那时为要免他自己的后患，即不能不借着在四川的事，破脸缉拿我们，使我两人到处荆棘，也是不好过活的。待借故带着两个淫妇走吧，姑无论没地方可走，那淫贼也决不肯放。那淫贼是何等机警的人，一疑心被我识破了，便很危险。"郑时如此翻来覆去地思量了好一会儿，一时委实想不出两全的方法来。

正在闷闷地难过，忽见张汶祥兴匆匆地走了进来笑道："可惜今日二哥不曾同我出去，我今日连遇着两个异人，都是寻常不容易遇着的。"郑时勉强赔着笑脸问道："两个什么样的异人，你如何遇着的？"张汶祥吃惊似的在郑时面上打量了两眼，凑近身坐下来问道："二哥身体不大舒服吗？面上的气色很不好。"郑时摇头道："没有什么不舒服，只心里觉得有些儿闷罢了，你说你所遇的异人吧。"

张汶祥见郑时说没有不舒服，便又鼓起兴致来说道："我今日出衙门去街上闲逛，信步走到一处，只见前面一个痨病鬼也似的人，穿着一件破烂不堪的衣服，低头曲背地向前走。那走路的形象，一歪一扭的，简直是一口风来就得吹倒了的样子。左手提了一根尺多长的旱烟管，右手擎着一个酒葫芦，边走边用嘴对正葫芦，仰面咕啰咕啰喝下酒去。喝了这口酒，又将旱烟管送到嘴边，呼呀呼地嘘几口烟。是这般怪模怪样地走着，引得满街的人都笑嘻嘻地看他。他仿佛全不觉得有人看了他好笑，只管偏偏倒倒地一面嘘烟，一面喝酒。

"许多过路的见了，多停步望着他，也有好事的，跟在他左右背后，和看什么新奇把戏一样。我正是无事出来闲逛，见了这般怪物，不知不觉地也就跟在他后面，看他究竟是个干什么事的。跟过了一条街，只见他转身走进一条狭巷子里去。

　　"刚走进巷口，忽然迎面来了一辆骡车，那骡车因是空的，行走得很快，骡夫更在将出巷口的时分，催着那骡快走。不提防凑巧这怪物迎面走进来，一时收缰哪里来得及，骡头不偏不斜地正与怪物撞个满怀。骡夫只吓得'哎呀'一声大叫，以为这一下撞出大祸来了，跟在背后看的人，也都齐声叫不好了，连我也吃了一惊。再看那怪物真是作怪，经骡头那么一撞，倒撞得不歪不扭了，身体都不曾向后仰一下，只立着屹然不动。葫芦口正对着嘴边喝酒，并不因骡头撞过来停止不喝，咕啰、咕啰喝下了酒，一面提旱烟管往嘴边送，一面仍举步向巷里行走。

　　"这条骡子就走了倒运了，骡头抵着怪物的胸膛，怪物向前行着，骡车便被抵得向后倒退，骡子大约被抵得忍痛不住，弓着背屈着颈乱跳起来，牵连得骡车一掀一落。若不是在狭巷子里，早已翻倒在一旁了。骡夫也惊得出了神，不知待怎样才好。委实奇怪，那头骡子虽是弓着背乱跳，骡头贴住怪物的胸膛，就和有胶漆粘着了的一样，无论如何跳，总是贴着不能离开。骡子乱跳的时候，怪物就立着喝酒；骡子一停脚，怪物又衔着烟管前行几步。是这么一停一走地约有十来次，我们看的人都拥进了巷口，大家吼起来大笑。骡夫在这时方才明白，知道得罪了这怪物，非赔礼软求是不得了的。也顾不得骡车翻倒，慌忙跳下地来，抢到怪物跟前，屈膝请了个安，哀求苦告地说道：'求爷爷恕小人粗心，小人实在不知道爷爷在这当儿走进巷口来。'怪物见骡夫这么哀求，才慢慢地顺过脸来说道：'你们赶车的，在转弯抹角的地方，照例是应该催着骡子快走的么？'骡夫还不承认道：'小人并不曾催着快走，求爷爷饶恕。'

　　"那怪物听了，也不开口，衔着烟管向前又走了几步。没有骡夫在车上，车辆更掀簸得厉害了，吓得骡夫双膝跪下来道：'是小人不该，是小人不该，千万求爷爷不要再走了。'怪物遂止步用旱烟管指着骡夫说道：'你们这类东西真该死。幸亏今日撞的是我，若换上一个年老的或小孩，便不撞死也得踏死了。你们下次再敢是这么胡冲乱撞，就休怨我不容情啊。'说着，身体一偏，又是歪歪倒倒地走过骡车去了。

"许多看热闹的人，也有想再跟上去的。无奈那辆车塞满了一条狭巷，挤不过去，只得退出巷口，让骡车走过。我知道这是个异人，有心想结识他，便不肯跟着大众退出来，侧身从车旁窜过去。看那人还在前面，我想赶到他前面，看看他的容貌。但是赶到了他背后，正打算从他身边抢上前去，他却不先不后地将身体向这边一歪，恰好挡住了我的去路。我以为他走路本是这么偏偏倒倒的，偶然倒在这边，我抢那边过去便了。等我刚抢到那边，他就和有后眼相似，又不先不后地倒向了那旁，又是恰好挡住了我的去路。我还不觉得他是有意的，直到连抢了十多次，无论我用什么身法，他只轻轻地一歪就挡住了，我才知道他是存心与我开玩笑，只得立住脚待开口问他的话。他已回过头来望着我说道：'你到底为什么事，只管在我背上左一下、右一下地这么撞？我一立着不动让你过去，你倒也立着不动，不是存心开我的玩笑吗？你要过去就快过去吧，我的头都被你撞昏了。'

"我见他倒来是这般责备我，不觉好笑道：'我如何敢和您老人家开玩笑。我在各地游行，本领高强的人也会了不少，从来没有见过像您老人家这般高强的。我心里佩服极了，愿闻尊姓大名。'我在说这话的时候，一面留心看他的面貌，那副脸嘴，可是丑得怕人。面盘瘦削得不到一巴掌宽，皮色比刨了皮的南瓜还要难看。头发固然是蓬松散乱的，连两道长不过半寸的眉毛，也是丛丛的如两堆乱草。两眼合拢去只留了两条线缝，鼻孔朝天，一张阔口，反比寻常人口大了一倍，口角在两腮上，淌出许多涎来。听了我的话也不回答，好像已被酒醉得迷迷糊糊的神气，胡乱将头点了几点，掉转身躯就走。旋走旋举起酒葫芦在头上敲着，口里怪腔怪调地不知唱些什么。

"我心想这人必非疯癫，也不是喝醉了酒，大概是装成这个样子，以免有人看出他的行径。我已经请教他的姓名，不肯回答，就再追上去问，照这情形看来，也是问不出所以然的。不如且缓缓地跟着他走，看他走到什么所在停留。知道了他停留的所在，就好去从容结识他了。随即远远地跟在他后面，见他走进关帝庙里去了，我也跟进庙去。只见他已头枕葫芦，鼾声动地地睡在庙门弯里。我找着庙祝打听，据说已在那庙门弯里睡了半个月。有时整日地睡着不动，有时日夜不睡，擎着酒葫芦喝个无休无歇。我打听了走出庙门，因关帝庙已靠近乡村了，心想索性到乡村里玩

270

玩，打算玩一会儿回头，再到关帝庙里去，看那异人醒也没醒。

"主意既定，照着一条小路信步走去，约莫也走了三四里，只见一个年约二十来岁的后生，挑着一副豆腐担，从一个小山上走了下来。我看那后生就觉得可怪，皮肤白皙，面貌姣好如女子，完全不像乡村里卖豆腐的人；并且身穿一件长单衫，脚上穿着鞋袜，也不像一个卖豆腐的装束。我在这边打量他，他的一对眼睛，也不住地打量我，只望了我几眼，就折身走过那边去了。我心里揣测，这后生多半是世家子弟，原是读书的，只因家业衰败了，不能安心读书，没奈何挑了这担儿贩卖豆腐。让我去问明他，凑这么几十两银子给他，那他便不愁无钱读书了。

"我心里这么思量着，就提步追上去。我与他相离虽不甚远，只是那后生的脚下倒很快，我就放紧了脚步追赶，总相差一箭之地，追赶不上，不由得诧异起来。暗想我自问脚下不慢，怎的他挑着担儿从容行走，我倒追赶不上呢，难道这后生也是个异人吗？不相信山东有这么多的异人，偏在一日遇着了，倒得尽我的力量追他一回试试看。遂提起精神来，施展生平本领向后生追去。并不见后生奔跑，约莫又跑了二三里，忽见前面有个村庄，后生挑着担儿走进庄子里去了，我这时相隔还有一箭远近。心里已断定这后生决非寻常人物，估量他既进了村庄，是不难与他会面了，仍不停步地走着。再看从庄子里突然跳出三条极雄壮的狗来，只略吠了两声，即同时对着后生猛窜过来，蹿得比后生的头还高……"

张汶祥说到这里，柳无非姊妹同走出花厅来笑问："什么事说得这么起劲？"便把张汶祥的话头打断了。

不知那后生怎生对付三条恶狗，且俟下回再写。

第二十七回

打恶狗赵公子逞奇能
造文书马巡抚施毒计

　　话说张汶祥听柳无非问什么事说得这么起劲，只得起身让柳无非姊妹坐了回道："且待我说完了，二嫂欲知详情，再问二哥吧！"当即继续着说道："我看那三条狗的来势凶猛，便是空手也难招，那后生肩挑了豆腐担，待放下来是万分来不及的，不放下来却怎生对付呢？在这时分，就显出那后生的本领来了。只见那后生一手护着豆腐担，一手从容向迎面扑来的那狗挥去，那狗的颈项，早被他抓住了。才一抓住，这两条狗恰好扑到，就将手中的狗横掼过去，只见狗碰狗，同时叫了一声，三狗都跌在地下，几翻几滚，便和死了的一样，不能动弹了。

　　"那村庄里的人，大约是听得外面有狗叫的声音，立时跑出一个年约三十多岁的莽汉来。一眼看见三条狗都死在地下，不由得怒冲冲地问道：'你这东西是哪里来的，为什么把我家三条狗都打死？你能好好地照样赔出三条狗来便罢，赔不出就得请你赔命。'后生也怒道：'你家简直是率兽食人，我正要找养狗的人问个道理，你倒来找我，很好！我且问你，你家为什么要养这般比豺狼还凶猛的狗咬人？今日幸亏是遇着我，若是年老人或小孩、妇女，不要活活地被狗咬死吗？'那汉子辩道：'养狗的不仅我一家，乡村里人家，哪有一家不养狗的？就是我家养狗，也不是从今日才养的。平日在我家来往，及打这门口经过的人，也不知有多少，若依你说的，老年妇孺就得活活地被咬死，那么我家应该遭了多少场人命官司了。你这东西定是个贼，存心打死我的狗，好来偷盗，真是好大胆的恶贼。'

　　"一面骂着，一面窜上前去拿那后生。我看那汉子的身法好快，武艺必练得不弱。那后生竟是毫不在意似的，并不放下豆腐担，只见他的手一举，好像在那汉子的肩窝上点了一下，汉子的两条腿，就和软瘫了的一般。登时支持不住，一屁股坐在地下，身体随着向后一仰，面朝天地躺着，也和死了的一样，一下也不曾动弹。后生这才从容放下豆腐担来笑道：'就是纸扎的人，也不应该像这么不结实。'

"我这时与后生相隔不过丈来远近，即走过去打了一拱说道：'好武功，佩服，佩服！请教尊姓大名？有这样好的武功，为什么做这小贩生意？'

"后生刚待回答，才向我回拱了一手，庄子里跟着便拥出七八个身强力壮的大汉来了。每人手中都操着兵器，单刀、花枪、双钩、棍棒都有，仿佛是事前准备了厮杀的。我想这后生今番可糟了，看那七八个大汉的身手脚步，使人一望就知道不是好容易对付的。常言'好汉难敌三双手'，那后生又是赤手空拳，并是长衣大袖，倒要看他怎生对付？我那时心里已抱定一个念头，后生果有大能耐，能对付那些凶神恶煞便罢；万一寡不敌众，我就只好跳进圈子去，助那后生一臂之力。因为七八个围打一个，未免太欺人了。谁知那后生绝不把那些人看在眼里，神色自若地举手摆了两摆说道：'你们这样拿刀使杖地拥上来，是不是打算和我动手相打呢？'

"大汉之中的一个年岁略大些儿的，擎着一把雪亮的单刀，挺身走近后生跟前答道：'你打死了我家三条狗，还不认错，公然敢动手将我的兄弟打死。我们岂但打算动手和你相打，不取了你的狗命，替我家兄弟报仇，我们也不活在世间做人了。'后生哈哈笑道：'你们一不与我沾亲，二不与我带故，你们不活在世间做人，干我什么事？我一点儿不着急。不过据我看你们这些笨蛋，哪里是我的对手，休说只有这几个毛人，便再邀几十几百个来，也不够我动一动手。我若不事先说给你们听，就一阵将你们个个打死，所谓不教而诛，显得我太残忍了。于今我也没精神和你们多说，只略给点儿能为你们看。你们是有眼睛有心思的，看了自去思量，若自信能和我动手，被我打死了就不能怨我，你们仔细瞧着吧。'说毕，回头看草地上有一个长方形的石磴，现在草地上面的，有一尺五六寸高下，见方约一尺大小，半截埋入土中去了，却看不出埋在土内的有若干深浅。后生望着这方石，点了点头道：'就拿这东西做个榜样给你们看，你们有气力好的，可将这石头摇出来。'

"那些大汉好像都自知拿不起那石头的样子，大家不作理会。后生不慌不忙地走近石头跟前，低头看石上有两处握手的地方，露在外面，原来是一个练武的头号石磴。大概是因为太重了，没人能拿起来，年深月久，所以埋了半截到草地内去了。后生端详了几眼，也不用手去拿，只一脚横扫过去，那石头就连黄泥带青草地翻了一个跟斗。后生并不踌躇，两手捧住那石头，轻轻往上一抛，伸左手托着，随即举右手对准石头劈去，只听得'喳喇'一声响，碎石四散。吓得立在近处的人，连忙躲闪。后生指着散在地下的碎石说道：'你们自信比这石头坚硬，就不妨前来和我试试。'那些大汉一个个惊得脸上变了颜色，没一个敢动手的。

"就在这时候，又从庄子里走出来一个须发雪白的老头，撑着拐杖，缓步走近后生面前说道：'你显出来的能为是不错，只是能为显过了，这躺在地下的人和狗，你应该赶紧救转来。'那后生看老头精神充满，颜色和平，便也改换了和易的神气说道：'要救转来是极容易的事。不过你们庄子里养了这种恶狗，白昼放出来咬人，还想归咎于我，说我不应该打，我无论如何不能认这个错。'老头笑道：'不能教人立着不动，送给狗咬，怎能归咎你不应该打呢？这只怪他们不懂礼节，又不懂人情。且请你将人和狗救转来，我还有话向你说。'

"后生欣然点头，走到躺地汉子身边，一弯腰捉住汉子两脚倒提起来，和烂醉的人一样，浑身绵软，似乎一点儿知觉没有。后生将两手抖动几下，仍放下来伸手在汉子肋下一扭。扭得'哎呀'一声，即时如梦初醒，睁眼向四周望了一转，托地跳起来，指着后生对老头说道：'师傅，看这王八蛋把三条狗都打死了，非教他偿命不可。"

"老头儿厉声叱道：'休得胡言乱说！你知道是打死了吗？'叱得这汉子不敢作声了。转脸又向那七八个手操兵器的大汉叱道：'还不快给我滚进去，都站在这里现世。'那些大汉被叱得满面羞惭，一齐奔进庄子里去了。我估量这老头也不是寻常人物，既经遇着，岂可失之交臂，遂整衣上前施礼，请问他的姓氏。老头拱了拱手，指着地下的狗对我说道：'等这狗救转来了，一同请到庄子里指教指教。'只看那后生毫不费事的样子，在每条狗身上踢了一脚，狗即随脚而起，低头犟尾地走开了。老头向门里叫了个汉子出来，替后生把豆腐担挑进去，然后让后生和我进庄子。

"这庄子的房屋不小，进门经过一处方形的土坪，两旁排列着刀枪架，架上有种种的兵器，一望而知这土坪是练武所在。土坪尽头处，才是三开间的房屋。看房中的陈设，可知是个务农之家。老头让我和后生在东首一间房里坐下说道：'我并非这里的主人，我是流落在此地，承这里的主人赏识，留我在这里，给碗闲饭我吃了，教我陪着他家的子弟练练武艺。我原不懂得什么武艺，又加以年老血气衰颓，只好借此骗碗饭吃罢了。难得今日无意中遇着两位英雄豪杰之士，真是三生有幸。这里的主人拜客去了，一会儿工夫就得回来。他也是一个欢喜结交的，请两位多坐一会儿，等他回来了，我还有事奉求。'后生问道：'我还没有请教老丈和此间主人的尊姓大名？'

"老头答道：'说起来见笑，我的姓名，已有四五十年不用了。十年前皈依我佛的时候，承雪门恩师赐了'慧海'两个字。原来认识我的人，都呼我为在家的老和尚，其实我历来无家，却又不能出家，只是一个老怪物罢了。听两位说话，都不是本地方口音，请问两位因何到此乡僻之处来了？'后生答道：'我是湖北襄阳人，也是流落在此地，只得做做小贩生意糊口。'老头似不在意地听了，掉转脸来问我。我知道后生所说流落的话是假，但我也不愿意说出真话来，随口报了个姓名，并胡诌了几句来历。老头略沉吟了一下，问后生道：'你是襄阳人，知道有一个叫黄花镇的地名么？'

"后生忽然怔了一怔说道：'我就是住在黄花镇的人，老丈曾到过那地方么？'老头含笑点头道：'离黄花镇不远有个柳仙祠，还有个药王庙。你家既住在那里，这两处地方，应该都去玩耍过？'后生道：'那地方是常去玩耍的。'老头又问道：'那药王庙里的沈师傅呢，你知道他老人家此刻还康健么？'后生听了，望着老头出神道：'老丈也认识沈师傅么？'老头笑道：'论班辈，他老人家还是我的师叔，如何不认识？'

"后生至此，连忙立起身来，恭恭敬敬地向老头叩拜道：'沈师傅便是我的恩师。'老头也慌忙立起身拉住后生笑道：'你原来就是未家的公子么，得名师传授，果是不凡，才几年工夫，就有这般成就，佩服，佩服！'从此他们一老一少所谈论的言语，我因不知底细，听了也摸不着头脑。但是可以听得出老头的能耐，比后生还要高强多少倍，时见后生很诚恳地求教。约坐谈了一个时辰，我曾两次作辞，被老头留住不放。

"又过了一会儿，有一个人进房报道：'少爷拜客回来了。'老头挥手说道：'有稀客在这里等过多久了，去请少爷快来。'来人应声去后，即有一个面如冠玉的少年跨进房来，口里向老头呼了声师傅。老头起身指着后生对少年笑道：'这是赵承规公子，沈栖霞师傅的高足。难得有机缘在这里遇着，快过来拜见拜见。'我听了不由得心中疑惑，刚才分明听得老头说道，这后生是未家的公子，怎么一会儿又说是赵承规公子呢？但是我心里虽然疑惑，却不便向他们盘问。少年很亲热地拜见之后，老头又给我介绍见面。

"这少年姓鲁，单名一个平字，好像他父亲是个京官，此刻已经去世了。我陪着坐了些时，一则因他们有世谊，我是过路之人，久坐在那里，使他们谈话不便；二则我心里时刻惦记关帝庙的醉人，猜度他必差不多睡醒了，想去见面探问一番，遂勉强作辞出来。老头和赵、鲁两少年都送到门外。老头忽皱着双眉，伸手给我握着说道：'老哥气色不大开朗，凡事以谨慎为上。我知道老哥是个有作有为的好汉，万一此后有什么为难的事，请过来与我商量，我能为力的，必当尽力。'我只得道谢走了。我心想这老头无端对我说出这些话，是什么用意？我思索了好一会儿才明白了。因为老头自己说流落在这地方，后来赵公子也说是流落在此，我既不愿说实话，也只好说是流落。老头必是不知道我是随口说的，以为我真是流落无依，所以此后有为难的事，可去与他商量，他必尽力，我想来不觉好笑。

"走到左近的人家一打听，才知道鲁家原是山东的大族，族中读书发迹了，在外省做官的人不少，家中还是务农为业。合族有二三百男丁，个个都会些武艺。老头到鲁家教武的来由，我也打听着了。在三年前，鲁家庄子里共请了四个武教师，两个文教师，分教族中子弟读书练武。老头装作游学的模样，到了鲁家，正遇着四个武教师，分作四处教鲁家子弟练武。众子弟当中有一个年纪最轻、容貌最好、武艺也练得最精的，就是鲁平，老头看了称赞不绝口。

"鲁平生成的聪慧绝伦，见老头岸然道貌，又称赞他的功夫，料知必是个行家，当下就把老头请进庄子里去。两下一谈论，老头也不客气，直说少爷的天资极好，无论学什么都可望大成，只是不经高人指点，功夫是不能成就的。即如你此刻所学的，不过是一些花拳绣腿，耍的时候好看，实用是丝毫没有的。

"鲁平这时虽逆料老头是个行家，但是究竟年纪太轻，没有多大的见识，听了老头的话，不由得有些不服道：'我初练的拳脚，自然不能实，老先生不曾见过我家几个教师的武艺，都是在山东有大名头的，不能不算是高人。'老头笑道：'这也算高人，那也算高人，高人也就太多而不足贵了。我是个游学的，也不懂什么武艺，更不借着教武艺骗饭吃。只因在各地游历了若干年，还不曾见过有天资像你这般好的。好师傅果然是难得，好徒弟也是一般的踏破铁鞋无觅处。像你这么好的天资，使我看了不能不欣羡，所以不客气和你直说。府上四位教师的手脚，我一见已知大概，教你府上那些子弟，是无妨碍的，教你就实在可惜了。'

"老头在房里和鲁平谈话，不防四个教师都躲在门外偷听，老头的话，一句也听得了。当下哪里再忍耐得住，四教师在一块儿商量着，要和老头比赛。四人的年纪都只四十多岁，正在精壮的时候，哪里把这老头看在眼里？商量妥了，即一同进房向鲁平说道：'我们本来练的武艺都是些花拳绣腿，只能骗碗饭吃。于今有这位老师傅到了，我们应当知趣，自行告退。不过我们从小练起功夫，几十年来没有见过高人，不知道高人是怎生模样？这位老师傅开口高人，闭口高人，想必他就是一个高人。我们也是有缘才得遇着，倒要请求他指教指教。我们原是些专骗饭吃的人，便是被老师傅打死了，也算不得什么！就请少爷做个凭证人，我们倘被老师傅打死了，只算我们命短，各自的家属来领尸安埋；万一老师傅因多了几岁年纪，一时头昏跌倒了，就此中风、中痰，不省人事，也不能怪我们的手脚无情。少爷以为我们这话怎么样？'

"鲁平还没有回答，老头已立起身来说道：'你们的本领真不差，胆量更是了不得，我委实五体投地地佩服。只可惜我是个游学的老头，不是个卖武的壮士，你们不要会错了意，我不是和你们争夺饭碗的，无端要与我拼命干什么呢？'鲁平也从中调解说道：'这位老先生是读书人，他与我闲谈的不干你们的事，劝人家不要认真吧。'教师奋臂嚷道：'他对少爷说的话虽不中听，然也还罢了，刚才这一番话，简直比打了我们还厉害。这老东西把我们当人吗？我们不与他见过高下，就死也不甘心。他不能拿年老来推托，他活到几十岁，是吃饭的呢，还是吃屎的？若是吃屎长大的，我们可把他当个狗畜生，就乱咬人也不与他计较；如果也是和人一般吃饭长大的，便不能许他胡乱骂人。少爷倘怕遭连累，我们可到野外去，先把窟窿掘好，谁死了就埋谁。'鲁平见四个教师都横眉怒目凶恶异常，年轻的人，遇了这种时候，不知要如何劝解才好。

"老头却从容自若地坐下来笑道：'我倒想不到你们有这么厉害。也罢，生死都有一定的，古语所谓阎王注定三更死，谁敢留人到五更。不过我须问你几位教师，你们打算怎生比赛法？这是得于未动手之前说明的。'其中有个教师说道：'听凭你要怎生比赛，就怎生比赛，我们随便。'老头点头道：'你可以随便，这三位呢，你们也可以随便吗？'三人同时答道：'我们都随便，你且说出一个比赛的法子来。'老头踌躇了片刻说道：'我是诚如你们所说的，多了几岁年纪，走路走得太多了些，就不免头昏眼花，腿酸腰痛，若和人动手相打，时间不久，或者还可以勉强支持。你们四个人，大概打了这个，不打那个，是不甘心的，一个一个地打起来，实在太麻烦。真个把我弄得头昏跌倒了，发起痰厥来，我死不要紧，于你们的名声不大好听，旁人一定要骂你们欺负年老人，四人用车轮战法。依我的意思，不如到门外大草场上去，将你们所有的徒弟，都叫出来围成一个大圈子，将我们五个人围在当中。我在正中间立着，你四人分四角立着，同时动手。也不必真要打得不能动弹，跌倒了就算输。若动手之后，自信敌不过，只要跳出圈子就算认输了，不能追赶着打。你们看这种比赛法行也不行？'

　　"教师冷笑道：'我们真不上你这老东西的当。你以为是这么打，便是你打输了，也不能骂你无能，是我们倚仗人多欺负你，你是不是这般用心？哈哈，你倒生得乖，其如我不呆，你到底有什么飞天的本领，敢教我们四个人围住动手？'老头大笑道：'这就使我有口难分了，我因问过了你们，你们都说随便，我才想出这妥当的方法来，你们却又多心。也好！你们既不肯一齐动手，就是一个一个来吧。去什么地方打呢？'

　　"鲁平也想看看热闹，便说道：'还是门外草场上宽展好打。'此时在房外偷听的，有几十人，都是鲁家练武的弟子，见说游学的老头，就要去草场上和四个教师比赛，登时喜得各人分头四处送信。顷刻之间，鲁家二三百名男丁，都齐集在门外草场上，已围成了一个好大的圈子。鲁平陪着老头和四个教师一同出来。

　　"四个教师到这时候，看老头的神色自若，就好像毫不在意的样子，也就知道老头若自信没有惊人的本领，料不至无端拿他自己的老性命当儿戏，觉得就这么冒昧动手，恐怕反上老头的当。四人又背着人商量了一会儿，即由那年老些儿的教师，当众开口向老头说道：'我有一句要紧的话，须在未动手以前说明。我们和老师傅都是未曾见过面的，彼此都不知道身家履历。老师傅练的武艺，是什么家教，我们未领教过，果然不知道。就是我们也没在老师傅跟前献过丑，老师傅也未必知道。总而言之，我们想请教老师傅的是武艺，不请教老师的法术。老师傅便有高妙的法术，也不能使用出来，我们也只凭硬功夫见个高下，不知老师傅的意思怎样？如果要用法术，也不妨明说出来，我们也好拿法术来领教。'

"老头听了，笑道：'原来你们还会法术么，我是只会两下硬功夫，不懂得什么法术。'教师见老头说只会硬功夫，很高兴似的说道：'只会硬功夫就好办了。'随即转过脸向鲁平道：'请少爷和诸位旁观的做个见证，有谁用邪术取胜的，便算谁没有武艺。'旁观的人都是四教师的徒弟，自然都帮助师傅说话，各人巴不得各人的师傅打胜，当下大家同声应是。

"众人分开来，让老头和四教师走到圈子中间，先由四人中推出一个，与老头动手。教师的拳脚打过去，只见老头的身体微微转动，教师的拳脚，不知不觉地下下落了空，拳也打不着，脚也踢不着，只累得一身大汗，不但没有沾着老头的身体，连宽大的衣服都沾不着。立在旁边等候轮流交手的三个教师，至此已忍耐不住了，也顾不得他们自己刚才所说的大话，就一拥上前，单对老头要害之处下手。

"三人不上倒也罢了，老头不过和那教师开玩笑似的盘旋着，三人一上前，老头便变换身法了。只见他两只大袖飘飘飞舞，如蝴蝶穿花一般的，绕着四个教师，穿过来梭过去，忽高忽低，忽徐忽急。四个教师分明看见他走身边擦过，等到一拳打去，却又打了一个空，他早已穿走那边去了。是这般穿了一阵，只穿得四个教师头昏眼花，立脚不住，不待老头动手，一个个往草地下蹲，不敢提步。但又恐怕老头打他们，各举双手护住头，开口大声告饶。老头即时停步，不喘气，不红脸，就和没有这回事的一样。四个教师哪里敢再说半句不服气的话，各自抢夺行李悄悄地走了。老头从此就在鲁家，鲁家的子弟都跟着他练习拳棒。地方上人说，只有鲁平的武艺得了老头的真传，其余的鲁家子弟，不过得些粗浅的功夫罢了。"

郑时听了，叹着气说道："这老头本领，确是了不得，只是他这种行为，我倒不敢恭维。常言'鹭鸶不吃鹭鸶肉'，那四个教师，一般地拿着拳棒功夫教人糊口，功夫好也罢，不好也罢，只要鲁家的人不嫌弃，与别人有何相干？无端的去打人家，赶人家走开做什么！强中更有强中手，不见得老头武艺，便是天下无敌。若再有一个高手出来，将老头打跑，想必老头也觉难堪。"

张汶祥道："打教师拆台的举动，我也是不敢恭维的。不过这回的事，论情理却不能怪老头有意夺人家饭碗，只能怪四个教师欺他衰老，不度德，不量力，定要找着他打，教他没有推辞的方法。"

柳无非在旁听了笑道："我虽是没头没脑地听着，只是我一设想四个教师与老头相打时的情形，就不由得也有些头昏眼花似的，难怪四个教师就往草地蹲下来。不过我不明白那老头是什么妖精变化出来的，他自己为什么头也不昏，眼也不花呢？"张汶祥笑道："哪里是妖精变化出来的，他平日练的是这种功夫罢了。"郑时问道："有这么一种穿来穿去的功夫吗？"张汶祥点头道："怎么没有？我听说有一种功夫，名叫'八卦游身掌'，练这种'八卦游身掌'的，就是专练老头这般身法。平时整年不断地按着八卦线走圈子，翻过来覆过去，每日转个无数。再插九根竹竿在地下，每根相离尺来远，将身体在竹竿缝里穿来穿去，不可挨着竹竿。是这么穿个若干年，自然能穿得和游鱼一样，哪有头昏眼花的时候呢？"

柳无非笑道："身体太胖了的人，若教他是这么穿起来走起来，想情形倒是好看得很。"说得柳无仪、张汶祥都笑起来了。唯有郑时翻眼望了无非姊妹一下，即低头仍看在书上。

柳无非当即走近郑时身边，很亲切地说道："你整日地手不释卷，学问虽是可以求好，只是把身体弄坏了，却怎么好呢？刚才六姊还对我说，大人说你好学是不可及的。不过全不去外面走动走动，尽管坐在西花厅里看书，只怕倒把身体弄坏了，将来为国家出力的时候，精神倒衰颓不堪繁剧了，岂不可惜？教我劝你半日读书，半日去外边溜溜腿。"

郑时听了这派假话，想起方才在窗眼里所见所闻的情形，不觉如滚油煎心。但郑时是个深沉不露的人，这样险事，如何敢现诸形色？勉强振作起精神，抬头望着柳无非笑道："这地方几条街道，我一到就都走遍了，毫没有什么可看的东西。有时街上人多了，避开这个，又要让那个，倒累出我一身汗，哪有好清净所在给我走动呢？反不如坐在这里看书的自在些。"说时，见张汶祥待转身回他自己房里去，即呼着三弟说道："你的话不曾说完，就被她姊妹几句笑语打断话头了。你接着说下去吧，那醉酒的异人又是怎样？他究竟醒了没有？你会见了他没有？"

张汶祥转身笑道："说起来也是我的缘法不好，因为在鲁家坐的时候太久，出来又为打听鲁家的事，耽搁了些时，待我回到关帝庙时，大门旁边已不见那异人的踪影了。找着庙祝问时，庙祝很不耐烦似地说道：'谁留心看管他，既不在大门口，自然是到庙外去了。'我复到大门口，寻那酒葫芦和旱烟管都不见，料知不在庙里。暗想去寻找他，不知道他出门的方向，寻找也是寻找不着的。若我和他合该有缘见面，总有相会的时候；无缘就见着面，也不能攀谈。因此一念，便回衙门来了。"郑时听了没话说。

从这日起，郑时因在家见了柳无非，心里就不免触动在上房窗外所见闻的事。心里一想到那里，面上要完全不露出一些儿不愉快的神气，还得和平时一样对柳无非亲热，是很难办到的事。不如就借着柳无非劝他去外边溜溜腿的话，每日吃了早点，就跟着张汶祥同到外边闲走。张汶祥也是个很机灵的人，见郑时近日来的神情大异平时，每于无意中叹息，已看出是有心事的样子。但张汶祥心里以为郑时是胸怀大志的人，于今千里依人，尚无立足之地，不免心中不快，想不到其中有这些龌龊之事。即思量了些言语，安慰郑时道："二哥时常拿官场中谋差事为难的情形来安慰我，怎么自己倒现出焦急的神气出来呢？"

郑时怔了一怔问道："三弟何以见得我为谋差事为难焦急？"张汶祥笑道："我又不是老四那样的呆子，和二哥在一块儿厮混这么多年了，性情举动，如何会不知道呢？二哥平日遇着为难的事，不问为难到什么地步，从来不曾见二哥悄悄地叹息过。这几天同在外面闲行，二哥不知不觉地叹出气来，一声一声地都入了我的耳，二哥的心思到底怎么样？若是已看出这地方再住下去也没多大的出息，我兄弟何妨另寻生路？"

郑时摇头道："我没有这样心思，但是我心里近来确有不大快活的事。我们亲兄弟一般的人，原可以和你商量，不过依我的见解，和你商量不仅没有好处，你的脾气不好，说不定还要商出乱子来。我此刻正在思量妥当的方法，有了方法，再和你说不迟。"张汶祥道："这才奇了，我跟二哥十多年了，何尝有过一次芝麻大小的事，不听二哥的吩咐，由我自己任性的事，以至二哥怪我脾气不好，不肯和我商量。"郑时见张汶祥发急，连忙声辩道："三弟不要误会了，我是因为这事就和你商量也没有用处，只在明后日我必有办法。难道你还不知道我的性情吗？"张汶祥见郑时不肯说出心事，也不好再说了。

这夜三更时分，郑、张二人都已深入睡乡了，忽听得春喜敲着房门说道："请郑姑老爷起来，有要紧的话说。"郑时从梦中惊醒，开了房门，刚待问有什么要紧的话，春喜已走过那边敲张汶祥的房门去了。郑时遂走到张汶祥房里，只听春喜神色惊慌地说道："大人教我来请两位姑老爷的，大人现在内签押房等着，请两位姑老爷就去。"

郑时看春喜低着声音说话，唯恐怕人听得的样子，料知不是好事。当即回房整理了身上衣服，带着张汶祥，跟随春喜同到内签押房来。这房是马心仪办机密公事之所，外人不能进去的，走到房里一看，只见马心仪和施星标两人对坐着，两人都现出忧愁的脸色。房中摆了一桌酒席，四双杯箸，马心仪见郑、张二人进房，即起身带着一点儿笑意说道："近来公事略忙些，简直没工夫和两位老弟谈话。只得在这时候，胡乱弄几样酒菜，我们大家叙一叙。"郑时慌忙谦谢。

张汶祥心想做官人的举动，真是荒谬绝伦，他一时高兴，就不顾人家已经睡了，也得半夜三更捶门打户地将人闹起来。春喜那鬼丫头，并做出那惊慌失色的样子，险些儿把人家的魂都吓掉了。却原来是胡乱弄了几样酒菜，请人家来吃喝，真是笑话。马心仪自己据了上座，教三人分三方坐了，并不用人伺候，就是施星标亲自提壶斟酒。

各人饮了几杯，马心仪忽蹙着眉头对郑时说道："大约二弟也猜不出我在这时分请三位到这里来的意思，世间事真教人难料，方才到了一件公文，我给二弟瞧瞧，就知道了。"说着从袖中摸出一封公文来，顺手递给郑时。郑时先看了看封套，然后抽出里面看了一遍，从容自若地仍旧套上，双手奉还马心仪。马心仪苦着脸说道："他们怎么会知道二弟到了山东呢？这公文一来，真教我为难了。素知道二弟是个足智多谋的人，所以特地请你来，看这事应该如何对付。我们自己人，什么话都好说，用不着客气。"

郑时道："这有什么不好对付，这公文上面分明说了，或拿着押解去四川，以了如山积案；或因路远恐怕中途疏忽，便拿住就地正法。好在我现在此地，两条办法，听凭大哥行一条就是，我看最好还是就地正法。"马心仪做出不愿意的样子说道："我若是这般存心，也用不着请二弟来了，不可见外，且另想个方法，待我思量。"郑时道："那么，就求大哥给我一点儿盘缠，放我自寻生路去。回文只说访查无着便了。"

马心仪沉吟了半晌，点头道："大概以用这方法对付为最妥当吧，你我相聚无多时了。且多饮两杯，这事搁下不必谈了。"郑时表面做出从容样子，心里直和刀刮一般，哪里还能多饮？张汶祥虽不曾见着公文，但听马、郑二人所谈的话，已明白不是好消息了。心里正自胡思乱想得着急，也非饮酒作乐之时。施星标自然也不快活，当夜不欢而散。

张汶祥一到西花厅，即拉住郑时问道："我看那公文封套上的字，好像是四川总督衙门里来的，是特地行文来拿办我们的吗？"郑时点头道："与你无干，公文上只有我一个人的姓名，这一着我早几日就想到了。"张汶祥惊问道："公文还没有来，你就想到了吗，却为什么不打算早走呢？"郑时长叹了一声道："人心难测，像这样的人心世道，我实在不高兴再活在这世上做人的。"张汶祥急道："二哥这话怎么讲？是这般半吞半吐的，简直要把我急死了，求二哥爽直些说给我听吧。"

不知郑时如何回答，且俟下回再写。

第二十八回

赠盘缠居心施毒计
追包袱无意脱樊笼

话说郑时听了张汶祥发急的话，翻起两眼望着张汶祥的脸，出神了半晌，才一把挽了张汶祥的手，走出花厅，到一处僻静所在，低声说道："你以为这公文果是从四川总督衙门里来的么？"张汶祥惊问道："难道公文也可以假造的吗？"郑时叹道："人心难测，你只想想，你我两人在四川的声名，究竟谁的大些？"张汶祥道："一切的事都是由我出面做的居多，知道我的人，自比知道二哥的多些。"郑时道："好嘛！这公文里面，只有我一个人的名字，你和老四都没有提起。老四到山东的时日比我久，何以四川总督就只知道有我呢？"张汶祥道："我心里也正是这么想，然则这公文毕竟是怎么来的呢？"郑时仍是叹气摇头道："人心难测，我不愿意说，说起来你也怄气，我更怄气。你的性子素来不能忍耐，甚至还要闹出很大的乱子来。"

张汶祥急得跺脚道："二哥简直不把我当人了么？我跟二哥这么多年。出生入死的也干了不少的事，何时因性子不能忍耐闹过事？这几日我看二哥的神气，大异寻常，好像有很重大的心事一样，我几次想问，都因二哥说旁的话岔开了。于今忽出了这桩意外的事，二哥还不肯对我实说，不是简直不把我当人吗？"

郑时握住张汶祥的手道："你不用着急，我仔细思量，这事终不能不向你说，我悔当日不听你的话，胡乱娶了柳氏姊妹同来，以致有今日的事。你以为马心仪这东西是一个人么？说出来你不可气愤，柳氏姊妹都被马心仪这禽兽奸通了。"郑时说到这里，觉得张汶祥的手，已气得发起抖来，即接着劝道："这事你就气死，也是白死了，且耐着性子听我说完了，再商量对付吧。"遂将那日在上房窗外所闻见的情形，继续述了一遍道：

284

"像这样来路不正的女子，我也明知道是靠不住的。我只因平生好色贪淫，每遇女色，就不由得糊涂不计利害了。我受报是应该的，毫不怨恨，只可惜你一个铁铮铮的汉子，平时视女色如蛇蝎的，也为我牵累，怄此龌龊之气，我心里甚为不安。"

张汶祥道："二哥何必说这样客气话！我仔细想来，倒不觉得怄气了。我与柳无仪名虽夫妇，实在和邻居差不多。我一则因她是柳儒卿的女，她不知道我是张汶祥，不妨和我做夫妻，若将来知道了，她念父仇，则夫妻成为仇敌，我送了性命还得遭人唾骂。若她竟因私情把父仇忘了，则这种妇人的天性凉薄可想，我如何能认她为妻室呢？我既明知是这般配合的夫妻，万不能偕老，又何必玷污她的清白，以增加她愤恨之心呢？二则因我练的武艺，不宜近女色。当日为二哥与无非已结了不解之缘，使我不得不勉强迁就，然直到如今，彼此都不曾沾着皮肉。二哥前日既劝我那些言语，大约我对无仪的情形，也可以推测得几分了。原不过挂名的夫妻，管她贞节也好，不贞节也好，我越想越觉得犯不着怄气。还得劝二哥不要把这事放在心上，只思量将如何离开这禽兽下流之地。"

郑时点了点头道："三弟真是个有为有守的人，愧我枉读诗书，自谓经纶满腹，真是一个又聋又瞎的人。你我相交十多年，到今日才知道你有这般操守，我不成了个瞎子吗？你当日在船上说的话，我不能听从，不是个聋子吗？我自从那日在上房窗外，看见了那种禽兽行为之后，就无日不思量离开此地。只因一时想不出相安的去处，所以迟疑不能决，想不到马心仪就有今夜这番举动。他是这么一来，我倒不能悄悄地偷走了。"

张汶祥道："原来的情形既是如此，那么淫贼今夜这番举动，其本意不待说便是打算借此将二哥和我撵跑，所以刚才他已露出放二哥逃走的意思来。我们到了今日，难道在此还有什么留恋？只看二哥的意思，就是这么不顾而去呢，还是想警戒这淫贼一番再走？打算如何警戒他，我都可以包办。"

郑时道："警戒他的举动，尽可不必。这种不体面的事，我们极力掩饰，还恐掩饰不了，岂可再闹出些花样来，自己挑拨得给外人知道？我若不为想顾全这点儿体面，早已离开这里了。于今四川总督的公文，在我自己可以断定是假的，而外人不明白这里面实在情形的，决不会猜疑到'假'字上去。我若在此时悄悄地逃走，将来绿林中朋友，必骂我不是汉子，只顾自己贪生畏死，不顾结拜兄弟为难，没有义气。"

张汶祥愤然说道："谁还认这人面兽心的东西做结拜兄弟？"郑时道："这却不然。你我心里尽可不认他，口里不能向人说出一个所以然来，并且我看世道人心坏到了这一步，我左思右想，总觉得人生在世，没有趣味。我当日不杀他，反和他结义，并用种种方法，使他的功名成就，原想今日借他一点儿力量，开你我一条上进之路。我平生不倚靠旁人，倒也轰轰烈烈地干了半世，谁知一动了倚靠旁人的念头，就没有一件适心遂意的事了。不但凡事都不顺手，连心思都觉不如从前灵敏了。"

张汶祥道："没有志气的人，每遇失意的时候，多喜说颓丧厌世的话，二哥怎么也说出这些话来了呢？依我看来，这公文算不了一回事，既决计走，就走他娘，管什么人家骂不骂。绿林中人巴结官府想做官，就是应该挨骂的了，我因不愿意再与那人面兽心的东西见面，趁今夜悄悄地走了完事，且看他们这般狗男女，究竟能快乐多久？"

郑时摇头道："此时已是半夜，离天明不久了，待走向哪里去？休说我不能和你一样穿檐越脊，如履平地。即算我有你一般的能耐，也不情愿悄悄地偷走。你是与那公文无干的人，趁这时就走，倒是上策。"张汶祥叹道："我若肯撇下二哥，一个人逃走，岂待今日？二哥既是存心要来得光明，去得正大，我也只好听凭二哥。"

二人正在说话，忽听得施星标的声音，"二哥""三哥"的一路从里面叫了出来，郑时连忙答应。二人回身走到西花厅，只见施星标一手擎烛，一手托着一包似乎很沉重的东西，愁眉不展地向郑时唉声说道："真是天有不测之风云，人有旦夕之祸福。我简直做梦也想不到忽然会有这么一回事。"

张汶祥接声叹了一口气，正待答话，郑时原是和他握手同行的，忙紧捏了张汶祥一把，抢着答道："公文虽是这么来，好在有大哥这般的靠山，还怕什么！不过累得大哥为我的事麻烦担风险，我心里终觉有些不安罢了！于今是大哥教四弟来有什么话说么？"施星标一面将手中的包儿递给郑时，一面说道："大哥口里虽不曾说什么，只是我看他的脸色神气，也像很为二哥这事着急的样子。这包裹是大哥交我送给二哥的盘缠，纹银二百两。大哥说，他还有要紧的话和二哥说，奈院里不便说话，教二哥且到鸿兴客栈里停留半日再走，他改装悄悄地前来相会。"

张汶祥忍不住问道："与其白天改装到鸿兴栈去说话，何妨此时到这里来，或教二哥到签押房去呢？"施星标道："三哥不知道大哥为这事担着多大的干系，必然是因在这里说话有多少不便之处，所以宁可改装到鸿兴栈去。"这时郑时因伸手接那银包，不曾握着张汶祥的手，听张汶祥这么说，很着急地抢着说道："大哥思虑周密，不会有差错的。我本当即时上去道谢，只因此时夜已深了，大哥白天事多，恐怕扰了他的清睡。不过得托四弟转达几句话，公文上既只有我一个人的名字，只我一人避开，便可无事，家眷不宜与我同走，我并不向内人说明。我将内人寄在大哥这里，千万求大哥照顾。"

张汶祥见郑时到这时候还说这种言语，不由得气愤填膺，哪里忍耐得住呢？逗口而出地说道："这何待二哥嘱托，公文上虽没有我的名字，然二哥既不在这里，我还在这里做什么！无论去什么所在，我始终跟着二哥走便了。"

这几句话，只急得郑时不知要如何掩饰才好。幸喜施星标为人老实，听不出张汶祥的语意来，也接着说道："三哥的话不错，我们都是自家兄弟，二嫂留在这里，何待二哥嘱托照顾呢？难道大哥还好意思不当自家的弟媳妇看待吗？"张汶祥又待开口，郑时连忙截住说道："话虽如此，我拜托总是应该拜托的。四弟上去回大哥的话，请顺便说三弟为人疏散惯了，在此地打扰了这么久，于今也想到别的地方走走。不待说他的家眷，也是要寄居这里的。"施星标道："公文里面既没有三哥的名字，三哥何必走什么咧？"张汶祥道："定要公文中有名字才好走吗？等到那时，只怕已经迟了呢！"

郑时唯恐张汶祥再说出什么话来，急将手中银包交给张汶祥道："三弟不要说这些闲言杂语，且把这银子收起来吧。我两人的盘缠都在这里，搁在你的身边妥当些。"这么一来，才将张汶祥的话头打断了。好在施星标是个心粗气浮的人，听了也不在意，当下就回身复命去了。

郑时见施星标已去，便跺脚埋怨张汶祥道："我的性命只怕就断送在你这些话上头了。"张汶祥吃惊问道："这话怎么讲？"郑时道："你听人说过'强盗出于赌博，人命出于奸情'这两句古语么？寻常人和女子通奸，给女子的丈夫知道了，尚且多有谋杀亲夫的举动；何况一个官居极品，一个有罪名可借的呢？我就处处做作得使他不疑心我已识破，还愁他不肯放我过去，故意发出言语来使他知道，还了得吗？"

张汶祥愤然说道："二哥不要是这般前怕龙、后怕虎，为人生有定时，死有定地，杀了头，也不过一个碗大的疤。他不要二哥的命便罢，他要了二哥的命，我若不能要他的命，算我不是个人。"郑时急忙掩住他的口说道："我其所以不早向你说，就是为你的性子不好，怕你胡闹。你要知道，我们此刻不能和在四川的时候比了。便是在四川，手下有那么多兄弟，也只能与不成才的县府官为难，司道以上，就不容易惹动他了。于今你我都是赤手空拳，常言'单丝不成线，独木不成林'，一轻举妄动，便是自送性命，于事情无益，反遭了骂名。"

张汶祥听了这些话，心里益发恼气，只口里懒得辩论。这夜二人等到天明发晓，就不动声色地走出了巡抚部院。张汶祥道："我们何不就此出城走他娘，还去鸿兴栈做什么呢？"郑时道："不然。我原是不打算偷逃，才等到今日，早走本十分容易，已到了今日，他若没有杀害我的心思，我用不着逃走，有心杀害我，岂容我一个人单身逃走？"张汶祥没得话说，跟着走到鸿兴栈。郑时与张汶祥商议道："我仔细想来，你我命里，于妻、财、子、禄都是无缘。亏得当日经营了一个红莲寺，从此只好出家不问世事。我在这里等着，你去街上买两件随身换洗的衣服，和长行人应带的雨具之类。马心仪来过之后，我们便好登程。"张汶祥应着是，带了银两出来，匆匆忙忙买了些东西，连同银两做一个包袱捆了。忽然觉得有些心惊肉跳，不敢多耽搁，回头向鸿兴栈这条街上走来。

离鸿兴栈还有半里远近，陡见前面有无数的人，如潮涌一般地奔来，少壮的争先恐后，将老弱的挤倒在地，背后的人又拥上了，就在老弱的身上踏践过去。只挤得呼号哭叫，登时显得纷乱不堪。张汶祥看那些人面上，都露出一种惊疑的神气，心里正想扯住一个年老些儿的人，问他们为什么这般惊慌逃跑，那些人跑得真快，一霎眼就拥到跟前来了。张汶祥向旁边一闪，打算让在前面的几个少壮男子冲过去，再扯住年老的问话。谁知这一闪却闪坏了，脚还不曾踏稳，猛觉有一个人向胳膊上撞来，这一下撞得不轻，只撞得张汶祥头脑一昏，被撞的胳膊，痛得与挨了一铁锤相似，两脚便站立不住，一翻身就栽倒了。张汶祥心想这东西好厉害，哪来的这么大的气力，竟能将我撞成这个样子。会武艺的人毕竟不同，便是躺下了也比寻常人起来得快些，张汶祥正待奋身跃起，就觉有人将他的胳膊挽住，往上一提，说道："对不起，对不起！"张汶祥乘势跳起身来看时，仿佛是很面熟的一个人，已撇开手上前挤去了。

张汶祥陡觉背上轻了，反手一摸，不见了包袱，不由得着惊，暗想道："难道连缠在背上的包袱都撞掉了么？"再回头向地下寻找，哪里有什么包袱呢？随口骂道："将我撞倒的那个东西，一定是个剪绺的贼。怪道他那么重地撞我一下，原来是有意来偷我包袱的。这包袱是我兄弟逃命的盘缠，由你偷去了就是吗？怪道他挽住我的胳膊，把我提了起来，若不然，也取我背上的包袱不住。"一面骂着，一面不迟疑地折身追赶，喜得那人还走得不远，分明看见他一手提了那个包袱，向前跑几步又回头望望，好像看失包袱的追来没有追来的神气。

只是张汶祥走街边追赶，那人只回头看街心的人，眼光不曾做到张汶祥身上。张汶祥气得胸脯几乎破裂了，暗骂你这不睁眼的小贼，怎么剪绺会剪到我身上来了呢。紧追了几步，忍不住旋追旋喊道："咦！你抢了我的包袱，打算跑到哪里去？你若是知趣的，赶紧退还我没事，定要我追上，就休怪我不饶你啊。"张汶祥不是这么喊，倒也罢了，那人跑得并不快，且不断地回头，要追上还容易些；这几句话一喊出来，那人听得回头望张汶祥一眼，两脚登时和打鼓的一样，急急地跑起来了，似乎嫌包袱提在手中不好畅所欲跑，边跑边将包袱照样缠在背上。这种气教张汶祥如何能受，也就尽力量追上去。

两人的脚步都迅捷如风，顷刻便追到了城外，张汶祥只是追赶不上。又追赶了一会儿，看见前面有一个庙宇，张汶祥心里才忽然想起来了，原来这个抢包袱的人，便是那日在街上遇见用胸膛抵住骡车不许过去的异人。因那日这人的酒已喝得酩酊大醉，神情态度与今日大不相同，所以见面但觉面熟，加以心中有事，一时竟想不起来。此时看见了关帝庙，才将那日的事触发了。张汶祥既想起了抢包袱的就是那异人，心里倒不着急了，也不觉气愤了。因为料想有这般大本领的人，决不至存心抢人的包袱，是这般举动，必有缘故。再看这人，果然背着包袱，跑进关帝庙里去了。

张汶祥跟进庙门，只见这人已将包袱就庙门旁边的地下打开来，取了一件新买的衣披在身上，一摇一摆的，低头打量称身与否，见张汶祥走来，也不理会。张汶祥在江湖上混了多年，遇了这种异人，自然不敢怠慢，当即上前作了个揖说道："前日从某处追随老丈到这里，原是要听候指教的，因不敢扰了老丈的酣睡，以为在别处盘桓一会儿再来，老丈必已睡足了。谁知在别处略耽搁了些时，回头来老丈又已酒醒出去了。今日难得老丈肯这么赏脸，特地把我引到这里来，请问有什么见教之处？"

这人抬头看了看张汶祥，做出不认识的样子说道："你认识我吗，你既认识我，怎么骂我是剪绺的小贼呢？"张汶祥笑道："那是我的两只肉眼不争气，因为与老丈亲近的时候太少，突然于无意中遇着，一时想不起来。请问老丈，刚才那许多人，为什么那么惊慌逃跑？"

这人说道："我也弄不清楚，我有一个朋友初到山东来，寄寓在鸿兴客栈里。我前几日去访了几次，都因去的时候太晏，我那朋友出门拜客去了，今日只得早些起床，等城门一开就到鸿兴客栈去，才和我朋友会了面。正是久旱逢甘雨，他乡遇故知，彼此谈论得非常高兴，忽听得隔壁房间里人声嘈杂，满客栈都震动了，那朋友拉我出房探看是什么事。不看犹可，看时真险些儿把我吓死了。原来挤满了一客栈的兵，刀枪炫目，威势逼人，就在隔壁房间里，据说捉拿江洋大盗。一会儿便拖出一个人来了，我看哪里像一个江洋大盗，分明是一个很儒雅、很漂亮的斯文人，拖出来连话都没问一句，只怕姓名还不曾问明白，就在客栈门口杀了。杀了那个斯文人也罢，忽然那些兵又说逃了一个，大家仍回身到各房间里搜查。是这般拿了不问情由地就杀，你说谁不害怕，自然一个个都向外面逃跑。一半兵在客栈里搜查，一半兵跟着逃跑的客追出来。过路的人不知道什么事，也吓得乱跑。我怕得最厉害，所以跑得最快，不提防把你撞倒了，临时见财起意，取了你这包袱，谁知你这么小气，拼命跟着追赶。"

张汶祥知道事情不妙，心里和刀割一般的难过，表面上仍竭力镇静着问道："老丈可曾打听杀的那个江洋大盗姓什么？"这人摇头道："杀的人哪里是江洋大盗，是鸿兴栈住的熟客，和现在山东的马抚台是亲戚。姓甚名谁虽不知道，只是大家都因他确实是一个斯文人，料定他死得很冤枉。"张汶祥听到这里，脸上不由得已急变了颜色，两眼同时忍不住流下泪来。

这人做出惊异的样子问道："难道杀死的是你朋友吗，要你哭些什么？"张汶祥明知这人是个有来历的，其所以有这番抢包袱的举动，是恐怕他回鸿兴栈去自投罗网，有意是这般将他引出城外来，就是在暗中救他性命的。便不再隐瞒了，随即向这人跪下说道："我早知你老人家是异人，这番救我的盛意，我也明白了。你老人家既能是这般救我，我和郑二哥在督抚衙门里面的事，不待说是了如观火的了。于今我郑二哥既屈死在那人面兽心的淫贼手里，我唯有求你老人家指引我一条报仇的路，我的性命可以不要，这仇却不可不报。"

这人忙伸手将张汶祥扶起来说道："泪眼婆娑地跪在地下，若给到这庙里来烧香的人看见了，像什么模样！"张汶祥立起身来说道："我一则感激你老人家救命之恩；二则因报仇心切，非求你老人家指引，恐难如愿，所以不觉得跪下来了。喜得此地离城已远，行人稀少，敢先请示尊姓大名，再述我和郑二哥来山东的履历给你老人家听。"

这人冷冷地笑道："你也毋须告诉履历，我也毋须通报姓名。那郑时枉担了半世英雄之名，自谓经纶满腹，原来也不过是一个好色之徒，将仇人的女儿骗做老婆。到今日才身首异处，我已嫌他死得太迟了，你还提什么报仇的话！"张汶祥听了，心中好生不快，若在平日见寻常人这般批评郑时，他必已怒不可遏地和人反脸了；此时因知道这人本领比他自己高，又是曾救他性命的，不敢不耐住性子说道："话是不错，我郑二哥好色贪淫，确有应得之罪，但无论如何不能说，应该是这么不明白地死在忘恩负义的马心仪手里。如果是明正典刑，死于王章国法，我有什么话可说呢？我报仇之念已决，至死不悔。"

这人忽然现出欣笑的样子来说道："名不虚传，果是好一个义烈汉子！这里为来庙烧香的必经之地，不便谈话。你将包袱拾掇好了，随我到僻静地方商量去。"旋说旋把披在身上的新衣脱下，交给张汶祥。张汶祥心里也就安慰了许多说道："这衣我原是买给我郑二哥穿的，你老人家穿上既合身，何不就将它穿上？"这人笑着摇头不作声。张汶祥知道他是表示用不着的意思，遂不多说，捆好了包袱，仍旧驮在背上，跟随这人走出关帝庙。

到附近一个树林茂密的山里，各自就石头上坐下来。这人先开口说道："你决心替你郑二哥报仇，自是义烈汉子所应当有的举动。不过你的力量有限，这仇只怕你一时报不了。"张汶祥道："寻常的仇恨，便得估量自己的能力是否报得了。至于兄弟之仇，是顾不了许多的，哪怕因报仇送了性命，我也甘心瞑目，毫无怨悔。并且我看马心仪那淫贼，除了官高势大之外，一点儿能为没有。我的本领果是不济，但自问对付那淫贼，还勉强能对付得下。我只要报了仇，便已完了心愿，也不想在人世苟且偷生了。"说时气愤填膺的样子，两眼火也似的发赤。

这人摇着手，从容说道："这些话不待你说，我是早已知道的。你报了仇再死，我相信你是甘心瞑目，没有怨悔。只是若你的仇还不曾报得，反被仇人把你的性命害了，你甘心不甘心，瞑目不瞑目呢？"

张汶祥道："我在淫贼衙门里住的时候已不少了，淫贼果然是个手无缚鸡之力的人，就是满衙门的上下人等，也不见一个稍有能为的人。衙门里的路径门窗，我都熟悉。我逆料取这淫贼的性命，如探囊取物。"这人笑道："谈何容易，真是一厢情愿的话！你知道此刻有在暗中保护那淫贼的人，本领比你高强十倍么？"张汶祥不由得露出惊疑的神气问道："是什么人在暗中保护他？像这样的衣冠禽兽，有大本领的人为什么不杀他，反在暗中保护他？也就太不分皂白了。"

这人道："各自有各自的交情，不能一概而论。即如那个郑时，据我们看来，不过是一个贪财好色之徒，这回被杀得一点儿不委屈。而你却不顾性命地要替他报仇，若旁人也和你刚才这一般地议论，不也要骂你太不分皂白吗？究竟在这里暗中，保护那淫贼的是谁呢？我不妨说给你听，这其间有一段因缘，不仅你住在衙门里不知道，就是马心仪本人也不知道。并且连在暗中身任保护马心仪的人，都不知道。"张汶祥道："这就奇了，既是大家都不知道，到底是怎么一回事呢？"

这人微微地点头道："自然有知道的人，我说出来，你就明白了。马心仪的母亲，从小就欢喜斋僧拜佛，而马心仪的父亲，却是一个毁僧骂道的人。这日忽有一个年约二十零岁的尼姑来马家化缘。马心仪的父亲不在家，他母亲因这尼姑生得端庄齐整，说话很有道理，就留在家中攀谈。不料一时天变，雷雨交作，尼姑不能作辞，他母亲便留歇宿。想不到马心仪的父亲回来，见尼姑生得貌美，顿时起了邪念。半夜偷到尼姑睡的所在，想勒逼成奸。那尼姑在危急的时候，亏得马心仪的母亲来了，夫妻大吵一场，他母亲将私蓄布施给那尼姑，亲自陪尼姑坐到天明，因此保全了那尼姑的节操。那尼姑是谁呢？在当时没有名头，无人知道，就是于今人人钦仰的沈栖霞师傅。沈栖霞因那回在马家受了侮辱，险些儿失身匪人，遂自恨身体孱弱，没力量抵御侵凌，一转念之间，便决心访师学道。到现在修炼了五六十年，已是神通广大法力无边了。事情虽隔了五六十年，然沈栖霞总觉得受了马心仪母亲解围和布施的好处，应该报答，无奈没有机缘。直到现在，她才推算得是报答的机会到了，特地打发她在襄阳柳仙村收的两个男徒弟，到此地来暗中保护马心仪。她这两个徒弟的道法，虽不算高强，然不是修道有成的人，寻常人无论有多大的能耐，也休想敌得过他。"

张汶祥问道："你老人家知道她徒弟有多大年纪了么，其中是不是有一个二十多岁的少年？"这人点头道："两个的年纪差不多，都只二十多岁，你怎么知道的？"张汶祥将日前遇着挑豆腐担少年打狗的话说了。这人笑道："你自问是他的对么？你所见的这个，年纪比那个略小些，本领也还不及那个。两人每夜轮流值守在马心仪左右，岂容你去寻仇报复？"

张汶祥诧异道："这就奇了，马心仪今日才杀我郑二哥，我因他杀了我郑二哥才存心报仇，这是顷刻间的事，如何沈栖霞师傅早已打发人前来保护呢？"这人笑道："这倒毋须惊讶，我既受人委托，前来略尽人事，只得老实说给你听。你于今虽不认识我，我在几年前，却久已认识你了。我这番是受了你师傅无垢和尚的托付，特地前来救你的。就因知道你在激于义愤的时候，必不顾利害，去寻马心仪报复。沈师傅的两个徒弟，只知道保护马心仪，他们并不明白你为的是什么一回事。你是这般把一条命送在他们手里，岂不冤枉？"

张汶祥忽然立起身来说道："你老人家不是孙耀庭师叔吗？"这人点头笑道："你怎么知道的？"张汶祥连忙叩头下去说道："我时常听得我师傅说，孙师叔的神通了得，只恨我每次到红莲寺，总是来急去忙，并且多在夜间，因此无缘拜见。我师傅在红莲寺不大与外人结交，只和孙师叔有些往来，而听你老人家说话，又是浏阳口音，所以你老人家说出受了我师傅托付的话，就知道必是孙耀庭师叔无疑。"

著书的写到这里，又得趁这当儿，将这个孙耀庭的来历叙述一番了。

说起这个孙耀庭，也可算得是一位奇侠。他是浏阳县人，因小时候生了一满头的癞疮，浏阳人都叫他"孙癞子"。他的历史，若说给一般富于科学头脑的人听，不待说必嗤为完全荒谬。就是在下是个极端相信天下之大无奇不有的人，当日听人传说孙耀庭历史的时候，心里也觉得好像是无稽之谈。直到后来阅历渐多，才知道孙癞子的事绝对不荒谬，而拿极幼稚的科学头脑，去臆断他心思耳目所不及的事为荒谬的，那才是真荒谬。

闲话少说，却说孙癫子生长在浏阳一个极贫苦的人家。当他十岁的时分，浏阳地方遭瘟疫，孙癫子的父母同时染疫死了，只丢下一个伶仃孤苦的孙癫子，吃没得吃，穿没得穿，还亏了地方上人凑了些钱，将孙癫子父母的尸安葬了。孙癫子长着一头的癫疮，龌龊得臭不可近，也没人理会他。他父母在日建筑的两间茅屋，不须多少时日不修补，便不能住人了，孙癫子也懒得在茅屋里居住。白天到乡村人家乞食，夜间或是灵官庙，或是土地堂，随处找一个可以藏身的所在安歇。

是这般流落了两年，他有十二岁了。一日乞食到一处大做田人家，那家主问了问孙癫子的身世，便向孙癫子道："你愿意讨饭吗？"孙癫子道："谁愿意讨饭，没有家，没有饭吃，不流落讨饭有什么法子养活这条性命呢？"那家主道："我留你在我家住着，给饭你吃，给衣你穿，只要你替我家看牛好么？"孙癫子喜道："那还有什么不好！"从此孙癫子就在这人家看牛。

这人家养了七八头耕牛，一个人照顾不了，往往跑到别人家田里园里吃禾吃菜，所以加上孙癫子照顾。孙癫子每日骑在水牛背上去山里吃草，不愁穿不愁吃，倒很逍遥自在。谁知这种安闲茶饭还吃不到半年，这日忽然出了乱子。

农家放牛，每日照例早起一次，黄昏时候一次。这日黄昏时分，孙癫子牵牛吃好了水草，照例骑在牛背上缓缓归家。还有一个年老同看牛的人，也骑着牛跟在后面走。一行七八头牛，不知怎的只孙癫子骑的这头，忽然和癫狂了的一般，两耳朝天一竖，四脚腾空地跳了几跳，跳得孙癫子几乎滚下牛背。幸亏他一晌骑牛骑惯了，两腿能挟持得住，然也吓得什么似的，连忙将身体伏在牛背上，两手紧紧地抓住两把牛毛，口里连声叫那同看牛的过来，将牛牵住。

那同看牛的也觉得这牛跳得奇怪，刚翻身下牛背，正待跑过去抢住牛鼻，不提防这牛猛然一转身，放开四蹄便跑。把跟在后面走的几条牛，都冲得翻的翻，跌的跌，同看牛的哪里肯舍，慌忙将这几个牛的绳索，就路旁一棵树上系好了，尽力追赶上去。

这时天色不曾昏黑，眼看着那牛驮了孙癫子，比加鞭的马还快，头也不回地直向前跑，并听孙癫子在牛背上惊慌乱叫。看牛的追了一会儿，哪里追得上？心里又惦记这几头牛，恐怕被坏人赶现成的牵了去，只得停步回头，喜得没人经过，系在树上的牛没有走失，急急地牵回家报告家主。

做田人家的牛，看得何等重大，岂肯听其跑失？当即派了好几个壮健汉子，照着去路追赶。追了十来里，天色已经昏黑了，简直没追见那牛的踪影。偶然遇着两三个行人，向他们打听，却都说不曾看见有牛跑过。直追寻到半夜，才隐隐听得前面有牛蹄踏在沙地上的响声。赶上去看时，果是一个人牵了一条水牛在路上走。追的人一见那条牛，就认得出是自家的，但是牵牛的人，不是孙癞子，是一个地方上的无赖，平日偷扒抢窃，无所不来的。追的人既遇着了自家的牛，自然上前认赃。

无赖子争执了一会儿，见这边人多，料知斗不过，只得罢休。追的人还抓住他要孙癞子，他才急得嚷道："你们不要太赶着人欺负了，我今夜在枫树铺饭店里赌钱，输得精光，正自没好气地走出来，打算想法子弄几个钱回头去捞本。还没走到半里路，就见这畜牧拦在路上睡着，倒把我吓了一大跳，不知是什么野兽，仔细看出是一条牛，又没人看管，以为是天赐我的赌本。待牵回家去，明早好赶到县城里变卖。你们既是失了牛，我也知道本来大路上哪有牛捡，还给你们便了，你们倒抓住我要什么孙癞子，我知道孙癞子是谁，不是赶人欺负吗？"

追的人只要追着了牛，见不见孙癞子是没人拿着当一回事的，当夜将牛牵了回家。次早看这牛睡着不能起来，原来四只牛蹄都磨见了肉，鲜血淋漓的不能走动了，将养了半个月才好。而这半个月并不见孙癞子回来，这家主也曾派人寻找了一会儿，没有着落。大家都以为当水牛发狂奔跑的时候，孙癞子在牛背上坐不牢稳，滚上深山岩谷中跌死了。

哪知道事出人意料之外，孙癞子紧伏在牛背上，初时尚竭力叫唤，想同看牛的追来将牛制住。后来见牛越跑越快，只觉两旁山树，如流水一般地后退，两耳风声大作。张眼望着地下，就觉头目昏眩，只好紧闭两眼，听凭牛跑。约莫跑了一个时辰，耳里风声才息，仿佛牛背也停了摇动，方敢张开眼看，牛果然停了步，正在低头嚼草。看天色虽已迷茫，然尚能看出四围山势，原来已身在乱山丛中，乃是平生所未曾到过的所在。只得从容爬下牛背来，指着牛头骂道："你这孽畜，无端发暴，把我驮到这地方来了，还不知道已离家有几里路了，看今夜如何回去？依得我的性子，恨不得折下树枝来痛打你一顿。"

孙癞子边骂边举手在牛头上敲了一下，只敲得这牛又像发了狂的，两耳又朝天竖起来，脚又腾空跳了几跳，掉转身往山下就跑。孙癞子心想失了牛回家必受处分，一面跟着追，一面口做看牛人招牛的呼声。平时牛听了这种呼声，纵不跑近前来，也得立着不动；此时的牛，简直不作理会，转眼就跑得不见了。孙癞子只急得一路哭泣，一路到各处树林中寻找。趁着星月之光寻了半夜，肚中也饥饿了，身体也疲乏了，耳内听得四山都是狼嗥虎啸的声音，只不见那牛的影子。自料在这黑夜是寻不着的了，仰看天色像个快要下雨的样子，心想若在这时分下起雨来，我没有地方避雨，怎生是好？回头看身边有一个石岩，岩下是空虚的，好像可以藏身，遂伏下身子爬进石岩。漆也似的黑暗，一些儿不看见，只觉得身体伏的所在很光滑。顷刻之间，就听得岩外的雨声滴沥，愈下愈大了，接着雷电交作，电光闪处，照得岩下通明，才知道这岩不仅能藏伏一个人的身体，里面还有很多余地。

不一会儿，觉得伏的所在有水透过来了，孙癞子要避开这水，唯有将身体渐向岩里移动，越移到里面越觉宽大，反手去摸上头，没有撑手的东西，就坐了起来，再伸手去摸，还是空的，竟能立起身行走。心想这地方实在奇怪，怎么石岩之下，会有这么宽大的空洞呢？是生成的吗，还是人凿成的咧？若是人凿成的，里面必有人居住，我何不再摸到里面去，看究竟有多大，是不是有人住在里面？心里这么想着，就伸起两手，再向里面摸去。

弯弯曲曲、高高低低的约有一里远近，陡见前面有白光射出来。孙癞子看了喜道："果然是人凿成的，里面有人住着，我可以去向他们讨些饭充饥。"随即朝着白光走去，没几步就见一处四方形的地方，仿佛是一间石室，正中安放一张石床，床上盘膝端坐一个宽袍大袖的老头，垂眉合目地像是睡着了。再看室中的四围上下，并没有灯火，也没有窗户朝着外面，看不出白光从什么地方发出来的。细看近石床的所在，光比远处大些，石床底下依然黑暗。

孙癞子暗忖道："怎么只有这么一个老头坐在这里，我不管他，就是他一个人，他总得吃饭。我已有半年没开口向人家讨饭了，何不叫一声试试看。"遂即使出他平日讨饭的口腔来叫了一声。这一声叫出，只见老头慢慢地张开眼来，望着孙癞子微微地点了点头，含笑伸手向孙癞子招了一招。孙癞子身不由己地如被人推着，脚不点地就到了石床跟前。

不知老头是谁，如何对付孙癞子，且俟下回再写。

第二十九回

峨眉山孙癫子学道
浏阳县邓法官逞能

话说孙癫子脚不点地地到了石床跟前，只见老头从袖中摸出一个烧饼模样的东西来递给他道："我这里没有饭讨，你肚子饥了，就吃了这个饼吧。"孙癫子双手接着吃下肚去，登时不但不觉得肚中饥饿，并且分外精神了。当即听那老头问道："你这小叫化是从哪里来的，如何会跑到我这洞里来讨饭？"孙癫子答道："我是看牛的，不是讨饭的。我骑在牛背上正待回家，走到半路上，牛忽然如发了狂一般地回头飞跑，直跑到这山上才停住。天又下起雨来，我为避雨，就爬进这里面来了。"老头问道："你在谁家看牛？"孙癫子说了那家主的姓氏和小地名。

老头似乎不懂得的，又问道："你那地方归哪县哪府管辖？"孙癫子答道："归浏阳县管辖。"老头现出沉吟的神气说道："浏阳县不是在湖南长沙府境内吗？此去至少也有一千里路程，如何就跑到这里来了？"说时伸手抚摸着孙癫子的头顶，揣骨看相似的揣了一会儿，用中指按着脑后的一根骨说道："原来你头上有这根仙骨，有求仙访道的缘分。我这洞里，便是有道之士也不容易进来，你此来自非偶然的事。你年纪小，大约也不知道这里是什么所在。这山是天下有名的四川峨眉山，凡是修道之士，每年必借着朝峨眉来此聚会一次，非有大本领的不能进这洞府。你的缘分不浅，就在这里住着吧，等到有机缘再送你回家乡去。"孙癫子平日脑筋是糊里糊涂的，自吃下那个饼子，忽然明白了，自然知道跪下去，拜求老头收他做徒弟，老头也就欣然应允。

从此孙癫子便从这老头学道，才知道满室的白光，就是从老头身上发出来的。老头传他修炼的方法，他很容易领悟。洞里四时皆是春和气候，不冷不热，老头除了传授孙癫子修炼方术之外，终日只静坐在石床上，不言语不饮食。每日从袖中取出两个烧饼给孙癞子吃，也不知道饼从何来。口渴了就房子石壁上有一个小窟窿，是用木头塞住的。拔出木塞，即有一线极清冽的泉水流出来，可用手捧着止渴。在这里面，不但不知道冬夏，并不知道昼夜。老头吩咐他每到房中漆黑伸手不见五指的时候，不可胡乱走动，只许闭目静坐，依照传授的方法修炼。

初时孙癞子并不知道何以房中会忽然漆黑，遵着老头吩咐的，哪里敢乱动一下。好在老头传他修炼的方法，正是要坐着不动的。房里光明的时候，心里不容易宁静，倒不如漆黑的好做功夫。是这般地在洞中修炼，也不觉得经过了多少时日，只记得有无数修道的人，曾来洞里聚会过四次。聚会时所谈论的言语，孙癞子听了都摸不着头脑。来时没人从洞口走进，散时也没人从洞口走出，一个个都是霎霎眼就不看见了。直到第四次聚会时，老头才教孙癞子拜见那些修道的人，告知他某个某个的名姓。

孙癞子自会着许多同道的人，才知道这老头叫作毕南山祖师，已曾经尸解过七次了，为当时剑仙中资格最老、本领最大的一个。童身修炼，比破了身的容易。毕南山曾对孙癞子说过每年聚会一次的话，孙癞子经过四次聚会，是已修炼过四年了。这时孙癞子的功夫，也就不甚浅薄了，渐渐知道房中忽然漆黑的缘故，是因毕祖师每夜在亥子相交的时候，必到山顶最高之处，修炼到日出才回洞，不过不知道修炼的是什么道法。

孙癞子静极思动，要求每夜同到山顶上去。毕南山道："你要同去不难，但是非传给你几种防身御侮的法术，冒昧出洞，难保不受惊吓。"当下就传授了几种法术给孙癞子。法术确是不可思议的东西，只要得了真传，顷刻之间便能自由使用，与学会了多年的并无分别。孙癞子既学会了法术，这夜便能跟着他师傅到峨眉山顶上。他存心要看师傅在山顶如何修炼。这夜银河高挂，月色空明。孙癞子已有四年未见天日了，此时见了这般清秋景物，心里说不出的高兴。正要借月色看看四山形势，只见师傅右手仗剑，左手捏诀，剑尖向空一绕，口中念念有词，登时剑尖上射出一线白烟来，越射越远，在空中凝而不散。转眼之间，白烟就变成了一天浓雾，整整地笼罩了这座峨眉山顶，星月之光，都黯然无所见了。

孙癞子低头看自身，与在洞中一样，真是伸手不见五指。忽觉眼前有光一闪，急朝光处看时，原来是从他师傅的头顶上射出光来。这一道光直冲霄汉，浓雾被冲开了一个圆洞，月光即从圆洞中照在他师傅身上，仿佛是在房子里开了个天窗。由天窗里射进来的月色，从头顶射上去的那道光，与月光融合，已分不出谁是月，谁是光了。他师傅从容盘膝坐在一块石上，也和坐在洞中石床上一般，闭目垂眉，不言不动。

孙癫子见山顶都为浓雾所罩，不辨高低路径，不敢走动。料知师傅一时是不会回洞去的，遂也就他师傅身旁坐下来，自做功夫。直到月影西斜，他师傅才收了一天浓雾，带他回洞。第二夜又带他出来，是这般在山顶上又修炼了几个月，他师傅渐渐地许他白日出洞外玩耍了。

这夜他跟着他师傅在山顶上起雾，刚将山顶照例地笼罩了，耳里忽隐约听得有一下钟声，那声音悠扬清远。孙癫子知道山下有寺，估量这钟声必是从寺里发出来的，毫不在意。谁知那钟声过去，浓雾顿时没有了，正自觉得奇怪，看师傅也似乎现出很惊疑的神气，才收剑盘膝坐好，又立起身来，重新作法。这回的雾，比平常来得更浓厚，一霎时就弥漫了山顶，接着又听得一下钟响。说也奇怪，钟声过去，又是天清地白，浓雾全消了。

孙癫子看师傅的神情，好像有些着慌的样子，忍不住说道："师傅，我听得出这钟声是伏虎寺里发出来的，一定是伏虎寺的秃驴，知道师傅在这里起雾，有意和师傅斗法的。师傅何不就到伏虎寺去寻那秃驴算账？看他有多少的本领，敢来找师傅斗法？"毕南山听了，摇头不作声，将指头捏算了一会儿说道："卦象和平，不是有人和我斗法。"说话时，钟声又响了。

毕南山点头道："这是伏虎寺里撞幽冥钟，只好让他撞过了再说。"孙癫子心里不明白，何以伏虎寺里撞幽冥钟，山顶上会作不起雾？见师傅已闭目凝神坐着，不敢追问，仍疑惑是和尚有意为难。直坐到子时过后，幽冥钟停歇了，毕南山方起身作雾，照常修炼。从这夜起，寺里每夜撞幽冥钟，毕南山就每夜须等到钟声过后，才能修炼。孙癫子实在纳闷不过。

这日孙癫子趁白天走出洞来，径到伏虎寺找当家和尚说话。这时伏虎寺的当家和尚了空，虽是一个有道行的好和尚，只是并没有神通法术。孙癫子走进伏虎寺，见一个小沙弥正在殿上烧香。他也不知道什么礼节客气，即"哇"了一声说道："你们当家和尚是哪个？快去叫他出来，我有话说。"小沙弥倒吃了一惊，回头看是一个癫头叫化，便也没好气地答道："你是哪里来的烂叫化臭叫化，敢到这里来吆喝撒野？还不给我滚出去。"

孙癞子大怒道："你这小秃驴骂我吗，我且打死了你，再和你当家的秃驴算账。"孙癞子在洞里虽是不曾练武，然由修道得来的武艺，比从一切拳教师所练的武艺都高强得多，外强中干的小沙弥，哪里是他的对手！只一只手捏住小沙弥的胳膊轻轻一提，就提得双脚离地，往地下一放，就倒在地下不能转动，只知道张开喉咙"哎呀""哎呀"地叫痛。这一叫，叫得里面的了空和尚听见了，连忙出来问是什么事。孙癞子正指着小沙弥骂道："你若再不去把你们的当家和尚叫出来，我只三拳两脚就取了你的狗命。"

了空和尚一路念着阿弥陀佛，走近孙癞子跟前，合掌当胸说道："小徒有什么事开罪了施主，求施主念在他年纪小，宽恕他这一遭。若是不能宽恕，就请将事由说给老僧听，老僧自当惩办他。"孙癞子见了空这么温和客气，倒觉不好再恶狠狠地说话了，只得按下一肚皮怒气，掉转脸将了空打量了几眼。见是一个六七十岁的老和尚，慈眉善目，满面春风，不由得也用很和缓的声口，手指小沙弥说道："我到这寺里来，并不是找他说话，只因有事特来会会这里的当家师。叵耐他不但不肯替我传话，反开口就骂我烂叫化臭叫化。我是个多年在山中修道的人，没闲工夫在衣服上讲究，他不应该见我身上衣服不好，便骂我叫我滚出去。"

此时小沙弥已爬起身来辩道："我为什么先开口骂你，你自己不讲理，没名没姓地向我吆喝，开口就要我把当家和尚叫出来。谁是你家的当差，谁吃了你的饭，要听你的叫唤？"这几句话说得孙癞子恼羞成怒，又待发作了。了空却即向小沙弥叱道："不许多话，进去吧。"随即又对孙癞子合掌道："小徒不懂事，老僧自会责备他。请问施主要找老僧有何见教，请进里面来坐着好说话。"了空当将孙癞子引到一间客室坐下。

孙癞子说道："我此来不为别事，就为每夜跟我师傅在山顶上修道，亲耳听得你这寺里打钟，使我师傅的雾作不起来，以致我师傅每夜得迟一个时辰修炼，这亏吃得不小。我实在忍无可忍了，不得不来问个明白。你这寺里究竟是谁存心和我师傅作对？你是当家师，必然知道，请你交出这个人来，我自和他说话，不干你当家师傅的事。"

了空听了，茫然摸不着头脑似的说道："施主这话从哪里说起，这寺里的僧人，从来安分守法，一点儿不敢胡为。令师是什么人？这峨眉山顶上，并没有寺院、房屋，令师每夜在什么地方修道？何以知道是因这寺里打钟，才作不起雾来？"孙癫子道："你不要装成这糊涂样子。我师傅是谁，你不知道，还可以说得过去，因为僧道不同门，平日没有来往；至于你自己寺里每夜打钟，难道你也可以说不知道吗？"

了空笑道："老僧为什么装糊涂，山寺里打钟打鼓，是极平常的事，早夜都是免不了的。施主于今说寺里不应该打钟，打钟便使令师不能修道，是存心和令师作对，教老僧怎生能不糊涂呢？"孙癫子想了一想说道："我看你的年纪已这么大了，确是一个好和尚的样子，料想你是不至无端作恶，与我师傅为难的。只是你这伏虎寺里的和尚不少，你得仔细查一查，看半夜三更撞钟的是谁？平常这寺里打钟打鼓，我也曾听得过，并不妨事。只近来每夜在亥子两个时辰之内，一下一下很慢地撞着，你这里钟声一响，我师傅在山顶起的浓雾，就登时被钟声冲散了，害得我和师傅都坐在山顶等候，到今日已将近一个月了。"

了空听到这里，不住地哦了几声道："老僧明白了，这钟是住在山下的一个绅士，为要超度他去世的母亲，托老僧替他撞的幽冥钟。这钟须撞到四十九日。不错，今日已撞过了二十九日，只差二十日了。这钟撞起来，在幽冥的力量是很大。但是何以撞得令师的雾作不起来，老僧却不明白。"

孙癫子见了空说的果是幽冥钟，和毕南山说的相对，便问道："幽冥钟是什么钟？"了空道："就是和佛殿上所悬挂一般的钟，并无分别，不过撞时所持的经咒不同罢了。"孙癫子道："每夜撞钟的是谁，就是你吗？"了空道："不是老僧。寺里有一个聋了耳朵的老和尚，今年八十六岁了，历来是他专管撞幽冥钟。他因老态龙钟，又聋了耳朵，已有二十多年不出寺门了，除替人家撞幽冥钟以外，终日只是持佛号不歇。老僧能担保他，决不知道有令师在山顶上作雾，存心用钟声将雾冲破。"孙癫子摇头道："这话只怕难说，我不相信不存心与我师傅为难，一天浓雾会无缘无故地被钟声冲破。从来雾不怕钟，钟也不能破雾，可见有人从中弄鬼。你且带我去瞧瞧那钟，并见见那撞钟的和尚。"了空点头道："可以，就请同去。"说着起身引孙癫子走到寺后一所孤零零的楼房跟前。

看这所房子的形式奇特，从顶至底，足有五六丈高下，却只最下一间房屋可住人。这间房屋之上，高耸一座钟亭，亭里悬挂一口铁钟，一根长绳垂下，系在撞钟的木棒上。撞钟的坐在房中，只须将长绳牵动，那木棒自然向钟上撞去。孙癫子问道："半夜撞的就是这口钟吗？"了空道："正是这口钟。这钟已用过七八十年了，原是专为撞幽冥钟而设的。撞钟的老和尚正在房里念佛，施主看他可像是一个存心和令师为难作对的人？"

孙癫子跨进房间，只见一张破烂的禅榻上，盘膝坐着一个佝腰驼背的老和尚，双手捻着一串念珠，口里咕噜咕噜地念着，那根撞钟的长绳，就悬在右手旁边。和尚的手脸都污垢得不堪入目，头顶上稀稀地留着几根短发，原是白的，大约因积久不洗，已被灰尘沾着得又粗糙又黄黑了，仿佛成了一堆秋后凋零的枯草。

孙癫子走近前劈面问道："这几夜撞幽冥钟的是你么？"老和尚慢慢地抬起枯涩的眼睛，望了一望，摇头不答，口里仍继续着咕噜咕噜。孙癫子见他摇头，只道是不承认夜间撞钟的是他，愤愤地回头问了空道："他说夜间撞幽冥钟的不是他，你怎的对我说假话？"了空笑道："他何尝是这么说了，无论什么人和他说话，他都是摇头不说什么，因为他的耳朵异乎寻常之聋，简直连响雷都不听得，听不懂人家说的是什么，所以不能回答。二三十年来多是如此。就是老僧教他替人家撞钟超度亡魂，也得写字给他看，口说是不中用的。老僧出家人，岂肯说假话？施主不要多心，请回去对令师说，夜间作不起雾，多半是另有缘故，不与幽冥钟相干。"

孙癫子看两个老和尚的情形，也觉得不像是存心和师傅为难的人。然心想师傅作法起雾，我亲眼看见的已有半年了，没一夜不是剑尖一绕，便是浓雾弥漫；唯有幽冥钟一响，就如风扫残云，消灭得干干净净。这口钟，据当家师说，已用过七八十年了。我小时曾听得人说，一切物件，都是年久成精。莫不是这口钟因悬在高处，年深月久，吸受的日精月华多了，已成了妖精，在暗中与我师傅作对？两个老和尚自然不知道。我既到这里来了，不管它是也不是，且把它毁了，免得我师傅每夜耽延修炼的时刻。即算毁错了一口钟，也值不了什么。想罢，觉得主意不差，遂对了空说道："我也相信你和这个聋和尚，都不至与我师傅为难，但我师傅每夜在山顶上修炼，非有浓雾将山顶笼罩不可，近一个月以来，确是因为这口钟响，使我师傅作不起雾来。我于今并不归咎你们，只毁了这口钟就没事。我毁了之后，你们要撞幽冥钟，换过一口也使得。"

了空惊道："这却使不得。这钟是伏虎寺的，不是施主家里的，不能由施主毁坏。"孙癫子道："这钟妨碍我师傅修道，如何由不得我，难道倒要由你吗？"了空道："你怎的这般不讲理！若是伏虎寺的东西，可以这么听凭外人前来毁坏，一点儿不讲情理，那还了得吗？我不做这寺里的当家师，轮不到我过问；既是我当家，这钟就不能由你随便毁坏。"

孙癫子笑道："你只怕是老得糊涂了，我要毁坏你这口钟，难道还要问过你肯不肯么？我老实对你说，我此刻就要动手毁了，看你有什么法子阻拦？"了空听了，气愤得没有回答，以为这口钟高高地悬挂着，要毁坏也不是一件容易的事，估料像孙癫子这般一个叫化，不多邀些帮手来，一个人是决不能行强将钟毁的。心中暗自打算，这伏虎寺里也有几十个和尚，齐集在这里保护这口钟，倒看他如何动手毁坏？

了空正自这般计算，只见孙癫子抬头望着那口钟，自言自语地说道："究竟夜间撞得我师傅作不起雾的，是不是这个东西，我何不试撞一下，看声响对也不对？"一面是这般鬼念着，一面举起右手，伸直一个食指，做出敲东西的手势，向那钟敲去。真是奇怪，食指在地下一敲，钟便应手"铛"的一声响了，比用木棒撞的还响得清澈，只响得坐在房里念佛的聋和尚都抬起头来，看这钟何以不撞自响。

孙癫子接连又敲了几下道："一点儿不错，正是这东西作祟。"了空不禁惊惧起来，心想看不出这样一个后生，竟有如此法术，这就不能不恳求他了。连忙对孙癫子赔笑说道："你要毁坏这口钟没要紧，只是得请原谅，这钟亭的工程不小，非费极大的手脚，不容易将这么大的一口钟悬挂上去。并且偌大一个峨眉山，就只伏虎寺有这座钟亭，实在是因建造一座，非有绝大誓愿，经十多年募化不能成功。今以虚无渺茫的事将它毁坏，岂不太可惜了。"

孙癫子圆睁两眼，喝道："你刚才还那么硬，这时又软起来了吗？不行，不行！你只知道你这钟亭的工程不小，却不知道我师傅修炼的功夫更大呢！"说罢口中念念有词，跟着将左手握着拳头，仿佛抓了什么东西对钟放去的样子。

这一来不好了，孙癫子的左手五指刚放开，脱手就是一个大霹雳，连钟带亭子都劈落到山下去了。钟破亭裂的响声，震动数里。坐在钟亭底下念佛的老和尚，闻声倒打了一个哈哈，就这么赴极乐世界去了。满寺的僧人一齐惊得来寺后探看，孙癫子也不作理会，劈了钟亭，就大踏步往外走。众僧人向当家师问了情由，大家不服，要追上去将孙癫子扣留，向他师傅论理。了空摇手止住道："这也是一场魔劫，躲避不了的，由他去吧。他有邪术，我等不是他的敌手。"众和尚听了才不敢追赶。

且说孙癫子得意扬扬地出了伏虎寺，自以为这事做得痛快，师傅必然称赞他。回到洞中，见师傅照常在石床上打坐，不敢惊动。正要做自己的功课，毕南山忽张眼呼他到前说道："你下山去吧，我这里容不了你这样粗暴、这样大胆的徒弟。幸亏你的野性显露得早，若再过几年，你自己的内丹有了火候，那还了得？"说时待伸手向孙癫子顶门拍去，孙癫子不觉大惊失色，知道这一拍，是要将他自己所得的内功和法术，一股脑儿收回去，立时仍变了个寻常人。吓得趁势跪拜下去，闪开了这一拍，泥首哀求道："弟子有过犯，求师傅责罚，就是打死也情愿，只求师傅不要驱逐下山。"

毕南山指着孙癫子骂道："你这东西，敢如此胆大妄为，还了得！幽冥钟妨碍我的修炼，已有一个月了，若可以将钟毁坏，还待你去动么？故念你这番妄动，居心是在要不耽延我修炼的时刻，尚可饶恕。只是你粗暴大胆的处分，不能宽免。罚你吊饿三天，看你下次敢也不敢？"随用手向房角上一挥，孙癫子便身体不由自主的，仿佛脚跟上有绳索捆绑了，身体即刻在房角上倒悬起来。偷眼看师傅，闭目打坐如故，佝起腰去摸脚跟，却又摸不着什么。

初吊时还能支持，吊了一会儿，就渐觉难受了，只得运用起功夫来。经过一昼夜，肚中又饥饿，身体又痛楚，什么功夫也运用不灵了，忍不住痛哭求饶。毕南山又责骂了一顿，才将他放下。从此没有幽冥钟响，毕南山每夜作法起雾，便用不着等候了。

又过了些时，这夜孙癫子正跟着毕南山在山顶上修炼。此时孙癫子的法力，已比初出洞时高强几倍了，无论如何浓厚的雾，能一眼看个透明。这夜的月色，也分外皎洁，孙癫子看见离毕南山约有百步之外，有一只绝大的狐狸，朝着毕南山，和人一般地跪在地下，捣蒜也似的叩头。口里衔着一件白色的东西，初看分不出是什么。孙癫子揉了揉眼睛，仔细看去，原来是一个人的头颅骨，大约是从坟堆里掘出来的。只不知它是这么衔在口里叩头，有什么用处。再看自己师傅，似乎还不曾觉着的样子，只是闭着眼不作理会。

那狐狸叩了一阵头，和人一般地用两脚立起身来，向前走了几步，重复跪下叩头，又叩了几十个头，又立起身向前走几步。如是者三四次后，跪下去就将头颅骨放在地下。每叩一个头，朝着毕南山"吱吱"地叫几声。孙癫子见狐狸开口叫起来了，以为自己师傅必然张眼看看，谁知毕南山竟像是睡着了的一样，仍是不作理会。狐狸叫后又衔了头颅骨向前走，孙癫子见狐狸已走近毕南山不过十来步远近了。心想时常听人说，狐狸是会迷人的，莫不是这孽畜不怀好意，这么一步一步地逼过来，想将我师傅迷惑？我师傅若不是被它迷了，怎么在跟前这般叫唤也不听得呢？我不在旁边看见便罢，既看见了，岂有袖手旁观，不救师傅之理？并且人人都一般的传说，狐狸精是害人的东西，我杀死它也可算是除了一个害。

孙癫子主意已决，他此时已得毕南山传授了不少的法术，当下就用左手结了一个雷诀，才举起来还不曾发放。那狐狸仿佛已经察觉有人暗算了，掣身就待逃走。孙癫子到这时哪里肯容它逃脱，一面将雷诀向狐狸发去，一面口里喝道："孽畜，待逃到哪里去！"就这一举手之间，烟雷生于掌握，霹雳起于空中，眼见那狐狸被雷劈得就地一滚，山岭都摇摇震动，即见毕南山的袍袖一拂，张眼向孙癫子叱道："胡闹，它干犯了你什么，应当伤害它的性命。你既居心如此狠毒，我这里容你不得，就此下山去吧。"

毕南山这一番发作，只吓得孙癫子魂都掉了，慌忙翻身跪下说道："我并不是居心狠毒，要将它处死。只因见它一步一步地向师傅跟前逼过来，师傅闭目静坐不曾觉着的样子，恐怕它不怀好意，想乘师傅不觉，暗加伤害，所以用雷火伤他。"

毕南山当下鼻孔里"哼"了一声道："岂有此理！你的法术能制伏的东西，能伤害我么？我当时初带你出洞的时候，是如何吩咐你的？像你这般浮躁的人，岂是载道之器。"孙癫子不敢多辩，唯有叩头哀求饶恕。毕南山的气愤虽已渐渐平了，然终不肯答应容留他的话。

毕南山走近那狐狸，指给孙癫子看道："你瞧见了它这般皮焦肉烂的样子，心里也得安然么？你虽是为要救我才杀它，但伤生为修道人第一件宜守的戒律，我曾屡次叮咛吩咐，你于今既犯了这条戒，没奈何只得教你下山去。你此后虽离开了我，然一般地可以修炼，倘修到了须我指引的时候，我这里自然知道，自然前来指引你；若不努力，就休想此生再见我了。你看天色已经亮了，你就此下山去吧。这山下有我收藏的一锭银子，

305

你可拿去做回浏阳的路费，到家还充足有余。"

孙癫子本是个无家可归的人，这回师徒相处又有几年了，忽一日教他分离，他哪里舍得，当下忍不住便哭起来。毕南山安慰他道："人生遇合都是前缘，一点儿不能勉强。你只牢牢地记着，此后多行功德之事，猛勇精进，与我会面之期，必不在远。如果拿着这点法术下山去胡作乱为，你只一转念头，我便完全知道，虽在万里以外，也能在俄顷之间，取你性命。"孙癫子原想哀求再容留几时，因看毕南山的神气十分决绝，料知是有定数，无可挽回的了，只得依依不舍地拜别师傅，含泪下山。

才行了十来步，满山云雾都顿时开朗了，一轮红日已冒上地面来，映射得满山树木戴露的枝叶上，一道一道的光芒闪灼，仿佛每株树上，结了千万颗明珠。孙癫子到峨眉虽住了几年，却不曾有一次在这时候出来，流连过这般美景。少年人的心性容易转变，无论什么忧愁的事，只须换一个境界就忘怀了，师徒离别之感，也只在一刹那。当时看了这种朝阳初上的丽景，便立住脚举眼向四山望了一望想道："我记得初到这山里的时候，已在黄昏过后了，暮色苍茫，山中形势，全看不见，并且连来路的方向，此时都想不起来了。究竟浏阳在哪里，我于今当向何方走去才不错呢？"随即又转念道："好在我并没有父母兄弟和田产在浏阳，虽是浏阳人，也不必就赶回浏阳去，慢慢地访问，便多走些时日也没要紧，且下了山再打听吧。"

想到这里，刚待提步下山，猛然想起一件事来，连连地跺脚，说道："糟了，糟了！师傅说，他有一锭银子，收藏在山下，教我取了做回浏阳的盘缠。这样大一座峨眉山，我不问个明白，知道那一锭银子藏在山下什么地方呢？若围着这座山寻找，只怕寻找三年五载，也是枉然。这山下不是没有行人来往的，收藏了若干年，没被人拾去，可知收藏得很深密。我不回去问明收藏的所在，是不能成行的。"边想边回身走了几步，看毕南山平日打坐的一块大岩石，依然光滑滑地受着日光，只岩石上已不见了师傅的踪影。再者那狐狸倒毙之处，也不见狐尸的所在了，但是细看地上还有一团烧焦了的狐毛，旁边丈多远一棵大松树底下，有一个小小的新坟，泥土还松，一看就知道是新筑的。

孙癫子暗想道："我每夜跟随师傅在这里修炼，这里周围半里来远近的一草一木，我都认看得仔细了，何尝见过有这么一个坟堆呢？可见得这

306

坟就是那狐狸藏骨之所。我拜别师傅才走了十来步就回来，耳内不曾听得一点儿声响，这坟堆便已筑成了。我若有了这种神通，就不在师傅跟前，也不愁修不成道了。"想罢又向坟堆默祝道："我因制不住一时火性，胡乱伤了你的性命，以至被师傅驱逐，后悔也来不及了。你死在九泉之下，不用怨我，等我修道成功的时候，一定首先超度你。"

孙癫子此时还有些稚气，以为是这般默祝一阵，可以表示悔意，算是向狐狸道歉。哪知道默祝已毕，耳里就听得有很娇嫩的女子声音说道："你孙癫子不要假意慈悲，我母亲无端屈死在你手里，我只恨自己力弱，不能即时将你碎尸万段，谁稀罕你将来超度。"孙癫子吃了一惊，连忙回头看左右前后，都没有什么形迹。心想我不过心里默祝一番，并不曾说出声音来，这小狐狸精居然知道。怪道师傅说，只须我念头一转，他老人家便完全知道。我此后存心，倒是疏忽不得。小狐狸精既明说了自恨力弱，奈何我不得，我也用不着理它，到洞里见师傅问那锭银子去吧。遂掉臂不顾地向平日回洞的道路走去。

约莫走了二三里，不由得心中诧异道："我记得洞口离山顶没有多远，平日来回都是一会儿就到了，怎么此时走了这么远，还不见那大石岩呢？并且这山的形势，也不像平日常经过的，难道每日来回两次的熟路，也会走错吗？必是不留神地走过了，不回头必越走越远。遂又回头走着，细细地向左右察看，越看越不像洞口的情景。

这一来，可把个孙癫子弄糊涂了，找来找去，又找到了山顶葬狐狸的坟堆跟前。孙癫子定了定心神想道："必是刚才在我耳根边说话的那小狐狸精怀恨，有意是这般捉弄我，迷了洞口，使我见不着师傅，问不到藏银子的所在，没有盘缠回浏阳。也罢，没有银子，难道我就走不动吗？莫说我还有这多法术，就是不会法术，也不见得不能回浏阳。"想到这里，便决心不再寻洞口了，大踏步顺路向山下走去。

已走到离山脚不远了，忽听得树林中有"嘤嘤"的哭泣之声，侧耳听去，觉得十分悲惨，忖度这哭声是个女子，离身边并不甚远。孙癫子少年好事，思量这一带树林里并没有人家，有什么女子一清早起来，就独自跑到这树林中哭泣呢？大凡放声哭泣的人，为是有不得了的事。师傅吩咐我多行功德之事，我若能替这哭泣的女子出力，或救她的性命，或减她的痛楚，岂不就做了一件功德之事？自觉这念头有理，即时循着发声的方向走进树林，觉得哭声更近了，耳里并听得出是如怨如诉的女儿哭母声，仿佛就在离身数尺远近。

孙癫子一听清楚是女儿哭母，登时就想起那说话的小狐狸精了，向左右望去，却仍是看不见形迹。忍不住用脚在地下一顿喝道："哭的到底是狐是鬼？光天化日之下，竟敢这么横行，还了得吗？"这几句话一喝出口，即见一只浑身黑毛的狐狸，连头尾足有五尺来长，靠近一株树根伏着，似乎知道自己露出了原形，很是着急，慌里慌张要逃走的样子。

孙癫子不曾在白天看过这么大的狐狸，卒然发现了，自免不得也吃了一惊，正待看个仔细，那狐狸也拖着扫帚一般的尾巴，不顾命地逃跑。孙癫子虽不敢再存伤害它的心，然因想看它逃到哪里去，不知不觉地就跟着追赶。只见那狐狸跑不上两三箭远近，就钻进一个小小的石岩里面去了。

孙癫子追到石岩跟前，低头伏身看石岩里面，也好像是一个石洞，漆黑得看不见里面深浅大小的情形。只是岩下的窟窿极小，便是三五岁的瘦弱小孩，光着身子也不容易钻进去。窟窿周围的石上，都摩擦得非常光滑，可知不断地有狐狸进出。孙癫子笑道："原来这地方就是你这小狐狸精的巢穴。我虽用雷劈了你的母亲，但我师傅既将你母亲的尸体埋葬了，并筑了坟堆，我又在坟前默祝了后悔之心，并许了超度它，你不应该迷了我的方向，使我不能回洞，见不着师傅，得不着盘缠。我原是不恨你的，至此也不能不恨你了，性命可以不伤害你的，但须忿得你暂时不能在洞里存身，以泄我迷途之愤。"

举头看岩边有好几株树，孙癫子在看牛的时代就惯会上树。当即爬上树去，折了一枝大树丫下来。两脚刚着地，瞥眼就看见那只黑狐狸从洞里蹿了出来，跑得真快，霎霎眼便没看见了。孙癫子疑心是自己的眼花了，料想狐狸不能逃跑得这般快，随把树丫的小枝去了，仅留了尖上几根小枝叶，从窟窿口塞将进去。以为这样狐狸的巢穴，纵深也不过数尺，有这么的树枝，足够戳到底了。谁知塞进窟窿去，毫无阻挡，直塞到树丫都进了窟窿，孙癫子还不舍得放手，自己将身体伏在地下，伸直了右臂，也送到窟窿里面去。在里面握紧树丫，用力搅动了几下，忽觉得窟窿旁边，有一件尖锐的硬东西碰得手痛。顺手放下树丫一摸，摸着了似很沉重，取出来看时，原来竟是一个大元宝，朝窟窿口的一方面，也摩擦得非常光滑了。不由得喜出望外，连忙跪在地下叩头谢了师傅的赏赐，起身待走，忽又转念道:"照这情形看来,我是错怪小狐狸精了。它原形都保不住不显露,哪里能有神通迷我的路?我无端将树丫塞进它窟窿里,若不取出来,它果然早已逃出了窟窿,倒还罢了,不过从此回不得巢穴。倘若还在里面躲着,不能出来觅食,不活活地将它饿死吗?"遂揣好了银子,仍伏身把树丫拖了出来,才下山寻人打听了回浏阳的道路。

在路上也不知走了多少时日,向人打听了多少次路程,一日毕竟被他走到了浏阳县。他既没有家可以回去,又没有亲朋戚友之家可以投奔,初到浏阳,只得权且找了一家客栈住下。他虽是在浏阳生长的人,然一则因生长在乡下,不曾到过县城;二则因那时年纪太轻,又出自穷家小户,所以对于浏阳的一切情形,皆不熟悉,不过一口浏阳话还不曾忘记说就是了。一到了浏阳县,心里说不尽的高兴,每日在客栈里吃了早饭,就到街上去闲逛。打算在客栈里略住些时,再到自己生长的乡下去谋安居生活之道。

这日他正在街上缓缓地走着,忽见前面远远的一大群人,男女老少都有,一个个眉花眼笑的,不知围拥着一件什么东西,边看边走。孙癞子是专在街上瞧热闹的,看了这情形,自然加紧了脚步,迎上前去看。他不看倒罢了,这一看几乎惹出一场大祸来。原来大家围拥着看的,乃是一条三尺来长的木凳,凳上放着一颗人头。木凳并没人推挽,自然会一步一步地向前移动。那人头虽是自颈以下截断了,但是不见一点儿血迹,两眼并和平常人一样,能左顾右盼,头发朝天绾了一个道装髻,还戴了一支古玉簪。

周围看的人虽多,连小孩子都没一个敢动手去探摸的。孙癞子看了,虽知道是有人卖弄法术,然不知道这人是谁,是何等样的人物。正想找一个年老的人打听,凑巧有个人看了,向旁人称叹道:"像邓法官这么高强的法术,普天下只怕也找不出第二个人来。"这人听了点头道:"法术确是高强得很,不过说普天下找不出第二个,就怕未必,只我浏阳自然没人及得他。"又有一个离木凳远些儿的人听了答道:"我浏阳若有人能及得他时,他也不敢这么横行无忌了。"这人话还未了,就有个年老些儿的,连忙摇手止住道:"快不要随口乱道,你以为他只有一颗头在这里走,便听不出你说的话么?此时这头不能开口,等一会儿剃过了头发回去,一般地能将眼里看的情形、耳里听的言语,一五一十说给那邓法官听呢。"那说话的人道："隔了这么远，我方才说的声音又不大，料他也不听得。并且看他的人这么多，他即算听得了，也不见得便知道是我。"孙癫子这才知道是邓法官的头，因想看这头究竟如何举动，便不暇多听这几个人谈话，即跟上人头同走。

又走了十来家店面，到一家剃头店门口停了，只见一个年约四十多岁的人，装束情形与普通剃头的差不多，好像欢迎上宾的神气，慌忙走出店门，恭恭敬敬地对这头拱手笑道："邓法官今日又来光顾小店了，请进，请进！"说着，将双手先在自己衣上揩擦了几下，觉得揩擦干净了，才诚惶诚恐地捧起那头来，走进店就一张高凳子上安放了，和平常人剃头一般地剃起头来。剃干净了，仍捧出来安放在长凳上，那凳又自然能行走了。孙癫子是个会法术的人，见了这种情形，如何肯舍了不看个究竟，遂又跟着长凳行走。

不知跟得一个如何的结果，且俟下回再写。

第三十回

斗妖术黑狗抢人头
访高僧毒蛇围颈项

话说孙癫子跟着邓法官的头，走进一条巷子，看这巷子又污秽又狭小，使人一望而知是穷家小户聚居之所。孙癫子心里想道："难道这个邓法官，就住在这么一个贫民窟窿里吗？他既学会了一肚皮法术，只应该在浏阳替人家拿妖捉怪，保人平安。无端的取下头来，是这般招摇过市，以致满街的老少男女，都和看把戏一般地围拥着走，像这样的逞能，也就太无味了。我今日不遇着便罢，既遇着了，倒得和他开个玩笑。"

说起来真怪，孙癫子不曾转这念头的时候，那邓法官的头被长凳驮着只顾向前行走，两眼虽是不住地开合，然并不注意看谁一眼。孙癫子才转这念头，那头似乎已经知觉了，两眼登时横过来，圆溜溜地向孙癫子瞪着。孙癫子见了，随即现出笑容，仿佛向熟人打招呼的神气，接着举右手迎头一招，那头便如被人推了一把，朝后滚了下来，长凳仍不停留地向前走了。许多跟进巷口看热闹的人见了这情形，也莫名其妙，只一个个发出诧异的声音喊道："哎呀，不得了，邓法官跌了跟斗了，我们快些追上去，将长凳抢回来。若不然，这颗头只怕不能回去了。"其中有一个年少的说道："使不得，使不得！你们不曾听得邓法官说过吗？凡是遇着他用法术驱使什么物件在街上行走时，万不可动手和拦住去路，如不听吩咐，必有大祸。于今邓法官的头已进了这巷子，离他家不远了，我想这头忽然滚下凳来，必是邓法官有意要玩一个什么把戏给我们看；不然，决不至无故滚下地来。你们看，这头已滚向前追赶那凳去了。"只见这头在地下转了儿转，即一路翻滚直向长凳追去。

孙癫子哪里肯放他走呢，口中默念了几句，伸手一指那头，那头立时如有绳索牵扯，又是一路翻滚，退还原来落地之处了。看的人尚不知是孙癫子与邓法官斗法，但见人头滚来滚去，真以为少年说的话对了，果是邓法官有意玩一个把戏给大家看。只见那头接连来回滚了八次，看热闹的只觉得好看，大家拍掌欢呼邓法官好法力。

谁知大众欢呼的声音还没停歇，突然从人丛中钻出一只黑狗来，一口咬住那头上的发髻，依着长凳去的方向便跑。孙癫子看了，大笑道："人奈不何，狗奈得何吗？回来，回来！"说着，对狗招了招手。那狗仿佛听了主人的呼唤，登时摇头摆尾的，衔着那颗人头回到孙癫子跟前。孙癫子弯腰从狗口中取下那头来，托在手中抚摸。看热闹的这才吃了一惊，知道是孙癫子与邓法官斗法。大家从孙癫子手中看那颗头时，额上的汗珠儿，一颗颗掉下来比黄豆还大，两只眼睛也红了。就有人向孙癫子请教了姓名说道："邓法官今日遇着对手了，这回吃苦不小，只看他这一颗颗的汗珠儿，就可知道他此时甚是着急，可以饶恕了他么？"

孙癫子点头："我孙耀庭出门多年，于今刚回浏阳不久，不但不曾和邓法官见面，并不曾闻他的名，与他毫无冤仇，谁愿意无端与他做对头。不过我们学法术的人，非到万不得已的时候，不可轻易使用法术。剃头是一件极平常的事，何必要是这么招摇过市，害得许多过路的人都跟着瞧把戏似的，岂不是无聊之至。我因此要和他开个玩笑，使他知道学法术的人，是这般瞎闹不得。他既急了成这个模样，就放他回去也使得。"话才说了，忽见一只篮盘大的麻鹰，从天空如射箭一般地扑下来，一伸爪也是抓住那头的发髻，冲天飞去了。孙癫子不觉仰天笑道："何苦要费这么大的事，我既存心放你回去，便用不着再闹这玩意了。若安心给你下不去，鹰与狗又有什么分别？"

一人向孙癫子说道："我们在这里亲眼看见的，虽知道是你存心放他回去，他这鹰方能衔着头飞，但他或者还以为是自己的法力抢回去的呢！他仗着法力高强，在我浏阳横行无忌，我浏阳人被他害得上天无路入地无门的，已不在少数了。难得你是浏阳人，法力更比他好，他就住在这巷子里，何不去会会他，也替我们浏阳人出一口气呢？"

孙癫子看这说话的人，年纪虽只二十多岁，做手艺人的装束，然言谈举动，看得出很是诚实，不像是一个轻浮多事的少年。并且说话时，面上还带着些儿愤怒的神气。孙癫子料知这少年即是被邓法官害了的一个，随即点了点头问道："你老哥贵姓？听老哥的语气，邓法官必有对老哥不起的地方。"少年答道："我姓张，我父亲就是在北城外烧砖瓦窑的张连升，在浏阳烧了四十多年的砖瓦窑。凡是久住在浏阳的人，敢说不问大家小户，没有不知道我父亲的。张连升的砖瓦，有名的价钱公道、货色认真，并不曾有事得罪过邓法官，不知他为什么平白无故地找我父亲为难，竟将我父亲的窑捣毁。我父亲那时已有六十多岁了，受不下这般气愤，没几日就咬牙切齿地死了。"

孙癫子一听少年提起张连升的名字，却想到十一二岁的时候，曾听人闲谈过烧窑的张连升，法术异常灵验，时常替人画符治鬼，不取分文。寻常不会法术的人烧窑，每每因误犯了土煞和窑神，不是窑匠害病，便是窑里的砖瓦破碎；唯有张连升的窑，哪怕架在太岁头上，也平平安安地出货。只不知邓法官是怎生与他为难的？当向少年问道："你父亲张连升不是也会法术的吗，如何被邓法官捣毁了窑呢？"

少年叹道："若不是我父亲会法术，大约姓邓的也不至找来为难。不过我父亲虽则会法术，然从来不曾见他在人跟前无端夸耀过。便是有人求他去治病，他能推诿的，还是推诿不去，必不得已也不问病家要钱。邓法官素不与我父亲相识，我父亲也不知道他到浏阳来了。他原是醴陵人，前年才到浏阳来，究竟到浏阳来干什么，也无人知道，专喜在稠人广众之中，显出他的法术来，好像唯恐旁人不知道他会法术似的。

"他第一次显法，我也在场，记得在去年正月十五，有一个绅士雇了戏班在龙王庙演戏酬神。新年无事的人多，看戏的比平时多了几倍。正月间天气寒冷，人人头上都戴了帽子，姓邓的就拿着各人的帽子显神通。只见他忽伸手向自己头上抓下帽子来，朝天舞了几下，向空中一掷，那帽子脱手就变了一只乌鸦，展翅在空中盘旋飞舞。立在他后面的人看得清切，都仰面观望，不提防那乌鸦才飞绕了几转，各人头上的帽子，都跳起来，离开各人的头颅，也变做乌鸦，跟着那只乌鸦飞个不住。霎时间就有千数百只乌鸦，在众人头顶上飞的飞，扑的扑，日色都被遮得没有光了。看戏的遇了这种情形，不由得又惊讶又欢喜，知道是他使的手段，就争着问他的姓名，于是满庙的人，都知道他邓法官的神通广大了。乌鸦飞舞了一阵，仍飞回各人的头上，各显原形，还是一顶帽子。是这么到处显法术，我父亲不仅不肯在场和他为难，并存心躲避他。每见他来了，就悄悄地抽身走开，到底不知他为什么放我父亲不过？

"去年八月，我父亲正在窑棚里烧窑，只差一两日就要出货了。好好的一窑火，突被一阵冷风吹来，登时完全熄灭了。这样骇人的情形，我父亲在窑棚里四十年不曾见过，只得点起香烛来请师。谁知烛刚点着，也被一口冷风吹熄了。我父亲知道有人暗算，正捉住一只雄鸡，待一撕两半，姓邓的却已先下毒手了，天崩地塌也似的一声大响，窑已倒陷下来，我父亲当时就气得昏倒在地。直到我父亲死后，我到窑棚附近打听，才明白当时的情形。

"原来那日姓邓的到他朋友家中闲谈，那朋友的家就在窑棚对面。那朋友忽问邓法官道：'对过窑棚里的张连升，你认识么？'邓法官摇头道：'只闻名不曾见面，听说他的法术不错，不知究竟怎样？'那朋友道：'张连升的法术，是在我浏阳有名的。收吓、断家、催生、接骨，没一件不灵验非常。你只看他烧窑四十年，无一次不顺利，就可以知道他的法术是浏阳数一数二的了。'哪知道这话就触犯了姓邓的，不服气似的说道：'不见得他张连升在浏阳是数一数二的法术，我多久便想瞧瞧他的本领。你既这么佩服他，我且和他开个玩笑你看。我借你这床上睡一睡，你躲在大门里面，偷看对过窑棚里有什么举动，随时报我知道。'那朋友不知道厉害，见邓法官仰面睡在床上，就躲在大门里望着对过窑棚。忽见很浓厚的黑烟，突然中断了，如熄了火的一般，便去到邓法官床前报道：'窑里已不见冒烟了，进火的人现出慌张的样子了。'邓法官挥手道：'再去看，看了情形，再来报我。'那朋友看了我父亲点烛，又去报告。只见邓法官张嘴向空中一嘘，又教朋友去看。那朋友报我父亲捉了一只雄鸡在手，邓法官顺手拖了一张被单，一面蒙头蒙脑地盖在身上，一面说道：'先下手为强，后下手遭殃！'说时，两脚一蹬，两手一拉，被单早已撕成了几块。这边把被单撕破，那边的窑便应声而倒，可恶姓邓的听说我父亲急得昏倒在地，还跑出来远远地指着向那朋友揶揄道：'原来你浏阳数一数二的法力高强人物，也不过如此。'说罢，得意扬扬地走了。我自恨一点儿法术不懂，不能替我冤死的父亲报这仇恨。难得今日无意中遇见了你，凑巧你又是浏阳人，无论如何也得求你替浏阳人出了这口气。姓邓的还有两个徒弟，比姓邓的更加凶恶，终日在赌场烟馆，无风三个浪，无人不见了他两个徒弟就头痛。"

孙癞子问道："他两个徒弟姓什么，叫什么名字，是浏阳人么？"张连

314

升的儿子说道："他大徒弟姓王，多半也是醴陵人，前年与邓法官同过浏阳来的。浏阳人因他身体生得很长大，相貌又很凶恶，都呼他做'王大门神'，外人知道他名字的倒少；二徒弟是来浏阳不久收的，姓赵，名如海，浏阳北乡人。年纪虽只止二十四岁，却生成一身好气力，拳棒功夫，浏阳一县人没一个敢惹他，自拜邓法官为师后，更是横行无忌了。"

孙癞子道："照你所说的，他师徒既在浏阳如此横行，应该有人出头惩创他才是道理。我虽是浏阳人，不过从小出门在外，现在刚回来没有几日。故乡情形，因离开久了，一时不得明白，你且耐心多等些时。他姓邓的上了今日这番当，若能从此改悔，强盗收心也可以做好人，偌大的浏阳，何处不能容一个醴陵人居住！如果仍怙恶不悛，我自有对付他的法子。"许多看的人见孙癞子这么说，以为是推诿，不肯认真和邓法官作对的话，料知没有把戏看了，各自退出巷去。

孙癞子也待走出来，张连升的儿子却拉住不放道："你不肯替我父亲报仇，代浏阳人出气，都不要紧，只是得收我做个徒弟。"孙癞子笑道："我自己求做别人的徒弟，别人还弃嫌我，不要我，我倒能收你做徒弟吗？并且你的年纪，只怕比我还大一两岁，我如何能做你的师傅，快不要这般乱说。"张连升儿子道："这却不然，我拜师是学法术，但是有法术的便能做我的师傅，年纪大小有甚相干。我父亲的法术虽不甚高，然确是个很灵验的。我若是有心要学法术，在几年前就应求我父亲传授我，只因我原求是不打算学法术的。自我父亲被姓邓的气死后，我报仇的念头，虽不曾一日停歇，然从来不敢在人前显露。因姓邓的在这里也有些党羽，我又是个没有能耐的人，倘若向人露出报仇的话来，传到姓邓的耳里去了，仇报不了，没得反把一条性命送掉。刚才看了你和姓邓的斗法的情形，喜得我忘了形，竟当着许多人向你诉说缘由，以为你已经与姓邓的破过脸了，听了我的话，立时就可以到姓邓的家里去，替浏阳除了这个毒物，想不到你不肯即时下手。你的法术比姓邓的高强，自然不愁姓邓的寻仇报复，我此后若不拜你为师，求你保护，却如何敢在浏阳居住呢？所以不能不求你慈悲，收我做个徒弟，我情愿终身侍奉你。我父母都已去世了，因此刻尚在服中，还不曾娶妻，我家里有几亩祖遗的产业，节省些儿过活，也够我一生的温饱，只求你答应我，我就诚心恪意地迎你到我家中供养一世。"

孙癞子心里踌躇道："我刚下山不久，正是自己要用力做功夫的时候，本不应该就收人做徒弟。不过我是个无家可归的人，终年住在客栈里也不成个局面，难得他能迎接我到他家里去，就答应他也没有妨碍。"孙癞子是这么踌躇，张连升儿子不待他开口答应，也不顾地下污秽，扑翻身躯便叩了几个头道："师傅就不答应，我也在这里拜师了。"孙癞子慌忙拉了他起来说道："你既是拜我为师，就得请我喝进师酒。不喝进师酒，便传授你的法术，也是不灵验的。"张连升儿子连声应是道："进师酒是应该请师傅喝的。"当下就陪着孙癞子走到一家素来与张连升做往来的酒馆，要了几样下酒的菜，请孙癞子喝酒。

谁知孙癞子此时虽尚是一个少年，酒量却好像一只没有底的酒桶，一杯一杯地喝下肚去，与浇在酒缸里一般。一口气喝了十多斤烧酒，才微微地显出些醉意，眯缝着两眼向张连升儿子道："天色快要黄昏了，你自回家去吧。我趁着这时高兴，要出城去瞧一个朋友，明天再到你家来。"张连升儿子道："师傅不是说出门多年，才回浏阳不久吗，有什么朋友住在城外呢？并且这时出城去，等到看了朋友回头，城门必已关了，不能进城，我看不如就到我家去。师傅喝了这么多酒，在这时分独自跑出城去，很不相宜，到我家睡过了今夜，明天再出城看朋友也不迟。"孙癞子摇头笑道："好容易喝酒喝得这么高兴，不趁此时去看朋友，岂不辜负了这一团兴致？你不用管我的事，明天只坐在家里等我便了。"说完偏偏倒倒地往外走。

张连升儿子不敢多说，急忙算清了酒菜账，追出酒馆，打算跟在孙癞子背后，看他出城看什么朋友。若是因喝醉了酒倒在地下不能动时，便好驮着回家。幸喜追踪出来，孙癞子跟跟跄跄地还走得不远，遂不开口，只悄悄地在后跟着。只见孙癞子头也不回地走出城来，翻过了几重山岭，走到一座庙宇门口，庙门已经关了。孙癞子毫不迟疑，伸手就推那庙门，竟是虚掩的，随即塞身进去了。张连升儿子唯恐自己师傅顺手将门关闭，自己便不能进去，忙紧走了几步，跑到庙门跟前。喜得孙癞子并没将门推关，大着胆子挨身进去，却不敢跟着走上神殿。看大门两旁有两匹泥塑的马，马前都有一个与人一般高大的马夫，心喜这马夫背后倒是好藏身之所，三步作二步抢到马夫背后立着。定睛看自己师傅正一步一偏地走上了神殿，故意咳了一声嗽，大声问道："里面没有人吗？"这话问出没一会儿，就有一个小和尚走出来问道："你是什么人，来这里找谁的？"只听得孙癞子答道："我并不找什么人，是特来看和尚的。"

小和尚带着不快意的声口问道："你找哪个和尚？我看你像是灌醉了酒的，无故跑到这里来发酒疯，出去吧，这里是佛门清净之地，不许俗人到这里胡闹。"孙癞子怒气冲冲地说道："小秃驴好生无理！我来看你这庙里的住持和尚，谁喝醉了酒，谁发了什么酒疯？看住持和尚的客，能由你这小秃驴骂出去的吗？"

小和尚听了这些话，虽则一肚皮的不高兴，然因究竟不知道来的是什么人，恐怕真个得罪了住持和尚的朋友，不是当耍的。只得勉强按捺住火性问道："你既是来看我们师傅的，见面为什么不明白说出来，只说是特来看和尚的。庙里的和尚多，知道你是看哪个和尚！"孙癞子笑道："这庙里有好多的和尚吗，我看只有一个和尚，一个和尚之外，都是魔障。"说话时喉咙里"咕噜""咕噜"响了几声，好像要呕吐的神气。

小和尚看了这情形，心里已断定不是来看自己师傅的，不知哪里的醉汉，胡乱撞进庙门来了。不由得气又冒上来喝道："灌醉了牛尿，这佛殿上呕不得，快给我滚出去！真不知是哪里来的晦气，山门已经关了，你为什么敢推开进来？"孙癞子也喝道："你这小秃驴实在太可恶了，你真个敢不去叫你的住持和尚出来么？若再说我是喝醉了酒的，就休怪我动粗打了你。"说着将衣袖捋了一捋，做出要打人的样子。

小和尚见孙癞子捋起衣袖要打他了，倒高兴起来笑道："你这醉鬼想到这庙里来打人么？那就不要怨我出家人不慈悲。"一面说，也一面捋着衣袖。孙癞子哪里把小和尚看在眼里，一顺手便抓了过来。小和尚好像也会些拳脚似的，正待挣脱，里面已走出一个老和尚来，问道："什么人在这里喧闹？"

孙癞子见有老和尚出来，随即将小和尚放了。小和尚受了一肚皮的委屈，正要向老和尚申诉，老和尚不待他开口，就叱道："孽障！一点儿礼节不懂得，动辄和人相打，还不滚开些。"小和尚被骂得堵着嘴不敢说什么，老和尚很和气地问孙癞子道："施主这时分到此地来，有何贵干？"孙癞子也赔笑答道："并没有什么事故，是特来贵庙借一个地方，暂宿一宵，求老和尚慈悲。"

老和尚道："这却对不起，敝庙地方狭小，不但没有留客的床帐被褥，连容客的所在都没有，请到别处去吧。"孙癞子道："若有别处可去，我也不到这里来了。没有床帐被褥，便坐着打一夜盹儿也使得。"老和尚道："实在对不起，不能遵命。因为敝庙的规则，是从来不许留俗人住夜的，这规则是要一干僧众大家遵守的，不能由老僧破坏。"

孙癫子道："此时天色已经昏黑了，庙外都是山林田野，与其出外死在虎豹口里，宁肯在这庙里吊一夜，虽不得安睡，然不至送了性命。我不占贵庙的地方，难道悬空吊一夜也使不得吗？"老和尚道："不要和老僧开玩笑，一个人怎么能悬空吊一夜不占地方呢？请到别处去吧，这里委实不能相留。"孙癫子道："我确能悬空吊一夜。老和尚不相信，我就吊给老和尚看。"话才说了，抬头向屋梁上看了一看，只一耸身，就向正梁蹿上去，用三个指头捏住屋梁，身体悬空吊下，问老和尚道："是这般吊一夜也不行吗？"老和尚忽然哈哈笑道："请下来吧，原来是好汉有意向老僧显功夫的，确是了不得，老僧已领教了。"孙癫子听了老和尚的话，三指一松，身体如秋叶一般地飘然而下。

老和尚已合掌当胸请问姓名。孙癫子将姓名履历略说了一番，老和尚让进方丈就座。孙癫子笑道："我也有一个一点儿礼节不懂的新徒弟，今日才拜师，却不听我的吩咐。我原是教他归家去的，他公然悄悄地跟我上这里来了，我本待不理他的，又恐怕被令徒拿住他当贼打。他今日刚拜师，一手功夫不曾学得，打起来不是令徒的对手，请教老法师怎么办？"老和尚道："既是令徒来了，现在外面么？请进来便了。"张连升儿子见孙癫子已知道他跟来了，不由得心里一冲，待赶紧溜出庙门逃回去吧，又因天色已经晚了，城门久已关闭，不能回家；待仍躲在马夫身后不动吧，一会儿被人搜出来了，更难为情。

正在进退两难的时候，只听得老和尚向着自己藏匿的所在喊道："张大哥，贵老师既知道你跟进来了，再躲着有什么用处呢？"张连升儿子至此再也藏身不住了，只好硬着头皮走出来，直到佛殿上。孙癫子指着老和尚给他看道："他是雪山大师，在浏阳是无人不知道的。你是生长浏阳的人，也应该认识。"

张连升儿子对雪山和尚行了个礼道："虽不曾见过老和尚的面，但是闻名已久了。"孙癫子笑道："浏阳人个个知道雪山大师，也可以说浏阳人没一个知道雪山大师。你所闻的名，不过是闻他品行超卓、戒律精严的名；有谁知道他是一个神通广大、法力无边的人啊！"雪山和尚合掌念着阿弥陀佛道："不敢当，不敢当！是这般替我吹嘘，简直是不容老僧在浏阳住了。"旋说旋让孙癞子师徒进了方丈，分宾主坐定。

孙癞子将本人的履历和学道的经过，向雪山和尚说了一个大概道："我在峨眉的时候，就时常听得四方来聚会的道友谈及老和尚，那时便已打算回浏阳时必来拜访，今日算是了我的心愿了。我有一事特来请教老法师，近两年来住在浏阳的邓法官，老法师可曾认识他?"雪山和尚笑道："怎么不认识，他虽来浏阳只有两年，然不认识他的大约很少很少。"孙癞子点头问道："老法师本来认识他呢，还是从他到浏阳以后才认识呢?"雪山和尚道："他到浏阳不久就来看老僧，不是本来认识的。"孙癞子道："老法师觉得他为人怎么样?"雪山和尚道："老僧出家人，终年不大出庙预闻外事，他为人怎样，倒不觉得。"孙癞子道："他自从见过老法师后，也时常来亲近老法师么?"

雪山和尚摇头道："仅来过那么一次，以后不曾来过。"孙癞子道："他来见了老法师，曾有什么言语举动，老法师可以使我知道么?"雪山和尚点头道："这有什么不可以，不过老僧不愿传扬到外面，使大家都知道。他来见老僧的情形，老僧不向人说，外人是永远不会知道的，因为他自己断不愿意拿着去向人说。他当日会见老僧的时候，只略略寒暄几句，就和老僧谈道。老僧素性愚戆，或者因谈论旁门左道，有开罪他的所在，他心中似乎不快，即从左手食指放出一条青蛇来，围绕在老僧脖子上。喜得老僧的皮肤粗老，不曾着伤，只是不该将他练了多年的法宝，一拉两断地掼在地下，登时显出一柄折成两段的剑来。他看了不由得大哭，说是半生精力，付之流水了。老僧那时虽自悔鲁莽，但也无法补缀他已断之剑，只好敷衍他出了门，自后便不曾见面了。"孙癞子叹道："老法师使他受了这么重大的惩创，他在浏阳居然还敢肆无忌惮，这东西胆大妄为，可谓达于极点了。"

遂将耳内听得的邓法官的行为，和他两个徒弟仗着邪术横行的事迹，一一述了一遍。雪山和尚道："我虽有耳目，却和聋聩了的差不多，他师徒在浏阳的这些行为，我简直毫无闻见。不过他们左道的人，行径是与寻常人有别，左道是注重尸解的，尸解有兵解、木解、水火解等分别，在学道时候，就定了这人应该兵解或火解。若这人应该兵解的，不作奸犯科，便不至于明正典刑，兵解的境界，不容易达到。所以每有学左道的人，行为比世间一切恶人还恶劣若干倍。这邓法官将来应该如何尸解，外人虽不得而知，然他现在的行为，必步步朝着将来尸解的路上走去。"

孙癫子道："古人修道，志在度人，他为修道而反害人，这道又如何得成就呢？"雪山和尚道："不如此，又安得谓之'左道'？"孙癫子道："我特来请教老法师，应如何对付他，使他以后不在浏阳作恶？"雪山和尚道："管他做什么！据老僧看，他在人世横行的日子也有限了，且耐心等些时再瞧吧！"孙癫子在峨眉山就闻雪山和尚的名，知道他的道术玄妙，并深自掩藏不露。他说看邓法官在人世横行的日子有限，必不会差错，当下便不再说。这夜孙癫子师徒就在庙里歇宿了，次日作别回到张连升儿子家，便在张家过活，也传授张连升儿子一些小法术，不在话下。

孙癫子自见了雪山和尚出来，过不到半月，就听得浏阳一县城的人纷纷传说，邓法官被妖精所害，自知不久就要死了，此刻正忙着自己料理自己的后事。孙癫子听了这种传说，暗想雪山和尚的神通真不错，在两年前见了一面的人，竟能断定他的生死，可知我的道术，仅能知道一些皮毛，算不了一回事。不过邓法官的邪术，也还有一点儿真材实学，什么妖精能害他到这一步，倒得去详细打听一番。想罢，径自打听去了。

不知打听得究竟是什么妖精，如何将害邓法官的情形，且俟下回再说。

第三十一回

邓法官死后诛妖
孙癫子山居修道

话说孙癫子存心要打听邓法官，如何被妖精害了的情形，喜得浏阳人都很关心邓法官的事，就是平常的一举一动、一言一笑，只要是邓法官的，浏阳人多欢喜传说。无论老弱妇孺，随便在什么地方遇见了邓法官，多是笑嘻嘻地要邓法官使点法术玩玩。邓法官生性欢喜炫耀本领，有人要求他使法，他完全拒绝的时候极少。常有少年妇女在路上行走，忽然裤带做几截断了，裤子掉了下来，赤条条的没一些儿遮掩，被路人看得羞得哭起来，及至拾起裤腰来找裤带时，却又是好好的并不曾断。遇了这种时候，不用疑惑，不用打听，人人都知道必是邓法官在附近，有人要求他使法。有时少年妇女在路上走着，忽然觉得要小解，急胀得片刻都不能忍耐，每每的来不及解裤子蹲下去，真是若决江河，沛然莫之能御，直弄得下半身透湿，寸步难移，不待说是窘状毕露。在这时候，必有一大堆人在附近山顶上，或高阜之处拍手大笑。虽人人知道是邓法官的无聊举动，然被作弄的人，只有哭泣，连骂也不敢骂一句，因为骂了他更有的是苦吃。

邓法官其所以专喜轻薄少年妇女，却有个缘故。据传说他在醴陵曾收了一个徒弟，将符本给徒弟带回家中练习，那徒弟是有老婆的。学法术的人，有许多禁忌，而最要紧是不能与老婆同房。年少的老婆不甘寂寞，劝说丈夫又不肯听，气愤不过，乘丈夫不在家中的时候，将邓法官的符本，塞在马桶里面。丈夫回家不见了符本，诘问老婆，老婆也不隐瞒，把个丈夫气得要死，夫妻打了一架。丈夫跑到邓法官家，将情形告知师傅，邓法官这一气也非同小可，愤然说道："这种不顾廉耻的贱妇，留在世上有何用处，不如杀死了的干净。"当即发出飞剑，去杀那老婆。想不到那老婆身上正在经期之中，飞剑到她身边的时候，她凑巧坐在马桶上，将月经带握在手中，飞剑是通灵的东西，受不得污秽，不敢近前去刺那老婆，只在老婆左右前后飞绕。

那老婆低头坐在马桶上，忽见眼前一亮，抬头看时，只见一条丈来长的青蛇，在空中围着自己旋转，心里明白不是自己丈夫使的法术，便是邓法官使的法术。也不害怕，顺手提起月经带，对准青蛇掼去。那青蛇即时落地，变成一柄三尺来长的剑。那老婆还恐怕它有变化，起身涂了些经血在上面。

后来邓法官为污了这把剑，足费了二年多苦功夫，才将这剑修炼还原，赌气不在醴陵住了。那徒弟就是王大门神，也赌气不要老婆了，情愿跟着师傅学法。邓法官便因此不欢喜少年妇女，常说少年妇女只知道淫欲，为要遂自己的淫欲，无论如何伤天害理的事都做得出，有时连性命都可以不顾，廉耻是不待说不放心上。这类少妇，尽可不必重视她，尽可任意轻薄她。邓法官的这般存心，所以在浏阳专一欢喜寻少年妇女开心。有些生性淫荡的少年妇女，不知邓法官存心轻薄她们，见邓法官和她们谈风话，以为他是一个喜嫖的人，倒找着邓法官亲近，要求邓法官玩把戏给她们看。

邓法官的把戏，本是随时随地都喜玩给人看的，合抱不交的大树，邓法官只须用一口寸来长的铁钉，插进树身里面，次日看这树，就枝枯叶落的死了。浏阳四乡的大树，是这般被邓法官钉死了的，已不计其数了。只南乡社坛旁边有一枝古梨树，老干撑天，已多年不结梨子了。这树的年代虽不可考，然至少非有数百年，不能长得这般高大、这般苍古。邓法官在夏天里，每日坐在这树下歇凉，不曾用铁钉将这树钉死。这日也是他的劫数到了，不知因什么事走社坛前经过，见梨树下已有几个乡里人就地坐着闲谈。细看那几个人，都是素来会面认识的。那几个人见是邓法官来了，齐立起身来笑道："好几日不见邓法官的把戏了，难得今日在这里遇着，我们正在谈论，没有会寻开心的人在一块儿玩耍，就是人多也觉得寂寞。有你邓法官来了，我们便不愁不开心了，请一同坐下来歇歇，玩几套把戏给我们瞧瞧。"

邓法官笑道："我玩把戏给你们瞧，你们是开心，只是这么热的天气，我不坐着乘凉，却来玩把戏给你们看，不是自讨苦吃吗？"边说边一同坐下来。众人问道："我们听说浏阳又来了一个法术高强的人，叫什么孙癞子，有一天曾和你斗法，将你的头颅扣住不放，害得你出了满头的汗，还亏了看的人替你求情，孙癫子才放你走了。这话传遍了满城，是不是果有这么一回事？"

邓法官摇头道："孙癫子和我开玩笑的事是有的，不过他的本领有限，我并不怕他。那日的事，满城的人都知道是我差神鹰将头颅夺回的，谁也没替我求情。"众人道："你既不怕他，他找你开玩笑，把你的头颅扣住，你为什么不去报复他，使他知道你的厉害呢？"邓法官道："他与我无缘，我去找他干什么？"众人听了，知道是掩饰的话，也就不再追问下去了。

其中有一个年老些儿的人，忽向邓法官说道："昨日我那邻居张婆婆的儿子张一病了，原是要请我进城去接你来画符的，哪知道还来不及动身，张一便两腿一伸死了。"邓法官问道："是发了急痧症么？死得这么快。"这人道："要说是急痧症，却又和平常的急痧症不同。平常的急痧症，多是肚里痛，或吐或泻，或是一倒地就人事不知，遍身发黑，张一的病不是这样，张婆婆说是被狐狸精缠死了。究竟不知是也不是？"

邓法官笑道："狐狸精缠人，哪里有一缠就死的道理？张婆婆何以见得是狐狸精呢？"这人道："近一个月以来，张一本来身体瘦弱得不像个人样子。我虽是和他邻居，因平日来往不密，也没人留神他是病了。直到昨日，忽见张婆婆慌急得什么似的跑过我这边来说道：'不得了，我儿子病得要死了，要请许大叔替我去城里将邓法官接来。'我问她儿子忽然得了什么病，这么厉害？她说他昨日起床就如痴如呆的不说话，饭也没吃多少，刚才陡然倒地，口吐白沫，也不知是什么症候？看神气只怕是……

"张婆婆说到这里，即凑近我的耳朵，说道：'只怕是有妖精作祟，非请许大叔去城里将邓法官接来，旁人不容易治好。'我听了觉得奇怪，当即跟张婆婆到他家看张一时，果然还倒在地下。要说不省人事，口里又'叽里咕噜'地说个不了，口旁流出许多白沫，两脚直挺挺的不动，两手忽伸忽缩，好像要推开什么东西的样子。我看了，也疑心不是害病。因见张婆婆只有这一个儿子了，若张一有个三长四短，眼见得张婆婆非出外讨饭不能过活。天气虽热，也只得带她向城里跑一趟，想把你请去瞧瞧，谁知等我回家穿好了草鞋要走，还没走出大门，已听得张婆婆一声儿、一声肉的，号啕大哭起来了。我吓了一跳，再跑去看时，张一竟自咽了气了。天气又热，张婆婆又没有钱办丧事。幸亏张婆婆有留着她自己用的一口棺材，地方人恐怕张一的尸臭了，害得地方闹瘟疫，就拿张婆婆的棺材把张一睡了，马马虎虎地抬到山里埋葬。张一死后，张婆婆才敢说出来。

"原来张一在一个月以前，每夜睡了，就像有人和他在一床说话的样子。张婆婆听了，问过几次，张一只回说是说梦话，并没有和他说话的人。张婆婆每夜听得，越听越清切。前几日又问张一，并对张一说：'你近来的脸色很是难看，身上也瘦得不成样子，你若再隐瞒不说出真情来，岂不是害了自己？'张一知道瞒不过，才说有个姓黎的姑娘，就住在这个社坛不远，年纪十七八岁，生得美丽非常。在一月以前，因那日天气热得厉害，张一打从城里回家，因喝多了几杯酒，走到社坛，天色已黄昏时候了。酒涌上来，觉得身子疲乏，就坐在这一棵梨树下歇息歇息。刚待合上两眼打一回盹儿，忽觉有人在肩上轻轻拍了一下，惊醒看时，乃是一个姑娘。这姑娘就是姓黎的，问张一为什么坐在这里打盹儿。张一见了女人，素来是欢喜偷偷摸摸的，大约当时见了这姓黎的姑娘，就干了不顾廉耻的事，并且还约了每夜到张家相会。张婆婆心里疑惑是狐狸精，口里却因张一吩咐了，说黎姑娘是不曾许配人家的姑娘，每夜来张家的事，不能使外人知道，遂不敢向人说。直到昨日张一快要死了，还不敢大声说妖精作祟的话。那妖精说住在社坛旁边，我想我们不是时常在这树底下乘凉的吗，有谁见过什么妖精呢？据你看，张一究竟是不是妖精害死的？"

邓法官听了冷笑道："黎姑娘竟敢是这般作祟害人，我真不曾想到。可惜许大爷昨日不到城里接我。"这姓许的答道："我还没走出大门，张一便已咽了气，还接你来做什么呢？"邓法官道："在断气一个时辰以内，我还有法可设。这虽是张一该死，但是那妖精也实在太可恶了。"众人听了都问道："到底是一只什么妖精，是狐狸精么？"邓法官生气的样子答道："哪里是什么狐狸精，老实说给你们听吧。"说时伸手向老梨树一指道："就是这棵梨树，年久成了妖精。大约张一那次坐在这下面打盹儿的时候，因喝醉了酒，心里有些胡思乱想，所以妖精能乘虚来吸取他的元阳。"

众人都吃了一惊，一个个抬头望着梨树出神。姓许的"哎呀"了一声说道："这却怎么了，这梨树正在大路旁边，来来往往的，在这下面歇息的，每日不知有多少。谁知道坐在这里，心里便不能胡思乱想，将来不是还要害死好多人吗？"

邓法官道："这事我不知道便罢，既知道了，岂能袖手旁观？我到浏阳，已不知道钉死了若干树木，只这梨树我没下手。就因为它生长在大路旁边，枝叶茂盛，可以留给过路的人乘凉避雨。于今它公然敢出来兴妖作怪，我怎肯饶它？"旋说旋从怀中探出一口寸多长的铁钉来，口中念念有词，弯腰拾了一个鹅卵石，将铁钉钉入树身。回头向众人说道："你们瞧着吧，到明天这时分，便教它枝枯叶落，永远不再生芽。"

姓许的向树身端详了一会儿道："依我看像这么大的梨树，就用刀斧劈去半边，只要在土里的根没有伤损，也不至于枝枯叶落。这一点儿长的铁钉，仅钉在它的粗皮上，不见得能教它死。"邓法官笑道："你不信，明天来瞧着便了。"众人接着又谈论了一会儿，才各自散回家去。

次日邓法官也觉放心不下，知道这梨树不比寻常，恐怕真个一铁钉钉不死，给地方人看了笑话，亲自走到社坛来探看。只见昨天在场的几个人都已来了，齐起身迎着邓法官道："你看，这树的枝叶，果已枯落得不少了，大概是因这树的年数太深远，生气比寻常的树足些，所以一日工夫，不能教它完全枯落。"邓法官抬头细看那荫庇数亩的枝叶，已有一大半枯黄了，心里也认众人所道的不错，连忙点头说："是生气太足，枝叶太多的缘故。任凭它的命根有多么长，也挨不到明天这时分，不愁它不死个干净。"于是大家又坐下来谈话。

正谈得高兴，忽有一个年约三十来岁的妇人，肩挑一担箩筐，缓缓地从城里这条路上来。那妇人身上衣服虽是破旧，倒洗濯得很清洁，一望就使人知道是个农家勤奋的妇人。肩上担子，似乎有些分量，挑不起，走得很疲乏的神气。走近社坛，便将担子放下，离众人远远地坐着休息。箩上面有盖，看不出箩里装的是什么东西。众人看这妇人的容貌，倒生得甚是齐整，眉梢眼角，更见风情。不由得几个悄悄地议道："这妇人没有丈夫的吗？怎么一个妇女会挑着箩筐在外面走呢？"

邓法官低声问姓许的道："你们也都不认识这妇人是哪里的么？"姓许的点头道："且待我去问问她，箩筐里是什么东西，挑到什么地方去？"说着，从容起身走过去，赔着笑脸问道："请问大娘子，这箩里挑的什么东西，从城里挑出来的么？"妇人也不抬头看姓许的，只随口应道："半担宜昌梨子。"姓许的听了是宜昌梨子，很高兴地接着问道："挑回家自己吃吗？"妇人微微地叹了一声道："我若有钱能吃半担梨子，也不自己挑着在路上走了。"姓许的道："不是自己吃，是贩来到乡下发卖的么？"妇人低头应是，显出很害羞的样子。

众人中有一个二十多岁的后生看了，心里不免冲动起来，也走过一手将箩盖揭开说道："好宜昌梨子，卖多少钱一斤？"妇人踌躇道："不好论斤地卖，大的卖三文钱一个，小的五文钱两个。"后生拈了两个，在手中掂了掂轻重道："大的两文钱一个，肯卖么？若是两文钱一个能卖，我就做东，这里共有八个人，十六文钱买八个，大家解一解口渴。"妇人摇头道："两文钱一个买我的小的，我都得贴本。两文钱一个，只能由我拣选最小的。"后生伸手在箩里翻了几翻道："十分小的倒少，也罢，就由你亲手拣选几个看看。"后生一说做东的话，大家都欢喜得什么似的，登时围住一担箩筐，想吃不花钱的梨子。

邓法官素来不能看见生得标致的妇人，一见了标致的人，浑身骨头骨节都和喝了酒的一样，不得劲儿，定要逗着那妇人说笑一阵风情话，才开心快意。不然，便得使用法术，害得那妇人当众出丑，羞愤得无地自容。平时既习惯了这种行为，此时自然也改变不了。见妇人从箩里拈出一个最小的梨子，递给那后生，后生摇头不接道："这个太小了，你卖我两文银一个，像这么小的，也值得两文钱吗？"

妇人还不曾回答，邓法官已笑嘻嘻地说道："由大娘子亲手拣选的，你如何还说值不得？大娘子若肯亲手送到我口边，哪怕就教我出十文钱一个，我也说值得。"后生笑道："你不出钱，专说便宜话，有什么不值得。"邓法官道："你以为我不舍得花钱么？这样小东西，算得什么，你们大家尽管吃吧！三文一个也好，五文两个也好，你们尽量吃便了。看共吃了多少，由我还钱就是。"姓许的笑道："邓法官说这话是要作数的，我们不讲客气。"

邓法官也不回答，伸手拣大梨取出来，每人两个分送了。后生接了梨子笑道："我们不妨就是这样吃，只是邓法官说过了，大娘子若肯亲手拿梨子送到他口边，他出十文钱一个。大娘子就拿一个送到他口边吧，这有什么要紧？送到口边，和送到手里，有何分别？大娘子既辛辛苦苦地出门做这种小生意，只要伸一伸手，就多赚几倍的钱，出钱的说值得，赚钱的难道反不值得吗？"

妇人含羞带笑地望了邓法官一眼道："哪有这么呆的人？我的手上又没有蜜，送到口边与送到手上，不是一样吗，为什么肯多出几倍的钱？"

邓法官道："我的话倒不是骗你的。我欢喜你亲手送到口里，觉得好吃多了，你真肯拿着给我吃，不用我自己动手，就要我吃一个算四个的价钱，我也情愿。你不信，我先交钱，后吃梨子，还怕我说假话骗了你么？"

姓许的指着邓法官向妇人说道："我能担保他决不骗你，他是城里有名的邓法官。你是在乡下居住的人，不曾闻他的名，若是住在城里的人，便是三岁小孩，提起'邓法官'三个字也知道。"妇人点了点头，向邓法官打量着笑道："你的手又没害病，无端的教我拿着给你吃，这么多的人看了，不是难为情吗？"邓法官道："有什么难为情，快拿给我吃吧！你看，他们每人吃一个，已将吃完了。"一面说，一面从腰里掏出一把散钱来，约莫也有七八十文，安放在箩筐盖上。

妇人笑道："何必认真先拿出这些钱来，你既定要吃我手上的，也好，我就拿给你吃吧。待我选一个顶好的出来。"在箩筐里翻来覆去地挑选了一会儿，果选了一个茶杯大的梨子，用自己的衣袖揩抹一阵，真个笑盈盈地送到邓法官口边。

邓法官张口便咬，这七人都睁开笑眼望着。不料邓法官一口连妇人的手都咬着了，吓得妇人慌忙缩手，拖起两箩梨子转身就跑，两脚比飞还快。七人不知是什么缘故，都惊得怔住了。邓法官苦着脸，跺脚说道："上了妖精的大当了！我活着不能报这仇恨，便是死了也不饶它。我有事去，不能在此奉陪诸位了。"姓许的连忙问道："毕竟是怎么一回事？我们是当面看见的，何妨说给我们知道呢？"

邓法官将走，忽停了脚说道："不是不能说给你们听。不过我上了妖精的当，去死已不远了，还有许多未了的事，须趁此时回去做了。刚才这个贩梨子的妇人，就是害了张一的妖精，也就是这株古梨树的木妖。我一时大意了，不曾识破它，及至那梨子一着口，觉得有针射进了我的舌尖，才悟出它的来历。打算一口咬破它的指头，谁知敌不过它通灵乖觉，不待见血就缩回去跑了。若被我咬见了血，它也没有活命。于今它有针射进了我的舌尖，早则三天，迟则一七，必然身死。只是我虽身死，这道路旁边的大害，我必替地方人除去，你们看着便了！"

姓许的道："这树经昨日钉了那口铁钉，今日不是已有大半枯黄了，快要完全死去的吗？"邓法官摇头道："这也是妖精的狡计，并非真的枯黄，故意黄了些枝叶，使我不疑心的。我去了！"当即拔步急急地回家。

到家便把王大门神、赵如海两个徒弟，叫到跟前说道："我当日在茅山学法的时候，祖师就判定了我是应当木解的，于今我木解的时期已经到了。因我平日用铁钉钉死的木妖很多，今日应得仍受木妖的报。劫数注定了是如此，任凭有多大的力量也无可挽回。我本人身后的事倒很容易，用不着我此时吩咐准备，就只有我的法术，你两人所得的有限，我带到土里去也没用处，须完全传授给你们。不过法术不能同时尽数传给两个徒弟，只能看谁与我有缘，便传授给谁。未得真传的，可再从这个得了真传的学习。有缘无缘怎生看法呢？历来都是一般的试法，我闭了双眼，盘膝坐在床上，将帐门放下。不问有几个徒弟，从大至小，一个个挨次拿枪在帐外对我刺杀。与我无缘的，无论如何枪法高妙，也刺我不着；有缘的毫不费事就刺着了，这就名叫'教了徒弟打师傅'。每人可以刺数十枪，直刺到自信刺不着才罢。"

王大门神问道："随便如何刺杀都行吗？"邓法官点头道："这是自然。只看你要如何刺才刺得着，便可以如何刺，就是悄悄地转到我背后刺来也使得。照次序应该大徒弟先刺，你是我的大徒弟，由醴陵相从我到这里，朝夕不曾离过左右，我很喜欢你，很想将法术完全传给你。但不知你与我的缘法何如，不能不这么试试。"

王大门神心想："论枪法，我是远不及赵如海。只是师傅既闭眼坐着不动，又可以从背后刺去，又可以刺到数十枪，岂有刺不着的道理？幸亏我是大徒弟，首先轮我动手，这是师傅存心要将法术传给我，所以用这种法子来试。若是赵如海做大徒弟，我做二徒弟的便无望了。"心里越想越高兴，取了一杆长枪在手，看赵如海蹙着眉，苦着脸，甚是着急的样子。王大门神料知他是因得不了真传着急，也不去理会他。

等邓法官盘膝在床上坐好了，吩咐放下帐门来，遂抡枪在手，仔细觑定了方向。邓法官已开口喊道："尽管刺过来，刺中了是你的造化！"王大门神恐怕邓法官躲闪，将枪尖靠近帐门，离邓法官的身体不过尺来远近。邓法官话刚说了，就挺枪直刺进去。自以为这一枪是没有刺不中的，谁知枪尖是着在柔软的帐门上，不用力还好，一用力便登时滑到旁边去了，身体向前一栽，倒险些儿把自己栽倒了。不由得怔了一怔，暗自想道："原来是我自己没有当心，枪尖在帐门外面，隔了这么一层不能着力的东西，用力刺过去如何能不滑开呢？好了，师傅没限定我刺多少下，一下不中没要紧。"随即抽回枪看了看枪尖，觉得很是锋利，其所以刺不进帐，是因帐门垂下来，下面不似两头及后方有竹簟压着，活活动动的，枪尖不容易透穿进去。若从两头刺进去，只须刺破了帐子，师傅明明坐在中间，哪怕刺不着？遂挺枪跳过床头，对准邓法官坐的所在，又猛力刺将去。以为床头的帐子是一刺一个窟窿的，只要枪尖刺进了帐子，就伸进枪去一阵乱搅，床上只有这么大的地方，坐着不动的邓法官断没有不碰着枪尖的道理。

谁知王大门神是一个不会武艺的人，平日一次也不曾使用过长枪。初次将长枪握在手中，自觉用尽全身的气力，枪尖上竟是一点力也没有。浏阳人家悬挂的床帐，多是用极粗夏布做的，粗夏布比一切的布都牢实，哪里刺得穿呢？只刺得枪尖向上一滑，奈用力过猛，枪尖直刺在天花板上，震得许多灰尘掉下来。王大门神一抬头，两眼都被灰尘迷了，一时再也睁不开来，只得腾出一双手来揉眼。想不到那灰尘越揉越陷在眼里不得出来，眼泪倒是如丧考妣地流个不住，并且痛得非常。满心想放下枪来，去外面用清水洗一洗眼睛，再来刺杀师傅，又恐怕自己走开了，按次序须轮到赵如海来刺。赵如海的枪法高妙，一被赵如海刺着，自己便落了空，大徒弟倒弄得须向二徒弟学习法术，不但面子上难为情，心里也有些不甘愿。不过两眼痛到这一步，不去用清水洗净，若何能睁得开呢？只得叫了一声师傅说道："我还只刺了两下，就把两眼弄得不看见了，想去拿冷水洗一洗再来刺行么？"

邓法官在床上仍闭着眼睛问道："好好的两只眼睛，怎么无缘无故会不看见呢？历来师傅临死传徒弟的法术，刺师傅是照例不能停留等待的。我若破了这个例，你们将来传徒弟都麻烦。刺得着师傅的便是有缘，自问不能再刺，就得让给以下的人。若各人都刺个不歇手，眼痛了可以洗一回再来刺，那么疲乏了也可以休息一回再来刺，谁刺不着，便谁不肯放手，不是永无了期吗？你能不停留地刺下去便罢，不然就且让给赵如海刺了再说。如果赵如海也刺不着，你两人就可以平分了我的法术，谁也不能得到完全的真传。"

王大门神听了，一手仍握着枪不肯放，打算忍耐着两眼的痛苦，非刺着师傅不放手。无如两眼经手一揉擦，竟肿起来比胡桃还大，用力也睁不开来。连邓法官坐的地位，都认不准确了，情急得只管跺脚。邓法官催促道："能刺就快刺过来!"王大门神口里答应，叵耐不凑巧的两眼，正在这要紧的关头，痛得比刀割更厉害。心里也知道睁开眼尚且刺不着，闭了眼如何刺得着？被催促得只好长叹了一声道："我没有这缘法，赵如海你来吧。"说毕将长枪向地下一掼，走过一边，双手捧着眼哭起来了。

赵如海也叫着师傅说道："我自愿不得师傅的真传，请师傅传给大师兄吧。"邓法官道："没有这种办法，要授真传，照例应是这么试试缘法。你是会使枪的，拿枪刺过来吧。"赵如海道："我就有这缘法，也不愿意是这么得真传。"邓法官诧异道："这是什么道理？从来学法的人都是如此，你何以不愿意？"

赵如海道："我相从师傅学法，年数虽不及大师兄久，然也有两三年了。平日蒙师傅传授我的法术，恩义深重，我丝毫不能报答师傅，心里已是不安。今日师傅被妖精害了，我做徒弟的又不能替师傅报仇雪恨，怎忍心再拿枪向师傅刺杀？像大师兄这么刺不着倒还罢了，若万一我一枪刺到了师傅身上，我岂不成了一个万世的罪人？"

邓法官道："你的话虽不错，但是茅山教传徒弟的规矩是这么的。你要知道，我既能做你的师傅，决不至怕你刺杀，巴不得你能刺中才好。"赵如海道："我的枪法不比大师兄。大师兄是个不懂武艺的，他手上毫无力气，所以枪尖刺不透帐子。我从小就练武艺，枪法更是靠得住。师傅坐在床上不动，除了用法术使我刺不着便罢，若不用法术，有缘法的仍是刺得着。我宁死也不忍挺枪对准师傅刺去，真传得不着有什么要紧。"

邓法官听了，猛然跳下床来，一面点头一面笑道："这才是我的徒弟，够得上得我真传的。"说时回头望着王大门神道："你只管哭些什么，你自己不想得我的真传，怨不得赵如海，更怨不得我。你心里也不思量思量？我坐在床上不动，你一枪若把我刺死了，试问你向谁去得真传的法术？快给我滚出去吧。我收你做了这么多年的徒弟，也传了你不少的法术。我于今死在临头了，你还忍心挺枪刺我以求法术，你自己凭良心说，尚有半点师徒的情分么？我的法术如何肯传给目无师长的徒弟!"王大门神没有言语争辩，两眼还是痛不可耐，只得恨恨地捧着痛眼走了。

邓法官将真传教给了赵如海，便对他自己老婆说道："我今夜必死，我的仇恨，虽身死还是不能报。不过你得好好地帮助我，我的阴魂才能去报仇雪恨。我这里有七只铁蒺藜，你预备一炉炭火在我床前，将七只铁

330

蒺藜搁在炭火里烧红。只等我咽了气，就拿烧红了的铁蒺藜，一只一只地塞进我的喉管。我有了这七只铁蒺藜，便好去报仇雪恨了。"

他老婆道："烧红了的铁蒺藜塞进喉管，不是你自己受了痛苦吗？你虽是咽了气不知道痛苦，然我如何忍心下这种毒手？你改用别的方法去报仇吧，是这样仇还不曾报得，自身就得先受痛苦，我不愿意。"邓法官着急道："这是哪里来的话，连你都不知道我的本领吗？那妖精已有五百多年的道行，这仇很不是容易报复的。除了用这厉害的法子，没有第二个法子。我此时不曾咽气，这身体还是我的，只一口气不来，我就有法术能使我的尸体，立刻变成那妖精的替身。你塞铁蒺藜，不是塞进我的喉管，是塞进那妖精的喉管。你若不遵我的吩咐行事，我死后不但不认你是我的老婆，并且要在你身上泄我的怨气。"他老婆既明白了塞铁蒺藜的作用，也就应允遵办了。

邓法官又叫赵如海过来吩咐道："我死后你须在社坛附近守候，看那梨树的枝叶完全枯落了，方可回家来装殓我的尸体。含饭的时候，务必仔细看我的舌头，有针露尾，便得拔出，免我来生受苦！"赵如海自然遵嘱办理。

这夜邓法官果然咽气了，他老婆早已烧红了铁蒺藜等候，刚咽气就用铁筷夹了铁蒺藜塞进喉管去。已塞过六只了，第七只才夹在手中，稍不留意，铁筷子一滑，铁蒺藜便掉在地下。不知道地下在何时滴了一滴水，铁蒺藜的一角正落在这点水上。已烧得内外通红的铁蒺藜，因着了一点儿水，那一角就登时黑了。他老婆以为只黑了半粒米大小的一角，是没有妨碍的，重新夹起来塞进去，静候赵如海从社坛回来装殓。谁知等一日不见赵如海回来，等两日也不见赵如海回来。八月间天气还热，他老婆唯恐在床上停放的日子多了，尸体难免不臭。因邓法官曾吩咐了，又不敢不待赵如海回来就装殓。

直等到第七日夜间，他老婆睡着做梦，见邓法官来了，满面的怒容说道："你这东西也太不小心了！铁蒺藜掉在地下，被水浸黑了一角，你难道也不看见吗？就因为黑了那一角，害得我用口吹了七昼夜，方将黑角吹红。于今我的仇已报了，我的徒弟立刻就回，你安排装殓吧。"老婆从梦中惊醒，即听得外面有人敲门。起来开门看时，果是赵如海回来了，对邓法官的老婆说："在社坛守候那株梨树，枝叶并不见枯黄，白天也没有什么动静，一到夜间，就听得梨树底下，仿佛有人吹火的声音。此时那梨树的枝叶，不但完全枯落了，连根干都像被火烧焦了的一样，数里以外都嗅得着柴烟气味。我见师傅的仇已经报了才回来。"随即到邓法官尸体跟前，撬开嘴唇看时，只见上下牙齿将舌尖咬住，已露出两分长的针尾。用两指拈住针尾向外一拖，随手拔出一口二寸多长的钢针来，再看喉管里的铁蒺藜，已不见了。

后来地方人见那梨树已经枯死，锯倒下来，发现树心中有七只铁蒺藜，才知道邓法官死后，尸体确是变了那梨树的替身。浏阳人因此都知道邓法官被妖精害死，及死后报仇的故事。

孙癫子探询了一个实在，益发佩服雪山和尚的道法高深，交往得十分密切。只是过不了几年，雪山和尚便死了。孙癫子因县城里嚣杂，不便修行，独自在浏阳县境内金鸡岭山上，盖造了一所茅屋，终年住在屋内潜修苦练。轻易不下岭来，也不和世俗的人来往。在岭上经过了若干年，这日他心中偶然一动，忽想起已有好多年不曾去浏阳县城里玩耍了，即乘兴下山，走到县城里来。刚走进城，就听得街上的人纷纷传说，赵如海今日遇着对头了，看他还有什么能为可以逃跑？孙癫子不觉暗自诧异道："赵如海这个名字，我耳里听得很熟，不就是邓法官的徒弟吗？我记得他是因不忍拿枪刺邓法官，所以得了邓法官的真传。这浏阳县里，雪山和尚既死，我又隐居在金鸡岭修道，赵如海硬软功夫都不在人下，有谁是他的对手呢？凑巧我今日下山去，何不顺便打听打听，看是怎么一回事？"

正待找人探问，忽见前面来了一个身材魁伟的和尚，身穿黄色僧袍，上面科着头光滑滑的，下面赤脚套着草鞋；右手提起一支黑色很粗壮的禅杖，却不在地下支撑，杖头悬挂一个本色的葫芦，精神满足地挺胸而走。街上及两旁店家的人，都很注意似的望着这个和尚。

孙癫子一看，也就觉得这和尚非等闲之辈，不因不由地定睛看着，思量这和尚的年纪，就皮色须眉看去，至少也有五十多岁了。精神步履，便是少壮的汉子，也多赶他不上。怎的浏阳县有这么一个莽和尚，我是本地人倒不曾见过？正如此思量着，和尚已昂然走过来了。孙癫子就近看和尚的头顶，并没有受戒的艾火瘢，脸肉横生，浓眉大眼，全不是出家人的慈悲模样，神气之间，似乎知道街上的人都注目望着他，他自觉要显得分外精神的样子。孙癫子又暗自猜疑道："我看他原不像个出家人模样，果然是一个不曾受戒的野和尚。多半是个大强盗，因犯了大案，削发出家希图避罪的。我既是隐居修道的人，管他是强盗、是好人，横竖不干我事！我还是去找人探问赵如海的消息吧。"

不过孙癞子心里虽这么想不作理会，两眼不知怎的不舍得撇了这和尚不看，跟着掉转脸一看和尚的背影，登时禁不住吃了一惊。原来孙癞子是个修道已有火候的人，一看这和尚的后脑，便看出是个剑仙，方才所猜疑的完全错了，也不说什么，随即转身跟着这和尚行走。和尚出城后，脚步益发快了，若在平常人，无论如何飞跑也追赶不上。幸亏孙癞子也是修道有神通的人，又是有心要窥探这和尚的行踪，自然不肯落后。

转眼之间便追了数十里，只见这和尚直走进一座树林深密的山中。孙癞子停步看那树林中隐约有一所很大的寺院，和尚头也不回地走进那寺院中去了。孙癞子不觉独自叹息道："何处没有人物！我以为雪山师傅死后，浏阳便没有可与谈道的人了。谁知只离城数十里，就有同道的人居住。目空一切的邓法官，怪不得处处遇着对头。我既追踪到这里来了，何妨进寺去拜访这和尚一番？"主意已定，即上山走进寺院去。

不知要拜访的这和尚是谁，赵如海的事究是如何情形，且俟下回再写。

第三十二回

红莲寺和尚述情由
浏阳县妖人说实话

话说孙癫子走到那寺院门口一看，寺门上嵌了一方石匾，匾上刻着"红莲寺"三个大字。心想红莲寺不是才建造了没有多少年的新寺院吗？我回浏阳就听得有人说，红莲寺里的和尚戒律极严，不似寻常庵寺里的和尚，一点儿清规没有。原来有这种人物在里面，怪不得比寻常庵寺里的和尚好。可惜我刚才失了计较，不曾追上这和尚攀谈，不知道他的法号，怎好进去拜访他呢？

孙癫子正在山门外踌躇，忽见寺里走出来一个四十多岁的和尚，两眼东张西望，好像寻找什么人的样子。看见了孙癫子，便合掌招呼道："你这位老板贵姓，是从城里跟随我们师傅到这里来的么？我师傅打发我出来接老板到寺里去有话说。"孙癫子听了，暗自吃惊道："我一路跟来，并不见他回头，我也没露出一点儿声息，使他听得，他毕竟知道我是从城里跟出来的，可见他的本领确是了得。我正着急不知道他的法号，不好进去拜访，难得他先打发人出来迎接我。"当即拱手向和尚答道："我姓孙，名耀庭，因见令师的仪表非凡，料知不是寻常的和尚。请问令师的法讳是如何称呼？"这和尚答道："我师傅法名无垢，现在佛殿上等候孙老板进去。"孙癫子便跟着和尚走进红莲寺。

只见无垢和尚巍然直立在佛殿上，双手握住那枝又粗又壮的禅杖，抵在地下，远望去俨然一尊护法的韦驮神像，杖头的葫芦，已不知在何时除去了。孙癫子看了这种神威抖擞的样子，觉得奇怪，不由得边走边心里忖念道："我虽是初次来弄访他，不应在暗中跟随他走这么远。但是我只为钦仰他是同道，并无丝毫恶意，他既能不停步不回头，知道有我跟随他到了山门之外，便应该知道我绝没有与他为难的念头，又何必使出这般神气

334

来见我呢?"一路忖想着,已到了佛殿。因见无垢和尚还是那般神气,心里很不高兴,深悔不该进来,自寻侮辱。出外迎接的和尚,上前对无垢说道:"这人自称姓孙,名叫耀庭。据说因见师傅的仪表不凡,所以跟到这里来了。"

无垢和尚鼻孔里响雷也似的"哼"了一声,即掉过脸来,换过了一副笑容,望着孙癫子,说道:"原来是孙大哥,大约已相隔差不多十年不见面了,不说出来,简直见面不认识。对不起,对不起!"说着倚了禅杖,重新合掌行礼。

孙癫子见无垢这么一来,更弄得莫名其妙了,只得回礼说道:"我因见了老法师的庄严仪表,有心结识,不知不觉地就从城里追随到了此地。是这般拜访高贤,实是冒昧之至。但记不起与老法师十年前曾在何处相见过。"无垢和尚笑道:"老僧因经营这所红莲寺,已八年不朝峨眉了。不是已差不多十年不与孙老哥见面了吗?"孙癫子听了喜笑道:"我的眼力真太不济了。我追踪老法师的时候,还只以为是同道,谁知竟是同门的道侣。只因那时每次在峨眉聚会的人太多,所以在异地相逢,稍不留意便错过了。"

无垢和尚立时改变了一种亲密的态度,殷勤招待孙癫子到方丈里坐着说道:"老哥不要见怪,我刚才相见时那般傲慢的举动,这其间有一个缘故,不能不向老哥说明白。老哥是自家人,不用相瞒。我住持这红莲寺已有七八年了,这七八年中,我的足迹不但去城市的时候稀少,并且不大跨出寺门。就是这寺里的一干僧侣,因多半是在四川剃度的,为要清修才到这寺里来。于本地的人情习俗,都不大明白,平日也少有去外面走动的。不料前月忽然来了一个身材很壮健,年纪约有三十多岁的汉子,到寺里声称要会当家和尚。知客僧问他会当家师干什么?他就圆睁着一双怪眼,大声喝骂道:'你管我会当家师干什么?你当家师不做强盗,难道不敢见人吗?'知客僧见他开口便骂人,好生无礼,本待和他计较一番,只因碍着寺里清规,是不许与人恶声争吵的,勉强按捺住性子,来方丈如此这般地报给我听。我想山问哪有这么不讲理的人,必是有意来寻事的,我只好出去见他。以为他不过是一个无赖的痞棍,想来找我们出家人喝横水的。及至走出来一看那人的神气,却不像个无赖,并很客气地向我行礼说道:'我是赵如海,听说老和尚的法术高强,特地前来领教。'说罢又拱了

335

拱手。

　　"我初到浏阳的时候，就听得地方上一般老年人，时常闲谈起邓法官的法术怎生高妙，如何屡次用法术捉弄妇人，用铁钉钉死古树。我正待去会会他，看他究竟是怎样一个三头六臂的人物，敢如此肆行无忌？无奈那时初到浏阳，镇日为建造这红莲寺的事忙个不了，一时抽不出闲工夫去瞧他。而不久也就听得人传说，邓法官已被树妖害死了，生平所会的法术，一股脑儿传给他第二个徒弟赵如海了。嗣后又听得人说，赵如海在邓法官手下做徒弟的时候，虽也是和他大师兄王大门神一般地喝酒赌钱，毫无忌惮。然吃他两人的亏，被他两人所害的，尽是平日在赌场里面讨生活，及时常和两人在一块儿鬼混的无赖。绝不与他兄弟相干的人，并不侵犯。谁知邓法官一死，赵如海的行径，便简直是十恶不赦了，弄得浏阳人又恨他又怕他。有几个出头露面的绅士，都为自己的小姐、少奶奶上了赵如海的当，不好明说出来，借故在浏阳县告他。县太爷派差去拿他，那些差役自知不是赵如海的对手，不敢去拿，故意卖人情，使人送信给赵如海，教他避开一步，好用'畏罪潜逃'四个字回去销差。

　　"只是赵如海哪里肯逃呢？口里对送信的人说就走，等送信的人去后，仍是坐在家中不动。差役见了面没法，只得向他求情，请他到案。他说我不打算到案，也不坐在家中等候你们了。去吧，去吧！于是跟随差役同到县衙里。那几个绅士告他是妖人，专会用邪法害人。县太爷坐堂审讯他，他直言不讳是会法术。并且不待审问他用邪术害人的事迹，他自己一口气供出来。说某公馆的某小姐，因爱他身体生得强壮，暗地打发老妈子到他家约他去通奸；某公馆里的少奶奶，因不生育请他去治病。在治病的时候，欢喜他的法术灵验，自愿和他做露水夫妻。都是出于两厢情愿，没有一个是用邪术强奸的。

　　"县太爷想不到他会说出这些话来，一则各绅士的面子过不去，二则这样案情重大。待认真按法惩办吧，又恐怕吃力不讨好；待不认真吧，于自己的官声有碍。若遇着挑眼的上司，说不定就因此坏了前程。只得故意将惊堂木一拍喝声：'混账东西！在本县面前，怎敢是这么胡说乱道！你分明是得了癫狂的病，所以满口疯话，再敢胡说，本县就要赏你的板子了。'以为有这样的言语开导了赵如海，赵如海理会了这用意，索性装出疯癫的模样，便可以含糊了案的。叵耐赵如海偏不自认疯癫，倒扬扬得意地说道：'你不要打算加我一个疯癫的声名，替那几家公馆里遮丑。她们不迎接我到她公馆里去，我不至无端跑去。她们的小姐、少奶奶不求我通奸，我不至跑到她闺阁里面去行淫。'

"县太爷见掩饰不了，只得问那些绅士为什么要迎接他到公馆里去。他说某绅士因听说他会用黄铜炼成黄金，特地亲自到他家迎接。为怕外面露出风声，不是当耍的，所以殷勤款待他，住在小姐的闺房隔壁，不许当差的见面，免得去外边对人乱说。某绅士因想从他学道，教自己的姨太太、少奶奶都拜给他做女弟子。总之，家家都是想得他的好处，自讨亏吃，与他无干。

"那县太爷是个科甲出身的人，虽听了这些供词，却不相信赵如海真有什么法术，即问他果真会些什么法术。赵如海说：'会的法术太多，一时也说不尽。看要什么法术，便会什么法术。'县太爷也想看看到底有什么法术，便说你且随意显一些儿，给本县看看。赵如海说：'这是很容易的事，你瞧着我，眼睛不要动，我的法术就来了。'县太爷真个目不转睛地瞧着他，忽觉两眼一花，眼前的人物都看不清楚了。连忙举起衣袖，揩了揩眼睛再看时，已不见赵如海的影子了。两边站班的衙役也都登时惊诧起来，各人都一般地只觉得两眼一花，不知道赵如海是怎生跑掉的。

"他自在县衙大堂上闹了这回玩意儿，做县官的就想不认真，敷衍过去也不行了，没奈何，只得又出票拿他。第二次又把他拿着了。县太爷预备了许多乌鸡、黑狗的血，赵如海一到，真个弄得狗血淋头，所有的法术，一时都被污秽得不灵验了，这种妖人照例处死。行刑的这日，浏阳满城的男妇老幼，上万的人拥到法场看热闹。刽子手推赵如海出来，一路谈笑，神色自若，并对着许多看热闹的人，问刽子手的刀快也不快。大家眼睁睁地望着刽子手举起雪亮的钢刀，一刀斫去。但见金光一闪，钢刀斫在空处，刀下的赵如海已不知去向了。仅剩下一条捆绑的绳索，委弃在地。监斩的官儿和刽子手正在惊骇之际，天色陡变，一霎时狂风怒吼，大雨倾盆而下。监斩官分明看见赵如海科头赤脚的，在看热闹的人丛中跑来跑去，一般人好像多没有看见的样了。监斩官指挥左右去捕拿，左右的人都不曾看见，如何捕拿得着咧？拿了些科头赤脚的人，一看都不是赵如海。监斩官因有职责在身，不能眼望着赵如海逃走，不上前擒捉，只好亲自动手。也顾不得风吹翎顶，雨湿衣冠，窜入人丛中，东抓一把，西拉一下。

看热闹的人见了这情形，都以为监斩官疯了，吓得四散奔逃。直等到看热闹的人散尽了，监斩官才没看见赵如海了，浑身被雨淋得如落汤鸡一般，加以累得一身大汗，哪里还是一个威风凛凛的监斩官呢？

"次日赵如海又在街上行走，有人问他昨日在法场上的事。他说：'我自己的死期未到，谁也杀不死我。我因那监斩官的情形可恶，我在路上和人说说话，他也装腔作势地向我高声叱骂。他以为我死在临头了，不妨欺负欺负，显显他自己的威风。我若不捉弄他，使他吃点儿小亏，他也不知道我的厉害。'自是以后，赵如海的行为，不但没有变好，益发比从前来得恶毒了。

"我曾几次动念，要替浏阳人除了这妖物，无奈我是出家人，一则不愿意轻犯杀戒；二则因赵如海是远近知名的妖物，我出头去除他，说不定也弄得大众都知道了我的行径。因此迟疑复迟疑，不敢冒昧从事，想不到他竟会自己找到我这里来。我既是出家人，怎愿意与他争长较短？当下自然不认会法术的话，说他误听人言，找错人了。他说我姓赵的岂有找错人的道理？我那时仔细打量他，觉得他的面貌，并非十分凶恶之人，何以他的行为竟这般凶恶得不可思议？他不来找我，便可以不管；既是找到我这里来了，我佛以度人为本，不妨设法开导他。倘能使他归向正路，岂不甚好？

"我既动了这个念头，就对他说道：'我现在也用不着争辩，即算我是个有道术的，我是出家人，住在这红莲寺里，从来不与外人交接，也不碍你的事。你为什么要特地跑来和我较量呢？不是我出家人说瞧不起你的话，你的行为我早已知道，休说你只有这一点儿茅山法，就是上界金仙，像你这般行为，也快遭天谴了。你师傅一生造孽的结果，你不是亲眼看见的吗？'我以为这一番话，总可以说得赵如海悔悟，不料他听了反哈哈大笑道：'我见面说特来领教的话，不是要领教这些三岁小孩都说得出的言语。你要知道，各人的处境不同，见地也就跟着有区别。你以为我师傅的死，是一生造孽的结果，我却说我师傅一生修积，已得到彼岸了。'"

孙癫子听到这里说道："原来他师徒修的是魔道，大师却怎生对付他呢？"无垢点头道："倒来得凑巧，他找我比剑，算是他自讨烦恼，累出一身大汗，连眉毛都削去了半边。临去的时候，见东边廊下安放着一口铜钟，他顺手向钟上一指，便听得'当啷'一声，铜钟被他指破了一条缝，

338

足有尺来长，三寸来阔。他说留了这个纪念给后人看。我说就这么给后人看了不稀罕，请看老僧的吧。我当时走过去，捏了一把鼻涕，糊在裂缝上，将裂缝登时补了起来。他看了一言不发，就此拱了拱手走了。

"前日我偶然出外，听得许多人传说，那社坛附近十多里地方，发生了瘟疫，人畜被瘟死的已不少了，幸亏有赵如海在社坛里敕符水救人。不论是人是畜，害了瘟疫的，只要一喝他的符水便立时好了。不过他这符水，不肯轻易给人，至少要卖一串钱一杯。若是富有家产的人去求水，八百串一千串不等，他说多少要多少，短少一文也没水给人家。有钱的人为要救性命，说不得价钱贵，就是变卖产业，也得如数给他钱，买他一杯符水。唯有没钱的人，害了瘟症，非有他的水不能治，多有逼得鬻妻卖子的。有人问他取了这么多的钱，有何用处？他说他师傅死后已经成神，至今尚没有庙宇，卖符水得来的钱，就将社坛的地址，建造一所很大的庙宇。我一听这类传说的话，就觉得不对，哪有瘟症百药不能治，而他的符水却独能奏效的道理？借一杯符水是这般勒逼人家的钱，这番的瘟疫，不显系是他造成的吗？像这样恶毒还了得！偌大一个浏阳县，既没有人出头制伏他，我的寺院也在浏阳，不能再装聋作哑不过问了。主意已定，即时走到社坛去。

"我在几年前，曾到社坛游览过的，那株合抱不交的梨树，那时虽已枯死，然只没了枝叶，树身还是挺挺地竖着，撑天蔽日。前日去看时，连树蔸都不知掘到哪里去了，就在梨树的地址上，搭盖了一所茅棚。求水的人，来来去去，提壶捧碗地络绎不绝。那些愚民，真愚蠢得可怜，出了许多卖田产、鬻儿女的钱，换了一杯符水，悟不到中了赵如海的奸计，倒也罢了。瘟症用符水治好了的，还十二分地感激赵如海。赵如海对人说是他师傅邓法官显灵，所以符水有这么神验。于是治好了的人，有捧着三牲酒醴来祭奠邓法官的。有做了匾额，雇了吹鼓手，大吹大擂抬了匾额前来贡献的，也还有来求治杂病的。一所小小的茅棚，简直比一切的神庙都来得热闹。

"县太爷也虑及怕因此闹出什么乱子来，出示禁止。无如赵如海从来不知道畏惧国法，而一般衙役，也都知道赵如海厉害，虽奉了县太爷的命前去封禁，哪里敢在赵如海跟前露出半点封禁的意思来。我看了委实有些忍耐不住，走进茅棚，举禅杖一阵乱扫。众乡民不认识我，大家嚷着：

'哪里跑来的这个疯和尚，好大的气力。啊呀呀！神龛香案都扫得飞起来了。快躲闪，快躲闪！碰一下不是当耍的。'大家嚷着都四散跑了。赵如海想不到我有这一招，没看见我的时候，以为果是偶然跑来的疯和尚。他是会邪术的人，大约自谓不难对付，横眉怒目地从神龛后面蹿出来，口中一路喝问：'是哪里来的野杂种，敢闹到这里来？'我也懒得回答，一禅杖就把那茅棚的顶揭穿了。

"赵如海一抬头看见是我，连忙转身往棚后便跑。我料想他不敢再来，因见一般敬神求水的人并没有散去，大家都远远地立着，伸长脖子向茅棚里张望。我不愿意使人知道我是这红莲寺的住持，所以不在那茅棚里停留，也从棚后走了出来。一看不见赵如海的踪影，心中忽然一动，暗想这妖物逃得这么快，莫不是乘我出外，趁这当儿到我寺中骚扰去了？赶回这山下一看，果不出我所料，赵如海正待放火烧我的红莲寺。亏得寺内众僧人中多有壮健的，仅烧着了寺后两间寮房，好在是白天，一会儿工夫就扑灭了。赵如海知道奈何我不得，不待我赶回，只放了一把火，咒动了一阵邪风，又逃回家去了。

"我回寺后，越想越觉这妖物可恶。我与他既结下这仇怨，若不赶紧将他除去，谁有工夫终日去防闲他呢？他学的是这般妖法，平白无故的尚且要害人，今后岂有不常来害我的道理？倒不如索性一劳永逸，即刻追上去将他处置停当！哈哈，真是天网恢恢，疏而不漏。他在社坛里用妖法造作瘟疫，不知害死多少人畜，逼卖了人家多少儿女，谁知道他自己的一个年方五岁的儿子，就在我去捣毁他茅棚的时候，被人杀死了。我跟踪追到他家，他正出外替儿子报仇去了。

"我向他左右邻居一打听，才知道杀死他儿子的，并不是别人，就是他师兄王大门神。王大门神自从邓法官死后，两眼痛了一年，心中并不怀恨师傅不肯传他法术，只痛恨赵如海不应该假装有天良，说出不忍为要得真传挺枪刺师傅的话。相形之下，使他不成为人，时时存着要报复赵如海的念头。无奈自己的法术，固不是赵如海的对手，就是硬气力，也赶不上赵如海，实在寻不出报复的机会来。隐忍了这么多年，面子上毫未露出想报复的意思，仍和邓法官在日一样，彼此常在一块儿厮混。直到这日，王大门神知道赵如海在社坛里一时不得回来，想乘机到赵家偷窃符本。

"也是赵如海的儿子合当命尽，王大门神偷进赵如海卧房的时候，赵如海老婆在厨房里并不曾觉得，偏是他儿子睡在赵如海床上，被王大门神惊醒了。他儿子年龄虽仅五岁，却是聪明绝顶，知道自己父亲的符本是最要紧的，不能给旁人看见。平时常见自己父亲正在翻看符本，一听说王大伯来了，就慌忙将符本收起。小孩子心里已明白这符本是断不能许王大伯看的。这时惊醒转来，张眼便见王大门神伸手到橱中拿符本，不由得就高声喊道：'妈妈快来呀！王大伯在这里拿爹爹的符本。'王大门神被这一声喊得心慌手乱了，本待提脚往外逃跑，只因符本还不曾拿到手，心里有些不舍。接连又听得赵如海老婆在厨房里，回声问儿子为什么叫唤，一时触动了恼恨之心，恐怕赵家儿子再嚷出什么话来。也来不及细想，回头看见壁上悬挂的一把宝剑，慌忙抢在手中。赵家儿子已下床待往外跑，王大门神既提剑在手，怎容他跑去？一手就拉了过来。赵家儿子刚开口要叫，剑尖已从口中刺入，直穿背上而出，只一下就结果了。

"赵如海老婆做梦也想不到有这样的祸事临门，以为儿子在梦中叫唤，从容不迫地走向房里来探看，正瞧见王大门神拉住他的儿子便刺，登时惊得软了。妇人的识见胆量，哪里赶得上男子？经不起这种意外的横祸，当时除了捶胸顿足地号哭而外，没有一点儿主张。左右邻居因赵如海平日为人太坏，见他家出了这种事，大家心里只有痛快的。还算凑巧，有我去社坛捣毁他的茅棚，赵如海从红莲寺放了火回家，才知道爱儿惨死的事。听说他倒不哭泣，只急急忙忙地寻王大门神报仇去了。

"论情理赵如海既受了这般惨报，我本不妨暂缓处置他。谁知这东西生性太恶毒，当时追到王大门神家，因不见王大门神，就把王家大小一共十七口尽数杀死，并迎风纵火，将王家的房屋烧成一片瓦砾场。偏是他的邪法灵验，很容易地就知道了王大门神藏匿的所在。他寻着了王大门神，也不打也不骂，只勒逼着一同回家来，打算就手将王大门神杀了，剖心祭他儿子的灵。你看这东西恶毒不恶毒？"

孙癞子吐了吐舌头说道："真了不得！究竟王大门神杀了没有呢？"无垢摇头道："我既知道了这事，自然不容他在浏阳城明目张胆地杀人报仇。只是赵如海这厮也奇怪，当他拿了王大门神回家的时候，我正在他门外等候。我只道他见我的面，仍是要逃跑的，不逃跑就得与我动起手来。却是不然，他一见我，便点头说道：'我已知道有你在此等我，也是我的死期到了。不过我有一件事须求你原情答应，我要将这一颗黑良心取出来，祭一祭我儿子的魂灵。祭过之后，听凭你如何办都使得。'边说边指着王大门神的胸窝给我看。我说我就为这事做不得，才到这里来等候着你。你的良心比他更黑，你若定要取他，我就先取了你的再说。死在你手里的冤魂，应该祭奠的，还不知有多少呢？

"赵如海听我这么说，知道求情不中用，便将王大门神放了说道：'既是如此，也罢！我是在县里有案的，不能由你处置，你将我送到县里去吧。我与县太爷还有话说。'我说县太爷若能处置你，也轮不到老僧今日在这里等候了。看你有什么话应吩咐你家里的，快进去说了出来，我并不逼迫你就走。赵如海摆手道：'我没有应吩咐的话，我要吩咐家事，生死没有分别，死了还是一般地可以处理。你要知道我修的这一种道，在尸解的时期不曾到的时候，谁也不能教我死。死期既到了，谁也不能留我活。我明白你的意思，不过想拿本领制伏我，使我不能出头害人，这哪里及得明正典刑的好呢！你送到县里去，如果觉得我的话不对，你难道还怕我逃了吗？'我想这东西所说的倒也不错。本来我一个出家人，擅自处置国家的要犯，也是不妥当，不如且听他的，将他押送到县里去。

"他见了县太爷说道：'我赵如海是修道的人，上次因我尸解的时期没有到，所以我借金遁走了。今日我愿自行投到，但是我虽甘受国法，若照寻常斩决的法子，教剑子手向我颈项上一刀砍下，仍是杀不死我。杀我的法子有在这里，只是我不能就这么说了出来。大老爷须先答应我一件事，我方肯说。'县太爷问：'是一件什么事？可以答应的，自然答应。'赵如海道：'这事是极容易的事，就是我死之后，尸首须葬在社坛里原来的梨树莡下。每年春秋两季，无论谁来做浏阳县，都得亲自到我坟上祭扫一次。'县太爷听了，沉吟一会儿道：'在本县手里是不难答应你的，下任的官如何？本县却不能代替答应。'赵如海道：'只要大老爷答应了便罢！下任的官来，我自有法子使他也答应。大老爷肯答应么？'县太爷只得点头道：'本县权且答应了，你说吧。'赵如海喜笑道：'堂堂邑宰，决不至骗我小民。我死后能享受这样隆重的典礼，就死也瞑目了。要杀我也容易，只须在月色好的夜间，将我跪在月下，用一桶冷水，从我头顶泼下，再教剑子手一刀朝我地下的影子杀去，我的头颅自然应刀而落。'

"县太爷因他还有许多案子没有录供，不能就糊里糊涂地杀却了事，只得细细地审问他的供词。我逆料赵如海若是要逃命的，便不至要我送他到县里去，说出这类实话来。县里问供，用不着我监在那里，我就此走出来了。出城的时候，觉得有人跟在我背后，我疑心是赵如海的同道中人，跟着我想替赵如海报复的。一路留神着回寺，觉得已直跟随我到了山下，益发使我疑惑起来，所以打发知客僧出来询问。我若在半路上回头问一声，也不至使出那般神气对孙大哥了，真是对不起！"说着又合掌道歉。

孙癫子只得也拱手笑道："自家人何必如此客气！我想此刻正是七月中旬，夜间月色正好，赵如海料必就在今夜处决，我两人何不去城那瞧瞧呢？"

不知无垢和尚如何回答，赵如海究竟处决了怎样，且俟下回再写。

第三十三回

诛妖人邑宰受奇辱
打衙役白昼显阴魂

话说无垢和尚听得了孙癫子说，要去城里瞧处决赵如海，即正色说道："这杀人的勾当，不是我们出家修道的人所应看的。我原意并不打算伤他性命，他自己要借此尸解，我只得由他。"孙癫子道："万一赵如海是因恐怕你处置他，故意是这般做作。浏阳县又和前次一般地杀他不着，岂不上了他的当吗？"无垢和尚道："决不至此！他若敢当着我说假话，便不至怕我了。所可虑的只怕县太爷答应他葬社坛，及每年春秋二祭的话靠不住，以后就还有得麻烦。"

孙癫子道："那种答应的话，自然是靠不住的。县太爷为要他自己说出杀他的法子，说权且答应，可见将来决不答应。赵如海不是糊涂人，怎的这样闪烁不实在的话，也居然相信了？"无垢和尚笑道："我为赵如海这个孽障，也受累好几日了。于今只要他不再出世害人了，我的心愿就算满足，以外的事我们都可以不管。你我已十来年不见面了，难得今日于无意中遇着。我去城里的时候，曾顺便带了一葫芦好酒回来，我两人分着喝了吧。"

孙癫子是生性最喜喝酒的，听说有酒喝，连连点头笑道："原来你那禅杖上挂的葫芦里面是酒啊。我在城里初看见你的时候，心里正猜度不知你那葫芦里卖的是什么药呢！你那酒葫芦倒不小，不知一葫芦能装多少酒？"无垢和尚一面起身从床头取出那葫芦来，一面笑说道："我这葫芦从外面看了很平常，喜酒的人得着了，却是一件好东西，夸张点儿可以说是喜酒人随身的法宝。"

孙癫子即起身将葫芦接过来掂了一掂轻重，约莫有三四斤酒在里面。仔细看了几眼笑道："这葫芦的年代，只怕已很久了，究有些什么好处？

就外面果是看不出是什么法宝来，不过像这般大的葫芦，也不容易寻着便了。"无垢和尚道："你当心一点儿，不可掉在地下打破了。因里面装满了一葫芦的酒，太重了些，落地就难免不破。没有酒时倒不要紧，这葫芦大得不稀奇，比这个再大三五倍的我都见过。这葫芦的好处，就在年代久远。实在已经过了多少年，虽不得而知，然只就我师祖传到我师傅，由我师傅传到我，总算起来便已有一百二十多年了。"孙癞子笑道："这不是一件古玩家用的什物，年代越久远，越朽败不中用，有什么好处呢？"

无垢和尚笑道："若是年代久远了，便朽败不中用，我还说它做什么呢！这葫芦的好处，在我师祖手里便已和此刻一样，可见得以前已不知经过多少年了。这葫芦里面，不问你装什么酒进去，只将塞头盖好，无论你搁多少年不喝，不但不致变味，并且越久越香醇，分量也不短少毫厘。这一层好处，在寻常的酒葫芦中，已是少有的了。然若仅有这一层好处，还够不上说是喜酒人随身的法宝。最大的好处，乃是喜酒的人出门走长路，走到了荒僻的所在，每苦沽不着好酒。有了这葫芦，尽管沽来的酒味平常，只须装进这葫芦里面，停留一两个时辰，喝时就和好酒一样。若到了连坏酒都沽不着的时候，就用开水装进葫芦，盖了塞头，等到冷透了再喝，比荒僻所在沽来的坏酒还香醇得多。"孙癞子听了，喜得捧着葫芦嘻嘻地笑道："有这么大的好处吗？这简直是我们随身的法宝！可惜是你师祖传师傅，师傅传你的，我不敢存非分之想。若是你得来得容易，我就不客气，忍不住要向你讨了。"

无垢取出酒杯来，将葫芦接过去斟了两杯酒道："且请尝尝看这葫芦里酒的味道何如再说。"孙癞子当无垢和尚揭开葫芦塞头的时候，即嗅得一阵扑鼻很浓厚的酒香，已禁不住口角流涎了。端杯一饮而尽，舐嘴咂舌地说道："好酒，好酒！"

无垢和尚道："我师祖、师傅都是出家人不能戒酒，偏巧我又是一个好酒若命的人，这葫芦可算是物得其主了。不过我近年来住持这红莲寺，将来就是这红莲寺开山祖师。我师祖、师傅不能戒酒，受酒害的只有他个人本身，与旁人无涉，更不至因酒坏多人的事。我于今则不能，一举一动，在这红莲寺里都是可以成为定例的。我若再将这葫芦传给我的徒弟，则将来势必成为禅宗的衣钵，岂不是一桩大笑话？大凡一件好东西，若不遇着能爱惜能使用的人，也和怀才不遇知己的人一般埋没，一般可惜。我于今已决计从此戒酒了，难得有你这般的人物来承受这葫芦，就此送给你去享用吧。"

孙癫子听了，真是喜出望外，只是口里却不能不客气道："这样稀世之物，怎好如此轻易送给人？我有何德何能，更怎好领受你这般贵重的东西？你不要因我说了一句贪爱的话，便自己割爱让我。"无垢连忙摆手道："你我何用客气！若在几年前，我不为这红莲寺着想，你就向我讨索，我也决不肯拱手让给你。于今我的境遇既经改变，凑巧有你来承受这葫芦，还算是这葫芦走运。不然，我不久也要忍痛将这葫芦毁坏了。与其毁坏，何如送给你呢？"孙癫子这才起身对无垢作了个揖道："那么我就此拜谢了。"无垢笑嘻嘻地双手将葫芦捧给孙癫子。从此，这葫芦可称是遇着知己了，一时片刻也没离过孙癫子的身边。这夜孙癫子就在红莲寺歇宿了。

次日早起，特地走到东边廊庑下看那口铜钟，果见向外边的这一方，有一条尺来长、三寸来宽的地方。不过铜质好像瓷器上面的釉彩一般，透着淡绿色。用手摸去，其坚硬与铜无异，不由得不心里叹服无垢和尚的法力高妙。正在抚摸赏玩的时候，无垢和尚反操着两手，从容缓步地从佛殿上走了下来。孙癫子迎着称赞道："果然好法力！有了这口钟在浏阳，不但'无垢法师'四个字可以永传不朽，就是赵如海那厮声名，也可以跟着这口钟传到后世若干年去了。我料这钟必没有名字，让我替它取个名字，就叫'鼻涕钟'好么？"无垢和尚笑道："有何不好？不过鼻涕这东西太脏了，此后不能悬挂在佛殿上使用。"孙癫子道："正要它不能悬在佛殿上使用，方可望它留传久远。若是朝夕撞打的钟，至多不过百年，便成为废物了。"当时亏了孙癫子替这钟取了这个名字，渐渐传扬开了，至今这钟还在浏阳，不过土音叫变了，鼻涕钟叫成了"鼻搭钟"，这话后文自有交代，于今且不说他。

却说孙癫子这日辞别了无垢和尚，带了酒葫芦，欣然出了红莲寺。回到浏阳县城，就听得街上的人说，赵如海果在昨夜月光之下，按照那斫头的法子杀去。说也奇怪，刽子手等到冷水浇上赵如海头顶的时候，一刀对准赵如海地上的影子斫下，赵如海的头颅，竟应手落地，略动了一动，就呜呼死了。赵如海老婆到杀场痛哭祭奠，预备了棺木收尸，要扛到社坛里去埋葬。县太爷忽然翻脸不答应了，说社坛是社神受祭祀的所在，岂可安葬这种恶人？勒令赵如海老婆扛回家自去择地掩埋。赵如海老婆不敢违

346

抗，只好泪眼婆娑地教扛柩的夫役，暂且遵示扛回家去。

这么一来，赵如海又作怪了，一口棺材连同一个死尸，重量至多也不过五六百斤。平常五六百斤的棺木，八个人扛起来，很轻快地走动。这次赵如海的棺木，八个人哪里能移动分毫呢！加成一十六个人，龙头杠都扛得"喳喇"一声断了，棺木还是不曾移动半分。一般夫役和在旁看的人都说："这定是赵如海显灵，非去社坛里安葬，就不肯去。"于是公推地方绅士去见县太爷禀明情形，求县太爷恩许。

县太爷赫然大怒道："这种妖人，生时有妖术可以作祟，本县为要保全地方，不得不处处从权优容。此刻既将他明正典刑了，幽明异路，还怕他做什么？你们身为地方绅士，为何不明事理到这一步？光天化日之下，岂有鬼魅能压着棺木，使夫役扛抬不动的道理吗？这分明是赵如海的老婆，想遵从她丈夫的遗嘱，故意买通夫役，教他们当众是这般做作的。这种情形，实是目无法纪！可恶，可恶！本县且派衙役跟随你们前去，传本县的谕，晓谕赵如海的老婆和众夫役，赶快扛回家去择地安葬。若是再敢如此刁顽，本县不但要重办他们，并且立时要把赵如海的棺木焚化扬灰，以为后此的妖人鉴戒。"几个绅士碰了这么大的一个钉子，谁还敢开口多说半句呢？县太爷登时传了四个精干的衙役上来，亲口吩咐了一番话，一个个雄赳赳地跟随众绅士到杀场上来。

赵如海的老婆正在棺木旁边等候绅士的回信，四个衙役也不等绅士开口，走上去举手在棺盖上拍了几下，对赵如海老婆喝问道："还不扛回去掩埋，只管停在此地干什么？哦！你因你丈夫的尸还没有臭烂，还不曾生蛆么？这么大的热天，不赶紧扛回去掩埋，你也难道要要在这杀场里赖死不成？"赵如海的老婆哭道："请诸位副爷问他们扛柩的人，这一点儿大的棺材，用一十六名夫来扛，还扛不动半分，所以托各位街邻去向太爷求情。"

衙役截住话头问道："什么呢，一十六名夫扛不动吗？"说时掉过头望着那些扛夫说道："你们是扛不动吗？"扛夫齐声说道："实在是和生了根的一样，休说扛不起肩，就想移动一分半寸也不行。"衙役横眉鼓眼地望着众扛夫下死劲呸了口骂道："放你妈的臭狗屁！你们这些东西也敢在老子面前捣鬼吗？你们老实说，每名受了赵家多少钱，敢是这般约齐了口腔捣鬼？"这一骂只骂得那些扛夫低着头说冤枉。赵如海老婆也连忙分辩道："副爷这话真是冤枉！"

衙役哪容他们分说，一迭连声地喝问扛夫道："你们扛走不扛走，快说？不扛，老子也不勉强你。"扛夫苦着脸答道："我们都是执事行里的扛夫，平日靠扛丧吃饭的，能扛走还要等待副爷们来催逼吗？请副爷看，这里不是连龙头杠都扛断了，还是不曾扛动的吗？"衙役瞅也不向龙头杠瞅一眼，就扬起面孔说道："好！看你们捣鬼捣得过老子！"接着又对赵如海老婆道："我老实说句话给你听吧，太爷吩咐了，限你在一个时辰以内将棺木扛回去，若过了一个时辰还没有扛去，便不许人扛了。拼着几担柴几斤油，就在这里将你丈夫化骨扬灰。你知道了么？这一班扛夫太可恶了，太爷吩咐拿去重办。你赶紧去另雇一班来扛吧。"说罢，也不听赵如海老婆回答，四人都从腰间掏出一把细麻绳来，不由分说的，每人一串牵四个，拖到县衙里去了。可怜十六个扛夫，不能分辩，不敢反抗，只好哭的哭，抖的抖，听凭衙役牵着走。赵如海老婆听了衙役所说那番比虎还凶恶的话，又见扛夫被拿去了，只急得抚棺痛哭。

此时天色虽在下午，然天气晴明，日光如火。经赵如海老婆这一阵痛哭，陡然狂风大作，走石飞沙，晒人如炙的日光，为沙石遮蔽得如隔了一重厚幕。在杀场上看的人不少，看了这种天色陡变的情形，心里都料知是赵如海的阴魂显灵了，各自都有些害怕，恐怕撞着了鬼，回家生病，不约而同地各人向各人的家里逃走。只是还没跑离杀场，就是一阵雨洒下。天色益发阴沉沉的，风刮在身上，使人禁不住毛骨悚然。不过大众仗着人多，且又不曾看见什么鬼物出现，那几个曾去县衙里求情的绅士，觉得在这时候大家躲避，可以不必。冤有头，债有主，我们是帮助赵如海求情的人，赵如海既有阴灵，就不应该害我们回家生病。于今十六名扛夫冤枉被拿到县衙里去了，我们不能不去县衙里设法保释出来。天色是这般陡然变了，料想这位县太爷也不能说是无因。

几个绅士的心里相同，遂不顾风雨，一同复向县衙走去。此时街上的景象，非常使人害怕。因为还在白昼，天色便是这昏沉沉阴惨惨的，加以雨苦风凄，仿佛有无数的鬼魂，在风雨中滚来滚去的一般。满城的商家铺户，平时都知道赵如海生时的厉害，今日又都知道是为县太爷翻悔昨天答应他葬社坛春秋二祭的话，特地在白昼显灵，吓得家家当门陈设香案，叩头祭奠。一个个默祷赵如海，不要和他们不相干的人为难。霎时间，一城的人心都惊惶不定。

几个绅士只因平日经管街坊上公事，不得不硬着头皮前进。走到离县衙还有百十步远近，便已看见那四个衙役，牵着十六名扛夫在前面走。街上闲人跟着看的，已有不能计数的人了。绅士想赶上去劝衙役讲点儿人情，就此把十六名扛夫放了。谁知才追上一个认识的衙役，将求情的话说了，这衙役忽然两眼一瞪喝道："和这些狗杂种有什么话说？你们随我来找瘟官说话去。"大家听了，都骇然不知是怎么一回事。看的人当中有与赵如海往来最多的，便说道："啊呀！这说话的，不是赵法官的口腔吗？"

这衙役听了，即回头望着这说话的点了点头道："咦，秦老板！你的耳朵还不错，居然听得出是我的口腔来。于今这个瘟官太可恨了，他要将我的尸化骨扬灰，我倒要看看他的本领，可能说得到做得到？"说毕，双手一扬大喊道："众位街邻要瞧热闹的，都跟随我来啊。"独自向先冲进县衙，那三个衙役也糊里糊涂地牵了扛夫跟进去。

县官闻报升堂，却不知道赵如海附在衙役身上的事。这衙役一见县官，就指手画脚地骂道："你这狗东西配做父母官么？昨日在这大堂上，分明答应了我葬社坛，和每年春秋二祭的话，为什么我死了尸还没冷就翻腔？"县官听了，勃然大怒道："这还了得！你朱得胜也受了赵家的贿赂，敢假装受魂附体来欺侮本县吗？拉下去给我重打。"一面喝骂，一面提起签筒掼下来。

两边皂隶齐喝一声堂威，登时跳出两个掌刑的人来，将这衙役朱得胜揪翻在地。他们都是同在一个衙门里当差的人，本官喝打，虽不敢不动手，然打的时候，是免不了有些关顾的。这回揪翻之后，多以为确有赵如海附体，是断然打不着的。却是作怪，县官的签筒一掼下，朱得胜好像明白了的样子，不住口地求饶。县官越发怒不可遏，惊堂木都险些儿拍破了，只管一迭连声地催打。掌刑的见本官动了真怒，便不敢容情了，只打得皮开肉绽，昏死过去了才歇。

县官喝教拖下去，刚待传同去的衙役问话，已有一个跳了出来，圆睁着一双怪眼，直走到公案前面，指着县官的脸骂道："你说他是受了赵家的贿赂假装的，难道我也是受了贿赂假装的吗？你再敢打我，我硬要你的命。"县官只气得肚子都要破了，顺手抢了公案上压桌帏的木板，对准这衙役的顶门，没头没脑地便砍。这衙役硬挺挺地立着，毫不躲闪，只当不曾打着的样子，口里仍不断地说道："正要你打，你不打，我胸中的怨气也不得消。"

县官举木板砍了几下，无奈这木板太薄，几下就砍断了。这衙役口里还在叽里咕噜地骂，只得又喝拉下去重打。这个也是打得皮开肉绽，鲜血直流。这个才打了，第三个衙役已大摇大摆，笑嘻嘻地走出来，朝着县官作了一个半揖道："你差四个人去，回来已打过两个了，这第三个也索性打了再说。"

这县官是个性情暴躁的人，听了这话，只气得乱叫："反了，反了！拿下去，打！打！打！"第三个又已打得血肉横飞了。第四个接着跳出来说道："这个倒可以不打，他在杀场里的时候还好，不像那三个狗杂种的凶横强暴。我若不教你痛责那三个狗杂种，我赵如海一肚皮的怨气，怎得消纳？于今人已打过了，我且问你，我的葬事到底怎样？我听说你打算将我的尸搬出来，就杀场上化骨扬灰。你若真有这种胆气、这种本领，就请你去化，请你去扬吧。你这样糊涂混账，如何配做父母官？你只当我死了好欺负，我如果死了便得受人欺负，你想想我肯说出法子来，使你好杀死我么？"

县官听了，心里虽仍是气愤得难过，只是已相信不是衙役受贿假装的。不过这县官生成倔强的性质，平日仗着自己是两榜出身，对于上司都是不大肯低头的。虽明知是赵如海的阴魂来扰乱，心中并不害怕，定了一定神思，换了一副温和的面目，对赵如海附体的衙役说道："你赵如海在生目无国法，仗着妖术任意害人，按律定罪，原是死有余辜的。生时既受国法，死后就应该悔悟，安分做鬼，如何反比生时更无忌惮，公然敢在光天化日之下，兴风作雨，惊骇世人，是什么道理？"

只见这衙役从容答道："生死只是你们俗人的大关头，在我修道的人看了，并算不了一回事。就和世人搬家的一样，世人欠了朋友的账，不能因朋友搬了家，便不偿还。你昨日在这堂上亲口答应我葬社坛，每年春秋二祭。我当时未尝不知道你是暂时哄骗我的话。我其所以敢于相信，随口便把如何才能杀死我的法子说给你听，一则因你是朝廷的命官，逆料堂堂邑宰，怎肯失信于小民；二因有无垢和尚监临在此，或者做出有碍我解脱的事来。谁知你竟不顾自己的身份，转而失言，教我如何能忍耐得下？"

县官说道："你死了既有这样的阴灵，就应当知道社坛是国家正神所居之地。正神是受了敕封的，所以能享受朝廷官吏的拜祭。你有何德何功，死后配葬社坛，每年坐受父母长官之祭？你要知道，本县在浏阳，年岁是有限的，一遇迁调，便得离开。社坛又不是本县私家的土地，本县只须说一句话，有什么不可以答应？无如法不可弛、礼不可废，若本县但顾目前，随口答应了你，则僭窃的罪，不在你而在本县了。昨日的含糊答应，原是从权的举动，你不能拿着做张本。"

这衙役鼻孔里笑了一声道："昨日既可从权，今日又何不可以从权？

社坛虽是国家正神所居之地，然社神在哪里，哪里便是社坛。既葬了我，那里就不是社坛了。你也要知道，我赵如海此时来跟你讲道理，已是十二成地拿你当一个人看待了，你休得再发糊涂，想与我为难作对。若弄发了我的性子，那时后悔便已来不及了。你曾听说我赵如海在生时，是肯和人讲道理的么？"

县官见这衙役说话的神气十足，简直要翻脸的样子，不由得心里也有些害怕。暗想知县的印信，是朝廷颁发的重宝。有许多人说过，倚赖皇家的威福，印信每可以辟邪。这赵如海的阴魂如此放肆，我何不取出印信来镇压他一下，看是怎样？或者就是一颗印信能将他压退，也未可知。边想边自觉有理，遂亲自起身从印架上取下印箱来。

这衙役望着笑嘻嘻地说道："你打算拿这块豆腐干出来吓我么？哈哈，你真不知自量。你以为芝麻般大小的一个县官印信，也可以辟鬼么？"这县官听了这几句话，心里又觉得有些惭愧似的，不因不由地双手捧着印箱踌躇起来。忽然一转念道："我不要上他的当，安知不是他怕我取出印来压他，有意是这般说了阻挡我的呢？不管他到底怕也不怕，且试他一下再作计较。"有这一转念，也不回答，竟将那颗四方铜印取在手中，诚心默祷了一番。正待举起来，对准衙役的脑门磕下去。想不到这衙役的手法真快，只一伸臂膊，印信就被他夺下去了。县官双手空空，倒弄得不知要如何才好。

只见这衙役将印信抚弄着笑道："好法宝确是一件好法宝，不过你看错了人，用错时候了。不用说你这芝麻般大小的县官，这块豆腐干吓不倒我。就是你们皇帝的玉玺，我的眼里看了，也和路旁的石头一样，拾起来打狗是用得着的。这东西待我说出一个用处给你听听，也可以增长你一些儿见识。最怕你这块豆腐干的，只有道行不甚高超的狐狸精。你若以后遇了有人被狐狸精缠病了的时候，你就不妨依照刚才的样子，取出这块豆腐干来，自告奋勇到病家去。只须在病人脑门上轻轻这么两三下，狐狸精就自然吓退了不敢再来。你治好人家的病，人家多少总得酬谢你一番。"县官面色都气得变青了，却是想不出制伏他的方法。

大凡生性倔强的人，越是怄气得厉害，便越是认真得厉害，有时连自己的性命都置之度外了。这县官心想："我身为一县之主，今日无端坐在大堂上，受鬼魅如此侮辱，我的尊严何在，朝廷的威信何在？与其是这般受鬼魅的侮辱，倒不如死了的干净。何况这鬼魅虽凶狠，并不见得能制我的死命呢？我何必怕他。"于是将心一横，提起惊堂木就公案上猛力一拍喝道:"什么厉鬼,敢在公堂之上夺朝廷的印信。"喝时向左右的皂隶厉声说道:"替我捆起来!"

两旁皂隶一声吆喝,七八个同时拥上来,想把这衙役捆起。这衙役平时虽也是一个很壮健的汉子,但他并不会把式,有时和同事的衙差相打得玩耍,他被人家打跌倒的时候居多。这回因有赵如海的阴魂附在他身上,便大不相同了。七八个皂隶同时围拥上去,只见他仰天打了一个哈哈,一个脚尖着地,两手平张开来,就地几个盘旋一转。只听得七八个人接连不断地口叫"哎哟",一个个都来不及似的倒退,退了几步都站住望着这衙役发怔。这衙役还盘旋不止,原来一手绾住印绶,那颗四方铜印,就如流星一样,跟着盘旋。拥上前的皂隶,不提防他有此一招,每人的额头鬓角,都被印信磕起了几个酒杯大小的血包,只痛得头昏眼花,哪里敢再上去挨打呢?怔怔地看着这衙役越转越快,如风车一般的呼呼风响,越快便风声越大,公案上的桌帏,以及地下的灰尘,都被风刮得飞舞不止。

县官两眼不转睛地望着衙役,顷刻就觉得头昏起来,并且心里非常难过,仿佛天旋地转,立脚不牢的样子。公堂上立着的三班六房,没一个不口叫头昏。大家也顾不得有县官坐在上面,都口称求赵法官停了吧,我们实在头昏得受不住了。县官到这时也觉得非教他停住,心里太难过了,也就喊道:"本县有话说,你停了吧!"这话一说出,这衙役登时往左旁一转,截然停住不动了。

县官还不曾开口,衙役已说道:"皇家打发你来这浏阳做县官,是要你爱民治民的,不是要你来使性子害人的。你如果硬不肯答应我那葬社坛和春秋二祭的话,我的本领能使你一家一族,在三日之内,都成为癫狂。在七日之内,能使浏阳一县的人都害瘟疫。你若不相信,以为我是说空话吓你的,不妨就试试看,到那时还是要你亲口依从我才罢。"县官心想:"这东西也可算得是一个千古未有的厉鬼了,我虽存着一团正气,无奈他全不知道畏惧,我又没有方法能制伏他。若真个弄得我一家一族的人,个个都得了疯癫之症,却如何是好呢?他生时尚有使人害瘟疫的手段,死后成了这般一个厉鬼,要使人害瘟疫,势必比生时还容易。到那时,一县的人民不大家怨恨我吗?事情已弄到了这一步,我便答应了他,将来的人也得原谅我,不能骂我不识大体。"想罢,只得忍气说道:"罢了,罢了!本县就依了你,许你葬社坛便了。"

衙役见县官答应了,即时双手将印信捧上公案说道:"谢大老爷的恩典,赵如海在这里叩头了。"边说边跪下去叩头。县官道:"本县既许你葬社坛，你此后就得做一个好鬼。果能有功德于人，不但上天嘉许，使你成为正神，就是本县也可以代你转求皇上的封典。"衙役又叩了一个头道："谢大老爷的好意！皇上的封典、上天的嘉许，是永远轮不到我们这一道来的，我们也不稀罕。不过大老爷只应允了我葬社坛一事，还有一事呢，也是不应允不行的。"县官被逼得无可推诿，只得也正式应允了。

这衙役还跪着不曾起身，就此往地下一扑，不省人事了。好一会儿才醒来，也只觉得头目昏花，一切的言语举动，丝毫没有感觉，仿佛酣睡了一次。最奇的，是跟随到了县衙的十六名扛夫，好像都看见赵如海和颜悦色地邀他们去杀场里扛柩，十六个人便不由自主地到杀场里去了。此时已风平雨息，天色反明亮了。经这一番扰乱之后，浏阳县人简直个个悬心吊胆，恐怕撞着赵如海这个恶鬼。

那县官虽则被逼得没奈何，允许了赵如海的无礼要求，然心中总觉不甘。过不多时，就是应该秋祭的时期到了，那县官如何愿意去向恶鬼叩头祭祀呢？因见赵如海葬进社坛也有一个多月了。这一个月当中，并不再见有赵如海阴魂出现的事。有一般无知无识的愚民，以为赵如海是最有灵验的鬼，每遇家中有人病了，或有什么疑难不决的事，多擎着三牲香烛，到社坛里拜见赵如海。据求过药问过卦的人说，确是十二分的效验。靠社坛一二十里路附近，地方也非常安静，害邪祟病的完全没有了。大家都说赵如海从此真做好鬼了，县官因此也没把秋祭的事放在心上，县官这样一失信，就坏了。

这日，浏阳城里，陡然间又是狂风大作，走石揭沙，只刮得街上的行人，都立脚不住，许多屋瓦被揭得满天飞舞。狂风是这般刮过一阵阵之后，接着就看见一个人，分明是赵如海，从城外走进城来，一路大摇大摆地走着。遇着生时认识的人，仍是点头含笑，只吓得人人躲避，个个深藏。

不知道赵如海这番怎生扰乱，且俟下回再写。

第三十四回

救徒弟无垢僧托友
遇强盗孙癞子搭船

话说赵如海的阴魂，既俨然和生的一样，走进浏阳城来，一般地含笑点头，向生时认识的人打招呼。普通人在白昼遇见了鬼，怎么能不害怕呢？并且都明知赵如海这个鬼，比一切的鬼都来得凶恶，益发不敢亲近。所以赵如海的鬼魂一走进城门，遇着的人，一传十、十传百，顷刻之间，这消息便传遍浏阳城了。得了这消息的，无论大行小店，同时都把铺门关起来，街上行人也都纷纷逃进了房屋。

秩序大乱了一阵之后，三街六巷多寂静静得没有一点儿声息了。似这般冷落凄凉的景象，自有浏阳县以来，不曾有过。既是一县城的人都将大门紧闭，藏躲着不敢出头，赵如海进城后的举动情形，因此也无人知道。约莫如此寂静了一个时辰之后，才有胆大的悄悄偷开大门探望，却是街坊上一无所见。次日早起，就满城传说，县太爷今日亲自去社坛祭奠赵如海，都觉得这是一件千古未有的稀奇之事，不可不去瞧瞧这盛典。

这日孙癞子也邀了无垢和尚到社坛看热闹，此时社坛的情形，已比往日热闹几倍了。往日的社坛，虽是正神所居之地，然因未尝有特殊的灵验，既不能求福，又不能治病，人民没有无端来拜祭的，终日冷淡非常。自从赵如海葬后，来坟前拜祷的络绎不绝。赵如海老婆借着伴丈夫的坟，搭盖了一所茅棚在坟旁，凡是来拜坟的，多少总得给她几文香火灯油钱，每日计算起来，确是一项不小的进款。

县官来看了这情形，若在平时，必赫然震怒，严禁招摇了。此来一句话也没说，亲自向坟前祭奠之后，吩咐左右磨墨，就香案上铺开一张白纸，县官提笔写了"邑厉坛"三个斗大的字，并题了下款，指点给跟来伺候的地保看了说道："这地方历来是做社坛的，于今既葬了赵如海，历来的社坛自应迁往别处，社坛既经迁移了，此地就不能再称社坛。本县已给这地方取了个名字，便是这三个字。此后你们都得改称这地方为'邑厉坛'。将这三个字拿去，叫石匠刻一块大石碑，立在这地方，以传久远。"地保躬身应是，县官才打道回衙去了。

过了若干日子，在县衙里当差的人传出风声来，浏阳人才知道那日赵如海的阴魂大摇大摆走进城来，吓得满城人关门闭户的时候，县官正在上房里和太太闲谈，少爷小姐都在旁边玩耍笑乐。太太口说着话，忽然两眼向房门口一望，连忙立起身来，很严厉的声音问道："哪里的男子汉，如何径跑到这上房里来了？还不快滚出去！"县官听了，以为真个有什么男子汉，不待通报径跑到上房里来了。心里也不由得生气，急掉转脸朝房门口看时，哪里有什么男子汉呢？还只道是已被太太诘问得退到房门外去了，忙两步跨到房门口，揭开门帘看门外，连人影屑子都没有。正要回身问太太，看见怎样的男子汉，太太已大声直呼着县官的姓名说道："你倒好安闲自在，妻子家人坐在一块儿谈笑，你还认识我么？"

县官很诧异地回身，只见太太脸如白纸，两眼发直，说话已改变了男子的声音。耳里觉得这说话的声音很熟，心中一思量，不好了，这说话的不又是赵如海的声音吗？正踌躇应如何对付的法子，太太已指手画脚地骂道："你这瘟官真是贱胚子，我不打你一顿，你也把我的厉害忘记了。"说时伸手向房中玩耍的少爷、小姐招道："来，来，来！你们替我结实打这东西，最好揪这东西的胡子。"

被鬼迷了的人实是莫名其妙，少爷、小姐也有十来岁了，生长官宦之家，不是不懂得尊卑之序、长幼之节的小孩。若在平时，无论什么人指使他们动手打自己的父亲，是决不会听从的。此时就像迷失了本性的一般，毫不迟疑地挥拳踢腿，争着向自己的父亲打下。并且身法灵便，手脚沉重，挨着一下就痛彻心肝。

这县官万万想不到自己的儿女，会动手打起自己来，这一气真非同等闲。一面撑拒，一面向儿女喝骂道："你们这些孽畜癫了吗，怎么打起老子来了？"儿女被骂得同时怔了一怔，各人用衣袖揩了揩眼睛，望着自己的母亲，好像听候命令的神气。

县官看太太正张开口笑，似乎很得意。这县官是曾在大堂上受赵如海阴魂侮辱过的，这番虽气恼到了极点，也不敢再与赵如海的阴魂使性子了。好在这回在上房里，旁边没有外人，不似坐堂的时候，有三班六房站立两厢，面子上过不去，遂开口问道："你不就是赵如海的阴魂吗？你要葬社坛，本县已经许你葬在社坛里了。于今无端又跑到本县这里来作祟，是什么道理呢？"赵如海附在县太太身上答道："你这话问得太稀奇了，你也配问我是什么道理吗？你果真懂得道理，我也不至到这里来了。你知道秋祀的期已过了么？你不去我坟上祭我，我只有使你一家人大大小小都发癫发狂，倒看你拗得过我拗不过我？"

县官只得故意做出吃惊的样子说道："啊呀！这只怪我自己太疏忽了，竟忘记了秋祀的那回事，明日一定补行。"赵如海附在县太太身上，冷笑了一声道："做县官的人，居然会忘记了秋祀的那回事，不是该打么？你今日说了明天一定补行的话，到明天不怕又忘记了吗？也罢，要你明天忘记，才显得我姓赵的厉害。"说毕即寂然无声了。

太太一仰身便倒在床上，呼唤了一会儿才醒。问她刚才的情形，也是一点儿不觉着，仅记得眼见一个男子汉走进房来，向自己身上一扑，登时迷迷糊糊地如睡着了。县官问自己儿女，何以敢动手打父亲？儿女都说，当时因看见有一个不认识的男子，先立在母亲背后，后来抓住父亲要打。父亲叫我们上前打他，所以我们拼命地帮着父亲，向那男子打去，不知怎的反打在父亲身上。直到父亲喝骂起来，才明白是打错了。上房里又这么闹了一次鬼，所以县官亦不敢不于次日亲去社坛祭奠。经过这次祭奠之后，便成为例祭了。

每换一任知县，到了祭祀的时期，老差役必对新知县禀明例祭的缘由。若这知县不信，包管他的六亲不宁，只须一祭便好。这件习惯，直流传到民国成立，新人物不信这些邪说，才把这祭祀的典礼废了。却也奇怪，民国以前的知县官不祭他就得见鬼，民国以后的知县官简直不作理会，倒不曾听说有知县衙里闹鬼的事发生过。赵如海的坟和邑厉坛的碑，至今尚依然在原处，没有迁动。据一般浏阳人推测，大约是因民国以来的名器太滥了，做督军省长的，其人尚不足重，何况一个县知事算得什么？因此鬼都瞧不起，不屑受他们的礼拜。这或者也是赵如海懒得出头作祟的原因。不过这事不在本书应叙述的范围以内，且搁起来。

于今再说孙癫子这日与无垢和尚，看过县太爷手书"邑厉坛"三字后，独自仍回金鸡岭修炼。修道的人，日月是极容易过去的，不知不觉又闭门修炼了好几年。这日忽有一个十六七岁的小和尚走进来问道："请问这里是孙师傅的住宅么？"孙癞子打量这小和尚生得甚是漂亮，年纪虽轻，气宇却很轩昂。眉眼之间，现出非常精干的神气，头顶上还没有受戒的痕迹，身上僧衣也是新制的。心中猜不出是来干什么的，只得回问道："你是哪里来的，找孙师傅做什么？我也姓孙。但不知你要找的是不是我？"

这小和尚连忙上前行礼道："这金鸡岭上，除了我要找的孙师傅，想必没有第二个，我是红莲寺的。我师傅无垢老法师打发我来，因有要紧的事，请孙师傅去红莲寺一趟。他病了，已有好几日没下床，所以不能亲自到这里来。"孙癞子道："我已多时不到红莲寺了，你叫什么名字？我几年前到红莲寺不曾见你。"小和尚道："我法姓知圆，在红莲寺剃度，原不过三年。孙师傅大约有四五年不去红莲寺了，怎得看见呢？"

孙癞子问道："你老法师害了什么病？好几日不能下床，莫不是快要往生西方去了么？我就和你同去瞧他吧。"说时从壁上取了一根尺多长的旱烟管、一个酒葫芦在手道："最讨人厌的，就是我一出了这房子，这山里的野兽便跑进这房子里来骚扰，屎和尿都撒在地下，害得我回来打扫，好一晌还是臭气熏人。"知圆和尚道："何不把门关上，加一锁锁起来呢？"孙癞子笑道："哪有闲工夫来麻烦这些。若真个关上门锁起来，野兽仍是免不了要进来，反害得到这山里来的人费事。"知圆道："这话怎么讲，我不明白？"孙癞子笑道："你不明白么？我是曾上过当的。我这房里除了几把稻草而外，什么东西也没有，值得用大门用锁吗？我当初造起这房子住着的时候，因房里有一块破芦席和烧饭用的瓦罐，恐怕被比我更穷的人拿去，出门就用你的见识，将大门关上，加上一把铁锁。谁知过了几日回来，不但不见了锁，连大门也不见了，倒是芦席瓦罐没人光顾。我以后的见识就长进了，连大门也不用了，看到这山里来的人，偷我什么东西去？"

知圆笑了一笑不作声，暗想这姓孙的也太穷得不像个样子了，身上的衣服破旧腌脏倒也罢了，怎么瘦得这般难看？连顶上的头发，都是这么散乱得和烂鸡窠一般。难道他也有了不得的本领吗？我师傅找他去，好像有很要紧的事托付他的样子。若在无意中遇着他，不但看不出他有什么本领，还得防备他，怕他的手脚不干净呢！

于今不提知圆和尚心里的胡思乱想，且说二人下山，一路没有耽搁，不多时便到了红莲寺。孙癞子直走入方丈，只见无垢和尚正盘膝闭目坐在蒲团上。孙癞子也是修道的人，知道在打坐的时候，不能扰乱，便不开口说话，就在旁边坐下来。约莫等了半个时辰，无垢才张眼注视了孙癞子两眼笑道："孙大哥许久不见，进境实在了不得，于今真是仙风道骨了。"

孙癞子摇头笑道："怎及得老法师，我只是盲修瞎炼，有什么进境？听令徒知圆师傅说，老法师近来病了，已有好几日不曾下床，不知究竟是什么病症？"无垢微微地叹息了一声道："我倒不是害了什么病症，只因有一桩心事，一时摆布不开，思来想去，好几日放不下。除却求孙大哥来助我一臂之力，再也想不出第二条安稳的道路。"

孙癞子见无垢和尚说得这般珍重，连忙答道："只要是我力量所能做到的事，老法师的使命，哪怕赴汤蹈火，决不推辞。"无垢和尚点头说道："我也料知孙大哥有这种胸襟、这种力量，才求你帮助。孙大哥虽与我是同道的人，又同住在浏阳县境内，彼此都见面往来，然平日的谈论，只就道中切磋勉励，从来没谈过道外之事，所以我的身世和这红莲寺的来历，都不曾说给你听。于今既得求你帮助，就不能不细细地说给你听。"随即将在四川的时候，张汶祥拜师，及与郑时等三兄弟当盐枭，特建造红莲寺为将来退休之地的话，述了一遍道，"近来张汶祥手下的人，有几个年老的，因四川已不能立脚了，投奔我这里来，情愿剃度出家，免遭官府捕捉。据他们说，他们郑大哥定的谋略，带了数千弟兄们，围困一座府城，将知府马心仪拿住，逼着马心仪拜把。马心仪无奈，只得与郑时、张汶祥、施星标三人结拜为兄弟。于今马心仪已升山东抚台，张汶祥三兄弟都到山东投奔马心仪去了。我听了这消息，本来已觉得他们此去不甚妥当，无奈张汶祥去山东之前，并没上我这里来。直到他们去后，我才得着消息，已无从阻挡了。我日前为张汶祥占了一课，甚不吉利，因之益发放心不下。每日在入定的时候关照他，更觉得他在山东凶多吉少。这张汶祥是我极得意的徒弟，于今我若不设法教他离开山东，倘有意外，我心里如何能安呢？我待亲自去山东走一遭吧，争奈路途太远，往返需时太多，而这寺里又抽身不得。所以只得请你来商量，看你肯破工夫替我去山东走一趟么？"

孙癞子很讶异似的说道："张汶祥是老法师的徒弟么？他在四川好大的声名，我几年前就听得从四川出来的谈起他。说他虽是个盐枭，很有些侠义的举动，本领也在一般绿林人物之上。既是这种侠义汉子有为难的事，便不是老法师的徒弟，我不知道就罢了，知道也得去帮助他，何况老法师请我出来帮忙呢？我一定去山东瞧瞧他。我去见机行事，用得着与他见面，我就见面与他说明来由，劝他同回红莲寺。如果他在山东真应了老法师的课，遇了什么意外之事，我自能尽我的力量，在暗中帮助他。"无垢和尚喜道："有孙大哥去，是再好没有的了。"孙癫子笑道："我南方人不曾到过北方，久有意要去北方玩玩，正难得这回得了老法师的差使，好就此去领教领教北方的人物。"

孙癫子出门也不带行李，也不要盘缠，就身上原来的装束，左手握着旱烟管，右手提着酒葫芦。天晴的时候，就这般在太阳里面晒着走；天雨的时候，也就这般在雨中淋着走。遇了水路，必须附搭人家的船只，人家看了他这种比乞丐还脏的情形，都估量他不是善良之辈，谁也不许他搭船。有几条船不许他搭，他也不勉强，只在河边寻觅顺路的船只，却被他寻着一条了。这船还只载了一个客，这个客的年纪已有四十多岁了，身上穿得很朴素，像是一个做小本生意的人，满面春风，使人一望就看得出是个很诚实的，孙癫子便向这船老板要求搭船。

船老板瞧也懒得拿正眼瞧一下，反向旁边吐了一口唾沫道："请你去照顾别人吧，我这船上已装满了客。"孙癫子受了这般嘴脸，忍不住生气道："分明舱里只坐了一个客，怎么说装满了客呢？你船上载客，不过要钱，我并不少你的船钱，你为什么这么瞧不起人呢？"船老板听了，将脸扬过一边道："我知道你有的是钱，有钱还愁坐不着船吗？我这船早已有人定去了，没有运气承揽你这主顾的生意，只好让给别人去发财。"

孙癫子听了这派又挖苦又刻薄的话，气得正要开口骂这船老板，忽见坐在舱里的那客人走出来问道："你要搭船去哪里，是短少了船钱么？"孙癫子还没回答，船老板已大声对那人说道："客人不必多管闲事，各人打扫门前雪，休管他人瓦上霜。这是出门人的诀窍，都不懂得吗？进舱里去坐吧，我们就要开船了。"那客人见船老板如此一说，登时缩了头退进舱里去了。船老板也走进后舱。随即出来了四个驾船的水手，拔锚的拔锚，解缆的解缆，忙乱了一会儿，船就离开岸了。

孙癫子立在岸上呆呆地看了，忽然心中一动，暗想不好了，这客人误上了强盗船。这一点儿大的船又没有装载货物，怎么用得着这么多的水手？怪道以前问的那些船，都装了不少的客，只这条船仅载了一个单身客人。大概老出门的客人，都看得出这种船不妥当。这客人不是老走江湖的，就自投罗网了，我既亲眼看见，如何能不想法子救他呢？双眉一皱，即连说："有了，有了！"看那船才行不到半里水路，忙提步追赶上去，一霎眼就赶上了。一面追赶，一面口中喊道："你船上分明只载了一个客，为什么不许我搭船？快些靠过来让我上船便罢，若不然，就休怪我搅烂了你们的生意。"

尽管孙癞子的喉咙喊破了，船上的人只是不睬。孙癞子见船上的人不答应，又追赶着喊道："你们装聋作哑不理会吗？有生意不大家做，你们打算独吞吗？"船老板和几个水手听得孙癞子是这般叫唤，恨不得要抓住孙癞子碎尸万段。待始终不作理会吧，又恐怕孙癞子再叫唤出不中听的话来，万一把舱里坐的这只肥羊叫唤得觉悟了，岂不坏了大事？几个人计议，不如索性将船靠拢，让这穷光蛋上来，料他这么一个瘄病鬼似的人，不愁对付不了。计算已定，船老板才缓缓地伸出头来，向岸上望了一望问道："还是你要搭我的船么，是这般乱叫乱喊干什么呢？"旋说旋将舵把扳过来，船头便朝着岸上靠拢来了。

孙癞子笑道："你们也太欺负我们穷人了，如果江河里的船只，都和你们这条船一样，我等单身客人还能在江河里行走吗？"船老板听了气得磨牙，但是不敢回答什么，怕舱里的客人听了怀疑，只一迭连声地催促孙癞子上船。孙癞子看着船头说道："你不把上船的跳板搭起来，像这般三四尺高的船头，教我如何跳得上呢，不是有意想害我掉下河里去吗？我又不会浮水，一掉下水就没有命了。"

船老板似乎很得意的神气说道："你也是一个男子汉，看你的年纪并不算老，像这一点儿高的船头都爬不上，真得活现世呢。"说时顺手提起一块木板，向岸上一搭，孙癞子就从木板上走到船头来。随即弯腰去提那木板，故意做出用尽平生之力，提得两脸通红、气喘气促地才勉强提上船头。嘘了一口气道："这跳板时常在水里面浸着，所以这么重得累人，差一点儿提不动呢！"

船老板看了这情形，心想这东西只怕是合该要死了，他也敢存心来搅我们的生意！他若仗着熟习江湖规矩，来找我说内行话，我们只有还他一个不理会，看他这内行有什么用处？动手就先把他做了，量他也没有招架的本领。

船老板心里正这么转念头，孙癞子已做出极亲热的样子，向船老板叫着伙计说道："我气力虽没有，但自己知道是个通窍的人，无论在什么地方，总是处处替自家帮忙，从来不惹自家人讨厌。我也不多占伙计们的地方，每天只要给我这么一葫芦酒，连饭也不吃一粒。我一张嘴是再稳没有的了，别人想套问我半句话，就一辈子也套问不出来。"船老板不耐烦的神气说道："谁管你这些！我又不认识你，哪个是你什么伙计？你一身脏到这个样子，也要来搭船，你要知道坐在舱里的这位客人，是规规矩矩做买卖的，他既坐我的船，我不能使他心里不快活。你这般龌龊，不问什么人看了也恶心，不许你走进客人舱里去，我行点儿方便，跟我到这里来蹲着吧。"孙老癞遂由船老板引到船艄，揭开一块船板说道："说不得委屈你一些儿，请你蹲在这里面。"

孙癞子低头看了看道："不是一天两天的路程，这一点儿大的地方，教我蹲在里面，不比坐牢还难受吗？我们都是自家人，我说过了不坏你的事，你不应如此款待我。那客人舱里我可以不去，难道后舱都不给我住吗？伙计，伙计！大家都是在江湖里做生活的人，不应该这般不把我当人。"船老板心想这东西开口自家人，闭口自家人，究竟他是哪里的？我在江湖上混了这么久，并没有见过他这样的人，也没听得同行中人说过，老辈平班里头有一个这样怪模怪样的人物。我倒得盘盘他的底，看他毕竟是哪里来的？如果他真有大来历，做了生意分一成给他，也是应该的。

船老板定了主意，便仍将舱板盖上，让孙癞子坐下来，自己也陪坐一旁，慢慢地盘海底。谁知孙癞子一句也不回答，只管笑着摇头。船老板不由得哈哈大笑道："原来是一只纸糊的老虎，经不起一戳就破了。"说时接着又叹了一口气道，"真是哪里来的晦气，无端害得我们白担了一阵心事。"

孙癞子从容拔开葫芦塞，喝了一口酒说道："谁教你们白担心事呢？我一上船就对你表明了，我是不多事的，我是不惹人讨厌的，谁教你担什么心事呢？你只每日给我这么一葫芦酒，我就终日睡在后舱里，连动也不动一动。"船老板心里好笑，暗骂这种不知天高地厚的浑蛋，自己也不思量思量，凭着什么本领在江湖上来吃横水？不过仍不免有些怕他搅坏已经到手的生意，面子上还是向孙癞子敷衍道："也罢！我就让后舱你住着。你自己知趣些儿，不许和前舱的客人说话。"孙癞子连忙应是，弯腰走进后舱里坐着，从此不言不动，只双手捧着葫芦，口对口地咕啰咕啰。

这夜船泊在一个很繁盛的码头之下，孙癞子自己上岸沽了葫芦酒上船，船老板问他道："你上岸去干什么？"孙癞子扬着酒葫芦给他看道："粮食完了，上岸去办粮食。"船老板道："你粮食完了，怎么不向我要呢？我船上还有两大坛陈酒，足够你喝。"孙癞子笑道："迟早是要领你的情的，我只因见你的生意还没有做成，不应该就向你需索，所以自己上岸去沽了喝。"

船老板放下脸说道："你这人真说不上路，我有什么生意没有做成？你以后喝了酒，不要说酒话吧。葫芦里若是干了，尽管向我要。"孙癞子笑嘻嘻地点头，心想这狗强盗不存好心了，他见我欢喜喝酒，就打算拿酒先把我做翻。他们江湖上用的，不过是蒙汗药，倒要看他们如何下手？

这夜安然无事，次日天明开头，顺风走了一日。下午申牌时分，船正扯起顺风帆，走得和跑马一般的快，前面一个沙滩，船行到这里要转拐了，忽然船头反向沙滩这方面一侧，只听得船底板喷喷地响了几下，船头猛触在沙滩上，全船都震动了。水手登时叫唤起来，齐声说："不好了！船身浅住不能动了。"

那客人也惊得跳起来，走到船头上看了看，问船老板道："怎么走得好好的，会走到这沙滩上来呢？"船老板道："陡然从这方面吹来一口风，船轻了载，连转舵也来不及，就走到这上面浅住。且教水手们下河去推推看，能推动今天还可以赶十来里路，若推不动，就只得等明天再设法了。"船老板这么说着，真个跳下去几个水手，一个个用背贴住船舷，用力推挤。那船就和有胶粘住了的一样，哪里能推动分毫呢？

孙癞子在这时候也慢慢地走到船头上来，抬头向四面望了几望说道："好一个荒僻的地方，前不靠村，后不靠市，真是天生的好泊船所在。我们出门人，难得有这种好地方停泊，为赏玩这种野景，应得痛饮一场才好。只可惜我昨天上岸沽的一葫芦好酒，今日已经喝得没有了，此地沽不出酒来，却如何是好呢？"

船老板听孙癞子说出来的话，没一句中听的，简直心里恨得发痒。只因天色还早，恐怕后头有船只走过来，即时弄翻了脸不好下手，勉强赔着笑脸说道："我昨日不是就对你说过了吗？我船上还有两坛陈酒，尽你有多大的酒量，都有得给你喝。你把葫芦给我，我就去装一葫芦来，包管比你在岸上沽的好多了。"

孙癞子喜道："真的么？"船老板正色道："谁骗你干什么呢？"孙癞子随即将葫芦递过去道："这就好极了！我只要有酒喝，万事都不管，哪怕就死在临头，我也要喝了酒才说。"船老板接过酒葫芦笑道："你这样也差不多成了个酒仙了。"孙癞子哈哈大笑道："什么酒仙，做一个酒鬼也罢了。"

船老板提了葫芦进舱里装酒，暗地取出药来，比寻常多了几倍，纳入葫芦里。耳内就仿佛听得有人声说道："还得多放些，少了没有力量。"船老板吃了一惊，忙回头看时，并不见有人影。急探头从船窗里看船头，只见孙癞子和那客人并肩立在原处，正指手画脚地说话，几个水手也都已跳上船头了。心想他们都知道我取了葫芦进来装酒，决不至放这东西进舱来，这是我自己疑心生暗鬼，所以仿佛听得有人说话。

船老板如此一想，就放心大胆地提了葫芦出来，递给孙癞子道："你且尝尝这酒味何如？"孙癞子接在手中笑道："药酒哪有不好的？不过合不合我的胃口，要喝下去才知道。"边说边举起葫芦，凑近鼻孔嗅了一嗅，不住地摇头道："这里面是什么药，怎的有些刺鼻孔？"船老板笑道："就是白酒，哪里有什么药呢？酒气自然是有些刺鼻孔的，你不要只管打开塞头走了气，这酒便不好喝了。快喝一口试试看。"

孙癞子举起葫芦要喝，忽又停住道："我喝这酒，这位客人怎么办呢？"船老板又吃了一惊，极力镇静着道："你是欢喜喝酒的就喝酒，他不欢喜喝酒的，有什么怎么办咧！"孙癞子点头道："我也只要有酒喝，以外的事就轮不到我管。"说着咕啰咕啰几口，就喝下了半葫芦，咂了咂嘴说道："酒确是好的，不过不知是什么道理，一喝下肚就觉有些头昏。哎呀！不好了，你们看，这沙滩转动起来了，我的脚站不住了。哎呀，要倒了！"随说随倒在船头上，口里还只管嚷着："好酒，好大的力量。"酒葫芦掼过一边，船老板大笑道："这么没有酒量，也要喝酒，你们把他抬到后舱里去睡吧！"即有四个水手过来，将孙癞子抬进后舱去了。

不知这些强盗如何摆布，且俟下回再写。

第三十五回

救客商装梦捉强徒
受友托隐形探淫窟

话说四个水手将孙癫子抬进后舱，往舱板上一掼，就如死了的一样，一点儿知觉没有。船老板已提着酒葫芦跟到后舱来，伸手在孙癫子胸前额角抚摸了几下，知道已昏迷过去了，才用很低微的声音，对几个水手说道："这东西实在可恶，险些把我急死了。要说他是内行吧，盘问他的话，他一句也回答不来；要说他是假冒的吧，他又似乎门门懂得，件件在行。我装酒给他的时候，他那神气，不是好像已经识破我的关子吗？我正在急得不知要如何发付他才好，他却举起葫芦，咕啰咕啰地把酒喝下去了。这也是合该这东西的死期到了，仿佛鬼使神差的，教他喝了这半葫芦药酒。这葫芦里我下了五倍的药，他只要喝了一口下肚，就包管他一个对时不得醒来。于今他喝下了这么半葫芦，便是有药去解救他，也不见得能醒转来。若就这么不去理会他，至多两三个时辰就得咽气。"

船老板说到这里，又听耳根前有人说道："你的药下少了，只怕没有力量。"船老板心里一惊，连忙回头望了一望，向立在身边的水手问道："是你在我耳根前说话么？"这水手愕然问道："我们正在听你说话，有谁在你耳根前说话呢？"船老板又看了看孙癫子，不由得独自鬼念道："这就奇了！在装酒的时候，耳里就分明听得有人说话。那时舱里除了我，并没有第二个人，我还以为是我自己疑心生暗鬼。于今又听得这么说，并且听那说话的，就是一个人的声音，这不是青天白日活见鬼吗？"随又问立在身边的水手道："你刚才没说话，也没听得有人说话吗？"

这水手道："我们四个人都在听你说话，怎么没听人说话呢？"船老板气得呸了这水手一口道："你真是糊涂蛋！我自己在这里说话，难道我自己不知道，要来问你听得了么？"三个水手都说道："我们只听得你说话的声音，不曾听得再有人说话。这舱里不是大家都看见的，并没有人进来吗？我们四个人跟你站在一块儿，若有人在你身边说话，如何能避得开我们的眼睛呢？"

　　船老板也懒得回答这些无意味的话，只低头望着孙癫子的脸出神。一会儿，又伸手在孙癫子鼻孔上摸了几摸，胸膛上按了几按道："天色还早，且让他们多挨一时半刻。"随将酒葫芦放在孙癫子的头旁边笑道："这里面还有半葫芦酒，你既这么喜酒，何不一阵喝下去呢？"说着和四个水手回到船艄上去了。

　　前舱里的那客人，虽亲耳听了孙癫子在船头上说了那些话，亲眼看见孙癫子只喝下半葫芦酒，就昏倒不省人事，然因他是一个很诚实的商人，不知道世道的艰险，并不觉得这船可疑，入夜仍照常酣睡。

　　约莫到了二更时分，船老板提了一把小板斧，悄悄从船舱走到前舱来。在星月朦胧之中，眼见一个人在船边上蹲着，好像伸着屁股向河里大解的样子。船老板心里一惊，暗想莫不是那客人起来大解吗？怎么我们在船艄里没听得一些儿响动呢？我们自己人此刻都在梢里等着，没人出来，那个穷叫化早已醉得不省人事了，除却前舱的客人，没有第二个。他既在船边上大解，我何妨乘他不防备，从容上去将他一斧劈翻呢？想罢，即将板斧藏在身后，行若无事地走到船头。看那人还蹲着没动，船老板心里毕竟有些恐怕黑暗中错劈了自家人，凑近前一看，不禁又吓了一跳。船边上哪里有什么人呢？连仿佛人影的东西也没有。只得自认眼睛看错了，回身去拨前舱的板门。自己的船，当然绝不费事就拨开了。

　　刚踏进脚去，便听得舱里的客人在梦中翻身的声音，以为是客人醒了，恐怕被他听出声息，即停脚不敢动。不一会儿，又听得打呼的声音，便钻身到了舱里。那客人睡的地方，船老板是早已看在眼里、记在心里的。此时只要举起板斧，照着认定的所在劈下去就是了。只是这个船老板是个积盗，这种谋财害命的事，经验极多，举动很是谨慎。右手一面举起板斧，一面伸左手去摸索那客人的头颅，恐怕一斧砍得不中要害，客人反抗起来，便大费手脚。谁知不摸倒也罢了，这一摸只吓得缩手不迭。

　　原来摸着的头颅，一触手就觉得不像是前舱客人的。前舱客人是和平常人一般的头发，结成了一条辫子，垂在脑后；此时所摸着的头颅，是乱蓬蓬的一头短发，并且尘垢粘结。一触手，就心下思量道："这不是后舱里那个穷叫化的脑袋吗，怎么到这里来了呢？"当下吓得缩回左手。忽然转念想道："管他是前舱的客也好，是后舱的穷叫化也好，横竖都是免不了要给他一板斧的。"念头这么一转，那斧就登时劈下了。真是作怪！船老板在前舱一斧劈下，前舱被劈的人一点儿声息也没有，倒是后舱里有人连声"哎呀""哎呀"地直叫，而听那叫哎呀的声音，一入耳便知道就是前舱的客人。

这一来，简直把一个经验极多的积盗弄糊涂了。不过他毕竟是一个积盗，又仗着地方僻静，自己人多，并不害怕。伸手摸板斧，似乎没有粘着血水。心里一横，也不顾后舱里有人叫唤，又是一斧劈下去，想不到竟劈了一个空。刚待提起板斧，猛觉有人从背后一把拦腰抱住，来不及挣扎，已被那人很重地向舱板上一掼，只掼得头昏脑涨。心里虽明白遇了辣手，不赶快图逃没有活命，只是四肢百骸，就如有千百条绳索捆绑了的一样，一动也动不得。舱里又漆黑，看不见把自己掼倒的是谁。只得放出极软弱的声音哀求道："我这回瞎了眼睛不认识客人，求客人饶恕我一条性命，我下次再不敢在江湖上做这生意了。"船老板尽管这么哀求，但是没人答应，也不听得舱里有什么声响，连后舱里叫哎呀的声音也没有了。只觉得船身微微地有些摇动，仿佛船已开行了的一样。

船老板昏沉沉的，似睡非睡，似醒非醒。直到天色已亮，船舱里透进了天光，船老板才明白清醒了。睁眼看舱里，一个人也没有，那客人已不知睡在哪里去了。自己的身体，塞在舱角落里，两手反操在背后，并没有绳索束缚。然因身体是蜷曲着嵌在那角落里的，两手又在背后，浑身无处着力，所以动弹不得。那把素来用作劈人脑袋的小板斧，就在身边横着。想起昨夜的情形来，仍旧疑心是在做梦。正打算要尽力挣扎起身，即听得那客人的口音在后舱里，发出很惊讶的语调说道："咦，咦，咦！昨夜是怎么睡的，如何会睡到这后舱里来了？怪道我昨夜做了一夜的噩梦。嗐！你这个人的酒，也醉得太厉害了，怎么睡了一整夜，到这时分还不醒来呢？"

孙癞子这才打了个呵欠，伸了个懒腰，口里含含糊糊地说道："好酒，好酒！好大的力量。"这客人笑道："还在这里好酒好酒，你醉了一夜不省人事，此刻已经天明了，你知道么？"孙癞子翻身坐了起来，揉了揉眼睛，望着这客人道："我怎么真个睡到你舱里来了呢？"这客人笑道："你看清楚再说，看到底是我睡到你舱里来了呢，还是你睡到我舱里来了？”孙癞子抬眼看了看四周说道：“这就奇了！你为什么在我舱里睡着呢？”客人道：“我也不明白为什么会睡到这里来。”

孙癞子伸长脖子，向窗缝里张了一张道：“船不是已开了头吗？我昨日自从喝了那半葫芦酒，简直醉得一夜不得安宁。在梦中好像是睡在你的床上。睡到二更时分，忽然看见从船头上来了一个强盗，右手提着一把小板斧，撬开舱门，跨进舱来。伸左手在我头上摸了一摸，就是一斧头劈下。喜得那一斧的来势不重，我有头发挡住了，不曾受伤。只见那强盗举起那斧头又劈将下来。我虽是喝醉了酒做梦，然心里明白，知道这一下是受不住的，连忙滚下床来。那强盗好像是瞎了眼睛的，我滚下了床，他也没看见，一板斧朝空处劈了。我恨他不过，转到他背后，拦腰抱住他往地下一掼。那强盗的身体，就和纸糊篾扎的一般，只那么一掼，就掼得他不能动了。”

孙癞子说到这里，这客人已跳起身说道：“怪事，怪事！我昨夜做的梦，比你这梦还要吓人些呢。我也是梦见一个强盗，手提板斧跑来杀我。还没有跑进我的房，这边房里又跑出一个强盗来，并听得这个强盗说，一斧劈死了，太便宜了他，让我去慢慢地将他处死吧！说着便将我连人带被褥一把掳起，抱到这边房间里来。一脚踏住我的胸膛，痛得我连声喊哎呀，好像就咽了气，不知人事了。直到刚才醒了睁眼看时，谁知真个睡到这舱里来了。”孙癞子道：“我两个做一般的梦，实在太怪了，我倒要到你舱里去看看。我记得在梦中将一个提板斧的强盗，抱住掼倒在你舱里，看究竟有什么痕迹没有？”

二人在后舱里说的话，船老板在舱角落里听得分明，心中也自诧异道：“原来他们都不过做了一场噩梦，我却实实在在地被掼倒在这里，受了一夜比上杀场还苦的罪。但是我不解那个穷叫化，喝下那么半葫芦酒，何以这时候不解救就醒来了呢？我再不挣扎起来逃跑，他二人走来看见了我这情形，不是要弄假成真吗？只叫恨我船上这些帮手，真是些死人。我独自出来动手，一夜没回到梢里去，怎么也不出来瞧瞧？难道在这时候，一个个都能安心躲在梢里睡觉吗？这也实在太奇怪了。”

船老板心里是这么愤恨，身体竭力向宽处挣扎，只是好像特地造了这么一个陷笼，将他身体陷住似的，无论怎生挣扎，气力都是白用了。耳内听得后舱里二人的脚声，看着从船边绕到前舱来了。船老板既挣扎不起，唯有紧闭两眼听凭摆布。

孙癫子在前，跨进舱就指着角落里的船老板，大笑说道："果然掼倒了一个瞎了眼的强盗。你看，不还在这里吗?"这客人看了吃惊问道："咦? 这究竟是怎么一回事。哎呀! 这里还果然有一把板斧呢。"孙癫子道："我昨夜在梦中因为舱里漆黑，不曾看清楚强盗的面目。来，来! 我们两人看个仔细，好像面熟得很呢。"

这客人看了惊讶道："这不是船老板吗，怎么说他是强盗?"孙癫子笑道："是船老板么? 那么我这梦就更真了。我记得梦中还到了船艄里，看见船艄里也有几个强盗，各人手中都拿了一把短刀，正要钻出来杀人。我也将他们一个一个掼倒在艄里，也正是这般掼法。这强盗既是不曾逃跑，想必船艄里的那几个，也和他一样。"这客人道："然则这条船不是强盗船吗? 我们且到船艄里去瞧瞧。"孙癫子道："你去瞧瞧便了，我昨夜喝多了酒，今日还有些头昏，懒得去看。"这客人就独自去了。

孙癫子凑近船老板的耳根，说道："伙计，伙计! 你为什么还只管躺在这角落里不动呢? 我上船的时候便对你说过了，有生意大家做，我们都是自己人。你偏要在我面前装糊涂，不理会我，反而拿药酒来把我醉倒。你将那'灵丹子'（江湖隐语称迷药为灵丹子）放进酒里去的时候，我分明在你耳根前说，教你多放些，少了没有力量，你听了倒不理我。你自己想想，若不是你那酒将我喝得死不死活不活，我如何会做出这么一回梦来?"

船老板听了这些话，才知道这穷叫化是个有大能耐的奇人，果是自己瞎了眼睛，当面不认识，只得告哀求饶。孙癫子道："我又不曾用绳索捆绑你，你要走尽管走，要逃尽管逃，求我干什么?"说到这里，到船艄里去看的客人已走回来说道："昨夜的事，真教我莫名其妙，怎么做梦都成了真事呢? 这船上的水手，四个人做一堆躺着，手中的短刀，都还紧紧地握着，不肯松开。一个个睁开两眼望着我，也不说什么，也不动弹。我故意问他们为什么拿着刀睡觉，他们一个也不回答，这到底是什么道理? 我生长了四十多岁，连听也没听人说过这种奇事。"

孙癞子摇头道："我也不明白是怎么一回事，你问这位船老板，他是一定明白的。"这客人虽是个老实的行商，然眼见这船老板是个强盗，心里也就异常愤恨，厉声对船老板喝道："你半夜手持板斧，偷进我的舱来，想谋我的财害我的命。喜得我命不该死，鬼使神差地将你是这般困住了，你还不照实供出来吗？怪道你昨夜不赶到码头上停泊，原来你这狗强盗不存好心。你老实供出你昨夜的情形来便罢，若想支吾，我就要对你不起了。"旋说旋回头在舱里寻找了一根木棒，提在手中，做出要打下去的样子。

船老板苦着脸说道："不劳客人动手，我既到了这一步，难道还能隐瞒不说吗？客人不要以为我困在这里是鬼使神差、莫名其妙的事，昨夜若没有这位神仙，客人的性命早已没有了。我自己知道是我的恶贯满盈，才有今日，也用不着再含糊了。客人只道昨夜真是做梦么？都是这位神仙的神通广大。莫说救了你，你不知道；我被他老人家用法术软困在这里，也直到刚才方明白呢！我做了半生谋财害命的事，到今日能死在这么一位神仙手里，也算值得了。我这条船在这河里行过十多年了，每年至少也得做七八次谋财害命的案，只因我的手脚做得干净，没有破过案。不过老走久湖的人，久已疑心我这条船不大妥当就是了。然因为不曾破过案，尽管疑心也不能奈何我，不过坐我这船的很少很少，越是坐船的客少，我们便越好下手。这回合该我们要破案，因看不起这位神仙爷的仪表，三回五次地点破我，我仍不见机。昨夜在黑暗中摸着了神仙爷的头，还举板斧劈下去，这不是我糊涂该死吗？我如今说懊悔也来不及了，听凭神仙爷和客人怎生惩办便了，横竖拼着一死，只求神仙爷慈悲，不将我们送官。我死不算事，送到当官去受种种的凌辱苦楚再死，就死也死得不爽快。"

这客人见是孙癞子救了他的性命，即双膝跪下，向孙癞子叩谢救命之恩。孙癞子拉了他起来笑道："这是你的命不该死。我因感念你在我要搭船的时候，存心想帮助我，到船头上问我去哪里。我那时看你的气色不佳，才留心着这船上。若不然，我也懒得多管闲事。此刻我已将他们这些没天良的强盗软困在这里，这个为首的也已供认不讳了，只看你打算怎生发落他们。"

这客人道："我是一个无知无识做小本生意的人，这回承您老人家的恩典，救了我的性命，我身边带的三百多两银子，又没有被他们劫去，我实是感激不尽。至于应该怎生发落他们，听凭你老人家说了就是。"孙癞子点头道："论他们的行为，委实是死有余辜。不过我们都不是做官的人，他们犯的国法，应该把他们送到官里去。只方才他求我们不要送官，我想将他们送官是容易的事，但是把他们送去了，我两人不是都得另行搭船到山东去吗？半路上搭船是很麻烦的，不如暂时依了他的不送官，我们仍旧坐他们的船。且看他们这一路伺候得我两人怎样，好便饶了他们。他们从前做了恶事，将来还是逃不了恶报，我们可以不管他。若在路上伺候我们两人不周到，我要使他们吃苦，倒不费事，你以为我这话怎么样？"

这客人虽觉得孙癞子这办法，太便宜了这些强盗，然不能说不依，只得连忙说："你老人家要怎么办，就怎么办好了。"孙癞子笑着向船老板招手道："你起来吧，这一夜的辛苦，也够你受了。"船老板经孙癞子这么一招手，浑身就和解去了千百条绳索一样，并不待如何挣扎，一着力便站起来了。也不说话，跪下地就对孙癞子叩头。连叩了好几个头才说道："我承你老人家不杀之恩，敢不尽心伺候。不过我那几个被困在梢里的伙计，大约也是你老人家的法术，将他们制住了。"孙癞子不待他说下去即答道："你去瞧他们，不是已经起来了吗？"船老板走到后梢，果然几个水手都伸腰舒腿地起来了。

这一船的强盗，自从经过了这夜的无形软困，大家都心悦诚服地将孙癞子做神仙看待，哪里还敢轻慢半点？一路小心谨慎地伺候，一文船钱也不肯收受。孙癞子还恐怕这一船强盗，暗地跟踪这客人图劫，亲自送这客人到了家，才到山东省城里来，打听张汶祥在巡抚部院里的情形。

孙癞子到山东也不住客栈，夜间就在那破旧的小关帝庙里歇宿。初到的这日，他心想我这番受了无垢和尚的托付，来指点张汶祥。我若就是这般形象去巡抚部院会他，休说在巡抚部院里当差的人，都是些势利狗，看了我这情形，决不替我通报进去；就是通报进去了，张汶祥也不见得看得起我。我不远千里地来指点他、帮助他，倒落得他一双白眼相看，岂不是自寻没趣？并且初次见面，他不知道我是何等人，我就一片好心指点他，他也未必肯听。不如在暗中先查察他的行为，若也不过一个利禄之徒，行为荒谬，我就受了无垢和尚的托付，也只是略尽人事罢了，犯不着竭力帮助他。

　　孙癫子打定了主意，这夜初更以后，便用隐身法进了巡抚部院，在里面穿梭也似的来来去去，谁也看他不见。马心仪与柳氏姊妹和春喜丫头的举动，他却完全看到了眼里。并听得柳无非对马心仪说自己姊妹，在船上与郑时、张汶祥成亲的事，不由得心里恨道："无垢和尚收的好徒弟，在四川弄得立脚不住了，到山东来投奔马心仪这种人面兽心的东西，已属无聊极了。偏偏在半路上还骗娶官家的小姐做老婆，像这种好色没行止的东西，我不杀他，已是看无垢和尚的面子了，还帮助他什么，指点他什么？"孙癫子已经气得打算不管这事了，但是他出来一走到西花厅里，只见郑时正在与张汶祥坐在一块儿低声说话。孙癫子心想："他两人这般低声小气地说些什么，我何不凑近跟前去听听？"随即走近二人身旁。

　　只听得郑时说道："我知道三弟把功夫看得认真，不肯在女色上糟蹋身体。不过少年夫妻，实在不宜过于疏淡。你要知道，你是练功夫的人，越是不近女色越好。三弟媳不是练功夫的，又在情欲正浓的时候，何能和你一样呢？"孙癫子听了这些话，已不觉在暗中点头道："照这话听来，难道张汶祥并不是一个好色没行止的东西吗？"接着又听下去。听到张汶祥摇头说："这只怪我生性不好，从来拿女子当一件可怕的东西，不仅觉得亲近无味，并时刻存心提防着，不要把性命断送在女子手里。我未尝不知道这种心思，只可以对待娼妓，及勾引男子的卑贱妇人，不能用以对待自己的妻子。无奈生性如此，就要勉强敷衍，也敷衍不来。我这头亲事，原是由二哥、二嫂尽力从中做成的，我自己实不曾有过成立家室的念头。"就在暗中连连点头道："这才是一个汉子，这才不愧为无垢和尚的徒弟！原来是郑时这个色鬼，因骗娶了柳无非，心中不免有些惭愧，所以要把柳无仪配给张汶祥，大家同下浑水，好遮掩他自己不敦品的行为。常言'人命出于奸情'，马心仪既诱奸了柳氏姊妹，两边恋奸情热，一定有谋杀亲夫的事做出来，怪道无垢和尚说张汶祥在山东凶多吉少。郑时这东西，才情学问虽有可取之处，然是个热衷利禄的人，品行又如此不端，就被马心仪谋死，也是自取的，不足顾惜。倒是张汶祥，我得设法使他认识了我，才好劝他离开这龌龊的地方。"当下孙癫子便退出了巡抚部院。

　　次日天色一黑，又隐形到马心仪上房里来。见这房里只有马心仪的一

371

个姨太太坐着，和一个小丫头说话，柳氏姊妹与马心仪都不见踪影。孙癞子原是想探听马心仪对柳氏姊妹说些什么话，当即到各处房间里寻找了一会儿，连张、郑二人的睡房找遍了都没有。仍回到上房，连刚才坐着和丫头谈话的那个姨太太也不见了。正要走出来，只见一个十四五岁的丫鬟，双手托着一碗菜向上房走来。

孙癞子看了，心想这房里并没摆设席面，怎么托着菜到这房里来呢？忙让过一边，看这丫鬟托到哪里去？料定这菜必是送给马心仪吃的。只见这丫鬟直走到床帐背后去了，跟上去看时，原来床帐背后有一个小门，丫鬟临时一手推开，挨身进去了。孙癞子不等她回身关门，急跟着进去。里面灯烛辉煌，仿佛白昼，直是和天宫一般，说不尽的繁华富丽。房中摆了一桌酒菜，一男三女，各据一方坐着。正是马心仪和柳氏姊妹，还有一个女子，就是刚才坐在前房和丫头说话的那个姨太太。丫鬟送上托来的菜，即转身出去，随手将门推关了。

孙癞子就听得柳无非问马心仪说："他们是在四川做生意的人，你那时在四川做知府，充其量也不过降尊和他们来往来往，何至于与他们结拜为兄弟呢？我这个二爷倒也罢了，可以说是个读书有学问的人，将来的前程不可限量，与他结拜还勉强说得过去；至于三爷、四爷，都是粗人，你那时怎么看中了他两个，会想到要与他们拜起把来呢？你又不是结拜以后才发达的，这道理实在教我想不透。"

马心仪笑道："你只管追问这事有什么用呢？我不是早已对你姊妹说过了吗，二爷和他们两个原是多年结拜过的，并且终年在一块儿合伙做生意，没有离开过。我是后来因和二爷结拜了，不能说他两个是粗人便瞧不起，所以四个人又重行结拜，并没有别的想不透的道理，你这下明白了么？我们谈旁的快活话吧，这类不相干的事，只管谈论它做什么呢？"

柳无非摇头道："你说是不相干的事，我倒觉得是很要紧的事。我还要问你，你既不存瞧不起三爷、四爷的心，与他们结拜了，却为什么又怕外人知道，不许他们当着人称你大哥呢？"马心仪道："你这也不明白吗？我的胸襟不同，自然可以不存瞧他们不起的念头，只是官场中的人，几个和我同一般胸襟的？并且我要避嫌疑，也只好教他们不当着人称呼我大哥。你安着什么心眼，一次又一次的是这般根究？难道做官的人，朝廷订了律不许与不做官的人拜把吗？"

柳无非见马心仪面上带着不大高兴的样子，连忙笑着摇头道："不是这般说法，我并没有安着别的心眼。不过我听你说的话，与二爷说的，有些牛头不对马嘴，使我不由得不细细地追问。"马心仪问道："他说了些什么话，与我说的牛头不对马嘴？"柳无非道："他在船上初次见我的时候，他说他是做生意的人，平日于官场中不甚留意。又说从甲寅年出四川，在新疆、甘肃一带盘桓，直到前年才回四川去。前年你不是已到了山东吗？据我推想，你们结拜，必有缘故。绝不是你因为二爷的才学好，就降尊和他们结拜。我姊妹承你宠爱，这种恩情，我姊妹粉身碎骨也难报万一。你非不知道我姊妹当日在船上，与二爷、三爷成亲，是出于不得已。你难道还疑心，我姊妹尚未忘情于他两人，将你说给我们听的话，去对他们说吗，何以不肯把实话告诉我呢？"

马心仪道："这倒不用你表白，我已知道你姊妹对我的心。不过我觉得无须向你姊妹说这些不要紧的话。"柳无非道："不然！我姊妹既承你宠爱，就巴不得长久能在你左右。我看三爷是一勇之夫，心粗气浮，容易对付；二爷便不然，为人心思极细，主意又多。我们的事，日子长了，难保不有破绽给他看出。我逆料他这种人，看出了我们什么破绽，是决不动声色的。倘若他借故向你告辞，要带着我往别处去，只一离开了山东，便将我姊妹置之死地。到那时我姊妹有什么方法，自全性命呢？"

马心仪沉吟了一会儿道："你我在上房里干的事，内外都是我的心腹人，有谁敢去说给他们听？没人去向他们说，哪怕老二的心思再细，试问他从哪里看出破绽来？并且这种暧昧的事，除了自己亲眼看见，旁人说的，谁也不能当作实相。你想想，我们在上房里，岂有他从外面进来，我们尚不知道的？丫头、老妈子坐在院子里是干什么事的，大家都不拦阻他，也不跑上来通报，让他撞到这里来捉奸吗？于今且退一步说，即算老二的心思灵巧，眼睛厉害，对你我起了疑心，想把你姊妹骗出去处死，我就肯放你姊妹走吗？你安心吧，不要自己疑心生暗鬼的，这也怕，那也怕。"

柳无非道："你何不替他两人弄点儿差使，打发他们离开这里，免得终日在眼前讨厌？我在你跟前很快活的，一出去见了他，心里就不自在了。待不理他吧，又怕他疑心，每夜要勉强敷衍他一阵，实在没趣极了。妹妹倒好，三爷对她从来不亲热，她对三爷也是冷冰冰的，时常一夜都不开口，所以我说他容易对付，只苦了我一个人。"

马心仪点了点头道："你的意思我明白了，不要性急，我不爱你姊妹便罢，既爱你姊妹，老二、老三又本是来求我提拔的，我总尽力替他两人谋外放便了。我明地提拔他两人，暗中就是提拔你姊妹。你不知道我心里踌躇的，自有踌躇的道理。"

柳无非道："你明白了我什么意思？你以为我是替丈夫求差事吗，我哪里是这种心思？只要使他不在跟前，我心里就安然了。难怪你不肯把你们结拜的原因说给我听，原来这时候还在疑心我是替他们求差事。我姊妹的一片心，真是白用在你身上了。"说时，眼眶儿红了。

柳无仪插嘴说道："我留神看二爷、三爷说话，一说到在四川时候的事情，两人言辞都一般的闪烁，连忙拿旁的话岔开，并且都似乎不愿意提自己身家的事。我虽说生得丑陋，然也是千金之体，实在不承望嫁这么一个粗人。姊姊只说我的容易对付，却不知道我夜间和他在一床睡着，简直比见阎王还难受。"柳无非道："我正为他两人都不愿意提自己身家的话，才想追问拜把的原因。"

马心仪道："你们定要问我和他们拜把的原因，我就说给你们听，也没有什么妨碍。你姊妹拿着去对外人说的事，我是料定不会有的。不过恐怕你姊妹听了之后，在他兄弟面前露出使他们生疑的神色来。你知道二爷的心思是极细的，这不是当耍的事。"柳无非道："我姊妹又不是不知轻重的小孩，这是何等重大的事，岂敢随便露出什么神色？"马心仪道："只要你姊妹知道轻重，我便说给你们听也使得。"接着就将在四川结拜的情形，大概说了一遍。柳无非变了颜色问道："这姓张的，就是最凶悍有名的张汶祥么？"马心仪道："怎么不是？声名虽极凶悍，为人却并不甚凶悍。"

马心仪还在说话，柳氏姊妹都掩面痛哭起来了。马心仪看了柳氏姊妹发怔，半晌才道："哦！我一时不曾想到，原来你姊妹和他们还有大仇呢！但是此刻也用不着如此痛哭。当你们初到山东来的时候，我听了你们成亲的事，便知道不妥，这也是老二的糊涂，雪里面岂是埋尸的？"柳无非一面揩着眼泪说道："可怜我父亲当日在绵州死得好惨啊！我只道我姊妹是永远没有报仇的时候了，谁知腆颜做仇人的老婆，做了这么久。这也是先父在天之灵，默佑我才有今日。"说着弯腰向马心仪下拜，柳无仪也跟着拜下去。

马心仪一手搀起一个说道："我其所以屡次不肯对你姊妹说出他们的身世来，就是为你姊妹和他们有这大仇恨，恐怕你们知道了忍耐不住。郑时聪明，必能料到是我说给你们听的。那时打草惊蛇，他们一走，就反而留下一条祸根。你姊妹向我叩头的意思，我知道，不要着虑，让我思量出一个妥当的法子，一则为你姊妹报仇，二则为我自己除去后患。你姊妹只须依遵我的话，万不可在他们面前露出使他们可疑的神色，要紧，要紧！"

柳无非道："倒是心里明白了，情愿故意做出和他亲近的样子来，好把他稳住。"这个姨太太在旁边听到这里，才问是什么大仇恨。柳无非只得将她父亲柳儒卿在绵州被张汶祥那股枭匪杀死的事，简单说了一番。马心仪笑道："我若是命短的，不也是和你父亲一样地殉难了吗？"说至此，那丫鬟又推门送菜进来了。

马心仪笑道："今夜为说这些事，把好时光糟蹋了，不但没有得着快活，反弄得一把眼泪、一把鼻涕，等歇回到西花厅，不使他们看了怀疑吗？我与你姊妹定一个约，我从此心里决不忘掉你姊妹报仇的事，不过从此不许你姊妹再向我提刚才说的这些事了，我们来饮酒作乐吧，不要辜负了好时光。"孙癫子知道已没有可听的话了，不趁这时开了房门在丫鬟之前走出去，说不定以下有不堪入目的事做出来。

孙癫子出了密室，心想郑时原来是这般一个浑蛋。马心仪就不替柳氏姊妹报仇，将他处死，我也不能让他活在世上。一面是这般思想，一面走出上房的院子。见院门已经关闭了，只得打算从房顶上走出去。才纵身上了房檐，忽一眼看见那密室的房顶上，好像有一个人的黑影子伏着，不觉吃了一惊。暗想这黑影不是张汶祥吗？大约他已疑心柳氏姊妹与马心仪有苟且了，所以到这房顶上来偷听。只是他们在密室里细谈，你在这房顶上如何能听得着呢？我既在此地遇着他，何妨上去和他开个玩笑，看他的胆力武艺何如。想罢，即飞身到了那边房顶。

孙癫子是由修道得来的神通，与寻常人由锻炼得来的武艺不同。飞身过去，不但没有声息，因使用了隐形法，并没有人影。尽管有绝大本领的夜行人，也听不出声，看不出形。孙癫子知道张汶祥不过是武艺高强，并不曾修过道，以为自己飞过去，张汶祥是决不会知道的，大着胆量朝那黑影走去。谁知还没有近身，那黑影已一闪没看见了。孙癫子暗自吃惊道："倒看不出张汶祥的本领不小，竟能知道有我到了他背后。只是他这一闪又跑到哪里去了呢？"正举眼待向四面寻觅，陡见一道白光从左边房顶上飞来。

孙癫子看了笑道："原来不是张汶祥啊！想不到在这里遇着同道的人了。我不能就这么出头露面，且和他较量较量，再去与他会面，看他是谁，为什么也在这房顶上伏着？"随即也放出剑光来。刚与那白光一交接，那白光即时掣转去了。孙癫子笑道："怎么呢？难道不能见人吗？既是同道，何妨玩玩。"正想向左边房上追过去，忽见那人已飞过来了，望着孙癫子拱手说道："请问老丈尊姓大名，到此有何贵干？"孙癫子忙收了隐形术。

不知来的是谁，且俟下回再写。

第三十六回

报兄仇深宵惊鬼影
奉师命彻夜护淫魔

话说孙癫子见那人拱手问话，忙收了隐形术，看那人的年龄很轻。虽在黑暗之中，因孙癫子修成了一双神光满足的眼睛，能于黑夜之中辨别五色，所以看得出那人年龄不过二十来岁，生得骨秀神清，唇红齿白，真算得是一个飘逸少年。心里不觉非常欣羡地说道："自家人不妨实说，我是浏阳孙耀庭，此番因受了朋友的托付，来此救护一个人。请问你贵姓台甫，为何在此时暗伏在这密室之上？"

少年听了，也十分高兴似的说道："学生姓赵，名承规，湖北襄阳人。此来也是奉了师傅之命，在暗中保护一个人。请问老丈要救护的是哪个？"孙癫子心想："这后生难道是来保护郑时的么？"遂答道："此时更深人静，我们在这屋顶上说话多有不便。我很想问你的话，不知你愿不愿意和我离开这里再说？"赵承规略不思索地说道："好极了！看老丈要去哪里，就去哪里便了。"孙癫子遂引赵承规离了巡抚部院。

到僻静处即停步问道："尊师是哪个，教你到这里在暗中保护谁人，不妨说给我听么？"赵承规道："敝老师就是沈栖霞师傅，大约也是老丈知道的。她老人家在静坐的时候，知道有人将要谋害马巡抚。马巡抚的母亲曾与她老人家有一段布施的因缘，所以打发我来山东在暗中保护。老丈这番受朋友之托前来救护的，也就是马巡抚么？"

孙癫子摇头笑道："我要救护的虽不是马巡抚，然有我在这里，也能使马巡抚不被人谋害。尊师曾对你说明将要谋害马巡抚的是谁么？"赵承规道："她老人家虽不曾明言，但我已来此五六日，每日在暗中细看马巡抚的举动，只怕他将来难免不死于妇人之手。若是死于妇人之手，就有十个我在暗中保护，也是无用的。"孙癫子道："果是死于妇人之手，倒不与

377

谋害相干。我料尊师打发你来在暗中保护马巡抚，不过为尽往日与马巡抚母亲一点私情。实在像马巡抚这种人形兽行的东西，岂是尊师所愿意保护的？你自到山东以后，每夜是这么伏在房顶上保护他吗？"

赵承规道："因为不知道要害马巡抚的是谁，又不能亲见马巡抚向他说明，在他跟前保护，只好随时在房上地下梭巡几遍。若是有武艺的人夜间前来行刺，那是可以对付得了的；如果是同道中有人要刺马巡抚，我想我师傅也不至打发我来保护。"孙癞子笑道："你所想的不错。将来要谋害马巡抚的人，我倒知道，你也想见见那人么？"赵承规喜道："怎么不想见见呢？于今那人在什么地方，老丈能引我去见他么？"孙癞子道："见是很容易的，但是你见面不能和他说话。"赵承规道："为什么见了面不能说话呢？"孙癞子笑道："这其间的道理很难说。我们修道的人做事，也只能尽人事而听天命。若是凡事揭开来说，这种逆天之罪是很重的。即如尊师打发你来保护马巡抚，何以不教你和马巡抚见面，说明来意，使马巡抚好自己加意防闲呢？其所以只教你在暗中保护，就是所谓天机不可泄露。"

赵承规点头问道："那人姓什么，叫什么名字，也不能给我知道么？"孙癞子道："不是不能给你知道，也不是你知道了便有什么妨碍，因为你此时不必知道。你后天在城外某处等候，我自设法引那人到城外来。你只见见面认明白他的身材面貌，免得将来弄出乱子。"赵承规知道不肯说的话，就是追问也是不肯说的，便告别要走。孙癞子道："且慢！你此刻住在什么地方，告我知道。到要紧的时候，我好来找你。"

赵承规道："我有个亲戚在城外开豆腐店，我就寄居在他店里。"当下细说了那豆腐的地址，即作别去了。孙癞子也就回关帝庙歇宿，心中计算，要如何才能将张汶祥引出城与赵承规会面。想来想去，就想出第七十五回书中所写引诱的方法来。孙癞子的来历，既经叙述明白，于今却要接着第七十七回书，继续写"张汶祥刺马"的正文了。

且说张汶祥在树林中问明了孙癞子的来历，忙起身向孙癞子一躬到地说道："难得你老人家不远千里前来救我，这恩德只好来生变犬马以图报答。因我与郑时拜盟在十年前，誓共生死，今日他既死于马心仪这淫贼之手，我是决不与马心仪两立的。我也知道马贼身为封疆大臣，要杀他不是容易的事，非拼着把自己的性命不要，是不能取他性命的。"孙癞子道："这事干不得！你是一个豪杰之士，难道说郑时是不该死的吗？我受了你

378

师傅的托到这里来，是为要劝你趁这时候去红莲寺出家。以前的事，一切不放在心上。像马心仪这种恶人，到时他自有恶报。你此刻要图报复，休说做不到，便做得到也不值得。"

张汶祥正色说道："你老人家和我师傅的好意，我既是一个人，岂不知道感激！郑时的行为，我也知道是有些不正当的，不过不应该死在马心仪手里，马心仪更不应该是这么骗杀。我此心已决，非报了这仇恨，誓不为人，值得不值得我不管。"孙癫子见张汶祥一腔义愤之气，现于辞色，也不由得心中钦佩，连连点头说道："大丈夫交友处世，本应如此。但是我劝你趁此时回红莲寺去，一则是因受了你师傅的托，不得不这么说；二则因知道马心仪此时死期未到，有本领比你高强十倍的人在暗中保护他。仇报不了，反把性命送掉的事，不是聪明人干的。"

张汶祥听了，似乎不耐烦的样子，将那包袱提在手中说道："官做到督抚，暗中自有大本领人保护。要等到他没有人保护，除非是他死了。我既肯拼着不要自己的性命，哪怕马心仪本人的本领比我高强十倍，我也不能因畏惧他，便不图报复。于今郑大哥惨死鸿兴栈，还没人去收尸埋葬，我包袱里尚有一百几十两银子，且去打点他的后事再说。"

孙癫子忙摇手阻拦："去不得，去不得！去就白送一条性命，你知道此刻正关了城门捉拿你么？你不相信，我不妨带你去瞧瞧。"张汶祥忍不住流泪说道："我不去装殓郑大哥的尸首，听凭街坊的人，草草扛到义冢山去掩埋，我心里怎么过得去呢？"孙癫子道："这事你不用着急，我倒可以代劳，只是你万分不能在此地停留。就是要存心报复，也得从容等马心仪的防范疏了，方能下手。"张汶祥心想孙癫子受了我师傅之托，前来劝我回红莲寺，自是不主张我去行险的。大丈夫做事，既不求他帮助，何必和他多说，口里答应他便了，免得噜噜唆唆地说得我心思纷乱。当下即对孙癫子说道："你老人家能代我去安葬郑大哥，我非常感激。这里有几十两银子，你老人家拿去办衣衾棺木。这里还有几件衣服，原是买来给郑大哥穿的，谁知却是买来给他装死的。"说时将手中包袱打开，取出了几件衣服和银两，交给孙癫子道："此时城里正在捉拿我，我决不前去送死。不过我自己还有一点儿私事不曾做了，不能即刻离开山东。你老人家安葬了我郑大哥之后，请先回浏阳去，我随后就来。"

孙癫子明知张汶祥报仇之念已决，这是随口敷衍的话，也不好再往下说，收了衣服银两做一包系在腰间。张汶祥对孙癫子行了个礼，一面揩着眼泪，一面提着包袱走了。孙癫子并不问他去哪里，也提了酒葫芦旱烟管，回身走进城来。

此时马心仪真个下令满城搜索张汶祥，所有的城门都有人把守了。孙癫子先到棺木店里买了一具棺木，叫人抬到鸿兴栈来，看郑时的尸首，还躺在鲜血之中。街坊上人正在聚议，如何凑钱买棺安葬，见有人抬着棺木来了，大家都落得省钱省事。孙癫子刚教人将郑时的尸首移进棺内，只见前面又有人抬着一具棺木来了，棺后还跟着一个骑马的大汉。原来是施星标顾念四川结拜之情，跪求马心仪恩准收尸安葬，所以亲自前来装殓。

孙癫子见了喜道："既有他这个出头露面的把兄弟来了，安葬的事，我可以不管了。"也不与施星标见面说话，一掣身就从人丛中走了。施星标查问是谁买来的棺木，无人知道。他倒疑心是柳氏姊妹于心不忍，暗中花钱买人出来的。

马心仪既杀了郑时，吓走了张汶祥，很得意地将柳无非收做七姨太太，柳无仪做八姨太太。心里虽也想到了怕张汶祥寻仇报复，但是觉得张汶祥不过匹夫之勇，自己有这么高的地位，轻易不出衙门；就是出外，也有无穷的人保护，绝不是一人匹夫之勇所能报复的。只亲自挑选了几十名亲兵，夜间轮流在上房的前后院把守，便安然不放在心上了。对施星标说是因四川总督的公文来了，不能不将郑时就地正法。杀了郑时一人，才可以保得住施星标的性命，不然，是免不了受牵连的。施星标信以为实，反感激马心仪是存心开脱他的死罪，益发小心谨慎地在马心仪跟前当差。

且说张汶祥别了孙癫子之后，打听得马心仪捉拿他的风声已经平息了，才敢偷进城里住着。心里想道："我若要等到马心仪出来的时候，才上前行刺，是很难得有机会的。我在他衙门里住了这么久，一次也不曾见他出过衙门。他于今知道有我在外，自然更不敢出来。我要报仇，就只有黑夜到他衙门里去，连同柳氏两个淫妇一并杀却，我不信他衙门里有能拿住我的人。"主意已定，就在这夜二更过后，独自结束停当，带了利刃，从屋瓦上翻越到巡抚部院来。

张汶祥虽是武艺不错，平日穿房越脊，确能如履平地。无奈巡抚部院，究是武卫森严之地，不比寻常房屋，伏在房檐边偷看上房的前后院子里，都有亲兵擎刀立着，上房门窗紧闭。暗想淫贼有六个小老婆，夜间不知道他睡在哪个小老婆房里，我如何好下手去杀他呢？眉头一皱，忽转念头道："有了，我身边带了火种，何不去大堂上放起火来？那淫贼听得大堂失火，料他不能躲着不出来。大家忙着救火之际，我还怕不好下手吗？"想到这里，即起身提脚，打算翻到大堂上去，可是心里总不免有些怕院子里的亲兵看见。心里一有顾虑，脚下就不似平时的自如了。一脚踏在瓦上，"哗喳"一声响，吓得连忙蹲下身躯不敢动，侧耳听院子里的兵有没有动静。还好，大家都好像不曾注意。刚待重新立起来，仿佛觉得眼前有一条黑影闪过去，比旋风还快。心里大吃一惊，赶紧抬头张望，这时虽无月色，然星光很亮，数十步以内的人影，在夜行惯家的眼中，是能看得清晰的。只是举眼四望，并不见有人影，暗自诧异道："什么人有这么快的身法？就是飞鸟和闪电，也快不过我两只眼睛，怎么一闪便不见了呢？咦，难道是大哥的阴灵，知道我此刻来这里报仇，特地前来帮助我么？"

张汶祥正在如此猜想，猛觉身后有什么东西擦得瓦响。急回头看时，只见一个人立在檐边，双手举起一件黑东西，向院子里打去。接着便听得"哗喳喳"的瓦响，原来打下去的是一大叠屋瓦。那瓦一打到院子里，底下亲兵登时惊吼起来。张汶祥还没看明白檐边的人是何形象，一霎眼便没看见了，逆料既是这么惊动了防守的人，今夜是行刺不成了。哪里再敢停留，也顾不得脚下瓦响，一口气逃出了巡抚部院。躲在一处民家的楼房上，偷看巡抚部院，一时灯笼火把照耀得满衙门都红了，但是不见有一个能上高的人，在底下惊扰了好一会儿，才有人用梯子缘上房檐，举火把四处寻觅。

张汶祥暗骂这班不中用的东西，真活见鬼，等你们此时缘上梯子来还寻觅得着的，也到你巡抚部院来行刺吗？偷看到四更以后，灯笼火把还没有完全熄灭，只得垂头丧气地回到住处歇息。

次日就听得有人传说，昨夜抚台衙门里闹了一夜，瓦在屋上好好的，却一大叠地打到上房院子里来，把一个亲兵的头都打破了。马抚台发了怒，每一个亲兵打了几十军棍，因那些亲兵说瓦是鬼打下来的。这马抚台大约是一个不信鬼的人，怪那些亲兵不该造谣言，并吩咐以后如果有人敢再说有鬼的话，定要重办。

张汶祥听了这些话，心里也疑惑那打瓦的，不知究竟是人是鬼？待说是人吧，影子不能是那么一闪就不看见了，即算孙癫子有那么快的身法，而看那影子的大小神情，绝不与孙癞子相似；若说是另有大本领的人帮助我吧，便不应该吓我，并打草惊蛇使他们有了防备。帮助马心仪的吧，就应该将我拿住，不至倒用瓦打伤马心仪的亲兵；待说是大哥的阴灵吧，姑无论那影子不像大哥，并且世间哪有这门活现的鬼呢？张汶祥心里这般疑惑，却不因此减退报仇之念。第二夜又从房上到了衙门里，一看院子里把守的亲兵更多了，就拼着不要性命，也没有法子能报这仇。

一连几夜，简直不能下手，忽然想起鲁平家里的老头慧海来，记得那日慧海曾说过，如果有为难的时候，前去找他。我于今仇不能报，白天又不敢多出外行走，恐怕被人认识，何不去找他谈谈？他是有能耐的，年纪老，见识也多些，或者他能帮助我也难说；便是他不肯出力帮助，我看他是一个很正气的老头，谅不至反帮着淫贼与我为难。

这日一早，张汶祥就出城到鲁平家来，门外草场上，正有几个很壮健的汉子，练拳的练拳，练棒的练棒，一个个面上都现出十分畅快的样子。张汶祥看了，不觉心头羡慕道："还是安分的良民得真安乐，他们心中无所畏惧，无所忧虑，每日不练把式，就下田做工。不下田做工就练把式，吃得饱，睡得足，何等逍遥自在！我当日在四川，何尝不可以学他们这样快乐一生？偏要自恃武勇，不肯安分做农夫，情愿倾家荡产，结交一般盐枭，受他们的推戴做头目。自做了盐枭头目以后，便不曾有一时半刻像这样的安闲。弄到而今，一身没有着落还在其次，就是这颗心一想到大哥惨死，登时比油煎刀扎还难受。细想起来，乃是自寻苦恼。枉自练好了一身武艺，哪里及得他们这般享受？"

张汶祥如此思量着，不由得停步望着练拳棒的出神。练拳棒的见有人目不转睛地看他们，也都停了拳棒不练，拿眼睛来打量张汶祥。张汶祥知道初练拳棒的人，最是技痒，如果看的人不留神，露出了轻视的神色和言语，是一定要被责问的，甚至还要较量较量。当时见这几个汉子停了拳棒不练，就提防他们是技痒，要兴问罪之师了。不待他们开口，急忙拱手赔笑道："我是特从省里来拜访慧海老师傅的，随便请哪位老大哥进去通报一声。"还好，那几个汉子听说是拜访慧海老师傅的，立时都把寻是非逞身手的念头打断了。

其中有一个练拳的走过来，打量了张汶祥两眼问道："你前次不是曾到我家来过的吗？"张汶祥连连点头应是。这人向前走着道："请随我来。"

张汶祥跟着走进前次坐的那间客房里，这人自到里面通报去了。

不一会儿，只见慧海笑容满面地支着拐杖出来，很亲热地说道："张大哥辛苦了，怎的这么早？"张汶祥一面迎上去行礼，一面暗地诧异。记得前次在这里随口答应姓王，并没有说出真姓，何以他会知道我姓张，称呼我张大哥呢？慧海答礼让座说道："我一向很担心张大哥在省里不大方便，几次打算到省里去接张大哥到这里来住些时。一来因多了几岁年纪，真是老朽了不堪劳动；二来也恐怕张大哥多心，弄巧反拙。张大哥不知道我是谁，我却是知道张大哥的。不但知道，说起来还很有些瓜葛呢。"

张汶祥很不安似的望着慧海，不知道究竟有什么瓜葛？慧海继续说道："尊师不是无垢和尚吗？"张汶祥连忙应是，慧海道："你知道无垢和尚的俗家姓什么，原来叫什么名字么？"张汶祥面上好像透着些惭愧的神气说道："不知道。我当日也曾问过他老人家，无奈他老人家硬不肯说。我因出家人多有不肯拿在俗时的姓名告人的，大半由于出家是不得已的事，一提起俗家姓名，就不免触动多少感慨，也有说出真姓名有妨碍的，所以我不敢根究我师傅的姓名。"

慧海点头道："你师傅若拿真姓名告人，并没有什么妨碍，也没有什么感慨可触动。不过你师傅生成要强不肯示弱的性格，与别人不同，说起来只是一桩笑话。你既不知道你师傅的姓名，他的身家履历，不待说是更不得而知了。"接着，将田广胜、周发廷、雪山和尚三人同学剑术，及田义周在仙人溪与朱镇岳交手受伤，朱镇岳入赘田家，田义周愤而出走的话说了一遍道："你师傅就是这个赌气跑出来的田义周。从那次跑出来，至今不但不曾回过家，并一字的音信也没有通过。朱、田两家的人，到处都寻访了一阵，访不出下落，只得罢了。几十年来，大家心里都以为他已不在人世了，直到近来孙耀廷到了山东，因他是在峨眉山学道的人，曾在毕祖师处见过你师傅，向我说起来我才知道。"

张汶祥问道："孙耀廷老丈，你老人家认识吗？"慧海道："都是说起来才认识的。我的话还没有说了，我不是刚才对你说，与你还很有些瓜葛的吗，有些什么瓜葛呢？我与你师傅是同门的弟兄，你还有一个师伯名孝周，因带兵与发逆交战，在广西阵亡了，只是尸首不知下落。你师祖田广胜派我们几个徒弟去寻尸，并吩咐我们道：'谁寻着了孝周的尸首回来，便招谁做女婿。'偏偏被魏壮猷那小子寻着了，他就做了田家的女婿，和你师祖是一家人了。你师祖原有两个女儿，魏壮猷配了个小的。我那时少年意气，想做你师祖的小女婿，你师祖不肯，我也就赌气离开田家了。这都是少年时候的荒谬举动，过了些时回想起来，委实有些觉得对不起人。二十年前遇着雪门师伯，他劝我出家，我因此皈依了佛法，赐名慧海。雪门师伯原是要我披剃的，我一想我本是个无家的人，若一披剃认真做了和尚，在某寺某院当起住持来，无家反变成有家了。我一生是东飘西荡，随遇而安，没有一定住处的，既当了某寺某院的住持，就不能再和从前一样东飘西荡，随遇而安。那么一来，是出家反变成在家了。本来修行重在守成，落发不落发，完全不与修行相干，我不落发，没有拘束，一落发就拘束得寸步难移了，所以我就做了现在这个不落发的和尚。"

张汶祥听到这里，从容立起身，恭恭敬敬地对慧海叩头道："原来是师伯，不是你老人家说出来，小侄怎得知道？"慧海伸手挽起张汶祥道："你前次到这里来的时候，我眼里虽已看出你是一个会武艺有侠气的人，然尚不知道你就是田义周的徒弟。你走后，孙耀廷就到这里来了，我才知道赵承规也是孙耀廷约了到这里来的。你那日不是曾在这里，与赵承规会过面的吗？"张汶祥应是问道："师伯的真姓名，不能说给小侄听么？"慧海笑道："有何不可？只是我已二十年不用这真姓名了，说出来除了几个少年时在一块儿的朋友，谁也不知道这姓名是何等人。我俗姓史，名卜存，原籍直隶广平人。你这回受的委屈，我完全知道。孙耀廷因为你不听他劝的话，赌气回浏阳去了，打算教你师傅亲自来山东劝你。赵承规也因为你不听孙耀廷的劝，执意要在这时候报仇。他是奉了他师傅沈栖霞的命，特来保护马抚台的人。假使你的仇报成了，他便不能回襄阳见他师傅，因此只得每夜时刻不离地在巡抚部院保护。"张汶祥听了，心里才明白那夜打瓦的是赵承规。

慧海又道："孙耀廷为恐怕赵承规将你做寻常刺客看待，在黑暗中遇着，使出他的飞剑来。你虽是武艺不错，然完全是血肉之躯，怎能抵敌道家的宝物？费了多少心思，方将你引到这里与赵承规会面，只是那时的杀机还未动。日后的事，孙耀廷虽有预知的道行，但不敢事先揭穿，恐遭天谴。这番的事，孙耀廷实在是煞费苦心，若没有他，你的性命就不送在鸿兴客栈，也早已送在巡抚部院的房檐上了。难得你今日忽然想到我身上，巴巴地跑到这里来，我就看在无垢和尚的分上，也得劝劝你。孙耀廷说郑时这种又热衷好色、又无品行的人，本是应该杀的。马心仪便不杀，他也要杀死他。这算不了什么仇恨，你犯不着拼性命去图报复。他这话虽也是正理，但我却不以为然。我辈为人，讲的是意气，重的是情义。这人的行为不正，我看出来了，早就不应与他结交；结交之后才看出来，就应该苦口劝诫；劝诫不听，只好说明绝交。既绝交以后，他的存亡荣辱，我便可以不过问了。至于你和郑时，我听说十多年来比亲兄弟还要亲热。同荣辱，共生死，不是一两次，那就不是寻常结交朋友的可比。朋友尚且须到明示绝交之后，方可视同路人；你和郑时还正在共患难的时候，他忽被人惨杀了，而杀他的，又是与你也有仇恨的马心仪，我知道你不报这仇，是决不肯善罢甘休的！"

张汶祥听到这里，已止不住泪如雨落，立起身看了看门外。慧海道："这地方若是不能说话的，我如何敢对你说这许多话呢？"张汶祥见门外果然寂静无人，便说道："我情愿与郑大哥一同死在那淫贼手里。淫贼能杀死我便罢了，没有人再出头替我和郑大哥报仇；若他不能把我杀死，我留着性命在世一日，是要努力报一日仇的。哪怕那淫贼福分大，不等到我的刀刺进他胸膛，他先自病死了，我也得翻出他尸骨来，戳他几个透明窟窿，以泄我胸头之恨。你老人家刚才说那淫贼与我也有仇恨，这话我却不能不说明。我对那淫贼，除了为他惨杀我郑大哥而外，丝毫仇恨也没有。你老人家以为他奸占了我的老婆，我是应该恨他的。这事不仅你老人家是这般想，大概除了我已死的郑大哥，没有第二个人知道我的心事。那淫贼若不是这般骗杀我郑大哥，仅奸占了柳氏姊妹做小老婆，郑大哥心里或者不免有些难过，然也不过一时；至于我心里，倒觉得非常庆幸，非常安慰。并不是我事后故意在师伯面前说这种矫情的话，实在当日郑大哥教我与柳氏成亲，就是迫不得已，奉行故事一般的举动。自从搬进巡抚部院里住着，我心中觉得对柳氏时刻不安，亲近不得，疏远不得，正拿着不好怎生摆布。难得她肯与那淫贼苟且，就好像读书人遇着一个难题目，做不出文章，忽然有人替他代做了，他岂有不欣喜的道理？"

慧海笑道："我知道你这话并非矫情，孙耀廷说他曾亲耳听得，郑时在巡抚部院西花厅里，劝你亲近柳无仪。孙耀廷就因听了你那番回答郑时的言语，才知道你是一个好汉。若不听了你那番言语，他虽是受了你师傅之托，然到山东后，因知道你和郑时娶柳氏姊妹的事，就很惊讶无垢和尚何以收了你这么一个徒弟。以为似这般好色的人，受凶险是应该的，哪值得数千里托人前来救护？及知道你果是一个好汉了，就只可惜你结交错了人。不过，于今这些话也都不必说了。我要劝你的话，不是劝你不报仇，是劝你不要性急。你应该知道'君子报仇在三年'的那句老话。孙耀廷也曾对你说过的，马心仪此时死期还没有到，所以偏巧有沈栖霞师傅那般人物，在暗中帮助他保护他。但是沈师傅也只不过略尽人事，难道能在暗中保护马心仪一生一世吗？我劝你暂时回红莲寺去最好。等到有机可乘的时候，再出来报仇，是易如反掌的事。"

不知张汶祥听了依遵与否，且俟下回再写。

第三十七回

张义士刺马报冤仇
郑青天借宿拒奔女

话说慧海劝张汶祥暂时回红莲寺去，且待有机可乘的时候再出来报仇。张汶祥道："沈师傅是个修道的前辈，她老人家何苦庇护一个人面兽心的马心仪，使我郑大哥冤死九泉，仇恨不能伸雪呢？"慧海道："你这话也就和孙耀廷说你一样了，各人有各人的私情交谊，不可一概而论。总之，你志在报仇，非做到决不放手；而沈师傅志在报德，非尽力保护马心仪，于心不安。但是她保护的，只能保护一时，不能保护终身，你何必定行在这时候自找麻烦呢？我因与两方都有交情，不愿意眼看着自己人动手相残杀，所以劝你回红莲寺去，暂且忍耐些时，自有你报复的机会在后。"张汶祥听了，低头不语。

慧海接着说道："我在四十年前，无意中得了一把好刀，真是削铁如泥，杀人不沾血。不过于今在我手里，已没有用处了，你将来报仇时是用得着的，我就送给你吧。"旋说旋起身掳起长袍，从腰间解下一把刀来。张汶祥看那刀觉得很怪，刀叶连柄虽有二尺四五寸长短、三寸来宽，但是刀背还不到一分厚薄，弯成个半月的钩儿。只见慧海右手握着刀柄，左手捏着刀尖，只一拉扯，刀叶登时拉直了。不过右手放开，刀叶仍旧转了过来。慧海举起来，向桌面上只一拍，那刀叶即直挺挺的，和寻常单刀一般模样。慧海指点着这刀，笑向张汶祥道："这刀在我腰里四十年，也不知诛了多少贪官污吏、淫妇奸夫。因你也是一个侠义的汉子，才愿意送给你，可算得是你的一个好帮手。"说着递给张汶祥。

张汶祥连忙起身双手捧接，觉得轻如箬叶，口里自是极力称谢，心里却不免有些怀疑。暗想这么轻薄这么柔软的刀，使用起来，不但不能挡格人家的兵器，就是杀在人身上，又如何能着力呢？心里如此一怀疑，两眼便不由得怔怔地望着刀叶出神。慧海似乎看出了他怀疑的意思即说道："这种刀出在缅甸，每一把刀，须费一二十年的工夫才能锻炼成功。那锻炼的方法，只有缅甸人知道。用的时候，照我刚才的样，向桌面上一拍，就是这般直挺挺的了。不用的时候，不仅可以缠在腰间，并能盘成一个圆饼儿，系在腰里。不过没练过武艺的人，不能使用罢了。就是会武艺的，初次使用，也难免觉得有些不称手，渐渐懂得了这东西的性格，便知道比一切的刀都好使了。"

张汶祥听了，才明白这刀的来历，当下又称谢了一番，也向腰间缠了，遂作辞出来。临行时，慧海还叮嘱，万不可在这时候去冒险报仇，白送了性命。

只是张汶祥是个热烈的汉子，一时怎能将报仇的念头完全放下？夜深还是偷进巡抚部院。无奈有赵承规时刻不离地保护着，张汶祥一到马心仪睡觉的房屋上，赵承规就在暗中抛砖掷瓦的，警告下面巡守的兵士，总弄得张汶祥没有下手的机会。张汶祥虽是愤恨赵承规比恨马心仪还厉害，但自己的本领不是赵承规的对手，简直没有泄愤的方法，一连几夜都是空劳往返。这夜在黑暗中忽听得赵承规的声音说道："张汶祥，你也太不识好了。我若不看在你师傅无垢和尚与你师叔慧海的情面上，谁耐烦三番五次地和你纠缠？你如果明日再不离开山东，就休怪我姓赵的不讲人情。"张汶祥耳里听得分明，眼前却不见有人影。仔细思量："慧海叮嘱的话，不能不听，只好暂让这淫贼多活几时，等他恶贯满盈了，再来取他性命。"遂忍气吞声地离了山东，悄悄地回红莲寺来。

他到红莲寺不多时，无垢和尚就死了，此时的知圆和尚虽则还年轻，然一则因他是无垢最得意的徒弟；二则因满寺的和尚当中，只有他是文武兼全的，众僧人都愿意推戴他做当家。张汶祥回到红莲寺的时候，无垢曾几番劝他从此削发，他执意不从道："我既削了发，披上了僧衣，便应该遵守戒律，不能再干杀人报仇的事。我只要大仇报了，立刻出家不问世事。"无垢见他这么说，只得摇头叹道："孽障，孽障！要等到报了仇再出家，只怕已是来不及了啊。"

张汶祥也不理会，闷闷地在红莲寺住了两年，打听得马心仪已由山东巡抚升两江总督了，心想这是我报仇的时候到了。不相信赵承规直到今日，还在那淫贼跟前保护，遂即决定前去南京报仇。动身的时分，才对知圆和尚说道："我此去南京，若不能将仇报了，誓不回来。前年在山东的时候，承慧海师叔送给我一把缅甸刀，他老人家原是送给我报仇时用的。但是这刀有好处，也有坏处。好处在刀锋犀利无比，无论接连杀多少人，不至有卷口研不断的毛病。坏处却在只能挥研，不能戳刺，并且我习练了若干时候，还觉得用不惯。万一因这东西靠不住，误了我的大事，后悔不及了。我原有一把尺八寸长的匕首，已随身用过多年了，能刺透十层厚牛皮，不闻得响声。我还是带它去的妥当。这缅甸刀也非易得之物，就转送给老弟做个纪念吧。出家人虽说没事用得着这种凶器，然留在身边不用，是没有妨碍的。"边说边从腰间解下那缅甸刀来，交给知圆和尚。知圆料知是不能劝他不去报仇的，只得叮咛他小心谨慎。那把缅甸刀，从此就留在红莲寺了，后来陆小青遇着的，正是这把缅刀。

且说张汶祥身边藏了匕首，从红莲寺动身独自到南京来。此时赵承规虽早已不在马心仪跟前保护了，然马心仪自从在山东闹过那几夜刺客之后，知道张汶祥不死，必存心替郑时报仇，因此防范得极严。尤其是夜间，每夜必更换几次睡处。不到天明，连上房里的丫头、老妈子，都不知道马心仪的睡处。

张汶祥夜深偷进总督衙门探了好几次，简直探不出马心仪睡在哪里，不由得非常纳闷，马心仪在白天又不出来。张汶祥从二月间就到了南京，直等到八月里，竟不曾一次见着马心仪的面。好容易等到中秋这日，才得着了八月二十日，马心仪亲到校场坪看操的消息。张汶祥这一喜就非同小可了，心想这淫贼既亲自出来看操，便不愁刺他不着了。不过他是一个贵极人臣的大官，一般人都说，大富大贵的人，身边常有百神呵护。这话虽荒唐不足信，然我既要报仇，何妨且去城隍庙，拜求城隍菩萨，怜我一片苦心，在暗中保佑我成功。

张汶祥平时原不信神鬼的，这时却买了香烛，走进城隍庙，痛哭流涕地跪在神前默祷了一番。捧卦在手祝道："弟子这仇恨若这回能报得了，求连赐三回胜卦；这回报不了，就求连赐三回阴卦。"祝毕，将卦掷下，得了一回胜卦，心中欣喜。又掷又是胜卦，第三回还是胜卦。于是又祝道："若就在八月二十日能报这仇，仍求菩萨连赐三回胜卦，不能就是阴卦。"想不到掷下卦去，乃是阴卦；再掷再是阴卦，掷三回还是阴卦。张汶祥不由得着急道："菩萨既许弟子的仇能报，八月二十日是那淫贼看操

389

之期，这日不能报，过后又如何有机会给我去报呢？说不得麻烦了菩萨，弟子只得细细地叩求明白。既是八月二十日不能报，若二十一日能报，仍求赐三回胜卦。"掷下去还是三个阴卦；又问二十二，也是三个阴卦；又问二十三，倒连掷了三个胜卦。

张汶祥心中疑惑道："这就奇了！二十日淫贼出衙门看操，我倒不能报仇；错过了这个机会，哪里再有给我下手的时候呢？城隍是阴间的官，总督是阳间的官。常言官官相卫，只怕是城隍爷有意庇护这淫贼，存心是这般作弄我。我忍气吞声地等到了今日，也只好听天由命了，顾不得城隍爷赐的卦象，二十日便是报不了，也得下手。"

出了城隍庙，就思量要如何才能近马心仪的身，忽然暗喜道："有了！从总督衙门到校场，没有多远的道路。总督出来，照例文武僚属，均得站班伺候。我何不办一副纱帽袍套，假装一个候补小老爷，混站在佐杂班子里面。南京几百名候补的小老爷，有谁能个个认识呢？等到淫贼在我身边经过的时候，我才动手，还怕他逃得了么？"主意已定，即买办纱帽袍套，只等到了二十日，就穿戴起来去站班。

谁知度日如年地等到八月十九夜，不做美的天，忽下起雨来。平常七八月的雨，多是下一阵便停止不下了。偏是这回的雨，下了一整夜，二十日天明还不止，只下得校场里水深数寸，早饭后还沥沥渐渐地下着。马心仪只得临时悬出牌来，改期迟三天再操，张汶祥到这时才信服城隍爷真灵验。

到了二十三这日，张汶祥起来穿戴整齐之后，当天摆了香案，跪地默祝他郑大哥在天之灵，暗中帮助他报仇成功。但是他毕竟不是做官的人，不知道官场的习惯，又是独自一个人，没有当差的去打听消息。想不到马心仪下校场的时候极早，等张汶祥赶去时，马心仪已到校场好一会儿了。校场上拥护马心仪的人太多，候补小老爷没有近前的资格，恐怕被马心仪看出破绽，反为偾事。逆料看完了操回衙的时候，文武僚属还是免不了要站班伺候的，只得混在校场中等候。好在南京没有认识张汶祥的人，而头上戴了纱帽，遮去了半截面孔，就是熟人，不注意也认不出来。任凭马心仪如何机警，如何防范，无如在山东时结下的仇怨，事已相隔三数年了，路也相隔数千里了，又正在官运亨通、志得意满的时候，有谁平白无故地想起几年前的仇人来呢？说到这里，又似乎是马心仪的恶贯已盈，合该死在张汶祥手里。

这日他下校场看操的时候，原是乘坐大轿，两旁有八个壮健戈什围护着去的。若下午回衙的时候，还是这般围护着，张汶祥的本领虽高，匕首虽利，也不见得便能将马心仪刺死。偏巧马心仪看操看得得意，因回衙门没有几步路，一时高兴起来，要步行回衙。他是做制台的人，他既要步行不肯坐轿，谁敢勉强要他坐轿？在他以下的大官，当然都逢迎他的意思，陪着他一同行走。一般小官，都齐齐整整地分立两旁，排成一条甬道，从校场直排到总督衙门的大门口。

马心仪在四川做知府的时候，身体本来肥大，此时居移气，养移体，益发肥胖得掩着肚子如五石之瓢了。那时做官的人，最讲究穿着袍褂踱方步，以为威严。平日闲行几步，尚且要摆出一个样范来；此时满城的僚属，都排班在两旁伺候，自然更用得着起双摆了。一面挺起肚皮大摇大摆地走着，一面微微地向两旁的官员点头。哪知道已走近自己衙门了，猛然从身旁跳出一个袍褂整齐的官儿来，迎面打了一个跸，口称"给大人请安"，"安"字还不曾说出口，一把雪亮的匕首，已刺进马心仪的大肚皮里面去了。马心仪当下惊得"哎呀"一声，来不及倒地，张汶祥已把匕首在肚皮里面只一绞，将肚皮绞成一个大窟窿，肠子登时从窟窿里迸了出来。马心仪认明了是张汶祥，还喊了一声："拿刺客！"才往后倒。

可怜那些陪马心仪同走和站班的官儿，突然遇了这种大变故，没一个不吓得屁滚尿流，有谁真个敢上前拿刺客？只几个武弁的胆量略大，然也慌了手脚，只知道大家口里一片声跟着大喊："拿刺客！"究竟也没人敢冒死上前。

张汶祥从容拔出匕首来，扬着臂膊，在人丛中喊道："刺客在这里，决不逃跑，用不着你们动手捉拿。"众人见张汶祥没有反抗拒捕之意，方敢围过来动手，将张汶祥捉住。马心仪左右的人，已将马心仪抬进了衙门。马心仪双手抓住自己肚皮上的窟窿，向左右心腹人道："赶快进上房去，将七姨太、八姨太用绳索勒死，装在两口空箱里，趁今夜沉到江心里去。施星标夫妇，也得即时处死，不可给外人知道。"吩咐了这番话才咽气。他左右的人，自然遵照他的遗嘱行事，柳无非姊妹和施星标夫妇，真是做梦也想不到是这般结局。

马心仪其所以遗嘱将四人处死，因他在四川与郑时等拜把及诱奸柳氏姊妹的事，若揭穿出来，自己的罪恶也很重，清廷必议他死有余辜，倒被张汶祥得了一个义士的好名声。以为自己的罪恶，当时除却张汶祥，只有这四人知道，留着活口做证，总不稳便，不如赶紧一股脑儿杀却。事后由张汶祥一个人供出来的，事无佐证，同僚的官员，便好上下其手了。真亏他的心思有这般灵敏，身受重伤，命在呼吸的时候，尚有这种怕人的手段使出来。这桩惊天动地的大案，毕竟就因他使了这种手段，曾国藩才敢抹杀一切事实，凭空捏造出一段寻常匹夫报仇的情由，奏报清廷，险些儿把这个顶天立地的张汶祥埋没了。

当时张汶祥束手就擒之后，有职责的官员，便提出他来审讯。他爽爽直直地说道："你们无须审问我为什么事杀马心仪。杀人抵命，马心仪是我杀的，快将我杀了抵命便了。"这些问官，遇了这样重大的案件，岂敢就这么糊里糊涂地定案，不问出一个所以然来？只是无论如何诘问，张汶祥只咬定牙根，一字也不肯吐出报仇的缘由。

当时南京的官府和人民，虽都能猜度这案子里面，必含有奸情，然因无从知道张汶祥的来历，猜不透这奸情从何而起。马心仪是曾国藩提拔的人，一旦出了这样变故，他恐怕办理不得法，连累自己，就奏请派他审理。这种骇人听闻的事，那时清廷也要办个水落石出，便准奏钦命曾国藩专办这案。旁的官员审问张汶祥的时候，张汶祥不过不肯供出报仇的事由来。曾国藩来审问他，倒惹发了他的性子，横眉怒目地指着曾国藩大骂道："你配来审问我么？像马心仪这般人面兽心的东西，你瞎了眼，一力将他提拔，到今日你还有脸来问我么？我没有话对你说。我杀了人自愿偿命，还有什么话说？"

曾国藩究竟是一个学养兼到的大人物，被张汶祥这么指手画脚地大骂，并不生气，反像很爱惜张汶祥的，含笑点头说道："看你这般气概，倒是一个好汉。你做的事，既是光明磊落，何不照实说出来，使大家知道？何苦担着一个凶手的声名，死得不明不白呢？"张汶祥听了，冷笑一声说道："你休想用这些甜言蜜语来骗我的供，我只知道你不配问我的话，我就有千言万语，宁死也决不对你说一个字。"

曾国藩见他这么说，只得问道："我不配问你的话，谁配问你的话呢？你的千言万语，必对谁才说呢？"张汶祥道："要问我的供，除了当今天子，就只有刑部尚书郑青天才配。此外随便什么人来，我只拼着一死，没有第二句话说。"曾国藩心想："刑部尚书郑青天，就是长沙的郑敦谨，果然是一个清廉正直的人。这厮既说非郑敦谨来不肯吐实，只好奏明圣上，求派郑敦谨来审。"

那时曾国藩奏事，清廷无不照准。没几日，就钦命郑敦谨到南京帮审。圣旨下来，倒把个郑敦谨吓了一跳，因他并不知道张汶祥是何如人，更猜不出何以满朝大小官员，何止千数，独独地看中了他，指名要他来审问，方肯吐实。行刺总督的凶犯非比寻常，万一弄出些嫌疑到身上来，岂不糟了？饶他郑敦谨平日为人极清廉正直，遇到这般意外的事，心里也就不免有些着虑。诚惶诚恐地奉了圣旨，只带了一个女婿到南京来。

他与曾国藩原是同乡有交情的，以为帮同曾国藩审理这案，自己处心无愧，是不愁有嫌疑弄到身上来的。到南京的这日，就与曾国藩同坐大堂，提出张汶祥来审问。曾国藩道："你要刑部尚书郑青天来方肯说实话，于今郑青天已奉了圣旨来帮审，你这下子还不实说么？"张汶祥听了，即抬头看了郑敦谨一眼，点了点头说道："有郑青天来了，我的话是可以说的，不过你不配审问。我有你在跟前，就是有郑青天，我也不说。只能由郑青天一个人问我，并且用不着坐堂，不将我凶犯跪着，我才肯说。"曾国藩为要问出张汶祥实在的口供，只得一一依允。当即退了堂，请郑敦谨单独坐花厅审问。郑敦谨在大堂上见了张汶祥的面，心里方明白指名要他来审问的理由。

原来在十年前，郑敦谨曾有一次步行到浏阳去扫墓，不料在半路上遇了大雨，随身不曾带得雨具，附近又没有饭店，只得到一个绅士人家去暂避。谁知那雨却落个不休，看看天色已晚，不能不在这人家借宿。只是这家的男主人，因到长沙省城里去了，不曾回来。女主人是一个二十来岁的少妇，真是生得芙蓉如面柳如眉，秋水为神玉为骨。郑敦谨这时的年龄，也还只有三十多岁，仪表也生得俊伟异常，这绅士人家的下人，见了郑敦谨的容仪举动，知道不是平常过路的人，当即报告了女主人。谁知这女主人一见郑敦谨，就动了爱慕的心思，只因有当差的和老妈子在旁边，不能对郑敦谨有所表示。郑敦谨是个诚笃君子，哪里看得出这女主人动了爱慕他的念头呢？凑巧大雨下个不止，这女主人正合了她的心愿，殷勤留郑敦谨歇宿。

郑敦谨受了这女主人的优遇，心里还说不尽的感激。女主人因存了挑逗郑敦谨的心思，一一盘问郑敦谨的身世，而郑敦谨因为感激女主人贤德，存心将来要帮助她的丈夫，以报这番优待的好意，也一一盘问她丈夫的为人行事。这女主人却误会了郑敦谨的用意，以为和她自己是一般心理。她家的客房，原与上房相隔很远的，女主人既对郑敦谨起了邪念，这夜留郑敦谨歇宿，便特地打扫了一个与上房邻接的房屋，亲送郑敦谨就寝，郑敦谨毫不注意地睡了。

正睡得酣甜的时候，忽觉有人在胳膊轻推了几下，忙睁眼看时，房里的灯光，照彻得满房透亮。只见女主人浓妆艳抹地立在床前，两只俊俏眼睛，如喝醉了酒的人一样，水汪汪地向他脸上望着，一手支着床柱，一手搭在他胳膊上，继续着轻推了一下，发出又娇又脆的声音说道："怎么这般难醒？独自一个冷清清的，也睡得着吗？"

郑敦谨一见这情形，登时吓得翻身坐了起来，避开女主人的手说道："这时候来推醒我做什么？无礼的事做不得，请快出去吧。"女主人想不到郑敦谨会这么拒绝，已到了这一步，哪里还顾得到廉耻上去？一点儿不踌躇，就伸手赶过去拉了郑敦谨的手说道："你是个男子汉，怎的这么拘板？这时候外面的人都睡尽了，这里面除了你我，一个人也没有，你还怕什么？"

郑敦谨连忙摔开手，从床头跳下地来说道："我郑敦谨岂肯干这种无礼的事！我看你这家里的气派情形，可知你丈夫也是一个有体面的人。他于今有事到长沙去了，将家事托付给你，你就忍心背着他，和我这个过路不相识的人，干无耻的勾当吗？快回房去，不要惹得我大声叫唤起来，丢了你丈夫的颜面。"凡人的兽欲冲动，只在一时，欲火一退，廉耻的念头就跟着发生了。女主人一腔欲火，郑敦谨这几句话说得如汤泼雪，立时羞得低下头去，悔恨交集，原是伶牙俐齿会说话的，这下子一句话也说不出了；连脚都像钉住了的，也不知道走了。

郑敦谨看了她这难为情的样子，便又说道："请回房去。"女主人才似乎被这句话提醒了，提脚往外就走。走到房门口，又停步回身向郑敦谨道："我一时该死，做出这种下贱事来，幸遇先生是至诚君子。我于今有一句话，要求先生可怜我。我今夜这番下贱的行为，要求先生不对人说。"郑敦谨正色说道："请放心，你就不求我，我也决不至对人说。你不相信，我可以当天发个誓你听。"女主人不待郑敦谨说下去，即双膝跪地，对郑敦谨叩了一个头，立起身，一言不发地回房去了。郑敦谨看女主人面上，已流了许多眼泪，不由得独自就床缘坐下，叹息人欲之险。

刚待起身仍将房门关好，再上床睡觉，猛不防劈面走进一个壮士来，吓得郑敦谨倒退了两步。看这壮士包巾草履，身穿仄袖扎裤脚的青布短衣靠，双手空空的，并未携带兵器，只腰间斜插了一把尺多长的短刀。那种英武的气概，真是逼人，但脸色很和悦地跨进门来。郑敦谨料知不是这家的仆役，正要开口问他是哪里来的、到此何干的话。那壮士已双手抱拳，说道："难得，难得！真是至诚君子，小子钦佩得了不得。顾不得冒昧，要来请教姓名。"

郑敦谨听那壮士说话，带着些四川口音，便随口答道："我是长沙郑敦谨，请问你是哪里来的，半夜到这里来干什么？"那壮士笑道："我是过路的人，到此因短少了盘缠，特地到这富豪家里来借盘缠的。合该他家不退财，有先生这样至诚君子在此借宿，我又怎敢在至诚君子面前无礼呢？没奈何只得换一家去借了。"说毕，又抱拳向郑敦谨拱了一拱，转身就往外走。

郑敦谨还待问他的姓名，无奈他身法矫捷非常，一霎眼就出房去了。郑敦谨赶到房门口看时，此时虽已雨过天晴，院中有很明亮的星月之光，但是并看不出那壮士走哪方去的。看官们看到这里，大概不待在下说明，已都知道那壮士便是顶天立地的张汶祥了。张汶祥自这次见过郑敦谨之后，心里十二分的钦佩，到长沙一打听，方知道郑敦谨是个刑部尚书，十多年前曾做过好几任府县官，到处清廉正直，勤政爱民，各府各县的百姓，都呼他为"郑青天"。就是长沙一府的人，说"郑敦谨"三字，或者还有不知道的人；一提起郑青天，确是妇孺皆知的。不过张汶祥可以打听郑敦谨的履历，而郑敦谨却无从知道这夜所遇的是张汶祥，所以直到这番和曾国藩同坐在大堂上，提出张汶祥来，才看出就是那夜所见借盘缠的人，只是不知道张汶祥何以指名要他来审问才肯吐实的理由。心中总有些着虑，恐怕张汶祥说出在浏阳会过他的话来。

退堂之后，只带了两个随身仆役，很不安地坐在花厅上，吩咐提张汶祥上来。张汶祥虽是个重要的凶犯，然因是他自己束手待擒的，衙门中人都称赞他是个好汉，一点儿没有难为他的举动。他身上的衣服，只脱去了一件纱套，还穿着团花纱袍，也没上脚镣手铐，只用一条寻常的铁链锁住手腕，只不过是形式上表示他是一个犯人而已，由一个差头将他牵到花厅里来。郑敦谨指着下边的椅子，叫他就座，他也不客气坐了下来说道："大人要犯民照实吐供，请先把左右的人遣退。犯民若存心逃走，随时都可逃走，不待今日，并且也不是几个寻常当差的人所能阻挡得住的。这位大哥，也请去外边等着。"说时回头望着牵他进来的差头，差头自不敢做主退出去。郑敦谨知道张汶祥是个义士，决不至在这时候乘机逃走，便向随身仆役和差头挥手道："你们暂去外边伺候。"三人即应是，退出去了。

张汶祥见三人已离开了花厅，才对郑敦谨说道："犯民在未招供以前，得先要求大人答应一句话。大人答应了，犯民方敢实说。不然，还是宁死不能说出来。"郑敦谨道："你且说出来，可以应允你的自然应允。"张汶祥道："犯民在这里对大人所招的供，大人能一字不遗地奏明皇上，犯民自是感激高厚之恩；若因有妨碍不能据实奏明，就得求大人将犯人所供的完全隐匿，一字不给外人知道。听凭大人如何复旨，犯民横竖早已准备一死了。"

郑敦谨见张汶祥说得这般慎重，料知必有许多隐痛的事，全不迟疑地答道："你尽情实说便了，无论如何，决不给外人知道。"张汶祥道："大人虽亲口应允了，只是犯民斗胆求大人当天发一个誓，才敢尽情实说。"郑敦谨待说用不着发誓的话，忽然想起那夜女主人要求不对外人说时的情景来，不由得暗自思量道："我为求一个淫奔之女见信，尚可以当天发誓，于今对这么一个勇烈的汉子，有何不可发誓呢？并且他既求我发誓，可知他的事，确是不好随便告人知道的。我非对着他当天发一个誓，也无以使他相信我不至告人。"当下遂发了一个严守秘密的誓。

张汶祥听了，立起身来，恭恭敬敬地向空叩了个头说道："大哥在天之灵听着，我于今已替你把仇报过了！你我的事情，今日实不能不说了，你休怪我不替你隐瞒啊。"说罢起身，重行就座了，才一五一十地从在四川当盐枭时起，直到刺倒马心仪止，实实在在供了一遍，只没提红莲寺的话。供完了，并说道："马心仪若不是临死遗嘱，将柳氏姊妹及施星标夫妇处死灭口，有四个活口做证，犯民早已照实供出来了。今马心仪既做得这般干净，犯民就照实供出来，常言官官相卫，谁肯将实情直奏朝廷呢？既不能直奏朝廷，与其将真情传播出去，徒然使我郑大哥蒙不美之名，毋宁不说的为是。所以犯民得先事求大人除直奏而外，永不告人。"

郑敦谨因地位的关系，不便如何说话，只得叫差头仍将张汶祥带下去，自己和曾国藩商量。他竭力主张照实奏明，曾国藩哪里肯依呢？一手把持了不肯实奏。郑敦谨也因这案子若据实奏上去，连曾国藩都得受重大的处分，自顾权势远在曾国藩之下，料知就竭力主张，也是无效的。然不据实出奏，就得捏造出一种事由复旨，又觉于心不安。思量了许久，除却就此称病挂冠归里，没有两全之道。主意已定，便从南京回到长沙乡下隐居不问世事了。终郑敦谨之世，不曾拿这案子向人提过半个字。幸亏当日出京的时候，带了一个女婿同行，这位女婿乘张汶祥招供的时分，悄悄地躺在那花厅的屏风背后，听了一个仔细。郑敦谨去世之后，他才拿出来对人说，在下就是间接从他口里听得来的。

这件案子叙述到这里，却要撇开它，再接叙那红莲寺的知圆和尚了。为写那知圆和尚一个人的来历，连带写了这十多回书，虽则是小说的章法稍嫌散漫，并累得看官们看得心焦，然在下写这部《奇侠传》，委实和施耐庵写《水浒传》、曹雪芹写《石头记》的情形不同。《石头记》的范围只在荣、宁二府，《水浒传》的范围只在梁山泊，都是从一条总干线写下来，所以不至有抛荒正传、久写旁文的弊病。这部《奇侠传》却是以奇侠为范围，凡是在下认为奇侠的，都得为他写传。从头至尾，表面上虽也似乎是连贯一气的，但是那连贯的情节，只不过和一条穿多宝串的丝绳一样罢了。这十几回书中所写的人物，虽间有不侠的，却没有不奇的，因此不能嫌累赘不写出来。

于今再说知圆和尚自无垢圆寂之后，他一手掌管红莲寺的全权。无垢在日原传给了他不少的法术，后来他又跟孙癞子学习些儿。孙癞子在浏阳住不到二十年，就仍旧回峨眉山侍奉毕祖师去了。孙癞子既去，知圆和尚便渐渐地不安本分了。不过他为人聪明机警，骨子里越是不安本分，表面上越显得一尘不染，众善奉行。他那种行事机密的本领，实在了不得，不仅做得使一般寻常人识不破，受了你些微好处的人还歌功颂德，就是孙癞子因与他也有师徒的关系，时常到红莲寺来看他，尚且不知道他久已在地窖里，干了许多无法无天的事。听得邻近的人称赞他的功德，反欣然奖饰他。若不是他恶贯满盈，鬼使神差地把卜巡抚弄到寺里来，或者再过若干年还不至于破案。

前书第二十二回中，写他劝卜巡抚削发不从，就叫两个小和尚去提石灰布袋来，打算将卜巡抚闷毙。想不到小和尚会无端突然死了一个，只得亲自去取。却又忽然起了一阵旋风，将几盏灯完全刮倒在地，他惊得只好念动真言，以为是鬼魅便没有收伏不下的。念过真言以后，一伸手去提那布袋，就和生了根的一样，用尽气力也提不起来。连忙放手捏指一算，不觉吃惊说道："不好了！有阴人在暗中和我作对。"一面说，一面两脚在地下东踏一步，西点一脚，两手也挽着印结，圆睁两口暴眼，口中不知念诵些什么。

甘联珠一见这情形，知道他要用雷火来烧了，自料抵敌不住，忙一手拉了陈继志，匆匆逃出了地窟。知圆和尚白使了一阵雷火，见也不曾烧着什么东西。他此时也没想到甘联珠用隐身法，在暗中保护卜巡抚，心里只疑惑是卜巡抚命不该绝，只好不取那石灰布袋了。仍回到那间大地室里，对那些青年和尚说道："这狗官既不肯听我的话，立时剃度出家。留着他在这里，使我心里不快活。你们将他推出去，用那口鼻涕钟把他罩起来。也不要去理他，只活活地将他饿死、闷死，看他有什么神通能逃出钟外去？"

卜巡抚到了这一步，见软求硬抗都不中用，唯有咬紧牙关，一言不发，听凭一般恶僧摆布。那些青年和尚的年龄虽小，气力却都不小，那么高大的一口钟，只四个人用手一扛，就扛起离地好几尺了。勒令卜巡抚蹲下，掩盖得一丝不露。卜巡抚初时还在钟里面大声叫唤，外边的和尚听了，用铁棒在钟上敲了一下骂道："再敢叫唤，我们就拿柴来围住烧死你。你想想，有谁到这地方来救你，叫唤给谁听？"

卜巡抚闷在钟里，听那铁棒敲在钟上的声音，竟比在耳根前响了一个巨雷，还来得厉害，两耳只震得汪汪地叫个不止。外边的一切声息，从此全不听得了。知圆和尚以为，一个文弱书生，盖在一口四边不透风的钟里面，决不能经过多少时日不死。红莲寺从来没有作恶的声名在外，平日在寺中害死的人也不少了，一点风声都不曾露出去，这回也必不至败露，因此毫不放在心上。表面上仍督率着满寺的僧人做佛事，以掩饰外人的耳目。

中秋这日，陆小青因错过了宿处，到红莲寺借宿。知圆和尚虽提防着长沙有探访卜巡抚下落的人来，然看陆小青不像是衙门中做公的人，并且年纪很轻。红莲寺原来不与寻常寺庙相同，在无垢当住持的时候，就允许从远处来拜佛的人及过路的人借宿，特地造了几间客室。无垢的意思，以为寺里越是有不能告人的隐事，越不能拒绝外边的人来寺里歇宿，从来不拒绝人，就成了习惯。加以知圆作恶既久，胆量越弄越大了，又仗着自己的本领不怕人，更欺陆小青年轻，所以绝不注意地就留陆小青歇宿。

那知客僧本是一个大盗，知圆和尚因赏识他的武艺，就劝他出家，是知圆和尚最得力的一个帮手。这夜他因看见陆小青在鼻涕钟旁边徘徊，就疑心陆小青已发现钟里有人了。陆小青看见鬼魂的事，知客僧并不知道。当时知客僧既看见陆小青在那钟旁边站着，立时就到地窟里报告知圆。知圆尚不在意地说道："你只去宰了他便完事，估量那小子有什么能为？"哪晓得此时甘联珠和陈继志又已到红莲寺里来了，在客室窗外看见知客僧举缅刀要劈陆小青，连忙对准那举刀的手腕射去一口梅花针。

知客僧是个莽人，只知道中了人家的暗器，抬不起肩窝了，也无心细察这暗器是什么，是从哪里发来的？及至率领几十个同党，翻身杀到客室来，见陆小青已没有了。地下散了许多碎瓦，屋上铁悬皮都被冲成一个大窟窿，才疑惑来的不仅陆小青一人，急急将情形报明知圆和尚。知圆也就不免有些惊慌起来，即时打发一般没有能耐的党羽，趁夜深逃往别处去。自己带了几个有本领的，仍在寺里守着，非到祸事临头不走。半夜容易过去。

次日知圆正和手下几个和尚商议，要把那钟揭开来，将卜巡抚的尸掩埋了灭迹。忽见常德庆支着拐杖，一颠一跛地走进寺来，埋怨知圆道："你这秃驴的胆量也忒大了些，怎的敢惹出这么大的是非来？你知道于今就是你自己昆仑派的人，到这里来和你作对么？你还不赶紧逃命，定要坐在这里等死吗？"

知圆平日虽是认识甘瘤子、常德庆等崆峒派的人，然只因派别不同的关系，彼此都不大来往。就是常德庆亦不知道知圆在红莲寺如此作恶。这回是甘瘤子有意要趁这机会，将昆仑派的人拉到崆峒派来，以报吕宣良拉桂武到昆仑派去的夙怨，所以特地打发常德庆到红莲寺来劝知圆，暂时离开红莲寺。甘瘤子明知卜巡抚遇救，定要把红莲寺付之一炬的，他便好从中挑拨知圆，说是吕宣良、红姑一班昆仑派的人，存心与知圆为难，好使昆仑派的人自相仇杀。果然柳迟、陆小青等一干人救醒卜巡抚之后，搜查寺中，除在地室里搜出二十多个青年男女，和莲座底下埋藏了几十具男女尸体外，一个和尚也没有拿着。卜巡抚也是恨极了，当下就发令举火焚烧红莲寺。烧罢，带了陆小青、柳迟回衙，细问二人的来历，打算尽力提拔二人。

柳迟再四推辞，说父母在堂，本身没有兄弟，不能不朝夕在家侍奉。卜巡抚十分嘉奖他能孝，只得由他回去。陆小青原是没有职务的人，就此跟着陆巡抚，后来官也做到了参将。柳迟虽家居侍奉他父母，然就因吕宣良差他救卜巡抚的事，和知圆一班恶僧结下了仇怨；加以甘瘤子、常德庆等与昆仑派有夙嫌的人，从中构扇，也不知闹过了多少次风波，费了多少力，才将铁头和尚知圆拿住正法。至于两派的仇怨，直到现在还没有完全消释。不过在下写到这里，已不高兴再延长下去了，暂且与看官们告别了。以中国之大，写不尽的奇人奇事，正不知有多少，等到一时兴起，或者再写几部出来给看官们消遣。

图书在版编目(CIP)数据

江湖奇侠传·第二部 / 平江不肖生著. — 北京：
中国文史出版社，2020.3

（民国武侠小说典藏文库·平江不肖生卷）

ISBN 978 - 7 - 5205 - 1656 - 3

Ⅰ. ①江… Ⅱ. ①平… Ⅲ. ①侠义小说 - 中国 - 现代
Ⅳ. ①I246.5

中国版本图书馆 CIP 数据核字（2019）第 262191 号

整　　理：杨　锐
责任编辑：薛媛媛

出版发行：中国文史出版社
社　　址：北京市海淀区西八里庄 69 号院　邮编：100142
电　　话：010 - 81136606　81136602　81136603（发行部）
传　　真：010 - 81136655
印　　装：廊坊市海涛印刷有限公司
经　　销：全国新华书店
开　　本：720 × 1020　1/16
印　　张：25.75　　字数：397 千字
版　　次：2020 年 3 月第 1 版
印　　次：2020 年 3 月第 1 次印刷
定　　价：69.50 元